U0541667

本书系贵州师范大学国家社科基金项目成果
本书系河南财经政法大学博士（后）科研启动费资助成果

文体浑和与文体演进

王章才◎著

中国社会科学出版社

图书在版编目(CIP)数据

文体浑和与文体演进/王章才著. —北京：中国社会科学出版社，2023.1
ISBN 978-7-5227-1075-4

Ⅰ.①文… Ⅱ.①王… Ⅲ.①中国文学—古典文学—文体论—研究 Ⅳ.①I206.2

中国版本图书馆 CIP 数据核字(2022)第 225159 号

出 版 人	赵剑英
责任编辑	郭晓鸿
特约编辑	王顺兰
责任校对	王　龙
责任印制	戴　宽

出　　版	中国社会科学出版社
社　　址	北京鼓楼西大街甲 158 号
邮　　编	100720
网　　址	http://www.csspw.cn
发 行 部	010-84083685
门 市 部	010-84029450
经　　销	新华书店及其他书店

印　　刷	北京明恒达印务有限公司
装　　订	廊坊市广阳区广增装订厂
版　　次	2023 年 1 月第 1 版
印　　次	2023 年 1 月第 1 次印刷

开　　本	710×1000　1/16
印　　张	24.5
插　　页	2
字　　数	367 千字
定　　价	128.00 元

凡购买中国社会科学出版社图书，如有质量问题请与本社营销中心联系调换
电话：010-84083683
版权所有　侵权必究

目　录

绪论 …………………………………………………………（1）

第一章　中国古代文体学基本概念解析 ……………………（18）
　第一节　什么是文体 …………………………………………（18）
　第二节　什么是文体学,中国古代文体学包含哪些内容 ……（50）
　第三节　什么是文体学批评 …………………………………（65）

第二章　文体浑和与文体演进（上） ………………………（97）
　第一节　文体发展演变论研究的自律论和他律论 …………（97）
　第二节　文体发展演变研究的三个角度与两大路径 ………（99）
　第三节　中国古代文体发展演变及其规律研究长期严重
　　　　　滞后的原因 …………………………………………（102）

第三章　文体浑和与文体演进（下） ………………………（117）
　第一节　文体演进的起点：单纯文体 ………………………（117）
　第二节　文体浑和论 …………………………………………（130）
　第三节　文体演进的节点：大成文体 ………………………（155）
　第四节　论中国古代文体融合的方式 ………………………（173）
　第五节　论"以文为诗"的四种型态 …………………………（215）
　第六节　"以诗为文"解析 ……………………………………（235）

第四章　中国古代文体学散论 ………………………………（250）
　第一节　论尾兴 ………………………………………………（250）

第二节　文学素人的神吹海侃 …………………………………（257）
第三节　论魏晋六朝时的"单篇意识"与文体自觉 …………（266）
第四节　论杜甫文体写作的"集成性" ………………………（286）
第五节　论中国古代的"跨文体写作" ………………………（298）

第五章　中国古代文体学新思考 ………………………………（319）
第一节　中国古代知类文化与文体学 …………………………（319）
第二节　文学自觉与文体自觉 …………………………………（334）
第三节　论篇幅之于文体 ………………………………………（361）

主要参考文献 ……………………………………………………（380）

后记 ………………………………………………………………（389）

绪　论

一　研究背景

自 20 世纪以来，在国内外文艺学界，文学研究"向内转"成为基本趋势。在此背景下，文体学异军突起，日趋繁荣。在我国，文体学已经成为文艺学领域中的"显学"。

俯视当下整个中国文体学领域，隐现两个大的坐标系：一是"中国西方文体学研究"，二是"中国文体学研究"。从理论上说，两者同伦，不应为二物，也不应析为二物。但是，事实不然。"中国西方文体学研究"主要发生于我国外语学界和我国西方文艺学研究界，他们立论的基础常常是外国文体学，其观点、概念、论证、论据、征引、逻辑等都深深地打上了外域的痕迹，他们也参阅中国传统文论和文体学著述，但他们的主要参阅对象应该是汉译名著及外文（原版）著述，其优势是与国际接轨和处于新潮状，其中有些成果是用外语写出来的。而"中国文体学研究"，主要发生于中国传统文论研究领域，其重心在于"中国古代文体学"，因为中国古代文体学能真正代表中国文体学，而现、当代的文体学只是中国古代文体学在新的国内外文学研究综合作用下的自然推演的结果。这正如中国文学的最佳代表是中国古代文学，而不是中国现、当代文学一样。甚至有学者认为中国"文体学只能是古代的，当代并无文体学"，"新文学运动以来，产生过许多大变化，其中之一就是文体学被消灭了"。[①] 事情似乎不能这么看。笔者认为，现、当代文体意识的淡漠，不能全赖西方文体观念，

[①] 龚鹏程：《〈中国古代文体学〉序》，曾枣庄《中国古代文体学》，上海人民出版社 2012 年版，卷首。

主要应归咎于文学庸俗社会学泛滥所导致的重内容、轻形式的偏颇。事实上，西方文体理论及文类划分也自有其合理性在，自有其价值在；而中国古代文体学也并非都科学，或都高明于西方。不过，中国古代文体学的确自成体系，而且影响深远。这只是事实如此而已，不存在好或不好的问题。造成这个事实的原因，恐怕主要与世界文明发生、发展的地域化、板块化有关。中国现当代文学受中国传统文学思想影响大还是受西方文学理念影响大？一般来说是前者。因为它毕竟是中国的现当代文学。中国传统文化的血脉，与生俱来，难以更改；你可以漠视它，但任何人都无法改变它的强势地存在这一事实。同时由于近现代中国与外域的文化交流空前增加，所以现当代文学亦颇受西学影响，而与传统有了较大的不同。比如现、当代文学文体意识淡漠等。这些情况不都属于"文学负能量"，也有其一定的合理性。我们不能以今律古，也不能以古准今。万古长存，千年不变，这样的事情从来没有，也不会有。新变乃是文艺界的第一铁律。创新就是王道。焉知文体淡化不是文体创新的有效路径之一？！也不能说，文体界域的淡化、文体意识的淡漠就意味着文体学的衰落或终结，或许正相反，它也可以解读为旧文体学的"涅槃"和新文体学的诞生。"中国古代文体学"当然以中国古代的文体学资料为基础，并或多或少地参以西方文体学，从而可以全面梳理、归纳、发现和构建中国式的文体学理论的大厦。

当然，以上两大坐标系也并不绝缘。事实上，越来越多的"文体学"研究者呼吁和践行两者的融通。彼此的言说貌似不同，其实很可能只是一件事情的不同侧面或不同方式而已。故两大坐标系既有龃龉，更有交织，笔者相信两者将来一定会更加浑一，而且在浑一的过程中，中国传统文体学也会实现新的"涅槃"。

就"中国古代文体学研究"而言，近年来的情况也可谓热闹，而且已成为中国古代文学研究领域中的"显学"。但是，绝大多数这方面的成果要么关注于中国古代某一或某几种文体的流别演进，要么揭示中国古代文体论的精蕴奥义，要么做纵贯性的专题总结或综论方法、流派等，但就全部文体之间的宏观的互相影响、互相渗透及海纳百川式的集大成的推演现象及其规律，却很少有问津者；即使有，也往往是在古人早已提出并反复阐述的以 A 为 B、XY 互渗等文体交融、文体互参、文体交越互用一类的"交汇点"或"局域网"里面打转；偶有新发明，也远未足以揭示中国古代文体整体的演进大势。且，这些成果大多以偶发性的单篇论文的形式出现，某个人的系列性论文或某刊物的持续性关注迄今未见，更别说全景式的论述成果了——单个看虽不乏深度，但统观远不成体系。

为什么会出现这种情况？这里先不展开讨论，详细的研讨留待下文。这里只想先点明一点，即这正是本书的核心任务所在。

本书的目标是中国古代文体宏观发展演变研究，也可称中国古代文体演进及其规律研究。

二 研究对象、目的、意义及方法

（一）研究对象

据上所述，本书的研究对象主要是中国古代文体之宏观推演规律。它既包括中国古代文体写作领域里的浑和兼包，也包括文体论中的较清晰的、较朦胧的或既清晰又朦胧的所有论述，同时也参以国外这两方面的研究大势。因为，这个文体浑和演进的规律，很可能是普适的、放之四海而皆准的文体演进的通律。

文体演进规律研究也绕不开文体自觉问题。文体自觉是文体演进的重要关节点之一。故文体自觉问题的探讨在本书研究中也将占有一席之地。

此外，"文体"是文体学最基本的概念，是一切文体学研究的起点。本书自然也不例外。本著首先将对学术界已有的文体内涵论展开追踪与梳理，参以己见，得出"定"论。当然，要完整地揭示文体概念，两个方面的内容都必不可少：一是内涵；二是外延。这样，文类论也必然现身，不能缺席。

（二）研究目的

宏观地揭示中国古代文体整体的发展演进规律，为文体学学科的建设性构架提供新的思想资源，对其中出现的问题和危机作出剖析，并提出解决之道，同时也在文体自觉与文学自觉、知类文化与文类学等方面做出新的开拓，从而多方面裨益中国古代文体学研究。

（三）研究意义

1. 弥补学术遗漏。当前，学术界的中国古代文体学研究整体看很盛，但仍存在盲点，比如仍然缺乏全体的、贯通的文体发展演进及其规律的探讨。本书即专注于此，期能有所突破，从而促进中国古代文体学学科的全面发育。

2. 增益学科建设。本书就文体自觉、知类文化与文体学等方面提出新见，可以拓展现有的中国古代文体学研究；就文体学中存在和出现的一些不足或问题，本书也会呈现自己的思考和研究所得，这也有利于该学科的健康发展。

3. 提升中国文论世界话语权。上述这些研究大都富于普适性和前瞻性，不仅可以补益中国古代文体学研究，还可有效提升中国文体学的全球话语权，减轻中国文论"失语症"症候，激活中国传统优秀文论资源并促推其走向世界。

（四）研究方法

1. 研究思路

文学的发展与文体的发展密切相关。文体的发展，有内因、外因（即所谓自律论、他律论）。内因主要指矛盾的两个方面：融合与辨异。传统文化尚和合，但自先秦始，正统文论一直强调尊体和辨体——其实两者也不总对立，因为被尊体、辨体的强大声势所掩盖的另一面，正是浑融的一直存在和顽强运作。辩证地看，没有分，哪有合？没有辨体、正体，哪有混体、杂体？就像没有男女就没有结婚一样。事实上，没有辨体，就没有定体；没有定体，就没有浑杂；没有浑杂，就没有发展。文体的演进律就雪藏在辨体与浑体这一对矛盾的既对立又统一的博弈中。但在悠悠几千年的中国古代，文化和理论界的辨体意识恒过强势，严重压抑了理论界及写作实践界的浑融的发生和发展。即便如此，中国古代文体浑融的规模、性质和意义等还是走得很远很远，远得决非简单的"以 Y 为 X"（或反之）即可充分予以解释。可以说，文体浑融的最高境界是"以 A +

B + C + ……为 X"。此即所谓"文体浑和";它不同于习称的"文体浑融"或"文体融渗"或"破体为文"等。换一个说法绝非表面的追新逐异,而是理论言说的改造、升级和新创!"文体浑和"的最终结果是出现"大成文体"。苏轼曾称杜诗、韩文皆集大成者。而杜韩皆既以文为诗又以诗为文,两人及苏轼本人等也都是文体浑和的高手和大家。此处所谓"集大成"说,应即含有文体浑和之意。故称"大成文体"云。

"大成"之说源远流长。早在先秦,《周易》(尤其是"易传")、《老子》、《庄子》等古籍都曾用过此词,而且是作为成语或熟语在使用。这说明,潜滋暗长的"大成"文化是中华原文化里最重要的理论命题之一。中国古人一向偏重实际,不尚空谈。所以,在古代,人们仿佛在不言而喻地、互无挂碍地和貌似自然地使用着这一概念。实际上,其背后也确实有真理、至理存焉。

"诸体具备"或"文备众体"(简称"备体论")是"集大成论"的同义语。大成文体是"变极之体",可容摄所有文体,可谓"超级文体",甚至"无体之体"。"无题"非无题,"无体"亦有体。"无",在老庄及魏晋玄学里都是终极性概念,"无"不是没有,而是"有之极",故亦称"大有"。无文体不是没有或不要文体,而是超越个体,诸体具备。汉赋、唐传奇、明清传奇戏等都曾被誉为"文备众体"。"备众体"的文体常常就是"大成文体"。汉赋就可谓汉代的大成文体。唐传奇则是唐代的"大成文体"。戏曲是元明清时期的大成文体。而明清之长篇小说,远比汉散赋、唐传奇、元明清戏曲更"文备众体"。明清之长篇小说可谓明清时代的大成文体,也是我国古代最高级别的大成文体。大成文体也是不断升级换代的。如果打通古今与未来,我们就可以说,只有更高级的大成文体,而没有最高级或"终结者号"的大成文体。

2. 研究方法

(1)文献阅读法。中国古代文体学研究,自然要阅读大量第一手的资料,文本细读,梳理归纳,总结规律,发现问题,拾遗补阙。

(2)演绎法。研究文体浑和与文体演进之关系等问题,既要基于文本，也要顾及理论。古人重实证，偏爱归纳法，致使传统文体学缺乏思辨和体系，我们须补以逻辑演绎和理论体系构建。

（3）比较法。诸文本同末异，既论其浑融，就要做文体比较。古代文体论也有经典与非经典之别，经典文体论重辨体，非经典文体论尚浑体、讲大体，甚至无体，两者也要做对比（本书更看重非经典文体论）。当然，还有中西文体论及中西中国古代文体论研究、对比研究等。

三　国内外研究现状综述

（一）国内文体浑和与文体演进研究情况

1. 中国古代文体学研究概况

通用本《辞海》"文体"条言，"文体，谓文章之体裁也"，并引《隋书·经籍志》："世有浇淳，时移治乱，文体变迁，邪正或殊。"[①]在中国古代，不严格地说来，文体通常有四义，即体类，语体，体式，体性。本书所谓文体主要指"体类"。古人常常"每体自为一类"，故曰"体类"。文学史其实就是文体的发生、发展和演变的历史，也就是文体的兴衰轮替史。我国两汉时文体已大备，文体研究也同时发生并初步成形；至魏晋六朝，我国文体学已经成熟。隋唐人颇有散文理论，并产生深远影响。宋、明人很重视文体辨析，相关的论著较多，显示了文体学尤其是辨体论的鼎盛。清代及民国时期可谓我国传统文体学的整合与开新期。

"传统文体学"与"古代文体学"不同：前者指中国古代的文体学，后者指现今关于中国古代文体和文体学的研究。

传统文体学缺陷多。一是烦琐。传统文体学以辨体为核心，以指导写作为鹄的，标准杂，辨体细，分类繁，治丝而棼，不成体统。二是泛而不全。古代文学观的主流是泛文学观，故分体庞杂，动辄几十、一百多甚至二百多种；但反讽的是，虽然体类庞杂，却仍然残缺：主要是无视民间说唱文学、戏剧及小说等文体。三是昏昧。昏昧源于保

[①] 《辞海》，中华书局1984年版，第610页。

守和主观。文体浑融经常发生,但正统文论家一味主张尊体、正体,排斥浑融,这是保守;主观主要是过恃经验,偏爱归纳,导致传统文体学的明晰性、思辨性与概括性等都较差。主观的另一个意思是人各不同,过于随心和任性。

20世纪20—40年代,出现了一些古代文论、文学概论及修辞学类著述,其中也有论及文体的,可视为现代意义上的中国古代文体学的发轫。中华人民共和国成立后,意识形态轻视文艺形式(虽然文体不只是形式),文体学研究长期低潮化、边缘化,此期仅有一些归纳、介绍传统文体的著述,谈不上深度研究,总体研究冷清。

自八九十年代起,文体学研究被重新接续,并逐渐受到重视,如今已成为古代文学研究领域中的"显学"。成果较多,可概括为三类。一是古代文体论。有"单体论",即单论一种文体;有"多体论"或"全体论",即单个地论述多种或全部古代文体的;有"时体论",即论述某时段的文体的。这些成果出现早,数量多。如褚斌杰《中国古代文体概论》(全体论)等。二是古代文体学论。有阐发古代之文体学专著的文体学的,如论《文心雕龙》《文章辨体》等的文体学的;有挖掘古代集书、类书及字书的文体学蕴含的,如论《文选》《四库全书》《独断》等的文体学价值的;有论某时段的文体学的,如李士彪《魏晋南北朝文体学》等。三是古代文体学专题论,即面向整个古代文体学,专论或主论某一方面,包括论文体与社会、文化、政治等的关系的,论文体分类的,论文体融渗及破体为文的,规划或反思古代文体学学科的,等等。

至于中国港台地区,相关论著较少,论题也狭于大陆学界。其成果多在"龙学"领域,如徐复观、龚鹏程、刘渼、颜昆阳等的有关论述及论争;① 其他方面,如何亮、萧凤娴、刘晓明、王伟勇等也有成

---

① 如:徐复观《〈文心雕龙〉的文体论》[《中国文学论集》,台湾学生书局(台北)1976年版],龚鹏程《〈文心雕龙〉的文体论》[《中央副刊》(台北)1987年12月11—13日],刘渼《刘勰〈文心雕龙〉文体论研究》(博士学位论文,台湾师范大学国文研究所,1998年),颜昆阳《论文心雕龙"辩证性的文体观念架构"——兼评徐复观、龚鹏程"〈文心雕龙〉的文体论"》[《六朝文学观念丛论》,正中书局(台北)1993年版],颜昆阳《论"文体"与"文类"的涵义及其关系》(《清华中文学报》2007年第1期),等等。

果值得关注。①

2. 关于文体发展演变及文体浑和方面的研究

上述这些成果中,关于"文体发展演变及其规律"的论述也存在,逻辑上可概括为三种:单体发展论,合体融渗发展论,全体浑和发展论(可简称"三体论")。单体发展论就是立足某一文体,或虽面对所有文体,但具体论述时是一个一个单个进行、以探讨单个文体的发生、发展、鼎盛、变异、休眠、转生等情况的,如论赋、诗、词、古文、骈文等文体的源流正变的;合体融渗发展论一般是讨论两种文体间的交融互渗的,这两种文体往往或近质,或异质,或反质,如诗与文、诗与词、文与词、诗与戏剧小说、骈文与散文、时文与古文、文学文体与非文学文体(如文与史哲、审美文与应用文)等;全体浑和发展论就是面对所有文体和整个文体史,整体的、贯通地、宏观地探讨诸文体间的浑和与演进的。

"三体论"中,后一种的成果除笔者外,他人尚未见有集中论述者。

笔者的相关成果有:《文体浑成论与巨型文体说》(《广西社会科学》2013年第8期),《文学自觉与文体自觉》(《社会科学家》2016年第1期,其核心观点摘发于《高等学校文科学术文摘》2016年第2期),《论中国古代文体学"发展演变论"研究滞后的原因》(《学术界》2016年第10期),《中国古代知类文化与文体分类》(《中华文化论坛》2017年第2期),《大成文体说论要》(《光明日报》2018年2月6日"理论版·国家社科基金"),等等。

他人未见有集中论述者。仅见陶东风、袁行霈等有一些纲要式的阐述。陶东风《文体演变及其文化意味》阐述了文类的交融和互渗对文体演变的意义;袁行霈主编《中国文学史·总绪论》提出文体间的融渗是中国文学演进的重要途径;等等。这些说法与本书的基本理念

---

① 如:何亮《"文备众体"与唐五代小说的生成》[花木兰出版社(新北)2014年版],萧凤娴《文体即性体——徐复观〈文心雕龙的文体论〉之接受美学研究》[载《2007文心雕龙国际学术研讨会论文集》,文史哲出版社(台北)2008年版],刘晓明《形式的限制与突围》[载蔡忠道主编《中国小说戏曲国际学术研讨会论文集》,里仁书局(台北)2008年版],王伟勇《宋词与唐诗之对应研究》[文史哲出版社(台北)2004年版],等等。

一致。但这两书的重心均不在此,均未展开论述。陶著重心是文体文化学,其中论及了文体融渗,但未展开,且总的看,其论属单体发展论,也涉及合体融渗论,但无涉全体浑和论;袁编是文学史通用教材,体大虑周,但"点"上无法深入。

"三体论"中,前两种的成果较多;上面所述之"古代文体论"及"古代文体学论"中已含有这两种研究。但这些研究仍有问题。比如,"古代文体论"实属不自觉的"单体发展论",但此类研究多受传统"辨体"思想影响,潜意识是要纯净文体,而文体的发展势必意味着原有体制的破坏和混杂,故单体发展论势必会排斥发展和演化,其发展论只能是畸形的、不彻底的;合体融渗及破体为文论则局限于两种或近缘或远缘的文体间的互文性研究,视野较狭隘,更要命的是彼此无联,各自一是非,没有统观与整合,没有升级为系统的理论,属于"道隐于小成"(庄子语)的"小成",亟须进一步归纳演绎,升级为"大成",科学化、系统化、理论化。这些问题的存在,直接造成了古代文体论之文体发展演变及其规律的研究长期踟蹰不前。

综上,导致文体发展演变及其规律研究长期严重滞后的原因有以下三点。一是辨体意识。辨体就是"确定""稳定",发展则意味着"变化""否定"。过重辨体就会保守,就会排斥变革。辨体意识不仅妨碍文体写作中的浑融实践,也影响浑和理论的发育。二是实证意识。过重实证,势必压抑思辨,使研究缩手缩脚。"宋学"的可贵就在于自由思辨和创新。别忘了,世界上有一些伟大的理论是始于假说和空想的。三是尊古意识。过于尊古,不仅保守,还会排挤现代视角,丧失批判意识;应补以"我与我周旋久,宁做我""祖宗不足法"等精神。古代文体学本来就是今人的"发明",现代意识、当下视角既属已然,也是必然。我们应有超越传统文体学的意识,着力打造现代的、科学的、新型的"中国古代文体学"。

刘勰云:"设文之体有常,变文之数无方。"现今中国古代文体学界,文体之常研究多,无方之变研究少。在拘泥的实证思维模式下,无方之变的研究也较难展开。这已引起了文体学界的警觉。近期,孙少华、莫砺锋、欧明俊、张仲谋、吴承学、何诗海、钱志熙、朱迎平等相继发声，疾呼加强此项研究。如孙少华在2013年10月11—12日在广州召开的"第四届中国文体学国际学术研讨会"上，就提出现有的当代文体学研究存在四大问题："第一是学术史方面的介绍过多，造成了'述'多于'论'；第二是缺乏宏观上的理论性总结；第三是'错意为文'的现象比较突出，研究者有时过于突出'主体化'和'主观性'；第四是'胸中少丘壑'，缺乏对学术发展的宏观思考和人文关怀。"同时，孙少华还对未来文体学的研究提出了三点建议："其一，从个体上升到一般，这是一个亟待解决的问题；其二，从选题个案上说，文学史的描述、各种文体发展衍变的轨迹及其内在联系值得探索，但对某种文体产生、衍化及其对中国古代文学史影响的研究也应予以重视；其三，在关注基本典籍的基础上，还应关注那些已经亡佚的文体专著的辑存和研究工作。"① 2013年莫砺锋也著文呼唤"总览全局、独得圣解"的总体性研究："中国文体学之研究可称历史悠久，当代学界也视为重要研究领域，但以我所见，则陈陈相因者较多而独具眼光者较少，各照隅隙者较伙而综观衢路者较鲜。"② 2014年，张仲谋发文称："除了断代史和分体史之外，我们当然还有囊括众体、贯穿各代的文学通史，然而这些通史往往也只是断代史的先后排列，或者说是由诸多断代史的线段连缀而成的。就文体的分合而言亦是如此，仍是在概论之后一章谈诗，一章谈词，一章谈小说。合而观之是包举众体，就局部而言仍是分体考察，分体描述。这也就是说，我们的'文学史思维'仍是分期与分体的……这样就容易形成刘勰所谓'各照隅隙，鲜观衢路'的情况，因此也就不大可能把众多文体的聚散生灭、动荡开阖、鱼龙漫衍、千变万化，既具有恢宏气势，又具有微妙细节的全部景观纳入学术视野。尽管如此，我们仍坚持认为，这应该是中国古代文学史研究的一个新的生长点，突破传统的文学史体例与

---

① 转引自冯爱琴《多学科融合建设现代中国文体学》，《中国社会科学报》2013年10月16日。

② 转引自邓国光《文章体统——中国文体学的正变与流别》，上海古籍出版社2013年版，序。

相应的思维模式，把各种文体的发展变化与文体之间的互动都纳入文学史的考察范围，既是必须的，也是可行的。"① 欧明俊更于 2015 年撰文疾呼："应重视古代文体的总体特征把握，总体演进规律的动态描述，以及各种文体'关系'的研究，仅仅孤立研究各文体，是不够的。可分宏观文体学与微观文体学，动态文体学与静态文体学。"② 这些看法极有见地，与笔者的观察与思考也有较多一致之处。宋代郑樵《通志总序》云："会通之义大矣哉！"按欧明俊的说法，本书就是偏重于宏观文体学与动态文体学、偏重于文体总体演进规律的动态描述的。

（二）国外关于中国古代文体融渗方面的研究

1. 国外之中国古代文体融渗方面的研究

国外，仅见一些汉学家有有关中国古代文体、文体融渗及演变等方面的论述。如美国学者 Cyril Birch（萨雷·白之）著有 *Studies in Chinese Literary Genres*（《中国文学文体研究》）一书，阐述中国文学诸文体，属于上文所说的"多体论"及"全体论"③；宇文所安《中国早期古典诗歌的生成》（三联书店，2014）运用西方文本细读理论，从编纂学和传播学的角度探讨汉魏古诗及乐府诗的文体生成及演进，属上文所说的"单体发展论"，不过其新颖的方法和视角值得吾辈借鉴；日本学者兴膳宏《〈文心雕龙〉论文集》之"《文心雕龙》总说"部分论及《文心雕龙》与《诗经》《论语》《庄子》《楚辞》等的"互文"关系；④ 美国学者 Charles Hartman（蔡涵墨）《韩愈和艾略特》一文比较论述了韩、艾两人相同相近的诗文兼容互促、精英文学与通俗文艺相参、口语与书面语混用等理论与创作情况；⑤ 等等。

---

① 张仲谋：《论文体互动及其文学史意义》，《文艺理论研究》2014 年第 3 期。
② 欧明俊：《古代文体学论纲》，《2015 中国古代文体学国际研讨会论文集》（中山大学中文系），内部印刷，2015 年。
③ Cyril Birch, *Studies in Chinese Literary Genres*, University of California Press, Berkeley, 1974.
④ 参见［日］兴膳宏《〈文心雕龙〉论文集》，彭恩华译，齐鲁书社 1984 年版。
⑤ 参见［美］蔡翰墨《韩愈与艾略特》，《中外文学》1979 年第 8 卷第 3 期。

2. 国外之一般文体融渗论及文体演变论

西方，在中世纪以前，文体思想偏于保守，文艺界复古主义很流行，但仍有一些可以看作萌芽状态的文体融合思想的观点；文艺复兴以后，西方文学思想、文体思想逐渐开通，文体融合论渐多；近现代及后现代，文体融合思想更多，也更成熟。但西方一直未曾出现明确的文体浑和理论。

（1）古希腊时期的"和谐论""模仿论"

古希腊、古罗马文明是西方文明的奠基。文艺思想亦然。古希腊的哲学家毕达哥拉斯和赫拉克利特提出了"和谐论"。

毕达哥拉斯（约前580—约前500）是西方最早的哲学家之一，也是数学家，他的基本哲学观念是宇宙万物的本源"数"；万物都可以用数计算，认识世界就是认识支配世界的"数"。在这个基础上，他提出了"美是和谐统一"的观点。他说："音乐是对立因素的和谐统一，把杂多导致统一，把不协调导致协调。"[①] 比他稍晚的赫拉克利特（约前544—约前483）则是一位朴素的辩证唯物主义者，有"我们不能两次踏进同一条河"[②] 的名论。他首先提出了"艺术模仿"的观点："自然是由联合对立物造成最初的和谐，而不是由联合同类的东西。艺术也是这样造成和谐的，显然是由于模仿自然。"[③] 他认为绘画在画面上混合着黑白红黄的颜色，"从而造成与原物相似的形象"；音乐混合着高低长短的声音，从而"造成一个和谐的曲调"；"差异的东西相会合，从不同的因素产生最美的和谐，一切都起于斗争"。[④] 模仿论在西方自古盛行，而赫拉克利特的模仿论指的"不只是再现自然，而且有模仿自然的生成规律的意思"[⑤]。

上述两位哲人都强调杂多的统一，异物的相合。这是哲学思想，

[①] 北京大学哲学系美学教研室编：《西方美学家论美和美感》，商务印书馆1980年版，第14页。
[②] 北京大学哲学系外国哲学史教研室编译：《西方哲学原著选读》上卷，商务印书馆1985年版，第23页。
[③] 北京大学哲学系外国哲学史教研室编译：《古希腊罗马哲学》，商务印书馆1961年版，第19页。
[④] 转引自朱光潜《西方美学史》上卷，人民文学出版社1979年版，第35页。
[⑤] 马新国主编：《西方文论史》，高等教育出版社1994年版，第13页。

也是文艺思想,对后之文体浑融思想的意义是以下几点。第一,两人在论述"美是和谐统一"之观点时,都较强调对立因素和杂多因素的统一,而不是单调的重构。第二,对文体融合而言,异体或体差悬殊或体缘较远的文体之间的融合,更具有文体浑和意义。文体融合,既可发生在近缘的文体间,如诗与词;也可发生在远缘的文体之间,如诗歌与小说。后者更值得关注。第三,异物相合不是捆绑强制,不全是人为,也是或更是自然的行为。因为艺术既然是模仿自然、模仿自然的生成,那么,文体浑融也所当然地属于"模仿自然",这有利于提升文体浑融的价值。

(2) 西方近、现代的文体融合理论

西方虽然近代以前都很少有直接研讨中国古代文体浑融的,但是西方自古就有文体浑融方面的理论方面的言说,这也是颇具理论价值和启发意义的。西人比较擅长于逻辑和思辨,文体融渗方面也比我国传统理论更系统,持论也更开明。这些主张,文艺复兴时已出现,如瓜里尼提出合悲喜剧为混杂剧等;启蒙主义时期,法国伏尔泰力主变体等。

瓜里尼是文艺复兴时期意大利的著名剧作家、文论家。其剧作《牧羊人斐多》引发了文艺复兴时期关于文体的两大论争之一,即关于"悲喜混杂剧"问题的论争。《牧羊人斐多》打破了悲剧人物为社会上层人士、喜剧人物为普通百姓这一传统轨辙,尤其是打破了悲喜同剧、贵贱同场的模式,创造了"悲喜混杂剧"这一新的剧种。这是非常值得关注的文体现象!但是在当时,此剧却遭到了保守派批评家德诺尔等人的反对,瓜里尼因而发表《悲喜混杂剧体诗的纲领》一文,为之辩护。他写道:悲剧和喜剧"是否因为不同种,就不能结合起来产生第三种诗呢?绝对不能说这种结合违反自然的常规,更不能说它违反艺术的常规";就自然说,"马和驴不是不同种吗?可他们配合产生第三种动物——骡";就人文说,诗的同胞兄弟"音乐,不也是全音和半音以及半音和半音以下的音的混合?"[①] 这些言论很容易使人想

---

① 马奇主编:《西方美学史资料选编》上卷,上海人民出版社1987年版,第286页。

起古希腊的和谐论、模仿论，尤其是赫拉克利特的对立因素的和谐统一论及其"模仿自然生成规律"论等思想。瓜里尼还正面阐述了"悲喜混杂剧"体的文体优势："悲喜混杂剧可以兼包一切剧体诗优点和抛弃它们的缺点；它可以投合各种性情，各种年龄，各种兴趣，这不是单纯的悲剧和喜剧所能做到的。"① 这就是说，悲喜混杂剧不但不错，反而是更好的。就好像马有马的长处，驴有驴的优势，二者杂交，生出骡子。骡子兼有马和驴的优长。所以骡子是新物种，也是新优物种。这就是文体混合的优势。

德国古典美学杰出代表——黑格尔也是赞成文体浑和的。当然，他没有，也不可能有这方面的明确的表述；但是，其"文体论"大致有此意向。他主要依据客观性、主观性原则，把诗分为三类：史诗、抒情诗、剧诗。三者中，他最推崇后者，即戏剧体诗。戏剧体诗的基本特点就是把史诗的客观性原则与抒情诗的主观性原则有机地结合起来。用他的话说，"戏剧把一种本身完整的动作情节表现为实在的直接摆在眼前的，而这种动作既起源于动作的人物性格的内心生活，其结果又取决于有关的各种目的，个别人物和冲突所代表的实体性"②。他认为戏剧的任务就是据实地把一个完整自足的动作（情节）在观众面前展现出来。戏剧的动作（情节）既是客观的，也是主观的。他把情节和动作的起因归结为人物内在的某种普遍力量，而不是外部的因素，这当然是唯心主义的。但无论如何，黑格尔推崇戏剧体，客观上就是支持文体浑和或浑和文体——这个推论应是能成立的。毕竟，戏剧体本身就是混杂的、综合性的艺术形式。

至现代，西方文论界主文体浑和者更多。如俄国形式主义很重视文类的融渗；英美新批评的奠基者艾略特提出文学成就的高低不在于创新或模仿，而在于把一切先前文学"囊括"在其作品中的能力；结构主义重视"关系"、"整体"及"共时性"；后结构主义提出互文性

---

① 马奇主编：《西方美学史资料选编》上卷，上海人民出版社1987年版，第287—288页。
② ［德］黑格尔：《美学》第三卷下册，朱光潜译，商务印书馆1982年版，第241页。

(或文本间性)及体裁互文性①等概念;阐释学如伽达默尔提出"视域融合"说;等等。当代,西方之相关论述也不少。如:后现代主义在文体上主张"怎么都行";"后现代主义之父"、埃及裔美国学者伊哈布·哈桑主张超越体裁;保加利亚裔法国学者茱莉亚·克里斯蒂娃提出"文本是众多文本的交汇……任何文本都是引语的拼凑,任何文本都是对另一文本的吸收和改编"②等说法;美国批评家杰拉尔德·普林斯认为文本都要引用、改写、吸收、扩展或在总体上改造其他文本③;苏联学者巴赫金、冈布里奇等人也有类似的观点。当代英国文艺理论家伊格尔顿甚至提出:在后现代语境中根本就不存在所谓的文学"独创性",也不存在"第一部"文学作品,因为所有文学作品都是"互文"的;"创作"日益可疑,让位于"写作","作品"名不副实,不如叫"文本"。④

另,19世纪法国文论家、文学史家伯吕纳吉埃尔(Brunetière)曾

---

① 按:"互文性"(intertextuality)又译"文本间性""文本互涉",是保加利亚裔法国符号学者朱丽叶·克里斯蒂娃于20世纪60年代首次提出的;其拉丁语词源是"intertexto",意为纺织时线与线的交织与混合;"互文性"就是指文本之间互相指涉、互相映射的一种性质,它揭示了文本的通融性、仿拟性及复写性等特质。后成为后现代主义、后结构主义等学派的标志性理论术语。互文性概念广泛地适用于语言学、文化学及文学等诸多领域。在文体学领域,互文性也颇具理论活性。英国学者凯蒂·威尔斯宣称文类就是"一个互文的概念"(Wales Katie, *A Dictionary of Stylistics*, London: Longman, 1989, p.259);"体裁互文性"(interdiscursitivity)作为专业术语是由英国语言学家费尔克劳夫于1992年提出的,意谓同一文本中不同体裁、话语或风格的浑合交融(Fairclough, N., *Language and Social Change*, Cambridge: Polity Press, 1992)。在我国,南京师大外语学院辛斌是最早(2000)介绍和研究"体裁互文性"的学者;如今,国内这方面的研究方兴未艾(或称体裁互文性,或称文体门类间性),但尚局限于外国文学及现当代文学研究领域,也尚谈不上系统或深入;而在中国古代文学或文体学领域则尚未见有这方面的研究。另,"间性"(inter-sexuality)一语来自生物学,也称"雌雄同体性"(hermaphrodism),是指某些雌雄异体生物兼有两性特征的现象。后被引进于人文社科领域。再另,我国学者陈定家在《文之舞——网络文学与互文性研究》(社会科学文献出版社2014年版)一书中,曾由"互文性"提出"互视性""互介性"等"仿词"性概念("视"谓影视作品,"介"谓媒介)。综上,我们提出并使用"文体互文性"(或"文本间性")之概念也就顺理成章了。

② 转引自王瑾《互文性》,广西师范大学出版社2005年版,第28—29页。

③ 其《叙事学词典》写道:"互文性"就是"一个确定的文本与它所引用、改写、吸收、扩展或在总体上加以改造的其他文本之间的关系,并且依据这种关系才可能理解这个文本"(转引自程锡麟《互文性理论概述》,《外国文学》1996年第1期)。

④ 转述自陈定家《文之舞——网络文学与互文性研究》,社会科学文献出版社2014年版,第298页。

著《文体演变论》(或译"文学体裁的演进")一书,把达尔文"进化论"引入文学域,并提出文体"推陈出新"论、"遁入说",其说虽嫌机械,曾遭钱钟书批驳、称其"武断强词",① 但其说之合理性尤其是方法论意义也不容忽视。

(3) 关于"共生主义"思想

在国外相关的思想资源里,值得一提的还有所谓"共生主义"。它始于生物学。19 世纪末,西方一些博物学家发现有些物种是依靠共生、联结而实现"适者生存"的。这与达尔文主义强调"竞争"、排它的适者生存不同。达尔文主义导致个人主义、利己主义。"弱肉强食""优胜劣汰"说白了就是你死我活、你活我死的丛林法则。但共生主义强调合作与关系。共生不仅是物种的生存方式,也是一些物种的产生方式——它会产生新物种。俄罗斯植物学家康斯坦丁·梅利兹柯斯基(Constantin Merezhkowsky)谓之"共生起源"(symbiogenesis)(1910),即"通过两种或多种共生生物的组合或关联而形成的生物体起源"。此说与达尔文进化论一样,很快被"主义"化,成为一种哲学和价值观。俄罗斯博物学者、进化理论家和政治哲学家彼得·克鲁泡特金(Peter Kropotkin)即然。1902 年,他出版《互助论》(*Mutual Aid*),鼓吹互助合作,抵制达尔文主义。按照共生主义,"事物的进化似乎并不都是按照达尔文的自然选择的方式进化成现在的样子,而是通过一种或多种原核生物侵入到另一种原核生物的体内,而这种入侵并不像人类感染艾滋病毒那样,入侵者对寄主进行破坏而最后导致寄主的死亡,而是一种友善的入侵行为,入侵者与寄主间建立了一种互惠互利的关系,使入侵者与寄主能和睦相处,最后,入侵者和寄主都一体化了,入侵者成为寄主细胞中的一部分——成为寄主细胞中的一个'器官'"②。

综上,这些言说普适性、理论性、概括性都较强,也富于启发性,所以虽然不是针对中国文学而言的,但仍然值得笔者高度珍视和认真

---

① 钱钟书:《谈艺录》,商务印书馆 2016 年版,第 100 页。
② 以上内容转引自鹰之《诗言"有机体"》,新浪博客,http://blog.sina.com.cn/s/blog_478037f801017lh4.html#cmt_ 4E1444E5 - 7F000001 - 5F2D2283 - 880 - 8A0。

借鉴；新批评的"囊括"说与后结构主义"互文性"说，对本节的启发性尤强。但是，西论也有不足，如"囊括"说缺乏论证，几不成"说"——西方文化传统本来也相对缺乏和合性文化资源；"互文性"一般也限于两种或少数几种文本之间，且主要满足于对文体演变的横断面的"现场解说"，没有纵贯地考察和揭示其对文体演变的意义，所以最终没有超越本书所说的"单体发展论"与"合体融渗论"，更没有（也不可能）归结出大成文体说，其视野、理路等都有待于进一步打开。

（三）国内外关于"文体自觉""中国知类文化和古代文体学之关系"方面的研究

除文体浑和外，本书还有两项较重要的内容：文体自觉论；中国知类文化与古代文体学尤其文类学之关系论。这两项内容都很新颖，当然也都是对中国古代文体学的最新拓展。

其中，前一项内容方面，笔者目前仅见姚爱斌的论文《文学的自觉抑或文体的自觉——文体论视野中的汉末魏晋文学观》（载于《文化与诗学》2009 年第 1 期）曾论及"文体自觉"问题，其所论于笔者也颇具启发性，但其文之宗旨在于探讨汉末魏晋文学观之"文学自觉"问题，与笔者主论文体自觉者异趣。其他如聂付生、王栋等人的论文中也偶尔泛论或语及"文体自觉"[①]，对本书相关论题的参考价值有限。

后一项内容方面，除笔者外，其他人迄今尚未见有集中论述者，故暂无文献成果可述。

另，国家社科及教育部已立项目中，迄今为止，也尚未见有关本书上述三项内容（即文体浑和与文体演进之关系，文体自觉，中国古代知类文化与文体学之关系）之任一项的。

[①] 如聂付生有《文体自觉与晚明文人的传播观念》（《浙江传媒学院学报》2003 年第 1 期）一文，其文只是在普通意义上泛泛使用"文体自觉"一词，其落脚点在晚明文士的传播观念的转变与通俗文学文体（小说、戏曲、民间说唱文学等）的升温趋势，而不在"文体自觉"。王栋有《杨雄赋论中的文体自觉意识》（《西南交通大学学报》2007 年第 5 期）、《杨雄赋论中文体自觉意识的形成》（《中国社会科学院研究生院学报》2007 年第 5 期）等论文，言及"文体自觉"，但其所论重心是杨雄的赋体自觉问题，文体自觉问题只是语及。

第一章 中国古代文体学基本概念解析

第一节 什么是文体

本节内容提要：文体概念是文体学的核心问题，同时也是难题。在中国古代，文体概念尤其纷纭。原因是多方面的：客观上，文体鲜活多变，与时俱进，难以把握；历史上，"文体"概念长期被随意使用，人人不同、单人亦异，故愈用愈乱，本义隐没；文化上，国人一向务实不务虚，缺乏学术规范意识，没有定义概念的习惯；主观上，当今学人惟古是尊，超越精神不强。考诸西方，文体有 genre 及 style 等语，前者可译为"文类""体类"，后者可译为"风格""语体"。在中国古代，"体"本谓人之体，后衍为物之体，又演为卦体，再抽象为"法式""样子"等，并移用于文"体"。现今学界之中国古代文体内涵论有"一元论""二元论""多元论"诸种。一般说，一元论谓体类（相当于 genre）；二元论谓体类和风格（相当于 genre + style）；多元论说法不一，然于义为长，显示文体内涵论的日趋完备。文体可这样定义：文体是人们在语文活动中，依据体裁文类、语言特征、体性风格、表达方式、口吻人称、功用宗旨及篇幅长短等七个要素的综合考虑而对所有语本和文本的类别划分；文体的七个义项中，核心义项是体裁文类；而在中国古代，文体的核心义项有二：体裁文类和体性风格。当然，这个定义不是终裁，也不可能有终裁。在这方面，开放的态度永远是必需的。但开放不等于乱放。有三点必须申明：第一，古代之"文体"可能不是一个范畴，而是若干范畴，之间的关系属近义词关系，但义近而词异；第二，文体既非一词，则不必孜孜于一个统一的文体定义，可以分论、分研；第三，就特定论者或论著言，在使用"文体"一词时，须先标明涵义，做到专义专用，以免个人、单文而多义混用。如此，则"文体"概念之使用庶几可做到一而多、多而一，热闹有序，活而不乱。

何为文体？这个问题看似简单，实很复杂。时下，虽然文体学研究如火如荼，但却罕有学者专门地、集中地讨论这个问题，遑论定谳。此之谓"文体概念的危机"。"文体"是文体学中最基本的概念。基础不牢，地动山摇。文体概念之危机不除，文体学难免乎海市蜃楼。

一 "什么是文体"为什么成难题

既然文体学研究一直"高烧不退"，既然"什么是文体"之问题又如此之"基本"，那么，为什么相关研究却不"给力"呢？原因是多方面的。

第一，客观原因。文贵鲜活。文体尤其崇尚新异，不能定形。鲜活新异即难把握。可以这样说，文体问题既抽象，又具体；既理性，又感性；既自觉，又反自觉；一方面趋于成熟和定型，另一方面又逆生长、反定型。"定体则无，大体则有。"（金·王若虚《滹南遗老集》卷三《文辨》）大体难为言，定又不易定。恰似一个无形的"大泥鳅"，如何捉摸？更不要说那些四不像的"文体怪"又时时冒出添乱。写作者恃才纵意，跑得很欢，理论者追得很累，好不容易追上了，捉到了，但定睛一看，又似乎不是那么回事；或一转眼，又滑脱了。总之，"文体"本身就是一个极其活泛的文学现象。或许，在未来相当长的一段时期里，此问题亦仍然难以定谳。

第二，历史原因。古人发语简淡，感性大于理性，形象超过逻辑。所以在中国传统文体学中，"文体"一词的使用也较随意，导致"文体"内涵的混乱。这一点，虽古之文论大家亦然。例如有人想统计刘勰《文心雕龙》中的"文体"有多少种含义，结果却是徒劳的："检《文心雕龙》全书，'体'字共出现一百九十余次，笔者试图从语义上对其归纳，但却无功而返。'体'的含义实在是太丰富了，而且是许多层面的意义叠加在一起,越想把它说清楚,则越容易把它说死。"①刘勰尚如此,他辈更遑论。于是,一个文体,各自表述。文体是"公器",人人可以用,既有正用、借用和喻用,也有滥用、错用和盗用。文体是个筐,什么都可以往里装。长期如此,混乱逾甚。

第三,文化原因。中国传统文化的主流一向务实不务虚,重实践、轻理论,理论又重人伦道德、轻文艺审美。《论语·学而》:"子曰:行有余力,则以学文。""行"就是品行。修身养性压倒一切。"自天子以至于庶人,一是皆以修身为本。"(《大学》)"学文"多余,作文更甚。所以在人文领域,除了历史的情形稍特殊外,其他方面可有可无,仿佛无足细论。故古人的理想"主业"几乎百分之百是为官做宰,写作一般是"副业",或不得已而为之;且,古人即使选择作文时,一般也偏重所谓的"实学",忽略理论的价值。中国自古有官本位、有钱本位,也有道德本位,何尝有文本位!故圣哲如孔子亦从不言"性与天道";且对造作"空文"从无兴趣。中国古代学术观、学术价值观发育不良。所以,中国古代虽不乏著书立说者,但大都不讲学术规范,对厘清概念亦无兴趣,甚至缺乏"概念意识"。徐复观说:"中国著作的传统,很少将基本概念,下集中的定义,而只作触机随缘式的表达。这种表达,常限于基本概念某一方面或某一层次的意义。"② 过常宝说:"《论语》无意于理论构建……孔子的语录中很少有观念性的描述,看起来似乎是在刻意回避体系和概念。"③

古人动言"正体"。然倘不正义,何以正体!

第四,主观原因。当今学人未能正确处理"古今问题""中西问题""历史与逻辑的关系问题"等,导致文体概未及厘清。在任何学科领域,古今问题都是一个基本问题。如何对待文化传统,也都是一个很纠结的事情。在这方面,人们很容易走向两个极端:一曰因循守旧,二曰清盘重来。不幸的是,前者往往占上风。当前中国传统文化热,更易于使很多学者"免检"地全盘接受祖宗之法。甚乃逢古辄捧,

---

① 杨东林:《开放的文体观——刘勰文体观念探微》,《文史哲》2008年第4期。
② 徐复观:《中国文学精神》"自序三",上海书店出版社2006年版。
③ 过常宝:《先秦散文研究》,人民出版社2009年版,第228页。

重拾文言，再回甲骨。姑不论其当耶非耶，但有一点是肯定的：这些是延续"文体"概念之混乱局面、阻碍文体概念及时厘清的主观原因。至于中西问题、历史与逻辑的关系问题，亦大体如是，不消细说。

二 古人如何认知"什么是文体"

什么是文体？先看西方，再说中国，最后说我国现当代学者的认识。

（一）西方传统的"文体"概念

西方"文体"概念源于西文之"style"一语。"style"可译作"语体""风格""格调""笔调""文风"等，也可译作"文体"。"style"源于拉丁语"stilus"，本义是指"用金属、骨头等制成的一种工具。一端成尖状，用来在蜡块上刻字；另一端扁而宽，用来磨光蜡块和擦去已写字母"①。故"stilus"可译为"尖笔"或"刻刀"；然后，把人的笔迹也称为"style"；再后，引申指写作、言说的样式、特殊性、文体等。

大概而言，西方人的"style"也可以相当于现代汉语的"文体"。汉语"文体"一词内指非一，同样地，西语的"style"也有诸多义蕴。如荷兰学者安克威思特在《语言学和文体》中列举了文体的内涵，有七种之多：a. 以最有效的方式讲恰当的事情，b. 环绕已存在的思想或情感的内核的外壳；c. 在不同表达方式中的选择；d. 个人特点的综合；e. 对常规的变异；f. 集合特点的综合；g. 超出句子以外的语言单位之间的关系。② 英国的杰弗瑞·里奇和米歇尔·肖特在其合著的《小说文体》中也列举了关于文体的七种义项：（1）语言使用的方式；（2）对语言所有表达方式的选择；（3）以语言使用范围为标准；（4）文体学以文学语言为研究对象；（5）文学文体学以审美功能为重点；（6）文体是透明而朦胧的，可解释和言说不尽的；（7）表现同一主题时采取的不同手法。③ 我国学者刘世生也曾探讨英语"style"一

---

① *The Oxford English Dictiona*, 2nded., prepared by J. A. Simpson and E. S. C. Weiner, Oxford: clarendon Press; Oxford; NewYork: Oxford University Press, 1989.
② 转引自童庆炳《文体与文体的创造》，云南人民出版社1994年版，第59页。
③ 转引自童庆炳《文体与文体的创造》，云南人民出版社1994年版，第60页。

词的含义，共列举出了 31 种含义。① 美国文艺理论家韦勒克、沃伦则把"style"理解为"具有个性的语言系统"和"系统的个性特征的总和"。② 这个理解实际接近于古代汉语之"体性"、现代汉语之"风格"，应属狭义之"style"。如果说 style 谓文体，那么，stylistics 就是文体学了。在西方，文体学源于古希腊的修辞术，"文体学（stylistics）是应用语言科学的方法和成果，以完成文学文本分析的一种批评方法。所谓'语言科学'（Linguistics），这里指的是对语言整体及其结构的科学研究，而非个别语言的研究。文体学发展于 20 世纪，其目标是展示文学作品的语言学技术特征，例如其句法结构，并以之服务于作品的整体意义和效果"。"从一定意义上说，文体学是古代称为'修辞'（rhetoric）的学科的现代版。"③ 这种"文体学"概念主要流行于"中国的西方文体学"学界。如刘世生曾说："文体学是研究文体风格的学科。"此说可谓把文体学约等于文体风格学了（即：文体学≈文体风格学）。这种"文体"概念在中国传统文论语境中是偏颇的。还有，因为西方人分析文体风格主要借助于语言学的诸种理论，故曰"语言学是文体学的理论基础"，"文体学是一门应用学科，所用的分析模式主要来自语言学理论"。④ 刘世生是我国西方文体学领域里的领军人物之一，他说的狭义的、主要指文体风格的"文体学"，这是"中国西方文体学"界里的权威性和代表性观点。到 2016 年，刘世生又提出了修正版的文体学定义："文体学是研究文体风格或语言体裁的学问。"⑤ 他这里所讲的"文体学"，仍属"西方文体学"；大致相当于中国文体学里面的风格学与语体学之和；同理，他所讲的"文学文体学"约相当于"文学风格学和文学语体学"（例如它的小说

---

① 刘世生：《文体学的理论、实践与探讨》，《北京大学学报》（英语语言文学专刊）1992 年第 2 期。

② ［美］韦勒克、沃伦：《文学理论》，刘象愚等译，浙江人民版社 2017 年版，第 169 页。

③ ［英］彼得·巴里：《理论入门：文学与文化理论导论》，杨建国译，南京大学出版社 2014 年版，第 199、201 页。文中"古代"指中世纪以前。

④ 刘世生：《西方文体学论纲》（前言），山东教育出版社 1998 年版，第 1、3、4 页。

⑤ 刘世生：《什么是文体学》，上海外语教育出版社 2016 年版，第 3 页。另，"文体风格与语言体裁"中，"语言体裁"的表述较个性，也说明西方文体学极重言语。很可能，"文体风格与语言体裁"的规范表述应为"文体风格、语言及体裁"。

文体学实乃小说语体学和小说风格学）。

无论如何，把"style"译为"文体"是不太准确的；不如译为"语体""风格""格调""笔调""文风"等要更准确一些。① 这其中，把"style"译为"语体"最合适；相应地，"stylistics"译为"语体学"最允当。这与中国现代汉语之"文体"有较大差别。因为汉语"文体"的最基本义乃是"体裁""体类"或"文章的样式"（详下）。

西方与"style"相近的概念，还有一个法文词汇"genre"。这是一个法语词汇，源于拉丁文"genus"，其本意是指事物的品种或种类，在文艺学中多指文学的种类或类型。在文艺学领域，也可翻译为"文类"或"文体"。美国著名文学理论家 M. H. 艾布拉姆斯说："文类（genre）为法文词，在文学批评里表示文学作品的类型、种类，或者是我们现在常常采用的叫法——'文学形式'。"② 陶东风说："'文类'一词法文为 genre，原指种类、类型（class、sort、kind），运用于文学作品的分类范畴，把一组有相似性的作品归为一个类型。这种相似性可以是题材、内容方面的，也可以是形式、结构、文体方面的。"③ 当然，在西方，style 与 genre 也常常被搞混。英语还有一个习惯性的表达词组"types of literature"，可翻译为"体裁""文学类型""文学品种""各类文献资料"，当然也可翻译为"文体"。西语之"genre"（法语）或"gene"（英语）或"types of literature"，庶几最贴近于现

---

① 英国文体学家罗杰·福勒主编的《现代西方文学批评术语辞典》中的"style"词条，国内目前有两个版本、两种译法，一曰"文体"，一曰"风格"。四川人民出版社1987年出版的译本中，"style"被翻译为"文体"；而在春风文艺出版社1988年出版的译本中，"style"被翻译为"风格"（［英］罗杰·福勒主编：《现代西方文学批评术语辞典》，周永明等译，春风文艺出版社1988年版，第268页）。"四川人民版"之该词条写道："文体即表达方式。……文体是语言的一个方面，它的意义主要来自个人或文化的特质，而不是来自语言本身的特质。""文体能代表某个作家、某个时期、某种说服人的特殊方式（修辞术）或某种体裁。"（［英］罗吉·福勒主编：《现代西方文学批评术语词典》，袁德成译，朱通伯校，四川人民出版社1987年版，第269、270页）用的是"文体"，实际讲的是风格。"春风文艺版"用的是"风格"。具体翻译也常常有所不同。比如，主编的名字一个译作"罗杰"，一个译为"罗吉"；书名一个译为"辞典"，一个译作"词典"。

② ［美］M. H. 艾布拉姆斯：《欧美文学术语词典》，朱金鹏、朱荔译，北京大学出版社1990年版，第126页。

③ 陶东风：《文体演变及其文化意味》，云南人民出版社1999年版，第7页。

代汉语之"文体"。

关于 style 与 genre 及其之间的关系,台湾学者、复旦大学特聘教授张汉良曾有如下表述:"今天的学者多以'文体'表 style,取代了俗译的'风格',以'文类'表 genre,取代了旧称的'文体'。……英文的 style 一字来自古法语,后者复源出拉丁文,原来指'笔'(在蜡版上刻画者),今天法文的钢笔 stylo,仍然还保留了这个字源意义。根据字源,style 译为俗称的'文笔'反倒更接近真相。……从书写工具的 style,语意开始蔓延,引申出文字表现的方式与特色……因此,我们讨论文体时,无法离开对语言应用的考察。"[①]

(二) 中国古代的"文体"概念

在我国古代,文体也有多种含义。一般理解,文体是"文之体",而非"文和体";属偏正结构,意义重心在"体"。故文体常省称"体"。汉语"体"字繁体作"体"或"體",本意指人的身体;后来简化为"体"。《说文解字》:"体,总十二属也,从骨,豊声。"骨谓骨架、骨节,豊谓秩序、规矩;骨与豊合为"体",意为骨架依次布列也。其中,豊音 lǐ,《说文解字》:"从豆,象形,行礼之器也。"可见,"豊"是古代祭祀时用的礼器,是"礼"的本字;在"体"字中为声符,兼表意。段玉裁《说文解字注》解释"总十二属"为顶、面、颐(首属三),肩、脊、臀(身属三),肱、臂、手(手属三),股、胫、足(足属三)等。又《广雅》:"体,身也。"可见,体的本意是指人的整个身体结构;后来,引申为指人的体貌、体态和事物的形状、形态、形象等意义。如《孟子·告子下》云:"饿其体肤,空乏其身。"又《韩非子·喻老》:"居五日,桓侯体痛。"又《玉台新咏·古诗为焦仲卿妻作》(东汉民歌)曰:"可怜体无比。"皆指人体。又《荀子·富国》:"万物同宇而异体。"此句之"体",既谓人之体,亦谓物之体。

在周代,八卦之形也可称为"体",即卦体。这样,"体"就已经

[①] 张汉良:《比较文学理论与实践》,东大书局(台北)1996年版,第115—116页;转引自陈慧婷《〈聊斋志异〉的文类研究——志怪传奇之类型考察》,硕士学位论文,台湾和立静谊大学,2006年,第11页。

开始抽象化了。《周易·系辞》曰:"故神无方而易无体。"唐代孔颖达疏云:"体是形质之称。"又《诗经·卫风·氓》:"尔卜而筮,体无咎言。""毛传"解释曰:"体,兆卦之体也。"这里的"体"(即先秦、秦汉人所说的"体"),指卦体、卦象,已有抽象化倾向了。由这些含义再发展,"体"就又有了法式、样子之意。如成书于战国、秦汉间的《管子·君臣上》写道:"故君明、相信、五官肃、士廉、农愚、商工愿,则上下体而外内别也。""上下体",意思是"上下各得其体也"(唐代尹知章注语)。"体"还有"次序"意。《释名·释形体》:"体,第也。骨肉毛血,表里大小相次第也。"(东汉·刘熙《释名》,《景印文渊阁四库全书》卷二)此意应该不是"体"的本意,而是附会意。此意也较抽象。

随着"体"的抽象化,以体论文也就水到渠成了。以体论文想必发生得很早。比如《左传·昭公二十年》已有"声亦如味,一气二体"之语。唐代孔颖达《疏》曰:"乐之动身体者,唯有舞耳。舞者有文武二体。""二体"谓文舞、武舞。大约至迟到魏晋六朝时期,人们已经习惯于把形体之"体"移用于文体之"体"了。所以台湾学者徐复观说:起初"'体'就是人的形体,大概在魏晋时代,开始以一篇完整的作品,比拟为形体之'体'"①。例如《文心雕龙·熔裁》曰"夫百节成体,共资荣卫;万趣会文,不离辞情",又《文心雕龙·丽辞》曰:"体植必两,辞动有配。左提右挈,精味兼载。"这两处引文都是人或物之"体"与文体之"体"联用的情况,直接显示了"体"由"身体"之意向"文体"之意的初步转化的情形。又《文心雕龙·附会》:"夫才童学文,宜正体制,必以情志为神明,事义为骨髓,辞采为肌肤,宫商为声气。"这是以人体的结构直接比拟文体的组成,这显示了两者本属"异质同构"之关系。南宋孙德之则直接说:"盖文之有体,亦犹人之有体也。四体不备,不可以成人;众体不备,不可以为文。"② 但是,在中国古代文论领域里,虽然人们常常使用"体"

---

① 徐复观:《中国文学精神》,上海书店出版社2006年版,第182页。
② (宋)孙德之:《书刘改之词科进卷》,清道光四年孙氏刻本《太白山斋遗稿》卷上。另按:引文中的"众体",非谓诸种文体,而谓构成某一文体的诸基本要素。

或"文体"一词,但从未有人(尝试)给文体下一个定义。

(三)当今学术界的"文体"内涵论研究及其争议

20世纪80年代以来,文体学渐兴,至今可谓繁荣。那么,什么是文体?或者,"文体"究竟有哪些含义(义项)?对此,学者们异议纷纭。总的来说,这些看法可分为"一元论""二元论""多元论"等三大派。

1."一元论"

这种观点出现较早,大约出现于20世纪80年代。此派认为古代的"文体"有一个义项;绝大多数论者倾向于认定这个义项就是"体类"或"文类"。

褚斌杰《中国古代文体概论》一书初版于1984年,后多次修订、再刊,流布广,影响大。在此书之"前言"中,作者提出:"文体,指文学体裁、体制。"① 此说要言不烦。其中最值得关注的,是他"漏掉了""体性"(即风格)一义。他不赞成把风格论也归属于文体学。可称曰"一元论"文体观。

出版于1988年的《中国文体学辞典》没有定义"文体";不过,主编朱子南在"前言"中有言:"几千年来,我国在社会生活中形成、产生了大量的文章样式。社会的发展,工作的以及人们精神生活的需要,文章体裁的种类也益趋丰富繁复。"② 又,该辞典的主体部分也是布列和阐释各种体裁、文类,而对"元合体""长吉体"等风格之体的"体"则只是顺带提及。由此可见,该著的"文体"概念主要谓体裁、体类,基本上是一元论的。

日本学者铃木虎雄提出文体的"体"有体裁、体性两义,但他主要关注"体裁"一面。③ 实际上也属于"一元论"。

陶东风说:"文体就是文学作品的话语体式,是文本的结构方式。如果说,文本是一种特殊的符号结构,那么,文体就是符号的编码方式。"其说属于建立于西方文体学理念基础上的一元论。

---

① 储斌杰:《中国古代文体概论》,北京大学出版社1990年版,第1页。
② 朱子南主编:《中国文体学辞典》,湖南教育出版社1988年版。
③ 详参[日]铃木虎雄《中国诗论史》,许总译,广西人民出版社1989年版,第78页。

2. "二元论"

这种观点出现得也较早，流行也较普遍、较持久。二元论一般谓风格与体类。另，这里提醒读者看下文时稍稍留意一下诸论之"二元"之排列先后；即使这个次序出于无意识，也值得注意。

1934年出版的郭绍虞《中国文学批评史》提出"风格""体制"之二元论文体内涵说。郭虽先言风格，但讲说口气似乎更偏于体制，"由文之形式言，语其广义而说得抽象一些便是风格；语其狭义而说得具体一些，便是体制"，"对于文学作品再进为具体一些的认识，于是便成为文章体制分类的问题了"。① 这年，罗根泽也推出了他的《中国文学批评史》。书中写道："中国所谓文体，有两种不同的意义：一是体派之体，指文学的格（风格）而言，如元和体、西昆体、李长吉体、李义山体……皆是也。一是体类之体，指文学的类别而言，如诗体、赋体、论体、序体……皆是也。"② 郭、罗有师徒之谊，故其说彼此彼此，两人都先讲风格，后说体类，且都以后者为重。郭所说的"体制"，实即罗所说的"体类"。两说皆要言不烦。

到20世纪60年代，陆侃如在论及《文心雕龙》的"文体"一语时说："'体'字在《文心雕龙》中主要有两种意义：一是体裁，二是风格。"③ 请注意：其二义的排列次序适与郭、罗相反。

到20世纪80年代，王运熙也曾撰文言："'体'，在中国古代文论中是一个经常出现的名词。它又叫'体制'，体有时仅指作品的体裁、样式，那比较简单；但在不少场合是指作品的体貌，相当于我们现在所谓风格，它的含义就丰富了。"④ 王运熙亦先言体制，后说风格。

詹福瑞先生说："在古人所说的'体'中，既有指风格的'体'，

---

① 郭绍虞：《中国文学批评史》（上卷），百花文艺出版社1999年版，第113、115页。按：郭著上卷最早出版于1934年，下卷最早出版于1947年，商务印书馆。
② 罗根泽：《中国文学批评史》（一），上海古籍出版社1984年版，第146页。按：此书最早出版于1934年，北京人文书店。
③ 陆侃如：《文心雕龙术语用法举例》，《文学评论》1962年第2期。
④ 王运熙：《中国古代文论中的"体"》，《当代学者自选文库·王运熙卷》，安徽教育出版社1998年版，第722页。

又有指体裁的'体'。而在讲风格的所谓的'体'中，也包含了以风格为核心而形成的文学流派。"① 据此，"体"有两义：体类，体性。前者主要谓体裁，后者主要谓风格。这是"二元论"文体观。

查 20 世纪 80、90 年代出版的大型辞书《辞海》《词源》《古代散文百科大辞典》等书之"文体"条，也都解释"文体"为二义，即体裁、风格。② 另，有趣的是，此二义的排序有异：《词源》首列体裁；《辞海》和《古代散文百科大辞典》则首列风格。

谭帆、王庆华说："在中国传统文论中，'文体'一词简称'体'，主要有两种含义：一种相当于'体裁'，也成为'体制'、'体格'、'大要'等，即作为一种文类的体式规范，它是在区分文章类别特征，对文章进行分类的过程中形成的概念；由此概念而形成的'文体论'、'体制论'包含着十分广泛而丰富的内容。概而言之，'文体论'、'体制论'讨论的核心内容主要指功用宗旨、创作原则、篇章体制、题材选择、艺术旨趣、表现方式、风格特征等一系列文类规定性。一种指个体、流派或时代的创作风格，如元白体、西昆体、建安体等。"③ 这也是二元论。

钱志熙的看法比较独特。他也属于"二元论"文体内涵观一派。不过，他标揭的"二元"异乎上述诸位，他认为"传统文论中所说的'体'、'文体'，是完全包含了我们今天的体裁研究的文体学与西方的研究文学语言的本质及其具体表现的文体学这样两个方面的"④。这是中西合璧的二元论。顺便一提的是，钱志熙不赞成把风格论归入文体学。

3．"多元论"

凡认为古代"文体"之内涵有三个或三个以上者，归为"多元

---

① 詹福瑞：《古代文论中的体类与体派》，《文艺研究》2004 年第 5 期。
② 详参《辞海》，上海辞书出版社 1979 年版，第 3511 页；《辞源》，商务印书馆 1998 年版，第 737 页；《古代散文百科大辞典》，学苑出版社 1991 年版，第 824—825 页。
③ 谭帆、王庆华：《中国古代小说流变研究论略》，载吴承学、何诗海主编《中国文体学与文体史研究》，凤凰出版社 2011 年版，第 45—56 页。
④ 钱志熙：《论中国古代的文体学传统——兼论古代文学文体学研究的对象与方法》，《北京大学学报》2004 年第 9 期。

论"文体内涵论。这些看法大多出现于21世纪之后。斯时,古代文体学已经昌盛,"文体"意蕴研究日精,故有多元内涵论。

詹锳《文心雕龙义证》之《体性》篇论及我国古代文论中的"体性"一词时说,中国古代的文体的"体"有三种含义:"《文心雕龙》中作为专门术语用之'体',含义有三方面之意义,其一为体类之体,即所谓体裁;其二为'体要'或'体貌'之体。'体要'有时又称'大体'、'大要',指对于某种文体之规格要求,'体貌'之体,则指对于某种文体之风格要求……而在本篇中'体性'之体,亦属体貌之类,但指个人风格。"① 据此,"体"有"三义":体类,体要,体性。

童庆炳说:"从文体的呈现层面看,文本的话语秩序、规范和特征,要通过相互联系又相互区别的范畴体现出来,这就是(一)体裁;(二)语体;(三)风格。"② 他在论及《文心雕龙》的文体概念时也说:"我认为,文体包含由低到高三个层次,即体裁、语体和风格。"③

陈伯海提出"文体不只是语言组合的方式,更且是整个作品'言—象—意'系统的结构范式","体貌、体式、体格,合组成文体内涵的三个层面"。④

汪涌豪提出:"古人所说的'体'或'文体',有这样三层意义:一是体制体裁,这是最基本的。二是语体语势……三是所谓'体性',即风格特征。"⑤

李士彪认为:文体"总的来看,主要有三方面的含义。一是指文章体裁","二是指文章风格","三是指篇章体制,即一篇文章本身及其各组成部分","体裁是一篇文章的类别,就像人有男女之别、有老少之分;篇体是文章的构成,就像人有躯干、四肢;风格是文章整体风貌的体现,是文章的审美特征,就像人有精神气质,有雅俗美丑之

---

① 詹锳:《文心雕龙义证》,上海古籍出版社1989年版,第1010页。
② 童庆炳:《童庆炳文集》(第四卷"文体与文体的创造"),北京师范大学出版社2016年版,第90页。另,《文体与文体的创造》作为单本书最早出版于1994年,由云南人民出版社出版。
③ 童庆炳:《〈文心雕龙〉"循体成势"说》,《河北学刊》2008年第3期。
④ 陈伯海:《说文体》,《文艺理论研究》1996年第1期。
⑤ 汪涌豪:《中国古代文学理论体系·范畴论》,复旦大学出版社1999年版,第188—189页。

分。一篇文章同时具有体裁、篇体、风格三个方面"。①

曾枣庄说:"文体的'体',包括文体之体(各种文本的体裁)、体格之体(各种文本的风格)、体类之体(各种文本体裁、题材或内容的类别)三个方面。……体类是文体分类的基础,体裁是文体的形式和载体,体格则是文体的灵魂和精神风貌,三者密不可分,具有层次性。"② 他说的体裁,不仅包括文学体裁,也包括经史子尤其是史书的体裁;他说的体格即风格;他说的体类即《〈文选〉序》所说的基于体裁、题材和时代等所作的分类。另外,曾枣庄还说,当"文体"谓风格时,中国古代有五名:"一称体";"二称品";"三称体制";"四称体格";"五称体类","中国古书中多有'体类'一语,有的即指诗文风格"。③ 笔者认为,第一,曾枣庄列举的这些指"风格"的词,实不尽指风格。他讲的风格五名里,也含非风格之义。他论每一名时,皆举出古代文论的材料来支撑,其言有据;不过,我们也可以举其他材料以证其义非谓风格。如第一名称"体",在古代意义极多,但其最常用的含义应当是体裁、体类,而非风格。再如第五名"体类",曾枣庄自言"有的即指诗文风格",不过"体类"谓风格者不多,如其所举例句:苏颂《与胡恢论南唐史书》:"太史公、班固诸史所记制诏文,体类皆不同,尽当时之言也。"这里的体类,实际是说用了"当时之言"(即口语)。不同的语体、语式有不同的风格,故此"体类"谓语体风格(异乎文体风格或文学风格)。第二,上述论述说明曾枣庄实质上是文体含义的六元或七元论者。

美国汉学家宇文所安(Stephen Owen)也是"三元"论者。他认为,中国古代文论话语中的"体","既指风格(style),也指文类(genres)及各种各样的形式(forms),或许因为它的指涉范围如此之广,西方读者听起来很不习惯"。其实,如上所述,西方的"文体学"的指涉范围也很宽泛——此且不论。就其所列三条看,大致相当于风

---

① 李士彪:《魏晋南北朝文体学》,上海古籍出版社2004年版,第1—3页。
② 曾枣庄:《中国古代文体学》(上卷·中国古代文体学史),上海人民出版社2012年版,第7页。圆括号内的内容为作者本有。
③ 曾枣庄:《文化、文学与文体》,上海人民出版社2011年版,第317—320页。

格、文类、语体。

中国台湾学者颜昆阳也是三元论者:"'文体'一词的涵义。它是一个组合式合义复词,望名之义就是'文章之体'……'体'字的三义:或指文章之'自身',即其本质与功能;或指文章之'形构',即所谓'体裁';或指文章之'样态',即所谓'体貌'、'体式'或'体格'。"①

郭英德认为文体有"体制""语体""体式""体性"四义。他说:"如果以'文体'一词指称文本的话语系统和结构体式的话,那么,文体的基本结构应由体制、语体、体式、体性这四个由外而内依次递进的层次构成。体制指文体外在的形状、面貌、构架,语体指文体的语言系统、语言修辞和语言风格,体式指文体的表现方式,体性指文体的表现对象和审美精神。"② 另,郭英德把他的这些论述称为"中国古代文体形态学"。

黄念然也认为"文体"的"主要含义"有四,即:"1. 体裁或文类","2. '体性',即风格","3. 体式、体格,大体相当于文体的表现方式","4. 文体即具体可辨的语言运用特征"。③ 其四义之内涵、命名与郭英德之四义说庶几。

何诗海认为,"在中国古代文学和古代文学批评语境中,'体'、'文体'除了体裁、体式这一基本含义外,还有更丰富的内容",然后他列举了最常见的"数端":1. 语言特征;2. 体质结构及其表现形式;3. 体要、大体;4. 体貌、风格。④ 其论实乃文体"五义项"说。

吴承学把"文体"二字拆开来讲。在讲到"文"时,他说:"就'文体'之文而言,古代'文'的范围也是相当宽泛的,几乎所有出自人类情感而运用技巧和修饰的语言文字形式都可称为'文'。除了像诗歌、辞赋及日常公私所常用的文字等,还有大批我们现在已经很

---

① 颜昆阳:《论"文体"与"文类"的涵义及其关系》,《清华中文学报》2007年第1期。
② 郭英德:《中国古代文体形态学论略》,《求索》2001年第5期。此文后收入《中国古代文体学论稿》(北京大学出版社2005年版)一书;也见郭英德《明清传奇戏曲文体研究》,商务印书馆2004年版,第5页。
③ 黄念然:《中国古代文体学思想的特点及其文化成因》,《中国政法大学学报》2012年第3期。
④ 何诗海:《汉魏六朝文体与文化研究》,北京大学出版社2011年版,第3—4页。

少了解的'文'。"讲到"体"时,他"初步归纳"了以下六种含义(可谓之"六义"说):A. 体裁或文体类别;B. 具体的语言特征和语言系统;C. 章法结构与表现形式;D. 体要或大体;E. 体性、体貌;F. 文章或文学之本体。①

这些观念,吴承学后来又曾在有关论文中详细阐述,意思庶几,但表述更准确:"中国古代的'文体',不是内容与形式的简单组合,而是一个外延宽泛、内涵丰富的学科概念。如果要细致区分的话,'文体'大致可以包括:体裁或文体类别,具体的语言特征和语言系统,章法结构与表现形式,体要或大体,体性、体貌,文章或文学之本体等方面的内容。'文体'的内涵非常复杂,但简要而言,即在体裁与体貌二端:体裁就像人的身体骨架,是实在的、形而下的;体貌如人的总体风貌,是虚的、形而上的。体貌含义近乎现代的'风格'一词。"② 对"文体"一词的内涵,吴的详说是"六种",简说是"二端"。从其"二端"来看,他对文体的看法与罗根泽、詹福瑞等人之说"大体"是一致的。

杨东林认为"文体"概念"充满辩证色彩",不主张"从语义上对其归纳","'体'需要在各种关系中去理解和把握",否则会"把'体'理解得平面化"。③ 窃以为其说与下面将要引述的徐复观之递进式"三次元"文体内涵说有一定的交集。

无论如何,文体意蕴多元论探讨的展开,犹如潘多拉盒揭盖,引发纷纷热议,几多混战。下面解剖一次经典的混战案例,以飨读者。这次混战地跨两岸,人皆英豪,非常精彩。点火者是台湾学者徐复观的一篇文章。先交代一句:徐复观也属于文体内涵"多元论"者。他在论及《文心雕龙》文体观时说:

> "体",如前所述,即是形体,即是形相,所以《文心雕龙》

---

① 详参吴承学《中国古代文体学研究》"第一章 中国古代文体学论纲",人民出版社2011年版,第16—22页。引文见此书第17页。
② 吴承学:《建设具有现代意义的中国文体学》,《文学评论》2015年第2期。
③ 杨东林:《汉魏六朝文体论与文体观念的演变》,科学出版社2018年版,第165页。

上，常将体与形互用，《定势》篇"赞"谓"形生势成"，即该篇上文之所谓"即体成势"，此即体与形互用之一证，也即是文体最基本的内容，也即前面所说的艺术的形相性。但此形体，应分为高低不同的次元。低次元的形体，是由语言文字的多少长短所排列而成的，此即《文心雕龙·神思》篇所说的"文之制体，大小殊功"。例如诗的四言体、五言体、七言体、杂言体、今体、古体，乃至赋中有大赋、小赋，有散文、有骈文等是。文体既是形相，则此种由语言文字之多少所排列而成的形相，乃人最易把握到的，这便是一般所说的体裁或体制。但仅有这种形相，并不能代表作品中的艺术性，所以体裁之"体"，是低次元的，它必须升华上去，而成为高次元的形相，这在《文心雕龙》，又可分为"体要"之体与"体貌"之体。体要之体与体貌之体，必须以体裁之体为基底；而体裁之体，则必在向体要与体貌的升华中，始有其文体中艺术性的意义。体要与体貌，如后所述，可以说来自文学史上两个系统。但体要仍要归结到体貌上去。所以若将文体所含的三方面的意义排成三次元的系列，则应为体裁→体要→体貌的升华历程。有时体裁可以不通过体要，而径升华到体貌。"体貌"是文体一词所含三方面意义中彻底代表艺术性的一面。[①]

此文发表较早，影响较大；同时，徐复观对其属意亦甚高，自以为可正几百年来国人对"文体"的理解的谬误，可复古代文体一词"含义之旧"，可"通中西文学理论之邮"，可"奠"中国文体论之"基"。其说法也的确较独特，但其观点有问题。他认为，"'文体'一

[①] 徐复观：《文心雕龙的文体论》，《中国文学论集》，台湾学生书局（台北）1976年版，第18—19页。按：此文原刊于《东海学报》1959年第1卷第1期，后收入其《中国文学论集》一书，再后更名为《中国文学精神》在大陆出版（上海书店出版社2006年版）。按：徐文在岛内也引发了一场争议。先是龚鹏程针对徐文发表《文心雕龙的文体论》[原载《中央副刊》（台北）1987年12月11—13日]，反对徐将"文类"与"文体"分开及只把"文体"作近乎现代风格学上的阐释；再后，颜昆阳发表《文心雕龙"辩证性的文体观念构架"》，对徐、龚的论调展开批评，但他并未能就文体的内涵作出明晰的界定，其文收入《六朝文学观念丛论》[正中书局（台北）1993年版]。其他还有王梦鸥、虞君质、杨牧等也卷入了争议。可见，台湾岛内的"文体"内涵之争也很激烈。

词含义之旧"是指"文学的形相"或"文学中的艺术性的形相","体即是形体、形相";中国古代的"文体"一词与英法文学理论中的"style"的含义完全相通,"与西方文学中的所谓 style 的基本条件和基本内容有本质上的一致"①,二者都是指文学中最能代表其艺术性和审美性的"文学的形相"。此论偏颇。他重视"体貌",且他说的"体貌",其实就是风格,他这样讲本亦不能算错。因为,"文体",至少中国古代的"文体",本来就有或主要有"风格"之义;自古以来就有一些论家特别看重这一点,这本来也没什么;但如果强调它而排斥其余,这就不对了。徐复观的问题就在这里。他犯了以偏概全的错误。他还把"文体"与"文类"对立起来,认为六朝人的"文体"观都是正确的,而明代以后以至今天人们都误把文类当文体了。问题是:把文类当文体是"错误"吗?他要排逐"文类"于"文体"之外,这也不妥。因为,文体的最基本的含义正是体裁。这是不能否定的。至于"三次元"之表述,只能说明其论乃"三元论"文体观。但"三次元"中,他最推崇"体貌"(风格),这似乎又可视为"一元论"。

童庆炳扬弃了徐复观的论点,提出了己说。他说:"与徐复观不同的是,我对文体还有另一种理解。我认为:'文体不单是指那种被狭隘化了的文类,也不单是指文学的风格,我们试图从更丰富的意义上来探讨它。我们大致上给文体这样一个界说:文体是指一定的话语秩序所形成的文本体式,它折射出作家、批评家的独特的精神结构、体验方式、思维方式和其他社会历史、文化精神。上述文体定义实际上可分两层来理解,从表层看,文体是作品的语言秩序、语言体式,从里层看,文体负载着社会的文化精神和作家、批评家的个体的人格内涵。'""我认为,文体包含由低到高三个层次,即体裁、语体和风格。体裁是文体的基础,它制约着作品的语言状态;语体则是作品实际的秩序和体式,即语言的长短、声韵的高低和排列的模式等;风格是作家创作个性和社会文化的体现。一定的体裁必须升华为语体和风

---

① 徐复观:《王梦鸥先生〈刘勰论文的观点试测〉一文的商讨》,《中国文学论集续编》,台湾学生书局1981年版,第171页。

格，作品才能获得艺术意味。"① 这里，童庆炳用了"三层次"的说法，意思与徐复观的"三次元"相近。童庆炳是倡导"文化诗学"的，他的"文体"定义论及"三层次"说贯彻了这一理念。但是，"层次论"或"次元"说或许不是表述文体内涵所必需的。档次论可以强调"重点"义，又兼顾"一般"义；或者说，可以平衡文体定义的"多元论"与"一元论"的龃龉。由此说，三级架构不无意义。不过，由此也可以看出，两人虽表面上都是"三元论"，但实际上又钟情于"一元论"。

姚爱斌不同意徐复观的观点。他认为徐文在"学理上留下了很多漏洞：其立论虽新颖独到，但往往失之臆断；其目的虽在揭示'文体'一词的本义，但又与原始文献多有出入；其征引虽然广博，却有很多牵强附会之处；其愿望虽在实现中西互通，却无视双方语境和理论内涵的差异；其目的虽在为中国文体论研究奠基，却未能找到坚实可靠的理论基石"。他提出，文体是指"文章整体存在"，他经过一番认真梳理和思辨后，给"文体"下了这样一个定义，"文体是指具有各种特征和构成的文章整体存在"，并说"古人对文体的诸多描述乃是指文体的某种特征和构成，并非指文体本身，文体的生成和发展包含文章的基本文体、文类文体与具体文体三个基本层次"。他认为，徐复观的错误之一是把文体特征当作文体了；他在征引了詹锳先生《文心雕龙义证》之"体性"部分的内容后，也认为詹锳先生征引的"体"字，"都应指文章的整体存在。詹氏之所以理解为'风格'，也是因为误把文体特征当做了文体"。② 此说后来成为其《中国古代文体论思辨》一书的基本观点，"具有各种特征和构成"在此书中被进一步表述为"具有丰富特征和构成"。③ 姚爱斌不满文体学界对"文体"的解读乱象，欲以文体"一元论"代替"二元论"和"多元论"。按照这个思路，则文体只有一个内涵，其他内涵一般是有问题的；出问

---

① 童庆炳：《〈文心雕龙〉"循体成势"说》，《河北学刊》2008年第3期。引文中的引文出自童庆炳《文体与文体的创造》，云南人民出版社1994年版，第1页。
② 姚爱斌：《论徐复观〈文心雕龙〉文体论研究的学理缺失》，《文化与诗学》2008年第2辑。
③ 姚爱斌：《中国古代文体论思辨》，北京大学出版社2012年版，第74页。

题的原因虽各不相同，但其中一个很突出的原因是误把"文体特征"当文体。

那么，对"文体"的定义或定性，如果不允许揭示或描述"文体特征"的话，还会有其他的途径能做到这点吗？而且，焉知"文章整体存在"论就不是古代"文体"范畴之本然内涵之一？换言之，"文体"概念，不言而喻，本应是就"文章整体存在"而定义的。还有，"文体"本有多个内涵，"一以贯之"的思路或许应"绕行"，否则很可能因表意过于概括和笼统而"定"不了"义"。

愚以为，通过"揭示或描述文体特征"来定义或定性文体，这个思路是合乎逻辑的。问题不在于是否揭示或描述了文体特征，而在于这个揭示或描述是否准确，是否抓住了本质的特征，同时还要看概括是否全面、表述是否允当等。正如姚爱斌所言"文体是指具有各种特征和构成的文章整体存在"；这个归纳分两个基本义项，一是"具有各种特征和构成"，二是"文章整体存在"；但姚爱斌似乎更看重后者。他这个定义，依胡立新所说，是用了层层递进的语言表述方式的；而递进式表述的重心所在，自然是后面。这与上述徐复观、童庆炳的"三档次定义法"似有异曲同工之趣；所以姚爱斌的归纳似乎也同样游移于"多元论"与"一元论"之间。不过，笔者认为，这个归纳的最可取之处不在后者，而在前者，即不在"文章整体存在"，而在"具有各种特征和构成"一语。约言之，要做好文体的定义或定性：第一，必须对文体的所有特征都进行认真的研究、精准地把握和科学地概括；第二，必须突出本质特征或主要特征；第三，必须全面覆盖或尽可能全面覆盖所有的非本质或非主要的文体特征。三者缺一不可。同时，真理都具有相对性。不能指望某一次的精准概括能一劳永逸地解决问题，也不能因为其科学相对性而否定其真理性。

胡立新批驳了姚爱斌："如果说，徐复观的'艺术的形相性'的定义有过窄之嫌，而姚爱斌的'文章整体存在'又有过宽之弊"；因为"文章整体存在"一语含义过泛，"'文章整体存在'有一个抽象的'文章整体存在'和具体的'文章整体存在'之分，作为抽象的'文章整体存在'在《文心》一书中对应的主要是'文'或'文章'这两个词，也包括'文体'一词；作为具体的'文章整体存在'又要区分为文类文章的整体存在和个别文章的整体存在，与'文类文章的整体存在'对应的语词有两种表述形式，一是诗、赋等，二是诗体、赋体等；'个别文章的整体存在'一般称为'篇'或'章'等，有时就直接用篇名指称，如《文言》、《三坟》等。这样看来，与作为'文章整体存在'对应的语词，在《文心》中有文、文章、体、文体、篇、章、具体文类和作品的名称等。显然，姚氏的定义其内涵不具有唯一性"；另外，"对一个多义词的解释应该以并列的方式罗列义项，而不是以递进方式拓展义项，或以包含的方式不断包含其他义项。面对《文心》中有关'文体'范畴的复杂使用和多义指向，一般学者都是采取用并列的逻辑思维，将它们罗列出一二三四来"，"姚文则试图用一个统一的含义囊括文体的所有义项，于是就按照'基本文体——文类文体——个别文体'这样一个文体构成层次，将'文章整体存在'确定为'基本文体'的内涵，然后把'文体'所指称的体格与体貌、体类与体裁、体制与体式等这些'文类文体和个别文体'所包含的内容都作为二级概念内涵，置于标示'基本文体'的'文章整体存在'之中，形成了他关于'文体'的一个完整的定义：'具有丰富特征、构成和层次的文章整体存在'。这里的'具有丰富特征'、'构成'、'层次'能够指称'体'与'文体'范畴所分别指称的不同义项吗？显然不能"，"姚氏在学理上还遵循了'历史与逻辑相统一'的思维方式，其结果却违背了起码的逻辑要求"，当然，"同时，我们也可以看出，尽管姚爱斌对《文心》文体范畴含义的阐释不尽人意，但他运用系统论思维，从一个系统出发来建构《文心》文体学的思路却是具有建设性和指导意义的"。①

对胡立新的上述批驳，笔者尚未看到姚爱斌的反驳文字。笔者认为：胡立新提出在给文体作定义时，在语言的表述方式上，宜用义项并列的列举法，不宜用层层推进的递进式，这是有道理的。但是胡氏的批评也有问题。第一，他认为姚氏的"文章整体存在"论定义有

---

① 本段引文皆出自胡立新《〈文心雕龙〉"体"、"文体"范畴简析——兼评姚爱斌对"文体"的定义》，《长江学术》2012年第3期。

"过宽之弊",笔者觉得批驳不准。因为文体的义项之一乃是"文之总体"或"文章整体存在",这是没有问题的——姚爱斌强调整体意识是对的。因此,问题的关键不在过宽或过窄。问题的关键在于"文章整体存在"只是文体的内涵特征之一,而非全部,更非本质特征。或许,姚爱斌定义的不足在于重点不突出。第二,胡立新的"文章整体存在"之"三义项说"也有问题。他模糊了理论与实存,混淆了概念与对象。理论是理论,实存是实存。概念是概念,对象是对象。理论源于实存,但高于实存。概念是对象的抽象化,对象是概念的实例化。胡立新说"'文章整体存在'有一个抽象的'文章整体存在'和具体的'文章整体存在'之分",这是把抽象化的理论概括与实例化的实存对象相提并论,这在逻辑上是有问题的。概念应超越具体。概念可以有"泥土味",但不应直接沾染任何泥土的颗粒,否则其概括性就不彻底,其理论价值就会打折扣。①

韩扬文也批评了姚爱斌。她认为姚的定义"是一个仿若柏拉图关于理式的三层意涵的形而上的界定",并指责姚氏定义"理论来源""十分可疑","颠倒了文体论的产生路径","姚文所谓三个层次的文体不具有理论批评与创作实践的实际指导意义"等。②

笔者认为,如果说姚爱斌之"文章整体存在"说有问题,那么其问题在于:第一,"文章"谓文本,而文体既谓"文本",也谓"语本"(口头文艺),这点也为上述多数论家所疏忽;第二,"文章"一语古古有别、古今亦异,易生歧义,不如换用;第三,"存在"一词固然不仅指实际存在,但在我国辩证唯物主义语境中,它一般指实存;而定义应超越实存,是涵容所有存在后的升华,是所有实存的"最大公约数"。它来于对象、源于实存,又高于对象、超越实存。犹如婴儿之脱出母体,判为两物,就不能再脐带母体或筋连任何实存了。

---

① 按:胡立新这段话有点像柏拉图的"三张床"论。柏拉图《理想国》(卷十)说,世上有三张床:一是"理式"的床,是关于床的最高真理;二是现实的床,是木匠按照(模仿)"理式"的床而制作出来的;三是艺术作品中的床,它是艺术家对现实的床的模仿,是"模仿的模仿",和真理隔着三层。柏拉图这段话的用意在于贬低文艺,其核心理念是唯心主义的,其论证方式也是有问题的。因为从现象上说,固然有 N 张床;但从概念上说,有且只有一"张"床。

② 韩扬文:《文心雕龙"文体"范畴辩》,硕士学位论文,云南大学,2013 年。

顺便说一句，姚爱斌的文体内涵观是"明一暗二"：表面是一元论，内里是二元论。其"各种特征"或"丰富特征"说近乎风格；"各种构成"或"丰富构成"说则似谓体类。事实上，姚爱斌曾把我国文体学概括为"'体裁与风格二分论'研究范式"①。当然，他对这个"范式"并不满意。

另，李建中也很关注上述关于《文心雕龙》文体论的论争，并曾著专文提出看法。他从这场论争中看到的是关于《文心雕龙》研究的方法存在问题，并把这些问题定性为"龙学的困境"，即《文心雕龙》研究领域普遍存在的三大问题：一是"哲学的逻辑的方法与诗性文论本体的扞格不入"；二是"当下理论判断及体系建构对历史复杂语境及变迁的忽略不计"；三是"用他山之石攻本土之玉时的事与愿违"。对这场论争的内容本身，李建中未作正面评骘。其文章的末尾只是讲"'革命'尚未成功，'龙学'仍需努力"云云。② 看来他对这些论述都不满意；假以时日，他或许会提出新说。在《界域·声色·体势——刘勰文论的文体学诠释》一文里，李建中提出："刘勰的'文章'是一个大的系统，其中既有体式（体裁）之分，又有体貌（风格）之别，还有体势之有定与无定。"③ 由此来看，李建中大约也属于"三元文体内涵论"。"三元"即体式、体貌、体势。体式谓体裁；体貌谓风格；体势，李建中说："刘勰之'体势'与现代文体学的'语体'有相关之处，是构成'文体'意义的重要基础。当然，体势之义又不止于语体，所谓'辞已尽而势有余'。"④ 可见，李建中的体式、体貌、体势之三元论近乎童庆炳的体裁、语体、风格的三元论，李建中的"体势"约相当于童庆炳的"语体"。《定势》是《文心雕龙》中的一篇。

---

① 姚爱斌：《中国古代文体论思辨》，北京大学出版社2012年版，第114页。
② 李建中：《体：中国文论元关键词解诠》之"第二十四章 龙学的困境——由《文心雕龙》文体论论争引发的方法论反思"，中国社会科学出版社2014年版，第349、354、362、367页；该文原载《文艺研究》2012年第4期。
③ 李建中：《体：中国文论元关键词解诠》之"第二十三章 界域·声色·体势——刘勰文论的文体学诠释"，中国社会科学出版社2014年版，第342页。该文原载《复旦大学第二届中国文论国际学术会议论文集》，中国文联出版社2006年版。
④ 李建中：《体：中国文论元关键词解诠》之"第二十三章 界域·声色·体势——刘勰文论的文体学诠释"，中国社会科学出版社2014年版，第346页。

"势"或"体势"究竟何指？迄今学界尚有争议。一般认为，"体势"指较稳定的文体风格及文体对风格的趋势性要求；它包含语体，但又不限于语体。

三 什么是文体

（一）上述诸家"文体"论义蕴、义项综析

以上列举了关于"文体"的内涵与外延的诸家看法。这些看法彼此有同有异，很不统一，甚至还有争论。争论的焦点计有以下五点：

一是文体之"文"当作何解。按已有论述，概括说来，文体之"文"，计有两大种理解：一曰文学，二曰文章。文学谓诗、词、歌、赋、戏曲、小说之类；"文章"谓所有的语文性（语言性和文本性）存在。这样，争议就产生了。文体是指文学文体，还是所有语文性文体？窃以为，应为后者。因为中国古代是大文学观、泛文学观、杂文学观占主流。

二是文体的内涵究竟有几？根据以上所列诸家说法，对这个问题的回答计有两大种：一曰简分，二曰细分。简分即"两分"，以罗根泽、詹福瑞等的说法为代表，即通常分为"体裁""体类"和"体貌""体性"二义。前者偏于形式，即通常所谓之文体，后者则指风格。至于"一元论"文体内涵说，因为过于简单，且已基本被扬弃，故兹可不论。细分以吴承学、郭英德、何诗海等的说法为代表。其中，吴承学挖掘出六个义项；郭英德和何诗海则分别罗列了四个和五个义项。

粗分与细分各有利弊。粗的好处是提纲挈领，举重若轻；细的好处是锱铢必较，毫发无爽。

若要细究，依笔者的观点，应在吴承学的"六义项"说的基础上，再加一项，即"篇幅"；它亦应为"文体"的本然应有之义之一。《文心雕龙·神思》"文之制体，大小殊功"；这里的"体"或"制体"，即指篇幅。刘歆有《六艺略·诗赋略》，据班固《汉书·艺文志》，刘歆类诗赋为五，即：屈原赋类，陆贾赋类，荀卿赋类，杂赋类，歌诗类。其中，赋分为四类。那么，其依据是什么？因为班固引用时删除了《七略》的小序，故已无从得知。清代姚振宗认为，四赋的分类是以赋体的体制特征为标准的,屈原赋类"大抵皆楚骚之体",陆贾赋类"大抵不尽为骚体",荀卿赋类"大抵皆赋之纤小者",杂赋类"大抵尤其纤小者"①。考虑到篇幅问题于赋体的重要性,姚振宗的解释应当是合理的。若然,则说明古代不乏单凭"篇幅"以类文体者。

如此,则文体细论应为"七义项"(可谓"文有七体""七体"论)。此可称为"吴王七义项说"(吴谓吴承学,王指笔者)。吴王之"七义项"说与何郭之"四、五义项"说等是各说各话呢,还是互有包容、互有交叉?情形究竟若何,不妨列表以观:

"文体"义项明细比照表

议主	义项						
吴王七义项	体裁,文类	语言特征,语言系统	章法结构,表现形式	体要,大体	体性,体貌	文章本体,文学本体	篇幅(笔者提增)
何五义项	体裁(基本义)	语言特征	体质结构及表现形式	体要、大体	体貌、风格		
郭四义项	体制	语体	体式		体性		
詹罗二义项	体裁,体类	体派,体性					

由上表可见:(1)七义项说详尽,二义项说简明;(2)各议主之义项之具体数目虽有不同,然实际内容并无大出入,主要是分析的精粗程度有所不同而已;(3)诸议主不仅义项数目不同,义项名称也互有不同——差异客观存在,争论或难避免。

三是文体的最基本的含义是什么?或者说,通常大家一提"文体",默认的含义是什么?上述及上表可见,"体裁"或"体制"当为"文体"之最基本意。诸家于此无争议。郭英德说:"中国古代文论中所说的'文体',主要是指'类型'或'文类'(即西方文体学术语中的 genre)"②。这显示了"一元论"的合理性。

---

① (清)姚振宗:《〈汉书·艺文志〉拾补》(卷3),《二十五史补编》,中华书局1957年版,第120、123、125、126页。

② 郭英德:《中国古代文体形态学论略》,《求索》2001年第5期。

当然也并非完全一致。若说互有不同的话，一是"称名"不一：除"体裁"外，又有"体制""体式""体类""文类""语体"等叫法；二是诸家"基本义意识"的强弱有差异：有的明确，有的含混，有的没有。

四是"风格"（即所谓"体性""体貌"）应否归诸文体学？上述褚斌杰是把"风格论"摈于文体论之外的。钱志熙也力主把一般的风格论与文体论分开，"古代文学的文体学的研究对象中，是否应该将古代文学中的风格问题包含在内呢？我的理解是应该有所区别的"，"风格与体裁是有关系的，但体裁并非造成风格的主要因素，造成具体的文学风格的主要因素是才性、修辞与取材。这是古今风格学的共同认识"，这样，"尽管研究风格有时会关系到文体"，但他最终还是主张风格学"应该与文体学的研究对象区分开来"。[①] 陈军也主张把文类学与风格学分开："文类（genre）可以看作是文学类型的简称或缩称"，"指我国古代'文体'和'体裁'范畴之义中的种类或类别，他义如语体、风格之类一律称之为'风格'（style）"；他还"原创性地提出"了"文类是审美策略"论，"即'文类'作为对文学作品进行分类时的命名，其本质是基于文学作品自身及其存在时空的多维性而秉持的审美策略"[②]，不赞成把风格论归入文体学。台湾学者龚鹏程也把我国古代之"文体"理解为"语言文字的形式结构"[③]，"其基本思路相当于取'体裁论'而舍'风格论'"[④]。

不过多数论者是反对这样做的。他们的理据与其说是科学精神，不如说是基于传统偏爱或传统误导。因为在中国古代，大多数文论家讲"体"时是包含风格的。可以这样说：在中国古代，文体之体类义与风格义几乎平分了文体内涵观的天下。[⑤]

[①] 钱志熙：《再论古代文学文体学的内涵与方法》，《中山大学学报》2005 年第 3 期。
[②] 陈军：《文类基本问题研究》，北京大学出版社 2013 年版，第 54 页。
[③] 龚鹏程：《文心雕龙的文体论》，《中央副刊》1987 年 12 月 11—13 日，后收入《文学批评的视野》（第二章，华中师范大学出版社 2011 年版）。
[④] 姚爱斌：《中国古代文体论思辨》，北京大学出版社 2012 年版，第 22 页。
[⑤] 另，如上所述，西方的主流"文体学"约等于"文体风格学"；这对当今中国古代文体学研究也有一定的影响。

不过，这一次，真理可能在少数人手里。笔者认为，有两个"中国古代文体论"：一是"中国古代的"文体论，二是中国古代文体论。后者实际上是现当代人对"中国古代的"文体论的研究。前者可称"中国传统文体论"，后者可称"（现当代）中国古代文体论"。仿拟现在流行的套语，前者"姓古"，后者主要"姓今"。当然，两者也不能截然割裂。属于现当代的"中国古代文体论"既"姓古"也"姓今"，是复姓；但这个复姓的首字（the first name）应为"今"。也就是说，今天的"中国古代文体学"不应完全因袭传统，而应具有当代性、全球性和创新性。这样对待，不是背离传统，而是创造性地接续传统，也是对传统的最好的继承。反之，一味因袭传统，只会"振衰"传统。这样，就风格论话题而言，笔者认为，除了"文体风格"论可以归属文体论之外，其他的风格论宜拆分，而另立风格学。同时，"文体风格论"的叫法也不太科学，其实质是文体体制规范论，应称"文体体制规范论"①。如果继续使用"文体风格"或"文体风格论"也未尝不可，但有一个前提：就是严格区分文体风格与文学风格。

五是最终如何定义。少数论者明确给出了定义，而多数论者只作阐释，未作结论，搁置了定义。其中，定义意识最强，也最有价值的要数童庆炳、吴承学、姚爱斌和陈剑晖等人。

童庆炳的定义是：

> 我们大致上给文体这样一个界说：文体是指一定的话语秩序所形成的文本体式，它折射出作家、批评家的独特的精神结构、体验方式、思维方式和其他社会历史、文化精神。上述文体定义实际上可分为两层来理解，从表层看，文体是作品的语言秩序、语言体式；从里层看，文体负载着社会的文化精神和作家、批评家的个体的人格内涵。②

---

① 姚爱斌认为应改名为"文体特征论"（《中国古代文体论思辨》，北京大学出版社2012年版，第113页）。笔者认为"特征"易与"风格"混淆。姚爱斌的文体观正是包含体类与体性的。

② 童庆炳：《文体与文体的创造》，云南人民出版社1994年版，第1页。

童庆炳提倡文化诗学，所以他的文体观比较看重文体或文学的"外部因素"，尤其是"社会的文化精神"，可以称作"文化诗学文体内涵观"。

吴承学并没有正规地为"文体"作定义，而是用列举法列出了古代"文体"一词的六个内涵（详上文，兹略）。

姚爱斌的定义是：

> 文体的基本含义应是指具有丰富特征、构成和层次的文章整体存在。①

这个定义的关键词是"文章整体存在"，其义当近乎笔者上文所列"文体义项明细比照表"中的"体要""大体"；但这个定义过于简括了。不过，毫无疑问，他这个定义很到位。它表意全面、概括且唯一。

陈剑晖的定义是：

> 文体是文学作品的体制、体式、语体和风格的总和。它以特殊的词语选择、话语形式、修辞手法和文本结构方式，多维地表达了创作主体的感情结构和心理结构。它是一个时代的社会历史和文化精神的凝聚。

陈剑晖提出的这个定义后出转精。他解释说："这个文体的定义，首先强调了文体的四个要素：体制（体裁）、体式、语体和风格，同时突出语言修辞的选择与表达的核心作用。此外，还涵括了创作主体的个性特征、时代内容和文化精神。这个定义比之长期以来仅仅将文体等同于文学体裁或语言研究的文体观，无疑要丰富得多，也更贴近文体的本体。"② 不过，与童庆炳相近，他的文体观也比较重视文体或

---

① 姚爱斌：《论徐复观〈文心雕龙〉文体论研究的学理缺失》，《文化与诗学》2008 年第 2 辑。

② 陈剑晖：《文体的内涵、层次与现代转型》，《福建论坛》2010 年第 10 期。

文学的"外部因素",即"一个时代的社会历史和文化精神",也应属于"文化诗学文体内涵观"。上述吴承学、姚爱斌的文体定义或内涵论则偏重于文体或文学的"内部因素",这与笔者的思路庶几。

曾枣庄的定义:"文体学是研究文本特征及其分类的学问。"① 其说简切,但未脱二元论:"文本特征"犹风格,"分类"谓文类。他先讲风格,次言分类,轻重见焉。

另外,早于童、吴、姚、陈、曾,金振邦于 1986 年也曾提出:所谓"文体","是文章构成的一种规格和模式","它反映了文章从内容到形式的整体特点"。② 这其实也是最通常意义上的"文体"概念了。其前半句近乎"体类",后半句近乎"体性"——这也属"二元论"。其"文章整体特点"说近乎姚爱斌之"文章整体存在"论。

(二) 笔者的定义

综上所述,我们是不是可以这样为"文体"下定义:

> 文体是人们在语文活动中,依据体裁文类、语言特征、体性风格、表达方式、口吻人称、功用宗旨及篇幅长短等七要素的综合考虑而对所有语本和文本的类别划分;文体的七义项中,核心义项是体裁文类;而在中国古代,文体的核心义项有二:体裁文类和体性风格。

下面作几点说明。

1. 关于"语文活动":"语文"指所有的语言性和文字性的存在;"语文活动",指所有的以语言或文字为载体的表达行为,包括书写念唱(作者、言者)、编纂出版(作品)、研读评论(读者、研究者)和反映对象(三个世界)等。

口头表达也有"体"。但对研究者而言,"无文之体"难以把握,故一般要转化为文本。但这不等于说文体是只就文本而言的。而且,

---

① 曾枣庄:《中国古代文体学》(上卷·中国古代文体学史),上海人民出版社 2012 年版,第 7 页。

② 金振邦:《文章体裁辞典·文体总集·文体》,东北师范大学出版社 1986 年版,第 1 页。

对受众而言，语本转化为文本也不都是必需的。

另，因为任何表达都"自带"审美性，审美性不言而"寓"，故不另示，也不必另示。

2. "所有的语本和文本"是说不仅包含西方现代文论所谓之"纯文学"，也包括中国古代及西方非现代文论中的非纯文学。西方有纯文学观，也有杂文学观①；中国古代犹然。

3. 七个义项无层次高低之分，但有核心、近核、远核之别。上述定义中的七义项的次序就是据此排列的。这个排序并非不可改变；但无论如何改变，核心义的位次不变。核心义就是最重要的义项。别的义项可以"缺席"，但核心义须臾不可离。核心义可以单行，而且常常单行。文体的核心义，有一核、二核之别；一核论是普适的，二核论主要是中国式的；两相比较，笔者认为一核论为优。

另，七义项的"七"，是迄今学界所已揭示之文体内涵之全部；未来也可能有所损益，暂列七。

其中，"功用宗旨"一条，上述论家除谭帆、王庆华外，鲜有提及者。这是多数论家的疏忽。其实，正如郗文倩所言，功用宗旨是传统文体分类的基本参照。功用指客观功用，宗旨谓创作意图。郗文倩说：早期文体多缘实用，其产生、定型及类分主要赖此；文体大备，尤其文学文体自觉后，此要素日渐隐沦，但亦并未完全退场。② 限于篇幅，兹不再展论。

4. 风格义之入"文体"，是客观事实，古今中外的语文活动皆然，故如此归结。但笔者主张文体学与风格论两立。

5. 这个定义的骨架是"文体是……对所有语本和文本的……类别

---

① 按：西方的纯文学观发育也较晚，约在17世纪末。"我们现代意义上的文学则是在西欧出现的，最早始于17世纪末。即便当时，这个词也没有其现代意义。按牛津英语词典，'文学'第一次用于其现代意义，是很晚近的事。甚至在萨缪尔·约翰逊的字典（1755）之后，仍认为'文学'除了包括诗歌、印刷成书的戏剧和小说之外，还包括回忆录、历史书、书信集、学术论文等。把文学只限于诗歌、戏剧、小说，则就更晚近了。……它的出现，可以方便地定位在18世纪中叶。"（[美]希利斯·米勒：《文学死了吗》，秦立彦译，广西师范大学出版社2007年版，第7—8页）

② 详参郗文倩《中国古代文体功能研究——以汉代文体为中心》，上海三联书店2010年版，第2页。

划分"。关键词是"类别划分"。文体的实质是类型划分。从一定意义上说，文体学就是文体分类学。郭绍虞讲文体分类"能成为一种独立的学科"①，实际也道出了文体分类于文体学及文体概念的核心地位性。分类常常是科学研究的起点。文体研究犹然。文体的个体是无限的，但类体是有限的。若干有限的类体足可涵盖无限的个体。类体就是比较而言，把七大特征类似的归为一类。类体就是文体。古人常讲"每体自为一类"，故曰"体类"；其实应该反过来："每类即为一体"，此即"类体"。在文论语境中，体与类都是概念化的，形而上的；但比较而言，体较具体，类较概括。体指向单个，可视为单数；类指向组群，可视为复数。故一体一类，难免零碎；一类一体，方能提纲挈领，纲举目张。在具体的文本活动实操中，类型的划分的标准可以互异，因而划分的结果也各不相同。比如，"每体自为一类"，也就是以体裁划类，这当然是可以的，也是古代最通行的，因为"体类"是文体的核心义；再如仅取"篇幅长短"一条，也可类分所有文本为长、中、短篇等。但在文体学之理论层面，应当是七大标准全部出动、集体发力，方可得出一览无遗的、无相冲犯的、清晰可辨的"类体"，这就是科学的、"类体合一"的"文体"（或"类体"）。换言之，有实操性（历史性）文体，有理论性（逻辑性）文体。两者不尽相同；彼此既冲犯又互促。实操性文体未必尽合理，理论性文体未必中实用。先有前者，后有后者。后者从前者来，高于前者，又指导前者。两者都有存在的价值，而且两者可能会长期共存甚至永远共存。此可谓"文体双轨制"。

6. 这个定义未计语境、媒介、气候、地理等（外部的或文化的）因素。这不是笔者一时疏忽，而是因为虽然文体不只是形式，但又主要是形式，它主要应属于文学内部要素。韦勒克、沃伦说，"文学类型的理论是一个关于秩序的原理，它把文学和文学史加以分类时，不是以时间或地域（如时代或民族语言等）作为标准，而是以特殊的文学上的组织或结构类型为标准。任何批判性的和评价性的研究（区别

---

① 郭绍虞：《提倡一些文体分类学》，《复旦学报》1981年第1期。

于历史性的研究）都在某种形式上包含着对文学作品的这种要求，即要求文学具有这样的结构"，"总的说来，我们的类型概念应该倾向形式主义一边"。[①] 郭绍虞说：文体"由文之形式言……语其狭义而说得具体一些，便是体制。"[②] 蒋孔阳说："文学的种类和样式，是构成文学作品的形式的手段或因素，属于形式的范围。"[③] 陶东风："文体是一个揭示作品形式特征的概念。"[④] 欧明俊："判定是否是诗，首先应看形式，形式是最基本的要求……"[⑤] 邓新跃："文学批评中的文体分析侧重于从形式方面研究作品语言的表达方式及其美学效果，即探讨'所有能使语言获得强调和清晰的手段'。文学文体不仅是一种特殊形态的语言存在体，也是人类文化形态的一种重要的存在方式。"[⑥] 其实，判定任何文体，都应如欧明俊所说，"首先应看形式"。换言之，"文体"首先或主要决定于形式。

　　笔者不否认外部因素对文体的型塑作用。但是，文体判定应该超越具体的血肉，而只注意其最终的文本"骨架"的。古人谓为"知要"。如果不这样，既不科学，也会徒增淆乱。"体"繁体作"軆"，形声，左"骨"右"豊"（礼的本字），意即依次序布列的骨架。人骨有"总十二属"，文骨有"七属"（即文体七义项）。骨生肉，肉附骨。无骨，肉焉附？但是如果无肉，单凭骨也可鉴别出性别。相术云：相面不如相骨，相骨不如相神。神无定，骨有定。神无定，故不可据以判定文体；骨有定，故可以据以判定文体。何谓"大体"？骨架即大体。何为骨架？依次序布列的整副骨骼也。大体须有。抓住七属，大体乃见。

　　当然，真理都是相对的。笔者不认为这是最终定义。因为第一，"文体"属于自在之物，它本身是不断"完形"、不断变形的，且似乎

[①] [美] 韦勒克、沃伦：《文学理论》，刘象愚等译，浙江人民出版社2017年版，第223、230页。

[②] 郭绍虞：《中国文学批评史》（上卷），百花文艺出版社1999年版，第113页。

[③] 蒋孔阳：《文学的基本知识》，中国青年出版社1957年版，第188页。

[④] 陶东风：《文体演变及其文化意味》，云南人民出版社1994年版，第2页。

[⑤] 欧明俊：《古代文体学思辨录》，人民出版社2015年版，第254页。

[⑥] 邓新跃：《明代前中期诗学辨体理论研究》（绪论），上海古籍出版社2007年版，第4页。引言中的引言出自[美] 韦勒克、沃伦《文学理论》，刘象愚译，生活·读书·新知三联书店1984年版，第191页。

永无定型;第二,人们对它的"围猎"(探索)也是不断逼近的,但要"活捉"似乎永远不可能;第三,承上两条,故任何"文体观"都应自动预留批评和质疑的空间。自古定论无不破,只能持"既有定,也无定"的开放态度。

(三)使用开放的"文体"概念时的建议

开放不等于乱放。

第一,我们必须认识到:古代的"文体"并非同一个范畴,它只是貌似是同一个范畴,实则是绕在一起的多个范畴。或者说,古人所说的"体"或"文体"其实并不都是"文体"。严格地说,那些非"文体"的"体"或"文体"应予清除,或另作标记,区别对待。研究者倘忽遗此点,那么,围绕"文体"的争议,就会发生,且易"无谓"。

第二,既然"文体"(至少)在中国古代是多义词,而不是一个词,那么,或许我们也不一定非得用"一个"定义来笼罩 N 个"文体"。一把钥匙开一把锁。锁不同,就需要不同的钥匙,不一定非要"打造"几乎不可能的"万能通钥"。那些共名"体"或"文体"的,未必都是同一把"锁",更未必"同芯"。这一点必须清楚。然后,我们才可以抱着"求真"的态度去研究这些"同名锁"及其"芯",揭示不同。也可以研究它们为何同名,其"内芯"有哪些相似或关联等。

第三,我们在从事文体学研究时,可以预先自行确立一个"文体"的定义,然后再开展研究。比如,可以立足古代"文体"概念的复杂内涵的角度搞内涵论研究;也可以单独研究文体"七义"之任一义(或任几义);或者研究古代文类论、文体规范论、文体形态论、文体风格论、文体浑和论、文体辨体论、文体学批评(或体裁文体学、风格文体学、语言文体学、文化文体学、功能文体学)等。这些都可行,但都应事先申明。如此,则"文体"概念之使用庶几可做到一而多、多而一,热闹有序,活而不乱;文体学界也可既保持活跃多元,又不失规矩方圆。

顺便在这里,笔者也要正式申明:本书所使用的"文体"一词,主要指文类或体类。如上所说,这也是中国古代"文体"一词的核心义项。

第二节　什么是文体学,中国古代文体学包含哪些内容

本节内容提要：中国古代文体学（广义）是指现当代对中国古代文体问题的研究。它应包括三大块内容。三大块即：中国古代文体研究，中国古代文体学研究（狭义，中国古代文体学），中国古代文体学批评研究。其中，中国古代文体学研究（狭义）是中国古代文体学的重心。中国古代文体学研究（狭义）又可细分为文体分类论、文体体制论、文体创作论、文体发生发展演变论、文体史论、风格论等。

吴承学说："文体学不仅是文学体裁的问题，也是古代文学的核心问题，是本体性问题。"① 这就是说，文体学不限于"文体"。文体学的意义早已远远超越了"文体"之概念，它是任何文学研究（即狭义文艺学）的核心和本体。吴承学所谓的"是本体性问题"，依笔者的理解，就是说，文体学研究实质上是对文学本身的研究（即约等于狭义的文艺学）。重视文体学研究，强调其价值及地位，在文学研究中，尤其是在当下文学研究要回归文学本位的潮流呼声中，是没有任何问题的。不过，核心或本体也不等于全部。

另，"文体"一旦产生，"文体学"也就出现。"文体学"出现，对其研究，即"文体学学"也会出现。为避免烦琐，"文体学学"习惯上也省称曰"文体学"。事实上，"文体学学"早已成为"文体学"学科的重要组成部分。

笔者认为，从逻辑上说，中国古代文体学理应包含以下三大项内容·"中国古代文体研究""中国古代文体学研究""中国古代文体学批评"。本节先述前两项，下节再专门讲第三项。

一　中国古代文体研究

（一）中国古代文体的发生、发展与鼎盛

任何文学或文体，均肇始于无文字的口头文学时代。这个时代当

---

① 吴承学：《中国古代文体学研究》（绪论），人民出版社2011年版，第2页。

然很漫长。在我国,自原始社会到三代之前,即是所谓的"口头文学时代"。那么,口头文学有"体"吗?无文无体。口头文学也有其体。今可知者,口头文学时代的文体有上古神话、原始歌谣、民族史诗等。然荒古渺渺,音信杳无,故存而不论。

这里只论文本文体。文本文体,即一般所谓之"文体"。人们提到"文体"时,默认情况下,谓"文本文体"。

文体是文体学的物质基础,是文体学理论中与写作实践直接关联的部分。就我国古代而言,一般认为,文体孕育于先秦,比较完备的时期是两汉,鼎盛时期是魏晋南北朝,唐宋是诗词和古文的成熟与兴盛期,元明清是戏剧与小说的成熟与兴盛期。此问题不是本书的重心,故不展开论述。下面仅就与文体之发生、发展论高度相关的两个命题加以检讨。

最值得一议的是"文体完备说"。此说自我国中古以后即频发,也屡见近代以来之文体学界。迤逦及今,关于我国古代文体完备的时期,已出现数种不同的说法。如:文体备于战国说①(含备于韩非子说②),备于东汉说③,备于汉魏说④等。

笔者认为,先秦时期,尤其是春秋战国时期,随着文化轴心期而来的文化的爆炸式增长,语本、文本的言说均空前活跃和繁盛,于是,文体也既多又快地生长、发育和成熟,文体发展盛况空前。两汉时期,

---

① 按:章学诚《文史通义》("诗教上"):"诸子争鸣,盖至战国而文章之变尽,至战国而著述之事专,至战国而后世之文体备。故论文于战国,则升降盛衰之故可知也。"[(清)章学诚著,叶瑛校注:《文史通义校注》,中华书局1994年版,第60页]另,何诗海有《"文体备于战国说"平议》一文,载《文学评论》2010年第6期,也可参阅。

② 按:曾枣庄:"文体备于韩非子。"(曾枣庄:《中国古代文体学》上卷"中国古代文体学史",上海人民出版社2012年版,第21页)另,过常宝也有类似之论。他认为章学诚"战国说""可以从《韩非子》而得到证明",除《说林》外,"《韩非子》的文章……就文体而言,包括论述、问难、杂文、经注等几种文体"。(过常宝:《先秦散文研究》,人民出版社2009年版,第368、380页)

③ 按:刘师培认为"至东汉"而文体大备:"文章各体,至东汉而大备。汉魏之际,文家承其体式,故辨别文体,其说不淆。"(刘师培:《中国中古文学史讲义》,商务印书馆2010年版,第7页)

④ 按:《四库全书总目》卷195《诗文评类》"小序"云:"建安、黄初,体裁渐备,故论文之说出焉,《典论》其首也。"[(清)永瑢等撰:《四库全书总目》,中华书局1965年版,第1779页]

尤其是西汉中期以后，政府文武兼重，文化、文学事业再次活跃起来。一些旧文体出现新变，如楚辞演化为骚体赋等；一些新文体应世而出，并很快臻于成熟，如文言小说、五言诗等。于是，文体的"仓库"也再次得到充实和完善。所以说，说文体备于先秦或两汉，两说皆是，俱无问题。当然，比较而言，文体备于两汉或东汉或汉魏之说，更谨慎些。

不过，"备"或"齐备"的说法貌似客观的描述，实际上恐怕也是印象式的梗概粗陈。从理论上说，文体由壮转老、返老还童、起死回生、中年陨落、新陈代谢等一直在无限地、无情地"上演"着，你方唱罢我登场，或你没唱罢我登场，或大家同台献艺公平角逐，这些都永不停歇、永无终止，怎么能说某一个特定的历史时段就已经"完备"了呢！顶多是相对而言之"完备"而已。再者说，先秦也好，两汉也好，皆属上古时期，文体写作，始刚起步，只有更多，没有够多，何谈完备！比如说，秦汉时有律诗吗？有八股文吗？有章回小说吗？有电影文学吗？有网络小说吗？不可能有。怎么能说"完备"呢！从终极意义上说，任何时代文体都不"完备"。文体之宝库永远不会"完备"。顶多只能说，相对而言，文体"大备"于某个时代。

文体自觉说。除了文体完备说，还有文体自觉说，也与文体的发生发展论密切相关。比较而言，"备"是一个较客观的、印象式的描述，而"文体自觉"则是更具有学术意义的对文体发展的阶段性的评价指标。无论繁荣与否，"文体自觉"是对一种文体的发展关键节点及其性状的评价。从这个意义上说，文体"备"与否是一个观察角度，文体自觉与否是另一个观察角度，而且是更重要的观察角度。毕竟，数量不是最重要的，质量更具价值。当然，数量与质量也不绝缘。没有数量，就谈不上质量。但数量不等于质量。而文体自觉，则往往意味着写作质量有了保障。文体自觉问题是文体学中的新问题。它改造于"文学自觉"，但又异乎文学自觉。文学自觉充满异议，而文体自觉则不。对文体自觉，笔者关注较多，有一些心得、新得，这些构成了本书的内容之一。

（二）中国古代文体研究

中国古代文体学渊源甚久。上已述，自有文体，即有文体论。当然，自觉的文体论发生于魏晋南北朝以后。在魏晋南北朝以前，文体论主要限于诗论。隋唐时，韵文与散文分途发展，艺术上都达到了盛况空前的境界，于是，伴随着诗论的持续发展，散文理论亦及时跟进，并发生骈散之争，迤逦至今。明清时期，随着戏剧、小说的日益繁荣和臻于鼎盛，戏剧论、小说论也逐渐发达起来。近现代以后，西方工业技术突飞猛进，欧风美雨东来，天朝上国不再自闭于世界之外，中国社会极速改变和转型，千年自循环、自发展的文明也遭遇空前变数，于是，古老的中国古代文体论研究也进入一个新的发展阶段。当今，伴随党的改革开放和社会文明全面的、巨大的进步，尤其是中央政府一再鼓励振兴和发展优秀传统文化，中国古代文体论也迸发了勃勃生机。

中国古代文体研究，这是一个很大的问题。一般来说，它构成了中国古代文体史。这个问题当然也不是本书的重心，而且本书之"绪论"的"文献综述"部分对之已经有所阐述，故兹不赘。

这里需要重申的是，"中国古代"的中国古代文体论（学）与现当代的"中国古代文体论（学）"有很大不同。笔者主张将二者分开，前者曰"中国传统文体学"，后者曰"中国古代文体学"。两者不同，不宜混称。

二 中国古代文体学研究

中国古代文体学研究主要谓近现代以后的，尤其是 20 世纪 90 年代以来的相关研究。从一定意义上说，这就是"中国古代文体学"本身，至少也是其主体。可谓之狭义的"中国古代文体学"。中国古代文体学研究（狭义）是中国古代文体学的重心。中国古代文体学研究（狭义）又可细分为文体分类论、文体体制论、文体创作论、文体发生发展演变论、文体史论、风格论等。当然，也有论者主张风格论宜另立。

关于这方面，本书的"绪论"的"文献综述"部分也已经阐述过了，兹不赘言。

另，据上节，文体的内涵有七。与文体七种内涵义项一一对应，中国文体学的研究内容也可分为七个方面，即：体裁文类、语言特征、体性风格、表达方式、口吻人称、功用宗旨及篇幅长短等。下面对这七个方面的意蕴及研究状况作分别介绍。

（一）体裁文类

这是"文体"一词最基本的义项。郭英德称曰"体制"，并解释说："体制原指文章的格局、体裁……本文借用'体制'一词，指称文体外在的形状、面貌、构架。"① 当然，体裁与文类又有不同。文学发展的一般情况都是这样的：先有文，然后有文体，然后有文体学，一旦文体（体裁）渐滋渐多，于是就有了更概括、更抽象、更系统的文类的划分。具体到中国文学，这个历程大约是这样的：夏以前没有文字，也没有书面文章，商周秦汉，文从无到有，日渐宏富，文体学也开始潜滋暗长；至魏晋，伴随文学或文体的自觉，文体学终于走向成熟；大约自宋元始，随着文体的愈分愈细愈多愈繁乱，以南宋真德秀《文章正宗》的文类划分（此书把所有的诗文分类为四：辞命、叙事、议论、诗赋）为标志，文类学开始出现，以"收拾"日益不堪的文体分类的纷乱局面。

现今，这方面的专题研究也较多，如褚斌杰《中国古代文体概论》（北京大学出版社1984年版），吴调公《文学分类的基本知识》（长江文艺出版社1985年版），钱仓水《文体分类学》（江苏教育出版社1992年版），马建智《中国古代文体分类研究》（中国社会科学出版社2008年版），曾枣庄《中国古代文体学》（下卷）"中国古代文体分类学"（上海人民出版社2012年版），陈军《文类基本问题研究》（北京大学出版社2013年版）等。

（二）语言特征

文体的语言特征简称"语体"，这方面的研究即被称为"语体学"。语体学，在西方文体学里面是一个非常发达的分支。西方文体学差不多就约等于语体学。文体与语言关系密切。这可从童庆炳对文体的定义的第一句话窥一斑："文体是指一定的话语秩序所形成的文

---

① 郭英德：《中国古代文体学论稿》，北京大学出版社2005年版，第5页。

本体式……"他还说每一种体裁都有特定的语体与之相配,并由此把文学语言划分为抒情语体、叙述语体和对话语体三种,"诗歌采用有节奏和韵律的抒情语体,小说采用叙述语体,戏剧文学采用对话语体"①。郭英德也说,"中国古代的每一种文体都有一整套自成系统的语词",这些不同特点的语词,一般不能杂用,"倘若杂用,那就混淆了各种文体的类的区别,弄得诗不成诗,文不成文"。②

中国古人的类似论述也较多,兹仅举四例以观:明代李东阳说:"言之成章者为文,文之成声者则为诗。诗与文同谓之言,亦各有体而不相乱。"③ 这话讲出了诗、文二体的最基本的区别,即虽然两者都是"语文"(语言或文字)的精心"缀属"的单元,但其"语言形式"还是有较明显的不同的:诗歌讲究押韵平仄,外形整齐,发语美丽;而文章词句散漫,章句参差,讲究形散而神完,只要错落有致、整篇浑一即可。

又如宋代刘祁《归潜志》写道:

> 文章各有体,本不可相犯。故古文不可蹈袭前人成语,当以奇异自强。四六宜用前人成语,复不宜生涩求异。如散文不宜用诗家语,诗句不宜用散文言,散文不宜犯律赋语,皆判然各异。如杂用之,非惟失体,且梗目难通。④

又如清代陈廷焯说:"诗中不可作词语,词中不妨有诗语,而断不可作一曲语。"⑤ 又如刘勰《文心雕龙·定势》曰:

> 是以括囊杂体,功在铨别,宫商朱紫,随势各配。章表奏议,

---

① 童庆炳:《童庆炳文集》(第四卷"文体与文体的创造"),北京师范大学出版社2016年版,第3页。
② 郭英德:《中国古代文体学论纲》,北京大学出版社2005年版,第9页。
③ (明)李东阳:《〈鲍翁家藏集〉序》,文渊阁四库全书本《怀麓堂集》卷六十四。
④ (宋)刘祁著,崔文印点校:《归潜志》(卷12),中华书局1963年版,第138页。
⑤ (清)陈廷焯:《白雨斋词话》卷5,唐圭璋辑《词话丛编》,中华书局1986年版,第3904页。

则准的乎典雅；赋颂歌诗，则羽仪乎清丽；符檄书移，则楷式于明断；史论序注，则师范于核要；箴铭碑诔，则体制于弘深；连珠七辞，则从事于巧艳。

需要注意的是，上引这几段论述（尤其是刘勰的话），皆可指文体的语体、也可谓文体的风格。所以，这里面，有一个"语体"与"风格"的区分问题。学者不可不察。须知：语体≠语体风格≠文体风格≠文学风格。应当说，不同的文体具有不同的文体风格，这个文体风格很大程度上也是通过各具特征的"语体"而实现的；但"语体"或语体风格不等于全部的文体风格。文体风格的形成因素较多，语体或语体风格只占其一耳。另外，文体风格不同于文学风格；笔者主张，文体风格属于文体学研究的范畴，而文学风格则应另立为风格学。

事实上，说到"语体"，在中国古代文论语境中，最常指称的乃是五言七言、齐言杂言、律与古、文与白、骈与散之类较显在的语言特征而已。还有，中国古代文论语境中的格律论、"格调"说、"声韵说"、对仗论、辞采论、句法论、篇法论等也都属于现今所谓之语体学的范畴。当然，中西理论体系及话语方式都很不一样，所以，套用"语体学"来指称上述内容多少也有点扞格。

还需要注意的是，"语体"一词源于现代语言学，文体学移植、借鉴和改造了这个词。但是，在其进入文体学领域后，它也发生了一些变异——文体学意义上的"语体"与现代语言学意义上的"语体"在审视视角、关注焦点等诸方面都存在不同。比如，语言学是在交际工具视角上研究语体的，它的基本结论是：具体的交际需要制约语体；而在文体学领域内，主要是文体规范在制约语体的选择及其风格。

另外需要注意的是，在中国近现代文学语境中，"语体"还有其特殊的含义。它常用来指称一种富于口语性的"文体"，即："口语体""白话体"，简称"语体"。这时，其反义词是"文言体"或"骈俪体"。20世纪初，胡适、蔡元培等首唱、发起了"白话文运动"，声势大，效果彰，最终"白话"取代了"文言"。用"语体"写的诗叫

"白话诗"，写的文章叫"白话文"或"语体文"。胡适还著有《白话文学史》①，此书更是把白话的源头远溯至先秦；语体先于文言、优于文言是其基本观点；《诗经》《尚书》被认定为上古的白话诗、白话文。当代有文体学者又提出，先秦时有被命名曰"语体"或"言体"的文体，如《国语》《论语》以及"大言""小言""寓言"等，一般也属于或起于白话体。汉代王充《论衡》、仲长统《昌言》等散文也被称作"语体散文"或"语体文"，因为这种散文的语言虽仍然是文言文，但它比较清新自然、明白晓畅，大体属于古代的口语、方言或白话，与赋体等文章的铺排、骈俪、佶屈聱牙适成反对。宋元时期的"平话"、"话本"、拟话本、宋明道学家及僧人的"语录体"著述（如张载《横渠语录》、程颢程颐《二程语录》、朱熹《朱子语类》及《大慧禅师语录》《佛印清禅师语录》等），以及元明清的说唱文学、戏曲等都属之。明清小说里，也以白话者为多、为优。历代之民歌谚谣等自然也属白话体或语体诗。

英文有"stylistics"一词，一般译为"语体学"，也可译为"文体学""风格学"。与这里所说的"语体"大致相当。

迄今为止，这方面研究的专门论著仍不多，笔者仅见李江峰有《晚唐五代诗格研究》（人民出版社2017年版）一书。另外，钱钟书《管锥编》《谈艺录》等也偶或论及。

(三) 体性风格

体性风格，即文学风格，简称风格。它还有其他一些叫法，比如"文气""文风""格""韵"、气韵、韵味、神理气味、"体貌""体式""体势"等。关于文学（体）风格，从曹丕→陆机→刘勰→皎然→司空图→胡应麟→姚鼐等都有精彩论述。兹不详论。

在现当代中国古代文体学里，詹锳先生著有《〈文心雕龙〉的风格学》（人民文学出版社1982年版）②；周振甫著有《文学风格例话》

---

① 此书最早出版于1928年，上海新月书店出版，一直只有上卷。
② 按：詹锳《〈文心雕龙〉的文体风格论》最初以单篇论文的形式连载于《古代文学理论研究丛刊》第二辑（1980年）和第三辑（1981年），后收入《〈文心雕龙〉的风格学》，内容略有删减，再后完整收入《语言文学与心理学论集》。

(上海教育出版社 1989 年版),吴承学著有《中国古典文学风格学》(花城出版社 1993 年版)等,可参阅。

(四)表达方式

文学或文章的表达方式一共有五种,即:叙述、描写、抒情、议论、说明。

叙述也称记叙,就是把一件事的发生、发展、高潮、结局及影响一一道来。叙述分顺叙、倒叙、插叙、补叙等。叙述的六要素是时间、地点、人物,事情的起因、经过、结果等。

描写就是把事物的状貌、特征栩栩如生地描写出来。描写分心理、语言、动作、神态、肖像、场面、景物等。

抒情就是把情感、情绪抒发出来。抒情的方式有直接抒情、间接抒情两种。套用《诗经》体例,直接抒情可谓之"赋法"抒情,间接抒情可谓之"比兴"抒情。

议论就是讲道理,即对某事物发表见解和观点,借以表达作者的态度和立场。议论文的三要素是论点、论据、论证。论证的方法主要有理论论证和事实论证两种。

说明就是通过明白易懂的语言,把事物的形状、性质、功用、关系等交代清楚的表达方式。说明的对象既可是实体的事物,也可以是抽象的理念。

表达方式是传统文体学的文类划分依据之一。班固《两都赋序》云:"赋者,古诗之流也。"元代祝尧说:"所谓流者,同源而殊流也。"[①] 赋源于诗,但它和诗自非一体。两者有何不同?陆机《文赋》讲:"诗缘情而绮靡,赋体物而浏亮。"陆机就是依"缘情"与"体物"之不同为诗赋两体划出疆界的。用现代术语说,"缘情"就是抒写主观感情,"体物"就是描写客观外物。再如明代胡应麟《诗薮·外编》(卷一)说:"诗与文体迥然不类。文尚典实,诗尚清空;诗主风神,文先道理。""清空""风神",是诗歌表达方式的特色;"典实""道理"是文章表达方式的特点。在中国古代,诗主抒情和更具

[①] (元)祝尧:《古赋辩体》,文渊阁四库全书本《古赋辩体》卷九"外录上"。

审美性，故曰"清空""风神"；文主叙事或议论，故曰"典实""道理"。看来，胡应麟也主要是通过表达方式来阐述诗文二体的不同的。又，明代李东阳："诗之体与文异，故有长于记述，短于吟讽，终其身而不能变者，其难如此。"① 诗贵"吟讽"，文主"记述"，若诗多"记述"而寡"吟讽"，那就难以出彩了。这里，李东阳区分诗体与文体的不同，也主要是借表达方式的不同，即诗主吟咏，文主记叙。

关于文体与表达方式之关系的专门论著，除了叙事方面有比较发达的"叙事学"以外，其他几种表达方式的集中论述尚未出现，仅见有零星的论述。其中，关于比兴、意境、象征等与抒情相关的表现手法的论著，也比较多。

另外，"表达方式"与"表现手法"不同。表达方式是指运用语言、形态、音乐、动作等把思想、感情等表达出来时所使用的方法或形式。如作文、演讲、舞蹈、唱歌、音频、视频等。形诸文字时，其表达方式有且只有五种，即：叙述、描写、议论、抒情、说明。而表现手法也称"艺术手法"，是指把形象思维的结果表现出来时所运用的具体手段和方法。常见的表现手法有托物言志、借景抒情、叙事抒情、直抒胸臆、象征、对比、衬托、虚实结合、点面结合、各种修辞、各种句式的选择等。

（五）口吻人称

汉语人称一共有三种：第一人称：我、我们；第二人称：你、你们；第三人称：除"我、我们，你、你们"以外的其他主语。这三种人称各有其表达效果和特点。第一人称表述的优点是，作者表达自由，读者感觉真实。第二人称讲述的好处是，读者倍觉亲切，好像与作者促膝而谈似的，若用于物，则又有拟人化之效，但表达不太自由。第三人称叙述就是以一个旁观者的身份来说话，其特点是超越时空，自由灵活，客观公正，读者也极易"入戏"。

按，"口吻"有三义：一曰口、嘴巴，二曰腔调、口音，三曰口气、话音。这里，口吻与人称连用，指文体写作时作者或行文的角度、

---

① （明）李东阳：《〈沧州诗集〉序》，文渊阁四库全书本《怀麓堂集》卷二十五。

立场及口气。它源于叙事学,但此处的意义又不限于叙事学。因为任何文体之写作都有一个口吻人称问题。同时,不同的文体,口吻人称也往往各有要求,各具特点,因而成为文体的内在规定性之一。例如,叙事文学、写景文学多用第三人称行文,抒情文学多用第一人称(单数)表达,戏剧文学多用代言体的第一人称告白,而说理文学多用第一人称演绎。至于浑体文学,口吻人称就不那么单纯了。事实上,文体跨界写作的表现之一就是口吻人称的跨界、混界和游移。

这方面的研究,除了叙事学多讨论口吻人称问题以外,其他方面的集中论述尚少。

(六) 功用宗旨

功用宗旨是中国古代文体辨析分类的基本参照。功用指客观功用,宗旨谓创作意图。功用与宗旨不能画等号,所谓"作者未必然,读者何必不然",但两者都属于"文之用"。丁晓昌说:"写作是一种有意识的社会活动,所有的写作成品——文章——都是有用的,只是其用途各有不同。"[①] 郗文倩说:早期文体多缘实用,其产生、定型及类分主要赖此;文体大备,尤其文学文体自觉后,此要素日渐隐沦,但亦并未完全退场。[②] 胡元德说:

> 文体是一种功能范式。一方面,某一特定文体为人们反映世界、表达自我提供了独特的视角,在该视角中只能看到生活的某一侧面,既是对认知行为的限制,也为认知活动提供了必备的方式和规则;另一方面,作为一种文本规范,文体是一套写作技术、技巧,既约束着作者的写作行为,又为作者提供了一系列必备的工具和设备。无论是实用文体还是文艺文体,都具有这种功能上的属性,只不过在实用文体中这一属性更加明显、更受关注。[③]

---

① 丁晓昌:《"应用文体学"博士文库序》,胡元德《古代公文文体流变》,广陵书社2012年版,第1页。

② 参见郗文倩《文体功能——中国古代文体分类的基本参照标准》,《福建师范大学学报》2009年第6期;郗文倩《中国古代文体功能研究——以汉代文体为中心》,上海三联书店2010年版。

③ 胡元德:《古代公文文体流变》("前言"),广陵书社2012年版,第2—3页。

事实亦然。如《诗经》分风、雅、颂三体,一般认为主要是根据音乐的不同来划分的。但是,音乐为何不同?这就牵涉到了"功用宗旨"问题。也就是说,正因功用宗旨不同,所以音乐才会有所不同。可见,功用宗旨才是《诗经》划分为三体的深层依据。如果《诗经》的"用处"只有一种,比如说全都用于祭祀,那么,还用得着分体或分为"三体"吗?

从这个意义上说,"五经"或"六经"也各有其用,各司其职。《荀子·儒效》:"圣人也者,道之管也。天下之道管是矣,百王之道一是矣。故《诗》言是,其志也;《书》言是,其事也;《礼》言是,其行也;《乐》言是,其和也;《春秋》言是,其微也。"《荀子·劝学》:"书者,政事之纪也;诗者,中声之所止也;礼者,法之大分、类之纲纪也。"大意是,"道",是圣人之道,也是天下之道,它全部蕴含在《诗》《书》《礼》《乐》等经典中,但是,每部经典所讲的"道"各有不同、各有侧重,比如:有以阐述"天道"(自然规律)为主的,也有以阐述"人道"(礼义廉耻)为主的;说得再详细些,有表达志向的,有教为人做事原则的,有规范人的行为的,有倡导和谐的等。《庄子·天下》论及"六经"时也说:"《诗》以道志,《书》以道事,《礼》以道行,《乐》以道和,《易》以道阴阳,《春秋》以道名分。"司马迁《史记·太史公自序》说得也很详细:"《易》著天地、阴阳、四时、五行,故长于变;《礼》经纪人伦,故长于行;《书》记先王之事,故长于政;《诗》记山川、溪谷、禽兽、草木、牝牡、雌雄,故长于风;《乐》乐所以立,故长于和;《春秋》辨是非,故长于治人。是故《礼》以节人,《乐》以发和,《书》以道事,《诗》以达意,《易》以道化,《春秋》以道义。"杨雄《法言·寡见》:"或问五经有辩乎?曰:惟五经为辩。说天者莫辩乎《易》,说事者莫辩乎《书》,说体者莫辩乎《礼》,说志者莫辩乎《诗》,说理者莫辩乎《春秋》,舍斯,辩亦小矣。"先秦儒"经"为何有多种?为何不是只有一种?因为社会生活的需要(当然主要是精神文化生活需要)是多方面的,故与之相应,"经文"也要多种多样,以便分门别类地满足不同的社会需求。故《荀子·劝学》说:"《礼》之敬文也,《诗》、

《书》之博也,《春秋》之微也,在天地之间者毕矣。"他认为这四经(除了《乐》)囊括了世间一切学问,"天下之道毕是矣"(《荀子·儒效》)。明代黄佐也说:"《诗》道志,故长于质;《书》著功,故长于事;《礼》制节,故长于文;《乐》咏德,故长于风;《春秋》司是非,故长于治;《易》本天地,故长于数。人当兼得其所长。"[①] 经各有所长,合读可兼得。现代学者蒙文通说:"经学即是经学,本为一整体,自有其对象,非史、非哲、非文,集古代文化之大成,为后来文化之先导者也。"[②] 五经或六经本身自成一完整的、独立的体系。它"集古代文化之大成",这个"集古代文化之大成",也应该包含"集古代文体之大成"之意。蒙文通说"经学""非史、非哲、非文",不是说它里面没有文史哲,而是说它不是单纯的文史哲(或经管法,或文史哲等)。例如,不能单纯地把《春秋》《尚书》视为史书,也不能单纯地把《周易》视为预测等。它们虽然未必什么都有、什么都是,但也确实相当地不单纯。故古人多有文体源于五经之说。明代黄佐《六艺流别》即"采摭汉魏以下诗文,悉以六经统之"(《四库全书总目》卷192),也就是按六经把文学分为"诗艺""书艺""礼艺""乐艺""春秋艺"与"易艺"等六大类,故称"六艺流别"。现在看,从文体学的角度讲,我们也不妨说"五经"或"六经"分别代表了不同的文体。比如,《诗经》代表抒情性文体,《尚书》《周易》代表说理性文体,《春秋》代表叙事性文体,《周礼》代表说明性文体等。由此可见,儒经之类别也是从功用宗旨的角度来区分的。古人讲文源于五经;今五经既各有职司,则此论实际上也可以置换为文体源于各种功用。当然,作为经典,这些经书或文种满足的大都是高层次的、重要的和必需的社会精神文化需求。而对其他的需求,尤其百姓日常需求——因为这些需求不是很重要的、迫切的或须臾不可离的,故经书基本上不予回应。但是儒经不回应的,子书可以回应;经书、子书都没有回应的,或回应得不理想、有待改进的,则可留待他日、再发明别的新的文种或书种(比如集)来弥补之。而社会精神文化的需求是无穷

[①] (明)黄佐:《〈六艺流别〉序》,文渊阁四库全书本《明文海》卷二百十九。
[②] 蒙文通:《经学抉原》,上海人民出版社2006年版,第209页。

尽、无止境的，于是经史子集的创造或创作也是无限延伸的和"永远在路上"的。

现今这方面的研究成果主要有：郗文倩《中国古代文体功能研究——以汉代文体为中心》及《古代礼俗中的文体与文学》①、韩高年《礼俗仪式与先秦诗歌演变》②、过常宝《先秦散文研究——早期文体及话语方式的生成》③、黄松毅《仪式与歌诗——〈诗经·大雅〉研究》④、张树国《楚骚·谶纬·易占与仪式乐歌》⑤等。

（七）篇幅长短

中国古代文论称篇幅曰"体"、"制体"或"体制"。《文心雕龙·神思》："文之制体，大小殊功。"这里，"制体"即谓篇幅。陆机《文赋》："体有万殊，物无一量。"篇幅之不同也应属于"体"的"万殊"之一。比如说，文一般比诗长。又，隋代刘善经《定位》曰："凡制于文，先布其位，犹夫行阵之有次，阶梯之有依也。先看将作之文，体有大小；又看所为之事，理或多少。体大而理多者，定制宜弘；体小而理少者，置辞必局。须以此意，用意准之，随所作文，量为定限。既已定限，次乃分位，位之所据，义别为科。众义相因，厥功乃就。"⑥ 这里，"体有大小"的"体"，也主要谓"篇幅"。刘善经的话还说明了，篇幅大小也是提笔为文之前需要认真考虑、认真对待的因素。

篇幅长短是文类划分的依据之一。不同的文体，篇幅也不同。现当代小说有长篇、中篇、短篇之分。论篇幅大小，一般来说是：小说＞散文＞骈文＞韵文。这当然不是绝对的。在中国古代文论语境中，篇幅问题虽然长处于期"休眠"状态，不大进入学术视野，但却是一个经常被涉及的文体因素。事实上，中国古代文学的发展史完全可依

---

① 郗文倩：《中国古代文体功能研究——以汉代文体为中心》，上海三联书店2010年版；《古代礼俗中的文体与文学》，人民出版社2015年版。
② 韩高年：《礼俗仪式与先秦诗歌演变》，中华书局2006年版。
③ 过常宝：《先秦散文研究——早期文体及话语方式的生成》，人民出版社2009年版。
④ 黄松毅：《仪式与歌诗——〈诗经·大雅〉研究》，中国传媒大学出版社2010年版。
⑤ 张树国：《楚骚·谶纬·易占与仪式乐歌》，清华大学出版社2017年版。
⑥ （隋）刘善经：《定位》，转引自周祖譔编选《隋唐五代文论选》，人民文学出版社1999年版，第5页。

据篇幅的长短来描述。比如,纵向地看,中国文体学的发展史是由短章至中篇再到长篇的过程。在唐代以前,诗文篇幅一般在千字之内。据此,我们可以把唐以前叫作"短篇文学"时代。宋金元,说唱文学和戏剧勃兴,这些文种篇幅较长,同时也带动其他文体篇幅变长,故可谓之"中篇文学时代"。明清以后,白话长篇章回小说渐盛,"长篇文艺时代"驾临。文体由短而长,当然也与传播技术密切相关。竹帛与手写时代,自是短篇时代;纸张和活字印刷发明后,"中长篇"时代宣布来临;当今数字媒体技术出现,又催生了超巨文体的诞生。需要补充的是,文体的篇幅的演进史,不是单纯地愈来愈长,而是双线并行:一方面愈来愈长,这是主线;另一方面愈来愈短,这是次线,不过文体的微缩化也是不争的事实。横向地看,任一时代的文学、任一文体的写作皆可依篇幅来分类和评鉴。例如,同样是唐代,同样是律诗,就有律诗、绝句、排律之分。这三者的区分主要就是篇幅。故兹把"篇幅长短"作为文体之内涵义之一而单独列出。

文体的篇幅问题常被轻忽!故这方面的论著罕有。古圣今贤,即使偶有片言只语论及之,也大都是在不自觉状态下,在讲到相邻或相关问题时捎带而出的。

当然,特定研究者不可能只关注或只研究七义项中的某一个或某两个义项,常常是涉及两个以上。具体情形,还与研究者对文体内涵的把握与理解有关。也就是说,研究者认定或默认的"文体"的内涵有多少,那么,其研究范围往往也就有多少。这是就某个研究者的总的研究面而言的。这并不意味着,任一研究者不可以在某一单个自足的研究单元内,不能以一个或一两个文体内涵作为专论或主论的对象。如吴承学虽然提出了文体内涵六义项说,但他仍然可以在《中国古典文学风格学》("中国古代文体学研究丛书",北京大学出版社2011年版)这部专著中,专论"风格"义项。当然,总的看,吴承学的文体学研究是涵盖其所理解的文体内涵六义项的。

三 中国古代文体学:三大块五小块

综上,在迄今为止的学术研究和可见成果中,隐约可见三大块:

"中国古代文体研究","中国古代文体学研究","中国古代文体学批评研究"。当然，在大多数研究者那里，这三者往往是混而不分的。三者合起来，构成广义的"中国古代文体学"。当然，虽然三者同属于广义的"中国古代文体学"，但是，对专门研究者而言，不应混为一谈，还是厘清为好。

三大块、五小块，图示如下。

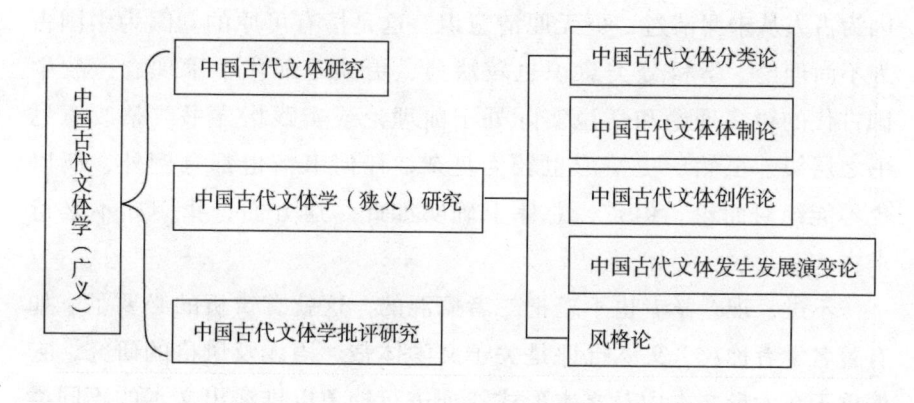

```
                          ┌─ 中国古代文体分类论
          ┌─ 中国古代文体研究
          │               ├─ 中国古代文体体制论
中国古代文体学
（广义）    ├─ 中国古代文体学（狭义）研究 ─┼─ 中国古代文体创作论
          │               ├─ 中国古代文体发生发展演变论
          └─ 中国古代文体学批评研究
                          └─ 风格论
```

第三节 什么是文体学批评

本节内容提要：不能混淆中国古代文体学与中国古代文体学批评；两者既相关，又不同。两者都属于广义文艺学的范畴，在中国古代更是水乳交融；但中国古代文体学是关于中国古代文体的学问，而中国古代文体学批评是运用中国古代文体学的理论与方法对中国古代文体的写作实践的鉴赏、评价和定性，两者不同。从外延上说，中国古代文体学批评可分为三大类：辨体批评（辨体论），合体批评（合体论），备体批评（备体论）。其中，辨体批评是重心。中国古代辨体批评最盛，又可分为得失、源流、正变、雅俗、真伪等批评（论）。如果把风格学也视为文体学，则风格批评也属于文体学批评。中国古代风格学批评也很发达，可分为时代风格批评（时序论）、流派风格批评（流派论）、个人风格批评（体性论）、个作风格批评（如"世说体"）、地域风格批评（如齐气论、楚风论）、文化风格批评（如禅趣说）等。

广义的文艺学（文学学），含文学理论、文学批评、文学实践三大部分。前两者极易混淆。中国古代文体学属于文学理论，而中国古代文体学批评属于文学批评。两者也常混淆。

一 "暗中摸索总非真"——不能混淆文体学与文体学批评

文体学与文体学批评，就中国古代学者而言，无所谓混淆不混淆，因为古人从未厘清过，更无厘清意识。这是情有可原的。因为中国古人不尚理论，学科分类意识也较淡薄，更缺乏现代学术理念，故中国古代的很多理论和学说实际处于前理论或实践指导书或整改意见书之层级。虽然历史情形也较为复杂，任何事情也都有例外，所以也不能绝对而论，但是，总体上确实如此。这方面，我们亦不必苛求古人。

不过，现今学者也不乏把二者搞混的，这就有辨析的必要了。如有著名学者称："文体批评是关于文学体裁、语体及风格的研究，它偏重于在大量文本中对文本形式特征进行抽象以推演出文本的不同类别，总结、归纳同一文类的体质特点、修辞特性和体态风貌，同时也要考究文类体制缘起、发展及流变的历史进程。"[1] 此论对文体学批评与文体学未作严格区分，似乎把文体学约等于文体学批评了。另有学者著文论述王夫之的"辨体"批评[2]——这个论题属于文体（学）批评，但是通读全篇，未见"文体批评"或"文体学（论）批评"之语，仿佛其文与"文体学批评"无关。这是把文体学批评混同于文体学了。这两例皆出于十几年前（都是 2005 年的）的论著，彼时文体学尚在初创阶段，"文体论（学）批评"的"部队番号"尚未打出，出现一些混用现象似亦难免。

又，2005 年第 1 期《文学遗产》刊发吴承学、沙红兵《中国古代文体学学科论纲》一文，此文强调"辨体"是中国古代文体学学科的"基点"，但也没有直接论述"中国古代文体学批评"或"中国古代文体批评（学、论）"。

---

[1] 贾奋然：《六朝文体批评研究》，北京大学出版社 2005 年版，第 1 页。
[2] 赖力行：《论王夫之的辨体批评》，《衡阳师范学院学报》2005 年第 8 期。

随着时间的推移，这种模糊状并未见有多大改观。2009年9月，华中师范大学某位老师把题目为《文体学批评》的课程讲义挂到网上①。笔者下载阅读，发现讲的其实都是有关中国文体学方面的知识，与文体（学）批评关系不大。这仍是视文体学为文体学批评。

这种误解很普遍，很顽固。2011年，华东师范大学出版社出版了"文学分体理论史丛书"（共5部），著者"全是华东师范大学中文系资深的教授、博导和专家"（主编徐中玉丛书"总序"语）。其中，四部属再版，只有陈晓芬《中国古典散文理论史》属新作。此书在讲到魏晋南北朝散文理论时，有以"文体批评"为小标题的内容，篇幅有两页半，约两千余字。但仔细研读，笔者发现它讲了三项内容：一是作家文体偏能论；二是文体规范论及文体规范变异论；三是文体写作创新论。② 显然，这三项皆属于文体理论，而非文体学批评。这仍是视文体学为文体学批评。

2012年，姚爱斌在阐述其中国古代文体学学科构想时，曾对"中国古代文体批评"之概念作了初步的阐述。他说："一个完整的中国古代文体论学科应该包含'古代文体论研究'和'中国古代文体研究'两个基本部分。……'中国古代文体研究'则可以分为'中国古代文体史研究'和'中国古代文体批评'两个部分。……'中国古代文体批评'是指运用古代文体论的基本观点和方法对古代文章的文体所进行的具体批评。"③ 其说精确，也属定义，但外延论尚未申述。

澳门学者邓国光《文章体统》（上海古籍出版社2013年版）一书在论及挚虞文论思想及贡献时，突出了挚虞文论思想的特点是不重内容、不重"能文"，而重"体制"，重"区判文体"，"区判便是分类，这是系统而客观地整理文章的工程。可以肯定，'文体论'便是挚虞正式成立的"。④ 这评价是对的。问题在于：挚虞既重文类，则其论说必多文体学批评，但邓国光在讲到挚虞的文体学批评时，却沿用了

---

① 详参 http://ishare.iask.sina.com.cn/f/5745535.html，华中师范大学韩军《文体学批评》（word格式）讲义。
② 详参陈晓芬《中国古典散文理论史》，华东师范大学出版社2011年版，第99—101页。
③ 姚爱斌：《中国古代文体论思辨》，北京大学出版社2012年版，第269、270、271页。
④ 邓国光：《文章体统》，上海古籍出版社2013年版，第198页。

"文章批评"这么一个普通的词语,说明其"文体学批评"概念也尚混沦。

再往后,情形或有改观,但仍谈不上清晰。2014年,吴承学、何诗海发文称:"文体问题是古代文学的本体性问题,文体批评在古代文学批评中占据着核心地位。"①

2015年,欧明俊在论及文体学的学理构成时,列举了形态学、起源学、分类学等18个名目,②其中无"文体批评学"或"文体学批评",但有"文体接受学",亦庶几近之。同年,陈君发表《〈文章流别集〉与挚虞的文体观念》一文,提出"文学总结与文学批评并重是挚虞文体思想中最突出的一个特点",但通篇未尝使用"文体(学)批评"一类的字眼。③

2016年,任竞泽在著文论述"中国古代的'辨体'理论批评"时,也未把"辨体理论"(实即文体论)与"辨体批评"明确区分开。④不过,他在2016年年底的一篇论文中,非常可贵地使用了"辨体批评"一词,而且他也已经自觉地区判了辨体理论与辨体实践。⑤可惜他未尝作专文以提出和申论文体学批评。他的论文主要是探讨朱熹的文体学思想的。

综上,迄今为止,无论古人、今人,对文体学批评虽然都重视、常接触、常论及,但遗憾的是,这些大都是在不自觉的状态下进行的!也就是说,无论相关讨论有多丰富、多热闹,但"中国古代文体学批评"之命题仍基本上尚处于前理论状态!"暗中摸索总非真"(元好问),理论之光亟须"拨亮"。否则,既不利于其健康发展乃至成熟完善,也不利于其教育、教学,更不利于中国文体学走向世界。更重要的是,"中国古代文体学批评"是中国古代文体学的使用价值及活力所系,它不仅至今仍在古代文学研究领域大显身手,而且对古代文论

---

① 吴承学、何诗海:《古代文体学研究慢议》,《古典文学知识》2014年第6期。
② 详参欧明俊《古代文体学思辨录》,人民出版社2015年版,第21—22页。
③ 陈君:《〈文章流别集〉与挚虞的文体观念》,《广西师范大学学报》2015年第5期。
④ 任竞泽:《中国古代辨体理论批评论纲》,《内蒙古农业大学学报》(社会科学版)2016年第2期。
⑤ 详参任竞泽《辨体与变体:朱熹的文体学思想论析》,《厦门大学学报》2016年第6期。

的现代转化和传播、对古今文艺思想的对话和对接、对盘活古代文论资源等都至关重要！我辈生于古贤之后，有责任基于现代理念，裁夺古说，臧否今论，把呼之欲出的"文体学批评"明确标揭出来，点燃理论之炬，照亮灰暗地带，把这份宝贵的理论遗产继承好、利用好。

二 文体学与文体学批评的区别和联系

古今学者易于把两者搞混，非为无因。一是客观原因。客观上，二者关联度确实很高，且不乏你中有我、我中有你的胶着情形。二是传承原因。中国古人重实际、不重空论，造成中国古代文体学理论与文体学批评混而不分。无古不成今。如今学者们难免于学术惯性，习焉不察，久而失嗅，尤其一些学者过嗜传统，惟古是是，遂使古代学术之优、缺点都"穿越"时空，复灵于今，甚者不以为陋、反以为"特"。三与现、当代之"中国古代文体学"尚处于初创阶段之大势有关。换言之，一方面，现、当代中国古代文体学极火；另一方面，其中的很多问题尚未廓清，范畴界域等也大都洪荒初创，大家忙于开疆拓宇，无暇厘清分限，很多问题也远未达成统一的认识，故争议良多，人各为言，甚至尚处于"诸侯混战"状，零散不成体统。当然，正因体系不完，所以，也需要争议和辩难，以激浊扬清，汰繁降噪。反正真金不怕烈火炼，也需要烈火炼。

两者实不同。文体论，也称文体学，是关于文体的理论或学说。文体论或文体学属于理论，文体学批评或文体批评学乃是运用此种理论于文学实践的阅读、鉴赏、批评等活动，是运用文体理论对具体的作家、作品及其他文体现象所作出的鉴赏、评议和定性。

文体学与文体学批评的联系是：两者都基于文体的产生、发展和演进之事实，都属于广义的文体学的范畴。在中国古代文体学中，两者常常同居共处，亲密无间，且迄今仍未完全"分离"；还有，在文体学批评出现以后，文体学批评也是文体学自身得以丰富、完善和再次提升的直接推手。

但是，两者的确又不同。第一，两者出现的时间节点不同。两者非同时出现。一般说来，先有文体论（含未诉诸文字的、前理论状态的文体感觉、文体意识),后有文体(论)批评。一开始,文体学批评是包含于普泛的文学批评中的。从学科意义上说,"文学批评"的出生地是西方,时间是19世纪末,20世纪曾被称为批评的世纪;文体学批评则是更晚近时期才出现的事情。当然,我国文艺理论与文学批评渊源悠久,且二者长期水乳交融,难解难分。第二,性质不同。文体学属文艺理论,文体批评是对文体学的运用、检验和提升助手,是文艺理论与文艺实践的通道和中介,属于文学批评的范畴。第三,套用马克思的话说,文体学是"批评理论",是批评的武器;文体学批评是"理论批评",是武器的批评。两者密切攸关,但又不容越代。

综上,文体学批评包含于或属于文体学,但不等于文体学。文体学不止文体学批评。用符号表示就是:"文体学批评⊊文体学"。"⊊"表示"真包含于但不等于"之意。

三 中国古代文体学批评的外延

詹福瑞先生说:"讲'体'是中国古代文学的一个十分突出的特点。尤其是文学观念自觉之后,文人'体'的意识就更为鲜明。有'体'无'体'甚至成为一个诗人有无成就、影响大小的重要标志,也成为一个时期的文学影响近远的标志。"[①] 文人创作时重"体",理论家、批评家在评价作家、作品时也重"体",这其实就已经属于文体学批评了。

鉴于中国古代的文体学批评以辨体为主,故有时也称曰"辨体批评"。但"辨体批评"不等于文体学批评,它只是文体学批评的"一枝"。

析而言之,中国古代的文体学批评约有以下三种。

第一,辨体论(辨体批评)。

这是中国古代文体学批评的主干。又可细分为:得失批评、源流批评、正变批评、雅俗批评、真伪批评等。

(1)得失论(得失批评)

即得体论与失体论。这主要是就作家的创作而言的,属文体学批

---

① 詹福瑞:《古代文论中的体类与体派》,《文艺研究》2004年第5期。

评之作品论方面。从理论上说，谓之辨体论；从作品批评说，它是文体批评论（之得失论）。

吴承学说："中国文体学的核心是'辨体'，'辨体'的目的在于'得体'。所谓'得体'，就是在特定的语境中恰当的表达。"① 胡应麟《诗薮》（内编卷一）云："文章自有体裁。凡为某体，务须寻其本色，庶几当行。"② 中国古代历代之辨体类著述颇丰，此类著述的核心宗旨就是从写作或作品的角度阐明各体文学或文章之体制规范，以免写作者过于随心任性，甚至跑偏出轨。如明代吴讷论"记体文"的写作规范曰："大抵记者，盖所以备不忘。如记营建，当记月日之久近，工费之多少，主佐之姓名。叙事之后，略作议论以结之，此为正体。"③ 推开来说，历代都不乏讲诗文、诗词、词曲等之不同的文字，此类文字的意图一般都指向界分，旨在护体，贵在得体。又如，清代沈德潜说："乐府中不宜杂古诗体，恐散朴也；作古诗正须得乐府意。古诗中不宜杂律诗体，恐凝滞也；作律诗正须得古风格。与写篆、八分不得入楷法，写楷书宜入篆、八分法同意。"④ 总之，文各有体，诗各有体，皆以得体为贵。这是古人文体写作的基本原则。

文体固由人造，但定体之后，则具有一定客观性和独立性。也就是说，体制须遵，不得任意。宋代王应麟《词学指南》卷四："凡作文字，先要知格律，次要立意，次要语赡。所谓格律，但熟考《（宏词）总类》可也。"词体"格律"性问题较突出，较重要，"词务格律"已经深入人心。其实，如果把"格律"理解为"体制规范"的话，则任何文体都有"格律"，都须尊遵。凡写作皆文体写作，凡文体写作皆须遵体。杨万里说："作文如作宫室，其式有四，曰门曰庑曰堂曰寝，缺其一，紊其二，崇庳之不伦，广狭之不类，非宫室之式也。……今其言曰：文焉用式，在我而已！是废宫室之式而求宫室之

---

① 吴承学：《建设具有现代意义的中国文体学》，《文学评论》2015年第2期。
② 周维德集校：《全明诗话》，齐鲁书社2005年版，第2499页。
③ （明）吴讷著，于北山校点：《文章辨体序说》，人民文学出版社1998年版，第42页。
④ （清）沈德潜著，霍松林校注：《说诗晬语》，《原诗 一瓢诗话 说诗晬语》，人民文学出版社1998年版，第244页。

美也。"宫室有式，式不可废，否则"室成而君子弃焉，庶民哂焉"①。近人刘熙载《艺概·经义概》说："昔人论文，谓未作破题，文章由我；既作破题，我由文章。"对此，龚鹏程发挥道："一般皆只知人作诗，不知作诗者，均需依循文字之结构。箭在弦上，不得不发，文字是会带着人走的。"② 这些话移植于文体学批评领域，就是为文不得不遵（尊）体之意。凡事有变，亦有因；就变说，有变得好，亦有变孬。就变体说，有成功，有不成功，不成功即为失体。

另，古人认为，"得体"不仅是文学问题，也是社会问题、道德伦理问题。得体即合礼。中国自古是礼仪之邦。无论从语源学还是从文化学的角度分析，"体"（体）与"礼"（礼）都有密切关系。《礼记·礼器》："礼也者，犹体也。体不备，君子谓之不成人。"③ 无礼不成人，于是，无礼也不成文。东汉刘熙《释名·释言语》："礼，体也，得事也。"④ "得事体"就是合礼，合礼就是合理。无规矩不成方圆。可见，"得体""失体"问题已越出文学之域，而成为中国传统社会文化生活中的主流话语中的关键词了。

在西方，亚里士多德的"整一"说（或和谐论）、贺拉斯的"合式"说等也是不利于变体和文体融合的，可视为西方的"得体论""正体论"。所谓"整一"，就是认为文艺的内容与形式应该和谐，形式上应结构完整、长度适中，内容上要描述符合规律的事和人；其美学观的核心概念是整一性、统一性、秩序性、匀称性和适当性；内容与形式及形式诸要素应合适、整一、完善。合乎这些要求的就是合体，违背的就是"失体"。贺拉斯强调诗歌要"合式"，即强调文艺的部分与整体的和谐整一、结构和谐统一、情节要合乎情理、人物性格要合乎类型特点、语言要适度考究等，总之是要求文艺的所有因素都应恰如其分、妥帖得体。"合式"原则是贯穿于《诗艺》的一条红线。从文体角度说，"合式"就是合体。

---

① （宋）杨万里：《答徐赓书》，文渊阁四库全书本《诚斋集》卷六十六。
② 龚鹏程：《中国文学史》（上），东方出版社 2015 年版，第 465 页。
③ （清）阮元校刻：《十三经注疏》下册，中华书局 1980 年版，第 1434 页。
④ （东汉）刘熙撰，（清）毕沅疏证，（清）王先谦补，祝敏彻、孙玉文点校：《释名疏证补》，中华书局 2008 年版，第 110 页。

(2) 源流论（源流批评）

马克思说：人类不能随心所欲地创造历史，也不能凭空创造历史，而只能在既定的、现有的情况下延续性地创造历史。我国也有句老话：无古不成今。孟浩然《与诸子登岘山》："人事有代谢，往来成古今。"今从古来，今古又不同。

中华文化历史悠久。中国人一向重史。凡事穷究源流，刨根问底，祭河祭源，通权达变。文体学也如此。于是就有了源流批评。"振叶以寻根，观澜而索源"（《文心雕龙·序志》）。只有文体演进大情摸熟了，古今流变线索厘清了，才能正本清源，别裁伪体。正如清代钱谦益《初学集·徐元叹诗序》所说："先河后海，穷源溯流，然后伪体始穷，别裁之能始毕。"

李南晖主编《中国古代文体学论著集目》"通论编以外六编"均采用"四部法"罗列相关文献，其中第一部分是："源流论之部"①——他这样安排也体现了"源流论"的基础性和重要性。

在我国文体学批评领域，源流批评一向发达。最著名的要数南朝梁代钟嵘的《诗品》了。此书把魏晋南朝的所有诗体的总源头浓缩为三个，一曰国风，二曰小雅，三曰楚辞。然后，对汉魏以来的优秀的诗人、诗歌作品一一评鉴，直截根源，区处流派，轩轾品级。其诗体源流批评是成功的。不过他动言某某出于某某，有些说法过于具体，太实太死，又乏详论，故常招后人非议。且，钟嵘之所谓"体"，主谓风格，与今之"文体学"不完全一致。但无论如何，其文体源流批评的大方向是明确的，源流批评的具体情形也大都是有理据的。《诗品》影响很大。此后，这种源流型批评遂繁。张伯伟归纳为四种："论字句"，"论风格"，"论诗派"，"论变革"。②

钟嵘《诗品》不是文体学专著，也不是现今严格意义上的文体源流批评著述。在其前，西晋挚虞有《文章流别集》，"为中国古代第一

---

① 李南晖主编：《中国古代文体学论著集目·凡例》，北京大学出版社2016年版，第3页。
② 张伯伟：《中国古代文学批评方法研究》（第二章 推源溯流论），中华书局2002年版，第149—154页。

部按照文体类别编纂并收入多种文体的文学总集,具有里程碑式的意义"①。此书中的绪论部分后析出单行,称"文章流别论"。澳门学者邓国光认为挚虞《文章流别论》"开启文体研究的先河","'文体论'便是挚虞正式成立的"。② 挚虞的"先河"作用不只在"文体论",也应包括"文体学批评"。方孝岳说:"挚虞可以说是后世批评家的祖师。他一面根据他所分的门类,来选录诗文;一面又穷源溯流,来推求其中的利病。这是我国文学批评学的正式祖范。"③ 句中的"文学批评学"实应包含"文体批评学"。挚虞也是中国文体批评学(或文体学批评)的"正式祖范"。钟嵘可谓"名誉祖范"。

挚虞论文重视文体"区判",其文体学批评也多源流批评。如他论诗云:

> 古之诗有三言、四言、五言、六言、七言、九言。古诗率以四言为体,而时有一句二句杂在四言之间。后世演之,遂以为篇。……夫诗虽以情志为本,而以成声为节。然则雅音之韵,四言为正,其余虽备曲折之体,而非音之正也。

又如论赋体云:

> 前世为赋者,有孙卿、屈原,尚颇有古之诗义,至宋玉则多淫浮之病矣。④

邓国光说:"挚虞建立一套极富理论意义的文体论,把文学的发展放置于历史场景中,观察其自身特征的成立与变化,从而构建系统性甚强的文论体系,把文学的自觉意识转化成构建学理与梳理文章的具体成果。"⑤ 这一段话实含三层意义:第一,"挚虞建立一套极富理

---

① 陈君:《〈文章流别集〉与挚虞的文体观念》,《广西师范大学学报》2015 年第 5 期。
② 邓国光:《文章体统》,上海古籍出版社 2013 年版,第 123、198 页。
③ 方孝岳:《中国文学批评》,生活·读书·新知三联书店 1986 年版,第 4 页。
④ 此处引文详参(清)严可均辑《全上古三代秦汉三国六朝文》之《全晋文》卷七七。
⑤ 邓国光:《文章体统》,上海古籍出版社 2013 年版,第 239 页。

论意义的文体论",这是建立文体学,即"构建学理";第二,"把文学的发展放置于历史场景中,观察其自身特征的成立与变化",这是文体学批评(主要是源流批评),即"梳理文章"("文章"实谓文体);第三,"从而构建系统性甚强的文论体系",这是文体学批评(含源流批评)又上升为理论(文体理论),"文论体系"主要谓"文体论体系"。

源流批评或推源溯流批评方法不仅限于文体学领域。作为一种常用的和犀利而有效的文艺批评的方法,而且它还被广泛地运用于风格学、主题学、叙事学、表现方法论、概念学等从内容到形式的诸多方面的研究中。而且,在非文艺领域,此法也是经常而有效的研究思路和方法。限于题旨,这里只讨论文体学批评。

(3)正变论(正变批评,含创体批评)

最早发明此论的当属汉代的《毛诗序》。此文提出"变风""变雅"等说,后世于此虽不无争议,但其论大体合理,基本成说。当然,"变风""变雅"不都是立足于文体而立论的。原论之主要关注是内容及风格方面。不过其文体学意义也不容忽视。

此后,中国文学创作与鉴赏都非常强调文体的正奇或正变之别,契合传统体制的,即为正体;否则即为变体。如律诗,明代吴讷说:"大抵律诗拘于定体……其命辞用事,联对声律,须取温厚和平、不失六义之正者为矜式。若换句拗体、粗豪险怪者,斯皆律体之变,非学者所先也。"[1] 再如记体文,吴讷说:"韩退之《画记》、柳子厚游山水记为体之正。"[2] "韩愈《画记》如实记录原作、再现画面的效果正合'记'义,历代的文体学批评,也常把韩记视为记之正体。"[3] 清代王之绩说:"记之体,正如韩愈《画记》,变如范仲淹《岳阳楼记》。"[4] 宋代苏东坡"以论为记",如其《画水记》《文与可画筼筜谷偃竹记》等,向来也被视为记体文之变。这些都是从创作方面对记体文所作的

---

[1] (明)吴讷著,于北山校点:《文章辨体序说》,人民文学出版社1998年版,第56页。
[2] (明)吴讷著,于北山校点:《文章辨体序说》,人民文学出版社1998年版,第41页。
[3] 蔡德龙:《韩愈〈画记〉与画记文体源流》,《文学遗产》2015年第5期。
[4] (清)王之绩:《铁立文起》,王水照编《历代文话》(第4册),复旦大学出版社2007年版,第3664页。

文体学批评,批评的重心在体之正与变。

"变体"一词也的确微含否定性之意。但是,正如"正体"的意思是正统、传统,并不恒等于"正确";同样,"变体"也不总意味着"讹误"。规范或模式从来都是为被打破而存在的。社会时事不同了,文体自然也会发生异变,这是不以人的意志为转移的,是客观因素所致,由此说,不宜再施诸价值褒贬;同时一些文人为了创新,往往也主动创新翻越,形成变体。此种情形的变体,往往主要是主观因素所致,其结果则有两种,一曰变好,次曰变孬。无论变好、还是变孬,改变意识本身都是文体写作意识中的正能量,都是值得肯定的。例如《诗经》中的"变风""变雅",就是因时移世易所导致的文体异变。它无所谓好,亦无所谓坏。而文学史上恒常发生的"以X为Y""A体B"、(如"以文为诗""以诗为词""以诗为曲""诗体小说""骈赋"、诗剧、散文诗)等,则大抵属于形式翻新性变异,是文人鼎革意识所致,也大都是值得肯定的。南宋方澄孙说:"文体之工,自文法之变始,愈变而愈工,知道者于是乎有所感焉。夫文之正者无奇,无奇则难工。世之君子争为一家之奇言,则其法不容以不变,变益多,正益远,工亦益甚。盖自六经而下,惟庄、骚、太史为最工,有志于文者类喜言之。虽然,庄者理义之变也,骚者风雅之变也,《史记》者《尚书》、《春秋》之变也,不变则不工矣。噫,文以变为工,于其道奈何哉!"① 南宋邓光荐也说:"吁,诗贵乎变。不守一律,千变万化,变之不穷,惟子美能当之。岂惟诗,文亦然。"② 方澄孙、邓光荐高度评价"变",并直接提出"文以变为工""诗贵乎变"等说法,这在中国传统文论中是比较罕见的,也是难得的。其他喜言变化者也往往而有,比如宋元诗论界动言唐诗三变、宋诗三变、宋诗多变及诗变为骚、骚变为乐府或五言、乐府或五言再变为七言或律诗、律诗再变为词曲等,这些说法的结论大都是愈变愈衰或愈变愈坏,而且这种"变化论"讲得过于肤浅而几乎不具学术价值。如元代程端礼说:"愚尝究其末流之弊,以为诗一变而为骚,再变而为五言,五言变七言,其后

---

① (宋)方澄孙:《庄骚太史所录论》,文渊阁四库全书本《论学绳尺》卷七。
② (宋)邓光荐:《翠寒集序》,文渊阁四库全书本《吴都文粹续集》卷五五。

又变而为律，琢而为词。故诗至七言而衰，律而坏，词而绝矣。……以韩、欧、苏、黄之雄才，尚不离今人语，况其余哉！夫以文华之士所尚如此，而诗体之变坏又如此，宜其愈工而愈无诗欤！"①

当然，正体与变体，是相对而言的，非有绝对的区隔也。换言之，正体可"转变"为变体，变体也可"转正"为正体。如左思《咏史》诗，对汉魏以来的咏史诗而言，属变体；但此后咏史诗又大都以左思之作为模则，左思式"咏史体"遂又成为新的咏史文学传统的开端，渐渐地又成了咏史诗的正体了。在文体正变批评中，基于实绩作为的"成王败寇"论不是铁律，而是黄金法则。

(4) 雅俗论（雅俗批评）

字形有雅俗之分，文体亦然。例如：同为散文，骈贵散贱（中唐古文运动以后则反之）；同为韵文，诗庄词媚；同为诗歌，四言清雅、五言流俗。还有，《四库全书》的位次排序是经、史、子、集。"史为经翼"②，经高于史，史高于子，子高于（文艺性）文，（文艺性）文又高于小说、戏剧及说唱文学等大众性文。就语体说，文言雅，白话俗。

雅俗批评也常与正变批评、源流批评、得失批评等缠绕一起。还有，雅俗批评更倾向于内容与风格，而不是形式与体裁。

王庆华说："中国古代文化与文学大体可以看做雅俗传统的对立与融合。一般地说，雅文化主要指以文人、士大夫为创造和接受主体的价值观念和文化创造及历史文化活动，而雅文学指史传和诗文等主要创作、流行、传承于文人士大夫间的文学。俗文化则指主要以市井细民为创造和接受主体的价值观念和文化创造及其历史文化活动，而俗文学主要指变文、说话、弹词、宝卷等主要流行、传承于市井细民之间的文学"，"'三言'、'二拍'之后，话本小说文体在发展过程中出现了文人化与适俗化两种不同的演化趋向，形成了文人性文体与适俗性文体二水分流的形态格局"③。这段话主要是论雅、俗文学与文体

---

① （元）程端礼：《〈孙先生诗集〉序》，文渊阁四库全书本《畏斋集》卷三。
② （清）爱新觉罗·弘历（乾隆）：《二十一史序》，文渊阁四库全书本《御制文初集》卷十一。
③ 王庆华：《话本小说文体研究》，华东师范大学出版社2006年版，第12页。

的分立的。当然，雅俗二体也是互相影响的。

雅俗批评的立论基础是"雅俗之辨"。"雅俗之辨"并非自古就有的。那么，它起于何时呢？依理推测，应起于阶级社会以后。雅俗源于阶级或等级。原始社会众生平等，似无雅俗观念。阶级社会形成以后，人分高下，故雅俗生焉。《诗经》已别风、雅，风俗而雅正。雅俗观念的流行，当发生于东汉魏晋时期，与文人自我意识的觉醒有关。[①] 雅俗之辨既非自古就有，也非永世长存。江弱水说，"为更多的顾客提供更丰富多样的商品成为现代生产的唯一目的"，文艺生产亦然，再加上现代文明强调人人平等，这样，"由于强调平等与强调创新，从共时性和历时性两个角度都不可能产生一种雅俗之辨了"。意思是，雅俗之辨至现代社会就会自动消弭。此论似理想主义化了。事实上，现代社会文明之"认同"平等与"事实"平等之间仍有差异。而且，这个差异将会长存。所以，雅俗之辨很难自动消弭，更不会很快消逝。它将长期处在"走向消亡"的中道，垂死状态长期化。

与其他的辨体批评相比，雅俗批评或雅俗论显然已经不只局限于文体论之域了，它的触角已由文体论批评伸展到了文化学批评之域。"把文体研究与雅俗文化联系起来实际上是将文体研究引向深层的文化研究。"[②] 文体演进当然不是在一个庞大的真空"试管"里单独进行的，其发生、发展的背景是整个文化世界、社会世界和自然世界。这样，文体学研究也就不能仅仅是文体学域内的"内部研究"；虽然单纯的"内部研究"是非常重要而根本的视角。同理，文体学批评往往也会"溢出"单纯的文体论之域。雅俗论如此，下面的"真伪鉴别"（真伪批评）更然。

（5）真伪鉴别批评

第一，辩体批评。

辨体批评不只在文学、文体学方面有重要意义，在文献学方面也

[①] 详参［日］村上哲见《雅俗考》，顾歆艺译，《中国典籍与文化论丛》第四辑，中华书局1997年版，第11页。

[②] 详参［日］村上哲见《雅俗考》，顾歆艺译，《中国典籍与文化论丛》第四辑，中华书局1997年版，第13页。

有独特的价值。后者是指可以通过辨体来鉴别作品或著作的真伪。这实际上早已是鉴别文献真伪的常法了。例如宋儒朱熹就是使用此法而判定《伪古文尚书》和《麻衣易说》为伪书的；宋末严羽《沧浪诗话》之"考证"部分也多以辨体之法来分析诗歌之年代及真伪问题等。

第二，合体论（合体批评）。

合体谓两三种或少数几种文体的融合。通常谓两种文体的融汇。其典型表达方式就是"以 B 为 A"。如以文为诗、以诗为文、以诗为词、以传奇为志怪、以史哲为文等。曹丕云："夫文本同而末异"。所有文体之间都有通融性，故文体浑混是文体发展演变的基本规律，也是文体演进的内部主要推动力。中国文学史上关于合体的实践和理论都较丰富。实践方面，也就是创作方面的浑融现象，有成功的，也有失败的，更多的情况是基本成功。基本成功的意思是利大于弊，其效果及意义总的说来值得肯定。理论方面，就是自古就有的文体融渗论。此论较多，但其总的发达程度不及辨体论。兹不详论。这里，只粗略地把中国古代的文体融渗论分为两种：支持的，反对的。反对的声音要远多于支持的。但在文体写作的"前线"，文体融渗"炮声隆隆"，似乎不理会辨体批评家们的众声喧哗。合体，自然也属于变体中的一种。故凡是力主辨体、正体的，大都是反合体论者。明代大量出现的辨体论著作如《诗源辩体》《文章辩体》之类自然都属于反对合体者。如许学夷反对以文为诗，其《诗源辩体》云："诗与文章不同，文显而直，诗曲而隐。"[①] 又云："杨用修云：'三百篇皆约情合性，而归之道德，然未尝有道德性情句也。……'愚按：此论不惟得风人之体，救经生之弊，且足以祛后世以文为诗之惑。"[②] 他明确反对"以文为诗"。杨慎反对"诗史"论，主意也在严文史之界，阻文史相浑。元代祝尧也反对"二体衮杂"[③]，反对以文为赋，反对"为赋者，不知赋之体，而反为文；为文者，不拘文之体，而反为赋"[④]，也是典型的反

[①] （明）许学夷著，杜惟沫校点：《诗源辩体》，人民文学出版社1998年版，第4页。
[②] （明）许学夷著，杜惟沫校点：《诗源辩体》，人民文学出版社1998年版，第5页。
[③] （元）祝尧：《古赋辩体》，文渊阁四库全书本《古赋辩体》卷八"宋体"。
[④] （元）祝尧：《古赋辩体》，文渊阁四库全书本《古赋辩体》卷九"外录上"。

对合体论者。总的看，思想保守者多反对，开通者多赞成。两相比较，保守者多，开通者少。

支持合体的有：杜甫、韩愈、司空图、苏轼、辛弃疾、杨万里、陈旅、胡寅、王维桢、蒲松龄、方东树等。

反对合体的较多：刘勰、王安石、陈师道、李清照、严羽、祝尧、李东阳、杨慎、胡应麟、许学夷、王夫之、纪昀等。宋、元、明文坛力主辨体者多，故主张严诗词文史理之界者亦多。

限于篇幅，他们的具体主张不再引述。

不过，有一点还须交代：古人于合体，多有言行不一致者。如苏东坡主张合体，王安石反对合体。黄庭坚说："荆公评文章，先体制而后论文之工拙，盖尝观苏子瞻《醉白堂记》，戏曰：'文词虽极工，然不是《醉白堂记》，乃是韩、白优劣论耳。'"① "东坡闻之，曰：'不若介甫《虔州学记》，乃学校策耳。'"② 王安石虽反对合体，但他也"以文为诗"、以策为记；苏东坡主张合体，但他又批评王安石混体。这不是乱讲吗？其实，这说明：其一，"辨体"势力强大，更有市场，且成惯性，人们评论文章时难免"路径依赖"，故于合体，时或心是而口非；其二，古人于合体，多未理论自觉，或不够自觉，故自己已行，而不知自是，或以为非；其三，古代文论、文评不单纯关乎文，也难免乎派别之私。苏、王事不即然乎？

第三，备体论（备体批评）及"集大成"论。

自古迄今，我国备体批评发育都很不成熟，仅限于对具体文种或作品的"文备众体"的批评。也就是仅限于文学批评，还谈不上理论化的"备体论"。古人对文备众体的原因、性质、意义、方式等，都有程度不等的阐述，虽然尚谈不上系统。另，"备众体"的别名曰"集大成"。两者异名同实。这方面材料较多，兹类列以观。

①论某体、某文、某著，称曰"文备众体"或"集大成"。

薛凤昌："六经文字，无体不备。后世能文的人，无有不源本六

---

① （宋）胡仔：《苕溪渔隐丛话》，文渊阁四库全书本《渔隐丛话》"后集"卷十九。

② （宋）蔡绦：《西清诗话》，宋胡仔《苕溪渔隐丛话》，文渊阁四库全书本《渔隐丛话》"前集"卷三十五。

经;种种文体,也无有不自六经胎息而来。"①"文源五经"说或可议,"体备六经"论洵有据。

南朝沈约《梁书·萧子显传》:"子显尝为《自序》,其略云:'……少来所为诗赋,则《鸿序》一作,体兼众制,文备多方,颇为好事所传,故虚声易远。'"②萧子显是南朝梁代人。他这段话的核心是八个字:"体兼众制,文备多方。"此论应属最早的"备体论"。其所论乃赋体。

宋代陈鹄评苏轼文、黄庭坚诗:"古来语文章之妙,广备众体,出奇无穷者,惟东坡一人。极风雅之变,尽比兴之体,包括众作,本以新意者,惟豫章一人。此二者当永以为法。"③

宋代胡寅《题酒边词》:"(柳永词)掩众制而尽其妙,好之者以为不可复加。"这是论柳永的,也是论词体的。词体虽小,集成性不差,故能借"掩众制"而臻于美妙。

明代胡震亨评胡应麟诗论:"近代谈诗,集大成者,无如胡元瑞。"④其《唐音统签》多引其论。

清代吴衡照《莲子居词话》(卷一)评辛词:"辛稼轩别开天地,横绝古今。论、孟、诗小序、左氏春秋、南华、离骚、史、汉、世说、选学、李杜诗,拉杂运用,弥见其笔力之峭。"与杜诗相类,辛词亦以集大成性为重要特征。借用下文所引陈师道之说法:子美诗,退之文,鲁公书,稼轩词,皆集大成、备众体者也。

宋代赵彦卫评唐传奇:"唐之举人,先藉当世显人,以姓名达之主司,然后以所业投献,逾数日又投,谓之温卷,如《幽怪录》《传奇》等皆是也。盖此等文备众体,可以见史才、诗笔、议论。"⑤

宋代王铚评北宋骈文:"国朝……至二宋兄弟始以雄才奥学,一变山川草木、人情物态,归于礼乐行政、典章文物,发为朝廷气象,其规模闳达深远矣。继以滕、郑、吴处厚、刘辉,工致纤悉备具,发

---

① 薛凤昌:《文体论》,台湾商务印书馆1968年版,第5页。
② (唐)姚思廉:《梁书》,中华书局1973年版,第512页。
③ (宋)陈鹄:《耆旧续闻》卷二,文渊阁四库全书本。
④ (明)胡震亨:《唐音癸签》卷三十二,文渊阁四库全书本。
⑤ (宋)赵彦卫撰,傅根清点校:《云麓漫钞》(卷八),中华书局1996年版,第135页。

露天地之藏，造化殆无余巧。其隐栝声律，至此可谓诗赋之集大成者。"①

明初宋濂评三代六经之文："三代无文人，六经无文法。无文人者，动作威仪，人皆成文。无文法者，物理即文，而非法之可拘也。秦汉以下则大异于斯，求文于竹帛之间，而文之功用隐矣。"② 他推崇"五经"之文，称曰"备文之众法"："刘勰论文有云：'论说辞序，则《易》统其首；诏策章奏，则《书》发其源；赋颂歌赞，则《诗》立其本；铭诔箴祝，则《礼》总其端；纪传文檄，则《春秋》为之根。'呜呼，为此说者固知文本乎经，而濂犹谓其有未尽也。何也？《易》之彖、象，有韵者即诗之属；《周颂》敷陈而不协音者，非近于《书》与？况《春秋》谨严，诸经之体又无所不兼之与？错综而推，则'五经'各备文之众法，非可以一事而指名也。……皆一气周流而融通之。苟欲强索而分配，非愚则惑矣。夫经之所包，广大如斯，世之学文者，其可不尊之以为法乎！"③ 当然，刘勰讲的是文体发源，宋濂论的是文体之兼包。两者讨论的角度近似，但也不完全相同。

清代叶燮《原诗·外篇》论七律："七言律诗，是第一棘手难入法门；融各体之法、各种之意，括而包之于八句。是八句者，诗家总持三昧之门也。"④

集句诗、集字诗，是我国古代一种特殊的诗歌创作现象。明代丁养浩擅廋。他认为此体具有"集大成"性："集句者何？集诗人之大成也。吾非不得作也，作而与古鸣世者伍，亦若人耳。古之人以诗鸣世者凡几何人？当其时，彼各以其所长鸣，鸣而未必皆善也。是故以一人言其篇章之善者无几，以一篇言其句法之善者亦无几。吾朝而讽焉，夕而咏焉，其善者，吾爱之不啻若自其口出；其不善者，吾不知也。当夫事至物来，景与意会，吾之情不能已于有言，则吾素所善者自然呈露发见，会合而成章。初不期于集，而自无不集，殆亦不得已

---

① （宋）王铚：《四六话》（序），文渊阁四库全书本。
② （明）宋濂：《〈曾助教文集〉序》，文渊阁四库全书本《文宪集》卷七。
③ （明）宋濂：《〈白云稿〉序》，文渊阁四库全书本《文宪集》卷七。
④ （清）叶燮：《原诗》，丁福保辑《清诗话》（下），上海古籍出版社1963年版，第611页。

而有言者也。若是者，谓非集大成，可乎？"① 集句诗常被目为"游戏"文字，但丁养浩这段话告诉我们：只要有真情实感，则无嫌于"集句"。清代吴绮《何云壑转运〈集字诗〉序》亦说："夫诗缘至性，实本别才。聚腋成裘，裘合而宁知是腋；将花酿蜜，蜜成而无复为花。此岂属乎人能，良亦关乎天巧。若乃五音迭奏，杂采相宣，自成机杼。相其体制，风华不让齐梁；揽厥篇章，大雅无伤李杜。斯则王夷甫之玉立，自具神姿；宁独谢安石之碎金，徒夸宝屑而已哉！"② 这段话高评集字诗。集字诗是摘取前人诗赋中的字词而拼凑成的诗篇，通常是集前人某一篇中的字词而成，其写作难度要低于集句，但性质庶几。窃以为，这些论述适可印证西方"互文性"理论，或可称曰"集句性互文""集字性互文"。

清代孔尚任《桃花扇小引》云："传奇虽小道，凡诗赋、词曲、四六、小说，无体不备。至于摹写须眉，点染景物，乃兼画苑矣。其旨趣实本于《三百篇》，而义则《春秋》，用笔行文，又《左》、《国》、《太史公》也。"戏曲本属大成文体，"无体不备"，宜也。

明清八股文实亦浑体之文。明代赵南星说："文各有体，不容相混，今取士以时艺言，古无此体也。……嘉、隆之间，文体日变，然不失为时艺。浸淫至于今日，率皆以颇僻幽眇之见，托之乎经书之言，而其词非经书也，又非《左》、《国》、《史》、《汉》、韩、欧、三苏之词也。一切佛老异端，稗官野史，丘里之常谈，吏胥之文移，皆取之以快其笔锋，而骋其词力。如飓风之起，卷草树，飞砂砾，布覆天宇，不见日月，而以为奇观。时艺古文，都无所似。士大夫奈何作此以取富贵？"③ 这段话可反证八股文的集大成性。嘉、隆以前，体尚单纯；明代后期，其体大变，"时艺古文，都无所似"。

又，今人张中行评"八股文"曰："一部中国文学史，抛开内容不论，实际上就是文学形式的翻新史。八股文处在这个史的末端，受

---

① （明）丁养浩：《咏梅集句序》，清代光绪二十一年刻本《西轩效唐集录》卷九。
② （清）吴绮：《林蕙堂全集》卷三，文渊阁四库全书本。
③ （明）赵南星：《叶相公时艺序》，明崇祯十一年范景文等刻本《赵忠毅公诗文集》卷十五。

到此前各种文学形式的影响,不能不说是一个集大成者。它吸收了长行文字(佛家语,指非韵文)的所有表达技巧,熔散行骈体于一炉……堪称明清文学的代表,称之为'国粹',一点也不夸张。"①

②推崇某人,誉曰"备诸体""集大成"。

此类论述首发于《孟子·万章下》之褒美孔子:"伯夷,圣之清者也;伊尹,圣之任者也;柳下惠,圣之和者也;孔子,圣之时者也。孔子之谓集大成。集大成也者,金声而玉振之也。"孟子之语非论文艺,但也未必不含文艺,因为孔子艺术修养也极高。

初唐褚亮《十八学士赞》称颂虞世南:"笃行扬声,雕文绝世。网络百家,并包六艺。"

元稹首论杜甫诗"集大成"。其《唐检校工部员外郎杜君墓系铭并序》评杜甫曰:"予读诗至杜子美,而知古人之才有所总萃焉。……至于子美,盖所谓上薄风骚,下该沈宋,古傍苏李,气夺曹刘,掩颜谢之孤高,杂徐庾之流丽,尽得古今之体势,而兼人人之所独专矣。"杜诗集大成说源此。后世屡以此论杜,大抵皆本元说。元稹所谓集大成,着眼点是风格;但杜诗之"集大成",实亦应包含文体方面的"众体皆备"。②明初高棅《唐诗品汇》列杜甫为"大家",而位李白王维等于"正宗"。对此,学人每有争议。清代黄生《杜诗解·杜诗概说》说:"高廷礼《品汇》于盛唐列杜为大家,其余太白、王、孟、高、岑、龙标、新乡诸人,则列为正宗,似乎尊杜另置一席,而其实不然。……大家之目,非以其篇章浩瀚,句调恢奇,实居正变之间,而不敢列之正变,特创斯目以尊异乎?予谓杜之所以为大家者,以其能集诗流之大成也。是故杜诗中兼有诸子,诸子诗中不能兼有杜。"黄生认为《唐诗品汇》名杜为"大家"合适,并进一步揭示了杜诗"集大成"说的内涵。

宋代秦观《韩愈论》仿元稹之论杜甫而论韩愈云:"钩列庄之微,挟苏张之辩,擷班马之宝,猎屈宋之英,本之以《诗》《书》,折之以

---

① 张中行:《闲话八股文》,辽宁教育出版社1998年版,第83—84页。
② 详参笔者《论杜甫文体写作的"集成性"》,诗圣杜甫与中华诗学国际学术研讨会论文集,2018年。

孔氏，此成体之文，韩愈之所作是也。然则列庄苏张班马屈宋之流，其学术才气皆出于愈之文，犹杜子美之于诗，实积众家之长，适当其时而已。……呜呼，杜氏、韩氏亦集诗文之大成者欤。"秦观此文还较具体地分析了杜诗之集成情况，但其说法未越元稹之论杜甫，且亦主要以风格立论。

宋代陈师道《后山诗话》引苏轼云："子美之诗，退之之文，鲁公之书，皆集大成者也。"

宋代王铚评夏竦骈文："先公言本朝自杨、刘，四六弥盛，然尚有五代衰陋气。至英公表章，始尽洗去。四六之深厚广大、无古无今皆可施用者，英公一人而已，所谓四六集大成者。"①

宋代许凯评钱易："钱希白内翰作拟唐诗百篇，备诸家之体。……拟古当如此相似方可传。"②

宋代杨万里誉范成大："甚矣，文之难也！长于台阁之体者，或短于山林之味；谐于时世之嗜者，或离于古雅之风。笺奏与记序异曲，五七与百千不同调，非文之难，兼之者难也。至于公，训诂具西汉之尔雅，赋篇有杜牧之之刻深，骚词得楚人之幽婉，序山水则柳子厚，传任侠则太史迁，至于大篇决流，短章敛芒，缛而不酿，缩而不窘，清新妩丽奄有鲍谢，奔逸隽伟穷追太白，求其只字之陈陈，一唱之呜呜而不可得也。"③ 这些话似彷拟元稹之美杜甫，但又有不同。不同者何？一曰含蓄，未用集大成一类字眼，但实有其意；二曰与一般集成论之偏于风格不同，它偏于文体。范成大诸体兼善，俱入佳境。

宋代张元干："前辈尝云：诗句当法子美，其他述作则无出退之。韩、杜门庭，风行水上，自然成文，俱名活法，金声玉振，正如吾夫子集大成，盖确论也。"④

宋代刘克庄《江西诗派小序》评黄庭坚："荟萃百家句律之长，穷极历代体制之变，搜猎奇书，穿穴异闻，作为古律，自成一家，虽

---

① （宋）王铚：《四六话》（卷上），文渊阁四库全书本。
② （宋）许凯：《彦周诗话》，（清）何文焕辑《历代诗话·彦周诗话》，中华书局1981年版。
③ （宋）杨万里：《石湖先生大资参政范公文集序》，文渊阁四库全书本《诚斋集》卷八十三。
④ （宋）张元干：《亦乐居士文集序》，文渊阁四库全书本《芦川归来集》。

只字半句不轻出,虽为本朝诸家宗祖。"黄庭坚学杜但不限于杜,而是"荟萃百家""穷极历代",还注意奇异与陌生化,且又"自成一家",所以成就很高。

刘克庄本人亦获此誉。南宋林希逸《后村集序》:"夫文章非一体,能者互有短长。王粲他文不如赋,子美无韵者难读,温公不习四六,南丰文过其诗,此皆前辈评论也。以余观于后村,自非天禀迥殊,学力深到,何其多能哉!诗虽会众作而自为一宗,文不主一家而兼备众体。摹写之笔工妙,援据之论精详。其错综也严,其兴寄也远。或春容而多态,或峭拔以为奇。融贯古今,自入炉鞴。有《谷梁》之洁,而寓《离骚》之幽。有相如之丽,而得退之之正。霜明玉莹,虎跃龙骧,闳肆瑰奇,超迈特立。千载而下,必与欧梅六子并行,当为中兴一大家数也。"①

元代王博文赞金代元好问词"备众体":"乐府始于汉,著于唐,盛于宋,大概以情致为主。秦、晁、贺、晏虽得其体,然哇淫靡曼之声胜;东坡、稼轩矫之以雄辞英气,天下之趣向始明。近时元遗山每游戏于此,掇古诗之精英,备众家之体制,而以林下风度,消融其膏粉之气。"②

明代王铎推崇李东阳,也誉为"集大成":"先生之诗独步斯世,若杜之在唐,苏之在宋,虞伯生之在元,集诸家之长而大成之。故其评骘折衷,如老吏断律,无不曲当。"③

清代刘熙载:"韩文公起八代之衰,实集八代之成。盖惟善用古者能变古,以无所不包,故能无所不扫也。"④

又,以集成或兼备而论风格者,在中国古代文论中也很常见,且似乎早已成为夸美人物的一大套路。不过,需要注意的是:论风格集成之能时务须谨慎。因为风格贵独创,不贵模仿,亦不贵杂凑。譬如饮食,东西南北,各有风味,若强拼硬凑,令一菜而百味俱陈,恐未

---

① (宋)林希逸:《后村集序》,文渊阁四库全书本《后村先生大全集》卷首。
② (元)王博文:《〈天籁集〉原序》,文渊阁四库全书本元白朴《天籁集》卷首。
③ (明)王铎:《麓堂诗话序》,(明)李东阳著,李庆立校释:《怀麓堂诗话校释》,人民文学出版社2009年版,第346页。
④ (清)刘熙载:《艺概》,上海古籍出版社1978年版,第20页。

必是佳。除非以一当百、以我统众,"虽会众作而自为一宗",否则众声喧哗,我独憔悴,斯殆矣。

③论什么是备众体、集大成。

清代张宗柟:"渔洋山人诗笔纵横,上溯八代、四唐之源,旁涵宋、金、元、明之变,体兼众美,妙极天成。"① 此话是溢美王士禛的,但论集大成之理亦佳。"天成"犹"浑成"。"浑成"即博而能一、集成而不失己之谓也。

清代厉鹗:"诗不可以无体,而不当有派。诗之有体,成于时代,关乎性情,真气之所存,非可以剽拟。似可以陶冶得也。是故去卑而就高,避缛而趋洁,远流俗而向雅正,少陵所云多师为师,荆公所谓博观约取,皆于体是辨。众制既明,炉韛自我,吸揽前修,独造意匠。又辅以积卷之富,而清能灵解即具其中。盖合群作者之体而自有体,然后诗之体可得而言也。"② "无派"者,勿以门户自限,而应敞开吸纳;有体者,集大成须先备众体,更须"自有体"。另,流派主要关乎风格,如豪放派、神韵派、严羽所谓"建安体"(王小舒谓之"风骨派")之类,论体则不宜夹杂流派之论,隐含风格与文体两分之主张,厉鹗的话,多少也有此意也。

④论怎样备众体、集大成。

中国文化,总体上不提倡单独,而提倡合一。其过程大约是这样的,先有"单一",然后"和"或"交",再然后"积"或"集",同时"兼",最后"大一"。关于这点,前文有论,兹不重述,这里只讲其中蕴含之"方法论"。

《周易·咸卦》:"天地感而万物化生,圣人感人心而天下和平。""感"是交感、阴阳交接之意。又《荀子·礼论》:"天地合而万物生,阴阳接而变化起。"

墨子提倡人与人应"兼相爱、交相利",《兼爱下》说:"故兼者,圣王之道也,王公大人之所以安也,万民衣食之所以足也,故君子莫

---

① (清)王士禛著,张宗柟纂集,戴鸿森校点:《带经堂诗话》(纂例),人民文学出版社1998年版,第1页。

② (清)厉鹗:《查莲坡蔗塘未定稿序》,《樊榭山房集》卷3,清钱塘汪氏振绮堂乾隆刻本。

若审兼而务行之。"

荀子提出"兼术"。《荀子·非相》:"君子贤而能容罢,知而能容愚,博而能容浅,粹而能容杂,夫是之谓兼术。"唐代杨倞注曰:"兼术,兼容之法也。"此论作人,但亦通于艺文。荀子的话还提醒我们:"兼术"之要,在于接纳异己与反对。旁参荀子其他论述,似可归结为:同质相加谓之"积",异质相加谓之"兼"。荀子既重"积"也重"兼"。载积载兼,可臻大成。

《吕氏春秋》有"用众"之说,其实就是"集成"论,《吕氏春秋·用众》:"天下无纯白之狐,而有粹白之裘,取之众白也。夫取之于众,此三皇五帝之所以大立功名也。"

《春秋》有"大一统"论。"大"是重视、尊重,"一统"谓天下诸侯皆统系于周。《春秋公羊传·隐公元年》:"何言乎王正月?大一统也。"《汉书·王吉传》:"《春秋》所以大一统者,六合同风,九州岛共贯也。"此论政治,但于文艺不无启示焉。江山一统、疆域辽阔莫如元。故元代陈旅说:"天地气运,难盛而易衰,乃若此斯人之荣悴,概可知矣。先民有言:三光五岳之气分,大音不完,必混一而后大振。……我国家奄有六合,自古称混一者,未有如今日之无所不一,则天地气运之盛,无有盛于今日者矣。"[①] 语虽过美,然有至理存焉。

西汉刘熙《释名》卷四《释言语》:"文者会集众采以成锦绣,会集众字以成辞义,如文绣然也。""文"就是会集。会线成字,会字成词,会词成句,会句成段,会段成篇。东汉许慎《说文解字》卷九"文部":"文,错画也,象交文。"

司马迁《史记·刘敬叔孙通列传》:"语曰:千金之裘,非一狐之腋也;台榭之榱,非一木之枝也;三代之际,非一士之智也。"这是反言集积之重要性。

杜甫《戏为六绝句》:"别裁伪体亲风雅,转益多师是汝师。"

宋代吴可:"看诗且以数家为率,以杜为正经,余为兼经也。如小杜、韦苏州、王维、太白、退之、子厚、坡、谷、'四学士'之类

---

① (元)陈旅:《〈元文类〉序》,文渊阁四库全书本《元文类》卷首。

也。如贯穿出入诸家之诗,与诸体俱化,便自成一家,而诸体俱备。若只守一家,则无变态,虽千百首,皆只一体耳。"①

宋代陈思《书小史》称王羲之"草、隶、八分、飞白、章、行,备精诸体,自成一家之法"②。此言论书,亦与文通。

金代赵秉文:"为诗当师《三百篇》、《文选》、《古诗十九首》,下及李杜;学书当师三代金石、钟、王、欧、虞、颜、柳,尽得诸人所长,然后卓然自成一家。非有意于专师古人也,亦非有意于专摈古人也。自书契以来,未有摈古人而独立者。"③

宋末元初人方回论杜甫如何"集众美而大成":"唐诗固是杜陵第一,然陈子昂、宋之问,初为律诗,杜之所宗;李太白、元次山,杜之所畏;韩柳又岂全不足数乎……至开元而有李杜,然杜陵不敢忽王、杨、卢、骆,李岂、苏源明、孟浩然、王维、岑参、高适,或敬畏之,或友爱之,未始自高。盖学问必取诸人以为善,杜陵集众美而大成,谓有一杜陵而天下皆无人可乎?"④ 方回唱"一祖三宗",尊杜学杜。如何学杜?他认为,学杜不能只学杜,还要"学杜之所学":"学诗者不于三千年间上溯下沿,穷探邃索,而徒追逐近世六七十年间之所偏,非区区所敢知也。"⑤ "其意趣全古之六义,而其格律又备后世之众体。"⑥ "诗不可不自成一家,亦不可不备众体。老杜诗中有曹、刘,有陶、谢,有颜、鲍,于沈、宋体中沿而下之,晚唐特其一端。"⑦ 又方回《七言十绝》其三云:"诗备众体更须熟,文成一家仍不陈。"备众体而不生凑,自成家而不袭人,方为真正的集大成。他这方面的言论较多,不再一一征引。查洪德说:"方回论诗尊杜,不仅是把杜

---

① (宋)吴可:《藏海诗话》,丁福保辑《历代诗话续编》,中华书局1983年版,第333页。
② (宋)陈思:《书小史》,《宋代书论》,湖南美术出版社1999年版,第291页。
③ (金)赵秉文:《闲闲老人滏水文集》,四部丛刊本。
④ (元)方回:《刘元辉诗评》,《续修四库全书》本《桐江集》卷五,上海古籍出版社2002年版。
⑤ (元)方回:《送罗寿可诗序》,文渊阁四库全书本《桐江续集》卷三十二。
⑥ (元)方回:《跋许万松诗》,《续修四库全书》本《桐江集》卷四,上海古籍出版社2002年版。
⑦ (元)方回:《跋仇仁近诗集》,《续修四库全书》本《桐江集》卷四,上海古籍出版社2002年版。

甫作为'江西诗派'初祖,而且推尊为'古今诗人'之祖。在他心目中,杜甫是中国诗史上理想诗人的化身……杜甫在方回心中具有符号性意义。……学杜非学杜一人,乃由杜甫学上下三千年诗史之精髓。……方回心中的杜甫,既是其前诗史众派之汇流,又是其后诗史各派之本源,或者说是上集数千年之众美,下开数百年之众派,并代表了与之同时的盛唐各家。"① 查洪德还说:"方回对'一祖三宗'之说并非坚持一贯,他始则立'一祖三宗'之说为江西拓展门户,以扩大后学眼界,纠江西派狭隘之病;终则自破'一祖三宗'之说而主'诗备众体',这就是从守门户到消除门户之间的过渡。""方回提倡'一祖三宗'说的实质,是高扬杜甫的旗帜,引导人们通过学习杜甫而于'三千年间上溯下沿,穷探邃索',学习和继承中国诗史一切优秀的遗产。"②

元初戴表元曾学诗于方回。他有一段著名的"采蜜"论,兼批江西诗派:

> 酿诗如酿蜜,酿诗法如酿蜜法。山蜂穷日之力,营营村塺薮泽间,杂采众草木之芳腴,若惟恐一失。然必使酸、咸、甘、苦之味,无可定名,而后成蜜。若偏主一卉,人咀嚼其所从来,则不为蜜矣。诗体三四百年来,大抵并缘唐人数家,豁达者主乐天,精赡者主义山,刻苦者主家阆仙,古淡者主子昂,整健者主许浑,惟豫章黄太史主子美。子美之于唐,为大家,豫章之于子美,又元其大宗者也,故一时名人大老举倾下之,无问诸子;自是以后,学豫章之徒一以为豫章,支流余裔,复自分别标置,专其名为江西派,规模音节,岂不甚似,似而伤其似矣。③

观其所论,似以风格为主;不过亦通于文体。

元代虞集说:"时非一时,人非一人,古近之体不一,今欲以一人

---

① 查洪德:《元代诗学通论》,北京大学出版社2013年版,第401页。
② 查洪德:《元代诗学通论》,北京大学出版社2013年版,第463、470页。
③ (元)戴表元:《蜜喻赠李元忠秀才》,《剡源集》卷24,文渊阁四库全书本。

兼之，成一编之文，合备众体而皆合作，各臻其妙，不亦难乎？……今夫江河之行，湖海之浸，或为惊涛巨浪之壮，或为平波漫流之闲，一洼之盈，一曲之胜，其所寓不相似而各有可观者焉，以水之同出一源故也。善赋之君子又以其非常之才，有余之兴，随所遇而作焉，何患乎众体之不皆妙也？"① 此言以喻论备，似缘庄子。其云备体，谓备诗之众体也。

晚明许学夷《诗源辩体》："故学诗者，苟欲自成其家，必先于古诗定其世代，宪章汉魏，取材于六朝，而一归于自得，庶可集其大成，初非杂用汉魏六朝而可集大成也。陆放翁言：'文章最忌百家衣'，最是有见。谢茂秦谓：'若蜜蜂采百花，自成一种佳味，与花香殊不相同，使人莫知所酝。'此喻甚妙。"② 这是讲如何集大成之理，辨混杂与浑成之异，说得都很透辟！句中所引出自谢榛《四溟诗话》卷四："若蜜蜂历采百花，自成一种佳味，与芳馨殊不相同，使人莫知所蕴。"③ 可惜，明人理论明白，实践滞后。当然，严格说来，采酿之喻也有不足。因为蜂蜜虽甘，其甘如一；而文学之集大成后的创新，则味各千秋。

清代纪昀说："诗日变而日新。余校定'四库'所见不下数千家，其体已无所不备。"④ 不管这里的"体"主要是指文体还是风格，这段话都可视为对明代谢榛"酿蜜"之喻的直诠。

清代许印芳说："善学诗者，不必拘守一家门户，亦不必拘守一代规格。少陵尝以要诀语人矣，曰：'别裁伪体亲风雅，转益多师是汝师。'……既揽列朝而参变化，复合群雅而撷英华。少陵由此道，遂集大成；学者由此道，可望成家。"⑤ "一家门户"者，似主谓风格；"一代规格"者，似主谓文体。风格不宜集积，故许印芳又提出"学

---

① （元）虞集：《易南甫诗序》，文渊阁四库全书本《道园学古录》卷三十二。
② （明）许学夷著，杜维沫校点：《诗源辩体》，人民文学出版社 1998 年版，第 353—354 页。
③ （明）谢榛：《四溟诗话》，《四溟诗话·姜斋诗话》，人民文学出版社 1961 年版，第 115 页。
④ （清）纪昀：《纪晓岚文集》第一册，河北教育出版社 1995 年版，第 207 页。
⑤ （清）许印芳：《〈说诗晬语〉跋》，张文勋、郑思礼、姜文清《许印芳诗论评注》，云南教育出版社 1992 年版，第 240—241 页。

诗择其性之所近者"①。文体则无嫌也。

⑤论集大成的意义的。

南宋赵孟坚："窃怪夫今之言诗者，江西、晚唐之交相诋也。彼病此冗，此訾彼拘。胡不合李、杜、元、白、欧、王、苏、黄诸公而并观？诸公众体该具，弗拘一也。今之习江西、晚唐者，谓拘一耳，究江西、晚唐亦未始拘也。"这段话力攻"集成"的反面"拘一"之非，逆彰前者之价值。

明代胡应麟曾综述明诗成就及特色曰："明不致工于作，而致工于述。不求多于专门，而求多于具体，所以度越元宋，苞综汉唐也。"② 这里，"述"是"综述"之意，不是一般的"述而不作"的"述"；"具体"通"俱体"。"综述""俱体"说明明代诗歌虽乏创新、不作而述，但能兼包众制，集往代诗体之大成，故能度越苞举汉唐元宋也。此语虽有溢美，但其"集大成"意识则没有问题。不独胡应麟，明人大都有此意识，明代复古诗人们还盛赞后七子领袖王世贞，把他树为杜甫之后又一位集大成者的楷模。邓新跃称之"大家情结"，并认为其理论渊源是元稹"集大成"说。③ 当然，集大成不仅要集成，更要创新，这方面，即明代诗歌的写作实际相对欠缺，远逊于其理论言说的丰满。

清代刘熙载："（米芾书法）大段出于河南，而复善摹各体。当其刻意宗古，一时有'集字'之讥。迨既自成家，则唯变所适，不得以辙迹求之矣。"④ "河南"谓褚遂良⑤。米芾学褚而不泥，广涉百家，自成一体。书法与文学不同，但道理相通。

⑥集大成可遇不可求。

集大成虽好，但若盲目追求，则会弄巧成拙。明代李维桢说：

---

① （清）许印芳：《〈说诗晬语〉跋》，张文勋、郑思礼、姜文清《许印芳诗论评注》，云南教育出版社1992年版，第242页。
② （明）胡应麟：《诗薮·内编》（卷一），上海古籍出版社1979年版，第1页。
③ 详参邓新跃《明代前中期诗学辨体理论研究》，上海古籍出版社2007年版，第98页。
④ （清）刘熙载：《艺概·书概》，《刘熙载文集》，江苏古籍出版社2001年版，第180页。
⑤ 褚遂良，唐代政治家、书法家，杭州钱塘（今浙江杭州）人，祖籍阳翟（今河南禹州），封"河南郡公"，故称"褚河南"。

窃谓今之诗,不患不学唐,而患学之太过。即事对物,情与景合而有言,干之以风骨,文之以丹彩,唐诗如是止尔。事物情景必求唐人所未道者而称之,吊诡搜隐,夸新示异过也。山林宴游则兴寄清远,朝飨侍从则制存壮丽,边塞征伐则凄婉悲壮,暌离患难则沈痛感慨。缘机触变,各适其宜,唐人之妙以此。今惧其格之卑也,而偏求之于凄婉、悲壮、沈痛、感慨,过也。律体出而才下者沿袭为应酬之具,才偏者驰骋为夸诩之资,而《选》、古几废矣。好大者复讳其短,强其所未至而务收各家之长,撮诸体之胜,揽撷多而精华少,摹拟勤而本真漓,是皆不善学唐者也。①

这段话论如何学唐诗,后半涉及集成问题,其论虽主于风格,但于文体集成论亦不无启示焉。其一,欲集大成,主观上应具兼通之才,方能游刃有余;但世无完人,才无不偏,若求全责备,则势必强人所难,效果反差。其二,学识渊博。这是后天条件。学在积,积在久,久在勤。其三,不失自我。否则,文章成为百衲衣矣。以上,三语以蔽之,曰兼才,曰学通,曰性强。所忌有一:不可为集大成而集大成。否则,贪大求全,盲目扩张,堆砌饾饤,模拟因袭,食多不化,反成文病。噫,集大成岂易事哉!

纪德君:"优秀的作家之所以出众,关键就在于他能把从别人那里借鉴来的东西熔铸成自己作品的一个有机组成部分,并且能使作品显现出个人的审美风格——这就是作品的独创性,这种独创性正是其能否成为杰出作家的主导性因素。"② 此论得之。

第四,关于"风格学批评"。

风格学,一般也被视为"文体学"的一个支部。据此,则风格学批评也属于文体学批评。不需要论证的是,风格学,也应有风格学理论与风格学批评之别。同样,这个区别亦常被漠视,仿佛两者本无边界似的;且,这情形自古而然,古今皆然。原因很简单,比较而言,中国古人同样冷落风格学理论之建构,而更热衷于风格学批评实践之

---

① (明)李维桢:《〈唐诗纪〉序》,文渊阁四库全书本《文章辨体汇选》卷二百九十七。
② 纪德君:《中国古代小说文体的生成及其他》,商务印书馆2012年版,第321页。

挥洒,此特点被承传不辍,沿袭至今。

中国古代文学理论(批评)中盛行"风格(学)批评"。从整个中国古代文学发展史的角度说,文学史上几次大的文学运动,几乎都以纠改风格为缘起或至少与纠改风格有关。古代,一旦对流行的时代风格发生群体性不满,往往都会有人振臂高呼,以提倡新的风格(一般是以复兴古代风格或假以为名),然后众士纷应,于是规模不等的文学运动出现了,渐渐形成新的风气,文学因而也出现新的变化,文学运动遂大功告成,名垂艺文专史。举一个典型的例子:初唐陈子昂不满南朝的"彩丽竞繁""兴寄都绝",提倡"骨气端翔""汉魏风骨",众文士渐渐接受、纷纷响应,唐代的诗文复古革新运动遂由此拉开帷幕,唐诗、唐文之总体风貌最终亦为之一变,并臻于辉煌之境。

按照明代公安派领袖袁宏道的说法,古代的文学演进史简直就是风格不断刷新、翻转乃至反复的历史:"夫法因于弊而成于过者也。矫六朝骈俪饾饤之习者,以流丽胜;饾饤者,固流丽之因也,然其过在轻纤。盛唐诸人以阔大矫之,已阔矣,又因阔而生莽,是故续盛唐者以情实矫之。已实矣,又因实而生俚,是故续中唐者以奇僻矫之;然奇则其境必狭,而僻则务为不根以相胜,故诗之道,至晚唐而益小。有宋欧、苏辈出,大变晚习,于物无所不收,于情无所不畅,于境无所不取,滔滔莽莽,有若江河。"(《雪涛阁集序》)当然,袁宏道的这种论调的祖宗是《文心雕龙·时序》提出的"时运交移,质文代变"之论。"质文代变"就是说质朴与华丽这两种对立的风格是彼此消长、交互轮替的,这个循环往复以至无穷的运动就构成了整个文学演进的历史。据此,《文心雕龙·时序》还得出了"蔚映十代,辞采九变"的大数据式结论。这就是刘勰的文学史及文学史观。清代"四库""馆臣"的文学批评,尤其其文体学批评亦常表现为"风格交替论"。如论中唐钱起曰:"大历以还,诗格初变。开、宝浑厚之气,渐远渐漓。风调相高,稍趋浮响。升降之关,十子实为之职志。起与郎士元,其称首也。然温秀蕴藉,不失风人之旨。前辈典型,犹有存焉。"[①] 又

[①] (清)永瑢等撰:《四库全书总目》(卷一五〇,集部,别集类三),中华书局1965年版,第1286页。

如《怀麓堂集》"提要"论明代诗风轮替曰："盖明洪、永以后，文以平正典雅为宗，其究渐流于庸肤。庸肤之极，不得不变而求新。正、嘉以后，文以沉博伟丽为宗，其究渐流于虚矫。虚矫之极，不得不返而务实。二百余年，两派互相胜负，盖皆理势之必然。"① 这些都堪称"时代风格论批评"或"时序论批评"。

从流派角度说，特定的文学流派往往也有特定的流派风格，这种流派风格的形成或出于自然，或属有意追求。如建安文坛的慷慨悲凉之风，即属时代造成，非刻意而为，是不期然而然；而中唐韩孟诗派则属于有意识地追求某种称心的风格（即怪奇之风）。詹福瑞先生说："在中国诗歌发展史上，真正堪称自觉追求一种诗歌风格的诗人是韩孟诗派"，"宋、明之后，门派林立，自觉地追求创造某种风格，也就成为比较普遍的现象了"②。这些评论属于"流派风格学批评"。

再从个人角度说，有个人风格，即有个人风格批评。一些古代文论大家喜言某某出于某某，如钟嵘《诗品》即然。这既是源流批评（如上文所论），也可视为特定个人的优异个体风格的继承与发展问题，属于"个体风格学批评"。

宋末严羽《沧浪诗话·诗体》亦动辄言"××体"。他说的"体"，多数谓风格。他讲的风格的种类，也很全面。既有时代风格（即严羽所谓"以时而论"），也有个人风格（即严羽所谓"以人而论"），还有流派风格等。如"建安体"属于时代风格，"长吉体"属个人风格，"江西宗派体"属于流派风格，等。

另，后世称短小精悍的社会小说曰"世说体"，这属于个作风格（特定优秀作品或作品集的风格，区别于个人风格）。此外还有"柏梁体""文选体""玉台体""香奁体""虞初体""夷坚体""聊斋体"等说法。除了个作风格学批评，还有地域风格学批评、文化风格学批评等，前者如齐气论、楚风论等，后者如儒风论、庄老平淡风格论、禅理禅趣说等，也属于风格学批评。

---

① （清）永瑢等撰：《四库全书总目》（卷一七〇，集部，别集类二三），中华书局1965年版，第1490页。

② 詹福瑞：《古代文论中的体类与体派》，《文艺研究》2004年第5期。

我国古人一向很重视风格问题，故古代风格学批评也一向发达，论者常以此定褒贬、序甲乙，这些都属于风格学批评。

当今学者一般也倾向于把风格学归入"文体学"。如此，则风格学批评也应属于文体学批评了。不过，笔者不赞同把风格论归为文体论，除了文体风格论（不过，文体风格论的实质是"文体体制规范论"）。

至此，"文体学批评"宣布自觉与独立！据上述，以下这些习焉不察地说道皆属于文体学批评：（基于辨体理论的）辨体批评（又含得失批评、源流批评、正变批评、雅俗批评、真伪鉴别批评等），（基于文体交融理论的）合体批评，（基于文体浑和理论的）备体批评、集大成批评、无体论批评等，当然，如果把风格学也视为文体学的话，时代风格学评、流派批评、个体（作）风格批评、地域风格批评、文化风格批评等也属旃。这些构成了中国古代文体学批评的外延。

综上所述，文体学批评包含于或属于文体学，但又不等于文体学。用数学符号表示就是：

$$（中国古代）文体学批评 \underset{\neq}{\overset{\in}{<}} （中国古代）文体学$$

或问：南朝"文（诗）笔之辨"，属于文体学批评吗？

答曰：否。文笔之辨属于文类论与文体体制规范论，主要是理论探讨，属于文体学；它不针对具体作家、作品或特定文学现象，所以不属于文体学批评。

同理，文体学史上一度热烈讨论的诗赋、诗词、诗曲等文体关系论也不属于文体学批评，而是文类论、兼文体体制规范论。

第二章 文体浑和与文体演进(上)

第一节 文体发展演变论研究的自律论和他律论

本节内容提要：文学研究及文体学研究都有"内部研究"与"外部研究"之说。文体发展演变论研究亦然。这就是所谓的"自律论"和"他律论"。本书更倾向于前者。

韦勒克与沃伦在其合著的《文学理论》中，提出了文学的"外部研究"与"内部研究"的说法。按此说，自1900年—20世纪80年代，我国文艺学界一直流行"外部研究"；而自20世纪80年代以来，主要受西方思潮之影响，我国文艺学界也开始"向内转"，即开始关注文学的审美、语言、结构及文本等内部因素。文体学的繁荣昌盛无疑就是20世纪80年代以来文学研究"向内转"的主要结果之一。

但是，自20世纪90年代开始，我国文艺学界又开始转向，其主要表现就是文化诗学异军突起，这个趋势在进入新世纪后更加明显。欧阳友权说："进入21世纪以后，对外开放开阔的国际视野和经济全球化带来的社会问题，使得中国文艺学研究也显露出重视'外部研究'的端倪，中西文论一道出现'向外转'的合流趋势。"[1]这样，文体学研究的路径也随之发生了一些转变。这可视为"向外转"，不过与1980年以前的所谓的"外部研究"又有不同。

说到文体学研究的路径，也不外内、外研究两种；顶多再加上折中的"内外兼修"路径。放眼国内外，文体学研究现状大约有以下三

---

[1] 欧阳友权：《全球化时代马克思主义文论的现代性问题》，《理论与创作》2003年第2期。

途：文学的（含语言学的），社会文化学的，心理美学的。显然，文学（语言）文体学属于内部研究，社会文化学属于外部研究，而心理美学则介乎两者之间。

说到文体发展演变论研究，情形与文体学研究也庶几。大致说，有偏重外部研究的，有偏重内部研究的。我国文体学界较流行"外部研究"，或曰"外部因素论"。关注外部因素，是中国传统文体学之文体发展演变论的主调。如刘勰很看重"时序"对文学及文体的影响；在具体论述时，刘勰又具体化为帝王及高层统治者对文学及文体的巨大而直接的影响力。"一代有一代之文学"的意思实际就是"一代有一代之文体"，此论也说明了"时序"的重要性。"时序"是刘勰《文心雕龙》中的一篇。"时"者，时运、时机也，指文学或文体发展变化的气运；"序"者，阴阳推移，气运交替，紊而有序也，故曰"时序"。"时序论"就是文学或文体发生发展演变论，而且是以重视文学或文体发生发展演变的外部因素为主的"发变论"。近代姚华《曲海一勺》把这个意思概括为如下一句话："夫文章体制，与时因革，时事既殊，物象既变，心随物转，新裁斯出……文章因时而生，体各有当。"[①] 学术都具有承传性。我们不可能另起炉灶。所以，我国现当代的中国古代文体学发展演变论研究也偏重于外部因素论。例如，就文体发生学而言，很多学者发现一些文体最早是源于仪式、习俗或实用的。从文体功能的角度研究文体的发展演变，势必就会走向文体发展演变的外部因素研究。韩高年《礼俗仪式与先秦诗歌演变》（中华书局2006年版）、郗文倩《古代礼俗中的文体与文学》（人民出版社2015年版）等就是这方面的专著。此可谓文体发展演变论中的"他律论"研究。

相形之下，中国文体学之发展演变论之内部因素研究则比较冷清，在文体发展演变论中一直处于劣势。不过，近期情形有了一些改观。或者也可以说，这方面的研究正在后发赶超，逆势崛起。王国维、褚斌杰、曾枣庄、陈军、马建智、张涤云等就是这方面的代表性学者。

[①] 舒芜：《近代文论选》（姚华《弗堂类稿·曲海一勺》），人民文学出版社1999年版，第685页。

笔者认为，文体学也关联内容，文体不只是形式；但是，也可以肯定的是，文体主要是形式。文体的最基本义是体裁、文类，这属于文学作品的形式范畴。陈军曾总结道："蔡仪、以群、夏之放、蒋孔阳、钱中文、顾祖钊、姚文放、唐正序、郑国诠、周文柏、陈传才、钱建平等一大批学者在他们编（著）的文学理论类著作（教材）中，均将文学体裁置于文学作品形式范畴。"① 赵宪章《文体与形式》② 一书也曾就这个问题给出了他的解答。胡元德说："文体是文章形式的集大成者。"③

文体学本来就属于文学研究之"内部研究"，文体发展演变论研究之偏重于外部研究是不全面的。回归本土，回归本体，回归内因，方是文体发展演变论研究的康衢。

第二节　文体发展演变研究的三个角度与两大路径

本节内容提要：文体发展演变论研究大致可以分为三个角度，即：社会文化学的，心理学的，文学的。三角度可再浓缩为两大路径，即："外部研究"和"内部研究"。就"内部研究"而言，又可分为单体发展论、合体融渗论和全体浑和论。

无论是中国古代还是现当代，关于文体发展演变及其规律的研究一直都是很薄弱的环节，内因论的专门或系统的研究就更薄弱了，而且至今仍然如此。

在中国古代，除了关于文体与时代、关于文体融渗等问题时有关注及论述以外，专门而集中地讨论文体演变及其规律的成果或材料很难看到。

进入现当代，学术理论日益清晰，研究方法日益多元。于是，文体的发展演变研究也日益兴起。统观现当代的文体发展演变论研究，大致说有三个角度：社会文化学的、心理学的、文学的（含语言学的）。

---

① 陈军：《文类基本文体研究》，北京大学出版社2013年版，第40页。
② 赵宪章：《文体与形式》，人民文学出版社2004年版。
③ 胡元德：《古代公文文体流变》（后记），广陵书社2012年版，第370页。

社会文化学的研究，也就是所谓的"外部研究"，它主要承续了古代的"时序论""文运论"，向着更全面、更精密、更专业的方向迈进，此类成果最丰，但这些论述总给人正确而不准确的感觉。如胡元德《古代公文文体流变》（广陵书社2012年版）一书主要"从政治制度、文化、哲学、审美、心理、信仰等多个角度对公文文体的深层意蕴进行解读"；再如刘湘兰《中古叙事文学研究》（北京大学出版社2011年版）一书重点考察了魏晋六朝史官制度、宗教思想等对杂传创作及小说叙事的影响等。社会文化学研究里面，文化诗学的研究成果较多，如钟涛《六朝骈文形式及其文化意蕴》（东方出版社1997年版）、顾祖钊《华夏原始文化与三元文学观念》（北京大学出版社2005年版）、何诗海《汉魏六朝文体与文化研究》（北京大学出版社2011年版）等皆从文体与文化的角度探讨文体及其发展演变问题。"文章体制，与时因革。"① 时移世易，文亦因之。经济基础决定上层建筑，上层建筑诸要素之间也相互影响。故文学、文体的发展演变，最终解释应到社会大环境里去寻绎，尤与政治、君王好恶及时代思潮等密切相关。这是文学研究的传统习套，当然也是正确的路子。所以，这方面的研究成果多也合乎情理。但是，这类成果于本书而言，关联不多，借鉴意义有限。

　　心理学文体发展演变论研究，或从西方心理美学、接受美学等获得帮助，或推演主体性与文艺风格之关系，或以历代文人心态论研究另辟蹊径，大都有很专业的斩获。如童庆炳《中国古代心理诗学与美学》（中华书局2013年版）、吴承学《中国古典文学风格学》（北京大学出版社2011年版）、王晓卫《魏晋作家创作心态研究》（贵州人民出版社2004年版）等。文学就是心学。文体与作家之主体性、作家之文体意识、文体创新意识等皆直接攸关。刘勰所谓"因情立体，即体成势"（《文心雕龙·定势》）者，约亦含有此意也。故这方面的研究，路子也对。但心之为物，虚渺空灵，而文体征实，所以这方面的研究也较难展开，而且，就心理美学与文体发展演变之关系的研究方面而

----

① 舒芜：《近代文论选》（姚华《弗堂类稿·曲海一勺》），人民文学出版社1999年版，第685页。

言,也尚未出现很系统的成果。至于心性与风格的关系问题,事涉越界,笔者主张移出"文体学"之域。心理学文体学研究总体上属于外部研究。

文学的文体发展演变论,即所谓的"内部研究"。这是本书的旨趣所在。这方面已有的成果有:台湾学者王伟勇《宋词与唐诗之对应研究》(文史哲出版社2004年版)、余恕诚、吴怀东《唐诗与其他文体之关系》(中华书局2012年版),许芳红《南宋前期诗词之文体互渗研究》(中国社会科学出版社2012年版),刘京臣《盛唐中唐诗对宋词影响研究》(中国社会科学出版社2014年版),吴晟《中国古代诗歌与戏剧互为体用研究》(北京大学出版社2014年版),美国学者蔡宗齐著、陈婧译《汉魏晋五言诗的演变——四种诗歌模式与自我呈现》(北京大学出版社2015年版)等。内部研究的路径是非常有意义的,也是非常有潜力的。但是,就现有成果看,仍不太令人满意。其遗憾有三。第一,静态的、横断的、解剖式的研究成果多,综贯的、宏观的研究少。第二,往往止于一种文体或某两种,或某少数几种文体之间的融渗关系的整理、阐发,虽不无意义,但缺乏整体、全局的研究。而且,这些论述无非是古人"以B为A"或"A中有B"或"AB融合"等成说的进一步条理化、精细化或确证化,而缺乏质的飞跃。第三,这些研究成果大都是近期(近10年内)涌现出来的,都可视为文体学研究向纵深挺进的标杆性成果,读之振奋,但不充分,更不圆满。

就文体发展演变论之内部研究路径说,实可细分为三种:单体发展演变论、合体发展演变论、全体论。三者可以合称"三体发展演变研究论"(可简称"三体论")。关于这方面的研究情况,本书"绪论"已详述,兹不赘。

另,本书第一章第三节"什么是文体学批评"中曾提到,李建中把现今中国古代文体学研究划分为"三条路径":"新世纪以来国内的文体学研究,沿着文学史、文学理论和语言学的三条路径并驾齐驱,分别在各体文学的囿别区分、文体批评与批评文体以及文学与非文学文体的语言学分析等领域各擅胜场,由此而形成的'三水分流'为文体学研究的拓展和深入预留了空间和前景。"① 后又称为"三大分支"："汉语文体学研究的三大分支（文艺学、语言学和文学史），不约而同地关注文体理论之中的语言问题，关注文体与语言之关系。"② 对此，笔者认为，李建中所说的"三水分流"的"文学史研究"，包括"批评文体研究"，约即"中国古代文体研究"；"文学理论或文艺学或语言学的研究"约即"中国古代文体学研究"；"文体批评"即"文体学批评"。三者均属于"中国古代文体学"的范畴。依照本文，三者都属于"内部研究"；但三者不含"外部研究"，所以也不等于中国古代文体学研究的全部。

第三节 中国古代文体发展演变及其规律研究长期严重滞后的原因

本节内容提要：中国古代文体论已经成为中国古代文学研究领域中的显学。但是，关于中国古代文体发展演变及其规律（简称"发变论"）的研究却"一枝独后"。其中的原因是多方面的。最主要的原因是中国传统文论中极其匮乏"文体发展演变论"方面的话语资源；而且，传统文体学中还存在着一些妨碍"发变论"研究的不利因素。当今学人继承多，创新少，学术惯性使现当代的中国古代文体学研究因袭了这个缺陷。"发变论"研究本身难度大，不易出成果，学者多避行。于是，"发变论"研究就成了一个老大难问题了。欲振起此项研究，学者们务须加强自觉意识、全体意识、理论意识及理论创新意识，超越尊古意识、实证意识和保守意识。

在20世纪80年代以前，我国的文学研究被"外部研究"所笼罩。人们关注文学的题材、主题，人民性、革命性、阶级性等成为通用的关键词；而对文学的形式因素不是忽视，就是轻视。文体学研究也因此长期处于停滞或边缘化状态，文体发展演变论研究更无从谈起。

---

① 李建中：《文体学研究的路径与前景》，《江海学刊》2011年第1期。
② 李建中：《汉语文体学研究的现代西学背景——基于文体与语言之关系的考察》，《社会科学》2013年第12期。

近二三十年来，中国古代文体学渐渐兴起，并且很快跃升为中国古代文学研究领域中的"显学"。但是，中国古代文体学研究的总体繁荣之中也仍然存在"暗斑"或盲点。这主要指的是关于中国古代文体发展演变及其规律（以下简称"发变论"）的研究长期严重滞后。这是巨大的缺陷，因为"中国古代文学史也是一部艺术形式的演变史"[①]，这方面的研究缺位或不充分，对中国古代文学、文论、文体学等方面的研究而言，都是莫大的遗憾。对此，一些文体学界的专家、学者已经有所警觉，并疾呼跟进，如孙少华、吴承学、何诗海、朱迎平、钱志熙、陶东风等，都曾著文或发声呼吁加强这方面的研究，但迄今为止，相关情形仍未有较大改观。

那么，为什么这方面的研究非常滞后呢？这一点必须首先搞清楚。因为这是解决问题的起点和关键。但是，遗憾的是，迄今为止，也尚未见有学者讨论这个问题，更不要说揭示原因了。

这里，笔者尝试揭示和分析这些负面因素，以图为中国古代文体发展演变论研究扫清障碍；如果这个意图达不成或达成得不好，那么至少也期望能抛砖引玉，勾起大家的共同关注和讨论，以促进问题的解决。

一 中国传统文体学中缺乏"文体发展演变论"方面的理论话语资源

学术研究最怕言而无证。而文体发变论研究，"与社会背景、创作主体、作品文本等方面的研究相比，文体互动之研究具有更大的难度。比如说，它没有现成的对应史料"，"没有现成的、自在自为的研究资料"[②]。"文体互动"研究，实即本书之"文体发展演变"研究中的一个重要方面。这方面的研究资料，自古以来就奇缺。

统观整个中国古代文论领域，三个大的流派隐隐呈现，即：教化派、审美派、折中派。

重视文艺的社会功用，强调经国纬政、劝善惩恶及明道载道等外部功能的，为教化派。教化派也可谓实用派。早期人类社会，生产力

[①] 吴承学：《中国古代文体形态研究》，北京大学出版社2013年版，第1页。
[②] 张仲谋：《论文体互动及其文学史意义》，《文艺理论研究》2014年第3期。

不发达，生产工具简陋，人们凡事不得不重视实用，以确保物质的生产和供给，确保群体的生存，所以早期的文艺观，无不偏于教化派。此后，教化派在我国古代文艺领域中也一直处于强势和主流地位。

相比之下，审美派一直较为弱势，但也不绝如缕。审美派在我国古代应该是兴起、中兴及繁荣于魏晋南北朝时期、明代中后期及民国时期。这三个时期，生产力有了一定发展，为少数人专攻艺文提供了一定的物质基础；同时，思想文化界也较开放自由，文学观一度自觉或较为自觉；所以文化、文学出现阶段性繁荣，审美派也与之俱进。

折中派在我国古代文艺领域也一直很有市场。折中就是不偏不倚，兼顾，兼采，调和。受孔儒中庸思想和中和艺术观的影响，折中派思想也屡有作为。当然从次序上来说，折中派应该是出现在教化派和审美派之后；尤其当两者争论不休、僵持不下时，折中派往往就会应时而出，居中调停。调停的同时，自身也得到发展，扩大影响力，刷强存在感。

上述三派中，首先只有审美派才最注重"形式"问题；其文体论方面的话语资源也最有价值。事实上，我国文体论方面的话语资源也正是集中于魏晋六朝、明代中后期及民国时期这三个阶段的。其代表人物分别有曹丕、袁宏道、王国维等。其次是折中派。但折中派的文体论大多有点变味。折中派的兼顾折中往往让其理论显得很"拼盘"，很"二手"。可谓成也折中、败也折中。但折中派的长处是易于被广泛接受，这有利于保存相关的文献资料，便于后人取资和继承。这方面的代表当首推刘勰《文心雕龙》。至于教化派，一向重内容、轻形式；文体论方面建树有限。

但是，遗憾的是，无论审美派，还是折中派——更不要说教化派——文体的发变论方面的理论和话语资源都严重奇缺。

受其影响，或者说受历史惯性所致，现当代的中国古代文体学对此也缺乏关注，缺乏研究。

这里，笔者觉得很有必要先厘清两个很容易弄混的近义词："中国传统文体学"与"中国古代文体学"。前者，是指中国古代的文体学；后者，是指现当代人对中国古代文体及古代文体论的研究。为便于指称，前者可省称"传统文体学"，后者可省称"古代文体学"。这两个概念并非完全不相干，但毕竟不同。换言之，两者既有联系，也有区别；或者说，既有继承，也有发展。那么，是继承多，还是发展多呢？笔者以为，继承要多一些。继承当然是必需的；但继承往往也使得"古代文体学"因袭了"传统文体学"的大多数特点——既包括优点，也包括缺点。

总之，传统文体学中较缺乏"发变论"方面的资源，这使得承传统文体学而来的现当代中国古代文体学也有此缺陷。毕竟，发展都得有个基础。基础薄弱或没有基础，后续的研究也难以展开。

更糟糕的是：传统文体学不仅缺乏文体发变论方面的研究（这是"无"），而且，还存在有害于此项研究的因素（这是"负"）。

二 传统文体学还存在妨害发展演变研究的因素

先让我们回顾一下我国传统文体学的发展历程。一般说来，当然是先有文体，然后才有文体学。"凡言体者，其后起也，而非文之古初有然也。古之学者守之一己谓之道，措之天下谓之事业，授诸后学谓之学艺，笔诸简策谓之文。文之所在，道与学艺皆具焉，而体亦由此而见"，"有体而后能揣摩，能摹拟，能复古，能启新"①。我国先秦时文史哲一体，文体也处于混沌未分状态；后之各种文体彼时才刚刚开始孕育或萌芽，还远远谈不上成熟或独立；先秦文体学自然也无从谈起。至两汉，文体始大备；于是，文体研究也同时发生并日渐成形。魏晋六朝时期，随着文学自觉和文体自觉的开始，文艺形式受到空前的关注和研讨，文体学也渐臻成熟。至隋唐，散文理论获得长足进步；尤其是中唐的韩、柳，更是发起了声势浩大的"古文运动"，在文学史、文论史上产生了深远的影响。"古文"之体宣告成熟和独立。宋明时期尤其明朝中后期很重视文体辨析，相关的论著较多，如《古赋辩体》《诗源辩体》《文章辨体》《文体明辨》等，显示了文体学的（偏面）鼎盛。清代及民国时期可谓我国传统文体学的综合与开新

---

① 薛凤昌：《文体论·序》，商务印书馆1968年版，第1页。

时期。

中国传统文体学的发展大势如此。那么,传统文体学中存在哪些妨碍文体发变论研究的因素呢?

第一,实用论。

中国古代实用主义的文艺功能观一直是强势话语,审美主义、形式主义始终甘拜下风。诗教说、乐教说、文以载道、文以载政等说道充斥历代文坛。不关风化体,纵好亦徒然。文艺为这个,为那个,就是忘了"我"。这不利于文体学研究。因为文体学研究主要属于审美形态学研究。文体或文类也主要属于文学形式因素。韦勒克、沃伦:"总的说来,我们的类型概念应该倾向形式主义一边,……因为我们谈的是'文学的'种类,而不是那些同样可以运用到非文学上的题材分类法。"① 当然,可喜的是,自 20 世纪末以来,随着文学本体主义论的抬头,我国的文艺学研究迅速"向内转",文艺形式开始受到重视,文体论研究也方兴未艾。

第二,辨体论。

中国传统文体论极重"辨体""尊体"。《文心雕龙》《文章辨体》等都很强调尊体、辨体。唐代日僧遍照金刚《文镜秘府论·论体》:"词人之作也,先看文之大体。"② 宋人尚理,很重辨体。如黄庭坚说:"荆公评文章,常先体制而后文之工拙。"③ 张戒告诫人们:"论诗文当以文体为先,警策为后。"④ 明代人更重辨体。如胡应麟说:"文章自有体裁,凡为某体,务须寻其本色,庶几当行。"⑤ 徐师曾说:"文章之有体裁,犹宫室之有制度,器皿之有法式也。……苟舍制度法式,而率意为之,其不见笑于识者鲜矣,况文章乎!"⑥ 章潢说:"学《易》莫要于玩象,学《诗》莫要于辨体。"⑦ 清代人承续其论。如薛雪说:

---

① [美] 韦勒克、沃伦:《文学理论》,刘象愚等译,浙江人民出版社 2017 年版,第 230 页。
② (唐) 遍照金刚:《文镜秘府论》,人民文学出版社 1975 年版,第 151—152 页。
③ (宋) 黄庭坚:《书王元指之〈竹楼记〉后》,《豫章黄先生文集》卷二六,四部丛刊初编本,上海书店 1989 年版,第 293 页。
④ (宋) 张戒著,陈应鸾校笺:《岁寒堂诗话校笺》,巴蜀书社 2000 年版,第 65 页。
⑤ (明) 胡应麟:《诗薮》内编卷一,上海古籍出版社 1981 年版,第 20 页。
⑥ (明) 徐师曾:《文体明辨序》,人民文学出版社 1998 年版,第 77 页。
⑦ (明) 章潢:《诗大旨》,文渊阁四库全书本《图书编》卷十一。

"得体二字，诗家第一重门限。"① 等。总之，"'以文体为先'是中国古代文学批评与文学创作的传统与原则"，以"'体制为先'是中国文学批评史上重要的文学观念之一，历代均有广泛影响"。②

辨体、尊体的声势远超浑体、破体，但文体发展演变的关键词乃是后者。文体的融合、互动互渗或破体为文是文体发展演变的主要途径。过重"辨体""尊体"势必会阻碍"发变论"研究。文体发展了，演化了，于旧体不屑了，这就要辨体。所以，辨体的文化逻辑是"复古"。中国文论重视厘清源流，所谓"辨章学术，考镜源流"（章学诚《校雠通义·序》），这也是国学特征；这当然是不错的，但也易导致重源抑流，贵古贱今。中国文论罕有纯文学意识，但辨体的盛行，其潜台词其实就是"清理门户"，倾向于文体的纯粹化，排斥混浑，排斥发展和新变。一句话，辨体主古主独，不主今，也不主和合。这不只是逻辑推演，验之史实，亦然。如，明代前后七子的文学创作，顽固于复古。为什么？与明代强势的辨体、正体的文论思想有关。明代辨体、正体思想盛行，甚至于还整出了"极体"论。且看许学夷是如何为复古主义辩护的。《诗源辩体》卷三十四："古诗至于汉魏，律诗至于盛唐，其体制、声调，已为极至，更有他途，便是下乘小道。"卷三十六："诗至于唐，众体既具，流变已极，学者无容更变。"《诗源辩体》"后集纂要卷一"引"李本宁"之语，把文体的发展演变比喻为黄河的蜿蜒东流，认为黄河终于入海，文体演变亦止于有唐："李本宁云：'汉、魏、六朝，递变其体为唐，而唐体迄于今自如。譬之水，三百篇，昆仑也；汉、魏、六朝，龙门积石也；唐则溟渤尾闾矣，将何所取益乎？'"③ 读《诗源辩体》，笔者常掩卷而思：古来文论家、文体学，大多力主于辨体、正体，其中往往不乏自豪于"辨尽诸

---

① （清）薛雪：《一瓢诗话》（"复古通变"条），《原诗·一瓢诗话·说诗晬语》，人民文学出版社1979年版，第102页。

② 以上两段话分别出自：吴承学《中国古代文体学研究丛书·总序》，北京大学出版社2011年版；汪泓《明代诗学"体制为先"观念之内涵及其流变》，《江西社会科学》2007年第5期。

③ （明）许学夷著，杜维沫校点：《诗源辩体》，人民文学出版社1998年版，第321、356页。

体""微入毫芒"者，问题是：难道辨体就是为了正体，正体就是为了谨守而勿失、维护文体千年不变吗？从文体流变上说，任何文体都有经典时代、经典作家，这本是不错的；但是，经典的出现并不意味着文体演变的终止，经典文体绝不是不可逾越的"极体"。明代前后七子之所以创作上坚持"诗必盛唐"，就是因为他们认为诗体演变至盛唐已经最新、最好，而且也到此为止，不可能"更好"了，再思变必会落入"下乘小道"，所以，与其变创，不如维护。宋人不懂此理，以文为诗，以议论、才学、文字为诗，吃力而不落好。其实，"唐体"已极，维护住就是最好。好比登山，既已登峰造极，再往前走，无论是朝哪个方向走，都只能是下坡，还不如不走。于是，前后七子不仅相沿复古，还复古得有理有据。可见，明代理直气壮的复古主义，显然是辨体、正体意识过强所导致的文学悲剧（或文体悲剧）。

纯文学备受争议，纯文体其实也不恰当。世无纯物。和为贵。合和才是王道。和合才能发展。"天地合和，生之大经也。"（《吕氏春秋·有始览》）绝对纯粹的文体，举世难觅；因为即便回到孕生之始的原始文体那里也不行。古人讲："声一无听，色一无文，味一无果，物一不讲。"（《国语·郑语》）从文字学上说，"文"的本字就是"纹"或"彣"，其本意就是"错画也，象交文"（《说文解字》卷九），"物相杂，故曰文"（《周易·系辞》）。文字如此，文学亦然。纯文体如何可能？

不过，话又说回来，辨体也非无价值。辨体是分，浑融是合。没有分，哪有合？合，也不是要把所有文体都要"捆扎"或"焊接"一起，形成一个"大联合文体"，然后"废弃"其他一切文体。合，是基于分的合。① 但是分与合毕竟是两码事。分的研究已多，已常，已滥；而合的研究一直罕有。于此笔者呼吁：与其斤斤于辨体，不如孜孜于浑体。辨体是确立，浑体是发展。没有确立，固然无以发展；但

---

① 辨体的意义至少有三：一是文体初立时，辨体有利于文体的自觉与成熟；二是"辨体"属文体学，是文学内部规律之研究，"辨体"可引人关注形式技巧，有利于纠正载道论、政教说的偏差，有利于文学沿着自己的道路发展；三是辨体论与浑体论对立而统一，不可或缺，两者并行，有利于文体领域百花争艳，而不是一枝独秀。

没有发展,"确立"也会过时。发展是更好的确立。

第三,正变论。

正变论与辨体论相近,但不同。正变论主要是从内容方面说的,辨体论主要是从形式方面论的。正变论主要与道统相连,辨体论主要与文统相连。

文体正变论的思想基础源于《论语》。《论语·子路》:"名不正则言不顺。"《论语·为政》:"诗三百,一言以蔽之,曰思无邪。""无邪"就是正,这个"正"主要指内容方面。《论语·卫灵公》提出"放郑声",《论语·阳货》说"恶紫之夺朱也,恶郑声之乱雅乐也,恶利口之覆家邦者"。"郑声"就是"邪",郑声不正;"雅乐"就是正声,《毛诗大序》:"雅者,正也。"

明确的正变论最早出自汉儒关于《诗经》的评论中。《毛诗大序》提出"变风变雅说":"至于王道衰,礼义废,政教失,国异政,家殊俗,而变风变雅作矣。"周政衰乱时期的"风""雅"即为"变风""变雅",与"正风""正雅"相对。风雅正变的划分,理据或标准大概有三:一是"政教得失",政治清明,风雅一般为正,政教衰飒,诗歌一般为变;二是风雅的内容及风格,偏于歌颂的为正,偏于怨刺的为变;三是以时间分界,"正风""正雅"多出于西周中前期、王朝兴盛时,"变风""变雅"多出于西周后期、朝政衰朽时。汉人看《诗经》,不过"美""刺"两端。美者为正,刺者为变。

综上所述,正变说主要是从思想内容方面立论的。

后之正变论则主要与(儒家)道统说纠结在一起。其结果是,正变论往往被直接转换为等级论。以明代方孝孺《张彦辉文集序》之说为最有代表性:"虽然,不同者辞也,不可不同者道也……然而道不易明也。文至者道未必至也,此文之所以为难也。呜呼,道与文具至者,其惟圣贤乎!"[①] 北宋欧阳修《答吴充秀才书》曾讲"道胜者文不难而自至",而方氏反言之,是为了强调"道"的地位。方孝孺实际上次文为三等:一等纯道文,文道具至;二等杂道文,道不纯粹;三

---

① (明)方孝孺:《逊志斋集》,商务印书馆1986年版,第373页。

等无道文,文道相离。无道之文,何谈价值!在方氏看来,第一等才是"正文",其他顶多是"变文",甚至是"歪文"。

中国古代虽有推尊正变兼备的"正变一体"之说,但强势话语是"以正为尊",这也正是"正变论"立说的出发点。试想,若不想以正为尊,何必造作正变论呢!可见,正变论是等级论的基论。正变论再往前跨一小步,就是"正宗论""正统论",也就是以正为尊的系统化、理论化表述。

当然,严格地说,正变论也不限于内容风格方面,也有从形式方面着眼的。如魏晋六朝人喜论文体的正与变。像西晋挚虞《文章流别论》就说"古诗率以四言为体","雅音之韵,四言为正;其余虽备曲折之体,而非音之正也";刘勰《文心雕龙·明诗》也有"四言正体""五言流调"之说等。当然到后来,五言也被视为正体了。后来还有以诗为正、"诗变而为词""词为曲所滥觞"[①]"以曲承诗,独得正统""曲之于文,盖诗之遗裔"[②] 等说法。另外正变论还曾被置换为"雅俗论""古今论""通变论""奇正论"等。雅即正,俗即变;古即正,今即变;通变论、奇正论则较能接受奇变。

但是,无论是从内容方面立论,还是从形式方面立论,正变论都倾向于尊正黜变。如明代胡应麟说"诗之体以代变也",但其结果是"诗之格以代降也"(《诗薮·内编》卷一)。"权变"总是不得已的,"变"总是不大好的,所以,研究"变"也就无甚意义,付之阙如是明智的。同时,正变论还造成了文体的人为等级论,"正体"为优,"变体"为劣,这既不利于文体的发展,又不利于"发变论"的生长发育。在我国文学史上,词、曲、骈文、戏剧、小说、神话等都曾因为内容不纯正,多涉所谓的"淫邪""诲盗"或"怪力乱神"等而"沦为"末流,长期遇冷。没有或忽略这些文体的"中国传统文体论"只能说是"半拉子文体论";基于这个半拉子的文体论的文体"发变

[①] (清)吴兴祚:《词律序》,金启华等编《唐宋词集序跋汇编》,江苏教育出版社 1990 年版。

[②] (清)姚华:《弗堂类稿》,沈云龙主编《近代中国史料丛刊续编》(第 2 辑),文海出版社 1974 年版,第 301、305 页。

论"也就无从建构,就算有,也肯定是成问题的。

综上,传统文体学存在种种有害于"发变论"研究的内容。这些,现当代的文体学也大都因袭下来了。这既是传统文体学的错,也是现当代人的错。错在哪里呢?错在太"复古"了。套用时下流行的话说,古代文体学应该是"姓古"还是"姓今"呢?我认为,应该是复姓——既姓古、也姓今,但"今"应当是这个复姓的首字(first name),也就是说,要以今统古,创建或重建现当代意义上的"中国古代文体学"。明代袁宏道说:"文之不能不古而今也",墨守古说"是处严冬而袭夏之葛也"(《雪涛阁集序》)。其实,文体学也不能不"古而今"也,且"古而今"的重心在"今"。所以,我们要想激活和繁荣"发变论"研究,就不能怕麻烦,就得放出自己的眼光,尽力超越古人,"创造性地接续"传统。

三 现当代研究者知难而退

发变论研究是老大难的学术问题。难就难在不仅研究所必需的前期资料稀缺,还因为"中国古代文体的发展演变及其规律研究"这个问题很抽象。从事此项研究,既要理论,也要考证,眼要大,心要细,要"能把众多文体的聚散生灭、动荡开阖、鱼龙漫衍、千变万化,既具有恢宏气势,又具有微妙细节的全部景观都纳入学术视野","要把各种文体的来龙去脉、旁午交通都纳入学术视野或思考维度",这"对人的精力和智慧都会是一种挑战"。[①] 所以,研究者往往望而却步,转而他顾。可见,"发变论"问题本身的研究难度,也是妨碍其顺利开展的一大绊脚石。人们为了快出成果、出实成果,绕道而行,避难就易、避生就熟、避虚就实,也属人之常情。不过,对"中国古代文体学学科"构建而言,"发变论"是不可或缺的;而且必须赶紧补上。于此,笔者呼吁有志之士迎难而上,群体攻坚,维护文体学的完整性。不要怕劳而无功。

既然传统文体论中不仅罕有发变论,而且还有如上所述之诸多妨

---

① 张仲谋:《论文体互动及其文学史意义》,《文艺理论研究》2014年第3期。

害因素,那么,我辈要想在这方面有所突破,有所开拓,恐怕在很大程度上需要另起炉灶、重塑金身,甚至"重装系统"(可兼容的),方有可能在揭示文体发展演变的现象及规律方面有所建树。

四 如何振起发展演变论研究

先回顾一下现当代中国古代文体学研究。依时而论,可划分为三个阶段。

(1)中国古代文体学的发轫期:20 世纪 20—40 年代。此期出现了一些古代文论、文学概论及修辞学等方面的著述,其中也有论及文体的。1933 年上海立达书局出版的施畸的《中国文体论》、1934 年上海商务印书馆出版的薛凤昌的《文体论》① 及 1946 年上海正中书局出版的蒋祖怡的《文体论纂要》可以说是对这些成果的总结性著述,象征着现代意义上的中国古代文体学的发轫。

(2)"倒春寒"期:20 世纪 50—80 年代,即中华人民共和国成立后的前 30 年。此期意识形态轻视文艺形式(虽然文体不只是形式),文体学研究遭遇"倒春寒",重归边缘化、低潮化,所以此期仅出现一些归纳、介绍传统文体的著述,且为数不多,总体研究非常冷清。

(3)重新起步和振兴期:20 世纪 90 年代至今。此期,文体学重新被接续,并渐趋繁荣,如今已成"显学"。这方面的成果较多,从内容上说,可概括为三类:一是古代文体论。有"单体论",即单论一种文体;有"多体论",即单个地论述多种甚或全部古代文体的;有"时体论",即论述某时段的文体的。这些成果出现早,数量多。如褚斌杰《中国古代文体概论》(属全体论)等。但无论是单体、多体甚或全体,此类研究实际上都属于"单体论"。因为这些文体研究都是单个单个地分开进行的。合观包举很全,局部看仍是单列。二是古代文体学论。有阐发古代之文体学著述的文体学的,如论《文心雕龙》《文章辨体》等的文体学的;有挖掘古代集书、类书及字书的文

---

① 此书曾于 1939 年、1945 年两次被商务印书馆重印出版。

体学蕴含的，如论《文选》《四库全书》《独断》等的文体学意义的；有论某时段的文体学的，如李士彪《魏晋南北朝文体学》等。三是古代文体学专题论，即面向整个古代文体学，专论或主论某一方面。包括论文体与社会、文化、政治等的关系的，论文体分类的，论文体融渗及破体为文的，规划或反思古代文体学学科的等。这些研究成果，都很宝贵。

但是，从发变论研究方面说，上述这些研究也都不尽人意。第一，上述第一种研究，即"单体伦"，可以说几乎是古代文体学路数的现代重演，《文心雕龙》"文体论"部分早就这么做了，只不过今人的单体论后出转精，在理论化、系统化、文学化等方面有所开拓或有较大提升而已。这类研究，孤立地看待一个个文体，探源溯流，穿越时空，但这种研究至多系"单体发展演进论"，而我们要的是"全体的"或"整体的"文体发展演进论，也就是基于所有文体的、宏观的发展演进论。莫砺锋也呼唤"总览全局、独得圣解"的总体性研究："中国文体学之研究可称历史悠久，当代学界也视为重要研究领域，但以我所见，则陈陈相因者较多而独具眼光者较少，各照隅隙者较伙而综观衢路者较鲜。"[①] 单体论之盛行，还易形成思维惯性，使我们"在考察某一种文体的特点与变异时常用单向度的思维模式"[②]，束缚了手脚。

第二，上述第二种研究，属于阐释、整理、挖掘古代的文体学资源，于文体发变论研究基本无涉。至于第三种，即专题论研究，其中的"论文体融渗及破体为文"部分，属于文体发展演变研究，所以很值得重视。但这方面的研究对古人而言往往也只是"接着说"或"填空说"，虽有一定价值，但又多局限于两种文体（或少数几种文体）之间的交越互渗，仍未实现大的突破，未能就全体文体而言。如果把第一种叫"单体发变论"的话，那么，这一种可以叫两种或少数几种文体"合体发变论"。那么，整体的或全体的发变论呢？规律呢？遗

[①] 引言出自莫砺锋为邓国光《文章体统——中国文体学的正变与流别》（上海古籍出版社2013年版）一书所作的"序"。

[②] 张仲谋：《文体互动及其文学史意义》，《文艺理论研究》2014年第3期。

憾的是，除笔者外，论者罕有。①

另，专题论多系面向整个文体，其"全体论"路径是开放的、包容的，值得借鉴。

第三，总的来看，当今古代文体学之发变论研究方面缺乏自觉意识、全体意识、理论意识及理论创新意识。

自觉意识就是自觉地以发展演变及其规律的研究为唯一目标、至高目标，心无旁骛，不避虚空，不畏失败。以往的发变论研究大都做不到这一点。比如，第一种"单体论"研究，笔者认为它只是相当于单体发变论，就是因为论者大都满足于厘清某一种文体的源流正变，何同何异，且往往重源抑流、扬正黜变，总有"辨体""正体"的味道，何尝把关注的重心放在挖掘和发现"文体发展演变及其规律"方面！所以，准确地说，这只是"加长版"的文体论，而非文体发变论。再比如，第三种专题论研究中的"文体融渗及破体为文"论，也仅仅是两种或极少数几种文体之间的互通互渗，远未涵盖所有文体。且此论古人早已有所发明，吾人只是"接着说"而已，照此下去也难有突破性发明。

全体意识就是说要面对所有文体，研讨其发展演变大势如何，有何规律。"规律"是指涵盖或几乎涵盖所有个体的最大"公约数"，而不是单个的个体的个性，也不是 N 个个性之和，也不是少数几个个体的特性的交叉点或近似点。共性存在于个性，但个性不等于共性！而"中国古代文学的文体系统是一个天然形成的有机体。这个系统自成一体而相对完满自足……这个系统既具有相当的稳定性，系统内的各种文体又始终处于变动不居的过程中"②；这个"变动不居"，就是文体的互动推演；但这个"变动不居"的文体活动的"大背景"，不是一两个文体，也不是三五个文体，而是所有的文体。然而，在当今学术界，"在论及文体互动时，人们习惯立足于一个文体，关注其他文

---

① 详参笔者《文体浑和论与巨型文体说》，《广西社会科学》2013 年第 8 期。其他人，目前笔者仅见张仲谋有《论文体互动及其文学史意义》（文载《文艺理论研究》2014 年第 3 期）一文论及"整体发展演变观"。

② 张仲谋：《文体互动及其文学史意义》，《文艺理论研究》2014 年第 3 期。

体对该文体的影响注入，比如词曲间，常注意词是如何受曲的影响，或者曲是如何受词的影响。然而这是一种单向维度的思考。'互动'也包括'共时共生'的层面，需要发掘文体与文体间在相同的文学生态环境中共同汇成一个文体大系统而形成动态的消长互融。这需要打开各文体的疆界，多维度地动态地进行统一观照"[1]。总之，我们必须要有"全局观""整体观"，必须全部到位、一个也不能少地观察，不能挂一漏万、以偏概全、以少总多，或"东向而望，不见西墙"，如此，方能谈得上揭示总规律。

所谓理论意识，也谓此也。或者说，文体发展演变及其规律研究，既属文体论，但同时又很可能会突破文体论，上升为普适的、一般的文学理论。换言之，文体论这个小窟窿里，可能会掏出一个大螃蟹来。这一点，很多学人可能还没有意识到。那么，现在，就请做好思想准备，来掏和迎接这个大螃蟹吧！意识到和相信这个洞里有大螃蟹，然后尽力去掏，这就有可能导致理论创新，否则，就只能跟在古人后面，接着说、综合说、拾遗补阙地说，而不敢超越古人，这样的话，稳有余而创不足，是无法完成此论题所提出的使命的。

第四，还要克服三个意识。为了振兴和繁荣文体发变论研究，我们还要处理好古今关系、中西关系、实证与思辨的关系等问题。换言之，就是要破除或超越尊古意识、实证意识及保守意识。

超越尊古意识。凡是"古代××研究"，大都极易"古代化""古化"甚至"食古不化"。毕竟，中国历史悠久，先人智商也高，所以各方面、各领域里的古圣先贤都很多。这就产生了古今矛盾和古今问题。古代圣贤优秀杰出，尊重是对的。但若尊重过分，就会丧失自我，丧失现代视角，丧失批判意识。动辄刘勰如何全，陆机多深刻，总这样就会"自废武功"。宋代王安石讲："天命不足畏，祖宗不足法，人言不足恤"。东晋大司马恒温问殷浩："卿何如我？"殷回答说："我与我周旋久，宁做我。"（《世说新语·品鉴》）今人汪曾祺也有句名言："我与我比我第一。"我们的脑袋，何必全由古人跑马占地？我的思想

---

[1] 胡元翎：《高濂词、曲、剧之融通及其研究意义》，《文学遗产》2017年第1期。

我做主！我们就要发扬这样的精神，以今为主，以今统古，古为今用，这样也才能无愧于古圣先贤。

超越实证意识。实证不错，但不宜过头。过重实证，就会排斥思辨。君不见，现今中国各类学术报刊，一律向考证倾斜，动辄子曰诗云，动辄周鼎汉简，仿佛参考文献越多，就越有功底。否则，你就很难发文，成果也很难被认可。这也是使古代文体发变论研究滞后的一大客观原因！现实如此冰冷。爱因斯坦说，想象力比知识更重要。试想，若一味讲实证，马克思还真难提出共产主义学说呢。事实上，人类文化史上很多伟大的理论是始于假说与空想的。

破除保守意识。这一点主要是中西问题。钱钟书《谈艺录》有句名言："东海西海，心理攸同；南学北学，道术未裂。"王国维《〈国学丛刊〉序》也提出"学无中西"："世界学问，不出科学、史学、文学。故中国之学，西国类皆有之；西国之学，我国亦类皆有之。所异者，广狭疏密耳。"中国的学术自然有中国特色，何必刻意去做，更何必故步自封或"避西保中"呢。中国特色不是为了标新立异，不是故意与人不同，而是客观情势"已然"，所以不得不然耳——其实就是一个"合适"与否的问题，对此我们要勇于面对和接受，既不能以彼非此，也不能自我膨胀，更不能自我否定——如此而已，不必人为增重或减轻，甚至上纲上线。

上述所论局限于"内部因素"。但是，任何事物都是环境的产物，文体的发展演变研究也离不开对社会、政治、文化、传媒、风俗、地理、气候等外部环境或背景因素的考察。尤其是传播技术，于文体的发展演进关系尤密，尤其值得重视。不过，本书主题是论文体发展演进的内部因素的，外部因素只能存而不论。

第三章　文体浑和与文体演进(下)

第一节　文体演进的起点：单纯文体

本节内容提要：史前的原始口头文学（原始歌谣、原始神话）是后世一切文学、文体的母体，也是文体发展、演变的源头。三代和两汉，文化大进。尤其是春秋战国时期，我国文化进入"轴心时代"，文明呈井喷式"快进"，从而奠定了中华文化的基调。那时各种文体开始出现，一些文体开始出现。至两汉，文体初备。伴随文体之初立及初备，文体的浑融也拉开了帷幕。文体浑和是一出"剧情"复杂、一上演就没有"剧终"的大戏。文体浑和的成果呈阶段性，即：每过一个较长的时段，文体浑和就会结出一个"巨瓜"。汉代的辞赋，就是文体浑和这条长蔓所结出的第一个"巨瓜"，此即"大成文体"。辞赋就是第一代大成文体。不过，需要指出的是，文体浑和并不是直线式推进的。有文体浑和，也有"反文体浑和"；两者的矛盾运动，伴随着文体演进的全过程，导致文体浑和呈现出螺旋式推进的形态。从这个意义上说，魏晋六朝的文学（体）独立和文学（体）自觉，尤其是"文（诗）笔之辨"，作为此后中国古代文论中一直长期持续的"辨体"活动的开始，实质上就是为已经互参互渗的诸文体首次勘定边线，封疆划界，也就是对文体浑和的首次反拨。

一　原始歌谣与原始神话（原始口头文学）是后世一切文学、文体之母体

中国古代文论家多有"文源六经"或"文源于先秦时期与孔子有

关的若干儒家元典"之论。"六经"谓"诗""书""礼""乐""易""春秋"。这几本书都与孔子密切相关：或相传是孔子所作（《春秋》），或经其整理编订（《诗经》等），或相传参与部分之写作（如"易传"的"文言""系辞"等部分）。"六经"不含《论语》《孟子》，更无《荀子》。无《论语》，是因《论语》非孔子作，而是孔子去世后的若干年内陆续编纂出来的。不过，大体上，我们还是可以说，"文源六经"实即"文源孔子"。此论多半与后世长期尊崇孔子、重视儒经有关。可见，孔子不仅是"文宣王"，还是"文体王"。不过，这不尽是事实。

"六经"之中，是已经有了一些文体和文体的划分的，这些划分也程度不等地对后世产生了影响。如《尚书》有典、谟、誓辞、诰言、诏令、训辞等不同的文体。《周礼·大祝》即有所谓"六辞"之论"一曰辞，二曰命，三曰诰，四曰会，五曰祷，六曰诔"等。但是"六经"有（若干种）文体或有一定的文体意识与"文体源于六经"是两码事。其实，不只是"六经"有体。试想：何文无体？无体之文，犹无体之人一样是难以想象的。只不过，"六经""结言"较早而已。但是，六经虽早，也不是最早，它们是流，不是源，顶多是"上游"。

过常宝说文体源于巫卜文献："巫卜文献是中国文献的源头，它们对中国文献和文体的发展有着十分重要的影响。"[①] 但这是就文本文体而言的。而巫卜文献仍是流，而非源。

与其说文体源于六经，或源于巫卜文献，不如说文体源于原始文化与文学，或源于原始歌谣、原始神话。

那么，原始文艺是如何发生的呢？对此，古人早有论述。梁代沈约《宋书·谢灵运传论》言："虽虞、夏以前，遗文不睹，禀气怀灵，理无或异。然则歌咏所兴，宜自生民始也。"此言中的。《尚书》早限虞、夏，故云其前。又，宋代王灼《碧鸡漫志·歌曲所起》："或问歌曲所起。曰：天地始著，而人生焉。人莫不有心，此歌曲所以起也。……故有心则有诗，有诗则有歌。"而郑玄《诗谱序》说："诗之兴也，谅

---

① 过常宝：《先秦散文研究》，人民出版社2009年版，第8页。

不于上皇之世。大庭、轩辕,逮于高辛,其时有无,载籍亦蔑云焉。虞书曰:'诗言志,歌永言,声依永,律和声。'然则诗之道放于此乎!"郑玄所论,限于记载。上皇谓伏羲,大庭指神农。何时有文?答案应当是:何时有人,何时有文,有人即有文(口头文学)。或曰:不对,有人、有语言后,才有文学。答曰:有人就有语言了。刘勰《文心雕龙·原道》说:"夫心生而言立,言立而文明,自然之道也。"有人就有心(大脑),有心就有言,有言就有文。因为人是审美的动物。用沈约的话是"民禀天地之灵,含五常之德,刚柔迭用,喜愠分情"(《宋书·谢灵运传论》)。这样,最早的"文"其实是"美言",而非"美文"。刘勰"心生而言立,言立而文明"的"文"谓语言艺术美。总之,古人认为,有人就有文学(口头文学)了。刘勰、沈约皆主此。以理衡之,此论似亦不差。语言生于交流,这样讲,应无异议。而交流之需要,则自星球上有人的那一刻起就产生了。试想:假设地球上最早出了两个人——亚当、夏娃,或者伏羲、女娲,或者别的名字——他们要结合,就得先交流,要交流,就得有语言。人天生就拥有发音器官,又有现实的需要,于是咿咿呀呀,自然就有了语言。虫豸有天赋的交流方法,人也有,语言就是人的天赋的交流方法。

荀子说:人生不能无群。人也是群居的动物。群居也离不开交流。交流就需要语言。假使一个原始族群,成员之间长期默然,那是不可想象的。当然,初期语言属"实用性"语言,其"文体"也应属于"应用文"。早期的"语言"或"应用文"虽简陋,但也基本能满足实用之需。人也是感情的动物。人有了喜怒哀乐、爱恨情仇,就要表达。东汉班固《汉书·艺文志》讲:"哀乐之心感,而歌咏之声发。"朱熹《诗集传·序》道:"夫既有欲矣,则不能无思;既有思矣,则不能无言;既有言矣,则言之所不能尽而发于咨嗟咏叹之余者,必有自然之音响节奏,而不能已。"又,刘勰《文心雕龙·神思》:"意授于思,言授于意。"先有思,思生意,意生言。刘勰说的"思"比较笼统,既指思想,也指感情。所以更精准的表述是:先有情,情生思,思生意,意生言,言有文。其表达方式简陋,但表达自由充分。话不多,随便说。

郭绍虞说:"文字未兴之前,风谣即为初民的文学。文字既定之后,诗歌又足赅一切创造的文学。人文演进遂由诗教衍为各种的文体。此章实斋所谓后世之文体备于战国,而战国之文多出于诗教。""是故风谣为原始文学,而诗则风谣之演进,各种文体则又由诗以推衍。"①这几句话,大体上厘清了早期文体的发生和推衍路径,即:原始风谣→书面诗歌→各种文体,结论是:文体备于战国。章太炎就是这观点。郭绍虞、章太炎的说法大约是基于以下看法:任何国家,任何民族,首先产生的"文体"(口语文体)是诗歌。但是,这只是一部分人的看法,也有人认为实用文才是最早出现的文体。②依笔者臆断,如果说最早的文本性文体是散文,而不是诗歌,这也是合乎逻辑的。因为最早的文体一定是实用的。有了语言,何以还要文字?文字的发明,不外乎为了满足以下两种需要:一是记载需要,空口无凭,立字为据,这主要是百姓日常需要;二是统治需要,"文字如果不是握有最高权力的人发明,也是最先由他们使用的。因为只有他们才最为迫切感受到使用文字的需要。文字是一种辅助统治最有力的工具而被创造出来的"③,这是政治需要。这两个需要,结果都是产生"应用文"或"实用文",只不过一个是百姓日常应用文、一个是军国公务应用文而已。诗歌不主实用,故没有理由先于散文而生。说得直白一点,没有诗歌,人们照样过活,军国公务也不受多大影响,政治可以自如运转,但是没有文章就未必了。《周易·系辞下》:"上古结绳而治,后世圣人易之以书契,百官以治,万民以察。"结绳记事多有不便,有了文字,公事、私事都有了文字依据。文字就是代结绳而治(公事)或结绳而记(私事、公事)而产生的。干祭《砚铭》写道:"爰初书契,以代结绳,民察官理,庶绩诞兴。"章太炎《国故论衡·文学总略》也说:"文辞始于表谱簿录。"王、章的话都是这个意思。

　　同时,也不排除最早的口头文艺也是(或大多是)散文式的,只

---

① 郭绍虞:《郭绍虞说文论》,上海古籍出版社2000年版,第2、3页。
② 详参曹大中《散文先于诗歌说》,《湖南师范大学学报》1986年第2期;健义《散文先于诗歌》,《文学遗产》1986年第6期等。
③ 林岗:《口述与案头》,北京大学出版社2011年版,第51页。

是时代荒远，无从考证。谨慎的态度是不绝对化。原始口头文艺虽然无从查考，但后世民间仍有口头文艺可供参考。识文断字在相当长的历史时期里都是少数人的专利。大多数人是文字时代的"文盲"（准确地说，只是"文字盲"，未必是文学盲）。那么，考诸历代民间的口头文艺，难道除了歌谣，就没有神话或故事吗？怎么能说原始文艺都是（比较讲究形式的）歌谣呢！除非自古以来，那些民间的文盲和老粗们个个都"文艺范儿"十足，竟然大都偏爱骈俪偶对、平平仄仄，反而不喜欢通俗、有趣而且形式自由的散文神话或故事。至少，边说边唱的民间艺术形式应该是有的。边说边唱即不都是诗歌。元代方回说："古之经，皆文也，皆诗也，后世下笔未易及经，则分为两途……"① 抛开尊经、复古之意不论，此说还是有道理的。最初的"文体"也可能是"混沌体"的，非诗非文，亦诗亦文，扑朔迷离，雌雄莫辨。还有，最早的，与后起的，也未必就是有联系的。也就是说，就算诗歌是最早产生的，那也不能说，稍晚产生的散文是由诗歌发展出来的。原始文艺也不都是歌谣，也有原始神话。原始人不仅需要抒情，也需要办事。原始神话就是原始人的"应用文"，语体的应用文。因为，原始神话，是原始人的伦理道德，是凝聚族群的意识形态，是科学、是巫术、是原始文化的大杂烩，也是他们闲暇时的娱乐形式之一。原始神话在原始社会不是"神话"，而是"实话""有用的话"。

　　原始神话也叫上古神话，它产生于遥远的、没有文字的原始社会。今天我们读到的"原始神话"，大多系后人"追记"。顾祖钊认为原始神话的最初文体形态应该也是歌谣，后人追记时，转体为"散文"，所以我们今天看到的原始神话大多系"散文"。顾祖钊说："根据原始文化所呈现的一般规律，原始神话一般都保存在口头传唱的民族史诗中，这在对华夏少数民族的口头传唱文学资料的发掘整理中也得到证实。与中原民族'一娘同胞'、长期共存的彝族、苗族、羌族、傣族等少数民族，都以史诗的形式保存着华夏民族共同祖先的创世神话，难道居住在中原大地的民族就可以没有自己的口传史诗阶段吗？这不

---

① （元）方回：《赠邵山甫学说》，文渊阁四库全书本《桐江续集》卷三十。

太符合常理。"① 中原汉族究竟有无"史诗"？这个问题尚有争议，顾祖钊的质疑也不无道理，但这不是笔者所要关注的，故此点存而不论；那么就"原始神话的最初形态是诗歌"这一观点而论，顾祖钊的说法绝对了。因为即使是现代人也以出口成章为高难之事，原始人的"口语"肯定不都是合辙、押韵的，原始文艺不应都是歌谣。"散体"的原始神话或故事应该是有的，大量有的。那些用于巫术、仪式上的原始神话，自然形式要讲究，需要整齐、押韵，但在非仪式的日常生活中，原始人难道就没有口耳相传的"民间故事"吗？后人茶余饭后，以资闲谈者甚多，尤其电气化以前的时代；那么原始人，很可能比后人的日子过得更悠闲，甚至悠闲得多，所以更需要。《韩非子·五蠹》讲，上古之世，"人民少而禽兽众"，"丈夫不耕，草木之实足食也；妇人不织，禽兽之皮足衣也"，自然资源极其丰富，人口又少，原始人几乎用不着"劳动"，也用不着积蓄，只需要像动物一样随饿随觅即可；民食蜾蠃蚌蛤，草实木果，最初都是生食，也不需要厨房，吃饱了就"鼓腹而游"。但别忘了，人是审美的动物。原始人悠闲度日，终究不会跟动物一样，什么文化或文艺活动都不需要。相反，他们一定创造出了灿烂的原始歌谣和原始神话、原始故事及绘画、舞蹈、雕塑等。毕竟，原始社会相当漫长，原始人的生活节奏也很慢，他们有的是闲暇时间。例如，我国已知最早的先民"巫山人"（"直立人巫山亚种"），距今约两百万年。悠悠岁月里，孰知他们创造了多少文艺！同时，由于悠闲，所以原始文艺的"超功利性"可能也远甚于后世。

原始神话就是后世散文、歌舞、戏剧、小说的最初形态。

二　从"混沌文体"到文体初立

理论上，正如本书第一章所言，文体应该包括口语形态和文字形态两种。口语形态的文艺，因为荒古邈远，无从稽考，所以只得从略；所以后人讲"文体"时，默认情况下，指的是文本文体。但是，最早的文本文体，一定与历时两百多万年的、质高量大的原始口头文艺有

---

① 顾祖钊：《华夏原始文化与三元文学观念》，北京大学出版社2005年版，第32页。

密切关系。换言之,最早的文本文体的绝大部分,很可能是原始口头文艺的"转写""改写"或"略写"。限于早期的书写条件,被文字保存下来的原始文艺一定只是四海一滴、九牛一毛、太仓一粟。原始文艺被保存下来的概率与一棵树遭雷劈庶几。

不管怎样,文体的初立,一定是或主要是原始文艺的文本化或"互文性"文本化。

历经两百多万年的悠悠岁月的原始文艺的数量(及质量)一定是极多(高)的!不难想象,如果原始文艺全部文本化,很可能即使是如今天之数媒时代一样也是无法完成的。当然这只是"如果",而事实是:第一,书写工具只是石刀和甲骨;第二,没有人主动录存原始文艺,商周各级政府对此事没有兴趣,因为它"没用",尤其与维护、巩固统治无关;第三,原始文艺"退居"民间,自生自灭,其中绝大多数都因"不合时宜""无用"而消逝于历史的长河中。当然,也有一些原始文艺,借了种种机缘,穿透百万年的时空,被"录存"下来。如《山诗经》《诗经》《楚辞》《庄子》《淮南子》等古籍里都有一些记存。这些当然都只是一鳞半爪,而且大都经过了改写,或"伪科学"化,或历史化,或宗教化,或文学化(寓言化),如"盘古开天地""女娲造人""夸父逐日"等。就我国而言,原始神话的录存量多于原始歌谣。① 我们研究原始文艺,研究原始文体,也都只能主要拿这些神话来说事了。总括这些神话,按题材可以分为创世神话、始祖神话、战争神话(或与人斗争神话、英雄神话)、灾难神话(与自然斗争神话,含鬼怪神话)、发明创造神话、娱乐性神话六大类。内容还是非常丰富的。

那么问题来了:原始文艺多"混体"。原始口头文学一般分为原始歌谣与原始神话两大类。一部分学者坚信最早的口头文艺"文体"是"诗歌"或"歌谣",另一部分认为是"散文"。笔者主张折中,不绝对化。原始文艺已无法实考,只能借鉴于后世之民间文艺。而后世

---

① 按:周代,诗歌是重要的意识形态,一般人不得擅作,也不能录存。《论语·季氏》:"礼乐征伐自天子出。"又《诗经·鲁颂·駉》"毛序"云:"于是季孙行父请命于周,而史克作是《颂》。"

之民间文艺,既有歌谣体,也有"散文"体,更有边唱边说体。边唱边说,即属混体文。即使是纯粹的原始歌谣或原始"散文",其实也不是"纯体"的。比如很多民族都有的"史诗",西方的《荷马史诗》,中国的《格萨尔王传》等,也都是混体的诗歌。因为从内容上说,它里面有历史,有神话,有宗教,有政治,有道德等;从表达方式说,有叙事,有描写,有议论、抒情、写景;从语体上说,既有偶对整句,也有散文化句法。原始神话亦然。总之,大都已经是混体了。可是,悖论的是,彼时还没有"文体",更无"文体学",为何没有"单纯文体"?

原始文艺属于"混沌文体"。所谓"混沌文体",就是原始社会产生的、天然包容万象的、不自觉地兼采万法的各种文体。这里,关键词是"原始""天然"和"不自觉"。"原始",意味着洪荒茫昧,也称史前时代;"天然",是就内容而言的;"不自觉"是讲艺术表现形式及表达手法的;三个词合一块,就是"混沌文体"。当然,还需要说明一点,就是并不等于每一篇原始文艺都是包容万象和兼摄万法的,而是说在理论上,或整体地看,原始文艺"可以"然。可以然,谓文体规范,不意味着任一具体文体皆必然;虽然任一具体文体不必然,但它可以然。可以然但不必然,虽不必然但可以然。这就是文体规范。原始文体亦然。"可以然"为文体创作预备了广大的空间,作者可以在这个巨大的空间里任意驰骋,获得有绳墨而无拘束的辩证效应。

明代徐师曾《文体明辨序》曾言:"或谓文本无体,亦无正变古今之异。"[①] 他不赞成此论,故接下来写了一大段话驳斥。其实,"文本无体"的话,非无道理。第一,它讲的是"本",即原本、起初,文体之初,即尚为原始混沌之体时,什么语体风骨、起承转合、比兴寄托、双关反讽之类,都无从讲究,无从谈起;当然,也未必完全没有,未必无任何"隐性"的规范,只是大体上无绳无墨、极自由而已。总之,混沌一片,说无也有,说有又无;那么,从"无"的一面看,尤其与后世之有体、遵体、辨体相比较,混沌文体约等于无体。

---

① (明)徐师曾著,罗根泽校点:《文体明辨序说》,人民文学出版社1998年版,第77页。

第二，那时没有"文体"之概念，更无文体学，故曰"无体"。这样说，也说得过去。可见，"文本无体"的话正好说明原始文体是混沌文体。当然，从绝对意义上说，有文即有体。哪有无体之文？哪有无体之人？但是，原始人看人体，与今人看人体，肯定大不同。比如说，现代人都知道，身体是由细胞组成的，白细胞可以阻击入侵微生物等，这些原始人怎么知道呢？从这个意义上说，说原始人"无身体"，也庶几。因为他们对身体的了解，很可怜，甚至很荒谬。这是客观上有体，主观上"无"体。那么，纯粹从客观上看，混沌文体是不是，或至少曾经是很单纯的、接近于无体的呢？回答也是肯定的。其事太过荒远，只能以理推测：原始文艺之所以为体不单纯，甚至很不单纯，可能还有一个原因，即：我们接触到的原始文艺，肯定都是成熟的，已经流传千百万年的"成品"或"最终版本"了，而绝非真正的"初版"。初版如何，无从考证；但也无法排除原初时是很单纯的，甚至（接近）无体的。反过来推测，如果硬说原初文体就是复合或浑和文体，那也说不过去，因为真正意义上的"起初"的"文坛"是独一无二（或者就没有"文坛"）的，如何复合？！

或曰：你这是从绝对的、静止的起点的意义上说的，从另一个角度看，起点上也未必就只有一个"选手"。答曰："起点"固未必只有一个"选手"，但"起点"也未必唯一，"起点"也不一定同时、同地。各自有各自的起点，各自在彼此相距遥远、互不通晓的情况下起跑。跑了很久，左右看看，还是我一个人在跑。这时，单个地看，仍是单纯的，也只能单纯。

当然，笔者不否认原始文体也存在"文体浑和"；但是，彼时的"文体浑和"是在不自觉的状态下进行的。因为既然是口头的、民间的文艺，那么，一定会长期在民间流传，流传过程中一定会经过这样、那样的修改、加工及完善。处于流传中的东西犹如液体，无法定形。在被文字"凝固"以前，原始口头文艺一定有很多"版本"。这些版本互相角逐，优胜劣汰，最终实现最佳"配置"。这就会出现不自觉的文体浑和。

综上，三代以前，文体融而未分。也即西方学者所说的"混合文艺"阶段。但笔者认为，称之"混沌文体"更恰当，也更合乎中国文学之具体情形和中国表达。后之文体多发源于此。这就是文体演进的起点。

虽说原始文艺属"混沌文体"，且从绝对意义上说，还谈不上单纯或不单纯，不过，与后世文艺相比，它们仍是很"单纯"的。例如"史诗"算是原始文艺里面似乎不太单纯的文体。但是，史诗的内容、写法、格调，与后世之文艺相比，还是很单纯的。第一，史诗的人物很单纯。大都是半人半神，大智大勇，功德无量。第二，史诗的情节很单纯。大都是克敌制胜，拯救族群。第三，写法单纯。大都类似于后世之魔幻主义或神魔小说，动辄神通广大、法力无边。第四，风格也很单纯，就是超凡脱俗，神圣崇高。由此说，原始文艺是"单纯文体"，也可以说是"初级"文体。

三 文体浑和与第一代大成文体的出现

讨论文体问题，当然通常是就文本文体而言的。所以，讲文体演进，一般应该从商周开始说起。因为最迟至商代中期，我国出现了文字，进入了文明史阶段。

伴随文字的出现，就会出现"文字作品"。最初的"文字作品"自然还远远谈不上"作品"，它们仅仅以"句子"或"片段"的方式存在。例如，商周的甲骨卜辞大多都是句子或片段，还谈不上完整的"篇"。当然也谈不上"文体"，顶多是有待发育的"胚芽文体"也。但是随着书写技术和工具的改进，以及国家的建立和军国大事的实际需要，片段性的文字渐渐成篇，出现了最初意义上的"单篇文字"。这也预示着"文体"的诞生。

这些最初出现的文体体制简陋，篇幅短小，称为"单纯文体"大约也没有问题。今天发现的最早的较完整的"单篇文章"应该是出现于晚商时期的"宰椃角铭文"（青铜器铭文）[①]。这篇铭文属于记载体，共有31字，不押韵，内容较为完整。可称为华夏第一篇文章。它也是

---

① 宰椃（háo）角，商代青铜器。1982年河北省正定县新城铺镇商代遗址出土。

"单纯文体"的物证。其他较为成熟的商代文章,见于《尚书·商书》的有五篇,其中只有《盘庚》(上中下)有一定可信度,但很可能已不是"原版"。商代的韵文或谣谚,除了《诗经·商颂》(年代尚有争议)以外,《尚书·商书·汤誓》有一句诅咒夏桀的"时日曷丧,予及汝皆亡",《周易》卦爻辞中也有一些,都是片段,形制很"单纯",很"简陋",一鳞半爪,远远谈不上"体面"。

晚商已有成篇的"单篇文章",已有"文体"。那么,大致说来,我国文体完备于何时?对此,尚有争议。至今有多种说法,有战国说①,韩非子说②,两汉或东汉说③、汉魏说④等。学界一般认同刘师培"东汉说"。其实其他诸说也各有其理,只是观察角度有不同而已。其中,"文体备于战国"说是章学诚在《文史通义·诗教上》中提出的,结合曾枣庄韩非子说,这两说可以合称"先秦说"。此说亦有理有据,何诗海曾著文论证。⑤可从。

文体备于先秦。其实,文体浑和不待文体完备即已发生。因为只需有两种以上的文体,文体浑和即可发生。上文已言,原始文学已经有互相融渗的现象了。上古文体也有浑融,同时又保持其混沌性。拿《尚书》来说,唐代刘知己谓《尚书》"为例不纯":"至如'尧'、'舜'二典直序人事,《禹贡》一篇惟言地理,《洪范》总述灾祥,《顾命》都陈丧礼,兹亦为例不纯者也。"⑥ 薛凤昌说,"若其内容,不

---

① 按:章学诚《文史通义·诗教上》谓:"至战国而文章之变尽,至战国而著述之事专,至战国而后世之文体备。故论文于战国,则升降盛衰之故可知也。"[(清)章学诚著,叶瑛校注:《文史通义校注》,中华书局1994年版,第60页] 另,何诗海有《"文体备于战国说"平议》一文,载于《文学评论》2010年第6期,可参阅。

② 按:曾枣庄曾说:"文体备于韩非子。"(曾枣庄:《中国古代文体学》上卷"中国古代文体学史",上海人民出版社2012年版,第21页)

③ 按:刘师培认为"至东汉"而文体大备:"文章各体,至东汉而大备。汉魏之际,文家承其体式,故辨别文体,其说不淆。"(刘师培:《中国中古文学史讲义》,商务印书馆2010年版,第7页)

④ 按:《四库全书总目》卷195《诗文评类》"小序"云:"建安、黄初,体裁渐备,故论文之说出焉,《典论》其首也。"[(清)永瑢等撰:《四库全书总目》,中华书局1965年版,第1779页]

⑤ 何诗海:《"文体备于战国"说平议》,《文学评论》2010年第6期。

⑥ (唐)刘知己著,(清)蒲起龙通释,王煦华整理:《史通通释》,上海古籍出版社2009年版,第2页。

外典谟训诰誓命六体",但是,《尚书》"虽分六体,犹无一定的形式"①。章学诚亦谓:"典谟训诰贡范官刑之属,详略去取,惟意所命,不必著为一定之体例。"② 即使单从"史书"的角度看,《尚书》为体也很不单纯,如纪事本末体、编年体、纪传体、书志体等都与之有相像之处,至少都有些苗头,但又非诸体之任一体。潘莉称之"多体杂糅的书写体例","《尚书》文体驳杂,大约涉及 22 种文体"。③ 其实,《尚书》甚古,可能尧舜或夏代时代已经开始编修了,彼时哪有文体学!哪有体例可言!文体浑融都是自然的。

《诗经》的情形亦庶几。姜夔说:"诗本无体,《三百篇》皆天籁自鸣。"④ 当然,《诗经》是经过文人编订的。所以,一方面,它很单纯,甚至简陋;但另一方面,《诗经》也有浑体(或跨体)现象。《七月》一诗即其例。清代姚际恒《诗经通论》甚至说它"无体不备,有美必臻"。《诗经》虽曰我国第一部诗歌总集,但风雅颂并非最早的诗体,更谈不上混沌体;相反,其体已经较为成熟,或者说,是周代诗体"大备"的产物。故南宋章如愚说:"诗不始于周。……孔子曰:'周监于二代,郁郁乎文哉!'前辈谓天下未尝一日不趋于文,至周而后大备。"⑤ 南宋吴泳、包恢、元代郝经、明代黄溥等也有此论。吴泳说:"歌曲……至周则众体备矣。"⑥ 包恢更例举大量《诗经》五字句以证,文长不引。⑦ 从吴泳、包恢等人之所析所例看,周诗备众体之说似有夸大、牵强之处,如吴泳称"谁谓鼠无牙""此五言体也""交交黄鸟止于桑""此七言体也",包恢列举"维以不永怀""或靡事不为"等为"五言之体",似言过其实。不过,《诗经》之体之成熟也是事实。而《诗经》体制的成熟,必有缘有自,非一朝而然。当然,限

---

① 薛凤昌:《文体论》,商务印书馆 1968 年版,第 25 页。
② (清)章学诚著,叶瑛校注:《文史通义校注》,中华书局 1985 年版,第 30 页。
③ 潘莉:《〈尚书〉文体类型与成因研究》,知识产权出版社 2016 年版,第 359、362 页。
④ (宋)姜夔:《白石道人诗集·自序》,文渊阁四库全书本《白石道人诗集》卷首。
⑤ (宋)章如愚:《群书考索别集》,文渊阁四库全书本《群书考索别集》卷七。
⑥ (宋)吴泳:《东皋唱和集·后序》,文渊阁四库全书本《鹤林集》卷三六。
⑦ 详参 (宋)包恢:《论五言所始》,文渊阁四库全书本《敝帚稿略》卷二。另按:这类说法当缘于钟嵘。钟嵘《诗品序》溯源五言诗于夏歌、楚骚:"夏歌曰:'郁陶乎予心',楚谣曰:'名余曰正则',虽诗体未全,然是五言之滥觞也。"

于文献,这个过程已难详究。"诗体备于周"论与文体备于先秦说近。

文体大备以后,文体融渗也全面铺开,为大成文体的出现准备着条件。

先秦及西汉初文体浑和与文体演进的结果是出现了第一代大成文体:汉赋。具体说,汉赋形成于西汉初,通常以枚乘《七发》为标志。[①] 作为大成文体,汉赋具有很强的文体包容性和优越性。同时,其他诸文体的辞赋化也开始了。关于这两点,详参下节"文体浑和论"及第三节"文体演进的节点:大成文体",本节主论"单纯文体",故此从略。

四 魏晋六朝人对文体浑和的反拨

鲁迅提出,魏晋是我国文学的自觉时期。文学的自觉,突出地表现在两个方面。一是文艺创作繁荣。汉魏以来,文坛日趋繁兴,像曹氏父子、萧衍父子那样"一门能文""人人有集"的情况日益普遍了。同时,文体浑和已常,其主流是大成文体化,即辞赋化。辞赋化遍地开花,处处结果。同时,辞赋本身也在"进步",形成骈赋,并很快成熟和流行。二是文论发达。文学繁荣为文论发达奠定基础。魏晋文论发达,也是文学自觉的重要标志和结果。魏晋南朝有五大著名文论,即:曹丕《典论·论文》,陆机《文赋》,刘勰《文心雕龙》,钟嵘《诗品》,萧统《文选序》。

五大文论是如何回应文体浑和的?主要有两点:一是重视文体论;二是其文体论以辨体为主。曹丕《论文》提出"四科八体",各科、各体特征互异;陆机《文赋》也用清晰的语言描述了十种文体的互异的情形;刘勰不满于近代以来"去圣久远,文体解散。辞人爱奇,言贵浮诡;饰羽尚画,文绣鞶帨。离本弥甚,将遂讹滥"(《文心雕龙·序志》),故《文心雕龙》也以文体论为主,每体都原始表末、释名彰意、敷理举统、选文定篇。五大文论家的用意都是提醒文士们要注意文体差别,到什么山唱什么歌,不要张冠李戴,僧着道袍。这些都是

[①] 《七发》作年无考,其文富于黄老思想,当作于汉初文帝时期;当时枚乘供职于梁、吴等显赫诸侯间,故文中有楚太子、吴客云。

对文体混浑的有意无意的反拨。

魏晋南朝还流行"文笔之辨"。文笔之辨实际是"文笔言之辨"。文谓诗赋，言谓策命（及经典），笔谓骈文。三者的文学性从言→笔→文，依次递升。文笔之辨至齐梁时又演化为"诗笔之辨"。文（诗）笔之辨就是辨别不同文体的文学性的级差，从而区分何为文学文体、何为非文学文体、何为两可性文体。或者，哪些文学性强，哪些弱，哪些中流。文笔之辨也体现在文论里。刘勰《文心雕龙》即类文为文与笔两大类。"有韵者文，无韵者笔。"（《文心雕龙·总术》）文与笔之下又分为若干"体"。这些文体各有各的体制规范，各有各的写作路数。《文心雕龙》主要就是讲这个的。由此说，《文心雕龙》或可称"文笔细辨论"。这其实就是对文体混浑的反拨。

就这样，一方面，文坛上上演着文体浑和的大戏；另一方面，文论家们忙于为文体封疆划界，囿别区分。魏晋文论的"辨体"，既是文体自觉的标志，同时也是对文体浑和的反拨。文体之舟在浑和与独立的矛盾运动中乘风破浪，螺旋式前行。

第二节　文体浑和论

本节内容提要：我国古代文体的发生、演化存在一个基本的规律，即：先有单纯文体（或基本文体）；然后两个或两个以上的单纯文体再浑和成为一种新的文体即复合文体（或浑和文体）；演变继续进行，其结果就是最终会出现大成文体（或巨型文体）。大成文体可以说是"黑洞"文体，它几乎可以囊括所有已有的文体（其中也包括非文学文体），所以是文体演进的最高型态。大成文体也在不断地翻新换代中，每经过一个较长的时段，就会出现新的大成文体以取代旧的大成文体而称雄文坛，且永远不存在"终结者号"大成文体。文体的兴衰更替犹如君主禅让、江山易姓，不同在于文体只会衰落，不会"灭亡"。"文体浑成论"说明：文体与文体之间的关系既有并列式的，更有层级式的——浑和程度越高，层级也越高；它们之间的关系既有你我互有、共生共荣式的，也有"一体多包式的"，更有"我（可以）

包含了所有的你们"式的。达成文体浑成的必要条件有二：一是已存在两种以上的文体；二是必要的物质前提和技术支撑。当然，发生文体浑和的原动力是人类的审美胃口的日益增进和日趋饕餮化，从而对文艺的尽可能广阔而深刻的把握生活的本能的持续不断地激活、开挖和兑现（使用）。

需要注意的是，文体浑和与文体混合、文体融合义相近而不同。前者往往是非自觉的、集体无意识的，是文体自然演进的结果；而后两者往往是少数文人刻意追求文学革新的产物。

文体浑成论及大成文体说虽系笔者首提，但前人也并非从未触及，尤其是近代以后。

文体的发展演变，既与环境的影响有关，更与文体之间的长期互动有关。前者属于"外部研究"，后者属于"内部研究"。前者成果颇丰，后者则相对少些。那么，从后者的角度看，文体演进又有什么特点或规律呢？

一 单纯文体、复合文体与大成文体

笔者认为，抛开外部影响，就文体内部而言，我国古代文体的发生、发展及演变有一个基本的规律，即：先有"单纯文体"（或称基本文体）；然后两个以上的单纯文体再复合成为一种新的文体——复合文体（或称浑和文体）；最后，演变出大成文体。

"单纯文体"就是文体的原初形态，因为它一般只是具备了某一种文体的最低限度的体制特征，所以叫作"单纯文体"。

"复合文体"或"浑和文体"是指两种或两种以上的文体经过互参互渗，正体、因体、变体、破体、创体，最终兼并、集成、浑融而成的一种新的文体。

"大成文体"则是几乎所有已有文体随机浑和而成的新的文体，是文体浑和的最高型态。与单纯文体相比，经过兼容整合后的复合文体的篇幅一般也会逐渐增加；而作为文体浑和的最高型态的大成文体的篇体往往是最大的，故亦可称为"巨型文体"。

世上质性纯粹的事物从来就不多，甚至没有。同理，在文体学领域,"单纯文体"往往也如凤毛麟角,千年不遇。实存文体大都不单纯。不过,话又说回来,我们也不能否定单纯文体的存在。因为那至少是违背辩证法的。也就是说,单纯文体是存在的。第一,单纯文体是一种比较性存在。换言之,有浑和文体,就应该有单纯文体——单纯与复杂,本是相对而言的。第二,也确有一些文体,不必说早期的甲骨、金石文,即使是后起的律诗、绝句、楹联等,也的确是,且一直是很"单纯"的。第三,纵向看,也就是从文体演进的历史长河看,"发源"或"上游"的文体一般会更单纯,"中游"的文体大都不单纯,而"下游"文体最不单纯。文体如人心,愈来愈复杂。凡事都是由简单到复杂的。这是理论论证。事实上,根据上节的论述,早期的文体如晚商的"宰椃角铭文",其体确实非常单纯,也不可能不单纯。

当然,一般说来,单纯文体更具有理论意义和逻辑意义,绝大多数的现存文体是复合文体或浑和文体,而大成文体乃是文体浑和的永恒的演化目标和趋势。换言之,任何单纯文体或复合文体都可以视为"前大成文体"(或"小成文体""中成文体")。当然,不是所有的兼并浑融最终都能"跃升"为大成文体,因为很多文体的兼并行为没有成功,或者只取得了一定的"效益",临界"瓶颈"时即停止生长,中道折戟于"攀登"大成文体的"半山腰"。但其失败并非毫无意义,至少它为成功的文体浑和提供了有益的尝试或"殷鉴"。

举例说,汉代出现的散体大赋就是大成文体。辞赋的来源甚多,也甚杂。可以说,它是若干个"父亲"和"母亲"共同孕育的一个"巨胎"。目前学术界的基本共识是:汉大赋的"源文体"至少有以下9个,即:(先秦)神话,《诗经》,《楚辞》,《战国策》,秦汉宫廷俳优艺术,先秦隐语,先秦俗赋,秦汉杂赋,先秦、秦汉之民间歌谣与通俗说唱文艺等。其实,汉赋的多姿多彩的样貌"昭示"我们,它所浑和与所能浑和的文体应该远不止上述这9种文体。《扬子云集·自序》云:"雄以为赋者,将以风也,必推类而言,极丽靡之辞,闳侈钜衍,竞于使人不能加也。"皇甫谧《三都赋序》也说:"赋也者,所以因物造端,敷弘体理,欲人不能加也。"萧子显《南齐书·文学传论》也说:"卿云巨丽,升堂冠冕;张左恢阔,登高不继。赋贵披陈,未或加矣。"这个"不能加",既指语言、修辞方面,也应包括文体方面。试想:大赋之体兼容性极佳,有什么文体是不可以"加"进去的?无论经史子集,还是诗骚谚谣,抑或言语论说,都可以"无缝对接"。关键还有一条:辞赋贵"虚夸"——这是从"贬义"的角度说的,是部分保守的古人的说法;正面的说法是:辞赋贵虚构,贵想象。想象虚构会让文体真真假假,任意抒写,以至于无所不能,无所不备。所以散体大赋给读者的最明显的阅读印象就是:它总是"满满"的;如果说读诗能让人"吃醉",那么,读大赋能让人"吃撑"。

从逻辑上说,作为大成文体,汉大赋应该是可以"加持"或整合所有已有之文体的。事实亦然。其"消化、吸收"能力极强,"胃口"极好,从不挑"食",无论经史子集,还是诗骚歌谚、口头文艺、书面文学、文言方言、白话土话、叙述描写、议论抒情说明,它都可以"收拢"来,为我所用,并成为我的肌体的有机组成。它不仅能吃能喝,更能消化,并长成"我"的"肉","我"的"灵"。故汉大赋大家司马相如论赋曰:"合綦组以成文,列锦绣以为质,一经一纬,一宫一商,此赋之迹也。赋家之心,苞括宇宙,总览人物。斯乃得之于内,不可得而传也。"[1] "赋之迹"就是赋的文体特点;"赋家之心"就是对作者的主体素质要求。他认为,作赋的人必须站得高、看得远、装得多,思维宏阔,宇宙万物,贤愚美丑,来者不拒,全都储备于胸,以备写作时随时调用,这样才能写得好赋体。这话虽未必是司马相如说的,但义理不谬。又,《说文解字·贝部》曰:"赋,敛也。从贝,武声。"《广雅·释古》:"赋,税也。"赋,本有"聚敛"(财物)之意。由此可见,赋也是一种以聚积性为主要特征的文体。现在人们也常说,汉赋具有"宏巨"之美[2];又说,汉赋是介于诗与文之间的,是一种四不像,又什么都像的文体。其实,这些说法也都正好道出了汉赋的集成性。与司马相如的话相近,明代文学家屠隆也说:"文章

---

[1] (汉)刘歆著,(晋)葛洪辑,向新阳、刘克任校注:《西京杂记》,上海古籍出版社1991年版,第91页。
[2] 此说最早源自班固《汉书·扬雄传》载扬雄称汉赋"闳侈钜衍"。

道钜,赋尤文家之最钜者。包举元气,提挟风雷,翕荡千古,奔峭万境,搜罗僻绝,综引出遐,而当巧自铸,师心独运。岂惟朴遬小儒却不敢前,亦大人鸿士所怯也。"(《白榆集》卷二《啸庐四赋序》)这话也说到了点子上:它不仅讲出了辞赋的集成性,也说明屠隆已经朦朦胧胧地意识到了赋体的"大成文体"性。又,元代郝经:"荀卿、贾谊、司马相如等相与倡和,拓大缀辑,崒然为辞章之冠,兼诗骚之制,为文士杰作,至魏晋极矣。"① "辞章之冠"犹"文家之最钜者",皆近乎大成文体之意。

汉以后,赋体的演化也仍然循着文体整合的路子进行。如汉魏时出现了抒情小赋,它是抒情诗与赋体整合的结果;由于诗歌的篇幅一般比文章短,所以,抒情赋的篇幅也变得短小了,故名"抒情小赋"。而南朝出现的骈赋,是赋体与骈文的结合;唐宋出现的文赋,则主要是赋体与古文(或散文)的融通;汉代出现、以后代有佳作的"设论"体,实际上是汉大赋、议论文、楚辞、俳优文与抒情诗等"联合组建"的"复合文体"。② 不过,遗憾的是,这些浑融都只属于非革命性的改良或与时俱进,所以都没能给汉赋再一次地带来根本性的变化。也就是说,无论骈赋还是文赋还是别的什么新起的赋种,至多都只是一种复合文体,而没有能再次"跃升"为新一代的"大成文体"。可以说,自两汉臻于鼎盛之后,赋体一直试图但始终未能再次跃升为新的大成文体。其大成文体的地位也日益显得"德不配位"。这也说明,赋的张力还是有限的。元代祝尧反对以文为赋,只主张"以诗为赋",认为"赋之源出于诗,则为赋者,固当以诗为体,而不当以文为体"③,其论偏左,似乎自限性地封堵住了赋体进一步发展壮大的道路,但他的意见或许正道出了赋体之固有局限性的一面。循其意,赋不能过于散文化,不能写成"散语之文";也不能过于骈俪化,写成"对语之俳"。如果写成散文或骈文,那赋就没了。由此旁推,赋体似乎也不

---

① (元)郝经:《续后汉书·文章总叙·诗(部)》,文渊阁四库全书本《续后汉书》卷六十六。
② 详参赵俊玲《论"复合型"文体——以"设论"等为例》,《理论月刊》2016 年第 7 期。
③ (元)祝尧:《古赋辩体》,文渊阁四库全书本《古赋辩体》卷九"外录上"。

能在小说化、戏剧化的道路上走得太远。其实，它也不能过于诗化。否则，同样也会泯灭自我。它本来就是夹缝里生长的花草，其好处是左右逢源、挥洒较自由，但其生存空间注定是狭小的和有限的，所以不可能长得太高大或者太舒展。因为只要稍微过于伸展，就有越界之嫌。所以，赋既有开放的一面，也有内敛的一面。风云际会，跃升为"雅文之枢辖"（《文心雕龙·诠赋》）的汉大赋，似乎就是它成长的"天花板"。再往后，变来变去，无非只是添了或变了一些花样，实质并没有太大的改观。于是，新陈代谢律最终无情地将它淘汰出局；在新的大成文体出现以后，"赋"的大成文体的"宝位"不得不"禅让"于它体。

到了元代，一种新兴的、更具活力的文体终于出现并且取代了赋体而成为新的大成文体，这就是戏曲。

机缘巧合，内因外因，至元代，戏曲文学得到了长足的发展，并迅速臻于极盛。戏曲为何能代替辞赋而成为第二代的大成文体？原因也很简单：戏剧的整合性又远远超过了辞赋。因为戏剧属于叙事文学，"叙事文体具有整合其他各种文体形态的能力及特征"[1]。元剧浑和了至元代为止出现的所有文体，成为文坛上新的"巨无霸"文种。明代臧懋循说："诗变而词，词变而曲，其源本出于一，而变益下，工益难，何也？词本诗，而亦取材于诗，大都妙在夺胎而止矣。曲本词，而不尽取材焉。如六经语、子史语、二藏语、蒴官野乘语，无所不供其采掇，而要归于断章取义，雅俗兼收，串合无痕，乃悦人耳。"[2] 诗与词都是诗，区别并不大；但诗词与曲就大不同了。这个不同，主要体现在曲几乎可以无所不包。同时，曲的篇幅也远超诗词。

如果从剧本的字数看，元剧一般都突破了 10000 字。关汉卿《窦娥冤》属于"中等身材"的元杂剧，约 12500 字。由此，元杂剧开启了我国文学史上的"中篇文学"时代。而在它之前，篇体最大的要数散体大赋。但散体赋的篇幅一般止于两三千字，长也一般不会超过五千字。中国古代赋史上最长的大赋要数明代祝允明《大游赋》了，字

---

[1] 于雪棠：《先秦两汉文体研究》，北京师范大学出版社 2012 年版，第 60 页。
[2] （明）臧懋循：《〈元曲选后集〉序》，文渊阁四库全书本《明文海》卷二百二十二。

数过万，但只是特例，不具有代表性。西晋左思《三都赋》虽也多达一万两千多字，但它实际上是由三篇赋（即《魏都赋》《吴都赋》《蜀都赋》）组成的（"散体组赋"），其中《魏都赋》最长，有四千七百多字。而元杂剧之最长者要数《西厢记》了。《西厢记》多少字？"西厢记"，三个字啊——这是开玩笑。《西厢记》全剧七万多字！在整个中国古代戏剧界，这还不是最长的。最长的要数《长生殿》，全剧十一万四千多字。就现代白话小说，一般地，2万字以下为短篇，2—10万字为中篇，10万字以上为长篇。中国古代文学里没有短、中、长篇的概念；非要类比的话，考虑到古代文学文字简约、传媒技术瓶颈等因素，字数砍半应该没有问题。也就是说，在中国古代文学里，万字以下约为短篇，1—5万字约为中篇，5万字以上可谓长篇。照此说来，可以说，中国古代戏曲不仅开创并"辉煌"了"中篇文学"时代，也同时按下了"长篇文艺"时代的"start"键，为明清长篇小说的登场热了身。

　　元剧的篇幅为何突然大幅提升了呢？从文体浑和的角度说，主要是因为它浑和了多种文体。也可以说，它浑和了所有文体。除了辞赋已经浑和的文体以外（当然也包括辞赋本身），戏剧还敞开吸纳其他新兴文体。比如，唐传奇、宋元民间说唱文学（话本）、宗教文艺（如变文）、唐诗、宋词、民歌时曲等，这些文体汉赋时代还没有出现，而且"赋体物而浏亮"（陆机《文赋》），汉赋作为一种描写性的文体，这些文体出现以后，汉赋融摄起来也有一定困难。从体量上说，汉赋本身顶多五千字，它怎么"吞"得下比它还大的文体呢（如宋元民间说唱文学的篇幅也动辄几万字）呢？但是，这些对戏曲而言就是轻松平常的事了。不要说戏剧，就是与话本小说比，赋体也没有优势。如果往拟话本小说里"安放"几篇、十几篇乃至三位数篇数的赋作，一点问题也没有；但是反过来，一篇辞赋里，"塞进去"哪怕一篇拟话本小说也难。"河海不择细流，王者不却众庶"。辞赋胃口不小，但相对有限，太多则吃不下或消化不了。但是，戏曲能。别忘了，戏曲是典型的综合艺术。手眼身法步，唱念做打，纳督录判，融合了文学、音乐、舞蹈、绘画、雕塑、武术、魔术、杂技、服装等多种艺术形式。

来者不拒。台湾学者曾永义说:"中国戏曲是在搬演故事,以诗歌为本质,密切融合音乐和舞蹈,加上杂技,而以讲唱文学的叙述方式,通过俳优妆扮,运用代言体,在狭隘的剧场上所表现出来的综合文学和艺术。"① 戏曲兼容的艺术形式甚至跨越艺种。它在我国之所以成熟晚,也与其"综艺性"有关。它要综合多种艺术形式、艺术种类,那就得先让这些艺类发展成熟。就这样,在文体演进的滚滚大潮中,赋体的体制优势渐失,不得不让位于新起的戏剧。

看来,我们讲元剧及其兴盛原因时,还应该再加上一条:浑和性。元剧唱念做打,插科打诨,五毒俱全,可文可白,有韵有散,能耳能目,可大可小②,所以什么都有、什么都是,所以文意盎然,生机勃勃。王国维《元剧之文章》曾极口称赞"元剧之文章"曰:"元曲之佳处何在?一言以蔽之,曰:自然而已矣。古今之大文学,无不以自然胜,而莫著于元曲……元剧最佳之处,不在其思想结构,而在其文章。其文章之妙,亦一言以蔽之,曰:有意境而已矣。"王国维高标元剧,既曰自然,又曰意境。自然和意境,无疑都是中国传统文论术语中的最高范畴。不过,依笔者,元剧之佳处,当在其浑和性。关于戏剧的浑和性。古人也有精彩论述。清代孔尚任《桃花扇小引》说:"传奇虽小道,凡诗赋、词曲、四六、小说,无体不备。至于摹写须眉,点染景物,乃兼画苑矣。其旨趣实本于《三百篇》,而义则《春秋》,用笔行文,又《左》、《国》、《太史公》也。"这里"传奇"谓明清传奇戏也。孔尚任的话说明,戏曲的特质及优越性也在于其"无体不备"。"无体不备"或"诸体皆备"或"体兼众制"或"集大成"常常是古人对浑和文体或大成文体的体制特征的概括性描述。孔尚任

---

① 曾永义:《戏曲源流新论》(绪论),文化事业有限公司2000年版,第14页。
② 大与小,既指题材,也指篇幅。就篇幅言,元杂剧一般要求四折,明清传奇则无此限定,所以一般更长一些。总的看,戏曲有趋长倾向。但反过来,也有的戏剧很短。明代嘉靖、隆庆年间,剧坛曾兴起"短剧"热;最短的只有一折。刘大杰指出:"短剧是一种文人即兴之作……因为形式很短,其取材都是摘取故事中悲壮、哀怨或是风雅的一片段,加以表现,故在文字上容易见长。至于它的来历,较为古远。元人王生的《围棋闯局》,可视为短剧之祖。"(刘大杰:《中国文学发展史》下册,上海古籍出版社1997年版,第1094页)窃以为,这也可视为曲的词化——曲本"词余"、由词扩充而来,今反道而行,由长变短,可谓"返祖"也。戏曲之长短灵活,也是其作为大成文体的体制优越性的表现之一。

认为，戏曲就是"无体不备"。比如，戏曲与诗歌关系密切。吴晟说："作为一种核心文体，诗歌运用于各体文学之中最为普遍，其中说唱文体与戏曲文体的核心构成元素是诗歌，这是因为说唱文体与戏曲文体是以歌唱为主，诗歌（包括词曲）的可歌性功能得到了充分的发挥。"[①] 明代王世贞《曲藻序》云："曲者，词之变。"在中国古代剧论里，还有一些人爱讲曲为"词余"。这就是说，词可以视为曲的"前生"，曲可以视为词的"今世"。曲词之关系密切如此。这也说明了戏曲文体的浑和性。

那么，为什么"浑和性"就意味着活力和优秀呢？其实道理说来也很简单。常言道：三个臭皮匠，顶个诸葛亮；众人拾柴火焰高；和合就是王道。——不过，这些都是很普泛的说法。具体到大成文体来说，原因有四：第一，浑和可以集大成其他所有文体（的优势），有利于文学最大限度地和最艺术地反映社会生活；第二，承第一，这同时也就为作家自由抒写、尽情发挥提供了最充裕的空间；第三，文学的受众也尽可能地扩大了，也可以说已达最大化了。因为戏曲既然集合了所有文体，那么这些文体的习惯性的"消费者客户群"自然也顺便都被集合于戏曲的麾下了。众口皆调，消费旺盛，带动生产，促成产销两旺之势，戏剧安得不盛？第四，极强的旁衍性。大成文体和合了众体，自身行情看涨，其他众体遂亦纷纷效仿之，"大成文体化"日渐演进，文坛因而被重塑，局面一新。

其实，不但戏曲如此，大成文体大率如此也。大成文体之"大"，不只是篇体椰榛，更在于其在普适性、新颖性和活力性等方面也无与伦比。打个比方，大成文体很像"大托拉斯"，它接管了生产，也兼并了市场，更吸纳了新的技术和经验，获得了 $1+1+1>3$ 的效果，所以拥有了空前的竞争力。再打个比方，在生物学上，杂交往往能改良物种的品质；顺此思路，我们不妨大胆地设想一下：若把尽可能多的，甚至把所有物种的基因都浑融在一起，是不是就能"制造"出一种新的大杂交物种，它集成了所有的物种的优势，所以是无所不能的"超

[①] 吴晟：《中国古代诗歌与戏剧互为体用研究》（绪论），北京大学出版社 2014 年版，第 13 页。

级物种"？！如果说文体浑合就是物种"杂交"的话，那么，大成文体无疑就是"超级物种"了。

南宋项安世有七律《桃花菊》诗，非常有趣，录以共赏："花神得与换新妆，不着仙家金缕裳。也学时人尚红粉，依前风味带黄香。微醺有意随风舞，独立无言任雨荒。唤作桃红元未称，桃花那解傲秋霜。""桃花菊"是一种类似桃花的粉红色的菊花，不管是不是杂交出来的，反正它具有杂交性优势，触发了诗人的雅兴。这诗也让我想到了苹果梨、李子杏、柠檬柚、西瓜萝卜、芦笋西兰花等。

当然，截至中国古代，最高级别的浑和文体是长篇小说。长篇小说比戏剧更具优越性。两者虽然都属于叙事性文学，也都有很强的整合性、兼容性，但戏剧（也包括影视）因仰赖舞台或屏幕，所以其整合性也会受到一定的限制；而小说文体，变搬演为白言，具有最大限度的整合性。① 所以，长篇小说可以说是中国古代文体里真正的"超级恐龙"或"地震龙"②。它水、陆、空多栖，荤、素、菌通吃，无所不能，拥有无穷的能量与活力。迄今为止，长篇小说仍无与争锋地雄踞于大成文体的宝座之上。

说到长篇小说，笔者总不由地想：文体与文体的差异何其大也！一首五绝只有区区二十字，而一部长篇小说却可以长达十几万言、数十万言，甚至几百万言，"小说"成了"大说"！五绝怎能与小说等视？

英国作家福斯特说，小说具有很强的综合左邻右舍的能力。③ 美国学者瓦特说，小说"是史诗和戏剧这两种伟大文学形式的共同的后裔"④。就中国古代的长篇小说而言，它往往不仅包含散文、白话，还包含诗词歌赋、隐语笑话等。它既有人话，也有神话；既有文言，也有白话及半文半白；既有故事、知识、风景，也有善恶、谋略、趣味等，确

---

① 关于中国古代长说的浑和性，叮参阅笔者《论中国古代小说文体的浑和性生成》一文，载《中南民族大学学报》2013 年第 6 期。
② 地震龙，也叫震龙，是迄今所知的体型最大的恐龙。它身长可达 52 米，身高可达 18 米，体重可达 130 吨。它行走时，大地也会震栗，故名。
③ 转引自何镇邦《观念的嬗变与文体的演进》，作家出版社 2009 年版，第 81 页。
④ ［美］伊恩·瓦特：《小说的兴起》，高原译，生活·读书·新知三联书店 1992 年版，第 97 页。

实是各种文体、语体、体貌等共生共处的巨大渊薮，也可谓品种齐全的"超级野生动植物园"。罗烨《醉翁谈录》云："夫小说者，虽为末学，尤务多闻。非庸常浅识之流，有博览该通之理。幼习《太平广记》，长攻历代史书。烟粉奇传，素蕴胸次之间；风月须知，只在唇吻之上。《夷坚志》无有不览，《琇莹集》所载皆通。动哨中哨，莫非《东山笑林》；引倬底倬，还须《绿窗新话》。论才词有欧苏黄陈佳句，说古诗是李杜韩柳篇章。"① 这段话也说透了小说的浑和性。胡继琼说：中国古代长篇小说是"吸收了前代所有文学样式的精髓而发展起来的"②。张炜："小说里不光有诗，还有理论和散文，有戏剧和历史，小说边界无限，疆域无限，里面要什么有什么，已经包括了其他种种。"古代小说亦然。当然，比较而言，"小说走向了现代以后，它在文体方面的边缘正在不断地以前所未有的速度扩大着"③，也就是说，现代小说比古代小说的浑和性更甚。现、当代小说的演进或发展实际上主要就是小说作为大成文体的集成性、兼包性、扩张性的再发挥，以至于小说真的无所不包了。这是大成文体优越性的充分体现。

司马迁说："《春秋》文成数万④，其指数千。万物之聚散，皆在《春秋》"(《史记·太史公自序》)。《春秋》不是小说，也不是普通的史书（而是经中之史），不过它至少是叙事性的文本。司马迁这段话，是对《春秋》的"浑成性"的朴素而概括的定评。《春秋》文法森严，内容上大都是粗陈梗概，一般不作敷陈性展开，也没有想象和夸张，作者更不会肆意酣畅、尽情挥洒，故其表现手法相对来说还是比较单一的，其篇幅也不算很长⑤，无法与后之史书、戏曲、小说相比。但尽管如此，它的篇幅还是比较可观的，因此受到了司马迁的极口推尊。当然，司马迁此说，也有点"明修栈道，暗度陈仓"的味道；实际上，他这些话也可以视为他对他本人精心结撰的《史记》的委婉的褒

---

① （宋）罗烨：《醉翁谈录》（小说开辟），辽宁教育出版社1998年版，第2页。
② 胡继琼：《中国古代小说文体流变刍论》，贵州大学出版社2008年版，第367页。
③ 张炜：《小说坊八讲》，生活·读书·新知三联书店2011年版，第50、51页。
④ 司马迁读的应该是《公羊春秋》，《公羊春秋》合经与传凡四万四千多字。
⑤ 《春秋》经文共一万六千多字。但汉人认为《春秋》是孔子所作，加上当时印写技术尚很落后，所以，它足称第一部最长的个人性的著作。

扬。他写《史记》，本来就是效仿孔子"作"《春秋》的。《史记》有十二"本纪"、十表、八书、三十世家、七十列传，共计130篇；借用司马迁的说法，《史记》"文成"共计52.65万字，比《春秋》（1.6万余字）的篇幅多了31.9倍；"其指"又何止是"数千"？至少也得比春秋"翻十番"吧。由此可见，《史记》可谓规模空前的、集大成的人文巨著！事实上，《史记》也不单纯是史书，它也是"巨型文体""大成文体"。张新科说："史记内涵丰富，具有百科全书的特点……《史记》吸收先秦以来经、传、诸子百家等各种文体，同时它又对后代的各种文体产生重要影响。"① 清代人李景星《〈史记〉评议·序》说："由《史记》以上，为经、为传、为诸子百家，流传虽多，要皆于《史记》括之；由《史记》以下，无论官私记载，其体例之常变，文法之正奇，千变万化，难以悉述，要皆于《史记》启之。"《史记》是历史，也是小说，也是子书。它是大成文体。

无独有偶。南宋赵彦卫也曾高度评价唐之传奇曰："文备众体，可以见史才、诗笔、议论"②。唐传奇之佳处，正缘于其"文备众体"。其实，倘太史公、赵彦卫等人生于明清，读了《西游记》《水浒传》《三国演义》《红楼梦》等一类的鸿篇巨制，真不知又该会发出怎样的"向若而叹"呢！

《三国演义》《水浒传》成书于元末明初，《西游记》成书于16世纪，《金瓶梅》大约成书于明万历（1573—1620）年间。胡应麟（1551—1602）应该大都看过。他说："小说，子书流也。然谈说理道或近于经，又有类注疏者；纪述事迹或通于史，又有类志传者。他如孟启《本事》、卢环《抒情》，例以诗话文评附见集类，究其体制，实小说者流也。必备见简编，穷究底里，庶几得之。而冗碎迂诞，读者往往涉猎，优伶遇之，故不能精。"③

长篇小说既然具有几乎无限大的包容性，那么，它也就极其有利

---

① 张新科：《文体视域观照下的〈史记〉》，2016年11月26—27日福建师范大学文学院"中国文体学高峰论坛"会议宣读论文。
② （宋）赵彦卫撰，傅根清点校：《云麓漫钞》卷八，中华书局1996年版，第135页。
③ （明）胡应麟：《九流绪论·下》，文渊阁四库全书本《少室山房笔丛》卷十三。

于作家的个人才情的充分发挥。因此,明清以来,尤其是到了现当代,长篇小说就几乎成了一个作家的文坛地位和艺术成就的主要表征。

　　长篇小说往往须有曲折离奇而又连贯的故事情节来支撑,所以故事情节性是长篇小说最重要的素质。但有些小说家往往不擅长"整齐"故事。怎样才能在文学界立足?怎么证明自己?绕开长篇小说是不行的。有的作家就用"色情小说"来"证明"自己。如唐代张鷟《游仙窟》。很多人读此小说,都觉得似乎谈不上"淫邪"。或者说,小说虽淫邪,但其旨趣似在男女之外,在"夹带"自己的诗赋之作!《游仙窟》有很多诗词歌赋。作者的目的似乎主要就是为了存放他的诗词,似可谓之"文以载文"。只不过,它不是好货搭售孬货,而是以次售好,以邪售正。毕竟,在中国古代,小说戏曲的地位远不如诗词歌赋。但是,曲低和众,前者颇易流传。所以就出现了"游仙窟现象"。

　　更有趣的是:到现在,我们甚至都无法判断:长篇小说是否已经是成熟的大成文体了?它是否仍在浑成中?未来,还将会出现什么样的"类终结者"型长篇小说?让我们拭目以待……

二　文体浑和论与文学的定义

　　陶东风曾说,我国文体论大约有两大研究路径:一是历史文体论,二是逻辑文体论。① 两者的关系正如实践之于理论。韦勒克、沃伦说:"类型史面临的困境也是所有历史面临的困境,就是说,为了要找到一种参照系统(如这里所说的类型),我们必须研究历史,而为了研究历史,我们就不能不在心中事先有某些可供选择的参照系统。"又说:"为了编写一部真正的类型史,我们仍然得事先在心中有某种临时性的目标或典式。"②"典式"英文作 type,类型之意。那么,就文类论而言,这里的"心中事先有某些可供选择的参照系统"即指逻辑文体学。窃以为,从文体史中总结文体的个体(数量)或类型(数量)并不难,只要下功夫于茫茫文献资料就总会有所斩获,学界不少人都是这么

---

① 详参陶东风《文学史哲学》,河南人民出版社 1994 年版,第 314—319 页。
② [美] 韦勒克、沃伦:《文学理论》,刘象愚等译,浙江人民出版社 2017 年版,第 259、261 页。

干的，但是"心中事先有某些可供选择的参照系统"就难了。因为建构理论框架本身就是难的，要让这种理论建构获得广泛的接受，甚至达成共识就更难了。所以在现当代文体学界，历史文体学的成就碾压逻辑文体学，后者一直很薄弱。这让现当代文体学像一只"跛脚鸭"。本书所论，既尽量兼顾历史和逻辑的统一，同时又以逻辑文体学为主。

文体浑成论再次有力地证明了中国文体发生、发展的递进性（或不可逆性）、等级性和集成性。用比喻说，中国古代文体的发生、发展及演进的基本规律好似"滚雪球"；每过一个较长的时段，就会滚成、滚好一个较大、较完整的雪球；然后若干个雪球再次浑融、组合成为一个新的、更大的雪球！这个程序一直往下进行，于是最终就会出现一个国家级的或世界级的或超级的"巨无霸"巨大雪球。我国古代的长篇章回小说就可以视为数千年的中国文学史最后滚成的"特大雪球"。当然，如果我们不把目光仅仅局限于中国古代的话，我们还可以说，这个雪球尚不是最后的。事实上，大成文体或巨型文体永远没有也不可能有"终结者号"。任一大成文体都顶多算是"类终结者号"或"前终结者号"文体。

据此，由大成文体的角度审视，我们也可以说，在中国古代，散赋、戏曲与小说，实质上都是一回事。可以这样说：大赋就是汉代的戏剧和小说，元剧和明清小说就是元明清时期的散体大赋。横向看，大赋、戏剧和小说都是文学史（和物质技术等外因）所能提供的文体浑和的最高可能的体现。而且，三者之中，本来又是我中有你、你中有我的，彼此缠绕不已，界限明灭难睹，所以，把"三位"视为一体亦无大挂碍。这样的话，我们也可以说，所有文体，无非赋也；所有文体，无非戏也，也无非小说也。什么是文学？从这个角度看，中国式的"文学"的定义，或可从散赋、戏曲、小说三者中抽绎而出。或者说，不同的大成文体，相对应地，也揭示着不同的文学定义；没有"终结者号"巨型文体，也就意味着，没有最终的文学定义。而中国古代文学文体的分类，则也可以考虑分为如下三种：单纯文体、复合文体和大成文体。当然也可以这样分：小成文体，中成文体，大成文体。三者的关系犹如人、人群、人类，或地球、太阳系（或银河系）、黑洞。而与"全宇宙"对应的,就是那永远也不会出现的终极版的大成文体!如此,本书就为那些苦苦追寻文学的内涵与外延的广大的中外学者们,至少提供了又一个角度相当不错的窥探窗口!

三 发生文体浑和的条件与原因

发生文体浑和的最基本的条件是什么?笔者认为,文体浑和的前提有二:一是已存在两种或两种以上的单纯文体;二是必要的物质前提和技术支撑。

先说第一点。先有等待浑和的基本文体,至少有两种以上,然后才谈得上浑和。这一点毋庸赘言。需要阐明的是,新文体是不断涌现的,旧文体也会不断地发生新变,所以文体浑和活动也永无止境。这是讲浑和的可能性。

例如:《诗经》分"风雅颂"三体,三体互异,但彼此也发生了混浑。旧题郑樵撰《六经奥论·风雅颂辨》:"程氏云:'诗之六体,随篇求之。有兼备者,有遍得其三者。'风之为言,有讽喻之意,《三百篇》中如'文王曰咨,咨女殷商'之类,皆可谓之风。雅者,正言其事。《三百篇》之中,如'忧心悄悄,愠于群小。觏闵既多,受侮不少'之类,皆可谓之雅。颂者,称美之辞,如'于嗟麟兮'、'于嗟乎驺虞'之类,皆可谓之颂。故不必泥风雅颂之名,以求其义也,亦犹赋诗而备比兴之义焉。""文王曰咨,咨女殷商"出于《大雅·荡》,郑樵称"可谓之风";"忧心悄悄,愠于群小。觏闵既多,受侮不少"出于《邶风·柏舟》,郑樵说"可谓之雅";"于嗟麟兮"出于《周南·麟之趾》,"于嗟乎驺虞"出于《召南·驺虞》,郑樵谓"可谓之颂"。"程氏"指程颐。郑樵之说源于程颐。又,宋代陈善《扪虱新话·诗之雅颂即今之琴操》:"雅颂之声固自不同,郑康成乃曰《豳风》兼雅颂。"又,南宋施德操说:"伊川谓一诗中自有六义,或有不能全具者。"又说:"盖一诗之中,自具六义。然非深知诗者不能识之。"[①] 风雅颂体固非一但也可混浑,彼此间的疆界也可以打破,而

---

① (宋)施德操:《北窗炙輠录》(卷下),文渊阁四库全书本。

且《诗经》已经有所打破了。看来,有了两种以上文体,浑和就会发生,理推如此,事实亦然。

第二点,是必要性。文体浑和要有必要的物质前提和技术支撑。比如长篇小说,当然要有纸张、活字印刷术等作为物质前提和技术支撑。倘若没有这些前提,长篇小说的出现就是不可想象的。同样,数媒文艺则离不开电能和现代计算机技术。须要说明的一点是:新科技使信息的传承越来越便易,所以大成文体(的信息的量和质)也会越来越"大",甚至大得令人难以置信。这也不消多讲。

当然,文体浑和的第一推手或原始动力是人们对文艺对生活的尽可能广阔而深刻的把握的本能的不断开挖和利用,是人们艺术欣赏的饕餮大胃不断地被满足所形成的巨大社会需求空间。然后再开挖,再满足……地大则物博,山高始有怪。要深广地反映社会生活,篇幅大是最起码的前提。池小水浅,岂容吞舟?鲸鲵只能游息于汪洋大海之中。越是重大的题材,就越能深广地反映社会生活,也就越需要篇体宏巨。所以,重大题材呼唤巨型文体,巨型文体托起重大题材。文学题材固然不是越大越好,但是,重大题材确实能更多维地烛照现实。同时,重大题材也不必然排斥日常生活。是故大成文体往往既有重大庄严,也有日常琐碎。所以,它才能实现对社会生活的尽可能的全方位的把握和呈现。

也因此,若干重大题材的巨型文体累加起来,往往足以展现某个国家、某个地域、某个民族的文化基色。例如,外国人若要了解中国文化,一部《三国演义》就相当地管用。如果合观"三国""水浒""西游""红楼",则差不多就可全息式地了解中国文化和中国风味。

求新变、求奇异,这是文体浑和的另一个重要动力源。人惟求故,物惟求新。好奇是人的本能,也是促推社会迈向文明进步的内在动力。在文坛,创新更是王道。那么,如何创新呢?思想内容上的创新谈何容易。一者,太阳底下无新鲜事;二者,历代统治者为了维护既得利益,都不可能于新思潮或解放思想发生兴趣。事实亦然。中外文学演进史和文艺理论的常识都清楚地显示:文学创新往往就是文体创新,或至少主要是文体的创新。文体创新的实质虽然只是形式的翻新,但文学发展史的确往往就是文学的"种类的进化史"①。在所有的形式翻新中，文体浑和可以说是最彻底、最高级、最复杂的花样翻新了。当然，我们也可以说，这种翻新，其实也说不上创新，而只是混编、集成或和合。而和合，也是中国文化中的王道。和合就是创新。俗话说：太阳底下无新鲜事。或许这话应该改为：太阳底下无新鲜事，除了和合。总之，创新是文体浑和的动力，和合是文体浑和的坦途。此意用公式表示就是：创新+和合→文体浑和。

中国古代文学既讲遵体，也讲破体；两相比较，讲遵体的较多，讲破体的少。《文心雕龙》《文章辨体》等都主遵体。讲破体的则少得多。"破体"亦常含贬义。刘孝绰《昭明太子集序》："孟坚之颂，尚有似赞之讥；士衡之碑，犹闻类赋之贬。"但无论如何，遵体与破体的此消彼长、矛盾运动，贯穿和推动着中国文体演进的车轮滚滚向前。那么，文体浑和是属于遵体还是破体呢？由上面的论述可知，它既不是遵体，也不是破体，而是创体，或至少是变体。"遵"体与"破"体，动作感十足，它是作者主观有意的强力而为，或者是鲜明的理论主张；而变体大多源于客观，源于外力，变体其实是"被变"，它自然发生，但生意强劲；创体，介于"变体"和"破体"之间，也是一个比较有动作感的词语，但它比"变体"更强调结果，它是变体和破体的共同的趋向和理想的彼岸。

当然，谈论文体浑和也不能忽略读者的因素。为读而写，读影响写。文体浑和往往也有待于来自外部的推动力——"文体期待"，即读者对文体接受的预期和接受。而在我国漫长的封建社会里，有一个最特殊的读者，他的期待对文体的影响最大。这就是帝王。如作为第一代大成文体，汉大赋的繁荣就不得不提一个来自外部的重要推手和定向：帝王的偏爱。毕竟，作为宫廷文艺家族的成员之一，汉大赋的预期读者就是社会最高层的帝王将相们，而非普罗大众。

人心恒不足。而人类的想望不外乎两个方面：一是物质的，二是精神的。大、久、好，是人性的普遍的、本能的欲求。物质上如此，

---

① 菲·伯品纳吉埃尔（17世纪法国学者）语。转引自[意]贝尼季托·克罗齐《作为表现的科学和一般语言学的美学的历史》，王天清译，中国社会科学出版社1984年版，第285页。

文化上亦然。物质的贪欲催生了工业巨兽,如近现代的机器化大生产,以及贸易上的跨国公司、跨洲公司等;文化的贪欲则导致了文化巨典和大成文体的出现与更迭。

四　文体浑和论与文体自然等级论

儒家重视尊卑秩序,中国古代是等级社会。因此,文体的等级论在我国传统文论、传统文体论里亦一直很流行。不过,古人论及文体的等级序列,往往高度意识形态化。换言之,古人所论,大多是社会价值论层面的等级序列。然而,文体的序列至少应该有两种:一是价值秩序,这是人为的、主观的、有条件的;二是自然秩序,这是客观的、必然性的、无条件的。这两种序列有时冲犯,有时统一。在中国古代,两种序列互相冲犯的情形居多。这是因为儒家经典几乎是所有时代的最高文本,是故凡与之龃龉者,皆遭摧抑,与之冲犯者,屡被禁毁。儒家道统与皇权利益合流,威力更是翻 N 番。故焚书坑儒、文字狱、诗歌罪不绝如缕于史书。戏曲、小说等文体长期受到主流文艺思想的轻视、诋毁,甚至禁断,主要就是因为孔"子不语乱力怪神"。有时,儒家思想衰歇,统治者也暂时无暇顾及,文体的自然秩序就得以彰显:魏晋文学与文论的佳处,往往也缘此而发生。如曹丕《典论·论文》说:"融等已逝,唯干著论,成一家言"。葛洪《抱朴子·自序》说:诗赋等乃是"细碎小文,妨弃功日,未若立一家之言,乃草创子书"。这些话立论的标准是学术,而不是儒理。虽然重子书、轻篇什有逸出文学论域之嫌,但从文体浑和的角度看,至少,子书比篇什更具有集合性①。

文体的自然秩序主要以浑和度作为衡量的标准。小说之"位极众体"②,即是因其浑和性最强。

---

① 当然,子书还谈不上浑和性。它实际是"伪"巨型文体,只具有集合性,而不具浑和性,因为其内部各篇基本上是各自独立的。它相当于若干篇(中)短篇小说集,而不是一部长篇小说。今天看,它也不是文学。另,史书亦然。清代张竹坡说:"《史记》有独传,有合传,却是分开做的。《金瓶梅》却是一百回共成一传,而千百人总合一传。"(《张竹坡批评第一奇书〈金瓶梅〉》,齐鲁书社 1987 年版,第 35 页)。此语中的。

② 语出吴承学《中国古代文体学研究》,人民出版社 2011 年版,第 15 页。

两者也有大致统一之时。一般来说，当大成文体成为主流文体时，两种序列往往即宣告合龙了。例如汉魏人重赋，无赋不成大才士。赋，既是大成文体，又是意识形态的最佳载体。所以，在大赋最为兴盛的东西两汉，两种等级论基本上是合辙的。这有利于汉赋的发展，有助之于它最终成为雄视百代的一代之文体。

进入近现代，时移世易，人为的文类等级日益淡出，自然的文体秩序渐渐显豁。大成文体一般就是（或将要成为）主流文体，两种等级论也很趋同。

虽然中国古人很讲究文体的等级，但是往往忽略了自然秩序，更谈不上论述自然秩序。本节之文体浑成论、大成文体论等可以说是首次为之作了论证。

五 文体浑和与文体混合及文体融合

"浑和"与"混合"，音同意不同。由音求义并不总可靠。文体浑和与文体混合不同。浑和囊括的文类极伙，混合则较少。浑和的文体的篇幅可以很长，也可以不长；混合文体则一般较短小。浑和是客观的，混合是主观的。浑和是一，混合是杂。浑和是化学反应，混合是物理反应。浑和深隐，混合浅显。浑和既"混"又"合"，混合有"混"，但不一定"合"。打比方说，浑和是现代大型超市，混合是传统的杂货铺。浑和是"自然进化"，混合是"转基因"。"转基因"常常比"自然进化"猛，"猛"在量增，但质差。浑和与混合类诸。总之，浑和出于自然，轻松愉快，富于生命力；混合则仰赖人力，费力辛苦，可持续性有限。

文体浑和与文体融合之间的关系也仿此。文体浑和与文体融合也不同。前者往往是非自觉的、集体无意识的，是文艺的自然进化；而后者往往不排除主体刻意追新求变的因素。文体融合的实质是较成功的文体混合。而文体浑和是文体融合的再升级。文体混合是文体浑和的试验和准备；文体融合则是已经通过了实践反复检验的、比较成功的文体混合。文体混合有不合适，也有合适；不合适的就会被渐渐淘汰，合适的就会升级为文体融合。文体混合与融合都是文体浑和的前导。其中，文体混合是最基础的，也是最粗糙的。但文体混合的大方向是对的，是指向融合与浑和的，是为求新变的，只是其具体操作未必皆对路。

鲁迅《中国小说史略》曾论及中国古代小说演变中的"彷拟"现象即属于文体混合，至多属于文体融合。如他在论及宋元讲史拟话本《大宋宣和遗事》（宋无名氏作，成书于元代，元人或有增益）时说，"虽亦有词有说，而非全出于说话人，乃作者掇拾故书，益以小说，补缀连篇，勉成一书，故形式仅存，而精彩遂逊，文辞又多非己出，不足以云创作也"，"口吻有大类宋人者，然以抄撮旧籍而然，非著者之本语"，"惟节录成书，未加融汇，故先后文体，致为参差，灼然可见"。① "拟话本"是"彷拟"之作中的代表性文体之一，它有仿有拟，既抄且撮，肖貌书法之临摹，混而不浑，"未加融汇"，故读之时有勉成牵合之感；从文体浑和论角度看，小说固然属大成文体，但就拟话本这一档次的小说而言，还谈不上文体"浑和"。当然它的掇拾补缀也是非常有意义的，至少，它是文体浑和的初始和必由之径。

文体混合阶段的文体，可以称作"小成文体"，文体融合阶段的文体，可以称作"中成文体"，而文体浑和是指向大成文体的。

六 前人关于文体浑和及大成文体的论述

现有文体学多关注横断面（点）或单个文体源流的探讨，罕有整体的、纵贯的文体发展演进论。文体大备于汉魏后，文体之间除了偶然的融渗外，文体的发展演进就临限停滞了吗？当然不。事实上，新、优文体一直在浑成中。因此笔者提出文体浑成论和大成文体说。关于文体间的融渗，前论虽多，但唯止乎此、未臻于文体浑和论；关于大成文体，前语也偶有触及，尤其近代以后。

先说西方。关于大成文体或巨型文体，古罗马时期的思想家朗吉那斯提出"雄伟文体"说，其美学名著《论崇高》是谈论"雄伟文体"的专论；作为"优美"的对立物，崇高或"雄伟"义体之说是偏于从风格立论的，这只能说与笔者所谓之大成文体说具有轻微的关联，

---

① 鲁迅：《中国小说史大略》，《鲁迅研究资料》第17辑，天津人民出版社1986年版，第72页。

但其启发意义也不小。

19世纪德国思想家黑格尔曾称诗是"普遍性的艺术",这和与其同时代的歌德的"本质形式"说、埃维特的"基本模式"说等意思相近,都是把"诗"看作"基本文体"或"母性文体"。这是因为西洋古代诗歌与中国不同。中国是抒情诗一向发达,西方是史诗、叙事诗自古发达,而且篇幅宏巨,远比中国的一般诗歌的篇幅长,长得多。现当代是小说时代。西洋史诗、长篇叙事诗与长篇小说极其接近,故云。但是,中西古代文论家一致推尊"诗"为最基本的文学体式,这个结论是没问题的。虽然原因有些不同——中国侧重情思,西人偏重叙事因素——不过中国传统抒情诗也有叙事因素,西方叙事诗也不乏审美与抒情,所以我们大可合观中西,故中西尊诗的结论完全可以作互补性互通地看待。要这样说,我们也可以说,大成文体也是最富于诗意的;也可以说,大成文体比诗歌还诗歌,因为它不只是诗歌,何止是诗歌。

美国当代学者、哲学家理查德·罗蒂曾提出"一般文本"说:"我们大家都应该通过自觉地模糊文学与哲学的界限和促进一种无缝隙的、未分化的一般文本观念,来设法使自己离开我们的行当。"① 他与德里达一样,热烈鼓吹消除哲学与文学的界限,实际上是要打通二者;这当然是大成文体的文体特征之一。他说的"一般文本",就是大成文体或极限接近于大成文体。上述这些说法一定程度上都体现了不自觉的巨型文体意识。

关于文体浑融。古代,西方的文体观念比较保守,遵体论者多。文艺复兴时期,西人文体思想始趋开通。如瓜里尼提出合悲喜剧为混合剧之说法,伏尔泰提倡变体等。现代,西方也多有主浑通者。如俄国形式主义很重视文类的交融与互渗,英美新批评的奠基者艾略特则宣称:一位诗人的成就不在于创新或模仿,而在于把一切先前文学囊括在他的作品之中的能力;结构主义重视"关系""整体"和"共时性";后结构主义提出互文性(或文本间性);阐释学如伽达默尔提出"视域融合"说等。当代,西方的相关论述也较多。如:符号学家朱

---

① [美]理查德·罗蒂:《哲学和自然之镜》,李幼蒸译,生活·读书·新知三联书店1987年版,第378页。

丽叶论及互文性时说：任何文本都是对其他文本的吸收和转化；叙事学家普林斯说：文本都要引用、改写、吸收、扩展或在总体上改造其他文本；其他如巴赫金、冈布里奇等人也都有类似的论述。这些话似乎可看作文体浑和与大成文体的注脚。当然，西人思维，更尚分析，故他们未曾全面而深入地论述文体浑和、大成文体等问题。

另，美国现代作家弗兰克·诺里斯的时代文体论、美国当代作家亚历山得拉·富勒的文类发展三阶段论等与笔者所论也具有近缘性。

在我国，关于文体浑融，《尚书》讲"辞尚体要"，曹丕讲文"本同而末异"时偏重"末异"，刘勰《文心雕龙》倡"正体""大体"、拒斥厄滥——曹刘皆重遵体——适足以反证破体亦多。至唐宋，创作领域文体混融更多，如以诗记史、以文为诗、以诗为词、古律互渗等。对此，文论领域自然也多有反映，并引发尊、破体之争。如围绕韩愈诗、苏轼词的持久论争等。①

至明清，论家仍多主正体、排斥浑混，如吴讷、复古如前后七子者、胡应麟、徐师曾、贺复征、许学夷、王夫之等皆然。当然，也有主张破体者，如唐宋派打通古文与时文。又，王维桢说："文章之体有二，序事、议论各不相淆，盖人人能言矣，然此乃宋人创为之。宋真德秀读古人之文，自列所见，歧为二途。夫文体区别，古诚有之，

---

① 宋代魏泰《东轩笔录》（卷一二）记宋人关于韩愈诗法的论争云："沈括存中、吕惠卿吉甫、王存正仲、李常公择，治平中同在馆下谈诗。存曰：'韩退之诗乃押韵之文耳，虽健美富赡，而终不近古。'吉甫曰：'诗正当如是，我谓诗人以来，未有如退之也。'正仲是存中，公择是吉甫，四人者交相诘难，久而不决。公择忽正色谓正仲曰：'君子群而不党，君何党存中也？'正仲勃然曰：'我所见如是耳，顾其党耶？以我偶同存中遂谓之党，然则君非吉甫之党乎？'一座皆大笑。"南宋陈善《扪虱新话》也力挺"以文为诗"及"以诗为文"现象："韩以文为诗，杜以诗为文，世传以为戏。然文中要自有诗，诗中要自有文，亦相生法也。文中有诗，则句语精确；诗中有文，则语调流畅。"又，陈师道《后山诗话》引黄庭坚语云："诗文各有体，韩以文为诗，杜以诗为文，故不工耳。"陈师道自己也认为："退之以文为诗，子瞻以诗为词，如教坊雷大使之舞，虽极天下之工，要非本色。"李清照也曾批评苏词，并提出词"别是一家"说。李之仪虽未明确否定苏词，但他提出词体"自有一种风格"，这与李清照之说庶几，可见他是腹非苏词的。南宋胡仔、胡寅等文论家及刘辰翁豪（南宋辛派词人）等放派词人则力挺苏轼"以诗为词"。对陈师道对苏词的批评，胡仔《苕溪渔隐丛话》后集（卷三三）反驳道："后山之言过矣。"并高评苏轼《念奴娇》（"赤壁怀古"）等十几首词曰："凡此十余词，皆绝去笔墨畦径间，直造古人不到处，真可使人一唱而三叹。"这是从创新和艺术效果两方面肯定苏词。胡寅《题酒边词》则大美苏词："及眉山苏氏，一洗绮罗香泽之态，摆脱绸缪宛转之度，使人登高望远，举首高歌，而逸怀浩气，超然乎尘垢之外。于是花间为皂隶，而柳氏为舆台矣！"

然固有不可歧而别者，如老子伯夷、屈原、管仲、公孙弘、郑庄等传及儒林等序，此皆既述其事，又发其义。观词之辨者，以为议论可也；观实之具者，以为序事可也。变化离合，不可名物；龙腾虎跃，不可缰索。……晋人刘勰论文备矣，条中有'镕裁'者正谓此耳。夫金锡不和不成器，事词不会不成文，其致一也。"① 又，明代孙鑛宣言"能废前法者乃为雄"："《醉翁亭记》、《赤壁赋》自是千古绝作，即废记、赋法何伤！且体从何起？长卿《子虚》已乖屈宋；苏李五言，宁轨四《诗》！《屈原传》不类序乎？《货殖传》不类志乎？《扬子云赞》非传乎？《昔昔盐》非排律乎……故能废前法者乃为雄！"（《孙月峰先生全集》卷九《与余君房论文书》）。清代赵翼、叶燮、章学诚等也主混融。另，八股文本是诗赋、经学、骈文、散文、策论等的混体文。至于明清通俗文学创作领域，尤多破体现象，如明清戏曲家多"以诗作曲"、小说家多以史、赋、诗等为小说等。又，清末著名文论家刘熙载论及"遵破"问题时持论也较为辩证。

关于大成文体或巨型文体，《左传》之"立言"说，《战国策》之曾被称曰"长书"，司马迁"通古今之变、成一家之言"说，司马相如"苞括宇宙，总览人物"说，扬雄称汉赋"闳侈钜衍""竟于使人不能加"，皇甫谧《三都赋序》称赋"因物造端，敷弘体理，欲人不能加也"，刘勰"鸿裁"说，柳宗元"旁推交通而以为之文"说，宋代赵彦卫评唐传奇（成熟的小说）"文备众体"，明代屠隆"赋尤文家之最钜者"等说，都研已经显示了出一定的巨型文体意识，也鼓励后人力撰鸿篇巨制。

尤其值得注意的是，北宋秦观在其名论《韩愈论》中曾明确提出了"成体之文"之说："夫所谓文者，有论理之文，有论事之文，有叙事之文，有托词之文，有成体之文。探道德之理，述性命之精，发天人之奥，明死生之变，此论理之文，如列御寇、庄周之所作是也；别白黑阴阳，要其归宿，决其嫌疑，此论事之文，如苏秦、张仪之所作是也；考同异，次旧闻，不虚美，不隐恶，人以为实录，此叙事之

---

① （明）王维桢：《驳乔三石论文书》，文渊阁四库全书本《明文海》卷一百五十二。另，"晋人刘勰"当误。

文，如司马迁、班固之作是也；原本山川，极命草木，比物属事，骇耳目，变心意，此托词之文，如屈原、宋玉之作是也。钩列庄之微，挟苏张之辩，摭班马之宝，猎屈宋之英，本之以《诗》《书》，折之以孔氏，此成体之文，韩愈之所作是也。然则列庄苏张班马屈宋之流，其学术才气皆出于愈之文，犹杜子美之于诗，实积众家之长，适当其时而已。……呜呼，杜氏、韩氏亦集诗文之大成者欤。"这段话盛赞韩愈之文，并提出"成体之文"说。"成体"即笔者所谓"大成文体"。据此，大成文体或可省称"成体"。笔者之新说，盖于古之有征。如何"成体"呢？秦观认为，兼该诸种文体，即得"成体"；韩愈文就是"成体之文"；杜甫、韩愈分属"集诗文之大成者"的典范。秦观与晁补之俱苏门四学士。南宋吴曾《能改斋漫录》（卷十一）："秦、晁长于议论。"今观其韩愈论，其理甚明，逻辑甚恰，然常遭忽微，惜夫！

不过，关于巨型文体，古人也曾认错了道，走岔了路。这是因为我国古代一直较盛行大文学观、泛文学观，尤其是先秦子著发达，再加上《左传》"立言"之说，种种因素综合发酵，从而长期地刺激后人从事于子书写作，事实上这其中也确有一些人借此实现了扬名立万，甚至名垂罔极。先秦诸子且不论，先秦后也仍然历代有觎，像汉代的刘安、刘向、王充、王符、仲长统等，魏晋的徐干、曹丕、张华、傅玄、葛洪等，隋唐的王通、林慎思、赵蕤、张志和、司马承祯等，元明清的刘基[①]等，这些子著连贯下来看，简直成了一道独特的文章学风景线了。现当代的研究者一般将其定位为哲学或思想史，这个其实也不太准。或许单独命名曰"子学史"或"子著文章史"好些。而古人面对这些子著，往往会发生两个"误认"：一是误认之为文学；二是误认为其文体是"大成文体"或"巨型文体"。第一个误认与本话题不很相关；而第二个误认，与此处笔者所论属逆向性密切相关，故

[①] 按：元明清戏剧、小说等通俗文艺发达，子书著作有所减少。这两者应当是有因果关系的。这个现象也说明，古人确实是把子书误认为"大成文体"了。所以，当真正的"大成文体"兴盛起来以后，文士"立言"就会首选新兴的大成文体；或至少在"立言"时，有更多的文体选项了。

有必要作一番检讨。例如,曹丕、葛洪等都误把这些"子书"当作巨型文体看待了。其实这是不对的。从性质上说,从大文学观的角度看,子著(尤其是其中的一些精彩的篇目)固然也可以认定为文学,这个问题不是很大;但将其文体认知为"大成文体"或"巨型文体"就大谬了。这是因为中国人不尚理论、不尚体系,中国式理论大多是碎片化地表达出来,所以即使是以立说为准、"不以能文为本"(萧统《文选序》)的子书,也很难达到拥有一环套一环、环环相扣的理论体系的大厦;所以,结构上,就相对松散,全书罕有能浑然一体的。刘勰《文心雕龙·诸子》曾讥刺魏晋子著"谰言兼存,璅语必录","谰言"谓"诬赖的话""无根据的话","璅语"谓琐碎之语(璅同琐);其实,子著大多难免乎琐碎与杂凑,尤其是先秦以后的子著。这也就是说,"子著"的组成篇章实际上是各自相对独立的,基本上没有内在的起承转合,给人感觉就像攒鸡毛凑掸子,是人为地硬性地捆绑到一起的,体虽大而系不紧,缺乏内在的、精神的或义理的有机贯通。从文体学上说,它其实不是"一个"文体,而是若干个文体的并排码放。如何码放的呢?或大体有序,或大体无序,或虽有一定次序但其次序不合理路、不讲逻辑。所以不能认定其为大成文体,因为大成文体是指整个著述——字数、章节、回目多些或少些都不重要——有且只有"一个"文体,是一"篇"大文或一部书。比如《三国演义》《牡丹亭》《史记》《荷马史诗》等,体制再恢宏,它也只是"一篇",哪怕篇幅"超长",也只是"一篇",无非有长一些或长很多的不同而已。所以,曹丕、葛洪的认定是不妥的。但是,其认知虽误,其"文体学"意义还是不容小觑的。至少,其推崇性论述会"严重"启诱真正的巨型文体的出现。自古那些立功与立德俱无望、只有"立言"一门可通的文士们会琢磨:那些"伪长篇"的子书都那么荣光,"真长篇"岂不是更值得下功夫去精心打造和锻造?罗贯中编著《三国演义》,施耐庵编著《水浒传》,曹雪芹精心"炮制"《红楼梦》,"批阅五载,增删十次",蒲松龄苦心经营《聊斋志异》,难道不皆由于此乎?还有,汉魏六朝人尊赋,无赋不成大才士,其实这也是朦胧的巨型文体意识的体现。它也"严重"刺激了大赋的写作,所以历代皆不断有大赋名制呈现。魏晋以后历代不绝的类书、总集、通览、长编、全书一类的大制作、大典册的编纂与出版，其内力支撑也是不自觉的、多少有些被"误会"的巨型文体意识。毕竟，与子书比，这些著述大多是更谈不上"大成文体"的。

五四时期，中国文论渐渐步入现代化。闻一多、胡适、鲁迅、林语堂等也都赞成文体浑融。

中华人民共和国成立后，尤其80年代以来，文体学兴盛，文体混浑屡被论及。综述如下：（1）钱钟书、陶东风、吴承学、郭英德、姚爱斌、李建中、曾枣庄、余恕诚、吴怀东、许芳红、欧明俊、谷曙光、杨东林、吴晟及笔者等都曾著文论文体融合问题；（2）蒋寅、王长华和郗文倩等曾著文论文体序列问题；（3）吴承学、李炳海、钱志熙等曾论我国文体学的成就、问题及前景，其中大都论及文体混浑问题；（4）其他如钱钟书、王水照、童庆炳、袁行霈、彭玉平、何诗海、郭英德、张毅、李士彪、曹顺庆、姚文放、何镇邦、陈庆元、陈平原、姚爱斌、南帆、胡大雷、张高评、邓新跃、徐复观、龚鹏程、邓国光、李锐清等也都有相关论述。

第三节　文体演进的节点：大成文体

本节内容提要：大成文体是通过文体浑和，所有文体可参与的、可浑和所有已有文体的超级文体。在我国，第一代大成文体是汉赋，第二代是戏剧，第三代是长篇小说，视听数媒文化可谓第四代，第五代尚无法预知。它的形成与出现是中国古代"和合文化"和"大成文化"等优秀传统文化合力作用的结果，也是优秀传统文化的绝佳体现之一。大成文体说对中、外文学史研究、对文学理论研究等都具有一定的促推和借鉴意义，尤其对中国古代文体的发展演变论研究价值非凡。

一　何谓大成文体

在上一节，我们主要阐述了文体浑和；在本节，我们要重点阐述大成文体。上一节讲到：文体的发生、发展及演变遵循文体浑和的规律，其过程大致如是：先有单纯文体（基本文体），然后两个或两个以上的单纯文体浑和成为一种新的文体——复合文体（或浑和文体），再后，（复合）文体与（复合）文体之间又不断地相互融渗，最后就出现了大成文体（或巨型文体）。单纯文体是文体的原初形态，因为它只具备某种文体最低限度的特质，故曰单纯文体。复合文体（或浑和文体）是指两种或两种以上的文体融渗互摄而成的新文体。大成文体是几乎所有已有文体随机浑和而成的新文体，是文体演变的最高形态。犹如生物学上食物链顶端的物种，大成文体也几乎可以"通吃"当下所有的已有文体；大成文体一般篇幅庞巨，故也可称"巨型文体"。

汉赋、唐传奇、元明清时期的戏曲与小说等都属于这样的"大成文体"。

如果说文体浑和就是某一极富包容性的文体对其他所有已有文体的兼容行为、过程与结果，那么，大成文体就是所有文体参与的，可以有机吸收和包容所有文体的超级文体，它是文体浑和的必然趋势和终极结果。

二 大成文体的形成

大成文体常常以某一种新兴文体为基准，因其有足够的包容性，从而可以"打包"吸收所有的文体浑和的成果，最终跃升为大成文体。

析言之，大成文体的形成要素有三。一是大成文体基于或坐胎于某一种新兴文体。大成文体不是抛开众体，另外设计和打造一个新的文体，并把它"培育"成大成文体。大成文体是客观形成的，不是人为地"培植"出来的。人为（比如统治者大力提倡）培养的文体（如八股文），顶多可以成为"时代文体"或"流行文体"，主要靠了外力的支撑而兴旺一时；一旦外力缺丧，就如泄气皮球，立陷委顿。众文体公平或不公平地竞争，其中唯有某一新兴文体独超众类，成功"登顶"。这就是大成文体。俄国形式主义宗师什科罗夫斯基说，"百凡新体，只是向来卑不足道之体忽然列品入流"（New forms are simply canonization of inferior genres）①，此语正可描述大成文体的情形。比如辞赋，一开始只是楚地民间文艺，狭隘猥鄙；屈原、宋玉等凑腿搓绳，改造为"楚辞"体；至汉代，风云际会，乃得大行其道，蔚为"大赋"。

二是这种新兴文体必须具备最强的包容性。辩证唯物主义告诉我们，不是所有的新生事物都富于活力和未来性。有的新兴文体只是昙花一现。大部分新文体产生以后，是循着自觉、成熟、鼎盛、出现经典之作、余音袅袅、走向没落、最后老而不死的路径演进。大成文体亦然。只不过大成文体是众文体中最鼎盛、最持久、影响也最大的那一个。因为其包容性最强。如汉赋，包容性极强，汉代已达鼎盛；此后代不乏大作，甚至至今仍有小幅度的"兴旺"，其影响即辞赋化也广泛、深入而持久，但再也没能问鼎"大成文体"之宝座，这是因为戏剧、小说兴起，包容性远超大赋；大赋相形见绌，光鲜不再。

三是"打包"吸收或接手所有已有的文体浑和的成果。泰山不让土壤，故能成其大；河海不择细流，故能就其深。大成文体接手和再包容了所有已有文体，从而使自己成为大成文体。从这个意义上说，大成文体不是做成的，而是"集"成的，故亦称"集大成"文体。例如小说，作为中国古代的"末代"的大成文体，它可以"通吃"所有文体，从而"位极众体"②。

《金瓶梅》就是典型的例子。杨彬说："《金瓶梅词话》的巨大存在，是由其独特的写作模式所成就的，这就是彷拟——对素材的创生性改造。它持续不断地从相邻文艺作品乃至各种文类的文字当中得到情节素材或者创作灵感，甚至撷取部分现成诗句、唱词或者整段的故事、情节及运思方式入于自己故事、情节架构中……从这一角度而言，《词话》可谓'无一字无来处'，隐藏在其宏大文本中的素材来源的复杂性和丰富性，至今都难以穷尽。在许多研究者那里，通常会将它应用不同来源素材的手法称为模仿、镶嵌、抄袭、引用、

---

① 转引自钱钟书《谈艺录》，商务印书馆2016年版，第100页。
② 语出吴承学《中国古代文体学研究》，人民出版社2011年版，第15页。

借鉴等等。"①《金瓶梅》是如何成为"巨大存在"的?彷拟也。最高境界的彷拟无疑是集成、集大成。

《三国演义》也是这方面的典范。与《金瓶梅》不同,《三国演义》本来就属于"世代累积型"("世代累积"是集大成的方式之一,也可视为"集大成"的别名之一)作品。它长期流传,泛滥于众体,成长于众手,兼雅俗、备文白,氤氲浩瀚,成为集大成之巨著。

唐·李延寿《南史·王筠传》记谢朓语沈约曰:"好诗圆美流转如弹丸。"严羽《沧浪诗话·诗法》:"造语贵圆。"李东阳:"律诗起承转合,不为无法,但不可泥。泥于法而为之,则撑柱对待,四方八角,无圆活生动之意。"②陶明浚《诗说杂记》:"圆对于涩而言。……至若圆之一字,更为难能。郊寒岛瘦之讥,为二人之诗句过于僻涩也。李杜所以有诗仙诗圣之称者,为其诗句之圆满也。"③ 钱钟书:"圆之时义大矣哉。推之谈艺,正尔同符。蒂克(Tieck)短篇小说《贫贱夫妻》(*Das Lebensüberfluβ*)即谓真学问、大艺术皆可以圆形(Kreis)象之。"④ 杜诗向以"集大成"著称,所以清代薛雪《一瓢诗话》比拟为"大圆镜":"杜少陵诗……如大圆镜,无物不现。"⑤ 借用以上诸子之喻,如果也以几何图形作比,则单纯文体就像平面文体,复合文体犹如立体文体,而大成文体则相当于球形文体。圆是最美的平面图形,球是最美的立体图形。据此,大成文体亦可称"圆成"或"圆融"文体。南朝皇侃《论语义疏·叙》:"伦者,轮也。言此书义旨周备,圆转无穷,如车之轮也。"他认为"论语"就是"轮语"。仿此,则大成文体亦可谓"轮体"文体。《论语》圆满于人伦,大成文体圆满于文体。英国诗人马委尔《露珠》诗谓露珠圆澄,能映白日,正如灵魂之

---

① 杨彬:《彷拟及其类型与文体丕变:〈金瓶梅词话〉的彷拟研究》,《学术月刊》2019年第9期。

② (明)李东阳著,李庆立校释:《怀麓堂诗话校释》,人民文学出版社2009年版,第102页。

③ 转引自(宋)严羽著,郭绍虞校释《沧浪诗话校释》,人民文学出版社1961年版,第119页。

④ 钱钟书:《谈艺录》,商务印书馆2016年版,第276页。

⑤ (清)薛雪著,杜维沫校注:《一瓢诗话》,《原诗 一瓢诗话 说诗晬语》,人民文学出版社1998年版,第156页。

圆转环行，显示天运也。① 露珠圆澄映白日，心灵环行彰天运。余于大成文体，亦如是说。

三 大成文体的更新换代

在我国，从古至今，大成文体至少已经经历了四次更新换代。第一代大成文体是汉赋；第二代是戏剧；第三代是长篇小说；第四代是视听与数媒文化；第五代尚无法预知。其中，前三代的轮替发生在古代，都已经发生或（接近）完成；第四次发生在现当代，其进程才刚刚开始。

汉赋、戏曲、小说前文已论；此论网媒新文体。陈定家说，网络数媒文体表面上表现为"超文本"文体，其实质则是最具"互文性"或者说借助互联网而把"互文性"发挥到极致的新文体形式。他说："易经说，伏羲氏在观察天象地法和鸟兽之文的基础上，取诸身物，类以阴阳，创立八卦，'以通神明之德，以类万物之情'，由此可见，五千年前的古人对事物的这种普遍联系原理已有深刻认识。网络互文性利用超文本无限链接的方式，使传统文本'通神明''类万物'的互文潜能得以充分展现，从这个意义上说，超文本也不过是互联网成功地开发了'互文性'潜能的副产品而已"，"'互文性''超文本''互联网'三个概念……在许多场合都具有几乎相同的特征和秉性，专就文本而言，三者的相似性或同一性是如此显而易见，以致在许多情况下它们相互替换而不会出现语法或逻辑问题。超文本原本是为计算机及网上世界而设计的，但是超文本首创者所追求的知识机器与信息之网，几乎就是'互文性理论'的数字化图解，而'互文性'理论则如同专为超文本设计的技术蓝图。……超文本理论家兰道曾经指出，超文本作为一种基础的互文性系统，它比以书页为界面的印刷文本更能凸显互文性的特征。整个超文本就是一个巨人的互文本，它将相互关联的众多文本置于一个庞大的文本网络之中，并通过纵横交错的路径保持各文本之间的链接，由此可见，最能够体现互文

---

① 转引自钱钟书《谈艺录》，商务印书馆2016年版，第275页。

性本质的互联网本身就是一个典型的超文本系统","如今,以'互文性'为基本特征的国际互联网正在凝聚全人类有史以来的智慧和力量,开创一种史无前例的全新文明"。① 这些阐述清楚地表明,作为第四代大成文体,网络"超文本"文体也是以"互文性"或"集大成性"为最大特征的。或者说,正因"网络超文本文体"具有"凝聚全人类有史以来的智慧和力量"的超能力,所以,它才能当仁不让地飙升为第四代大成文体。可见,网媒新(大成)文体的本质属性不在"网媒",而仍在文体浑和与文体集成;网络、数媒无非是为文体集成插上了翅膀,提供了几近于无限的可能。这个话题虽有逸出本书论题范畴之嫌,但彼此在精神实质上的极度相通,使其对本书也仍具吸引力。

大成文体可以更新换代,但"浑和性"或"集成性"或"互文性"则始终永存!②

从大处说,文体的发展演变就是大成文体的兴衰轮替,而主宰大成文体的兴衰轮替的无形大手,乃是"浑和、集大成、互文"三个关键词。由此可见,如果说,大成文体及其更新换代是窥探文体发展演变奥秘的一扇大门,那么,这三个词语就是打开这扇大门的三把钥匙。三把钥匙实质上也是一回事,所以,三把就是一把。

四 大成文体与大成文化

形成和出现大成文体的文化背景是中国优秀传统文化里的"大成文化"与"和合文化"。

先说"和合文化"。中国传统文化重"和"。按《说文解字》,"和"是形声字,繁体作"龢",左边是象形符号,是笙箫一类的乐器,上面的三个"口"代表吹孔,右边的"禾"是声符。③《老子》

---

① 陈定家:《三论互文性与超文本》,"陈定家的博客"(http://blog.sina.com)。按:引文也见陈定家《文之舞——网络文学与互文性研究》,社会科学文献出版社2014年版,第53—54、337页。

② 互文性的实质是集成性。但"互文"与"大成"在表意上也各有侧重。互文强调关系,大成强调个体;互文是因,大成是果;互文的极致,就是大成。

③ 古敬恒、刘利编著:《新编说文解字》,中国矿业大学出版社1991年版,第124页。

第 2 章:"有无相生,难易相成,长短相较,高下相倾,音声相和,前后相随。"这里的"和"用的就是本意。是阴柔好,还是阳刚好?《周易·说卦》:"分阴分阳,迭用柔刚。"《论语·学而》则直接表述为:"和为贵。"《中庸》亦云:"中也者,天下之大本也,和也者,天下之大道也。"和,是天下之大道。和为贵,是"最中国"的文化理念。

《左传·昭公二十年》记载了晏子关于"和"的一段论述:"和如羹焉,水火醯醢盐梅,以烹鱼肉,燀之以薪。宰夫和之,齐之以味,济其不及,以泄其过。君子食之,以平其心。君臣亦然。君所谓可而有否焉,臣献其否以成其可;君所谓否而有可焉,臣献其可以去其否。是以政平而不干,民无争心。故《诗》曰:'亦有和羹,既戒既平。鬷嘏无言,时靡有争。'先王之济五味,和五声也,以平其心,成其政也。声亦如味,一气,二体,三类,四物,五声,六律,七音,八风,九歌,以相成也;清浊,小大,短长,疾徐,哀乐,刚柔,迟速,高下,出入,周疏,以相济也。君子听之,以平其心。心平,德和。故《诗》曰:'德音不瑕。'"

又,董仲舒《春秋繁露·循天之道》说:"和者,天地之正也,阴阳之平也,其气最良,物之所生也。"

"合"的本意是上唇与下唇合拢,引申为符合、复合、汇合、合并、联合等意。在《易经》和《尚书》里,和与合皆单出;"和合"尚未和合为一词。其中,《易经》"和"字两出,"合"字无出;《尚书》"和"字44见,"合"字4见。不过,字面未见"和合",不等于没有"和合"的思想。大约至春秋时期,"和合"之语已经常见,而且"和合"思想已经广为接受。"和合"一语最早见于《墨子·尚同》:"内之父子兄弟作怨仇,皆有离散之心,不能相和合。"又《国语·郑语》:"商契能和合五教,以保于百姓者也。""五教",韦昭注:"父义,母慈,兄友,弟恭,子孝。"五教和合,才能保有百姓,百姓也才会拥戴。成书于东汉中晚期的道教经典《太平经》讲,只有阴、阳而没有和合是不行的,必须是阴、阳、和三要素齐备,方会有欣欣向荣的大千世界:"故天主名生之也,人者主养成之,成者名为杀,杀而藏之。天地人三共同功，其事更相因缘也。无阳不生，无和不成，无阴不杀，此三者相须为一家，共成万二千物。"①

"和"的反面是"同"。尚"和"就要斥"同"。《国语·鲁语》记周太史史伯对郑桓公说："夫和实生物，同则不继。以他平他谓之和，故能丰长而物归之。若以同裨同，尽乃弃矣。故先王以土与金木水火杂，以成百物。是以和五味以调口，刚四肢以卫体，和六律以聪耳，正七体以役心，平八索以成人，建九纪以立纯德，合十数以训百体。出千品，具万方，计亿事，材兆物，收经入，行姟极。故王者居九五之田，收经入以食兆民，周训而能用之，和乐如一。夫如是，和之至也。于是乎先王聘后于异姓，求财于有方，择臣取谏工而讲以多物，务和同也。声一无听，物一无文，味一无果，物一不讲。"

"和之至"就是"至和"，也就是最高境界的和，一般谓之"太和"。《周易·干》曰："保合太和，乃利贞。首出庶物，万国咸宁。"

儒家多从政治、人伦和社会事物角度讲"和"，这是"人和"（《庄子·天道》）；道家也重"和"，他们主要从阴阳自然的角度讲"和"，《庄子·天道》谓之"天和"，这实际上是补足了儒家"和合"思想。《老子》第四十二章："道生一，一生二，二生三，三生万物。万物负阴而抱阳，冲气以为和。"第五十五章："知和曰常，知常曰明。"王弼注："物以和为常，故知和则得常也。不皦不昧，不温不凉，此常也。"②《庄子·天道》："夫明白于天地之德者，此之谓大本大宗，与天和者也；所以均调天下，与人和者也。与人和者，谓之人乐；与天和者，谓之天乐。"郭象注："天地以无为为德，故明其宗本，则与天地无逆也。"③《孟子·公孙丑下》讲，"天时不如地利，地利不如人和"；道家重大，故孟子的话如果按道家思想再续一句的话就是"人和不如天和"，或者整个反过来：人和不如地利，地利不如天时。这样讲也有道理，且意思互补。这层意思《周易·咸》也曾讲

---

① 王明：《太平经合校》（卷一百十九），中华书局1960年版，第676页。
② （周）老子著，（晋）王弼注：《道德经注》，《王弼集校释》，中华书局1980年版，第146页。
③ （周）庄子著，（晋）郭象注，（唐）成玄英疏，曹础基、黄兰发点校：《南华真经注疏》，中华书局1998年版，第266页。

过:"天地感而万物化生,圣人感人心而天下和平。"宇宙万物的化生是天地阴阳交感的和谐,社会的和平是圣人感化人心、人心和谐、平衡的结果。宇宙自然的和谐与人类社会的和谐是相通的。

孙敏强说,"先秦是百家争鸣的伟大时代,而主张和合,则是当时思想家们的共识","诸子百家的相互争鸣和互补,正是对这一伟大思想的最好实践"。① 先秦以后,"和合"或"中和"思想广泛地渗透于中国古代政治学、经济学、军事学、中医学、文艺学等领域。当代新儒学家、哲学家张立文提出并详细阐述了"和合学"②。

合和,方能大成。和合是路径与原因,大成是目的与结果。讲和合,必须接着讲大成。③ "大成"一语,最早出现于《周易》。《周易·井》"上六"爻的象辞曰:"'元吉'在上,大成也。"唐代孔颖达疏:"上六所以能获元吉者,只为居井之上,井功大成者也。"又,《诗经·小雅·车攻》:"允矣君子,展也大成。"意思是,天子(君子)公平诚信,充分发挥实力,能成大功。东汉郑玄笺:"大成,谓致太平也。"与"大成"相对的曰"小成"。"小成"也出自《周易》。《周易·系辞上》:"是故四营而成《易》,十有八变而成卦,八卦而小成。引而伸之,触类而长之,天下之能事毕矣。显道神德行,是故可与酬酢,可与佑神矣。子曰:'知变化之道者,其知神之所为乎?'"易学认为,"八卦"属于"小成",八卦推演为"六十四卦"属于"成天下之亹亹"(《周易·系辞上》)的"大成"。又《庄子·齐物论》:"道隐于小成。"

"合和"与"大成",在先秦诸子里已经成为通用的熟语和社会基本价值取向了。《老子》"第四十五章"说:"大成若缺,其用不弊。大盈若冲,其用不穷。"意思是,最完美的事物,好像有所欠缺,但其功用永不衰歇。最圆满的事物,好像空空如也,但其作用无穷无尽。

---

① 孙敏强:《律动与辉光——中国古代文学结构生成背景与个案研究》,浙江大学出版社2008年版,第104页。

② 详参张立文《和合学概论——21世纪文化战略的构想》,首都师范大学出版社1996年版(此著中国人民大学出版社2006年曾修订再版);蔡方鹿《张立文教授的和合学研究概述》,《中华文化论坛》1997年第2期;等等。

③ 从学说的完整性上说,阴阳、"和合"与"大成"三者缺一不可,同等重要。三说可以整合为"中华阴阳和合大成学"。单讲阴阳,或和合,或大成,俱不完足。

又,《孟子·万章下》云:"伯夷圣之清者也,伊尹圣之任者也,柳下惠圣之和者也,孔子圣之时者也。孔子之谓集大成。集大成也者,金声而玉振之也。"东汉赵岐注云:"孔子集先圣之大道,以成己之圣德者也。"孟子的话也告诉我们"集"与"大成"密不可分,即:集→大成。当然,详细的过程应当是这样的:集→小集→大集→齐集→大成。"集",《说文解字》本作"雧",意思是"群鸟在木上也"。《诗经·周南》:"黄鸟于飞,集于灌木。"这里的"集"用的就是本意。"集"后来引申为聚集、积累、齐集等意思。荀子也很重视积累。《荀子·劝学》:"积土成山,风雨兴焉;积水成渊,蛟龙生焉;积善成德,而神明自得,圣心备焉。"《荀子·儒效》:"积之而后高,尽之而后圣,故圣人也者,人之所积也。人积耨耕而为农夫,积斫削而为工匠,积反货而为商贾,积礼义而为君子。"又,《庄子》有"大成之人"之说。如《庄子·山木》云:"昔吾闻之大成之人,曰:'自伐者无功,功成者堕,名成者亏。'"又,《礼记·学记》:"古之教者,家有塾,党有庠,术有序,国有学。比年入学,中年考校。一年视离经辨志;三年视敬业乐群;五年视博习亲师;七年视论学取友,谓之小成。九年知类通达,强立而不反,谓之大成。"可见,"大成"之语源于先秦,《周易》《老子》《庄子》《孟子》等很多先秦典籍都曾作为熟词甚至是热词而使用过。后来,我国各行各业都尚标此说,如大成之乐、大成之人、大成拳、大成殿(孔庙主殿)、大成美育、大成策划、大成商道、大成网、大成市场、大成公司、阮大成(历史人物名)等,孔子更是"大成至圣先师文宣王"。至今民间也有"集大成者兼天下""集大成者安天下"等说法。此外,明代干艮标揭"大成学",并作《大成歌》,新中国科学泰斗钱学森提出"大成智慧学",哲学家张立文创"和合学"等,足见"大成"文化之活力。汉语词汇一向丰富多彩。与"大成"近义的词语还有"广成"[①]"太成""集

[①] 按:《庄子·在宥》有"广成子",是上古黄帝时期的一位道行高深的大隐,居崆峒山,享寿1200多岁,黄帝曾专程拜访他,向他问道,故后世也称他为"人皇帝师"。葛洪《神仙传》也载其事。后来道教把他附会成道教始祖、老子的前身。广成子更是《封神演义》里的顶级神仙,法力高深。

成""全成""完成""浩成""巨成""伟成""高成""天成""豪成"（多用于公司命名）等，至于"成人""成事""成功""成仁""成器""成物""成象""成务""成势"等就不用说了。

今笔者将"大成"一语引入中国古代文体学中，并打造"大成文体"之概念以宏观地探讨中国文体的发展、演变情况。

相对而言，中国文化主合，西方文化主分，所以，大成文体"原产"和"盛产"于中国，无愧于我国之文化宝藏。而无论中西，大成文体说在文学史观、文学本质论、创作论、鉴赏论等方面都有重要意义。

五 大成文体说与中国古代文体发展演变论研究

提出与论证大成文体说，其意义是多方面的。首先，对弘扬中华优秀传统文化，尤其是和合文化和大成文化颇有意义。也可以说，此论于盘活中华文化又开启了一扇新的门户。其次，面对中国文论的现代失语症，此论可提振信心，增强世界话语权。最后，文体浑和与大成文体不只是历史事实，而且是现实事实；不仅中国如此，外国也同样适用。它是普适理论，任何文学的发生、发展及演变研究都适用。美国学者萨义德说："一切文化的历史都是文化借鉴的历史。"[1] 吾与文体，亦如是说，即：一切文体的历史都是文体借鉴的历史。

当然，就本书而言，笔者最关注的乃是文体浑和论与大成文体说于中国古代文体之发生、发展及演变（发变论）研究所具有的理论指导意义。就文体发变论而言，文体浑和论与大成文体说告诉我们：

第一，文体自身或文体之间的融渗互文才是文体发展演变的内在的主要矛盾。文体的融渗问题可以简化为"遵体"与"破体"两方面。"遵体"与"破体"的矛盾运动，就是推动文体的发展与演化的内部动力。

第二，文体之间的融渗互文绝不是简单地以 B 为 A，或 B 中有 A，或 C 中有 A+B，或 D 中有 A+B+C，换言之，文体之间，不仅仅有

---

[1] ［美］萨义德：《文化与帝国主义》，李琨译，生活·读书·新知三联书店 2003 年版，第 309 页。

渗透、混合、融合，文体融浑的最高境界是"文体浑和"。文体浑和的意思是，文体在发生发展过程中，有一种文体（通常是新兴文体）可以兼容并包所有已有之文体。其结果是形成和出现大成文体。

第三，大成文体是文体演化的阶段性成果。通过大成文体，我们可以更好地理解和揭示文体演化的全部奥秘和规律。一言以蔽之，文体浑和与大成文体是文体发展演变的主战场，是我们窥探和揭示文体演变发展规律的不二法门。

第四，"大成文体化"问题，也是观察文体的融渗与演变的"钥匙"。他山之石，可以攻玉。借鉴、模仿别人的成功经验，从来就是事物发展的铁律。成功不可复制，但经验可以借鉴。同样是文体，大成文体既然富于优越性，其他文体与其在黑暗中摸索，不如直接模仿。柏拉图说，文学就是模仿。模仿"成功"的文体，这个可以有。比如汉代辞赋，因为它不拘韵散，兼收并蓄，同时又不失自我，所以很快做大做强，成为大成文体。然后，众体仰羡，奋起仿效，弯道超车，戮力追赶，出现"辞赋化"现象。"辞赋化"也就是"大成文体化"。

辞赋化最显著者当在诗歌与古文这两大文体。如魏晋南北朝诗歌，受赋体之影响，敷叙增加，骈丽日甚。魏耕原说："当文学走进自觉时代，建安诗人首先有意把赋体文学的铺叙引入诗中。"[①] 马海英说："歌行体是南朝以来诗、赋两种文体融会与演化的结果"，"是诗的赋化"。[②] 同时，汉魏南北朝的文章，亦严重辞赋化，并最终发展出了最精致的文章体式——骈文。台湾学者王梦鸥说："魏晋六朝文体之形成，只是一个文章辞赋化的现象。"[③] 另一位台湾学者简宗梧在论及辞赋对骈文的影响时也说：辞赋"文士致力于语文的加工美化和变造新奇，他们的写作是'以能文为本，而不以立意为宗'。长期受到这种风气的熏染，于是使辞赋的体式逐渐成为作文章的公式……所以六朝骈文之兴，也正是文章辞赋化的结果。"[④] 郭建勋说："汉赋作为汉代

[①] 魏耕原：《论陶渊明诗的散文美》，《文学遗产》2008年第6期。
[②] 马海英：《陈代诗歌研究》，学林出版社2004年版，第67页。
[③] 王梦鸥：《古典文学论探索》，正中书局1987年版，第118页。
[④] 简宗梧：《赋与骈文》，台湾书店1998年版，第11页。

最重要的文学形式,其地位是其他任何文学体类所无法比拟的……汉赋因其主流的地位,将这种骈对的句法和观念推向它种文类,使汉代尤其是东汉以后的各体文章日益地骈化,甚至连《汉书》这样的历史著作也未能避免其影响","辞赋文学不仅在对偶这一关键性的因素上成就了骈文,而且在藻绘、用典等方面也对骈文有一定的启迪"。① 关于辞赋化问题,笔者也有《"辞赋的神趣"与萧统"沈思"说》(《江汉大学学报》2010 年第 6 期)一文,感兴趣者可参阅。

辞赋化当然不止于魏晋南北朝。辞赋化犹如核辐射,强劲、持久而又"广谱"。大成文体化皆然。南宋项安世《诗赋》云:"尝读汉人之赋,铺张闳丽,唐至于宋朝,未有及者。盖自唐以后,文士之才力,尽用于诗。如李、杜之歌行,元、白之唱和,叙事丛蔚,写物雄丽,小者十余韵,大者百余韵,皆用赋体作诗,此亦汉人之所未有也。予尝谓贾谊之《过秦》,陆机之《辨亡》,皆赋体也。大抵屈、宋以前,以赋为文。庄周、荀卿子二书,体义声律,下句用字,无非赋者。自屈宋以后为赋,二汉特盛,遂不可加。唐至于宋朝,复变为诗,皆赋之变体也。"② 唐宋人用赋体作诗;汉魏及以后的论体亦大多赋化;往上溯,庄子、荀子之文也颇具辞赋感,实际上也已经开始不自觉地以赋为文了。这是因为"赋"法源于《诗经》,故"赋法"不待屈宋而后然,也非屈宋之"专利"。钱钟书很欣赏项安世的如上说法,他说:"按《项氏家说》:'贾谊之《过秦》、陆机之《辩亡》,皆赋体也。'洵是识曲听真之言也。"又说,"孙鑛曰:'《醉翁亭记》《赤壁赋》自是千古绝作,即废记赋法何伤。且体从何起?长卿《子虚》已乖屈宋,苏李五言宁规四《诗》?《屈原传》不类序乎?《货殖传》不类志乎?《扬子云赞》非传乎?《昔昔盐》非排律乎?'足见名家名篇,往往破体,而文体亦因以恢弘焉。"③

第五,大成文体并非一成不变:一方面它自身仍处在永不间断的浑和进程中;另一方面它也要更新换代。在文学史上,每隔一段较长

---

① 郭建勋:《辞赋文体研究》,中华书局 2007 年版,第 221、222 页。
② (宋)项安世:《项氏家说》卷八,文渊阁四库全书本。
③ 钱钟书:《管锥编》第三册,中华书局 1979 年版,第 890 页。

的时间,就会形成一个新的大成文体。新的大成文体可以兼容并包所有的已有文体,其中包括旧的大成文体。然后,随着新的大成文体的上位,文坛趋于稳定。直到一段较长时期后,更新的大成文体再次出现。如此循环,以至无穷,这就是全部的文体的发展演变的奥秘。

当然,还须交代清楚的一点是,和合与大成不仅限于"大成文体"。非大成文体,也可以通过最大限度的兼容并包而实现文体的"涅槃",成为文体"霸王"。如杜甫诗歌之所以号"集大成",即有此意。再如辛弃疾词,刘扬中比作"词中老杜"[1],也是因为辛词达到了无意不可入、无事不可言、无法不能用、无境不能到的地步。杜诗辛词都是集大成的。元稹《唐检校工部员外郎杜君墓系铭并序》评杜诗:"至于子美,盖所谓上薄风骚,下该沈宋,古傍苏李,气夺曹刘,掩颜谢之孤高,杂徐庾之流丽,尽得古今之体势,而兼人人之所独专矣。"清代吴衡照《莲子居词话》(卷一)评辛词:"辛稼轩别开天地,横绝古今。论、孟、诗小序、左氏春秋、南华、离骚、史、汉、世说、选学、李杜诗,拉杂运用,弥见其笔力之峭。"可见,杜诗辛词,皆集大成者。不过,话又说回来,虽然杜诗辛词在文体浑和性方面也走得很远,成就很高,但诗与词终究不具备无限的浑和性,单是篇幅一项就堵塞或者说卡住了诗词无限做大的空间了,所以,尽管被做得非常好,可说是"大成的文体"了,但终究还不是"大成文体"。除非有人能把所有的杜诗或辛词都连缀一起,做成一首"长杜诗"或"长辛词"。但那是不可能的。我们说杜诗辛词具有集大成性,某种意义上是就其所有的诗或词的整体而言的。但他们毕竟不是一个有机的整体。他们只是一个个的短篇。就任一单篇看,杜诗辛词都很难称得上"集大成"。至少从篇幅上说,单篇地看,再充满的诗、词也比不过长篇小说。瘦死的骆驼比马大。一百老鼠不咬猫。品种的"瓶颈"是无法逾越的。质言之,一般文体也可以具有"大成文体性",但只有最具包容性的文体才能最终升为大成文体。

---

[1] 王国维《人间词话》称周邦彦是"词中老杜",但刘扬忠《稼轩词与老杜诗》(《文学遗产》1992年第6期)认为两宋词人里,只有"有词坛飞将军和词中之龙之誉"的辛弃疾才能与杜甫媲美。

另，在 20 世纪与 21 世纪之交，大陆文坛上多次出现"跨文体写作""新杂文体""凸凹文本"等实验性文学创作活动；一些文学期刊还为此开辟了专栏，很多作家、评论家投入其中，阅读消费也强劲，一时间很热闹，文艺界也很振奋。这充分说明文体浑和和巨型文体的写作仍在进行中，也说明了文体浑和的生命力。这些实验大多不很成功，于是文坛热闹一阵后似乎又重归平淡了。但事实都是有缺陷的。一次的失败或挫折也并不能说明什么。它顶多说明文体浑和的实践亟须有关理论的指导。文体浑和的写作的大方向是没有问题的。当然文体浑和要想达到理想效果也不容易，需要反复试验和打磨。或许，文体浑和也不适合强力推行吧。因暂时的失败就怀疑这些写作活动的大方向，甚至"事后诸葛"地论证"此路不通"，这是不懂"文体浑和论"和"大成文体说"的结果，是错误的、有害的认识。它也不利于新时代文艺的健康发展。

六 大成文体论与中国文学理论批评史的分期

目前，在我国文学理论批评史的"版图"里，有一条明显的分界线。界线的两侧，分别是中国文论、西方文论。受此影响，中国文学理论批评史的分期也隐然呈现出两大段：五四以前，传统文论阶段；五四以后，中西文论冲突、融合阶段。

这种中西二元的思路及分法，几乎被推衍到了中国文化研究的每一个领域。它已经成为中国学术界的一大"隐形规则"。但是，这个规则也是有问题的。

钱钟书在《谈艺录》（序）里说："东海西海，心理攸同；南学北学，道术未裂。"普适性是真理的基本属性之一。这是毫无疑问的。如果我们跳出中西对立的思维模式，中国文学理论批评史又可以如何分期呢？中西论可否置换为古今论？

大成文体论告诉我们，文体的发展演变史主要就是大成文体的生长、发育、鼎盛、衰落的循环史。文体的发展仰赖浑和；文学理论批评的推衍又何尝不然？我们也可以按文学理论批评的浑和程度作为其分期的标杆。基于此，我们可以为中国文学批评史重新分期。笔者认为，可分为四个阶段。

第一阶段：自夏至清；约5000年，古代时期；中国传统文学理论批评史阶段；实质上就是中国文论的独立运行发展期，此期中国文论总体上是单纯的。

第二阶段：自五四时期至1949年；约30年，近代时期；中国传统文学理论批评史的转型期；此期，中西文论开始碰撞，既有冲突，也有融合。中国文论开始走出传统。

第三阶段：中华人民共和国成立前30年（1949—1978）；现当代时期；中国文学理论批评的现代化阶段。经过转型期数十年的磨合，中国文学理论批评在兼融并包的前提下，完成了新的定型。在这个过程中，既有敞开吸纳，也有盲目排外，更有理性的借鉴，但总体是求同存异，辨识、选择、吸收、改造、提高，在争议和苦闷中，逐步充实、修改、提高，实现转型，走进和完成现代化。

第四阶段：改革开放以来（1978—　）；当代；中国文学理论批评的当代化阶段。此期，高层开始高度重视传统文化，提出稳健的文化发展战略，中国话语、中国特色、中国气派成为广泛共识。"回归本土"，一时成风。但这并不意味着弃西就中。它实际上标志着现代化的基本完成，中国文论大致已成功涅槃，并尝试再度"站起来"！

中国文学理论批评史是这样，那么，作为中国文学理论批评史的重要组成部分的中国文体学当然也可以如此分期。

七　补论——"史诗"是史前口传文学时代的"大成文体"

"史诗"是史前时期出现的、以讲述民族起源、民族迁徙、民族战争、民族英雄等重大历史事件、宗教故事和部族英雄传说为主要内容的、风格神奇庄严的口传性长篇叙事诗。

"史诗"这个概念，是亚里士多德在《诗学》里首次提出来的。"史诗"，英语是"Epic"，它源于古希腊文，本意为平话或故事。后凡指人类童年时期的、以讲述重大历史事件和歌颂部族英雄为主要内容的、长篇口传叙事诗。

汉族有没有史诗？这个问题尚有争议。但是，我国其他民族是有长篇史诗的。我国至少有三大民族史诗：一是藏族英雄史诗《格萨尔王传》，二是柯尔克孜族史诗《玛纳斯》，三是蒙古族英雄史诗《江格尔》。其中，藏族史诗《格萨尔王传》又名列"世界三大史诗"之一，是世界上迄今发现的史诗中演唱篇幅最长的英雄赞歌。

"世界三大史诗"的另外两部是古希腊的《荷马史诗》和古苏美尔的《吉尔伽米什》。《荷马史诗》相传是由古希腊盲诗人荷马"创作"的两部长篇史诗《伊利亚特》和《奥德赛》的合称。"创作"加引号是因为它是口头、集体之作。荷马只是历代不绝的传唱者中较著名的一位。当代美国学者阿尔伯特·贝茨·洛德提出："我们现在可以毫无疑问地说，《荷马史诗》的创作者是一位口头诗人。"①《吉尔伽米什》是目前已知的世界上最古老的英雄史诗，是一部关于苏美尔人的三大英雄之一、古美索不达米亚乌鲁克城邦国王吉尔迦美什的颂歌。

从文体学角度说，"史诗"就是口头文学时代的"大成文体"，是"历史悠久的口述传统开出的最灿烂的文学之花"。②

第一，与神话类似，"史诗"是民族文化的综合。史诗多以自古以来就流传的多种多样的英雄传说、历史故事等为基础，经长期口传积累，最终集体整合而成。如藏族史诗《格萨尔王传》就既是族群文化多样性的熔炉，又是多民族民间文化可持续发展的见证。

第二，"史诗"具有历史性，更具文学性，同时也具有意识形态性等，是多种元素或文体的有机浑和。单从字面看，"史诗"者，亦史亦诗，系浑和性文体。在我国古代，文史哲不分家。"诗具史笔""史蕴诗心"③是文史常态。"史诗"的情形更特殊。它不是一般的史书，也不是一般的文学。它描述的事件大都极度夸张变形，甚或出于传说，其人物也大都被高度神圣化了。与其说它是历史，不如说它是历史故事、民间传说及史前神话的汇编的诗歌化。

---

① [美]阿尔伯特·贝茨·洛德：《故事的歌手》，尹虎彪译，中华书局2004年版，第204页。
② 林岗：《口述与案头》，北京大学出版社2011年版，第46页。
③ 钱钟书：《谈艺录》，商务印书馆2016年版，第105页。

第三,"史诗"往往是很多已经广为流传的中短篇故事的大全集成后的韵文化改编。史诗在流传过程中吸收了神话、传说、故事等很多民间文艺尤其叙事文艺的成分,同时采用了民间歌谣、民间抒情诗等口头韵文体裁的样式,写定时又兼容了文士抒情诗的特点。史诗虽然综集了很多文类、文体,但又不同于其中任何一个或几个文体,也不是所有被它兼容的文体的简单的相加,因为史诗是单独的一种文体,它是按照自己独特的文体规范对其他诸文体施行再加工、整合的,是所有其他文体的创造性、有机性的转化。它吃下并消化、吸收了 N 多种文艺形式,然后长出了自己的雄伟体魄。史诗的这种集成性与再创作性,使它自己成为那个时代可能达到的最高、大、上的文体。一句话,史诗是人类蒙昧时代的大成文体。

第四,"史诗"篇体宏巨,风格神圣庄重。

需要补充的是,史诗与神话高度接近。史诗是神话的集合与改编,这样讲没有问题。但,并非 N 种(个)神话相加就是史诗。史诗是集成性的"再创作",是大成文体。另,原始神话产生于原始社会早期,史诗产生于原始社会后期,最早也产生于父系社会。因为史诗中的英雄大都是雄性。史诗的世界观、历史观、价值观源于神话思维,又异乎神话思维。史诗是"英雄话",而非"神话"。人类文明史可以分为"神魔时代""英雄时代""个人时代"等三个时代。神话属于神魔时代,而史诗则介于"神魔时代"与"英雄时代"之间。史诗的主角通常半人半神,亦人亦神。

作为相当成功的"大成文体","史诗"的影响非常大。"史诗化"迄今仍在发酵中,而且其影响范围也早已跨越艺种。尤其其独特的韵味风格,使之几乎已经成了"大气磅礴"的代名词。"史诗般""史诗级""史诗性"已成为所有艺文的最高"封号"。

另,"史诗"很可能也是口传文学或民间文学唯一的"大成文体"。文字出现以后,民间文艺虽仍气象万千、价值多多,但已不太可能"战胜"文本作品而登上大成文体之宝位矣。

附识:韦勒克、沃伦《文学理论》一书曾设专章——即"第

五章　总体文学、比较文学和民族文学"——讨论"总体文学"问题。"总体文学"是梵·第根（P. Van Tieghem）提出的"一个与'比较文学'相对照的特殊概念"，"'总体文学'研究超越民族界限的那些文学运动和文学风尚，而'比较文学'则研究两种或两种以上文学之间的相互关系"。① 韦勒克、沃伦不太赞成此概念。但他们并不否认人类文学的一元性："文学是一元的，犹如艺术和人性是一元的一样。"② 笔者认为，"总体文学"与"大成文体"或"大成文学"应有较多的共通性。"总体文学"主要面向国别、族别、语种、文化等而言，而"大成文学"也包含异国、异族、异文化等等"异样"文体或文学之间的交融与浑和。

大成文体（论）必将大放光明。

第四节　论中国古代文体融合的方式

本节内容提要：所有文体未异本同，故客观上原有可通融性；中国古代盛行的文体辨析实际上也不期然而然地为文体浑融做好了前期准备；文体浑融具有自主性、契合性、不对等性及排异性等特点。这就是中国古代文体融合的基本情况和基本规律。在此基础上，通过借鉴和改造西方"互文性"理论，本节提出，中国古代文体融合的具体方式可概括为九种，即：构思性互文；表达方式互文；篇法结构互文；表现手法互文；讲说口吻互文；语言体式互文；风格互文；体裁、体类互文；题材内容互文。每一大种里，又含有若干亚种。九种互文、互参方式并不绝缘，相反，文体融合常常是多种方式共存并行、综合性施加的。

文体之间的浑融、渗透及互动，一直是中国古代文体学研究中的热点。但是，人们主要关注少数几种文体、文类之间的融合、效果及

---

① ［美］韦勒克、沃伦：《文学理论》，刘象愚等译，浙江人民出版社2017年版，第37页。
② ［美］韦勒克、沃伦：《文学理论》，刘象愚等译，浙江人民出版社2017年版，第38页。

其意义，对文体融合的一般规律也有一些论述，但从整体上讨论文体融合的具体方式的成果，则迄今尚未经见。兹尝试论之。

一 文体融合的基本规律

文体融合是指不同文体间的浑和融渗、交越互动。文体融合有其基本规律。

第一，发生文体融合的学理依据是文体之间的可通融性。

曹丕《典论·论文》："夫文，本同而末异。"明代倪元璐《孟子若桃花剧序》："文章之道，自经史以至诗歌，共秉一胎，同母异乳，虽小似而大殊。"① 意近曹丕。由此，用"中国式话语"来讲，文体既可分立，也可融合；分立的基础是末异性，融合的理据是本同性。那么，诸文体之间的这个本同性（或融通性）究竟指什么呢？南宋方大琮曰："文固有异，意无不通。……求诸体制，前后百变；概以发越，古今一意。……大抵历代有辞章，固随体以迭变；人心真理义，不为文而转移。"② 中国古人习称文学是"心学"，又曰诗言志、诗缘情、文以载道、文有理事情，如明代陆深说："诗出于情，而体制、气格在所后矣。此诗之本也。"③ 这里，方大琮的意思亦无非是说：千古文体异，一于心意中。这样讲固然也不错，但太大而无当了。若云文学是心学，那么，天下一切文化、文明不都是心学吗？不都是心之"分泌物"吗？又，金代元好问说："诗与文，特言语之别称耳。有所记述之谓文，吟咏情性之谓诗，其为言语则一也。唐诗所以绝出于《三百篇》之后者，知本焉尔矣。何谓本？诚是也。"④ 此语亦涉及本末问题，但讲得也是太迂阔了。且"以诚为本"属以思想道德论文，又与文体论隔膜矣。"诚"是"本"，但不是"本同末异"的"本"，他们是两个"本"。又元代郝经说："以理为文。……夫理，文之本也；法者，文之末也。有理则有法矣，未有无理而有法者也。"⑤ 此论乍看庶几，但其

---

① 转引自钱钟书《谈艺录》，商务印书馆2016年版，第96页。
② （宋）方大琮：《辞赋与古诗同义赋》，文渊阁四库全书本《铁庵集》卷二六。
③ （明）陆深：《〈澹轩集〉序》，文渊阁四库全书本《俨山集》卷四十八。
④ （金）元好问：《杨叔能〈小亨集〉引》，文渊阁四库全书本《遗山集》卷三十六。
⑤ （元）郝经：《答友人论文法书》，文渊阁四库全书本《陵川集》卷二十三。

实"以理为本"的本,也不是"本同末异"的本,也是两个"本"。

今人对这个问题深究者亦不多,唯见汤用彤、杨明有论。汤用彤说:"所谓'本'者即'文之所为文','末'者为四科。"①"文之所为文"应为"文之所以为文"之误。那么,"文之所以为文"又指什么呢?杨明说:"通读《魏晋玄学与文学理论》,可知汤先生所谓'文之所以为文',就是说文乃道(本体)的表现,文之功用、性质,就是表现道。"② 也就是说,汤用彤认为,文之本即"道";或者说,文的本质是"道"的显现。杨明不同意此论。他说:"曹丕说本同末异,大约是说:凡是文章,都起于连缀文字以达意,但发展到后来,乃形成各种不同的体裁。如此而已。"③ 杨明此论似源于唐代令狐德棻《周书·王褒庾信传论》:"虽诗赋与奏议异轸,铭诔与书论殊途,而撮其指要,举其大抵,莫若以气为主,以文传意。"汤曰道,杨曰意,彼此有争议。窃以为,汤说过虚,杨说嫌实。汤说偏于"文之源",杨说偏于"文之情"(情谓内容)。那么,就文之"情"(表达什么)而言,依笔者,应不外这三方面:一曰客观,二曰主观,三曰合主观与客观。客观谓"道"及客观事物;主观者谓"意""情志"、胸襟怀抱之类;两者合者谓既有客观因素,也有主观因素。说得再简明些,文之"情"无非就是叙事讲理、体物言志这四项。四项不再分主客,或者说已经融主观与客观为一炉了。那么,溯源追本,文之本又是什么呢?按逻辑说,窃以为应当是"表达",严格地讲,是"审美性的表达"(上述四项)。上引令狐德棻《周书·王褒庾信传论》的话的下面还有这么一段话:"考其殿最,定其区域,摭六经百氏之英华,探屈宋卿云之秘奥,其调也尚远,其旨也在深,其理也贵当,其辞也欲巧。"——这段话讲的就是"审美性地表达"的问题。"审美性地表达",古人谓之"文"。《毛诗序》:"声成文,谓之音。"范仲淹《赋林衡鉴序》:"声成文而音宣,言成文而诗作。"邵雍《伊川击壤集

---

① 汤用彤:《魏晋玄学论稿》,上海古籍出版社2001年版,第203页。
② 杨明:《关于魏晋哲学与文论关系的一些思考——读汤用彤先生〈魏晋玄学与文学理论〉志疑》,《复旦学报》2012年第5期。
③ 杨明:《关于魏晋哲学与文论关系的一些思考——读汤用彤先生〈魏晋玄学与文学理论〉志疑》,《复旦学报》2012年第5期。

序》:"言成章则谓之诗。"《文心雕龙·情采》:"故立文之道,其理有三:一曰形文,五色是也;二曰声文,五音是也;三曰情文,五性是也。"柳宗元《答李生第二书》:"夫文者非他,言之华者也。"南宋赵文《来清堂诗序》:"文也者,取言之美者而字之也;诗也者,以言之文合声之韵而为之者也。"[1] 这些说法都较笼统,但意思也大都庶几。其实,任何文学、文体,都是人类的审美性地表达的结晶。孔子说:"言以足志,文以足言。"(《左传·襄公二十五年》)人对其语言、文章总是竭力地"文"化(即审美化)。因为人是审美的动物。人对美的追求和创造无处不在,无在不求其最佳。文学性文体自然以审美性表达为特质;但即使是非文学性文体,也含有审美性表达;且,当其审美性表达的比重达到一定程度时,即可视为文学性文体。在我国古代,有些地位"神圣"或"尊贵"的实用性文体,反而可能比一般的文体更讲究形式或藻采之美。如魏晋六朝骈文大都属于实用性美文——实用与审美矛盾地融为一体了。于是文学性文体与非文学性文体也没有截然的分界。文体之间的界限本来就是相对的。是为"本同"。文既"本同",则文体之间天然皆互具通融性。事实上,文体之间也恒常互通互融。中国文学尤其如此。

当然,文体的等级、性状尤其是涵容度各异,故文体的通融性也是不同的。

第二,辩证地讲,文体通融的前提是文体辨析(即辨体)。

浑体的反面是"辨体"。辨体就是辨析不同,厘清界限,以免越界、混界或错界。文体辨析是分开,而文体融合是合和。文体辨析的自然结果似乎应指向"异体相仿论"。但其辩证结果则是:两者既对立,又互惠。没有分就没有合;没有至少两个以上的独立的个体,就谈不上个体之间的合和。此犹人若不分男女,则何来结婚?所以,文体辨析与文体融合同样重要。文体融合也不排斥文体分独;文体融合也不是要"消灭"或"吞并"一个个的单个文体,然后只保留一个"大(总)联合文体"。这既不可能,也不合适——可以一体独大、一大众小,但

---

[1] (宋)赵文:《来清堂诗序》,文渊阁四库全书本《青山集》卷一。

不可只此一家、别无分店。实际的文体生态群往往就是这样的。

浑和文体的兼容并包也不同于原始文体的混沌未分。原始文体是混沌的，也是单纯的。因为其内部虽已包含诸多因子，但这些因子远未发育，更谈不上成形，所以混沌文体不等于"混合文体"。故从次序上说，浑和或复合文体应出现于文体各自自觉和独立之后，也就是产生于文体辨析之后。而混沌文体之所以混沌，就是因其尚未赋形，含而未申，雌雄莫辨。打个比方，长江、黄河、澜沧江都发源于青海三江源，最后都汇入大海；三江源就好比混沌文体，东洋大海好比浑和文体。三江源异乎东洋大海，犹如混沌文体有别于浑和文体。两者悬殊，不消多说。

第三，文体融合的自主性、契合性、不对等性及排异性。

文体融合不排除人为地拼接、甚至强制性地"焊接"，但主要属于内在性、自律性和自发性的行为。文体融合一般以某一种文体为主（可称为"主融文体"），兼容其他文体（被融合的文体可称为"被融文体"）。文体融合往往是以我为主、以我融彼、融彼而又不失自我。异体互融后失去自我、失去本色的，或者有损主体的，就是非良性的、欠成功的融合；非良性的、欠成功的融合一般是无价值或负价值的，也是违背融合的一般愿景的。融合的价值在于吸收他者，做大、做强自我，而不是损害或丧失自我。① 要言之，作文可以"破体"，但不能"体破"——不能"毁伤""残病"，也不能"破相"。故一旦发生任何性质或程度的"破"，则"修补"工作一定得跟进并做好。就好像旧房改造或拆迁，后期的"弥缝涂抹"或"拆迁安置"必须做好。

文体融合一般是先求同存异，先找到异者的契合之点，然后进行兼容。体貌相近的文体（如诗与词、史传文与小说、墓志文与哀祭文等），契合点较多且明显，故易发生融渗，故一般在文体独立和自觉后即实现了先期的融合；反之，则不易融合，或融合晚发，甚或不发生融合。不发生融合的情况极少。此为契合性。

所谓不对等性，就是说文体之间并不具有等质量的"融合性"，有的文体天然更富于"亲和力"，更具有"主融"性。文体与文体本

---

① 关于此点，详参余恕诚《中国古代文体的异体交融与维护本色》，《文艺理论研究》2009年第5期。

来就是不平等的，本来就具有等级性或层级性。"物之不齐，物之情也。"（《孟子·滕文公上》）文体的主融性或主融能力当然也不齐一，甚至相差悬殊。这既是客观的，也有人为的因素在。比如，戏剧、小说的主融性（或曰整合性）一般就远远高于诗、词。这是客观的、必然的。因为戏剧、小说本身都是大成文体，具有超强的兼容性。但是另一方面，由于人为因素，文体也有高低贵贱之分。如诗文之体就尊于词、戏曲及小说。这种等级虽是社会强加于文体的，但也是长期存在的事实。客观因素与社会因素的综合作用，结果就是主融性强、"体位高"的文体更易于兼容和渗透其他文体，反之则少。如诗与词的互动，词的诗歌化远远超过诗歌的词化。蒋寅把这种现象称为"'以高行卑'的体位定势"[1]；吴承学也认为这是"破体通例"[2]，笔者更愿意另名之曰文体融合的"差等性"或"不平等性"。

从"主融性"的角度看，文体的情形既各有参差，而从"被融性"的角度说，情形亦庶几。也就是说，有的文体被融性强，不嫌依附，有的则弱。就像人，有的亲和力强，有的清高孤傲。宋代朱弁说："世多作七言、五言，而三言、四言类施于铭颂中。"[3] 诗之五言、七言就比三言、四言的"独立性"强；反过来，三言、四言则比五言、七言更具亲和性。独立性强者宜于单独成篇，亲和力性强者常常"组合"成文、同时也可以独立成篇。

契合性或融合性的反义词就是排异性。文体间亦具互异性。文体都有自身质的规定性，好比文体的"基因"，保持着文体的独立、自足，不容任意歪曲、修改或增删。故任何文体间的融合，都会遭遇排异性。但主融能力强的文体，排异性极小，甚至微乎其微，几可忽略不计。主融性强的文体的"基因"里仿佛自带有"抗排异因子"；或曰，主融性强的文体的边界几乎不设防，自由通行，外物可纷至沓来；或曰，此种文体的"胃口"极大、胃功能亦好，吃得多，吃得杂，但消化好，吸收也好，都能使为我所用达到很理想或最理想的状态。

---

[1] 蒋寅：《中国古代文体互参中"以高行卑"的体位定势》，《中国社会科学》2008年第5期。
[2] 吴承学：《中国古代文体形态研究》（增订本），中山大学出版社2002年版，第426页。
[3] （宋）朱弁：《风月堂诗话》（卷上），文渊阁四库全书本。

二 中国古代文体融合的方式

宏观地说，至少在理论上，文体融合可以分为外部融合与内部融合两大类。外部融合指语文性文体与非语文性艺类之间的跨界交融，如文学与实用工艺、广告、音乐、绘画、舞蹈、电媒等的融合[1]；内部融合指语文性文体之间的交渗。语文性文体既指文学性文体，也包括非文学性文体。默认情况下，"文体融合"谓文体的内部融合。笔者此所论属旃。

参考西方现当代有关理论，文体融合也可以称作"体裁互文""文体互文"。"互文性"概念是西方结构主义及后结构主义思潮中出现的一种文本理论。它首先由法国批评家茱莉亚·克里斯蒂娃提出："一切时空中异时异处的文本相互之间都有联系，它们彼此组成一个语言的网络。一个新的本文就是语言进行再分配的场所，它是用过去语言所完成的'新织体'。"[2] "文本是众多文本的交汇……任何文本都是引语的拼凑，任何文本都是对另一文本的吸收和改编。"[3] 法国学者罗兰·巴特说，任何一个文本都是一个互文本，其他文本程度不等地以多少可以辨认的形式——先前的和环绕（文本）的文化的文本形式——存在于这一文本之中。[4] 法国学者蒂费纳·萨摩瓦约说："一切文学肯定都具有互文性，不过对于不同的文本，程度也有所不同。"[5] 西方文论里的互文性一般谓文本之间，故又称"文本间性"。其实，"互文性"之语可以推开应用于极其广泛的领域。例如，文体之间也具有互文性。英国学者凯蒂·威尔斯曾提出文类就是"一个互文的概

---

[1] 关于文体的外部融合，成果也少，笔者仅见朱玲、肖莉有《"以和为美"：中国古代文体的外部融合》(《修辞学习》2006年第3期) 一文。另，韦勒克、沃伦认为：其他艺术也可以成为文艺的主题或材料，或互相借鉴方法，"这是一个可供研究的广阔领域，这一领域只是近几十年才有部分突破"，"各种艺术都力图互相转借效果，并在相当程度上取得了成功"［《文学理论》(第十一章 文学和其他艺术)，刘象愚等译，浙江人民出版社2017年版，第116、117页］。

[2] 转引自［比］布洛克曼《结构主义》，李幼蒸译，商务印书馆1980年版，第162页。

[3] 转引自王瑾《互文性》，广西师范大学出版社2005年版，第28—29页。

[4] 详参［法］罗兰·巴特《文本理论》，陈定家《文之舞——网络文学与互文性研究》，社会科学文献出版社2014年版，第295页。

[5] ［法］蒂费纳·萨摩瓦约：《互文性研究》，邵炜译，天津人民出版社2003年版，第115页。

念"①;而"体裁互文性"(interdiscursitivity)作为专业术语是由英国语言学家费尔克劳夫于1992年提出的,意谓同一文本中不同体裁、话语或风格的浑合交融。② 在我国,南京师范大学外语学院辛斌是最早(2000年)介绍和研究"体裁互文性"的学者;如今,国内这方面的研究方兴未艾——或称体裁互文性,或称文体门类间性(似也可称"文体体类间性"),但尚局限于外国文学及现当代文学研究领域,且这些研究亦尚谈不上系统和深入;而在中国古代文学或文体学领域则尚未见有这方面的研究。笔者此处所论,应属首次。当然,抛开"文体互文性"这样的洋词不论,单就论中国古代"文体融合的方式"这一点而言,无论国内、国外,笔者此处所论也属首次。故此诚愿抛砖引玉,以推进文体学这方面的研究,同时更企盼方家指正。

那么,从互文性理论角度看,文体融合其实就是不同文体间的"互文",或可名之曰"文体互文"或"文体间性""体类间性""文类间性"③。

从这个角度说,文体融合的基本方式有九种:即:构思性互文;表达方式互文;篇法结构互文;表现手法互文;讲说口吻互文;语言体式互文;风格互文;体裁、体类互文;题材内容互文。

在展开讨论之前,笔者觉得还须先阐明一点,即:在我国古代,文体的含义较多;于是,"文体融合"的含义亦将随之多样。几乎可以这样说:有多少种"文体"的含义,就会有多少种的"文体融合",然后至少也就会有多少种文体融合的方式。

那么,在我国古代文学语境中,"文体"究竟有多少种含义呢?这个问题至难、至复杂,一向被称为文体学界的"概念危机"。陆机

---

① [英] Wales Katie, *A Dictionary of Stylistics*, London: Longman, 1989, p. 259。
② [英] Fairclough, N., *Language and Social Change*, Cambridge: Polity Press, 1992。
③ 按:"互文性"(intertextuality)又译"文本间性""文本互涉",是保加利亚裔法国符号学者朱丽叶·克里斯蒂娃于20世纪60年代首次提出的;其拉丁语词源是"intertexto",意为纺织时线与线的交织与混合;"互文性"就是指文本之间互相指涉、互相映射的一种性质,它揭示了文本的通融性、仿拟性及复写性等特质。后成为后现代主义、后结构主义等学派的标志性理论术语。互文性概念广泛地适用于语言学、文化学及文学等诸多领域。在文体学领域,互文性也颇具理论活力。另,"间性"(inter-sexuality)一语来自生物学,也称"雌雄同体性"(hermaphrodism),是指某些雌雄异体生物兼有两性特征的现象。后被移用于人文社科领域。

《文赋》云："体有万殊。""文体"含义颇多，除了"体类""体裁"这一基本含意外，还有极其繁复的其他内涵。就现、当代学术界迄今为止的"'文体'内涵论"而言，大体上有两大类说法：一是简分，其中最简洁的当属二分法；二是详分，即两个以上的多义项说，最多是六个义项。详分可以涵盖简分，故为行文简便计，兹只列举最详尽的"六义项"说：(1) 体裁或文体类别；(2) 具体的语言特征和语言系统；(3) 章法结构与表现形式；(4) 体要或大体；(5) 体性、体貌；(6) 文章或文学之本体。这是吴承学归纳的。[①] 笔者认为，还应再加一项即"体制""篇幅"。《文心雕龙·神思》："文之制体，大小殊功。"这里的"制体"或"体"，即指篇幅。陆机《文赋》："体有万殊，物无一量。"篇幅也应属于"万殊"之一。一些学者总以为篇幅不重要，这是偏见，是违背质量互变原理的。因此，如要细究，"文体"至少应有七个义项（可谓"文有七体"）。[②] 那么，在理论上，文体融合的方式大要也应是这么几种；不过，"文体的内涵"与"文体融合的方式"这两者之间，并不形成刻板的一一对应关系。因为两者毕竟不是一回事。所以，下面所概括的文体融合的方式，只能说与文体的七个义项有一定的对应关系，但不是一一对应的关系。

（一）构思性互文

文体融合有可能在未动笔之前就已经发生。这指的是作家在构思酝酿时，有时也会"换位思考"，此即构思性互文。许学夷《诗源辩体》在评论元人诗话著作《诗家一指》时说："《诗家一指》……四曰情，言作诗先命意，如构宫室，必法度形制已备于胸中，始施斤斧。

[①] 详参吴承学《中国古代文体学研究》"第一章 中国古代文体学论纲"，人民出版社2011年版，第16—22页。

[②] 有意思的是，西方文体学家也把"style"的内涵分解为七。如：荷兰学者安克威思特在《语言学和文体》中列举文体的七种内涵：a. 以最有效的方式讲恰当的事情；b. 环绕已存在的思想或情感的内核的外壳；c. 在不同表达方式中的选择；d. 个人特点的综合；e. 对常规的变异；f. 集合特点的综合；g. 超出句子以外的语言单位之间的关系。而英国杰弗瑞·里奇和米歇尔·肖特在其合著的《小说文体》中也把文体义项分解为七：a. 语言使用的方式；b. 对语言所有表达方式的选择；c. 以语言使用范围为标准；d. 文体学以文学语言为研究对象；e. 文学文体学以审美功能为重点；f. 文体是透明而朦胧的，可解释和言说不尽的；g. 表现同一主题时采取的不同手法。（转引自童庆炳《文体与文体的创造》，云南人民出版社1994年版，第59—60页。）

予谓此作文之法也。《三百篇》之'风'、汉魏之五言、唐人之律绝，莫不以情为主。情之所至，即意之所在；不主情而主意，则尚理求深，必入于元和、宋人之流矣。"① 宋元人作诗、论诗主"意"不主"情"，而明代人大多推尊汉唐，不满宋元，故许学夷有此论。他这段话也暗含这样的意思：不同的文体，其构思酝酿时的情形也不同或很不同。其不同之一，就是要不要精心构思，"如构宫室"。用萧统《文选序》的话来说，即是否"事出于沈思"——"沈思"就是"深思"，即既有感性又有理性的深沉思考。按照许学夷的看法，作文之法异乎作诗：文章"尚理求深"，故作文须先"命意"，先构思成熟，然后"始施斤斧"；诗歌"主情不主意"，故作诗不宜过于深思，作诗要用直觉思维。这是许学夷的本意。但是，有心的文士也会从这段话中读出别样的意思来：既然文贵新变，那么，为了创新，何不尝试把作文或作甲文体的构思之法移用于作诗或作乙文体呢？事实上，宋人作诗就是这样干的；中唐元和诗坛的一些诗人也是这么干的。他们的"想法"和"做法"，事实已经证明，效果很好，并非像明朝人说的那样不堪。这就是构思时的文体融合——"互文性构思"。欧洲文艺复兴时期的意大利文论家瓜里尼曾把文体混合比喻为动物杂交：马和驴"配合产生第三种动物——骡"②。动物杂交始于受孕。文体"杂交"亦始于构思。

中国古人喜讲"作法"，尤其宋代以后。古人讲的"作法"，意指非一。既可指写法（章法、句法、表现手法等），也可指构思之法、酝酿之法。上文许学夷所讲的"作文之法"，实谓构思之法，即文学发生学意义上的"作法"。另，清代方东树《昭昧詹言》也多次讲"古文之法"可通于诗歌③；他说的"古文之法"应当也包括构思之法。这些言论及事实说明，"互文性构思"不仅是可行的，而且也是经常发生的。

一般认为，文学贵情思，文学性作品的构思属于和依靠形象思

---

① （明）许学夷著，杜维沫校点：《诗源辩体》，人民文学出版社1998年版，第341页。
② 转引自马奇主编《西方美学史资料选编》（上卷），上海人民出版社1987年版，第286页。
③ 详参（清）方东树《昭昧詹言》，人民文学出版社1962年版，第12、43、48、275页。

维、直觉思维,而社会科学、自然科学及绝大多数应用文则贵逻辑,其构思属于和依靠理性思维、抽象思维。两种思维打通,就属于构思性互文。可见,"构思性互文"主要发生于文学文体与非文学文体之间。

当然,文学性文体之间,也常常发生"构思性互文"。按照当代文艺学界的普通观念,文学构思实际可分为两大类:即"抒情性想象"和"叙事性想象"。其中,"抒情性想象",也称"意境构成性想象","主要着眼于情与景的关系,通过情景、意象的想象和营构,抒发真挚的情感";"叙事性想象"也称"情节构成性想象","主要着眼于情节的逻辑关系,通过人物形象和生活情节、细节的想象与刻画,书写社会生活和对社会生活的印象"。① 不同的文体,构思时也会偏嗜不同的想象或构思类型。如:诗词歌赋,多假抒情性想象;戏剧小说,多借叙事性想象。笔者认为,从大文学观的角度而言,或许还可以再增加两大类型,即:"描景性想象","析理性(或逻辑性)构思"。前者用于山水文学(也用于山水画、书法等)的整体构思(所谓成竹在胸),也属形象思维;而后者则用于哲理性文学——因其构思主要不赖形象,故这里不称曰"想象",而称为"构思"。这四类型想象或构思之法,如果交用、互用或混用,就属于"构思性互文"②。古人所谓"构思之法"的互用、混用或越界、跨界使用,实谓此也。

顺带一议的是:从这个意义上说,《庄子》一书的特质之谜或许也可以揭开了。《庄子》与其他一般经子著述很不一样,被现代人看作先秦诸子中文学性最强者;那么,《庄子》与其他经子文究竟有何不同?这个问题这里不便细论,但有一点可以说:即从根源上说,庄子作文的"构思之法"就与众不同。一般经子著作主要运用"析理性"构思,而庄子主要运用"叙事性构思",其结果就是《庄子》一书中寓言、故事很多,且颇为生动、完整和富于虚构性。南宋黄震就

---

① 孙敏强:《律动与辉光——中国古代文学结构背景与个案研究》,浙江大学出版社2008年版,第139页。
② 想象也是构思,构思包括想象,但不只是想象。故称"构思性互文",不称"想象性互文"。

把《庄子》视为"千万世诙谐小说之祖","创为不必有之人,设为不必有之物,造为天下所必无之事"①。质言之,《庄子》不像子书,而像小说——当然谓短篇小说,甚至也可以说庄周就是最早的"段子手"。《庄子》是很多"段子"的有条理的汇聚。这使《庄子》不仅有别于史书和诗赋,也迥别于其他的经子作品。可见,不管是出于有意抑或无意,《庄子》都可谓"构思性"互文的"硕果"。

不同艺种之间也常发生"构思性互文",如王维以画法构思诗境、柳永以乐曲酝酿词语等,而鉴赏批评者也常有"文徽徽以溢目,音泠泠而盈耳"(陆机《文赋》)及"譬陶匏异器,并为入耳之娱;黼黻不同,俱为悦目之玩"(萧统《文选序》)等一类的评议。

(二)表达方式互文

表达方式,或称表达方法,是文体的基本含义之一;是指文学在表达内在的主观世界(思想、情感等)和表现外在的客观世界(自然事物、社会事物等)时所形成的稳定的语言表达形态。郭英德说:"如果以'文体'一词指称文本的话语系统和结构体式的话,那么,文体的基本结构应由体制、语体、体式、体性这四个由外而内依次递进的层次构成";其中,"体式指文体的表现方式","抒情特性和叙事方式属于体式层次"。②

表现内容制约着表达方式,表达方式型塑着文体体制。文体惯用某种或某几种表达方式,遂形成表达模式。不同的文体,各有不同的、偏嗜的表达方法或模式。也就是说,不同的文体,各有其偏擅的表现功能。故张仲谋说,"任何一种文体的个性特质,均在于其寄寓在形式表象下的本质内涵,也可以说是在于其独特的表现功能","就某一种具体文体来说,各各有其独特的表现功能,不相重复也不相冲突;就整个文体系统来说,各种文体功能适相互补,共同满足着中华民族借助语言文字来表达主观情志的需要"。③

可见,文体与表达模式关系密切,特定文体通常会有特定的表现

---

① (宋)黄震:《黄氏日抄》,文渊阁四库全书本《黄氏日抄》卷五十五。
② 郭英德:《明清传奇戏曲文体研究》,商务印书馆2004年版,第5页。
③ 张仲谋:《论文体互动及其文学史意义》,《文艺理论研究》2014年第3期。

模式。表现模式纵使不是文体的本质特征,也是其很重要的特征(或之一)。古人常说,辞赋源于"诗"六义之一的"赋";这是表达方式直接转升为文体之名了。古代又有诗言志、诗缘情、赋体物、文以载道、史以记事等说法。如《庄子·天下》说"《诗》以道志,《书》以道事"等。古代最常用的文体是诗和文。诗、文各有独擅的表达模式与功能。诗主抒情言志,文主叙事说理。

同时,"表达模式"或"表现模式"也是海外汉学界及中国港台地区文艺界最近出现并已初步"流行"的一个学术关键词。① 综合海内外的相关论述,笔者认为,文学最基本的表现模式可概括为五式:戏剧模式,抒情模式,叙事模式,议论模式(含象征模式),描绘模式。与此相对应,文体也可分为四个大类:叙事性文学(含戏剧模式、小说模式两个亚种),抒情性文学,说理性文学,描景性文学。若加上"说明性文体",则为五大文类。

"文体多术,共相弥纶。"(《文心雕龙·总术》)这五种模式或四大文类之间并不绝缘;正相反,彼此之间常常是你中有我、我中有你的。张国风曾用"你中有我、我中有你、相生相因、断了骨头还连着筋的关系"的说法来生动地描述"古代小说和戏剧之间"的互动关系。② 这种互动确实很根本、很重要,可称之"本体性互动"。从这个意义上说,文体之间的融渗实际也就是表现模式之间的互融互渗。借鉴张国风的说法,从互融互渗之程度上说,文体表现模式的互文大要可分为三种情形:(1)我中有少量非我;(2)我中有大量非我;(3)貌似我而实非我。下面分别略作阐述。

(1)我中有少量非我。世无纯物。故此种情形最多,也最常见。如诗词中有少量叙事、说理成分等。再如早期的口头文学大多具有戏剧性、表演性等。美国华人学者蔡宗齐说:"戏剧模式是汉代民间乐府集体创作所呈现出的模式。如《陌上桑》这样的民间乐府,显现出

---

① 详参[美]蔡宗齐《汉魏五言诗的演变——四种诗歌模式与自我呈现》,陈婧译,(北京大学出版社2015年版),[美] Dore Levy(李德瑞), *Chinese Narrative Poetry: the Late Han thruugh Tang Dynasties*, Durham, North Carolina: Duke University Press, 1988, 等等。

② 张国风:《你中有我,我中有你——古代小说、戏曲互动之一例》,载于傅承洲主编《中国古代叙事文学国际学术研讨会论文集》,中央民族大学出版社2011年版,第21—26页。

在共同情境下集体口头写作和表演的很多痕迹……就此而言，似乎可以很恰当地使用'戏剧性（dramatic）'这个术语来描绘民间乐府的表现模式。"①《陌上桑》不是戏剧，陌上桑时代（东汉）也没有戏剧，但其表现模式确实具有戏剧性因素。

（2）我中有大量非我。此种情形属超常，甚或过激。如诗本缘情，叙事、说理、描景等成分一般不占主体。但魏晋玄言诗、宋明理学诗却以演绎道理为主，表现模式大异于常；南朝宋代谢灵运诗中描景的成分和篇幅大增，并成为主体，故也被后人视为"诗运一转关"②。"诗运转关"是指由抒情性转为描景性，由启示性转为写实性，由重性情转为重声色，由礼仪道德转为自然天道，写法上由自然生发转为匠心经营，文论思想上由偏于儒家的"诗言志"转为偏于文学的"诗言物"。谢灵运之所以能有如此作为，从大环境上说是魏晋玄学与魏晋自然主义长期流行的结果；从文体互参角度上说，应当是文与诗互动所致。特别是魏晋以来，山水文（山水散文、山水骈文、山水赋等）勃兴，浸淫诗域，遂出现了山水诗。

（3）貌似我而实非我。这种情形更少。先秦，文体混沌未分，故常有此。如《道德经》五千言，虽明大道，乃用韵语。貌似韵文，实系子论。又如《夏小正》，原为《大戴礼记》第47篇，虽为韵文，实乃讲节气、农事的科学性文献，属应用文。魏晋以后，文人着意创新，乃有以诗词代书、代问、代答、代启事、代判词等做法。如南朝陆倕有《以诗代书别后寄赠》，清代顾贞观以《金缕曲》词二首代书信等。这些都是貌似诗词而实属应用文。这种互动虽然不多，但程度较剧，表现模式的互文可谓已达"忘我"甚或"无我"之境了。

（三）篇法结构互文

篇法，又称章法，故"篇法结构"亦称章法结构，是指特定文本的有规律的语言组织和构成。篇法表面上指语言、层次的组织与安排，

---

① [美] 蔡宗齐：《汉魏晋五言诗的演变——四种诗歌模式与自我呈现》，陈婧译，北京大学出版社2015年版，第17页。另，此书第36—43页又详细分析了此诗的戏剧性，可参看。

② 清代沈德潜说："诗至于宋，性情渐隐，声色大开，诗运一转关也。"沈德潜：《说诗晬语》，霍松林校注，人民文学出版社1979年版，第203页。

但实质上主要与表达方式相关联。故在讲了表达方式互文之后，接着讲篇法结构互文。

一般来说，不同的文体有不同的表达模式，不同的表达模式形成不同的篇法模式或结构模式。如抒情性文学的结构要遵循情感表达的内在规律，一般要以营造意境为重心（律诗结构则定格为起、承、转、合）；而叙事性文学的谋篇布局一般要考虑情节的发生、发展、高潮、结局等，其结构也由这些"部件"组成。

篇法也可以互文。篇法互文主要发生在叙事文学与抒情文学之间。叙事性文学的主体是文，抒情性文学的主体是诗。故两者的篇法互文也常表现为诗、文互动。如：晚清"诗界革命"的领袖黄遵宪在其《人境庐诗草》"自序"里讲他作诗时是"以单行之神，运排偶之体"，"用古文家伸缩离合之法以入诗"，"不名一格，不专一体"，"我手写我口"，这些粗看无非就是"以文为诗"。"以文为诗"早不新鲜了。但是黄遵宪的"以文为诗"有新特点。以前的"以文为诗"主要发生于题材、内容方面，而黄遵宪的"以文为诗"既有题材内容词句方面，更有章法结构方面。故曰"取《离骚》、乐府之神理而不袭其貌"，离骚、乐府皆叙事，有故事、情节、人物形象、情、理，篇幅也较长，也就是说已经文章化了，黄遵宪就是在文章化方面接续之，发扬之，而不在体裁、句式、语体等形式方面亦步亦趋。再如杜甫颇好以文为诗，也偏爱"组诗"。不仅古体有组诗，律诗、绝句等也有组诗。如《秦州杂诗》二十首、《秋兴》八首、《戏为六绝句》等。观察这些组诗，有理由认为，杜甫组诗的编辑受了文章的章法结构的影响。这有两个意思。一是篇幅影响。诗短于文，但组诗就可使篇幅翻番，表达更充分。二是章法互文。文章的段落之间是按一定的规则依次排列的，一般不能打乱；组诗的编组也是有神理暗寓其中的，一般来说次序也不能打乱。组诗的"单诗"一般已经部件化，不具备完全的独立自主性。若干单诗按照文章的篇法结构规则有机地"串联"在一起，组成一个有序的整体，其次序也是有讲究的，不能打乱。就好像搓绳子，单股意义有限，单丝不成线，唯有齐心合力，服务、服从于总主旨，才谈得上个体价值。清代沈德潜说："一首有一首章法，一题数首,又合数首为章法,有起、有结、有伦序、有照应,若缺一不得,增一不得,乃见体裁。陈思《赠白马王》、谢家兄弟《酬答》、子美《游何将军园》之类是也。"① 拿杜甫《戏为六绝句》来说,这组诗是讲道理的,总主旨是讲如何对待文学遗产问题,讲这个问题必然会联系历史(文学发展史),故其次序依据既有逻辑因素,也有历史因素,故第一首讲庾信,第二、三讲初唐四杰,第四首讲上述五子的不足、寄望于今辈,最后两首分别讲"别裁伪体"(反说)与"转益多师"(正说)。六绝句既独立又浑一,其浑一就是靠了文章式的篇法结构的"组织",当然这个"组织"是潜在的,类乎黄遵宪所说的"取《离骚》、乐府之神理而不袭其貌"。同理,杜甫《秦州杂诗》二十首亦然。清代蒲起龙《读杜心解》云:"初谓《杂诗》无伦次,及仔细寻绎,煞有条理。二十首大概只是悲世、藏身两意。其前数首悲世语居多,其后数首藏身语居多。惟其值世多事,是以为身谋隐也。至如首尾两章,固显然为起结照应矣。"② 正因组诗合观犹如文章之整篇,故编选时不宜割截。王夫之《唐诗评选》卷四评杜甫《秋兴》八首:"八首如正变七音,旋相为宫,而自成一章。或为割裂,则神体尽失矣。"

抒情文学与叙事文学之间的互动并非等量:抒情性文学能较多地、主动地兼容叙事性文学的结构模式,反之则较少(长篇借鉴短篇的章法结构的必要性较低)。中国古代文论术语常把诗中有叙事(及描写、议论、直接抒情等)皆概括性地称为"赋法入诗"。"赋法入诗"的诗歌多具有或兼具叙事性文体的结构。如张衡《四愁诗》全诗四章,每章始以"我所思兮在××"(一章"泰山"、二章"桂林"、三章"汉阳"③、四章"雁门"),实即东南西北之意;这种章法结构显然脱胎于汉大赋的时空敷陈法。又如王粲《登楼赋》虽为抒情性作品,但此赋的结构可按"登楼前""登楼中""等楼后"等来划分,这是叙事文的

---

① (清)沈德潜著,霍松林校注:《说诗晬语》,《原诗 一瓢诗话 说诗晬语》,人民文学出版社1998年版,第247页。
② (清)蒲起龙:《读杜心解》,中华书局1961年版,第381页。
③ 按:汉之汉阳郡,治冀县(今甘肃甘谷县东),属凉州,后改名天水郡。

经典结构法；再如韩愈《山石》诗也主要采用了游记散文的章法；柳永《雨霖铃》也以赋为词著称，这些作品都明显地具有叙事型文体之结构特色等。又，组诗整体结构也多有采叙事文者。如杜甫有组诗《陪郑广文游何将军山林》十首，清代王嗣奭评曰："合观十首，分明一篇游记：有首有尾，中间或赋景或写情，经纬错综，曲折变化，用正出奇，不可方物。"①

说理文的章法结构于诗歌也不无借鉴价值。结构精谨的明清八股时文对诗歌之气脉流贯、理路分明即具有独特的促优作用。钱钟书《谈艺录》对此曾有申论，他先引王士禛《池北偶谈》卷十三云："时文虽无与诗古文，然不解八股，即理路终不分明。"又引袁枚《随园诗话》卷六说，"时文之学，有害于诗，而暗中消息，又有一贯之理。余案头置某公诗一册，其人负重名。郭运青侍读来读之，引手横截于五七字之间，曰：诗虽工，气脉不贯，其人殆不能时文者耶"，然后总结说："五七字工而气脉不贯者，知修辞学所谓句法（composition），而不解其所谓章法（disposition）也。"② 诗歌排斥理性，一般要遵循情感的逻辑行文，这是中国传统诗论的共识。但是实际上，诗亦有理，好诗情景事理俱足；同时，诗也不嫌乎精心结构。明清时文之盛，显然于此有纠补之效。只不过这个纠补作用的发生有时是不自觉的、不期然而然的；纠补的结果也较深隐，未必一望便知。但有无这个纠补，很不同。

反之，诗歌的章法结构对文章结构的影响要小，但也有。如律诗于八股文的章法结构的影响。隋唐科举考诗赋，宋代自王安石始考经义、策论，但是诗赋与经义、策论也各有弱项。用现代的话说，诗赋是纯文学之体，而文学之士未必适用于政教军国；经义重义理，偏于学问，但易于跟现实脱节；策论虽重当下，但其理又"汗漫难知"③。为什么策论"汗漫难知"呢？因为实践是检验真理的唯一标准，所

---

① （清）王嗣奭：《杜臆》，上海古籍出版社1983年版，第20页。
② 钱钟书：《谈艺录录》，商务印书馆2016年版，第583页。
③ 按：宋代杨察曰："诗赋之病易考，而策论汗漫难知。"（李焘《续资治通鉴长编》卷155"庆历五年三月己卯"，文渊阁四库全书本）

以，从根本上说，策论写得好不好，很不好说，总不能先试行几年再回头定优劣吧。另外，经义与策论也都难以考察文笔之才。于是，整合两者就是必然的选项了，"既然决定要用散体的经义来校士，那就不妨借鉴诗赋考校的经验，把规矩引入经义论策"①，其结果就出现了八股文，即"诗赋+经义=八股文"。八股文取于诗赋的"规矩"，主要是篇法，其次是语言形式（对偶声律之类）。王夫之说："起承转收以论诗，用教幕客作应酬或可。其或可者，八句自为一首尾也。塾师乃以此作经义法，一篇之中，四起四收，非蠹虫相衔成青竹蛇而何？两间万物之生，无有尻下出头，枝末生根之理。不谓之不通，岂可得乎？"②此话的主意是反对八股文，反对引诗赋之法入经义的，但从反面观察，其语适足以说明：诗的结构可影响文，诗文结构可互相影响。虽然其效果未必正面——这是王夫之之意。而事实是，尽管王夫之不认可八股文袭用律诗结构，但源于律诗的"起承转合"之结构模式的确具有一定的普适性。清代王士禛认为"起承转合"四字可统筹万体，不论诗、文，不论长短，"章法一也。特短篇波澜少耳"③。

说到八股文的结构，焦循、刘师培、卢前等都认为与戏曲相类或相等。这也是异体之间篇法结构互文的例子。焦循认为八股文之破题开讲，等于曲之引子；提比中比，等于曲之套数；夹入领题出题段落，等于曲之宾白。④刘师培《论文杂记》也有类似之论："元人以曲剧为进身之媒，犹之唐人以传奇小说为科举之媒也。明人袭宋、元八比之体，用以取士，律以曲剧，虽有有韵无韵之分，然实曲剧之变体也。如破题、小讲，犹曲剧之有引子也；提比、中比、后比，犹曲剧之有套数也；领题、出题、段落，犹曲剧之有宾白也。"⑤卢前认为八股义

---

① 李光摩：《八股文的定型及其相关问题》，吴承学、何诗海编《古代文学的文体选择与记忆》，凤凰出版社 2015 年版，第 330 页。
② （清）王夫之：《姜斋诗话》（卷二），《四溟诗话·姜斋诗话》，人民文学出版社 1961 年版，第 151—152 页。
③ （清）何文焕辑：《历代诗话》，中华书局 1981 年版，第 184 页。
④ （清）焦循：《易余籥录》卷一七，《丛书集成续编》子部第 91 册，上海书店 1994 年版，第 479 页。
⑤ 刘师培：《中国中古文学史　论文杂记》，人民文学出版社 1959 年版，第 133 页。

出于元曲:"由八股文之结构言之,其与曲之套数结构相类,破承者,曲中之引子也,中间对比,则如南词之过曲,亦如北套数中所规定之牌调,而落下如尾声。"①

苏联文论家卡冈说:"种类形成的一般规律,就是一种艺术样式的结构在毗邻样式的影响下发生变化。"② 这里,"形成"可理解为"发展";"毗邻"可理解为"体类间性"。替换后句意为:文类的形成、发展及演变的内在规律之一是章法结构互文。

(四) 表现手法互文

有必要先重申一下:表达方式不同于表现手法。表达方式是指运用语言、形态、音乐、动作等把思想、感情等表达出来时所使用的方法或形式。如作文、演讲、舞蹈、唱歌、音频视频等。形诸文字时,其表达方式有且只有五种,即:叙述、描写、议论、抒情、说明。而表现手法也称"艺术手法"、表现方法,是指把形象思维的结果表现出来时所运用的具体手段和方法。常见的表现手法有托物言志、借景抒情、叙事抒情、直抒胸臆、比兴、象征、对比、衬托、虚实结合、点面结合、各种修辞、各种句式的选择等。很显然,表达方式不拘于文学与非文学,而表现手法一般仅限于文学性文体。

就文学表现手法而言,不同的文体往往也有不同的偏嗜。文体浑和发生后,表现手法也出现了混浑使用的情况。如果打混使用,即构成"表现手法互文"。如"比兴""象征"手法,本于《诗经》与《楚辞》,后成为中国古代诗歌的重要艺术表现手法之一,抒情诗常用之,并收语近指远、言此意彼之效;而词体本为"艳科",不出闺阁红粉,而与军国无与,故一般用不着比兴、寄托、象征之类。早期词尤其是这样。故施蛰存说:"唐五代人为词,初无比兴之义,大多叙闺情而已。读词者亦不求言外之意。"③ 但后来"以诗为词"成风,故比兴寄托,亦"移师"于词场,开疆拓土,奋马立功。南宋辛弃疾之

---

① 卢前:《八股文小史》"第二章 八股文张志结构",商务印书馆1937年版,第18页。
② [苏] 莫·卡冈:《艺术形态学》,生活·读书·新知三联书店1986年版,第5页。
③ 施蛰存:《读温飞卿词札记》,华东师范大学古典文学研究组《词学研究论文集》,上海古籍出版社1982年版,第238页。

英雄词,即多比兴寄托。如辛弃疾有成系列的"咏春词",表面是颂春、咏春、叹春、惜春,其实其"春"乃象征着作者心目中的理想的大宋或大宋的美好时代。至清代,词坛更有常州词派,大倡"夫词,非寄托不入,专寄托不出"(周济《宋四家词选目录序论》),简直弄成了"寄托"词派了。再如"用典",一开始也是骈文和诗歌中适用和多用。骈文高手刘勰就宣称用典"乃圣贤之鸿谟,经籍之通矩也"(《文心雕龙·事类》)。诗歌中使用典故也可据事类义,借古遣怀。如柳宗元、李商隐、苏轼、龚自珍等这方面都有杰作。辞赋也有以别有寄托而见好者。如屈原《桔颂》、祢衡《鹦鹉赋》、曹植《洛神赋》等。但词不宜用。李清照词即几乎不用典故,所以清新自然。但是南宋以后,风气迁移,词中也有使用典故者,如陆游、辛弃疾等人的词即多用典故。对此,南宋刘克庄讥为"掉书袋":"近岁放翁、稼轩,一扫纤艳,不事斧凿,高则高矣,但时时掉书袋,要是一癖。"① 不过,更多的人还是充分肯定了这种做法。毕竟,典故本身无所谓优劣,用得好不好才是关键。用得自然妥帖、浑化无迹、如从己出就好。

表现手法互文,在中国古代文学里,早已成家常便饭,人们早就习焉不察、视而不见了;这里予以申论,自有提醒与确认之功,非是骈拇蛇足、晴天打伞也。

(五)讲说口吻互文

讲说口吻由"叙述口吻"而来。叙述口吻不仅谓叙事性文学;广义的叙事口吻泛指作者或说话者的角度或人称。无论口头还是笔著,也无论议论、抒情、叙事还是描景,总之凡所谓"表达"都有一个讲说的角度及人称的问题。此之谓"叙述口吻"。但"叙述口吻"使用起来总有点不顺劲,因为"叙述"二字很易令人想起叙事文学,故笔者在此捻出"讲说口吻"一语以代之。一般来说,不同的文体,常用的讲说口吻也不同。诗、文、戏剧、小说,各有各的常用的讲说口吻。甚至学界有人以讲说口吻来解释西方自亚里士多德以来的文类"三分

---

① (宋)刘克庄:《题刘叔安〈感秋八词〉》,《后村先生大全集》,四部丛刊初编本,第862页。

法"：抒情诗始终是第一人称叙述；史诗（或叙事文学）先用第一人称叙述，然后让人物自己叙述；戏剧则全由剧中人物叙述。① 可见，讲说口吻也是文体的内涵性特征（甚至是内涵）之一。而讲说口吻之互文现象也多有发生，成为文体融合的常用方式之一。

例如，中国古代叙事性诗歌多用第三人称。但是，"人称互渗"现象亦往往而有。如汉乐府叙事诗《陌上桑》，通篇以第三人称为主，不过又混有第一人称，而且人称变换自如，说变立变："日出东南隅，照我秦氏楼。秦氏有好女，自名为罗敷。"又如《孔雀东南飞》："鸡鸣外欲曙，新妇起严妆。着我绣夹裙，事事四五通。"再如白居易《长恨歌》本以第三人称书写；但在杨贵妃死后，写到唐明皇思念杨时，忽转为明皇视角，改用第一人称；然后，在写请道士寻仙时，又还原为第三人称。

这类作品中，以《陌上桑》的人称变化最为灵动、飘忽。这是因为《陌上桑》其实并非纯诗，而是混有戏剧性特征的混体文。它实际上可看作由三幕短剧组成，第一幕，出场人物是罗敷和观者；第二幕，使君、使君的小吏及罗敷之间的对话和表演；第三幕，罗敷"独白"（或独唱），拒绝和讽刺求爱者。② 这也就意味着：《陌上桑》是戏剧讲说口吻与叙事诗讲说口吻的互文。戏剧是代言体，《陌上桑》谈不上代言体，但可视为"活动于"或"骑墙于"叙事体诗与代言体之间。

我国有很多诗歌的讲说口吻与戏剧互文。如清初吴伟业《圆圆曲》，首四句第三人称，客观叙述；接下转为吴三桂口吻："红颜流落非吾恋，逆贼天亡自荒宴。电扫黄巾定黑山，哭罢君亲再相见。"再下又转为陈圆圆口吻"梦向夫差苑里游，宫娥拥入君王起"；再下又为陈氏师友的口吻"旧巢共是衔泥燕，飞上枝头变凤凰"等。曹胜高说：《圆圆曲》这样写，"颇类歌剧和戏曲里对唱，而开头和结尾叙述使全诗形成了一个完满的结构……这些手法显示了我国诗歌和戏曲形

---

① 详参［美］艾布拉姆斯《简明外国文学词典》，曾忠禄等译，湖南人民出版社 1987 年版，第 134 页。
② 详参［美］蔡宗齐《汉魏晋五言诗的演变》，陈婧译，"第二章 汉乐府：戏剧模式和叙述模式"，北京大学出版社 2015 年版，第 22—69 页。

式之间的互动"①。其实早在《诗经》中就已有类似的情况了。如《卫风·氓》前四句:"氓之蚩蚩,抱布贸丝。非来贸丝,来即我谋。"刘育盘《中国文学史》:"'曲谱'以'氓之蚩蚩'一章,谓专述一事而作,为曲文之鼻祖。"② 另,王安石《明妃曲》、顾炎武《精卫》以及大量的民间说唱文学③等也常常有此,限于篇幅,不再申述。

当然,讲说口吻互文并非都发生在第一档次的文类之间。同一文类的亚文类之间也常有。如叙事诗与抒情诗之间。一般说,叙事诗多第三人称,抒情诗多第一人称。但两体也常互渗。早在《诗经》里也已有此类例子,如《诗经·小雅·出车》一诗即然。陈子展说:"此诗六章,首两章设为南仲口吻,中两章作者自己口吻,末两章设为南仲室家口吻。其语气屡变,其文义因而不同。"④ 再如《楚辞·山鬼》,一开始,诗用第三人称"若有人兮山之阿,被薜荔兮带女萝",后又改为第一人称"余处幽篁兮终不见天,路险难兮独后来",直到末尾。这是理应第一人称的抒情诗而兼采叙事诗的第三人称的。下面再看叙事诗而兼采抒情诗人称习惯的诗例。如白居易《杜陵叟》一诗,大部分是比较冷静和客观的第三人称叙述口吻,但诗的后半,忽地转为第一人称的议论、抒情:"长吏明知不申破,急敛暴征求考课。典桑卖地纳官租,明年衣食将何如?剥我身上帛,夺我口中粟。虐人害物即豺狼,何必钩爪锯牙食人肉!"一般说,中国的叙事诗,与西方比,大多是偏于内向型的,也就是说,偏于讲说者的内心体验,所以,总有或多或少的抒情成分。而抒情时,显然以第一人称要来得便捷。所以,中国叙事诗需要抒情时,常常由三转一,以我移他,人称转移的位置常常在篇末或章末,也就是故事叙述完毕或暂告一段落之后。

---

① 曹胜高:《中国文学的代际》,商务印书馆2013年版,第408页。
② 转引自张世禄《中国文艺变迁论》,山西人民出版社2014年版,第118页。
③ 王国维把是否属"代言体"视为戏曲成熟的一大标志。故曰:"金之诸宫调,虽有代言之处,而其大体只可谓之叙事。"(《王国维戏曲论文集》,中国戏剧出版社1984年版,第56页)但元杂剧是在诸宫调及金院本的直接影响下形成的。也有学者把汉乐府视为汉代的"班本",视为我国戏曲的"雏形"。
④ 陈子展:《诗经直解》(卷16),复旦大学出版社1983年版,第548页。

举了诗例，再看文例。比如：墓志文与哀祭文。两文同属特殊场合之应用文，墓志文主要用第三人称，以叙事（叙述墓主生平事迹）为主；哀祭文一般用第一人称，以抒发祭吊者的悲痛之情为主。但两者的人称口吻也时有互渗。像唐代文学兴旺，作家创新劲头十足，故唐代墓志文与哀祭文的人称（及表现手法）即多有互渗者，如韩愈、李德裕等人的一些作品即然。①

（六）语言体式互文

文学是语言的艺术。文学是文本（或语本）。"文本"本身也有以文为本之意。如果说文本是一套特殊的语言符号体系，那么从这个意义上说，文体就是该体系的编码方式，文体"是指一定的话语秩序所形成的文本体式……即语言的长短、声韵的高低和排列的模式等"②。不同的文体，语体也不同。明代李东阳说："诗与文同谓之言，亦各有体，而不相乱。"③ 清代方苞说："古文中不可入语录中语，魏晋六朝人藻丽语，汉赋中板重字法，诗歌中隽语，南北史佻巧语。"④ 清代章学诚说："盖文各有体，'六经'亦莫不然。故《诗》语不可以入《书》，《易》言不可以附《礼》，虽以圣人之言，措非其所，即不洁矣。辞不洁则气不清矣。"⑤ 今人王光明说："各文类有自己的话语原则、话语功能和话语趣味。"⑥ 韦勒克、沃伦说："文体学研究一切能够获得某种特别表达力的语言手段。"⑦ 李建中："汉语文体学研究的三大分支（文艺学、语言学和文学史），不约而同地关注文体理论之中的语言问题，关注文体与语言之关系。"⑧ 可见语言或语体体于文体

---

① 详参李秀敏《文体互渗：唐代墓志文体研究的新视角》，《光明日报》2017年9月18日。
② 童庆炳：《〈文心雕龙〉"循体成势"说》，《河北学刊》2008年第3期。
③ （明）李东阳著，周寅宾点校：《李东阳集》（卷三《鲍翁家藏集序》），岳麓书社1985年版，第58页。
④ （清）沈廷芳：《书方先生传后》引方苞语，转引自钱钟书《林纾的翻译》，《七缀集》，上海古籍出版社1994年版，第95页。
⑤ （清）章学诚：《章学诚遗书》，文物出版社1987年版，第613页。
⑥ 王光明：《文学话语类型研究的意义》，2016年11月26—27日福州"中国文体学高峰论坛"会议论文。
⑦ ［美］韦勒克、沃伦：《文学理论》，刘象愚等译，浙江人民出版社2017年版，第167页。
⑧ 李建中：《汉语文体学研究的现代西学背景——基于文体与语言之关系的考察》，《社会科学》2013年第12期。

之重要意义。另，文体的最基本义乃是体裁，而体裁与语言关系紧密。钱志熙说："体裁问题在很大的程度上就是一个语言的问题，不仅对仗、声韵、句法、章法是语言的问题，甚至体裁本身……也应该看成是一种语言。因为语言就是一种表达，体裁本质上看就是一种表达。"① 总之，语言体式或语言特征是"文体"的重要内涵。所以，语言体式方面的互文，自然也是文体互文的重要方面。"语体"互文主要有以下五种。

第一，韵散之间的互文。

语言体式主要指韵散。以此，所有文体可一分为二：即散文、韵文。魏晋南朝时盛行的"文笔之辨"的"文笔"其实就是"韵散"。文笔之辨主分，但是文与笔也往往互渗。隋唐以后，文笔互渗又演化为诗文互动。其典型形态就是古今文论中都已经、正在和还要继续热议的"以文为诗""以诗为文""以文为赋""以赋为诗""诗体小说"等命题。如韩愈《山石》以文为诗，其"句法"颇为散文化。反之，被誉为"宋代韩愈"的欧阳修也颇喜文体融合。他不仅以文为诗，还以诗为文。尤其他大力以诗为文，首获神效，终于打造出了"六一风神"这一享誉文坛的独特的美学标签。六一风神实质就是尽量使古文柔美化、情韵化、诗歌化。可见，韵散结合是文体优化的捷径；章学诚所谓"无韵之文，可通于诗者，亦于是而益广也"（《文史通义·诗教》），约即此意。这是"散文"主动互文于韵文。

韵文亦主动互文于散文。辞赋是我国独有的文体。其实辞赋本身也是诗文交合而生下的可爱"宁馨儿"。辞赋固然多源，但其直系族源显然是楚辞。楚辞之代表作品当然应推《离骚》，此文其实就是文皮诗心、亦诗亦文的异作。② 后之辞赋也大抵秉承了这个特点，"其杂近于文而又与诗丽也"③。且，后来辞赋的发展演化也跟着诗体、文体的进一步发展演化而同步进行。如先秦古文和《楚辞》相融合，形成

---

① 钱志熙：《论中国古代的文体学传统——兼论古代文学文体学研究的对象与方法》，《北京大学学报》2004 年第 9 期。

② 按：《离骚》之异，亦在浑体。（宋）陈师道《后山诗话》："子厚谓屈氏楚词，如《离骚》乃效'颂'，其次效'雅'，最后效'风'。""子厚"谓张耒。

③ （明）黄佐：《〈六艺流别〉序》，文渊阁四库全书本《明文海》卷二百十九。

汉大赋；后来散文发展出骈文，于是辞赋也出现了骈赋；律诗出现后，律赋也出现了；散文发展为唐宋古文，于是辞赋演化为文赋；白话文出现后，又出现了现代白话赋等。辞赋是诗，诗像女性。但辞赋不太喜欢与女伴们（韵文）一起玩，她常跟"男生"（散文）泡在一起；男生变，她也变。

赋体开放，自由出入"男女"（韵散）之间，它自己也得到了全面的发展，很快跃升为"大成文体"。精进后的辞赋的一大语体特征就是对句与丽辞多而且精，以至于刘勰《文心雕龙·丽辞》在讲到四种对偶时，前三种例句皆出自辞赋："故丽辞之体，凡有四对：言对为易，事对为难，反对为优，正对为劣……长卿《上林赋》云：'修容乎礼园，翱翔乎书圃'，此言对之类也；宋玉《神女赋》云：'毛嫱鄣袂，不足程序；西施掩面，比之无色'，此事对之类也；仲宣《登楼赋》云：'钟仪幽而楚奏，庄舄显而越吟'，此反对之类也；孟阳《七哀》云：'汉祖想枌榆，光武思白水'，此正对之类也。""四对"中只有"正对"举的例子出于诗歌。可见，辞赋已经成为"丽辞"的"大本营"了。辞赋发展好以后，又"反哺"散文，甚至它的"母辈"——诗歌，也跟着它学。比如，散文和诗歌都积极"学习"、引进辞赋的骈偶语式，从而各自弯道超车、迎头赶上。朱光潜说："诗和散文的骈俪化都起源于赋。"[①] 散文的骈俪化，最终产生了散文的一大分枝——骈体文。诗歌的骈俪化，主要是"习得"和增强了对偶手法，所以诗歌至魏晋南朝时，骈对成风，故刘勰《文心雕龙》说："自扬马张蔡，崇盛丽辞，如宋画吴冶，刻形镂法，丽句与深采并流，偶意共逸韵俱发。至魏晋群才，析句弥密，联字合趣，剖毫析厘。"（《丽辞》）"俪采百字之偶，争价一句之奇。"（《明诗》）后来，再加上声律的发明和成熟，遂促生了诗歌的另一分枝——律诗的出现。

第二，文章中的骈散兼备。

骈散之间既有争，也有和；斗而不破，和是主流。如中唐韩愈、柳宗元，既是古文泰斗，其实也擅骈丽；他们的文章往往骈散兼备。

[①] 朱光潜：《诗论》，上海古籍出版社2001年版，第125页。

"韩柳对骈文的态度是扬弃，而非抛弃；韩柳是唐代骈体文的改革者，而非反对者。韩柳骈文最显著的艺术特征莫过运散入骈、援古文技法入骈。韩柳之骈体，各具特色，同为中唐骈文之新变，且对宋四六有一定影响。韩柳的骈文与古文的参体互融现象显著，其文奇偶相间、单复并用，树立了瑰伟奇丽、卓荦精致的文章新风貌。骈散融合成为推动中唐文学新变的重要趋势。"① 此论得之。

骈散互融不是可有可无的，而是必需的。清代孙德谦说："夫骈文之中，苟无散句，则意理不显……骈散合一乃为骈文正格。"② 全用偶对，作为文章，必然会妨碍内容表达，文气也过于板滞。欲使文气流动活泼，非运散入骈不可。同理，散文也不必非要打散碾碎。散中有骈，会更赏心悦目。总之，"骈与散从来都不是对抗的，骈散合流才是古代文章发展流变的大趋势"③。

第三，诗歌中的古律互渗。

古律互渗发生在律体产生和定型之后。古律互渗又分两方面：即律中有古和古中有律。如唐代七律名作崔颢《黄鹤楼》前半运古入律④；而北朝民歌《木兰诗》则通篇古体散句，中间忽插入若干五言整句。但两者俱"混搭"得妙。

另外，词亦属"律诗"。而"以诗为词"的"诗"也应包括古体诗，这也属古律互渗。

古律互渗还应包括"虚词入律"。一般说，诗歌精炼，不贵虚词，律诗犹然。但若以文为诗，则古体诗之用虚字，也不新鲜；浸淫弥漫，则律诗也有好用虚词者，甚至以之作韵脚。

当然，古人也有不满于古律互渗的，尤其不满古中有律。如明代李东阳说："古诗与律不同体，必各有其体乃为合格。然律犹可间出

---

① 谷曙光：《韩柳骈文写作与中唐骈散互融之新趋势》，《文学评论》2015年第3期。
② （清）孙德谦：《六朝丽指》，《历代文话》，复旦大学出版社2007年版，第8450—8451页。
③ 谷曙光：《韩柳骈文写作与中唐骈散互融之新趋势》，《文学评论》2015年第3期。
④ 按：明代徐惟起认为此诗应属歌行体："崔颢《黄鹤楼》诗，古今绝唱。首起四句，浑然短歌句法也。李白《凤凰台》效之，声调亦似歌行。今人概收入律，恐未必当。唐人律格甚严，'汉阳树'对'鹦鹉洲'，'青天外'对'白鹭洲'，谓之歌体则自然，谓之律诗则迁就矣。"（文渊阁四库全书本《徐氏笔精》卷三）

古意,古不可涉律。古涉律调,如谢灵运'池塘生春草'、'红药当阶翻',虽一时传诵,固已移于流俗而不自觉。"①

又清代王士禛《古诗平仄论》也说:"七言古自有平仄。若平韵到底者,断不可杂以律句。"从尊体、辨体的角度而言,其说亦自有理。

总的来说,古律互渗的发生概率较低。这或许也暗示着:这方面还有较大的开拓空间。

第四,文白互文。

我国远古和中古文学,多半是文言文学,但白话文学也不绝如缕;至近现代,白话文学渐渐胜出。胡适有《白话文学史》、郑振铎有《中国俗文学史》,力倡白俗。其实文白之间既有冲犯,也可合作;两者似宜合不宜离。半文半白、亦深亦俗的作品,往往而有,往往优胜。《三国演义》就是这方面的经典。其成功,有力地推动了文白的融合,提升了白话的地位。

第五,篇幅互文。

前文已言,文体的"体"也可指"体制""篇幅"。这意味着,不同的文体,篇幅也不同。论篇幅大小,一般来说是:小说 > 散文 > 骈文 > 韵文。这当然不是绝对的。这个次序是可以翻转或调换的。虽然,不是所有的"翻转"或"调换"(即文体篇幅的突变)都是文体融合造成的;但是文体融合也会导致篇幅的互文,篇幅的互文进而导致篇幅的突然异变——这也的确是事实。比如,以文为诗、以小说为散文②的结果会导致后者的篇幅突增;反之,以诗为文、为赋、为小说的结果之一是后者的篇幅突缩。又如,散文与辞赋互动,出现文赋,其篇幅就加增;而诗体与小说互动,出现诗体小说,其篇幅就会短缩等。

再如,在"以史为诗"中,有一种可以叫作"以纪传文为诗"。也就是说,本来可以写成纪传文的,现在写成诗歌。比如杜甫的一些"诗史"诗即属此类。史传文的篇幅一般远长于诗体。故"诗史"之诗的篇幅也会变长,甚至变得很长。宋人叶梦得发觉此点,其《石林诗话》说:"长篇最难。晋魏以前,诗无过十韵者。盖尝使人以意逆

---

① (明)李东阳著,李庆立校释:《怀麓堂诗话校释》,人民文学出版社2009年版,第6页。
② 当代作家于坚"以小说为散文",往往几万字一篇。

志,初不以叙事倾尽为工。至老杜《述怀》《北征》诸篇,穷极笔力,如太史公纪传。此固古今绝唱也。"杜甫《述怀》《北征》等篇的诗史性质,论者已多;叶氏独发明其篇幅之长也正与其"以史为诗"直接相关,这是独见,也是笃见。另外值得注意的一点是:以史为诗多古体,少近体;这是因为古体的篇幅长些。杜甫"诗史诗"也有律绝;但往往又采用组诗的形式,以弥补容量的不足。如七律组诗《诸将五首》等。若干首构成一组,内容关联,次序不可乱。笔者推测,这可能也是"史体文"结构的灵活移植。

总的来看,就篇幅方面说,文体融合不外两个结果:变长,变短。这与文体体制演变的大趋势是一致的。文体体制演变的大趋势也是双轨并行,即一方面巨大化,另一方面微缩化。当然,巨大化是主流。

(七) 风格互文

中国古代文学、文论皆极重视和讲究风格。中国文论谓之"体性""体格"或"文体"。目前学界一般把风格论也归入文体论。故风格互文也属文体互文的一个重要方面。今天看,风格互文包含以下四个方面。

第一,文体风格互文。

曾枣庄说:"明确文体不仅指各种诗文的体裁,也指不同体裁作品的相对固定的独特风格是重要的,因文论文体时常讲的变体、破体多指后者。"[①] 曾枣庄讲的风格变体、破体即谓文体风格的互文。

顺便说一句,变体、破体、融合或互文,语意皆庶几。倘定要细究之,也自微有不同:"变体"义较客观,由于客观因素导致的文体的变异,一般谓之"变体";"破体"动作感十足,强调作家的主观努力,一般指强毅的作家有意识的文体革新行为;"融合"及"互文"则折中以上二者,词性相对平实,是对变体或破体的状态的冷静而客观的理论阐述的常用语。

凡一种文体,皆有其特定风格,此谓之"文体风格";中国古代一般谓之"大体""体要"等。曹丕《论文》曰:"奏议宜雅,书论

[①] 曾枣庄:《文化、文学与文体》,上海人民出版社2011年版,第317页。

宜理，铭诔尚实，诗赋欲丽"，陆机《文赋》："诗缘情而绮靡，赋体物而浏亮，碑披文以相质，诔缠绵而凄怆。"刘勰《文心雕龙·定势》："章表奏议，则准的乎典雅；赋颂歌诗，则羽仪乎清丽……"不过他的看法比较辩证，他不否认文体风格可以互参："是以绘事图色，文辞尽情，色糅而犬马殊形，情交而雅俗异势，熔范所拟，各有司匠，虽无严郛，难得逾越。然渊乎文者，并总群势：奇正虽反，必兼解以俱通；刚柔虽殊，必随时而适用。若爱典而恶华，则兼通之理偏，似夏人争弓矢，执一不可以独射也；若雅郑而共篇，则总一之势离，是楚人鬻矛誉楯，两难得而俱售也。"后一句话，彦和似乎又自相矛盾，原来他的意思是风格的融合也是有底线的："虽复契会相参，节文互杂，譬五色之锦，各以本采为地矣。"不过，总的来说，笔者觉得《定势》还是更强调势之"定"，强调"难得逾越"；至于"并总群势"方面，则只能"随时适用"，无论如何也不能造成"总一之势离"的局面。到了明清时期，文论界多有辨体之作；此类著述一般也会辨析不同或相近文体、诗体的不同风格，要求谨守而勿失。如明代吴讷《文章辨体序说》论歌行与七古二体风格之异曰："有歌行，有古诗。歌行则放情长言，古诗则循守法度，故其句语格调亦不能同也……"[①]又，明代胡应麟《诗薮·内编》（卷一）明确地说："文章自有体裁。凡为某体，务须寻其本色，庶几当行。"[②] 这些都是强调文体应各具风格的。

如果文体与风格恒能一一对应，这自然是最好不过的事情。至少，文体学家欲以风格类文的目的就可以圆满地达成。可惜，文学贵在翻新出奇。规矩存在的价值之一就在于可以被打破。不能或没有被违背过的规矩，其存在就毫无价值。而文学的规矩是最易招徕践踏的。文学领域的"非法之徒"又多又猖獗。文学园地"治安"极差，案件频发，"警察"几乎都被吓跑了，但读者大众却拍手称快，因为只有这样，文学园地才能永葆青春与活力。也有比较忠于职守的"警察"。文论家刘勰就算一个。《文心雕龙·定势》："自近代辞人，率好诡巧。

[①] （明）吴讷著，于北山校点：《文章辨体序说》，人民文学出版社1998年版，第32页。
[②] 周维德集校：《全明诗话》，齐鲁书社2005年版，第2499页。

原其为体，讹势所变，厌黩旧式，故穿凿取新。"文论家要立规矩，好作家要坏规矩。不止"近代辞人"为然。于是，文体与风格的一一对应就几乎不可能；以风格类文也很不可靠，"风格并无从根本上区分文类界限之力"①。所以，文类有边，风格无界；顶多是"定体则无，大体则有"（王若虚《滹南遗老集》卷3《文辨》）。质言之，文体风格并不固定，不绝缘，相反，它可以互掺，且常常互掺，十有八九会互掺。若此中有彼或易此于彼，即属风格互文。比如，一般说来，诗庄、词媚、曲俗；但这不绝对，诗也有通俗的，词也有文人词、清雅词之说，曲也有文采派，这其实就是文体风格互文。晚唐温庭筠的诗风与词风即高度一致。再如历史文尚写实，词语尚平正；文学贵虚构，辞藻贵华美。但史书有虚构、富丽辞者也不稀见，平实的小说、诗歌也多得是。如《史记》虽为历史，但高度小说化、传奇化，而"七实三虚"的《三国演义》可谓亦文亦史，汉末曹操的诗歌则明代钟惺誉为"汉末实录"（《古诗归》）。

另，比较而言，文学性文体的风格互文要比实用性文体的来得更容易，更被期待，也更多。

还有，语体或语式风格也属于文体风格，语体风格也可互文。就拿诗歌来说，不同的语式有不同的风格；但这些不同的风格也可互文。我国古诗最常用的是四言、五言和七言等语式。三种语式各有各的本色风格：四言雅润，五言流丽，七言粗豪。《文心雕龙·明诗》说："若夫四言正体，则雅润为本；五言流调，则清丽居宗。华实异用，唯才所安。"又钟嵘《诗品序》："夫四言文约意广……每苦文繁而意少，故世罕习焉。五言居文词之要，是众作之有滋味者也，故云会于流俗。"李白也曾说："兴寄深微，四言不如五言，七言又其靡也。"这话出自孟启《本事诗·高逸》所引，未必是真。但是，七言体唐以前人嫌它粗俗而罕用，这也是事实。西晋挚虞《文章流别论》说："七言者，'交交黄鸟止于桑'是也，于俳谐倡乐世用之。"傅玄《拟四愁诗序》也说："张平子作《四愁诗》，体小而俗，七言类也。"认

---

① 陈军：《文类基本问题研究》，北京大学出版社2013年版，第160页。

为七言粗俗，自非的论。元代扬载《诗法家数》云七言"声响、雄浑、铿锵、伟健、高远"，五言"沉静、深远、细嫩"。① 明清的辨体著述中，也多有辨析语体风格的。如明代徐师曾《文体明辨序说》讲到七古与五古风格不同时说：七古"其为则也，声长字纵，易以成文，故蕴气雕词，与五言略异……"② 但是，语体风格也非冥顽不化。比如，豪壮的五言诗也有的是，如晚唐贾岛《剑客》诗："十年磨一剑，霜刃未曾试。今日把示君，谁为不平事？"虽曰五言，然不可谓不豪壮也。而七言诗也可以写得清丽温雅。如上官仪《和太尉戏赠高阳公》（七古）、张若虚《春江花月夜》（七言歌行）等皆然。至于七律，正统文论家提倡要"温厚和平、不失六义之正"，反对"换句拗律，粗豪险怪"，斥为"斯皆律体之变"。③ 说明不少七律仍是"矜式"于温柔敦厚的。这是语体风格互文。

第二，雅俗互文。

雅俗互文一般表现为民间性与文人性互文。谭帆和王庆华认为："中国古代文化与文学大体可看作雅俗传统的对立、融合、发展。"④雅俗互渗、互动、互促是中国文学发生、发展的基本规律和重要视点。中国文学文体比如诗歌、小说等，往往都是先在民间发生、发展、流行，然后文人仿作拟作，再然后高度文人化、技巧化，成为文坛新的"劲旅"。如诗歌之从周汉民间风诗和乐府诗→文人仿作→汉末古诗→……中国诗歌之发生、发展大体就是这样一个过程。陶东风说："在中国文学史中，民间文学（如民歌）文体对于正统、高雅文体（如格律诗）的渗透是推动文学发展的主要动力之一。"⑤ 刘勰《文心雕龙·通变》说："斟酌乎质文之间，而櫽栝乎雅俗之际，可与言通变矣。"刘勰此言似亦含有这样的意思：质文与雅俗之间既互斥又互参的矛盾运动，是考察文学或文体演变的重要视点。

---

① （清）何文焕辑：《历代诗话》，中华书局1981年版，第729页。
② （明）徐师曾著，罗根泽校点：《文体明辨序说》，人民文学出版社1998年版，第105页。
③ （明）吴讷著，于北山校点：《文章辨体序说》人民文学出版社1998年版，第56页。
④ 谭帆、王庆华：《中国古代小说文体流变研究论略》，吴承学、何诗海主编《中国文体学与文体史研究》，凤凰出版社2011年版，第45—56页。
⑤ 陶东风：《文体演变及其文化意味》，云南人民出版社1994年版，第18页。

另据美国学者蔡宗齐的观察,正宗的、原生态的汉代民间乐府叙事多系"混合结构"(亦称多重结构),而文人的拟乐府诗则多属"双重结构"(或双重视角),而汉代文人古诗则基本简化为单线结构。"文人乐府这种双重视觉大量存在,似乎可以看成是从民歌乐府的多重视角向汉代古诗单一视角转变的过渡。"① 这一点当然也是汉诗由民间性的乐府诗转变为文人性的古诗的明证。

词的发展也是如此。20世纪初在敦煌发现的晚唐五代曲子词多民间词。风格朴素,情感直率,代表了原始的歌子词的本来面貌。五代及北宋前期有很多文人所作的词,仍具此风。如柳永词既大俗又大雅,其大俗的一面很大程度上是受民间原始词风影响所致。南宋辛弃疾的词虽属文人词,但也仍具有用语通俗、不避俚俗的一面,与民间词的用语风格相通。

不仅诗词,考之其他文体,也大都如此。限于篇幅,不再一一赘述。

雅俗互文不是对等的。历时性地看,"俗"压倒性地冲击甚至取代"雅",是中外文体演变的共性和共有趋势。托马舍夫斯基说:文类演变的途径之一是"高雅的类别经常为通俗的类别所代替"②。

还有一点也需要说明:雅俗之际,古与古有别,古与今更可能有变化,故宜具体情况具体分析,雅与俗不能完全用"现代眼光"看待。

第三,口头与书面的融合。

语言总是先于文字的。所以,口头文学的历史要比书面文学久远,而且久远得多。毕竟,文字历史只有几千年,而语言历史很可能不止百万年。由于长期积淀,加上民众广泛参与,故口头文学的成就很可能远远高于书面文学。至少在理论上,口头文学的质和量,都应该远超书

---

① [美]蔡宗齐:《汉魏晋五言诗的演变》,陈婧译,北京大学出版社2015年版,第67页。另,蔡宗齐说,典型的汉乐府民歌《陌上桑》就是混合结构。此诗不能仅仅视为叙事诗,它有很强的戏剧因素和戏剧结构,实际上由三幕短剧构成:第一幕的出场人物是罗敷和众人,众人观察罗敷,惊叹其美;第二幕"使君"出场,看上罗敷;第三幕是罗敷独白(或独唱),拒绝求爱。三幕短剧加起来,组成一首"诗",故称曰混合结构。"双重视角"或结构是说文人拟乐府之作往往一会儿第三人称叙事,一会儿又用第一人称抒情。单线结构或单一视角是指汉末文人古诗的纯抒情化、纯第一人称化,也就是乐府诗文人化、抒情化的完成。

② [俄]什科洛夫斯基:《主题》,托多罗夫编选,蔡鸿滨译《俄苏形式主义文论选》,中国社会科学出版社1989年版,第271页。

面文学。马克思就很惊叹古希腊荷马史诗的艺术成就,还"煞费苦心提出所谓艺术生产不平衡规律来解释希腊史诗之所以不可企及的原因"①。但毕竟文献难征,故文字之前的口头文学,后人已难窥探真貌。

但无论如何,即使作为集体记忆或无意识,口头文学对书面文学的影响亦自超级深远。

如果把文学史分为口头文学与书面文学两大阶段,那么,在这两大阶段之交,应该就是口头文学影响书面文学的"集暴期"。是故,上古的书面文学大都具有极强的口头性。如《尚书》《诗经》《论语》《楚辞》《战国策》、汉赋等皆然。《尚书》之所以佶屈聱牙,其中一个原因就是它是用古代口语甚至古代方言写成的。再如汉大赋文体的形成,也体现了口头文学的影响。汉赋多源。其中之一是先秦民间寓言;寓言演变为俗赋;后来,俗赋书面化、典雅化、宫廷化,就成了大赋。② 但与典重的大赋并行的同时,仍存在一支颇具俗赋风范的文人赋作子系统,诸如宋玉《登徒子好色赋》、王褒《僮约》、蔡邕《短人赋》、曹植《鹞雀赋》、陶渊明《闲情赋》等都属于这个子系统。西晋束皙的辞赋创作甚至以"鄙俗化"倾向而著称。③ 总之,大赋及文人"俗赋"的产生与发展都与口头文学密切相关。又如美国学者欧阳桢发现,敦煌变文《前汉家刘太子传》是"历史、神话、笔记和古诗的混合"④。这显然属于两种以上的书面文学和口头文学的多元融合。

当然,任何时代的社会生活中都有口头文学,其与书面文学之间也在永恒地互动。如东汉造纸术发明后,书写更自由,"语体文"(古白话)著述乃应时而出,如王充《论衡》、王符《潜夫论》、仲长统《昌言》等皆是;宋代活字印刷术发明后,语录体乃得大行;这些都属于生活化的语体。清代人作文作诗追求"雅洁",不喜俚俗。诗文领域及通俗文学领域皆然。如蒲松龄"才非干宝,雅爱搜神;情类黄

---

① 林岗:《口述与案头》,北京大学出版社2011年版,第28页。
② 详参魏玮《从先秦寓言到俗赋》,《甘肃社会科学》2016年第2期。
③ 详参马丽娅《从"贵族"走向"平民"——试论束皙辞赋的"鄙俗"及影响》,《语文学刊》2002年第6期。
④ 欧阳桢:*Word of Mouth: Oral Storytelling in the Pien-wen*,博士学位论文,美国印地安纳大学,1977年,第110页。

州,喜人谈鬼。闻则命笔,遂以成编"(《聊斋自序》),他"'闻'的是方言俗语,而'笔'出来的则是文言雅作","当时人是不会像蒲松龄写的那样讲话的。当初道白出来的故事一定用方言俗语的,而蒲松龄用案头语言再述一遍"①,皇皇《聊斋》主要就是这样"闻而笔"出来的。至于近代兴起的白话文、白话诗等与口语之间的密切关系就更不用说了。总之,口述与案头好比亿万年前的远亲,但因为一直常来常往、常走常亲,所以关系仍然像当初一样地亲密。事实上,文学史上的很多文体都是先在民间流行,然后成为文人文学的。如五言诗源于汉乐府民歌,宋词源于唐五代曲子词,白话小说源于民间说唱文学等。其实,民间说唱文学还不是小说的"根"源,因为民间说唱文学又"根"源于社会各阶层的、流传已久的口传故事。故《汉书·艺文志》称"小说"源于"稗官"收集到的"街谈巷语";而魏晋文人的"清谈""玄谈"催生了《世说新语》《搜神记》等志人志怪小说;唐宋人的"剧谈""新见异闻"②促生了唐宋传奇小说。文人文学趋于衰飒时,常"乞灵"于民间或异域文学;途径之一就是文体移植、改造、完善和提升,从而重振自身的活力。诗词、歌赋、戏剧、小说,无不如是。考之西方,其书面文学也大多如此。西洋的小说、戏剧也都是起源于口述与民间的。

　　口头与案头的互动,当然也包括后者对前者的影响。如唐宋变文及宋元讲史平话等就是由书面文本→口头说唱艺术的。但两者之间的互动关系并不对等,若度长絜大,则口头影响案头远大于反过来。用公式表示就是"口头文学⇌案头文学"。在上面的箭头表示程度较大。两者的互动关系可图示为:

$$口头文学 \rightarrow 书面文学$$
$$\uparrow \qquad \qquad \downarrow$$
$$新书面文学 \leftarrow 新口头文学$$

---

　　① 林岗:《口述与案头》,北京大学出版社2011年版,第185页。
　　② (唐)韦绚《刘宾客嘉话录·序》:"文人剧谈,卿相新语,异常梦语,若谐谑、卜祝、童谣、佳句,即席听之,退而默记。"(唐)康骈《剧谈录序》:"其间退黜羁寓,旅乎秦甸洛师,新见异闻,常思纪述。"

第四，国家、民族间的风格互文。

就全球说，世界有诸多国家和种族，不同国家、种族间的文化风格也异样。不同才有吸引力，才有互补。故彼此的交流、通融自古就有。进入20世纪后，随着科技的进步，地球越来越像个大村子。异国风情、异族风味渐行渐近，以至于无所不有，触手可及。全球化趋势仍在加速持续中，一带一路、大欧亚等都是这一趋势的体现。这势必会更加促进"异类"文化间的进一步融合。

就国内说，我国是多民族国家。56个民族虽各有各的文化，但共性亦多，融合亦常。历史上，我国各民族间的文化融合主要发生在中心与边疆及邻国之间。如唐诗的繁荣就得力于"合南北之胜"。宋词的音乐则是主要基于西来的"宴乐"系统。进入21世纪，我国学术界又有人提出"中华多民族文学史观"之概念①，此论打破了"少数民族文学"与"汉民族文学"二元对立之格局，打开了中国文学史的本来视野，促进了"混血文学"的再次、高质育生。

（八）体裁、体类互文

体裁、体类是中国古代"文体"一词的最基本的含义。通常意义上的文体融合，主要指体裁、体类的融合。故具论于此。不过，上文所论，与此或有交叠，这是因为"文体"的七个含义之间本有交叠。此处单列一项，并置之于后，是为了突出其根本性和重要性。

体裁、体类的互文，中国古代文论常用"以A为B""A中有B""A体B"及"运（援）A入（于）B"等语式来表达。如"以文为诗""以诗为文""以诗为词""以文为词""以词为曲""以赋为曲""骈中有散""散中有骈""诗体小说""骈体小说""骚体赋""诗体剧""运散于骈""援赋入诗"等。这些表达今天仍具有很高的理论活性。这个现象不只是古人关注并予论述，今人在谈及文体融渗时也往往津津乐道焉。是故，这方面的论述比较多，且多集中于诗、赋、词、曲的三三两两的互文方面，如讲诗词互文的有台湾学者王伟勇《宋词与唐诗之对应研究》（文史哲出版社2004年版），以及许芳红《南宋

---

① 详参关纪新《创建并确立中华多民族文学史观》，《民族文学研究》2007年第2期。

前期诗词之文体互渗研究》(中国社会科学出版社 2012 年版) 等著述,讲诗、词与曲互文的有吴晟《中国古代诗歌与戏剧互为体用研究》(北京大学出版社 2014 年版) 等。这方面的论文就更多了。按下不表。

但有三点,笔者觉得必须予以申明:其一,虽然文体融合主要指体裁、体类的融合,但体裁、体类的融合并非文体融合的全部。古人、今人都特别关注体裁、体类的融合并累积了非常充分的论述,这当然是好事,更不为过;但一枝独秀,仅限于此,则难免会发生灯下黑、一叶障目之现象,此类论述也就难免会有失全面、有待完善。这也是笔者系统铺论文体融合之诸种方式的初心所在。其二,这方面的论述虽多,虽好,但不等于已臻完善。因为体裁、体类的融合绝不仅限于两两结合或两三个体类的融渗,体裁、体类的融合走得更远,更远。可以这样说,古今学者对文体融合的观察多止于"A + B"或"A + B + C",而文体融合的实践层面早已走向"A + B + C + D + E + ……",甚至早已走向所有文体的"全家福"式的大浑和了。比如,至少在理论上,汉大赋不是完全可以兼容所有已有文体吗?又如,明清的长篇小说,想想看,有什么其他文体不可以参入其中呢?诗词歌赋,骈散韵整,文学性文及非文学性文,所有文体,都可无障碍进入,都可"无缝对接",都可"进得去、留得住、活得好"。这不就是全体浑和吗?用古人的话讲就是"体兼众制"(唐·姚思廉《梁书·萧子显传》萧子显语)、"文备众体"(宋·赵彦卫《云麓漫钞》卷八)、"无体不备"(清·孔尚任《桃花扇小引》)、"集大成"(《孟子·万章下》)。岂止是"以 A 为 B"或"以 A 和 B 为 C"!理论是灰色的,实践之树长青。理论必须及时更新,追上实践的步武,才能"脱灰",才能"转青"。其三,还有一个不太重要的但学术界大都遗忽的方面,那就是相近或相邻文体间的融合。如"诗中有诗""戏里有戏""小说中套小说"等现象,也往往而有。这方面的研究,也不能总空着。

(九) 题材内容互文

题材内容属于"写什么"的问题,但又不仅仅是"写什么"的问题。因为"写什么",即使不是"决定着",至少也是"密切关联着""怎样写"的问题。所以,我们讨论文体融合也要涉及"写什么"。当然，我们主要是从它的"密切关联着"的"怎样写"的角度而论的。

在我国古代，题材内容是"文类"划分的主要依据，也可以说是古代"文体"一语的内涵义之一。虽然这样的归类和这样的文体概念并不科学，因为认真地说，每篇任一体裁的题材内容都是独特的，但它的确是古代文体、文类活动的事实，甚至是经常发生的事实。故吴承学说："'体'的含义，在古代除指文体、风格之外，还可指题材，而题材与文体又有所联系。"① 题材与文体"有所联系"，这个话是很有分寸的。既照顾了古代的文体实际，又在文体理论和逻辑方面有所保留。

一般认为，不同的文体在题材内容方面也有些差异；题材内容又关联着风格及写法等，从而"规定"或"影响"着文体。所以说，一方面，题材内容关联着文体；另一方面，文体也以善于表现特定的题材内容而获得其存在的意义及与它体的区分。拿诗与词来说，诗题材广泛，风格比较庄严，而词为艳科，偏于男女，早期词则有较多的艺妓内容。甚至迄今为止，词中也罕见或没有哲理词、山水词、田园词②、记人词、叙事词、应用词等，而诗歌都有；非谓词中绝无，而是说即使有也是偶尔或局部，没有才是常态。后来，词的题材内容扩大了，尤其到苏辛手里，几乎完全诗歌化、文人化、案头化、抒情自我化、风格豪放化了，以至于"无事不可入，无意不可言"③。清代甚至有以词代书，即把词当书信来对待的。如清初顾贞观《金缕曲》（二首）就是写给他的朋友吴尔骞的"信"。此后，不断有人效仿他以词代应用文。显然，词的发展和鼎盛与其在题材内容方面积极与诗歌（古文、辞赋等）"互文"有莫大关系。这样，"小歌词"（李清照语）因而终成"大文体"。

元好问还"以传奇为词"。其中也包括传奇（小说、戏曲）与词

---

① 吴承学：《辨体与破体》，《文学评论》1991年第4期。
② 词有农村词、闲逸词，但与田园诗意义上的田园词不类。因为田园诗是以写景为主的，主要描写诗意化的农村风光；而农村词是以写农人生活为主，以农人为主，不以写农村风光尤其是审美化的农村风光为主，风景描写是用来交代场地的，已经背景化。闲逸词则属于抒情诗，它借鉴了诗歌情景交融的表现手法，常常借景抒情，而不以写景为主。
③ （清）刘熙载：《艺概》（词曲概），上海古籍出版社1978年版，第108页。

的题材内容的互文。赵维江、夏令伟说:"通观遗山词,我们会发现其'刻意争奇'不仅表现在语言风格上,还表现在词的选材、作法等方面。元好问的许多词作不避险怪,述奇志异,呈现出一种明显的'传奇'特征,不妨称其为'传奇体'。其中典型的作品,大致呈现为一种词序叙述故事而正文咏叹故事的结构形式。但这种传奇体并未改变词体的抒情特质,只是改变了传统词体表达方式上的比重和抒情效应,即使那些直接以正文述奇的作品,其着力点仍是在对故事的惊叹感慨之上。"① 这样,精致的"小歌词"又向通俗文学靠拢了。

钱钟书说:清代焦循"'诗文相乱'云云,尤皮相之谈。文章之革故鼎新,道无它,曰以不文为文,以文为诗而已。向所谓不入文之事物,今则取为文料;向所谓不雅之字句,今则组织而斐然成章。"黄遵宪《人境庐诗草》"自序"说他写诗选材时,"凡事名物切于今者,皆采取而假借之","举今日之官书会典方言俗谚,以及古人未有之物,未辟之境,耳目所历,皆笔而书之"。这些话,若反套焦循的之说,就是主张诗词文赋"大相乱",大乱大治大发展。

说到题材内容互文,还要说到檃栝体。北宋出现"檃栝词",苏轼首先明确使用"檃栝"一语。被誉为最专业的檃栝词人的南宋文士林正大更是大量地把前人的歌诗赋辞乃至于散文檃栝为词,并结集为《风雅遗音》。吴承学说,宋代"檃栝词的兴起,除了在文体内部以诗度曲的风气之外,可能还与唐宋士子的'帖括'形式有关系"②。但檃栝之作非宋代始有,檃栝之体也不限于词。总的来看,"檃栝体"(也作隐括体),是宋代以后形成的文体写作现象,即"仿拟"已有之作,檃栝其意,再改作为它体。"檃栝"一词的本意是矫煣散木,使之平直或成形的工具。檃栝性写作一般是改长为短,如翻文意为诗、化诗为词等。"檃栝体"其实不是一种文体名,而是文体改作或改体而作之现象。被改作者往往已成优作,知名度较高,故颇具借鉴价值;又为避抄袭之嫌,故改以它体出之。很显然,檃栝体是以题材内容之互文为主要特征的,也可以说是题材内容互文的特例。

---

① 赵维江、夏令伟:《论元好问以传奇为词现象》,《文学遗产》2011年第2期。
② 吴承学:《中国古代文体形态研究》第三版,北京大学出版社2013年版,第205页。

当然，被櫽栝者与櫽栝者之间的互文，不只体现在题材内容方面。在其他较多的方面，如情调风格、表现手法、篇法结构等也极易"顺道"互文，从而形成"综合性互文"。櫽栝体犹如"异时而生"的双胞胎或多胞胎，除文体有异外，在其他很多方面都极相似。

从篇幅上说，有精约化櫽栝，有扩张化櫽栝。由苏轼《赤壁赋》到《念奴娇·过洞庭》，这是精约化櫽栝；由《三国志》《资治通鉴》到《三国演义》，这是扩张化櫽栝。

另，櫽栝体既关乎辨体，也诱发混体。说它事关辨体，是因为体各有法、体异法更，不能一成不变，故即使同题，其他方面也不相同——这就"显影"了文体之异，有利于维护文体的独特性；说它也诱发混体，是说其体虽异、其题则同，故极易发生平移性内容互文之现象，从而诱发混浑。只不过櫽栝活动无意于、不专于文体混浑，故其文体浑和价值亦有限。

另，櫽栝体可以佐证"文体主要是形式"这一基本判断。櫽栝体之间，不变的是内容，变的是呈现的方式。沉迷于作櫽栝体者，图的就是这一点。不过，呈现方式不只产生"新鲜感"、满足"创造欲"，它对"内容"也是会有所"修改""侧重"乃至"适度变形"的。

另须注意：櫽栝体不同于同题分咏之异体共作。前者有先后问题，先有某作，后有改体；后者系同时之作，同一题材，异体共咏。苏轼有《前后赤壁赋》，南宋张孝祥仿改为《念奴娇·过洞庭》词，这属于櫽栝；而白居易作《长恨歌》，陈鸿作传奇《长恨歌传》，这属于同题（题材，内容）共作。

还有，櫽栝体与转写、仿作等相类，有时不易分清。从题材内容互文之角度看，三者同伦，不相伯仲。如晚唐杜牧有《清明》诗："清明时节雨纷纷，路上行人欲断魂。借问酒家何处有？牧童遥指杏花村。"北宋宋祁有《锦缠道·春游》词："燕子呢喃，景色乍长春昼。睹园林、万花如绣。海棠经雨胭脂透。柳展宫眉，翠拂行人首。向郊原踏青，恣歌携手。醉醺醺、尚寻芳酒。问牧童、遥指孤村道：'杏花深处，那里人家有。'"此处之杜诗与宋词，是櫽栝还是转写还是仿作？感觉难解难分。此种情形很多。意者櫽栝体也无一定之规，有全部檃栝者，类乎仿作；有部分檃栝者，类乎转写。当然，相对而言，三者之中，要论灵活性和创新性，当属"转写"。仿作最乏新意，一般系初学者练笔而为，其被仿者与仿者形如主奴，仿者缩手缩脚，甚至都谈不上"创作"；其次是檃栝。凡檃栝，体裁须变，这就必萌新意味、新感觉，但檃栝体在内容上受限较多，否则不成檃栝矣；只有转写或改作、改编，最为洒脱，只是有些粘挂，其他均放手而为。如王粲《登楼赋》被郑光祖改编为《醉思乡王粲登楼》杂剧，白居易《井底引银瓶》《长恨歌》《琵琶行》诗被白朴、马致远改编为《裴少俊墙头马上》《唐明皇秋夜梧桐雨》《江州司马青衫泪》杂剧等即然。

仿作，不同于"彷拟"。"彷拟"是中国古代小说写作中的常用写法。最早论及古代小说"彷拟"现象的是鲁迅《中国小说史略》[①]。"撷取其他文艺或非文艺作品的现成素材入于自己的创作之中"，这就是"彷拟"叙述，它是中国古代文学中一种"源远流长的创作模式"，"中国古代小说竞相彷拟，文本互涉（'互文'），从而形成一幅前后一脉，互为勾连，你中有我、我中有你的整体图景"，"在许多研究者那里，通常会将它（谓《金瓶梅词话》——引者注）应用不同来源素材的手法称为模仿、镶嵌、抄袭、引用、借鉴等等"[②]。"彷拟"的主要对象是故事情节及人物形象。可见，中国古代小说研究领域里的"彷拟论"属于笔者所讲的"题材内容互文"的局部的展开。

至于集句诗、集锦诗、集诗词文句为诗词者[③]，也往往而有，如文天祥有《集杜诗》，王安石、苏轼、汪元量等都有集诗词为诗词之作，西晋傅玄有《七经诗》，明代汤显祖《牡丹亭》也多寓集句诗，

---

① 详参温庆新《〈中国小说史略〉有关古代小说彷拟现象的小说史叙述》，《学术研究》2017年第7期。

② 杨彬：《彷拟及其类型与文体丕变：〈金瓶梅词话〉的彷拟研究》，《学术月刊》2019年第9期。另，关于"彷拟"可参阅：杨彬、李桂奎《"彷拟"叙述与中国古代小说的文本演变》，《复旦学报》2011年第6期。

③ 按：比较而言，"集诗（词文）诗"比"集词（诗文）词"者多。后者罕见。何也？非因"词"不能集（或词体排斥、不具备集成性），实因词难集。词何以难集？不在词、在古人轻词，故谙熟大量词作者鲜。

此可视为文体浑和之特例，为之有益，不为无害。明代李东阳说："集句诗，宋始有之，盖以律意相称为善。"①

黄庭坚讲作文自作语最难，若欲又快又好，可以"点铁成金""夺胎换骨"。点铁成金就是借鉴词句，夺胎换骨就是借鉴构思。清代薛雪说："用前人字句，不可并意用之。语陈而意新，语同而意异，则前人之字句，即吾之字句也。……能以陈言而发新意，才是大雄。"又："诗文家最忌雷同，而大本领人偏多于雷同处见长。若举步换影，文人才子之能事，何足为奇？惟其篇篇对峙，段段双峰，却又不异而异，同而不同，才是大本领，真超脱。"②王国维《人间词话》也说："楚辞之体，非屈子所创也。'沧浪'、'凤兮'之歌已与三百篇异，然至屈子而最工。五七之律始于齐梁而盛于唐，词源于唐而大盛于北宋。故最工之文学，非徒善创，亦且善因。"③又，唐代刘肃《大唐新语·谐谑》载："有枣强尉张怀庆好偷名士文章……人为之谚云：'活剥王昌龄，生吞郭正一。'"王昌龄应为张昌龄。张昌龄、郭正一是高宗朝文士。张怀庆剽窃张郭，简单粗暴，落下话把。钱钟书《谈艺录》讲王安石"每遇他人佳句，必巧取豪夺，百计临摹，以为己有；或袭其句，或改其字，或反其意。集中作贼，唐宋大家无如公之明目张胆者"；大家都"作贼"，此乃"辞章中习见事也"。④再如，崔颢《黄鹤楼》，李白几次仿效，如《登金陵凤凰台》《鹦鹉洲》等即然，其实崔颢也借鉴了沈佺期《龙池篇》。再后鲁迅又戏仿为《剥崔颢黄鹤楼诗吊大学生》。网络博文《苏东坡的文学模仿秀》说：文艺"模仿秀"在古代是非常流行的"游戏"；苏东坡"表演模仿秀的次数不止一两回，而且，诗、词、文都有"，据宋代罗大经《鹤林玉露》卷之六，其名作《前赤壁赋》是模仿《史记·伯夷传》，其名词《水龙吟·次韵章质夫杨花词》（"似花还似非花"）是模仿他的朋友章质夫的，"他喜欢陶渊明，因此在贬官海南期间，写过不少模仿

---

① （明）李东阳：《怀麓堂诗话》，文渊阁四库全书本。
② （清）薛雪著，杜维沫校注：《一瓢诗话》，《原诗 一瓢诗话 说诗晬语》，人民文学出版社1998年版，第105、120页。
③ 王国维著，赵明校注：《人间词话校注》，浙江工商大学出版社2018年版，第110页。
④ 钱钟书：《谈艺录》，商务印书馆2016年版，第587、590页。

陶渊明的诗"。① 这些事例，尤其张怀庆事，已涉嫌"滥用""互文性"了。对此现象，陈定家曾综论曰：

> 在克里斯蒂娃看来，每一个文本都是直接或间接的引用语或仿造语的大集会；每一个文本都是对另一个文本的吸收和改造。任何作品的文本都是许多引文的镶嵌品构成的，是对其他文本的吸收和转化。按照诗人 T. S. 艾略特的说法就是初学者"依样画葫芦"，高手"偷梁则换柱"。马歇雷甚至对"创作论"进行过哲学层面的清算，他根本就不信有什么平地起楼或另辟蹊径的创作，任何作者都不过是在运用前人的文本"制造"新文本而已。甚至有人说，《红楼梦》全凭"曹雪芹的抄写勤"，《管锥编》也无非是"钱钟书抄千种书"。……如果不加甄别，恶意克隆，为名利计，为稻粱谋，剽窃他人作品，冒充自己的成果，这种行为，于作者是一种行窃，对读者是一种欺骗。②

三　余论

最后须要说明的一点是：这九种模式并不绝缘，也并非总是单兵突进，而常常是共生并存、综合性施加的。可谓之"综合性文体互文"。如亦诗亦词的陆游，就有诗词共同吟咏他与唐婉的爱情的。这些诗词写得几乎是"同一模式、同一情调、同一手法、同一风格"③，即在题材内容、表达方式、艺术手法、情调风格等方面都存在着综合性互文现象。陆游当然不是特例。文坛此现象多矣。那些"檃栝体"、转写体等同题（题目，题材）异体之诸作之间，尤易发生"综合性互文"。此处之所以分条陈说，只是出于叙述的方便，出于不得已的行文策略，而非理路的内在要求。九种模式都很概括，既

---

① 锦锈中华8杰出人生：《苏东坡的文学模仿秀》，http://blog.sina.com.cn/s/blog_63075e640100gtgm.html。
② 陈定家：《文之舞——网络文学与互文性研究》，社会科学文献出版社2014年版，第58页。
③ 许芳红：《南宋前期诗词之文体互渗研究》，中国社会科学出版社2012年版，第139页。

失诸精细，也未必能揭示文体浑融或文体互文的全貌；可以说本论题至此仍远处于"未完、待续"状态，期待对此感兴趣者有新的补足，新的发明。

另外，笔者所论偏于形式方面。前八条即皆属于形式方面。只有最后一条，即第九条属于内容方面。正因其属于内容因素，故殿后。这主要是因为文体问题主要是文学的审美形式问题。文体不只是形式，但主要是形式。

第五节　论"以文为诗"的四种型态

本节内容提要："以文为诗"的提出背景是中唐古文运动，但"以文为诗"中的"文"不限于古文。理论往往落后于实际。以文为诗早已发生。实际上，"以文为诗"有以经子文为诗、以历史文为诗、以古文为诗和以骈文为诗等四种型态。从逻辑上说，以文为诗大致可分为三个方面：内容上，形式上，风格上。

"以文为诗"向来为学界所重视，相关论述也较多。但遗憾的是，仍有一些比较基础的问题被大家集体无意识地忽略了。"文"在我国古代是一个很复杂、多型态的文种。依内容论，有经子文，有历史文，有应用文，有文学性散文；依时代论，有先秦文，有魏晋文，有唐宋文，有明清时文；依语言形式论，有散文、骈文，有文言文、白话文等。同样，诗歌的情况也很复杂。如此，"以文为诗"岂可一概而论？笔者认为，要讲清"以文为诗"，须先辨明"以何种文"为"何种诗"——此事弄清楚，犹如夯实地基；地基夯实，始可言上层建筑，始可言"以文为诗"。

还有一点也屡屡为论者所忽略，这里也须预先申明，即"以文为诗"发生的时间或背景。请注意，"以文为诗"论题化或者说这个论题"浮出水面"的时间是中唐，背景是古文运动。"以文为诗"的"文"默认状态下指的是"古文"。"古文"之概念，始于中唐古文运动。韩、柳等人的古文概念，类似于今之"散文"，是指与骈文相对的、以先秦和西汉的经子史文为范型的、奇句单行不讲究对偶声律的散体文。其内容非常广泛，既可明道，也可记事、写景，还可以抒情（包括抒发不平之鸣）。在性质上，它既可以是应用文或其他各种非文学性文章，也可以是文学性散文。当然，"以文为诗的'文'，主要应指文学性散文"①；同时，也包括非文学性文章，这是因为古代（尤其在自中唐开肇的"古文"概念的语境中）不严文学与非文学之界。中唐古文运动以后，古文大盛，于是乃有诗文对举。故曰：诗、文对举始于中唐，形成于北宋。②"诗文对举"是"以文为诗"（也包括"以诗为文"）的文学或文体学背景。离开或忽略这个背景讲"以文为诗"（或"以诗为文"）是讲不通透的。当然，古文之"名"虽始于中唐，但古文之"实"先秦已有；所以，就文学实际说，"以文为诗"的"文"也不限于起于中唐的所谓的"古文"。

就中唐以前说，"文"的内涵也很复杂。先秦、秦汉时人讲的"文"一般有两意，一曰"文学"，一曰"文章"。"文学"谓学术、文化；"文章"谓诗赋之类。秦汉人单讲一个"文"时，主要指"文学"，即学术、文化，而非"文章"。《汉书·艺文志》"六艺略"里就没有"古文"（或"杂文"）之目，虽有"文章"一语，但主要指辞赋等有韵之文，而非今天意义上的文章。这就意味着：秦汉（以前）有文章之实，而无文章之名。这种现象说怪也不怪，刘师培《论文杂记》解释道："班《志》之叙艺文也，仅序诗赋为五种，而未及杂文；诚以古人不立文名，偶有撰著，皆出入六经、诸子之中，非六经、诸子而外，别有古文一体也……故古人不立文名，亦不立集名。"原来，秦汉人的文体视域中只有经史子，没有"古文"或"文章"之目。魏晋六朝时期也大体如此。这主要是因为魏晋六朝时期，骈文偏盛，散文基本上仍处于"休眠"状态；再加上文化惯性的作用，故然。由此，我们大体上可以这样说：古文运动之前——也就是先秦秦汉魏晋六朝时期——尚无"古文"或"文章"。一者无此名目，二者也确实没有真正可以称为"古文"的篇章。因为既然古人"偶有撰

---

① 余恕诚、吴怀东：《唐诗与其他文体之关系研究》，中华书局2012年版，第144页。
② 详参谷曙光《斟酌于辨异细化与宏观综括之间——宋代文体分类论略》，《中国文化研究》2015年秋之卷。

著,皆出入六经、诸子之中",那么这些文章就不能归属于严格意义上的"古文";而是经文、子文、史文。唐宋的"古文"概念里固然也包括经史子之文,但"古文"主要应指文学性散文。从文论上看,秦汉时的"文学""文章"的区分尚属于不自觉的行为;到魏晋南朝时,文论领域出现了较为自觉的"文笔之辨"。"文笔之辨"的"文"主要指"韵文",约相当于秦汉时的"文章";"笔"主要指文章,约相当于秦汉时的"文学",魏晋六朝时则主要指各体骈文(理论上也应包括散文)。除了中唐以后所谓的"古文","以文为诗"的"文"也应包括上面所说的先秦时的"文学"、魏晋时的"笔"。文笔之辨至中唐,再演化为"诗文对举"或"诗文两分"。于是,"以诗为文"问题正式登场。

从这个意义上,我们可以这样说,以唐为界,"以文为诗"可分为两大类:唐前为非自觉的,唐后为自觉的。我们当然更应该关注唐以后的、已经自觉的以文为诗;但是我们应该清楚的一点是:既不能说以文为诗始于中唐或以后,也不能在论以文为诗时只论中唐以后。文体浑融既可以是自觉的、有意识的,甚至是标榜的,也可以是非自觉的、无意识的、静悄悄的。清代许印芳在为韩愈诗歌辩护时就把"以文为诗"上溯到《诗经》:"后之读其诗者,往往舍本求末,且妄生訾议,谓其'以文为诗',不合体格。独不思'三百篇'固宇宙大文字也。如《国风》之《七月》、《东山》、《谷风》、《氓》篇,《小雅》之《小弁》、《楚茨》,《大雅》之《生民》、《抑戒》,《鲁颂》之《泮水》、《閟宫》,此等长篇,纯乎以文为诗。先民有作,体格如是;圣人删订,垂为典则矣。"[①] 应当说,《诗经》之以文为诗,还谈不上"纯乎",如或有之,亦似出于非自觉也。鉴乎此,这里兼顾并论所有的以文为诗的现象及问题。

笔者拟把"以文为诗"分解为"以经子文为诗""以历史文为诗""以古文为诗""以骈文为诗"等四种型态,以精准、深入地阐释

[①] (清)许印芳:《〈答李翊书〉、〈答刘正夫书〉等跋》,张文勋、郑思礼、姜文清《许印芳诗论评注》,云南教育出版社1992年版,第57页。按:《抑》诗题或作"懿戒""抑戒",诗意主告诫。

"以何种文为诗"之问题。至于"以文为何种诗"——这是一个从属性的问题,它很大程度上取决于"以何种文为之",所以不必另论,本篇顺带论及可矣。

一 以经子文为诗(说理诗)

这里所说的"经子文",主要指先秦儒家及诸子百家的作品,同时也包括后来的儒家、佛家、道家、杂家等哲学社会科学及人文科学等方面的著述。

严格说来,文人诗最早出现于汉代。所以,"以经子文为诗"最早也发生于两汉,流行于魏晋六朝,迤逦于唐、宋、明、清。就汉代说,汉儒以经说诗,"诗三百"被经学化,体现了经学对文学的强力渗透;汉诗如汉文人诗、汉民歌等也不同程度地受到经学沾溉;而汉赋与经学也有非常密切的关联[1]——汉赋押韵,也可以看作广义上的诗歌。

再就魏晋六朝说,"以经子文为诗"可谓大行其道,可分为三种:儒理诗;玄言诗;佛理诗。[2] 三者中,最受瞩目的当属魏晋时期最为流行的玄言诗。玄言诗,其实就是"道"理诗、玄理诗,内容上主要以复述道家或玄学思想为主,表现上偏于议论、说理,形式上有四言、五言,多古体、多齐言体,属于典型的(士族)文人诗。玄言诗是我国诗歌史上的第一次大规模的哲理诗"实验"性写作。个中既有教训,也有贡献。写得不好的玄言诗,早已被钟嵘、刘勰等批评为"漆圆义疏""柱下旨归""淡乎寡味"等;而写得较好的比如郭璞、陶渊明、谢灵运的一些玄言诗或诗中说理,因为增加了游仙或山水或田园的内成分而焕发了艺术活力,故涌现出了一些富于形象、情感和理趣的佳作。尤其陶潜的诗,颇受玄理沾溉,熔高情、理趣、意境为一炉,成就很高,影响也大。

南朝齐梁时期则有一些文人喜欢写儒理诗。梁简文帝萧纲《与

---

[1] 详参冯良方《汉赋与经学》,中国社会科学出版社2004年版。
[2] 有论者称,中国说理诗有三次高潮:两晋玄言诗,唐五代释道诗,宋明理学诗。详参张涤云《中国诗歌通论》,浙江大学出版社2006年版,第429—435页。其说与笔者大体相合。

湘东王书》曰："未闻吟咏性情，反拟《内则》之篇；操笔写志，更摹《酒诰》之作；'迟迟春日'，反学《归藏》；'湛湛江水'，遂同《大传》。"《内则》是《礼记》中的一篇，《酒诰》出自《尚书》，《归藏》指《易经》，《大传》指《易经》七传或《尚书大传》（西汉伏胜作），这些著述都是儒家经典或对经典的传注。萧纲这些话是批评当时一些诗歌中的"头巾气"的；但我们也可据此而逆观察到：当时诗歌创作中存在较多的以儒理为诗的现象，所以萧纲才撰文批评。

宋代有所谓"理学诗""易理诗"，实际都属于"儒理诗"。这些诗中往往也有佳作。如文学、理学双修的朱熹、邵雍等，都有名篇传世。宋诗整体上好议论，成因固多，理学影响是其一也。

清代帝王尚实学，故康熙、乾隆等都带头作儒理诗，钱钟书所谓"清高宗亦以文为诗，语助拖沓，令人作呕"者也。或许，其弊不在语词，而在道理之迂阔焉。上有所好，下必甚之。如当时文人钱载也"以文为诗"，也"诗用虚字，殊多滥恶"，甚至作近体亦然，故被时人王应奎《柳南随笔》（卷二）讥为"五七字时文"[1]。

清代潘德舆《养一斋诗话》在论及历代之诗文互参现象时说："晋诗似《道德经》"，"宋诗似策论，南宋人诗似语录"。[2] 清代薛雪《一瓢诗话》亦云："宋诗似文，与唐人较远；元诗似词，与唐人较近。"[3] 清代叶燮不满唐诗主情、宋诗主理之说，提出："唐人诗有议论者，杜甫是也。杜五言古，议论尤多……且'三百篇'中，'二雅'为议论者，正自不少。……如言宋人以文为诗，则李白乐府长短句，何尝非文！"[4] 钱钟书论清诗："宋学主义理者，以讲章语录为诗，汉学主考订者，以注疏簿录为诗，鲁卫之政耳。不必入主出奴、是丹非

---

[1] 钱钟书：《谈艺录》，商务印书馆2016年版，第457、458页。
[2] （清）潘德舆：《养一斋诗话》卷2，郭绍虞辑《清诗话续编》第4册，上海古籍出版社1983年版，第2023页。
[3] （清）薛雪著，杜维沫校注：《一瓢诗话》，《原诗 一瓢诗话 说诗晬语》，人民文学出版社1998年版，第140页。
[4] （清）叶燮著，霍松林校注：《原诗》，《原诗 一瓢诗话 说诗晬语》，人民文学出版社1998年版，第70—71页。

素也。"① 这些话也正表明了汉晋宋清时以经子文为诗曾经一何繁荣，同时也或一度过火。

另，《周易》卦爻辞，多含哲理；《老子》是"用韵文写成的一部哲理诗"②；《诗经》也有不少说理诗；《楚辞》也兼有议论及说理；其他先秦经子（史）等著述中也多有说理而杂韵语者，如《庄子》时散中带韵等。这些事实充分说明经子文与韵文之互生互渗渊源悠久。从一定程度上来说，这也意味着：中国的文章起于经子，也就是起于议论，于是"以文为诗"的"诗"显然也会随带而倾向于说理。可见，诗中有理、诗中有论也可能是中国诗歌的先天"基因"。《诗经》《楚辞》、汉诗，无不包含说教与义理，更不要说后之玄言诗、儒理诗、佛禅诗等"明道"诗了。中国诗歌的"开山纲领"——"诗言志"的"志"，主要就指"思想"。魏晋六朝时期，"诗缘情"说兴起，文学性大彰；但不久就又为偏重说理和叙事的中唐古文理论所扬弃；宋明人更明确提出"文以载道"说——这个"文"可指所有文本，包括"诗歌"。可见，"诗言理"也很可能是长期被忽视的，然而很重要的中国诗歌现象和文论。亚里士多德曾说：诗是最接近哲学的。普列汉诺夫说：情感不能没有思想。海德格尔讲：美是真理的显现。中国道家和宋明理学也认为：万物皆含道，皆有理。无事无理。无理寸步难行。清代叶燮《原诗》："文章者，所以表天地万物之情状也。"文学是反映世间一切事物的。而事物皆由理、事、情三因素组成，故文学兼含理、事、情。可见，诗中本有理，诗理不相仿。

沈德潜云："以诗入诗，最是凡境。经史诸子，一经征引，都入歌咏，方别于潢潦无源之学。曹子建善用史，谢康乐善用经，杜少陵经史并用。"③ 此言固论诗歌之用典也，但也可证清人乐见诗涉于经史子；此风蔓延，出现以经史子为诗之现象就是不期然而然的事情了。

---

① 钱钟书：《谈艺录》，商务印书馆2016年版，第456页。
② 任继愈：《中国哲学史》，人民出版社1966年版，第39页。
③ （清）沈德潜著，霍松林校注：《说诗晬语》，《原诗 一瓢诗话 说诗晬语》，人民文学出版社1998年版，第188页。

二 以历史文为诗（咏史诗、"诗史"诗、史诗等）

在我国文化史上，文史哲长期趋于融通而不是趋于分别。上述之以经子文为诗显系文、哲融混所致；而这里所说的以历史文为诗乃是"文史不分家"的必然结果。

我国古代史学极其发达。史与文也长期如胶似漆，难解难分。《孟子·离娄下》讲，"诗亡然后春秋作"；其实，这话也可反过来讲：史亡然后诗作（即历史所不载或不便载的，文学载之；史书停止的地方，小说就开始了）；古人又有"天地间无非史而已"（王世贞《艺苑卮言》卷一）、"诗本于史"（钱谦益《牧斋有学集·中》）、"五经亦史"（王阳明《王文成公全书》卷一）、"六经皆史"（章学诚《文史通义·内篇·易教上》）等说法。作为史学家，章学诚还提出"史为文宗"之论："夫史有三长：才、学、识也。古文辞不由史出，是饮食不本于稼穑也。"①"比事属辞，《春秋》教也。必具纪传史才，乃可言古文辞。"②唐代李善既注《文选》，也曾撰《汉书辨惑》。"《文选》与《汉书》，在李善眼里，恐怕真是同样性质，具有同样功用的对象，都是给文学家供驱使的材料。他这态度可以代表那整个时代。这种现象在修史上也不是例外。"（闻一多《唐诗杂论·类书与诗》）钱穆说："中国史如一首诗，西洋史如一本剧。"（《国史大纲》）"中国乃诗的人生，西方则为戏剧人生。"（《诗与剧》）。孙敏强说："中国古代文学建构于诗史之间……'诗'则既异于，又源于和本于'史'"。③可见，在我国古代，史、诗关系极不寻常，文史哲一家。

我国汉文化自古"史诗"虽不太发达，但史传文学却源远流长。范文澜说："汉族传统的文化是史官文化。"④受其影响，以史为诗亦代有其盛。加上中国文化自古以来轻虚幻、重实际，此文化个性浸淫

---

① （清）章学诚著，叶瑛校注：《文史通义校注》，中华书局1985年版，第279页。
② （清）章学诚：《章学诚遗书》，文物出版社1987年版，第371页。
③ 孙敏强：《律动与辉光——中国古代文学结构生成背景与个案研究》之"引言 建构于诗史之间"，浙江大学出版社2008年版，第1页。
④ 范文澜：《中国通史简编》修订本第二编，人民出版社1949年版，第255页。

于文界，乃形成了"宁使文学之为历史化而不容历史之文学化"①之特色。"宁使文学之为历史化"，指的就是广义上的以史为文也。中国古代历史界和文学界的事实是，很多史家同时也是诗人，如司马迁、班固、蔡邕、袁宏、傅玄、沈约、欧阳修、司马光等，他们作史的同时也作诗；这样一来，他们作诗时就难免发生诗、史走穴、串门的现象。再者说，古人本来就不严文与史或文与非文的界限。故文中有史与史中有文一样地正常和普遍。比如班固有《咏史》诗，内容是歌咏汉文帝时的山东小女孩缇萦营救犯法的父亲的故事。钟嵘曾评价此诗曰"质木无文"，其实这正是"以史为诗"而落下的痕迹，也是"以史为诗"的明证。班固是史家，而且是比司马迁更严谨的史家，他著史时斤斤于事实，写诗时也难以遽改，也不自觉地以作史之法来作诗，遂呈"质木无文"状。其他史家也必然会有此现象，程度固然不一，或融而难分，或判然有别——文与史毕竟是两种不可替代的不同文体，浑融也不等于完全混同，但都属以史为诗，即原初意义上的、"正规"的咏史诗——这是没有问题的。

咏史诗在我国诗歌史上本来就只是"咏史"的诗歌。如《文选》所录西晋卢谌《览古》、张协《咏史》等都是檃栝史事，稍加咏叹。"咏叹"常常像个尾巴一样，且可有可无。檃栝史实为诗这一"体裁转写"本身就是情绪化的产物，不待咏叹而自带咏叹之效。也就是说，叙事可以代替抒情。寓情于事，源于"春秋笔法"，也是古代文学之常用写法也。反之则未必，也就是说，抒情一般不能代替叙事。由"咏史"而完全"变质"为"咏怀"始于西晋左思。左思咏史，实际是反"历史"的：他把"咏史"诗从历史的怀抱里拉出来，重塑为"新材质"的抒情诗。故清代何焯《义门读书记》（卷四六）说："咏史诗不过美其事而咏叹之，隐括本传，不加藻饰，此正体也。太冲多摅胸臆，乃又其变。"史实在左思的咏史诗里只是一种比兴手法或表现手法，"咏史"手段化了，实质上是抒情。但是，后之咏史诗大多沿袭了左思的路数，故"左思式的咏史诗"又成了我国咏史诗的

---

① 张世禄：《中国文艺变迁史》，山西人民出版社2014年版，第20页。

"新常态"、新传统；而那种偏于"咏史"的、正规的咏史诗反而日渐隐沦。到唐代杜牧，咏史诗又写出了新花样。其咏史诗既有左思式的，也有被称为"二十八字史论"的史论式的。后者是杜牧的新发明。所谓"二十八字史论"，就是以七绝咏史诗的形式来褒贬历史，这种历史诗犹如一篇篇短小精悍的史论，这当然也属于以文为诗——更具体地说，是以"史论文"为诗。故明代许学夷称他"援引议论处亦多以文为诗"①。历史书中本来就有赞论序述等"史论性"文字。综上，"咏史诗"之以史为诗的情况有三：叙事体，抒情体，议论体。

此外，我国诗史上还盛产"诗史"。"诗史"的字面意义就是"能记录和描写历史事实、历史人物的诗歌"，这意味着此种诗歌一定程度上可以当历史文来看待。清初李邺嗣说："诗以述事，其诗即其史也。"② 此说强调了"诗史"的叙事性，但表达尚不严密。因为只有叙"时事"的诗，方可称为"诗史"。"诗史"的意思实际是"写时事之诗"。如果写历史，那不叫"诗史（诗）"，而叫"咏史（诗）"或"史诗"。故宋代陈肖岩《庚溪诗话》云："杜少陵子美诗，多记当时事，皆有据依，故号'诗史'。"宋代魏庆之《诗人玉屑》（卷一四）："甫又善陈时事，律切精深，至千言不少衰，世号'诗史'。"明代杨慎《升庵诗话》（卷四"诗史"条）："宋人以杜子美能以韵语纪时事，谓之诗史。"清代宋琬《方誉子咏史诗序》："唐人称杜子美为诗史，大抵据撼本朝时事。"③ 都强调"时事"二字。当然，"诗史"所言的"时事"，一般谓"政治时事"也。不过，有一条须申明："诗史"是诗，不是史；是以史为诗，不是以诗为史。"诗史"虽然具有很强的纪实性，但那只是文学上的写实主义的表现手法的"功劳"而已，"诗史"不要求所写全都是实或绝对真实。"诗史"诗的作者很清楚其所作乃是诗歌，而非史乘。只是在客观上，也就是从读者的角度看，这种诗可以"当作"或可以"补充"史著而已。自宋至清，我国

---

① （明）许学夷：《诗源辩体》第30卷"晚唐"，人民文学出版社1987年版，第287页。
② （清）李邺嗣著，张道勤点校：《杲堂诗文集》，浙江古籍出版社1988年版，第432页。
③ （清）宋琬：《宋琬全集》，齐鲁书社2003年版，第128页。

文论界皆有"辨体"一派，且甚隆盛；尤其明代文界，辨体精严，诗与文、诗与词泾渭分明，诗与史也不容相混。这当然是不错的。但如果由此而走向否定"诗史（诗）"，就未免矫枉过正了。如杨慎云："宋人以杜子美能以韵语纪时事，谓之诗史。鄙哉宋人之见，不足以论诗也！……杜诗之含蓄蕴藉者，盖亦多矣，宋人不能学之，至于直陈时事，类于汕讦，乃其下乘，而宋人拾以为己宝，又撰出'诗史'二字，以误后人。如诗可兼史，则《尚书》、《春秋》可以并省。又如今俗卦气歌、纳甲歌，兼阴阳而道之，谓之'诗易'可乎？"① 诗当然不等于史，"诗史"也不可"兼史"。"诗"亦无"兼史"之义务。但以时事为诗，贴近生活，干预现实，正当尔耳。其实杨慎所反对者，也非"诗史"诗，而是反对"直陈"时事。"直陈"的关键在"直"，不在"陈"。"陈"是写什么，这个杨慎不反对；"直"是怎么写，直发议论，这个他反对。他主张"含蓄蕴藉"。说白了，杨慎要维护"诗""文"之界，反对文体跨越。他反对"诗易"（文与哲合体），亦以此。斤斤于辨体的明人大率如此也。

在我国诗史上，最早的"诗史"要数"借古乐府写时事"的曹操《蒿里行》《薤露行》等，这些诗歌被明代钟惺《古诗归》誉为"汉末实录，真诗史也"。受其影响，曹植有《惟汉行》，咏夏商周易代事，西晋傅玄有《惟汉行》，咏鸿门宴事，东晋张骏有《薤露行》，咏八王之乱及五胡乱华事等。根据当代学者张晖的不完全统计，自先秦至清初，我国有"诗史"之称的诗人多达三十一人；诸如屈原、庾信、李白、元稹、白居易、苏轼、元好问、陆游、文天祥、汪元量、刘因、徐渭、吴伟业、钱谦益、黄遵宪等皆赫然在列。② 当然，最著名的"诗史"是杜诗。杜甫"三吏""三别"及《兵车行》《丽人行》等反映时事，抒发怀抱，富于诗史性质，可谓以史为诗的典范。另外，中唐白居易之《长恨歌》等也具有史传性质，也可谓"以史

---

① （明）杨慎：《升庵诗话》（卷十一），丁福保辑《历代诗话续编》，中华书局1983年版，第868页。

② 张晖：《中国"诗史"传统》"附录三 历代冠以'诗史'称号的诗人名录"，生活·读书·新知三联书店2012年版，第317—322页。为何只列到清初？因为"清初以后，'以诗为史'的'诗史'观念深入人心，时人多以'诗史'互誉"。"诗史"泛化。

传文为诗"①。白居易的"诗史诗"从质到量皆不逊杜甫,两人实可视为唐代诗史"双璧"。历史不仅有故事,有人物,也包含哲理,还可以抒情。这为由史而诗提供了方便之门。我国古代史学一向发达,故史风劲吹乎诗坛,自亦无怪。到魏晋六朝时期,文学开始自觉,两者乃有分离之迹。如《文选》选文即不再选史经子了。但文学自觉、事有反复(唐代文体观重归泛杂化、混沌化),且终未改变文坛史风习习之大局,所以,"历史诗"一直是诗坛之"劲旅"。

"诗史"的盛行也促进了我国叙事诗的发展和繁荣。我国最早的诗歌总集《诗经》,全面记载了周代的社会生活,史料价值自不待言。虽然《诗经》曾被胶柱地"历史化",如《毛诗》几乎把每一首诗都系之某国之某君主或某贤达,但《诗经》主要仍属于抒情诗。而自汉乐府始,叙事诗始兴。汉末建安时期,曹操率先拟作乐府,他的很多诗具有诗史之性质。唐代孟启《本事诗》"高逸第三"说晚唐人普遍称杜诗为"诗史",这是文献首次使用"诗史"之语;至宋代,"诗史"理论已经很完备,诗史创作亦高度自觉,这非常有利于我国叙事诗的发展与成熟。

在篇幅上,历史文一般远远长于普通诗体。故以史为诗的诗歌,篇幅也较长,甚至很长。宋人叶梦得已论及此点,其《石林诗话》说:"长篇最难。晋魏以前,诗无过十韵者。盖尝使人以意逆志,初不以叙事倾尽为工。至老杜《述怀》、《北征》诸篇,穷极笔力,如太史公纪传。此固古今绝唱也。"杜甫《述怀》《北征》等篇的诗史性质,论者已多;叶氏独发明其篇幅之长乃正与其"以史为诗"等直接相关,兹洵为独见,也是笃见。

既然文长于诗,故凡以文为诗者,都会程度不同地导致诗歌篇幅的膨胀。清代方世举曾说唐诗中的"长篇大作,不知不觉,自入文体"②。其实,他把道理说反了:不是因为篇长而"自入文体",而

---

① 无论此诗是纯写李、杨,还是融入了白居易个人的情事及感慨,都不能动摇其"史诗"之定性。要说有不同,无非是:前者可谓以本纪或纪为诗,后者属以列传或传为诗。

② (清)方世举:《兰丛诗话》,郭绍虞辑《清诗话续编》第2册,上海古籍出版社1983年版,第774页。

是因为以文为诗,所以篇幅才会不知不觉被拉长。

以史为诗也应包括以史为词,为散曲,为赋等。苏轼、王安石、周邦彦等都有咏史怀古词。这类词作由咏史怀古诗发展而来,与历史文有着千丝万缕的联系。当然,由于词体不便叙事,更不便议论,故咏史怀古词多偏于抒情。至于咏史怀古题材的散曲、辞赋等也多有,且其中不乏名篇。如元代张养浩《山坡羊·潼关怀古》,唐杜牧《阿房宫赋》等。其中,学界对咏史怀古赋的关注长期比较稀缺。

史既可以为"诗",也可以为"文"。如小说、散文、说唱文学、戏剧等文体,都有历史一目,尤其历史题材的小说、平话,我国古达更多,也更具特色。另,我国古史有正史、杂史之分。官修为正史,私撰一般为杂史。杂史与历史小说形皆散文,写什么、怎么写等也都没有截然的区划,故两者常混而不分。在欧美,历史书自古皆个人性著述,故与文学更近。如"历史之父"希罗多德的《历史》,内容主要讲述希腊人与波斯人的征战史,但前半部分却充斥着旅行日志、方物异闻、鬼怪传说等内容,显类中国古代之杂史、野史。

论以史为诗必然还要论及"史诗"。我国少数民族及西方自古都有"史诗"。如我国藏族史诗《格萨尔王传》、蒙古族史诗《江格尔》等,西方如欧洲的荷马史诗《伊利亚特》《奥德赛》、印度的《摩诃婆罗多》等。"史诗是古代世界的重大文类(master genre)"[1],它包含历史、政治、宗教、民族、仪式等多方面的内容,但其主要特质是文学。无论传统史诗还是文人史诗,也无论篇幅大小,都是"以史为诗"的佳例。且,史诗时代,科学未彰,神人不分;其主人公往往是历史上的部族英雄,这些英雄大都属于神祇或半人半神,故极富浪漫色彩,文学性极强。

三 以古文为诗(古体诗)

学界通常所讲的以文为诗一般谓此也。其事起于中唐,盛于两宋;其论起于北宋,间有争议,迄今不歇。搞古代文学或文体学的人大都

---

[1] John Miles Foler: "*Introduction*", *A Companion to Ancient Epic*, ed. John Miles Foler, Blackwell Publishing, 2005, p. 1.

第三章　文体浑和与文体演进(下) / 227

很熟悉下面这两段话：一是陈师道《后山诗话》引黄庭坚语，"诗文各有体，韩以文为诗，杜以诗为文，故不工耳"——这是文论中首提"以文为诗"者；二是清人赵翼"以文为诗，自昌黎始。至东坡，益大放厥词，别开生面，成一代之大观"①。这两段话引用率很高，大家也都很熟悉；但熟悉归熟悉，很多人可能忽略了一点：即这里所说的"文"，实谓"古文"，也可称"古体文"②；此所谓"诗"，主要谓"古体诗"也。此不可不察。

金代赵秉文《闲闲老人滏水文集》卷十九《与李天英书》云："杜陵知诗之为诗，而未知不诗之为诗。而韩愈又以古文之浑浩溢而为诗，然后古今之变尽矣。"此言讲到了杜甫，似乎认为杜诗才是比较纯体的诗。其实也未必。因为杜甫也以文为诗，这一点现在已是学界共识。至于韩愈以文为诗，赵秉文讲得很清楚，也很正确，他说韩愈主要是以古文为诗。事实正如此也。韩愈于文喜古体文，于诗也多作古体诗；而他的古体诗也多杂古文味。如其《荐士》诗，体是古体，性类书信。而其《石鼓歌》乃以古文为歌行体诗。清代汪佑南评此诗："首段叙石鼓来历，次段写石鼓正面，三段从空中着笔作波澜，四段以感慨结。妙处全在三段凌空议论，无此即嫌平直，古诗章法通古文，观此益信。"③又其《调张籍》实乃诗论，故陈沆说"乃谭诗之旗帜，以此属词，不如作论"④。许学夷说："退之五言古，如'屑屑水帝魂'、'猛虎虽云恶'、'驽骀诚龌龊'、'双鸟海外来'、'失子将何尤'、'中虚得暴下'等篇凿空虚构，'木之就规矩'议论周悉，'此日足可惜'又似书牍，此皆以文为诗，实开宋人门户耳。"⑤

宋代，以文为诗蔚为大观。宋文尚议论，宋诗亦然。故曰"宋诗

---

① （清）赵翼：《瓯北诗话》第5卷，郭绍虞编《清诗话续编》第2册，上海古籍出版社1983年版，第1195页。
② 如清代吴敏树《归震川文集别钞序》评归有光曰："至其古体之文，乃其所尽意以为；然拟之古人，犹若不逮。"
③ 转引自钱仲联《韩昌黎诗系年集释》卷七，上海古籍出版社1984年版，第807页。
④ （清）陈沆：《诗比兴笺》（卷四"韩愈诗笺"），上海古籍出版社1981年版，第190页。
⑤ （明）许学夷：《诗源辩体》（第24卷"中唐"），人民文学出版社1987年版，第252页。

主理"。这也是以古文为诗的结果。宋代古文发达,诗歌也以古体为主。宋文复古,宋诗也复古。一如中唐韩柳元白之所唱所为。故宋之以文为诗,主要是以古文为古体诗,尤其多七古。故清代方东树《昭昧詹言》卷十三曰:"诗莫难于七古。……观韩、欧、苏三家,章法剪裁,纯以古文之法行之,所以独有千古。"在诸诗体中,七古是不是很难作甚或最难作的,这个问题自可另当别论;但他说韩欧苏辈俱以古文为七古而获得极大成功,兹洵然也。

关于唐宋诗歌以古文为古体,尤其七古或歌行体的问题,程千帆先生曾有如下精辟而概括的论述:

魏、晋以前,不论诗、文,都是单复兼行,魏、晋以来,由单趋复,对偶之外,又加声律,先是骈文出现,然后诗歌也由新变体发展成为今体律绝诗。就形式论,古诗近于古文,而律绝诗近于骈文。因此,以文为诗,古诗接受古文的影响易,而律、绝接受古文的影响,即使不是不可能,也很困难。同时,韩愈又并非一位骈文家而是一位伟大的古文家。由于这两点,韩愈的以古文为古诗,就成为理所当然,势有必至。

在古诗中,七言比起五言来,又本来更其富于流利、开张、曲折、顿挫这样一些笔法和章法,和古文相近。因而以文为诗,就可以使它本来具有的这样一些特点更加突出。

程先生的这些意见,与笔者上述观点正不谋而合。其实,与律绝比,古体诗也可谓自由体诗,章法、句法、平仄、篇幅等都比较灵活,七古或七言歌行体更然,故把古文转化为七古或七言歌行也会更自然。反过来,程先生还坚持认为以古文为律绝,基本上是行不通的:

高步瀛《唐宋诗举要》卷五引吴北江评韩愈的七言律诗《左迁蓝关示侄孙湘》的颔联"欲为圣朝除弊事,肯将衰朽惜残年"云:"大气盘旋,以文章之法行之。"则似认为律句的开合动荡,也自古文中来，恐不尽然。如其有之，也只是个别现象。①

另，今人蔡德龙先生《韩愈〈画记〉与画记文体源流》在论"以画记文为诗"时写道，"创作'尔见缕毕备'的画记体诗歌，在题材选择上应是人、物众多的绘画，在诗体上必然选择长篇七古这种容量篇幅较大的体裁，在艺术手法上须用赋法铺叙陈写"，"'以画记为诗'与散文中的画记一样，更适宜题写人、物众多的图画……从诗体而言全部为长篇七古，无近体诗甚至五古"，"七古容量最大、更为自由，在章法结构与诗歌节奏上变化多姿，最适宜画记入诗的要求。对于词而言，清初陈维崧的《莺啼序》（一图执卷），以词记五幅图画，全词有235字，为现存词牌中最长者。只有《莺啼序》这样的古今第一长调才适合画记的作法，也说明以画记为诗词对于诗词容量的硬性要求"，"画记体由文而入诗之七古、词之长调，为我们深入研究以文为诗现象提供了一个典型样本"，其观察正与笔者略同。试想，倘若有人以体形椰榔的古文为短小精致的律诗或绝句，那多少会有捉襟见肘之感吧。蔡德龙文章的末尾处还说："文学史上以文为诗的破体创作现象并不罕见，学界多有研究。文与诗均有多体，体各不同，历来对以文为诗的研究多关注于宏观层面的文体交融，少有追问'以何种文为诗'、'以文为何种诗'的细化问题。"② 此论正合本节写作之初衷。可惜蔡德龙只是在文末点了一下，未尝详论；现在有了笔者此文，则庶几可补缺憾焉。

当然，古文之体亦极其芜杂。笔者认为，可概括为如下四类：说理类、叙事类、抒情类、写景类。相应地，以古文为诗也有四种情况。

第一，以说理类古文为诗。如韩愈《谢自然诗》就颇富理致。钱仲联《韩昌黎诗系年集释》卷一引顾嗣立《昌黎先生诗集注》云："公排斥佛、老，是生平得力处。此篇全以议论作诗，词严义正，明目张胆，《原道》、《佛骨表》之亚也。"又引程学洵《韩诗臆说》云：

---

① 以上两段引文皆出自程千帆《韩愈以文为诗说》，载于《古代文学理论研究丛刊》第一辑，上海古籍出版社1979年版。

② 蔡德龙：《韩愈〈画记〉与画记文体源流》，《文学遗产》2015年第5期。

"韩集中惟此及《丰陵行》等篇,皆涉叙论直致,乃有韵之文也,可置不读。篇末直与《原道》中一样说话,在诗体中为落言诠矣。"

说理类古文与笔者上面所说之"经子文"颇类,但两者也微有不同:主要是说理类古文一般是"单篇"的,而经子文则多以"书"的形式存在,其实质是系统的、有内在逻辑关联的论文集群。经子文其实是书,规模大、规模效益大;说理类古文毕竟只是单文,势单力薄。从这个意义上说,以说理类古文为诗要比以经子文为诗更简捷,更容易。因为至少两者都是"单篇"的。单篇的意思就是形单而意足——单篇只能容纳一个论题,但要意脉完足。如上引韩愈《调张籍》就是一篇自足的作家批评论。再如,在以文为诗方面"益大放厥词"的苏轼有《琴诗》:"若言琴上有琴声,放在匣中何不鸣?若言声在指头上,何不于君指上听?"此诗实际探讨艺术美的主客观属性问题,本亦应写为论文,比如题为《论琴声》之类;今以诗易文,换瓶装酒,"别开生面"。

同为说理之文,经子文与单篇说理文在内容偏重上也有不同:经子文既然是书,规模效益高,也更易免于遗失,故作书人不得不考虑流芳百世的问题,所以经子文一般论题庄严宏大,更思辨化、抽象化、哲学化,而单篇说理文会更注重有用和美丽,也就是会更联系现实和讲究形式。事实上,古代的单篇说理文切中时事(时政、时经)的要远远多于鸣放大道理的。这也会造成两者的以文为诗在内容上也有所不同。以经子文为诗者,多哲理思辨,如《老子》然;以单论文为诗者,多联系现实,如李商隐《次行西郊百韵》诗其实就是一篇批评时政、表达己见的策论文。只不过李商隐不便明言,以作文则显豁,以为诗则隐晦,故权借诗以言其志耳。

第二,以叙事类古文为诗。这点与上述之"以历史文为诗"义有交叉,但也有不同。一般的叙事诗人物、故事琐碎,历史影响小,写法上可以较多虚构;而以历史文为诗的叙事诗题材重大,历史意义巨,写法上偏于纪实。如白居易之《长恨歌》具有一定史诗性,题材重大,偏于纪实;而《琵琶行》则属一般叙事诗,人物平凡,情节琐碎,其事在有无之间。总的看,除了历史性诗歌和民间叙事诗（含文人拟仿之作）以外，我国文人叙事诗并不发达；但诗中有较多叙事成分的诗歌则不稀见，尤其隋唐时期。如蔡琰《悲愤诗》、杜甫《北征》、韩愈《石鼓歌》《华山女》、皮日休《橡媪叹》、梅尧臣《汝坟贫女》之类。这些诗多为古体，诗中有人、事，故篇幅较长。若作为文，叙事更能委曲周备；但不若诗体新奇别致，且富情韵美。

第三，以抒情类古文为诗。"文"体本不擅抒情；文而主情，属以诗为文。而以抒情类古文为诗，系回归常态，理所当然。就抒情说，或诗或文，自由选择，各有美妙，不足多言。值得一说的是以抒情性的应用文为诗之现象，如吊祭文，本属特殊场合使用的应用性文字，但因悲伤，故也常不文而诗。如潘岳《悼亡诗》、陶潜《拟挽歌辞》、元稹《遣悲怀》等。情之大者，一男女，二败亡，三分离。古今抒情诗文，不出此三端。而吊祭诗文，一而兼三，故其情可谓"特大"；正因情节特大，故不择形式；无论诗文，皆以古体甚至无体为最当。

第四，以写景状物类古文为诗。这也不消多论。因为山林野趣、田园风光之类，诗文咸宜，俱可通泰。如韩愈《南山诗》《山石》、韩愈与孟郊《城南联句》、苏轼《有美堂暴雨》《百步洪》、陆游《游山西村》等。这些诗有古有律，以古为多，古又多七古。其中韩孟之作恃学恣肆，不只以文为诗，也兼以赋为诗等①，系多体浑和而成形。

以上四种中，前两种的情形最多，也最徕物议。文学之创新，一是内容，二是形式。但内容方面的创新很难，而文学形式方面的翻新出奇，则相对容易做到。文体互借、易瓶装酒是形式陌生化的常径。叙事写人、说理论难，一般以古文之体为宜。但出之以诗可"别开生面"。当然，凡事有利必有弊。诗文是二体，毕竟有不同。若两者疆界完全交互或重叠，那就势必危及各自的"主权独立和领土完整"，危及诗体、文体两相并存的意义。鉴乎此，古人有严厉反对以文为诗者，尤其反对以议论和叙事为诗。如韩愈诗爱肆意叙述、描写、议论，

---

① （清）翁方纲《石洲诗话》卷一："渔阳云：'韩、苏七言诗，学《急就章》句法，如"鸦鸱雕鹰雉鹁鸥"、"骓驻驷骆骊厮骡"等句。'近又得数语：韩诗'蚌螺鱼鳖虫'，卢仝'鳗鳝鳣鲤鳅'云云。"

故被批评曰"韩退之诗乃押韵之文耳,虽健美富赡,而格不近诗",①"叙论直致,乃有韵之文","直与《原道》中一样说话","是塾训体,不是诗体"。② 又如宋诗多议论;对此,南宋后期文士就已开始反思,如刘克庄批评说:"本朝三百年间,虽人各有集,集各有诗,诗各有体,或尚理致,或负材力,或逞辨博,少者千篇,多至万首,要皆经义策论之有韵者尔,非诗也。"③ 至明代,批评更多,更烈。如屠隆、李梦阳说,"夫以诗议论,即奚不为文而为诗哉"④,"若专作理语,何不作文而诗为耶"⑤。陆时雍说,"叙事、议论绝非诗家所需,以叙事则伤体、议论则费词也",作诗如果总是"以文体行之,则非也"⑥。当然,这些说法也偏激。凡事皆有度。以文为诗的关键其实也就是一个"度"的问题:只要不过"度",大可放手而为。这个"度",就是指文体的基本的体制规范;这是红线,不容擅越。一旦擅越,则诗非诗矣。

至于后两种,理无挂碍,一般都能接受,不消多议。

四 以骈文、时文为诗(近体诗)

骈文即骈体文,是与散体文相对而言的、流行于魏晋六朝的以对仗、丽辞、用典、音律为特征的文章体式。"骈"的本意为两马并驾,"骈体"的意思就是造句必双、必对,因其常用四、六字对句,故也称"四六文"。

骈文本来就具有诗体性或曰以诗为文性。⑦ 明代王志坚说:"大抵

---

① (宋)魏庆之:《诗人玉屑》(卷十五),上海古籍出版社 1978 年版,第 323 页。
② (清)程学恂:《韩诗臆说》,钱仲联《韩昌黎诗系年集释》,上海古籍出版社 1984 年版,第 35 页。
③ (宋)刘克庄:《竹溪诗集序》,陶秋英编选《宋金元文论选》,人民文学出版社 1984 年版,第 409 页。
④ (明)屠隆:《文论》,蔡景康编选《历代文论选》,人民文学出版社 1993 年版,第 257 页。
⑤ (明)李梦阳:《缶音序》,蔡景康编选《历代文论选》,人民文学出版社 1993 年版,第 106 页。
⑥ (明)陆时雍:《诗镜总论》,丁福保辑《历代诗话续编》(下),中华书局 1983 年版,第 1419 页。
⑦ 详参莫道才《以诗为文——骈文文体诗化特征论》,《广西师范大学学报》1997 年第 2 期。

四六与诗相似。"① 也可以这样说：骈文的"根底"就是诗歌，而以骈文为诗可谓返本归根。

骈文成熟于魏晋南朝。南朝齐代永明年间，出现了永明体诗歌。永明体是律诗的前身，它与骈文一开始就是互促互动的。故谢无量《骈文指南》说："盖永明文学始精声律，不惟用之于诗，亦用之于文。"② 骈文之一大特色是讲平仄黏对，而骈文声律论与近体诗声律论皆渊源于永明。两体都讲究声律、对偶、丽辞、用事等，消息相通、技法互享、相互借鉴是理之必然，故齐梁时永明体诸家大都同时也为骈文高手。他们不仅有实践，也有理论。如沈约《宋书·谢灵运传论》："若前有浮声，则后须切响。一简之内，音韵尽殊；两句之中，轻重悉异。妙达此旨，始可言文。"这话原本"是并诗文而言的"③。

唐代的骈文成就也很高，自初唐始即然。如魏征、陈子昂、初唐四杰等俱有骈文佳构。有论者甚至称唐代骈文的成就高于南朝骈文。南朝时，"徐庾精于裁对、谐于声律，已开四六之先声；但蔚为体格，且施用于一切实用不实用文体上，则大成于唐代……唐代骈文既具实用文书之作用，又有辞藻形式之美，遂兼有二者之长，叙事、议论、说理、状物，无之不可"④。中唐古文运动其实也不针对骈文的形式，其核心在复兴儒道。骈文是格律之文。唐骈大成是唐代近体诗繁荣的因素之一。当然，唐代近体诗的高峰在晚唐。初、盛、中唐的诗人尚多偏嗜古体者。一般说来，诗爱古体者，文必爱古文；诗爱近体者，文必爱骈丽。晚唐律诗大家当推李商隐，是故，他作文多骈文，是骈文高手。而其律诗与骈文的密切关系早已被学界发明。如清人何焯谓："陈无己谓昌黎以文为诗，妄也；吾独谓义山是以文为诗者。观其使事，全得徐孝穆、庾子山门法。"⑤ 何焯所说的李商隐"以文为诗"，乃是指"以骈文为诗"，徐、庾门法显然谓骈文技法也。钱钟书先生也说"商隐以骈文为诗"，"樊南四六与玉溪诗消息相通，犹昌黎文与

---

① （明）王志坚：《四六法海·原序》，文渊阁四库全书本《四六法海》卷首。
② 谢无量：《骈文指南》第二章第二节，中华书局（上海）1925年版，第40页。
③ 罗宗强：《隋唐五代文学思想史》，中华书局2003年版，第122页。
④ 龚鹏程：《中国文学史》（上），东方出版社2015年版，第491页。
⑤ （清）何焯：《义门读书记·李义山诗集》，中华书局1987年版，第1260页。

韩诗也"。① 钱钟书未言以骈文为何体诗，但应该是指近体诗。李商隐乐善骈文，诗也喜近体。骈文的特征有四：对偶，用典，声律，辞藻，其中最重要的特征是对偶；很显然，这些都是与近体诗"消息相通"的。此意，董乃斌先生说得更明确：李商隐"所作诗歌，尤其是五七言律绝，皆为其四六之苗裔，或深受其影响者。故欲深知其诗，非研究其四六则莫办也"②。总之，李商隐以骈文为近体诗。当然不只李商隐，晚唐另外几位骈文大家如温庭筠、段成式等，也都有此倾向。

以骈文为律诗还包括以骈文为排律和近体诗组诗。骈文毕竟是文，与诗歌相比，篇幅一般较长。受此点影响，以骈文为律诗也影响了律诗的长度，其结果就是出现了排律。如温庭筠有一首长达一百韵的五言排律《病中书怀呈友人》，就是"以四六骈赋之体为诗"③ 的显例。杜甫则发明了近体诗组诗（或曰联章体近体诗）。这很可能也是受骈文或骈赋的篇幅较长的因素的启发而导致的。④

时文是明清时科举考试用的、有特定的内容和格式要求的、短小精悍的骈文。也叫八股文、八比文，"股"或"比"就是对仗的意思；八股文必须有四段对偶排比文字组成，故称。可见，八股文与骈文异名同体。《儒林外史》第十一回中"鲁编修"说："八股文章若做的好，随你做什么东西，要诗就诗，要赋就赋，都是一鞭一条痕，一掴一掌血。"这话在明清时期应当有相当代表性，也有其合理性。潘德舆也说："明诗似八股时文。"⑤ 不过，八股文研究如今正方兴未艾；它与诗歌尤其是律诗的互动关系，更是一个崭新的论题，相关研究还远未展开，须待时日，另文专论，兹暂付阙。

---

① 据周振甫《李商隐选集》之"前言"引，江苏教育出版社2006年版，第7页。
② 董乃斌：《李商隐的心灵世界》，上海古籍出版社1992年版，第224页。
③ 龚鹏程：《中国文学史》（上），东方出版社2015年版，第442页。
④ 按：也有学者提出"组诗"由"长诗"发展而来。如斯蒂芬·欧文说："组诗是诗人对长诗的发展变形。"（［美］斯蒂芬·欧文：《韩愈和孟郊的诗歌》，田欣欣译，天津教育出版社2004年版，第131页）但中国自古罕有长诗（如无史诗），而美文较盛（如骈文之类），同时诗文又常互渗，故中国组诗（严格意义上的组诗应指一人、一题、一时而数作）由美文演化而来的概率要大些。
⑤ （清）潘德舆：《养一斋诗话》（卷二），郭绍虞辑《清诗话续编》第4册，上海古籍出版社1983年版，第2023页。

以上是基于以文为诗的实际总结出来的四种"以文为诗"的情况。四种情况分开说，是为行文方便。这四种情况当然不是绝缘的，而是可以互通互行的，也可以"一锅煮"的。中唐元稹《杜工部墓志铭》曾推举杜诗为"集大成"。宋代陈师道《后山诗话》引苏轼亦云："子美之诗，退之之文，鲁公之书，皆集大成者也。"集大成说，实际上也应该包括文体的浑混。文体浑融的内涵很多，以文为诗只占其一。虽只占一，但以文为诗、四者浑用，也应属"集大成说"的题中应有之义。

第六节 "以诗为文"解析

本节内容提要：韵和散是我国古代文体分类的基本依据。在魏晋六朝，韵文曰文，散文（含骈文）曰笔；中唐古文运动以后，韵文曰诗，散文曰古文。魏晋六朝的文学自觉，实际上是诗体的自觉。中唐古文运动则标志着古文之体的自觉。中唐的"文"是对六朝的"笔"的否定之否定，也可以说是其升华。这是"以诗为文"发生的背景。以诗为文的"文"一般指古文，也指骈文等。从诗体层面看，以诗为文有五种：以民歌为文，以古体诗为文，以格律诗为文，以辞赋为文，以诗性为文（即广义的以诗为文）。从逻辑上说，以诗为文包含三个方面：内容上，形式上，风格上。古人对以诗为文的论述很少，其中有反对，也有赞同。

无论古今，人们都很关注"以文为诗"，对"以诗为文"的关注则较少，评价也偏于消极。其实，"以诗为文"也是广义的文体浑融或破体为文之重要构成，不可不审焉。

一 "以诗为文"中的"诗"和"文"

要论以诗为文，须先搞清楚古人心目中的"诗"和"文"分别指什么。什么是诗？这个古人早有认识。《尚书·尧典》就已经提出了"历代诗论的开山的纲领"（朱自清《诗言志辨序》）："诗言志。"《毛诗序》进一步发挥曰："诗者，志之所之也。在心为志，发言为诗。"

陆机《文赋》："诗缘情。"《文心雕龙·明诗》："诗者，持也。持人性情。"刘勰站在儒家立场，认为诗歌的抒情应有一定的理性节制。以上这些都是古人关于诗歌的典型定性。用今天的话概括，诗歌就是用来抒情言志的文体。这是讲内容。从形式方面上来说，诗歌的基本规则是押韵。当然，古人对诗歌体制的全面认识，要有待于诗体的自觉和独立后方有可能。

那么，我国诗体何时自觉呢？笔者以为，学界一般认为的魏晋六朝文学自觉说，实际指的是诗体的自觉。具体地说，是五言古体诗的自觉。魏晋六朝时的小说、戏剧、古文自觉没有？没有。彼时还没有戏剧，何谈自觉？虽有小说，也尚谈不上自觉。一般认为，唐人始"有意"为小说，故小说的自觉应自唐传奇始。魏晋六朝时古文自觉了吗？也没有。这点从盛行于魏晋六朝的"文笔之辨"即可知。文笔之辨的意思就是要辨清何为文、何为非文，然后把非文排除出文学领地。其中，"文"谓韵文，主要指诗赋；"笔"谓非韵文，主要指以各种应用文为主的骈文，当然也应包括散文在内。"笔"是要被排除出文学领地的。可见，魏晋六朝时古文是谈不上自觉的。顶多可以说，当时骈文已经自觉了。所以说，魏晋六朝的文学自觉实际上仅仅是诗体的自觉而已。魏晋六朝时的诗体，主要是五言诗。也就是说，魏晋六朝时，五言诗已经自觉。当然，自觉的起点是建安时期。刘勰《文心雕龙·明诗》所谓"暨建安之初，五言腾踊"，钟嵘《诗品序》所谓两汉时"诗人之风""顿已缺丧"，"降及建安……彬彬之盛，大备于时"，皆即此意也。当然，五言诗的自觉，以此类推，也就意味着四言诗及七言诗的自觉。这就是以诗为文的"诗"。

什么是文？在隋唐以前，"文"的意义很复杂。如先秦、秦汉人讲的"文"主要指学术、文化，而不是文章。《汉书·艺文志》"六艺略"里尚没有"古文"或"杂文"之目，虽有"文章"一语，但主要指称辞赋等文学作品，而不是今天意义上的文章。这种现象说怪也不怪，刘师培《论文杂记》解释说："班《志》之叙艺文也，仅序诗赋为五种，而未及杂文；诚以古人不立文名，偶有撰著，皆出入六经、诸子之中，非六经、诸子而外，别有古文一体也……故古人不立文名，亦不立集名。"由此，我们也可以说：古文运动前尚无古文或文章。一者无此名号，二者也确实没有真正可称作"古文"的文章。因为既然古人"偶有撰著，皆出入六经、诸子之中"，则这些文章不属严格意义上的"古文"，而是经子之文。唐宋"古文"概念里固然也包括经子文，但"古文"主要指的是文学性的文言文。当然，这里的"古人"谓秦汉以前的人。秦汉时的"文学""文章"之不自觉的区分，到魏晋南朝时衍为自觉的"文笔之辨"。"文"是指"韵文"，约相当于秦汉时的"文章"；"笔"指文章，约相当于秦汉时的文学，魏晋六朝一般谓各体骈文、散文。"以诗为文"的"文"默认状态下指的应是"古文"。"古文"早有，但古文之概念，始于中唐古文运动。韩愈、柳宗元们的古文概念，类似于今之"散文"，是指与骈文相对的、以先秦和西汉的经子史之文为模板的、奇句单行、不讲究对偶声律的散体文。古文既可明道（此即经子文也），也可记事、写景，还可以抒情，包括抒发不平之鸣（这些是"古文"的主体，属文学性散文）。内容是很广泛的。功能上，"古文"既可以是应用文或其他各种非文学性文章，也可以是文学性散文；但以后者为主。

古文运动以后，古文大盛，于是始有诗、文对举。诗、文对举始于中唐，形成于北宋。① 诗文对举是"以诗为文"的文学或文体学背景。离开或忽略这个背景讲"以诗为文"（或"以文为诗"）是讲不通的。或者，可以这样说：以唐为界，以诗为文有两种，唐前为非自觉，唐后为自觉。我们当然更应该关注唐以后的、自觉的以诗为文；但是我们应该注意的一点是：不能说以诗为文始于唐代或唐以后，也不能在论以诗为文时只论唐以后。形象大于思维，理论落后于实践，中国古代犹然。当然，"以诗为文"的"文"也不仅限于古文。比如，也应包括骈文。同时，魏晋六朝文也不是一个"骈文"之概念就能全部概括的。所以清代又提出"魏晋文章"之说。总之，古文，骈文或魏晋文，还有先秦文，这些都是"以诗为文"的"文"。

不仅如此。我国古代的"文"还包括经子文和史传文。这些甚至可

---

① 详参谷曙光《斟酌于辨异细化与宏观综括之间——宋代文体分类论略》，《中国文化研究》2015年秋之卷。

谓古文中的大宗。"以诗为文"在这两个领域当然也有体现,所以也不容忽视。但是,在这两个领域,"以诗为文"的意思又超出了一般意义上的文体浑融的界域,属于"以诗性为文"或广义的以诗为文了。

二 以何诗为文与以诗为何文

以何诗为文与以诗为何文,这是一个问题的两个方面。"以诗为何文"是一个从属性的问题,它主要取决于"以何诗为之"。所以,这里把两个问题合论;合论时以前者为主,顺带论后者。

一般说,从诗体层面上看,以诗为文有五种情况:以民歌为文,以古体诗为文,以格律诗为文,以赋颂为文,以诗性为文。下依次申述。

(一)以民歌为文(叙事性文学、应用文)

虽然汉乐府不都是民歌,但汉乐府却是以汉乐府民歌而著称的。而历代民歌中,以汉乐府民歌内容最广,艺术最精,最具民歌特征,最有价值,影响也最大。从某种意义上说,汉乐府民歌可谓民歌的代名词。

汉乐府民歌具有五大特征:叙事性、当下性、草根性、通俗性、训诫性。叙事性就是有人物、故事,人物形象较完整,也有一定性格,故事有首有尾。当下性就是乐府诗往往写的是当下现实生活中的真人真事,这使乐府诗具有一定的新闻性,只不过这种"新闻"出来得较迟,但毕竟是近期的真人真事。草根性是说乐府诗往往是底层写的,写底层的,即"饥者歌其食,劳者歌其事"(汉·何休《春秋公羊传解诂·宣公十五年》)。同理,通俗性,是指其写法也是"底层式"的,自然、质朴而通俗。训诫性也就是有用性,是说汉乐府往往不空作,其作虽叙事,但目的不在故事,而在借故事给览者以鉴戒。

这五个特征使民歌与文章极其近缘。由乐府到文章——无论是启奏文、散文、传记文、小说、电影还是戏剧等,几乎都可以直接转换,"一键转换"。

白居易的诗歌就是一个很好的例子。中唐,白居易发起了新乐府运动。当时,白"身是谏官,手请谏纸",上书言事是其工作;"启奏之外",作为乐府诗。这样,白居易的乐府诗与启奏文就是二而一的东西，既可说是以文为诗，也可说是以诗为文。很多作家其实都是既以文为诗也以诗为文的。故白居易说"文章合为时而著，歌诗合为事而作"(《与元九书》)。"文章"与"歌诗"对举，也暗含"两者实系一回事"之意。于是，"他的讽喻诗、新乐府，就是诗歌形式的'策林'；《策林》就是散文夹骈文形式的'讽喻诗'"。① 写什么、怎么写都会互相生发、互相借鉴。当然，"相通"不等于"相同"；两者也不可能完全趋同。启奏文侧重于论事，乐府诗侧重于叙事；乐府诗是公开发表，启奏文是只给皇帝看的，犹今之内参。

民歌具有很强的叙事性，这一点与叙事性文艺文天然相通。所以，以民歌为叙事性文学，尤其是通俗性叙事文学也就很自然了。

在我国古代，叙事性文学不仅包括戏剧、小说，还有更多的文体，尤其是通俗性说唱文学方面，而且这些文体历史很悠久。据考证，先秦已有民间说唱文学了。民歌与说唱文学，以及戏剧——本是极其近缘的，甚至可以说是二而一、三而一的关系。比如西厢情事，既有乐府化的《会真诗》《春晓》等，也有诸宫调（宋元时期流行于北方的说唱文学），更有元杂剧等。

关于小说，国际上有一个广为接受的关于小说的简明定义：小说就是用散文讲故事。所以，小说可以看作是一种特殊的文。以诗为文也应包括以诗为小说。这可看作是以民歌为文的扩大化。中国的古文一般都是高文大典，如空中楼阁，虽冠冕堂皇，然不接地气、远离民众。但也有一些走"乐府诗"路线的作家、作品。如明清白话小说中即有世情小说一类，如"三言""两拍"、《金瓶梅》及《醒世姻缘传》等，专写市井小民，且不避白话与土语，此可谓乐府化的通俗小说也。

有论者称，"如果以大小说的观念视之，先秦神话和寓言可以说是后代小说的萌芽，或最早的小说。那么小说的诗化和诗入小说的现象在《庄子》中就早已出现。'逍遥游'、'蝴蝶梦'等呈现着诗一般的形象境界的寓言，正是最早的诗化小说"②。要如此说，那么，除了

---

① 钟优民：《新乐府诗派研究》，辽宁大学出版社1997年版，第193页。
② 孙敏强：《律动与辉光——中国古代文学结构生成背景与个案研究》，浙江大学出版社2008年版，第142—143页。

《庄子》，先秦其他诸子和历史文本里也有"诗化小说"现象，诗化程度不及《庄子》耳。朱光潜也主张写小说、戏剧等叙事文学时，也要具有诗歌性。他说："一部好小说或是一部好戏剧都要当作一首诗看。诗比别类文学较谨严，较纯粹，较精微。如果对于诗没有兴趣，对于小说、戏剧、散文等等的佳妙处也终不免有些隔膜。不爱好诗而爱好小说、戏剧的人们大半在小说和戏剧中只能见到最粗浅的一部分，就是故事。"① 于此，朱光潜曾有一个著名的比喻，他把优秀的叙事文学的情节框架比作用枯树枝搭成的花架，这不是观赏的重点；花架上的葛藤花卉才是重心。这些葛藤花卉就是诗性。朱光潜的说法至今仍受到很多人的追捧。某位当代作家曾以《红楼梦》为例，力倡诗性小说。《红楼梦》的故事情节实在无足称道，但它之所以能成为名著，就在于葛藤花卉的点缀功夫和效果非常了不起。（后）现代主义文学弱化叙事，追求诗意和象征，更漠视故事与情节。在文艺学领域，中国传统文论也大都是感性的、诗意的。童庆炳还提倡当今的文艺学研究"无论如何不可放弃对诗意的追求"。这些观念其实都与中国古老的"以诗为文"论有一定的渊源关系。

笔者认为，"诗化小说""诗化戏剧"固然不失为一种文体创新，好者可以恒好，这没有问题，但若一力提倡，甚至贬低故事情节化，则就未免走向另一个极端了。第一，从文体学上说，大体须有，定体则无。文体有分有合。但合的前提是分。没有异，哪有同？文体应在保持相对独立性的前提下，彼此借鉴，张冠李戴，取长补短，充分浑和或混合。但不可顾此失彼，丧失自我，或扬一家、灭一家。小说若过于追求诗化，有泯灭文体界域之危险，一旦界域泯灭，则诗不诗、文不文矣。第二，民众的阅读趣味和阅读需要是多方面的，主打一菜或一味，势必导致众口难调。《红楼梦》固好，但不能说只有这样的小说才好。事实上，不喜欢《红楼梦》的人多了。一般说，文人喜欢《红楼梦》一类的精雕细刻，而大众更喜欢《三国演义》《水浒传》一类的粗犷风味。喜好无对错，需要都合理。感性的读者喜好柔情美韵，

---

① 朱光潜：《朱光潜美学文集》第二卷，上海文艺出版社1982年版，第488页。

犹如饮食，他们不在乎"实际"，而讲究风味；理性的读者厌恶情理，排斥灌输，拒绝说教，而独喜事实——你把事实摆这里，我自己会"思想感情"的。第三，真善美并行、兼唱为佳，不可一家独大。故事情节本身无所谓优劣，其高下之判在于真实与否。真实不嫌多，伪劣不嫌少。诗性主打"美"，故事情节主打"真"，两者都应统一于"善"。真、善、美，各具价值，不相越代。

至于"诗入小说"，就是小说中夹带诗歌（诗词歌赋）。笔者认为，诗入小说与以诗为文不同。故兹不论。

（二）以古体诗为文（古文）

古体诗，从体制上说，有广义、狭义之别。广义的古体诗，包括四言诗、乐府、楚辞、五古、七古、杂言古等。从逻辑上说，最早的诗体是二言诗，也属古体诗；另有三言、六言、八言等，也当属古体。狭义的古体，不包括乐府和楚辞。因为这两种诗体都颇具独特性，宜各另立一类，不宜视为古体。这里所谓之"以古体诗为文"的古体诗取其狭义。

古体诗，不论是二言、四言、五六七八言，还是杂言，在体制上，"除了押韵以外，不受任何格律的束缚"，可谓"古代自由体诗歌，因为它基本上没有格律方面的限制"。[①] 这就意味着，从古体诗到"古体文"[②]，几乎没有界限。古文运动以后，古文独立，古文偏于明道弘儒，诗歌偏于抒情言志，诗文方"阴阳两隔"。但热衷古文者，也更偏嗜古体诗，这也是事实。如韩愈即多写古体诗。可见，两者神理一直是相通的。学界一直较关注杜甫的"以诗为文"及其消极性效果；但是，其实韩愈不仅热衷于以文为诗，同时也"以诗为文"，而且，他的以诗为文效果很好。有论者称：

> 其文"如长江大河，浑浩流转"的气势（苏洵《上欧阳内翰书》），与其诗"如掀雷揭电，奋腾于天地之间"的风格是嘘息相

[①] 褚斌杰：《中国古代文体概论》，北京大学出版社1998年版，第127页。
[②] 古文古代也称"古体文"。如清代吴敏树《归震川文集别钞序》评归有光："至其古体之文，乃其所尽意以为。"

通的（司空图《题柳柳州集后》），韩愈的这种诗文风格，显然有着太白歌诗的流风遗泽。韩文"健笔陡起"的开头方式，如《送董邵南序》首句"燕赵古称多感慨悲歌之士"，《送孟东野序》首句"大凡物不得其平则鸣"，《送温处士赴河阳军序》首句"伯乐一过冀北之野而马群遂空"等，也大有鲍照和李白歌诗一起"发唱惊挺"之概。韩愈的散文感情饱满，如《祭十二郎文》，长歌当哭，哀感动人，被誉为"祭文中千年绝调"。《杂说》、《获麟解》比兴寄托，感慨遥深。这种强烈的抒情性和比兴手法，均是诗家当行。所以何焯称说韩文多"诗人比兴之道"（《应科目与时人书》评语），有"诗人之意"（《蓝田县丞厅壁记》评语），曾国藩更推崇韩文是"低回唱叹，深远不尽"的"无韵之诗"（《题李生壁》评语）。①

需要补论的一点是：韩愈的以诗为文主要是"以古体诗为文"。读者自己可从上段引文的字里行间读出这一点。比如"诗人比兴之道""诗人之意"中的"诗人"指的是"诗经"人，《诗经》自属古体诗。引文还两次把韩文与"太白歌诗""鲍照、李白歌诗"相提并论，而所谓歌诗，即歌行体诗——自然属于古体诗（含杂言古体诗）。古体诗体制上本来就比较自由；杂言古体，比齐言古体更自由。所以，以杂言古为古文，也就更无碍、更自然、更顺理成章了。

另外，美国汉学家、韩愈研究专家蔡翰墨先生也曾论及韩愈《原道》一文的"韵散混合"的表达特色。他说："这篇文章的一个特征就是韵散混合。在韩愈的文学理论和实践中，唐初期诗文严格的界限已经慢慢淡化。在《原道》中有两段韵文：第三部分中引庄子'圣人不死，大盗不止。掊斗折衡，而民不争'以及'是故以之为己，则顺而祥；以之为人，则爱而公；以之为心，则和而平；以之为天下国家，无所处而不当。是故生则得其情，死则尽其常。'作品押韵格式很宽，从三种传统的韵部入韵（切韵中的东洋庚韵）。在散文中插入这样的

---

① 杨景龙：《试论"以诗为文"》，《文学评论》2010年第4期。

韵文可以追溯到秦之前的哲学家，道家以及法家诗人。这样的使用会联想到佛教传统中往往是韵散交替的叙述方式。例如鸠摩罗什翻译的《法华经》或者流行的变文的形式。韩愈在《原道》中用韵，主旨是为了概括和强调他的主要观点。"① 蔡翰墨注意到了"押韵格式很宽""从三种传统的韵部入韵"等细节，并把韩愈文中之韵与先秦老子、韩非子等人的文中之韵相提并论（先秦当然不存在四声问题），而完全不考虑韩愈时代的近体诗和骈文（但讲到了唐代的变文及南北朝时的佛经译文），这再次充分说明：韩愈之以诗为文，其实是以古体诗为文，或至少是：主要以古体诗为文。

当然，唐人的以诗为文的情况较复杂。有以古体诗为文的，也有以乐府、楚辞等诗体为古文的（以乐府为文上已论，以辞赋为文下有论），当然还有以格律诗为骈文的（详下）。

（三）以格律诗为文（骈文）

莫道才教授有《以诗为文——骈文文体诗化特征论》一文，专论骈文文体的诗性特征。此文虽未明言或强调骈文的诗性特征主要源于格律诗，但实际含有此意。因为文中所谈的骈文的诗性特征，在形式方面很重要的一条就是讲究平仄和粘对，这当然是属于格律诗的。莫文载于《广西师范大学学报》1997年第二期，读者可自行参看，兹不赘论。

或曰：不对，格律诗是唐代才定型的，而骈文秦汉时已形成，南朝已鼎盛，怎么能说骈文是以格律诗为文呢？这个问题其实不成问题。因为，第一，骈文多源，其直接源头是文。骈文是文，直接源头是先秦文中的偶对成分；以格律诗为文是说格律诗严重"影响"了骈文的体制，而不是"制造"了骈文。第二，格律诗早有，不限于唐。唐之格律诗，正式叫法曰"近体诗"，只是格律诗之最后形式（或定型后的形式）而已。南朝永明体已注重四声叶韵。且，格律不仅谓音韵，音韵也不仅谓平仄。广义地说，诗的格律包括章法、句法、结构、音韵等诸多体制性规范。第三，骈文可以说是"文父""诗母"结合所

---

① [美] Charles Hartman, *Han Yu and the Tang search for unity*, Princeton University Press, 1986, p. 157.

生下的漂亮男孩。文一般比为男性,诗一般比为女性。骈文是一个偏于女性美的标致小伙。骈文是文,是文为筋骨、诗为皮肉的美文。骈文爱美、求美,而格律诗当然比古体诗更"美"(形式美),所以,以诗为骈文当然首选以格律诗为骈文。

另,骈文似诗,也可以押韵;但骈文不是诗,而是文,骈文文体本身并不要求押韵。这一点往往为有些人所误会。骈赋固然是押韵的,但切莫扩大化地以为骈文都应该押韵。愚以为,骈赋的实质是赋,骈俪化的赋,而非骈文。赋是韵文,所以骈赋也押韵。质言之,骈赋是赋的骈文化,属以文为诗,而非以诗为文。

与古体诗相比,格律诗的篇幅较短。同样,骈文的篇幅一般也短于古文。骈文大小一般约相当于今之短篇,罕有相当于中篇及以上者。如刘勰《文心雕龙》以骈文写成——当然也是以诗为文的佳构——其每篇的字数一般都在 1000 字以内。再如著名骈文王勃的《滕王阁序》,是 952 字(含标点及篇末之滕王阁诗)。

(四)以辞赋为文(哀怨牢骚文)

辞与赋,本来就是文章其表、诗歌其里的"混搭"文体;或者说,辞与赋是介于诗与文之间的、亦诗亦文的文体。所以,以辞赋为文是很自然的事。当然,辞与赋也有细微差别。比如说,辞是纯诗,赋更近乎文;辞主观,偏于抒情,赋客观,偏于体物;辞近乎风,赋近乎雅颂等。但是,不同是相对的——赋也有骚体赋,有抒情小赋,有骈赋、文赋等,也都是主情的。两者的共性更多。且,赋的本质不是文——赋是骚的苗裔,本质仍是诗。故班固《两都赋序》有一句名言:"赋者,古诗之流也。"意思是,赋是古诗的一个支流。挚虞《文章流别论》也说:"赋者,敷陈之称,古诗之流也。"皇甫谧《三都赋序》也说:"子夏序《诗》曰:'一曰风,二曰赋。'故知赋者,古诗之流也。"很多古代文论家皆是此。"古诗"谓《诗经》。赋与《诗经》近缘。当然,赋与楚辞更近缘,也可谓楚辞的直系嫡传。所以,汉代普遍以赋称辞。总之,辞赋联言,没有问题。鉴于两者都是极具个性、影响极大的诗体,故此不把以辞赋为文看作以古体诗为文,而单列为一条来"敷陈"。

文人多不得志，故多哀怨牢骚。屈原首发为辞赋，汉人继发为抒情小赋，唐宋人再发为文赋；其间也有发为散文，为骈文，为小说的。此即以辞赋为文。

中国文学史上，除了以楚辞和抒情小赋、文赋等为牢骚的理想载体外，还有一个借他体文以发的传统。这个传统很悠久，始于屈原宋玉，但当辞赋的时代过去后，这个文体载体就不拘一格了。有散文，有骈文，有辞赋化的散文、骈文，甚至还有小说。这条线上的作家、作品有：宋玉《对问》、韩非《说难》、东方朔《答客难》、扬雄《解嘲》、班固《答宾戏》、崔骃《达旨》、张衡《应间》、崔寔《答讥》、蔡邕《释诲》、刘瑾《应宾难》、郄正《释讥》、陈琳《应讥》、皇甫谧《释劝论》、王沈《释时论》、张载《榷论》、曹毗《对儒》、夏侯湛《抵疑》、束晳《玄居释》、郭璞《客傲》、庾凯《客咨》、卢照邻《五悲文》、韩愈《进学解》、柳宗元《答问》、柳开《应责》等。这类文章，《文选》称作"设论"，《文心雕龙》归为"杂文"，《骈体文钞》目曰"设辞"。体兼多方，难于定一。有宾主问答，似可视为辞赋；虚构性强，或可视为小说；形式题名俱皆不拘，也可视为一般性文章或散文；或对偶骈俪，则可视为骈文。宋代文士待遇优渥，这类作品罕发，故此一文线邈焉中绝。元明清文体选择多，然统治严酷，文字狱动开，故这类作品亦极少。但借戏剧、小说等体委婉以发的则往往而有，如《单刀会》《水浒传》《聊斋志异》《桃花扇》《红楼梦》等都有发愤遣幽、暗藏机杼的成分。

另，柳宗元《永州八记》也属以辞赋为文，只不过他是借山水而发耳。故近人陈衍称《永州八记》是"用楚骚、汉赋、六朝初盛唐诗语意写之"（《石遗室论文》卷4）。柳宗元以诗为文的"诗"，不仅指辞赋，还包括别的诗体。故曰："文有诗境，是柳州本色。"（林纾《韩柳文研究法》）

需要说明的一点是："文赋"之体不是以诗为文。正相反，文赋是"以文为赋"，其实质是以文为诗。当然，文赋的出现和繁荣，有利于散文的辞赋化（即诗化）。事实上，唐宋很多作文赋的名家同时也是诗化散文的高手。如韩、柳、欧、苏等。

（五）以诗性为文（广义的以诗为文）

诗性，有广义、狭义之别。广义的诗性，实谓文学性。狭义指诗歌文体的特殊属性。这里所说的诗性，指广义。当然，两者并不绝缘。广义的诗性正是基于狭义的诗性，即诗体之性的。所以，讲广义的诗性，也应从狭义的诗体之性说起。

那么，诗体有何特性？其实，这个问题也可以转换为：诗与文有何不同？因为特性是相对的，诗体的特性只能在与"文体"的比较时才有意义，才能显现。一般说来，诗主情，主观、非理性，文主理、主事，客观、贵理性，诗的表现内容范围远小于文；诗篇幅短，结构跳跃，文篇幅长，结构紧密；诗贵比兴、贵隐，文贵敷陈、贵显；诗押韵、句式整齐、重视形式之美，文一般不要求押韵，句法灵活，不太重视形式之美；诗是酒，主要作用于精神，偏于审美，是纯文学，而文是米饭，主要作用于营养，偏于实用，文学性散文在古文中一直是少数；诗文的素材都源于生活，但诗是"化学"变化，与素材差别大，犹如米与米酒，文是"物理"变化，犹如米与米饭；文难作，诗尤难作；诗可以入乐，文一般不入乐；诗与文可以浑融，但以文为诗者多，评价也较积极，以诗为文者少，评价也较负面等。当然，这些都只是笼统的说法。这些诗歌的特性可统称诗性。概要说，诗性有五：情感寄托性，比兴象征性，形式绮靡性，结构跳跃性，浓缩精粹性等。

如果文章有如此手法，如此效果，即属"以诗性为文"。以诗性为文的典范是《庄子》《史记》和《红楼梦》等。《庄子》虽系子文，但诗性极强。庄文外冷内热，情感饱满；多用比喻、寓言及故事说理，富于比兴象征色彩；结构跳跃，意接而词不接；一些段略韵散结合，朗朗上口等，这些都是诗性的体现。庄文富于诗性也有一个客观原因，即先秦时文体初立，诗文未判，"两小无猜"，故诗体与文体常常自然交融而不觉。是故，除了庄文，其他的先秦经子文也时常闪现着诗性的绚光。如《周易》《老子》《论语》《孟子》等皆然，甚至以理性见称、笔锋犀利的《韩非子》也常常有精妙的比喻、故事和寓言呈现出来，让读者获得极大的诗性愉悦。《史记》《红楼梦》等亦然，限于篇幅，不赘。

另外，唐宋古文家中，欧阳修和苏轼的古文技艺的高超，一定程度上也得力于以诗性为文。欧文富于情韵，纡徐委婉，偏于柔美，被誉为"六一风神"，显系大力引进诗性所致。苏文比欧文更自由、自在和自然，成就也更高。有关苏东坡以诗性为文的详情，可参看赵仁珪《苏轼"以诗为文"论》，兹不赘。约言之，欧苏之文都以诗性为文，都因以诗性为文而增光。

不仅宋文，唐文亦然。可以这样说，韩柳古文运动的成功，也多半得力于以诗为文。唐文之以诗为文，促成了魏晋六朝人所称的"笔"的华丽转身，跃升为"文"。刘师培《论文杂记》："唐人以笔为文，始于韩柳"，即是此意。其实唐人以笔为文，不只自中唐韩柳始，自初唐甚至隋代已发端矣，只是至韩柳而大成耳。也有论者称，唐文"受诗歌发展与兴盛的带动，一步步革新和推进，到贞元、元和之际，在题材、体裁和各种艺术手法上都得到拓新，表现出空前活力"[①]，也是此意。当然，诗"带动"文，不始于唐或中唐；诗文互动早就发生了。但是，中唐韩柳，以诗为文较甚，较自觉，并成功使"笔"文学化——这也是事实。是之故，唐文曰文，不再称笔——笔既称文，诗就只能叫诗了。诗文对举由此开始了。

2016年11月28日《光明日报》（第13版）发表仕永波《小说亟待提升诗性品质》一文。该文认为当前我国的小说作品的艺术性普遍下滑、严重下滑，"过度地沉迷于故事性，便会遮蔽或者丧失其诗性，而堕入通俗性的歧途"；作者因而提出，小说要加强诗性成分，才能使其"抵达更高层次的诗性彼岸"。此文虽是针对当今文坛的小说创作的，但其核心理念正与笔者上面所论相合：它也补证了"以诗为文"的必要性、当代性和紧迫性。

总之，中华民族较偏于感性，中国文化较富于诗性。所以，中国古代诗人多，诗作多，诗论多。诗歌是中国古代最强势的文体。它的强势不仅表现在它自身的枝繁叶茂，族大员多，也体现在它的"侵略性"方面。它的"触角"任情疯长，四处延伸，很多其他文体纷纷

[①] 余恕诚、吴怀东：《唐诗与其他文体之关系》，中华书局2012年版，第144页。

"沦陷",成了它的部分或全部的"殖民地"、新殖民地,于是诗歌成了真正的"帝国主义"文体;同时,它自身在新环境里也不断地做着自我调整,既适应了环境,也改造了环境,最终往往能实现"合作共赢"。

诗体很繁,文体亦繁。于是,在对外"攻城略地"时,不同的诗体组建了"五支大军":前、后、左、右、中。以民歌为文是其前军;以古体诗为文是其后军;左、右军是以格律诗为文和以辞赋为文;而以诗性为文好比中央军,战斗力最强,不仅亲自在前线作战,还要起着协调指挥和随机增援等作用。就以诗为文说,五只大军需要做分工——分别负责"进攻"各自的宜攻文体。但"五军"之间也要合作。"分攻"的说法只是逻辑言说的不得不然,实际上或彼此支援,或集多攻一,或协防协攻、换防换攻等情况势必是经常发生的。尤其是中央军,不仅居中指挥,还要随机增援,也就是说"以诗性为文"是最普遍和最恒常的。这就意味着,以诗为文常常是多兵种并进,海陆空立体作战,上面所说的分工及分攻只是言说策略或择要而言而已。

三 对"以诗为文"的逻辑分析

从逻辑上说,"以诗为文"有三个方面,即:内容上,形式上,风格上。

从内容上说,诗与文毕竟是两种不同的文体,两者各有所长:诗歌适合抒情言志,文章适合叙事说理,公私实事则离不开各体应用文。如果把一般应该写成诗歌的内容写成文章,这就是内容上的以诗为文。现实中,这种情况确实较少,反过来的情况较多。但还是有的。比如屈原有长诗《天问》,可谓诗国"奇葩","千古万古至奇之作"(清·刘献庭《离骚经讲录》)。奇在哪里?奇在内容。《天问》就是"问天",其内容是对一些自然现象、历史传说及神话故事等提出质疑,一口气提了 173 个问题,体现了一种很难得的求真务实的科学精神,这显然是论理文的架势,只是用诗的形式表现而已。

形式上,诗与文的差别更明显,如诗一般形式整齐、押韵、绮靡等,若写文章也这样,那就是形式上的以诗为文。如骈文、骈体的文论、骈体小说等。另外,《离骚》也很奇葩,其内容是诗,但形式却类文,虽不能说是以诗为文——它毕竟是诗——也可谓至少有49%的成分是文。另,古诗叙述视角的游移性,也对后来叙事文学的多维叙述视角提供了借鉴。

风格上,诗贵委婉比兴,余味曲包,意境感染,文贵敷陈直述,晓畅睿智,理性觉悟,若文章也写得委婉含蓄,摇曳多情,韵味十足,就是风格上的以诗为文。如欧阳修文,纡徐委婉,摇曳生情,流畅自然,被誉为"六一风神",其实就是富于诗味的文章。

当然,这些都是逻辑的分析。创作实际中的以诗为文是不会考虑这三个层面的划分或不同的;换而言之,创作实践中的"以诗为文"往往是三者混动,合作共赢。

第四章　中国古代文体学散论

第一节　论尾兴

本节内容提要：在中国古代韵文中，尾兴的使用率很高，使用效果很好，但学界对它一直失语。尾兴是兴的一种，与起兴相反，与中兴不同，它位于篇末，一般是简短的、形象的、富有韵味的景物描写，一般能产生言尽意余的效果，并往往能升华全篇之整体意境至更佳乃至最佳状态。然考诸《诗经》，尾兴罕用。究其原因，大约有：周代文学尚未自觉，表现技巧尚处于自发期；《诗经》本属歌舞，属于"音像化"艺术，舞台搬演时艺人按程序及经验自会增添很多感性因素，文本本身作为底本，主要起提示作用，故用不着过于精雕细刻。后世韵文多用尾兴，且不乏名篇。这是因为后之诗词多不入乐，再加上文学日益自觉，故表达技巧往往精益求精；且文学的媒介——文字本身本比较抽象，故恒须立象以见意；加上中国文论向重收尾，也促进了尾兴的繁盛。总之，"兴"应分为三种：起兴、中兴和尾兴。

1935年12月，为答复友人夏丏尊，朱光潜写了《说"曲终人不见，江上数峰青"》[①]一文，并提出"静穆说"。鲁迅不以为然，著文反驳，提出了著名的"顾及全篇、全人"说[②]。这就是著名的"朱鲁之争"。争议的导火索是中唐诗人钱起的《省试湘灵鼓瑟》[③]诗的末句："曲终人不见，江上数峰青。"由题目可知，这是一首"试帖诗"。

[①]　原载《中学生》杂志1935年第60号。
[②]　鲁迅：《"题未定"草（七）》，上海《海燕》月刊1936年第1期。
[③]　全诗是："善鼓云和瑟，常闻帝子灵。冯夷空自舞，楚客不堪听。苦调凄金石，清音入杳冥。苍梧来怨慕，白芷动芳馨。流水传湘浦，悲风过洞庭。曲终人不见，江上数峰青。"

但此诗远超众制，当即被评为第一，最终衍为唐诗经典之一。王世贞《艺苑卮言》称之省试诗中"亿不得一"的佳作。通读全诗，自会发现其最闪光处正是末联。那么，这两句诗"究竟好在何处"呢？夏丏尊的问题，朱光潜已经做出了他的回答。于此，我要做出新的解答：它之所以好，正在于它是成功的"尾兴"。

一 何为"尾兴"

何为"尾兴"？学术界从来没有人讨论过，虽然它早就存在，而且几乎每一次的存在都是精彩的亮相，都能产生很好的效果，都会给读者呈现丰富的乃至无穷的审美韵味。要讲清尾兴，得先说赋、比、兴。赋、比、兴的概念源于古老的《诗经》之学，但又不局限于诗经学，因为它们早已走出了诗经学，走出了先秦，走出了诗学，成为中国式的文艺常用表现手法和主要批评术语。所以，讲赋、比、兴时往往离不开《诗经》，但也不能拘泥于《诗经》。

一般来说，赋、比、兴三义中，最具文学性的，当属后两者。明代李东阳说："诗有三义，赋止居一，而比兴居二。所谓比与兴者，皆托物寓情而为之者也。盖正言直述则易于穷尽而难于感发，惟有所寓托，形容摹写，反复讽咏以俟人之自得，言有尽而意无穷，则神爽飞动、手舞足蹈而不自觉，此诗之所以贵情思而轻事实也。"[1] 情思谓比兴，事实谓赋，"贵情思而轻事实"就是尚比兴。比兴手法渐被凝缩为一个内涵丰富、分量很重的诗学术语。而在比兴二者中，"兴"的文学性无疑又超过比。事实上，赋、比、兴三者中，历代学者最推重的是"兴"，关于兴的论述、著作自然也最多。国内外关于"兴"的专著少说也有十本了。但是，人们大都忽略了一种极为重要的"兴"——尾兴。

何为尾兴？得先说清：什么是"兴"。什么是兴？古人的论述甚夥，为精审起见，兹只举最有代表性的四家。郑众："兴者，托事于物。"[2] 刘

---

[1] 语出李东阳《怀麓堂诗话》。详参丁福保辑《历代诗话续编》（下），中华书局1983年版，第1374页。

[2] 郑玄《周礼》"大师"注引。详参《周礼注疏》卷二十三，《十三经注疏》，中华书局1980年版，第796页。

勰《文心雕龙·比兴》:"兴者,起也……起情者依微以拟议。"钟嵘《诗品序》:"文已尽而意有余,兴也。"朱熹说:"兴者,先言他物以引起所咏之辞也。"①

综合四说,笔者认为,"兴"的意蕴可概括为三:第一,于作家言,指创作冲动的兴,可谓之感兴、入兴等,刘勰所说属此;第二,于作品言,指表现手法的兴,可谓之兴喻、寄兴等,郑众、朱熹说属此;第三,于读者言,指阅读效果的兴,可谓之兴味、兴趣等,钟嵘说属此。其中,朱熹之说,虽甚流行,但只能算是有一定正确性的说法。其说也有缺陷:它定准了兴辞只能位于文首或文中,作用是"起辞",所以不能在文末。此说是造成"尾兴"长期隐匿不彰的主要原因。但是,除了朱熹,古人并没有讲"兴"不能放在文末。正相反,钟嵘"文已尽而意有余"之说,正暗示了"兴"是可以位于文末的;钟嵘的话也可以理解为:兴用于文末,效果更好,或:他更为欣赏文尾的兴(尾兴)。刘勰说"兴者,起也",这里的"起",并不是说兴辞应位于起始;"此所谓起,外物兴起其感情也"②,"其",谓作者,刘勰的话是就作者的创作冲动的"兴"而言的,不是讲作品之表现手法的兴的。宋人李仲蒙说:"触物以起情,谓之兴,物动情者也。"此说与刘勰之说庶几,所说也属创作论的兴。这时,兴的功能不是"起辞",而是"起情"。再考之其他诸家的论述,亦皆无断言或暗示兴辞不能在篇末者。即使朱熹本人,在其他场合所讲,如《诗传纲要》说"兴者,托物兴辞,初不取义"等,也并未断言或暗示兴辞不能殿后。元代范德机直接说:"《三百篇》以比、兴置篇首,律诗则置在篇中,如景联所摹物色。"③ 明代胡应麟《诗薮·内编》说:"作诗不过情景二端,如五言律,前起后结,中四句,二言景、二言情,此通例也。"④ 律诗的中间两联往往至少有一联是写景的,当然也有不少律诗尾联写景、以景收结,故范德机有如此说。总之,古人大都并未否定尾兴的

---

① (宋)朱熹:《诗集传》,上海古籍出版社1980年版,第1页。
② 李曰刚:《文心雕龙斠诠》,转引自詹锳《文心雕龙义证》,上海古籍出版社1989年版,第1338页。
③ (明)胡震亨:《唐音癸签》,文渊阁四库全书本《唐音癸签·法微二》卷三。
④ (明)胡应麟:《诗薮》,上海古籍出版社1979年版,第63页。

存在。当然,古人也没有说有——古人压根儿就没有意识到这个问题。至今学界仍然。但是,事实上,尾兴是存在的,而且往往是光辉的存在。大家虽都投以惊异的目光,然而却没有人意识到它实际上是一种最易出效果的兴:尾兴。

兴在起首的误解也缘乎一种区分比兴的流行说法,即:比是后想的,兴是先触物而生的。此说有待商榷。我认为,兴与比的不同不在次序,不在先后,而在真幻:写真为兴,虚设为比。其实,这仍然不是两者的首要区别。两者的首要区别是:写景为兴,物喻为比。兴,一言以蔽之,就是景物描写;再简单的景物描写也得有两个层次:背景、主景。背景可以是非生命物,主景往往是生命物。写景一般要涉及两个或两个以上的事物;而比则往往只是一单纯的、孤立的事物。换言之,一事、一物即可构成一比。博喻或连比的实质是两个或两个以上的比喻的组合,是比喻群;象征则是复杂化、系统化的比喻,是比的升级版或终极版,其实质是比,而不是兴。

至此,可以给"尾兴"下定义了。尾兴是兴的一种,它位于篇末,一般是简短的、形象的、富有意味的景物描写,一般能产生言尽意余的效果,并往往能升华整体意境至更佳乃至最佳的状态。也可以说,尾兴就是古人常说的"以景结(情)"。但"以景结"的说法太随意,不能揭示其丰富的内涵。故作此文,正名曰"尾兴"。

二 尾兴的作用

据上述,兴的最基本的意思是"起","起情"。那么,位于篇尾的景物描写为什么仍然叫"兴"呢?原因是它的作用仍然是"起情"。尾兴的意义在于,诗章虽然完结,但言不尽意,"我"的情意仍然缠绵郁勃,有好多东西想说而说不出,于是,就用尾兴来代替,以产生不言而言、无声胜有声、"不着一字,尽得风流"(司空图《诗品》语)之效。或许,朱熹的那句话应被改写为"兴者,先言景物以表现尽量多的情思也"。说白了,尾兴就是一种以实出虚、以虚济实、实少虚多的艺术表现技巧。

这就不能不说到兴及尾兴的作用。一般说,"兴"的作用问题较复杂，它的作用也较多。但是，简单就是最好。"兴"的魅力之源本来就在于以简驭繁、以少胜多。兴的作用虽多，实可以"三言以蔽之"：一是抒情功能（写虚），即烘托情调、营造气氛；二是叙描功能（写实），主要是交代事件发生的地点或场所；三是结构功能，即铺垫或意义转换时的过渡。这三个基本作用，当然并不互相绝缘；在同一作品中，往往兼具两个或两个以上。尾兴也是兴，其效用大体也不出这三点。只不过，"尾兴"的作用主要集中于上述三项中的一、二两项，即抒情功能和叙描功能。如：王昌龄《从军行》："琵琶起舞换新声，总是关山别离情。撩乱边愁听不尽，高高秋月照长城。"末句既借景抒情，又交代了时间地点。当然，结构功能的尾兴则罕见。因为既是尾兴，就意味着实际行文到此已止，不再往下写了；至于虚处的感发（回味）则转移到读者头脑中继续进行。不过，既然阅读的整个过程并不意味着随文字的结束而结束，那么，若从由实到虚的过渡的角度来说，尾兴一般仍具有结构的功能：它收煞文字的感知，开启深度的"阅读"（回味）。

总之，尾兴就是忙碌的读者读"完"后抽身离开时和离开后，作品却仍然在"粘"着你的那份艺术魅惑，也就是钟嵘所说的"文已尽而意有余，兴也"。在中国文论史上，兴或尾兴可以说正是孔子"肉味说"、钟嵘"滋味说"、司空图"韵味说"、严羽"兴趣说"、王士祯"神韵说"和王国维"意境说"等理论的基座；这篇"论尾兴"，庶几也可谓对此基座的"迟到的"夯筑。

中国有句俗话："编筐握篓，重在收口。"托名白居易的《金针诗格》说："落句欲似高山放石，一去无回。"沈义父《乐府指迷》："结句须要放开，含有余不尽之意，以景结情最好。"谢榛《四溟诗话》："结句当如撞钟，余音袅袅。"李渔《闲情偶寄·词曲部》："终篇之际，当以媚语摄魂，使之执卷留连，若难遽别。"中国文论向重收尾，这大大抬升了尾兴的使用率。

三 《诗经》中的尾兴

上已言，论比兴不限《诗经》，也不避《诗经》。那么，《诗经》中有没有尾兴呢?当然有。如《周南·汉广》《唐风·椒聊》《唐风·鸨羽》《陈风·东门之杨》等。其中《汉广》全诗三章,每章皆以"汉之广矣,不可咏思;江之永矣,不可方思"作结;《椒聊》全诗二章,皆以"椒聊且,远条且"结尾。这种章尾、篇尾俱有且相同或基本相同的尾兴,其作用可被进一步强化和放大,不仅更好地起到了烘托情调、交代场所之作用,而且在结构上也使全篇浑然一体,同时它比一般的尾兴更能使读者进入余味绵绵的意境之中。又,《诗经》中有的诗的末章整个属于抒情性写景,这也是"尾兴",如《小雅·采薇》《卫风·竹竿》等。《采薇》末章"昔我往矣,杨柳依依。今我来思,雨雪霏霏",很多人如东晋谢玄一样,极为叹赏之。此句何美何妙?刘熙载说:"雅人深致,正在借景言情。若舍景不言,不过曰春往冬来耳,有何意味?"① 借景言情就是兴,但刘熙载应当进一步点明:此句之妙,在乎"尾兴"。另,因为比与兴有时难以分清,所以,在《诗经》中,有时"尾比"也兼为尾兴。如《周南·麟之趾》,全诗三章,皆以"于嗟麟兮"结尾,是比而兼兴者,也可视为尾兴。

不过,总的看,《诗经》中的尾兴用得很少。据检索统计,《国风》中也只有上段所列的六首属之,不到总数160篇的4%。至于雅颂,使用率更低。

《诗经》中尾兴较罕用这一现象说明:第一,相对而言,《诗经》的文学性尚较低,表现尚较古朴。"兴"在《诗经》中,往往"只有两行的固定长度"②(两句、八字),点到为止。钱钟书说:"三百篇有物色而无景色,涉笔所及,止于一草,一木,一水,一石。"③ 而后之抒情诗词,则往往半情、半景,景物描写更多、更具体。相形之下,《诗经》兴味单薄,可曰"简兴"。第二,《诗经》人并不很重视艺术表现,他们更看重的是思想内容和礼仪效果。别忘了,诗经大都是仪式乐歌。第三,周人尚人事、轻自然。一般说,文之殿后者往往是重要的部分,往往是理性地揭示或强调作文主旨的部分,所谓"曲终奏

---

① 刘熙载著,袁津琥校注:《艺概》,中华书局2009年版,第252页。
② [美] 蔡宗齐:《汉魏晋五言诗的演变》,陈婧译,北京大学出版社2015年版,第92页。
③ 钱钟书:《管锥编》第二册,中华书局1979年版,第613页。

雅",所谓"卒彰显志",即此意也。而写景的兴辞往往只是手段,只是感发,故不宜殿后,若殿后有可能被误解为"归趣"或"结穴",故兴辞宜置前只作为"引子"而存在,故《诗经》多起兴。而后人尚诗艺,尚感发,乃喜以景结情。故曰,文学自觉之前,尾兴可遇不可求;文学自觉之后,尾兴在在多有。第四,《诗经》是歌舞,是"音像化"①的艺术形式,本非供人案头阅读之物,所以它主要或直接诉诸的本来就是视听之域,而非"观念"②和想象,故不必也不很适宜使用尾兴,即使勉强使用了,也难以充分发挥其效能。而后世真正意义上的文学,或者说不入乐的文学,乃纯系"以概念文字为材料,诉诸想象的艺术"③,故后之诗词歌赋方大量使用和专擅使用尾兴之技,以弥补语言材料本身的抽象化和符号化特质的不足。

四 精彩尾兴类举

后世使用尾兴获奇效者甚多,且大都脍炙人口。如:李白《黄鹤楼送孟浩然之广陵》末句:"惟见长江天际流",岑参《山房春日》:"春来还发旧时花。"李煜《虞美人》末句"恰似一江春水向东流",叶绍翁《游园不值》末句"一枝红杏出墙来",辛弃疾《摸鱼儿》"休去倚危栏,斜阳正在,烟柳断肠处",杨万里《小池》:"早有蜻蜓立上头"等,这些都是视觉化的尾兴。也有听觉化的尾兴,但是较少——常常是晚上,有目难睹,只得侧耳。如:孟浩然《晚泊浔阳望香炉峰》"日暮但闻钟",杜牧《泊秦淮》"隔江犹唱后庭花",张继《枫桥夜泊》"夜半钟声到客船",杨万里"一夜连枷响到明"等。那么,有没有诉诸味觉、触觉等非知识性感官的尾兴呢?当然也有,只是为数更少。例如:诉诸味觉的:王建《新嫁娘》"未谙姑食性,先遣小姑尝",陆游《卜算子·咏梅》"零落成泥碾作尘,只有香如故",

---

① 当然,它不同于今之"视图化"传媒,今之视图以电音、电影为代表,古之歌舞则是真人发声、现场器乐。

② 文学艺术不像歌舞绘画艺术,后者运用感性形象,前者运用观念性的语言文字,而文字只不过是有意义的抽象符号,所以在诸种艺术中,文学是最具观念性的。可以说,文学是"赋",而音像化艺术皆属"比兴"。

③ 李泽厚语。详参《美的历程》,文物出版社1981年版,第55页。

王安石《梅花》"遥知不是雪，为有暗香来"等。诉诸触觉的：刘琨《重赠卢谌》"何意百炼钢，化为绕指柔"，贺知章《咏柳》"二月春风似剪刀"，宋释志南《绝句》"吹面不寒杨柳风"等。当然，绾合两种感觉（以上）的尾兴更可贵，可谓"尾兴中的极品"。本文开头所举钱起《省试湘灵鼓瑟》之"曲终人不见，江上数峰青"即绾合视觉听觉，故效果奇佳，虽非"鬼谣十字"（《旧唐书·钱徽传》语），足配千古"绝调"（清·徐增《而庵说唐诗》语）。

五 关于中兴

中兴是指用于文中的兴，多位于章尾。中兴与尾兴关系密切。中兴虽不在文末但多在章末，所以性质接近尾兴，只是功能上多是结构功能（转换和过渡），且有时章尾与篇尾的兴是一回事。

综上，兴应分为三种：起兴，中兴，尾兴。

第二节 文学素人的神吹海侃

本节内容提要：单纯从艺术上看，汉乐府民歌人奇、事奇、语奇、体奇。这与文学素人、大汉气象、原样采集等因素有关。

一 汉乐府奇怪

读汉乐府民歌，往往令人瞠目结舌。其人物之奇特，情节之怪异，语言之生猛，体制之汗漫，常匪夷所思，出人意料。但细品之，却又令人拍案叫绝，令人叹服于大汉民间无名氏作者们神吹海侃。

第一，人物奇特。

汉乐府民歌中不缺奇人。如《上山采蘼芜》一诗。一般说来，丈夫另有新欢、抛弃旧妻，这是女性一大不幸，一大耻辱。所以，离婚后一般是不愿再见面的。如果偶尔碰上，只要是头脑正常的人，不用多想，也都知道应该怎么处置——只能尽量回避了。但是，汉代的这位"旧妻"不然，她"上山采蘼芜，下山逢故夫"，不仅不回避，还反而主动迎上前去，很礼貌地和他搭话："长跪问故夫，新人复何如。""长跪"虽是直身而跪，礼节较轻，但毕竟也是礼敬。再说，这是野外偶遇，礼仪上可以宽松些的。对此，这位"故夫"一定颇感意外。不过，从下文看，他还算是有涵养的人；再说遇到这么文明的旧妻，自己也得展示出素质才对。于是，这位"故夫"干笑了两声，不太自然地答言道："新人"嘛，当然比不了你了。——这无非是场面话而已。可是这位"故妻"还继续追问：为什么这样讲呢？既然她不如我，那你为何抛弃我而选择她呢？"故夫"于是不得不硬着头皮接着回应说"颜色类相似，手爪不相如"，"新人工织缣，故人工织素。织缣日一匹，织素五丈余。将缣来比素，新人不如故"。女性的最大本钱是什么？当然是漂亮。这位故夫说，"颜色类相似"，其实，这也是客气话，其言外之意是说"新人"长得不比"故人"差，还可能更漂亮。但是，人都有优点，包括相对性优点。所以，这位故夫接着就夸"前妻"能干。怎么个能干法呢？一个"工织缣"（"新人"），一个"工织素"（"故人"）。可是，问题是：这有本质区别吗？难道这话的言外之意不是说你俩在干活方面也半斤对八两吗！别以为漂亮的人就懒散。但总得给"故人"一点面子啊，人家毕竟那么礼敬。于是，"故夫"接着说："新人"一天能织"一匹"（长四丈，阔二尺二寸），"故人"你能织"五丈余"。言外之意似乎是说：她干活速度慢些，这不如你。不过问题是：四丈长与五丈余有本质区别吗？"新人"肯定要年轻些，劳动经验也少一些，加上又是"新"人，织得慢也正常啊。现在织得慢，以后老道了，就能织得快了。总之，读完此诗，我的感觉是：这位故夫还是更爱新人；只是，他对故妻也还算给面子。

如此，这位"旧妻"就有点悲剧了。她为何主动与"故夫"打招呼呢？估计是想看看有没有"破镜重圆"的可能。如果不是为这个，那一切真的很多余。但结果如何呢？她碰了一个不软不硬的钉子。事实上，她也丢了面子。也许有的读者会说：这个"旧妻"没头脑，你想探问虚实，何必"亲碰"呢，你可以托人打听啊。亲碰若被拒，岂不尴尬！其实正相反：托人打听才更丢份。因为亲碰若拒，只有两人知道；托人就不同了。还有，这种事，托人怎么能打听出实信呢？所以，还是老了面皮，亲自打探为佳。由此也可见，对这位"旧妻"来说，生活真的很不容易。这么一分析，则此诗之奇人、奇事，其实说奇也不奇。只是令人更加敬佩无名氏作者对人物心理的揣摩是多么的到位！对生活的观察和理解是多么仔细和深刻！语言驾驭力、结构剪裁力又是多么高超啊！

第二，情节诡异。

《枯鱼过河泣》也是汉乐府民歌中的名篇。此诗只有四句："枯鱼过河泣，何时悔复及。作书与鲂鱮，相教慎出入。"枯鱼就是干鱼。一位大妈上街买了干鱼，准备回家做菜。路过一条河，这个"枯鱼""看"到"故水"，竟然"哭泣"起来。活鱼会哭吗？别说枯鱼了。但是，在这里，枯鱼不仅会哭，还会写信。写了信，往哪寄？怎么寄？这不重要。重要的是内容：南河里的兄弟姐妹们，你们要吸取我用生命换来的教训啊——没事别出来转悠，否则万一碰到打鱼的，那就完了。读罢此诗，真的令人不禁为大汉百姓们的奇思妙想拍案叫绝！

细思之，此诗主旨很像今天的大人们经常对孩子所说的那句话：就在附近玩，别跑远了，不要相信陌生人……或许，汉代的民众就是用这诗来教育儿童的？

乌鸦是一种很聪明的鸟。但其捕猎能力有限，所以常常以动物的死尸为食，也包括人尸。一天，几个乌鸦突然听到人声鼎沸，飞近一看，原来是两阵对圆，马上要打仗了，打仗就得死人，所以它们不禁奔走相告，纷纷聚集在附近的树枝上，嘎嘎乱叫，仿佛在互相庆贺将要迎来一顿免费的大餐了。又仿佛在说：快点打啊，快点打死人啊，我们好几天没吃饱饭了。于是，一位很可能已经受伤的士兵就捎信给乌鸦们说：拜托，乌鸦们，别那么幸灾乐祸好不好，我们野战死了，不会有人埋葬的，早晚还不是给你们吃，但是你们能不能低调点，若能"且为客号"（暂且为我们这些将要客死他乡的人哭号两声）那更好了。"为我谓乌：'且为客号！野死谅不葬，腐肉安能去子逃'"。这不是周星驰式的无厘头嘛。以上就是汉乐府民歌《战城南》里的内容。读到这些，真的不敢相信这是两千年前的汉代的"文学素人"

所为。

《孔雀东南飞》的人物、情节也颇不寻常。按照诗序，焦仲卿与刘兰芝的婚恋故事发生于"汉末建安中"。彼时，儒家思想已经松动；开通的玄学逐渐抬头。停妻再娶、寡妇改嫁一类的事情也早已屡见不鲜。高居上流社会的"三曹"娶妻立后时就也不大讲究老规旧矩了。民间更是如此。比如著名的蔡文姬改嫁的故事。但是，焦、刘分手后，就在双方都不愁再婚的情况下，竟然都选择了自尽。刘兰芝不用说了，"先嫁得府吏，后嫁得郎君。否泰如天地，足以荣汝身"；作为"府吏"，焦仲卿也不愁再娶美女："东家有贤女，自名秦罗敷。可怜体无比，阿母为汝求"。可是两人都选择了舍生而取义！

第三，语言生猛。

《十五从军征》里讲一个老伯，当了一辈子的兵，老了才获准复员回家。情节很悲催，可能表现了作者的反战情绪。此诗首句很生猛："十五从军征，八十始得归。"八十岁？这个年纪，还待在队伍里，别说打仗，就连走道也喘气啊。别说八十，就是六十、七十也够呛。再说，一个普通的兵士，吃没好吃、喝没好喝，风餐露宿，经常打仗，竟然能活八十岁，最后还好胳膊好腿（至少诗里没写老人有任何残疾），这人该多幸运啊，差不多能上吉尼斯纪录了。后来，杜甫写《兵车行》，就"不敢"这么"夸张"了："或从十五北防河，便至四十西营田。"十五岁当兵，若直接打仗，显然嫩点，但是站岗放哨没问题，所以"北防河"；四十岁的老兵，已经谈不上生猛了，但可以搞搞后勤，比如军屯啥的，所以"西营田"。杜甫到底是养之有素的专业作家，文章写得滴水不漏。反观汉乐府，精粗立见。

朱熹说："汉文粗枝大叶"，"西汉文字则粗大"。[①] 朱夫子眼光老辣，其言中的。

或许有的人会说，你太认真了，民歌也是文学，文学哪有不虚构的！什么十五、八十，什么好胳膊好腿，文学不能较真。但是，笔者

---

① （宋）朱熹著，（宋）黎靖德编：《朱子语类》，中华书局1986年版，第1984、1985页。

不这么看。别忘了：汉乐府民歌大都是"缘事而发"（班固《汉书·艺文志》）的。也就是说，每一首汉乐府民歌的背后，几乎都相应地有一件当时发生的真人真事在。这些真人真事太感人了，所以好事者才会为之作出歌谣来。这就是"现实主义"。汉乐府民歌也可谓"真实主义"。从这个意义上说，它不是文学，而是新闻，是节奏稍微有点慢的"报告文学"。当然，戏如人生，人生如戏。真人真事的耸人听闻常常并不亚于文学的虚构。生活中不缺少美，缺少发现；民众日常生活中不缺少素材，缺少观察力、感受力、语言力、同情心、责任心、道德心。从这个意义上说，汉代的文学素人们还真不是"吃素的"。这也正应了那句话："真诗乃在民间。"（明·李梦阳《弘德集·自序》）另，西方文论界也有"高贵的野蛮人"（noble savage）之说，认为他们的意外成功会影响精英文人，从而出现"使文者野"（rebarbarization）的"民间崇拜"现象。

第四，体制灵动。

从文体学意义上省察，汉乐府民歌也颇有意义。

两汉时期，我国各种文体基本齐备。自魏晋六朝始，我国文体学已臻成熟。刘勰的《文心雕龙》就是一部文体学方面的集大成之作。宋、元、明、清，文体学持续繁荣，且"辨体论"渐渐成为文体学的核心。最终，"文章以体制为先"[1]"文莫先于辨体"[2]"学《诗》莫要于辨体"[3]几乎成了古代专业的作家及理论家们的共识与共行。当然，"文无定体"说也始终占据着相当的"市场份额"。由于两汉时代，文体一般说来尚未自觉，文体学也远未建立，加上汉乐府民歌的作者大都是文盲、半文盲的"吃瓜群众"，所以他们根本不懂得什么文体学或写作学，也不关心、不讲究文体、体裁或风格之类的问题。他们才不管什么"文章以体制为先""文莫先于辨体"一类的说辞，他们想咋说咋说，自然吟诵，"信天游"；如果有一定的甚或较高的艺术水平的话，那

---

[1] 宋代倪思语。转引自（明）吴讷著，于北山点校《文章辨体序说》，人民文学出版社1998年版，第14页。

[2] 明代陈宏谟语。转引自（明）吴讷著，于北山点校《文章辨体序说》，人民文学出版社1998年版，第18页。

[3] （明）章潢：《诗大旨》，文渊阁四库全书本《图书编》卷十一。

也是"无目的合目的性"。可以逆推的是，有大部分"汉代民歌"就是这样而失去上升为"汉乐府民歌"的机会的，从而也就很可能失去了被长久载录的可能。但是，不论创作者的文体意识如何，只要有文，则文皆有体。无体之文犹如无体之人一样是难以想象的。"体"可残缺，也可骈赘，也可"混搭"，但不能没有。

从文体学的角度看，汉乐府民歌的体制往往不专不精、自由不羁、多体混搭，然而艺术效果却会好得出奇。

《陌上桑》就是这样的典范。此诗向称汉乐府中的杰作。它不单内容好，体制结构上也颇有个性。按照美国学者蔡宗齐的最新研究，此诗其实并非纯诗之体，而是混有戏剧因素的"混体"（或浑体）文学。它实际上可视为由三幕短剧组成的一出小戏：第一幕，出场人物是罗敷和观者；第二幕，使君、使君的小吏及罗敷之间的互动和对话；第三幕，罗敷"独白"（或独唱），拒绝和讽刺求爱者。[①] 一般说来，戏剧属于代言体文学，《陌上桑》当然谈不上代言体，但仍可视为依违于叙事体与代言体之间的跨体之作。

《枯鱼过河泣》虽然只有短短的四句话、二十个字，但其体制特征也很芜杂，难定于一。它以动物为主角，内容生动有趣，具有"童话"的特色；它使用了拟人手法，暗含一定道理，又有点像寓言故事；如果理解成使用了传统的比兴手法的抒情诗，主旨是表达浪子莽汉对自己无底线的言行的悔恨心情，也未尝不可等。

二 汉乐府为何奇怪

综上，汉乐府民歌人奇、事奇、语奇、体奇。那么，它为什么会具有这些特色呢？

第一，文学素人的因素。

所谓文学素人，就是指那些几乎没有文化，也不懂文学为何物的外行粗汉一类的作者。他们本不应该成功。什么也不懂，怎么能"写"出优秀作品呢？但是文坛从来就不缺奇迹。中外文学史都广广

[①] 详参［美］蔡宗齐《汉魏晋五言诗的演变》，陈婧译，"第二章 汉乐府：戏剧模式和叙述模式"，北京大学出版社2015年版，第22—69页。

存在的事实是，有不少优异的千古杰作确实是文学素人们鼓捣出来的！不说外国，就中国古代而言，出自"无名氏"之手的超级杰作不仅多，而且其绝妙程度往往令精英文士们叹服！东汉末年无名氏们之"古诗19首"等就是一例。再如藏族民间史诗《格萨尔王传》，单论其篇幅就约相当于20部《红楼梦》！要说其质量——它能穿透历史、流布至今，这本身就是优秀的明证！

除了历代民歌不乏杰作外，原始神话、民间笑话、民间谜语、民间说唱文学、明清通俗小说等也都是文学素人们的杰作，或至少包含了文学素人的功劳。有学者提出要把民间文艺与通俗文艺区分开，意思是民间文艺高于通俗文艺，这是很有见地的；同时，也充分说明文学素人通过实绩已为自己赢得了应得的承认和尊敬。古代上流社会之所以总有人"稀罕"草根文艺，孜孜采掇，原因（之一）也在这里。

当然，不是所有的文学素人都能成功；更不是说，文学素人更容易成功。比较而言，内行作家作品的优秀率远远高于文学素人。文学素人要想成功，至少要必备以下四个条件。（1）虽然没文化或文化水平很低，但碰巧天生拥有超常的文学（语言或书写）天赋。"文才"对文艺创作的意义是不言而喻的。（2）亲身经历或在场目睹了一些可歌可泣的人物、事件。毕竟，对写作而言，亲身体验是第一重要的。清人王夫之尝言："身之所历，目之所见，是铁门限。"① 即亲身经历是作家的"铁门限"。现代谓之"有生活"。（3）文胆奇大，熊心豹胆——试想，面对众多群星闪烁的专门作家，一介文学素人得有多大的勇气才敢自信满满地拿起笔来从容地写作啊；正因文胆超大，无知无畏，无拘无束，才肆意发挥，写出了令"内行"或专家也大跌眼镜的奇书异文。（4）必要的、畅通的传播渠道。作为采集、整理、搬演和保存民歌的政府机关，"汉乐府"为优异的汉民歌的永垂史册提供了机会。上述这四个条件缺一不可。这足以说明文学素人的成功率有多么寒碜。但是，好消息是，天上星星多，地上穷人多，所以从数量上说，文学素人的人口基数无比庞大，而专业作家的数量则近乎凤毛

---

① （清）王夫之：《姜斋诗话》（卷二），《四溟诗话·姜斋诗话》，人民文学出版社1961年版，第147页。

麟角，简直可以忽略不计。这样，假如以100年为时限来验看的话，假如吃瓜群众之作与精英文人之作都能保存、流传下来的话，还真保不齐哪一方涌现出的优秀作品的数量会更多。

第二，大汉气象所致。

唐代章碣《焚书坑》诗曰："刘项原来不读书。"其实，不只刘项不读书，秦朝人大都不学无术。原因很简单：秦代无文。秦皇愚民。故作为秦之公民的刘邦、项羽们自然也都无文。刘邦晚年建立了汉朝，其统治风格也是比较粗放的。刘邦之后，汉朝开国之初的几个帝王也大都如此。另外，陈胜、刘邦、项羽等都是楚地人，从小接受楚文化；秦汉之交的混战，更使楚文化迅速蔓延至全国，成为新的中华文化传统。楚文化具有激情、认真、自由不羁的特点，再加上大汉强盛，国威空前——盛强则自信，自信则开放包容，较少拘束——遂造成汉乐府民歌也具有粗豪恣肆的艺术特点。此亦可谓"大汉气象"。中国古代王朝数十，最盛者莫过汉、唐。唐有盛唐气象，汉有大汉气象。大汉气象绝不亚于盛唐气象。大汉气象不仅流注于汉大赋、汉史书、汉雕刻绘画等，也自然会流注于民风民谣中。

第三，原样采集的结果。

比之周代的《诗经》"国风"，汉代的乐府民歌更为接地气，更贴近生活真实，因而更能给人以"生猛海鲜"之感。比如同样是表现民众对统治者的反抗，《诗经》总的看还算温柔敦厚，而汉乐府就更"乱力怪神"。如《诗经》之《伐檀》《硕鼠》等篇，虽有不满，但表现温婉。而汉乐府民歌之《东门行》等篇，则直接描写下民不堪，拔剑而起，铤而走险。《平陵东》甚至描写了黑吃黑的底层社会乱象：某个黑道的头目"义公"被另一个"黑红搅"的势力所劫持，目的是勒索钱财，不然就揭发、报官。"义公"虽然"心中恻，血出漉"，但也只得接受，"归告我家卖黄犊"。同样是汉族，同样是民歌，同样是怒怼，为何炎汉的乐府要远比水周的国风的表现尺度大？按常理，周民应比汉民更粗犷才对，因为周代古远，尚处奴隶社会；而汉代则更文明，已属封建社会。何以衰周文雅、盛汉反倒粗鲁？

笔者认为，这很可能是因为汉代的采诗官更忠于原作，统治者也更宽容，因而才听任这些"诲乱"的作品采集、保存和流布下来的。而周代即使有，采诗官和太师们也会更大程度地作了"修润"①。这似乎也可证明《诗经》很可能是经过孔子或其门徒之手的。因为《诗经》的味道的确更像"经"，更"思无邪"，而汉乐府民歌则更逼近于纪实性文学。打个比方，国风是"被精心包装过"的村姑，汉乐府则几乎是素颜呈现的。

事实上，第一个"篡改""国风"的可能还不是儒家，而是《诗经》的编纂者们。顾祖钊提出："自周初起，《诗经》就已是贵族子弟必须接受的教材……于是，收入《诗经》中的民歌，就会发生一系列的变化。第一，必须将原来的民歌赋予典雅的音乐形式，以适应贵族阶级的精神需要。第二，在民歌原意的基础上尽可能地注入贵族阶级的政治需要和伦理道德要求。而要实现这一点，最好的办法莫过于将诗歌的本事篡改，系之有教育意义的贵族生活和历史掌故。第三，对这种富有教育意义的贵族生活本事的重新赋予，要分两个方面来进行：其一，是赋予正面的教育意义……其二，是树立反面的教材以汲取教训。……这样，整个《诗经》的本事被篡改为与贵族有关的社会生活。"② 也就是说，不管是出于何种考虑（顾祖钊认为是出于教育贵胄的需要），反正"国风"的情调、义理、主旨、人物、事件等一开始就已经被"篡改"或置换了。换而言之，连周人（"国风"的最初读者）吃到的也是别人嚼过的馍，更别说后人（包括儒家及其他晚周诸子）、后后人了。我猜，这也是"诗无达诂"的成因。

三 西方也有文学素人现象

文坛不乏奇迹。精英高手尚有"江郎才尽"者，但文学素人盲目蛮干，竟也能"立言"乎"翰林"，甚至成为经典。这种事西洋亦有。为防枝蔓，仅举一例。19世纪美国有水手名叫赫尔曼·梅尔维尔（Herman Melville，1819—1891），他从20岁起就一直做水手，整天航

---

① 按：周代采诗说源于汉人。班固、何休等人皆持此说。以理推测，应属可信。至于周代究竟有没有采诗（制度），则未有直接证据。但汉乐府机关则确有采诗之举。

② 顾祖钊：《华夏原始文化与三元文学观念》，北京大学出版社2005年版，第302—303页。

海。他既在商船上帮过佣,也干过捕鲸,后又应募到"美国号"军舰上做水手。航海阅历丰富,也多次遇险,甚至还坐过监狱,越狱后又曾蛰居荒岛若干月。海洋成了他的第二故乡。他文化不高,也从未想过当作家。但退役后,闲居无聊,遂以写作打发时日。于是就有了长篇小说——《白鲸》,出版于1851年。此著是小说,也是纪实,不按套路出牌,常常游离于情节之外,大肆津津有味地"科普"海洋及水产知识。但因高度真实感、恐怖性、哲理性而闻名外中,成为一代经典。

第三节　论魏晋六朝时的"单篇意识"与文体自觉

本节内容提要:"篇"的本意是编简为篇,引申义指篇幅独立、意义自足的单文或单诗。先秦已有"篇"的意识。两汉时,单篇诗文渐多,单篇意识开始滋生。一般说来,相对于篇幅较大、往往以卷帙论的经史子等著述,文学文本大都篇幅较短,且多以单篇形式存在和传播。于是,魏晋六朝人就把"单篇性"看作文学性的重要标志(之一),并以此作为区分文学与非文学的体制性标准。此即"单篇意识"。在短篇文学时代,单篇意识对人们认识文学性曾经起了一定的作用,并促进了文学与文学文体的自觉。但是隋唐以后,文学观念又趋于复古,单篇意识过冷;明清以后,随着传媒技术的进步,中、长篇文学蔚起,基于短篇的单篇意识基本过时,渐趋衰微,但也没有完全失效。

古今汉语和文学的常识是:"字"是语言学意义上的最小"意义"单位,"篇"是文章学意义上的最小"意义"单位;两者的关系是:积字成句,积句成章,积章成篇。[①] 而在魏晋六朝文体学中,"单篇性"又往往成了文学与非文学的一个显性分界,这是当时文学自觉与文学独立过程中的一个常识,也是彼时人们的共识、共行。那么,

---

[①] 按:一般来说,散文曰篇,韵文曰章。但也不绝对,韵文也可称篇,如《诗》三百篇,又如曹植有《白马篇》《美女篇》等;又,汉代史游有《急就章》(亦称"急就篇")、司马相如有《凡将篇》、杨雄有《训纂篇》等,皆字书,韵文。散文也可称章,如《老子》共81章,又如《论语》"侍坐"章、《孟子》"齐桓晋文之事章"等。可以称篇的诗歌一般篇幅较长,多属古体,内容也较严肃,约言之,较偏于散文化;可以称章的文章一般属经典,文辞精美,意蕴深厚,较韵文化。

"篇"的原初意义为何？其发展演变情况又如何？魏晋六朝人又为何把"单篇性"视为文学自觉的标志（之一）？隋唐以后单篇意识的演变情况又如何？现做一番考镜源流式的梳理，以期弄清以上这些问题，并期引起人们对魏晋六朝时期之"单篇意识"的关注和研讨。

一 "篇"的本义是缀简为篇

许慎《说文解字》曰："篇，书也。一曰关西谓榜曰篇。"①"书"，《说文解字》曰"著于竹帛谓之书"；"榜"，《说文解字》曰"所以辅弓弩，从木旁声"，徐铉校定曰"木片也"②。著于竹帛的书应当是后来才有的，最早的书，应该是著于竹板、木板、甲板或骨片的。所以说，篇，书也，榜也，木片也。著于竹板、竹片或木板的"书"正式名称叫"简"，一简约相当于今书之一页。

篇与策义近。一般说来，编简成书叫篇，也可叫册（或策）。《仪礼·聘礼》贾逵疏："简谓据一片而言，策是编连之称。"③ 成玄英《南华真经疏序》："篇以编简为义。古者杀青为简，以韦为编，编简成篇，犹今连纸成卷也。故元恺云：'大事书之于策，小事简牍而已。'"④ 成伯玙《毛诗指说》："篇言编也。古者无纸籍，书于简，亦谓之编。"⑤ 贾逵称"策是编连之称""二成"则以编释篇。又，元代郝经说："古者书于竹简，一简谓之简，编简谓之册。事小辞略，一简可书，则曰简而已矣；事大辞多，一简不容，必编众简而书之，则曰册。故史官大事书之于册，小事简牍而已。"⑥ 又，明代周祈说：孔颖达："《春秋正义》云：'简，容一行字；数行者，书于方；方所不

---

① （汉）许慎撰，（宋）徐铉校定：《说文解字》，中华书局1963年版，第95页。又，孔颖达《毛诗疏》卷一："篇者，遍也。言出情铺事，明而遍者也。章者，明也。总义包体，所以明情者也。"释义可参。

② （汉）许慎撰，（宋）徐铉校定：《说文解字》，中华书局1963年版，第123页。又，孔颖达《尚书疏序》："书者，如也。则书写其言如其意。"释义可参。

③ （清）阮元校刻：《十三经注疏》，中华书局1980年版，第1072页。

④ （晋）郭象注，（唐）成玄英疏，曹础基、黄兰发点校：《南华真经注疏》，中华书局1998年版，第1页。按：元恺谓杜预，西晋人，引言出自其所著《春秋左氏经传集解序》。

⑤ （唐）成伯玙：《毛诗指说》，文渊阁四库全书本《毛诗指说》"解说第二"。

⑥ （元）郝经：《续后汉书·文章总叙述·书（部）》，文渊阁四库全书本《续后汉书》卷六十六。

容，书于策．'杜预曰：'大事书之于策，小事书之于简．'大事、小事，谓字有多寡也。……《广韵》谓：'篇，简成章也．'连编竹简，谓之策。"① 可见，以绳编简既曰篇，也曰策（策同册）；而"篇"字的下面是"册"，故也与策（册）义近。按《说文解字》（"竹部"）："策，马棰也。从竹束声"，段注："马䇲（zhuā）曰策，以策击马曰敕。经传多假策为册。""册"，《说文解字》（"册部"）的解释是："符命也。诸侯进受于王也。象其札、一长一短、中有二编之形。凡册之属皆从册。古文，册从竹。"册的本意就是后世所说的"册封"的"册"，名词，指一种很庄重的政治性的公文。"册"古字"从竹"，即"笧"。段注："简、册，竹为之。""册者，正字也；策者，假借字也；笧者，册之古文也。""后人多假策为之。"可见，策、册本不同，策是名词，册本是名词、后常用作量词，做量词的"册"（本作"笧"）是"策"的常用的假借义。作为量词，册与篇义近。只不过，"册"庄重，本用于高级政治活动中；"篇"随意，使用于百姓寻常生活中。

　　篇与策又有不同。其不同是：一般说来，策大于篇。篇是完整的单文，"篇者，积句成章，出情布事，明而遍也"②，"篇之为名，专主文义起讫"③，也就是"一捆竹简中的一个文本"④，杜预所谓"小事简牍而已"；而策一般是较长的单文，且多系军国应用性文章，杜预所谓"大事书之于策"的"大事"，即指军国公务文。这类文章对统治者很重要，常常要郑重地汇编成册存放，故古代"典册"常常连用，如《尚书·多士》："唯殷先人，有典有册。"但典与篇就很少连言。另，古代帝王的书面任命或命令也可称册立、册封、册命等，但不称"篇立""篇封""篇命"等，因为诗文才称篇（称章），而诗文非军国大事，诗文乃小道，是"士之末"事。⑤ 周代命官已用"策"

---

① （明）周祈：《名义考》，文渊阁四库全书本《名义考》卷十二"方策"。
② （明）陈懋仁：《文章缘起》注，转引自曾枣庄《中国古代文体学》（附卷一），上海人民出版社2012年版，第78页。按：陈说出自孔颖达《毛诗疏》（卷一）。
③ （清）章学诚著，叶瑛校注：《文史通义校注》，中华书局1985年版，第305页。
④ ［美］宇文所安：《中国早期古典诗歌的生成》，生活·读书·新知三联书店2012年版，第356页。
⑤ 我国自古有较轻视文学之论。扬雄《法言·吾子》称诗赋是"雕虫篆刻"，"壮夫不为"。柳宗元《与杨京兆凭书》："文章，士之末也。"小说、戏曲更常被视为"小道"。

（册）。《周礼·天官·内史》："凡命诸侯及孤卿大夫，则策命之。"郑玄注："谓以简策书王命。"春秋时，策命的使用更广泛。对此，《左传》多有记载。如"僖公二十八年"记周襄王"策命晋侯为侯伯"等。可见，篇、策的意义都是指完整的单篇文，二者的不同主要在文体：篇谓文艺作品，策谓军国应用文（政治、经济、外交、文化、军事等方面的应用文）。从篇幅上说，篇一般小于策。因为篇是内容单位，文体上一般谓诗文作品，而诗文尤其是诗歌作品一般都较短；在很多情况下，一片简即足可容纳一首诗，这时篇与简实际上是一体的；换言之，不编简也可成篇。策也是内容单位，但策一般较长，一般需要编简成册，故曰"策"（或"册"）。这时，策（或册）实际已经接近"卷"了。

何为"卷"？古时，编简完毕或阅读后存放时，以最后一简为中轴卷起，此即"卷"。有学者认为，竹简为篇，帛书曰卷。此说有一定道理，但也不能绝对地看，因为竹简也可称卷。吴承学说："篇与卷的区别，在于卷指卷帙，而篇指意义独立、内容起讫完整的文献单位，往往有篇题为标志，如《诗》三百篇之每一篇。换而言之，篇是内容单位，卷着眼于简帛的数量。一卷可容断章的若干篇，或长篇的半篇，也有相当于一篇的。"[①] 那么，何为"长篇"？其实，中国古代长期缺乏"长篇""中篇"之概念，但是有"长书""长策"之说；反之即"短书""小语"。《战国策》即又名"长书"。而汉代小说的存在形式则多为"短书""小语"；故东汉桓谭《新论》曰："若其小说家合'丛残小语'，近取譬论，以作短书，治身理家，有可观之辞。""小语"或"短书"[②] 单个地看就是"极短的篇""小小篇"，但"合"起来，亦即汇集成书，就长了，故也要分卷。长书的字面意思

[①] 吴承学：《中国古代文体学研究》，人民出版社2011年版，第271页。
[②] 按："短书""长书"，本是就古代简书的长度而言的。汉代编简成册，经类简长汉尺二尺四寸，用来写经史、律令等；其次一尺二寸，用来写《孝经》等书；短者八寸，用来写诸子、传记、杂记之类，此即短书。从已发现的汉简看，简册的长短制度大体存在，但不严格。详参王充《论衡》《骨相篇》《谢短篇》及阴法鲁、许树安主编《中国古代文化史》第一册第五章第一节，北京大学出版社1989年版。后来，"短书"被用来指称那些篇幅短小的、内容不重要的、与经史等大著相对而言的杂记文字。

即指篇幅长、卷数也多的书。所以，篇与卷的不同就是，卷一般大于篇，大卷可以"卷"几篇、十几篇甚至几十篇；但是篇更注重意义的独立、自足和完整。古书一般分卷，卷下分篇。

综上，卷与策意义庶几，但又微有不同。"策"专谓上书、说辞等应用性文本；"卷"常常泛称学术性或文学性文章。策一般小于卷。策与篇的关系是：策也是单篇的，但是策较长，性质多为应用文。为便阅读和存放，篇一般要编集为"卷"；而策较为实用，较为重要，篇幅也较长，故常常单独成卷。混通文学与非文学文体来说，卷、策、篇、简之间的关系是：卷大于策，策等于或大于篇，篇等于或大于简。即：卷＞策≧篇≧简。

另，简与策的不同是很明显的。简是单数名词（故后来有双声词曰"简单"），策（尤其是册）是集合名词（故曰"卷册"）。在《周易》卜筮中，单根的蓍草或竹棍亦曰"策"，一策就是一根蓍秆或竹棍；但这个"策"系巫卜行业专用术语，不得与此相混淆。又：《尚书正义》孔颖达疏引顾彪曰："策长二尺四寸，简长一尺二寸。"策、简固不同，但此说云非。孙少华说："在先秦，简、策主要区别，不在其长度或者所载字数（之多寡），而在其所记事之性质。"① 也就是说，大事用策，小事用简。当然，大事、小事与简之长短和字之多少也是有关联的。一般大事用简尚长、字数亦较多，小事反之。不过凡事有轻重主次之分，大事、小事是主因。另，安徽阜阳出土的汉简《诗经》，"大抵为一简写一章，字数少者，字大而疏；字数多者，字小而密"，这样，简不单是竹木的"单位""块""片"了，它又是文章的段落而与"章""段"相当了。词体之章段称"片"，如"上片""下片"，或由于此也。当然，这种情况，应当主要发生于诗词歌谣等既不"重要"、篇幅也短小的韵文领域里。

约言之，简即竹片、木片，一简即一块竹片或木片（约相当于今之一页）；独简或若干简构成（容纳）一篇或一策；一篇为一卷或若干篇组成一卷；若干卷合起来即为一书。

---

① 孙少华：《诸子"短书"与汉代"小说"观念的形成》，《吉林大学学报》2013年第3期。

二　先秦与秦汉时的"篇"

（一）三代诗文大多以"篇"的形式存在和流行

我国夏朝时应当已经有了文字，最迟到殷商中期文字就已成熟。有了文字，就有了书写。书写自是书籍的起源。我国最早的书写是雕刻，故上古之书曰"书契"。《周易·系辞》："上古结绳而治，后世圣人易之以书契。"① 今见最早的"书籍"是殷商武丁时期的甲骨文。甲骨文就是刻于龟甲、兽骨上的文字，内容多与卜筮有关。当然，从文体学上说，这些文字还只是零章断篇，还不能叫文章。与甲骨文同时或随后，铜器、金石铭文也出现了。铜器或金石的刻文有很多已经属于较成熟的单篇文章（或诗歌）了。今见最早的成熟的单篇文章是《尚书》中的《甘誓》，《甘誓》是夏代君主禹或启讨伐有扈氏的誓文，"应是可信的夏代散文"②。今见最早的单篇韵文应是《礼记》中的《夏小正》，秦汉以至清代的学者大多认为《夏小正》为夏代之作。不过，《夏小正》是讲历法与农事的，属应用性韵文，非文学性诗歌。无论如何，《甘誓》和《夏小正》是夏代的——也是今天所能知道的最早的——单篇文和韵文。

《墨子·贵义》："昔者周公旦朝读书百篇，夕见漆十士。"这说明最迟在西周初，人们已经有了"篇"的概念了。"'篇'已作为独立的文意单位来使用……先秦的简牍文献大部分是以单篇的形态流传的，这表明时人已很自然地按照文意单位来抄写、传播这些材料。"③ 比如在《论语》中，《诗经》被称作"诗三百篇"，《荀子》有

---

① "契"，东汉刘熙《释名·释书契》："契，刻也。刻识其数也。"又，东汉郑玄注释《周礼·质人》云："书契，取予市物之券也。其券之象，书两札，刻其侧。"上古，人们在做买卖时，有在简牍上面书写记事、同时在简牍侧面刻齿纪数之做法，这种券契日后可作交易凭据用。故"契"的本意不是刻字，而是刻齿记数。此时，契有契约、符契之意。中古以后，书、契意义混通，皆谓书写。故颜师古《汉书·古今人表》注曰"契谓刻木以记事"，又，陆德明《经典释文》解释《尚书序》"书契"二字曰："书者文字，契者刻木而书其侧，故曰书契也。"

② 聂石樵：《先秦两汉文学史稿》，北京师范大学出版社1994年版，第19页。

③ 吴承学、李冠兰：《命篇与命体——兼论中国古代文体观念的发生》，《中国社会科学》2015年第1期。

《赋篇》等。①

其实，限于传媒技术的落后和书写材质的笨重，很多古书起初也大都不得不以单篇的形式流传，故古书往往无大题名（即书名），而只有小题名（即篇名）。在由篇聚而为书时，才另起一个总名做书名。故曰，很多古书也都是先单篇单篇地流行，然后才汇聚成书，才有正式的书名的。中国历史上第一次由政府主持的大规模古书整编活动发生在西汉末成帝时期，主持人是刘向、刘歆父子。二刘对古书做了大量的比对校勘、删除重复、订正脱误、编目定卷、撰写书录提要等工作，《楚辞》《战国策》《诗经》等就是他们聚篇成书后新定的书名。

当然，有的单篇文在汇聚成书后也仍有可能再次析出单行；也可能会被汇入其他书中。如《礼记》中的《月令》，因其内容精要，结构自完，故经常析出单行。同样，《礼记》中的《大学》《中庸》也经常析出别行；到宋代，朱熹把这两篇再加上《论语》《孟子》重新汇聚为一书，此即《四书章句集注》。

(二) 两汉人的单篇意识

西汉末流向、刘歆父子校订古书时所做的书录提要，都对每一部书的卷数、篇数乃至章数做了详细的说明，这既体现了汉人的普遍学术倾向，也在书籍编纂史上起了先导作用，更说明了篇章意识的产生。汉人编撰的两部史学名著——《史记》和《汉书》，在列举传主的著述时，无论韵文、散文，也皆称篇。如《史记·殷本纪》载"伊尹……乃作《太甲训》三篇"；《孔子世家》"古者，《诗》三千余篇"；《老子

---

① 不过，笔者认为有一点也是必须强调和声申明的，即：不能完全用今之"篇"去理解先秦的"篇"。一般说来，先秦时"'篇'作为独立的文意单位来使用"，"时人已很自然地按照义意单位来抄写、传播这些材料"，这样讲基本上是不错的。但是先秦时的"篇"并非率皆如此。先秦时也有不少成"篇"的文字（主要是散文方面）并非今天意义上的内容情节、结构体制等等方面都相对完足和独立的单文。比如《庄子》一书，其"内篇"的文章，如《逍遥游》《养生主》之类，当然与今之"篇"基本无异；但其外篇、杂篇则无一例外的都是撮取文章首句若干实字为篇名（与《诗经》《论语》等书的篇章命名方式一致）。《荀子》也有《不苟》《仲尼》等7篇是撮取文章的首段首句的实词命题的。《韩非子》一书中则有"说林"之篇，这个篇名与正文内容之间固然也有一定的联系，一定程度上也体现了对正文内容的概括，但其组成毕竟只是一群或一堆意义互不关联、结构各自独立的短的文段而已。这些"篇"文的共性是：内容驳杂，结构松散，不自成一体。显然，此种"篇"迥异乎今之"篇"。当然，这种篇题也有很多原本是没有的，系后人或文献整理者所追加。

韩非列传》说"申子……著书两篇,号曰《申子》"等。《汉书》亦然。如《汉书·贾邹枚路传》载枚皋作赋"凡可读者百二十篇,其尤嫚戏不可读者尚数十篇";《薛方传》载薛方"居家以经教授,喜属文,著诗赋数十篇"等。可见,史、汉二书在计量文学的数量时,皆以"篇"论。在《汉书·艺文志》中,书籍著录单位由大到小分为三个层级,即:卷→篇→章;其中,"篇"是最常用、最基本的计文单位,其义与《史记》同。另,《后汉书》对传主著述的著录体例与史、汉亦庶几,但是著述的数量一般远超史、汉。这是因为后汉文学更盛,单篇文学数量也更多,同时也更引人关注——这些都是两汉单篇意识日益凸显的物质前提。

两汉章句之学发达。章句之学旨在解析经典,文章之学旨在指导写作,两者不同,但又可贯通:章句之学既解词释义,也间接或直接地展示层次结构、谋篇布局、表现手法、艺术风格等,这些也为文章学所重。章句之学向文章之学的转变,也促进了汉代篇章意识的进一步突出。①

东汉王充关于文章内部结构层次问题的论述,体现出章句之学向文章之学转向的趋势;同时,王充也由此成为最早对"篇"从理论上进行界定和阐释的学者。王充《论衡·正说》:"故圣人作经,贤者作书,义穷礼竟,文辞备足,则为篇矣。意异则文殊,事改则篇更。"这是文论史上第一次对"篇"的意义做出明确阐释。不仅如此,《论衡·正说》还论述了篇、章、句、字之间的关系:"夫经之有篇也,犹(由)有章句也。有章句,犹有文字也。文字有意以立句,句有数以连章,章有体以成篇。篇则章句之大者也。"王充不愧是"士君子之先觉者",他这段话是现今能看到的最早的论述文章的篇章句字及其关系的材料。后来刘勰《文心雕龙·章句》所谓"积句而成章,积章而成篇",刘知几《史通·叙事》所谓"句积而章立,章积而篇成",明代朱荃宰《文通》(卷八"章")所谓"章者,文之成。……联字成句,联句成章,积章成篇,积篇成帙"等,大约皆本于

---

① 详参吴承学、何诗海《从章句之学到文章之学》,《文学评论》2008年第5期。

王充之论。

王充《论衡·超奇》还把文士分为四类："能说一经者为儒生；博览古今者为通人；采掇传书、以上书奏记者为文人；能精思著文、连结篇章者为鸿儒。"这四类人，王充最推崇的是"鸿儒"，鸿儒即今之所谓文学家或作家。鸿儒的本领是"精思著文，连结篇章"。这里，"连结篇章"已经成了文学创作的同意语了。这意味着"单篇意识"的雏形已经生成。王充的思想虽然超前，但其单篇意识仍较模糊，表述也不明晰，更非汉人共识。

综上，随着夏代单篇韵文和散文的出现，人们渐渐形成了"篇"的意识，同时由于材质及传媒技术的限制，"篇"成了书籍的基本计量单位，也成了人们指称文籍时最常用的量词。两汉文化昌明，篇章意识进一步凸显。东汉王充又对"篇"做了理论言说，并对篇章句字及其关系作了初步的科学的阐述。

三　魏晋六朝时期的"单篇意识"

魏晋六朝时期，单篇意识发展成熟；把"单篇性"作为区分文学与非文学的重要体制标志，也逐渐成为时人的共识和共行。单篇意识也可以称为"篇翰意识""篇章意识"，但"篇翰"一词表意抽象，"篇章"表意笼统，两词都不如"单篇意识"表意精准。

（一）魏晋六朝时期单篇意识成熟的原因

魏晋六朝时单篇意识的成熟有三个原因。

第一，单篇文的大量出现。这是单篇意识成熟的物质基础。楚辞汉赋，皆是单篇。尤其东汉魏晋以来，单篇文更多。"两汉文章渐富……自东京已降，讫乎建安、黄初之间，文章繁矣。"[①] 另，自曹操始，文人仿拟乐府作诗渐渐成风，文人五言诗也随之而起，形成建安诗坛彬彬之盛。这些诗作当然也都是单篇的。其中，曹植还直接以"篇"名其（乐府）诗，如《飞龙篇》《吁嗟篇》等。元代郝经说："篇，古者编竹为书，凡成章者自为一篇，故谓之篇，特文籍次第之名，未

---

① （清）章学诚著，莱瑛校注：《文史通义校注》（"文集"），中华书局1985年版，第296页。

特命题为文也。乐府以来，始以名题，如《美女篇》、《白马篇》、《名都篇》等是也。"① 明代黄溥也说："篇，掇拾事理，铺序成章，所谓'篇'也。若曹子建之《名都篇》、《白马篇》之类。"② 文人乐府及五言诗的兴盛，也促进了单篇意识的进一步成熟。

第二，文学自觉、文论繁荣，单篇意识渐渐得到理论关照。曹丕《典论·论文》中的"文"虽然仍属大文学观，也仍把子史著等归入"文"的范畴，但《论文》在讲到七子时，还是主要基于其单诗、单文而立论的，"文非一体，鲜能备善"，这话明显是就单篇诗文而言的。一般认为，"这里的文章既不同于现代意义上的文学，也不完全等同于经史子之类的著述，而是指与经史子区分开来的可以独立成文的篇章"③，此说有点折中，但基本上是学界共识。陆机《文赋》的单篇意识比曹丕更显明。通读《文赋》，就会感到其所论主要是就单篇作品而言的，文中也很少提及经史子之类。《文选》《文章缘起》《金楼子·立言》等文选或文论著作选文、论文时也都体现了鲜明的"单篇"意识。如萧绎《金楼子·立言》在论及"文笔之分"的"笔"时说："笔退则非谓成篇，进则不云取义，神其巧惠，笔端而已。"④ 这里，"成篇"与否明显是界分"文""笔"的文学性强弱的一个标准。当然，"笔"也是文学。

第三，总集的编纂直接导致单篇意识的成熟。自魏晋始，别集渐富，为便阅览，总集生焉。既曰编集，则首选单篇——单篇既短、又独立完整，自然是统编的主体了。经史子里面的文章自成系统，如若截选，势难裁割。打个比方，总集好比孤儿院，主要收纳流浪儿；那些有家有院的孩子，原则上不接收，若硬要夺录，则必面临亲情割舍。同时，单篇易佚，也"期待"收编。章太炎称"两汉以后著录之书，

---

① （元）郝经：《续后汉书·文章总叙·诗（部）》，文渊阁四库全书本《续后汉书》卷六十六。
② （明）黄溥：《诗学权舆》，明代天启五年黄氏复礼堂刻《诗学权舆》卷一"诗之名格"。
③ 詹冬华：《时间视野中的"文章不朽"说——对曹丕文学观的一种新解》，《中国文学研究》2005年第4期。
④ 郭绍虞主编，王文生副主编：《历代文论选》第一册，上海古籍出版社2001年版，第340页。

其文成条贯者,则谓之史;其篇章零杂者,则谓之集。……总集者,虑文章之溃散,故粹其精者,归于一编;经典成文之不虞溃散者,则不入选"①,即此意也。是故,魏晋六朝时期,首先在文集编选者的脑海里,单篇意识如"南山"般悠然显现。

文集编纂始于何人、何书?《隋志》和《四库全书总目》都把西晋挚虞《文章流别集》视为荟萃各体文章的总集之始。《隋志》谓:"总集者,以建安之后,辞赋转繁,众家之集,日以滋广;晋代挚虞苦览者之劳倦,于是采摘孔翠,芟剪繁芜,自诗赋下,各为条贯,合而编之,谓为《流别》。是后文集总钞,作者继轨,属辞之士,以为覃奥,而取则焉。"此书所涉及的文体,据考证达40种之多。这些能归入某体的文章,自然也都是独立自主的单篇之文。当然,中国古代最著名的总集当属南朝梁代萧统主编的《文选》。《文选·序》也显示出鲜明的单篇意识。

汉魏六朝别集编纂之云兴也令"单篇意识"日渐强固。我国文学史上,别集的出现远迟于总集。今存别集,始于汉代,如《贾长沙集》《司马相如集》《杨子云集》之类,然皆后人所编。直至南朝,始自编次。与总集相仿,别集的编纂,一般也都是按赋、诗、文等分体罗列的。这些分体之赋、诗、文,当然也是单独成篇的。这进一步完成了"单篇意识"的"拼图"。

(二) 魏晋六朝时期单篇意识成熟的表现

南朝刘宋范晔的《后汉书》在著录传主著述时,一般先详载各种文体,然后明计篇数。这些能归入某种文体的篇翰,自然也都是单独存在的。"对于一些当时尚无明确文体归类的作品……则列举篇名,且与其他文体一起统计篇数。在《后汉书》中,这种篇制与经、史、子著作决不混淆……这些材料表明,随着各体文章写作的兴盛,人们已经意识到这些制作与学术著作性质的不同以及体制形式的差异。"②这说明,随着文学的独立和自觉,晋宋时期的单篇意识也更加自觉了。

---

① (清) 章太炎著,章念驰编订:《章太炎演讲集》,上海人民出版社2011年版,第141—142页。另,需要说明的是,早期总集的编纂,主要不为"虞溃散",而为便赅览。

② 吴承学:《中国古代文体学研究》,人民出版社2011年版,第285—286页。

关于"单篇意识"的比较集中的流露,见于萧统《文选·序》。该序在讲选文的标准时,讲到了"四不选",即:儒经不选,子书不选,史书不选,实用性的口辩和口论不选。那么,为何不选口辩与口论呢?是因为它"虽传之简牍,而事异篇章"。霍松林注释"篇章"曰:"篇,首尾完整的诗文。章,文章。"① 此注甚确。萧统此举也为明代文体学家徐师曾继承。《文体明辨序》云:"孔子……答齐景公问政止于二语,答鲁哀公则七百五十余言。此随宜应对之辞,而门人记之,非若后世文人秉笔缔思而作者也。"② 又序"议"曰:"是编以文章为主,故面议之词不录,而仅录操笔为议者,分为奏议、私议二体,以垂式焉。"③ 演讲或对话当然与写诗作文不同。写诗作文是要讲究要首尾完整、自成一体、意脉完足的。换言之,案头性的诗文具有自立、自足的"单篇性"。另,《文选·序》在讲到为何选史书中的赞论序述时说,"事出于沈思,义归乎翰藻,故与夫篇什,杂而集之"。这里的"篇什"与上面之"篇章"系同意。也就是说,这些史赞史论是具有相对独立性、单篇性的。这些都说明,萧统判定、选编文学作品时,"单篇性"是其很看重的认定标准之一。

《文选》非成自一人一手;单篇意识当然也非《文选》所独有。任昉《文章缘起》之单篇意识与《文选·序》可谓异口同声。吴承学说:

> 任昉虽然认识到《六经》中已包含一些有文体意义的片段,但他一概不录,只录秦汉以来各体文章之始。从所录八十五体来看,基本都是汉代以来独立成篇的辞章之作,先秦只有屈原《离骚》、宋玉赋等少数单行已久的名篇。这些作品……是任昉心目中具有文体定型意义、独立完整的篇章。所以任昉所谓"文之始"的含义,决非仅仅是对一个时间概念的溯源,更有文体独立、定型与规范之始的内涵。任昉所要讨论的,是脱离经学束缚的个体文章创作,因此,决不随意截取经史子或乐舞歌词中的片

---

① 霍松林主编:《古代文论名篇详注》,上海古籍出版社1986年版,第192页。
② (明)徐师曾著,罗根泽校点:《文体明辨序说》,人民文学出版社1998年版,第78页。
③ (明)徐师曾著,罗根泽校点:《文体明辨序说》,人民文学出版社1998年版,第133页。

段。《文章缘起》的著录，与《文选》一样，充分反映了东汉以来日益觉醒的篇翰意识（即笔者所谓单篇意识——笔者注），在南朝得到了空前的凸显。①

吴承学在其相关文章中，多次使用"篇翰意识""单篇存在""独立成篇的文章"等语，说明他也注意到了魏晋六朝文学自觉语境中的"单篇意识"问题，可惜他未尝专门著文申论。

梁代萧绎在论及南朝"文笔之辨"时有一段名言：

> 不便为诗如阎纂，善为章奏如伯松，若此之流，泛谓之笔。吟咏风谣，流连哀思者，谓之文。……笔退则非谓成篇，进则不云取义，神其巧慧，笔端而已。至如文者，惟须绮縠纷披，宫征靡曼，唇吻遒会，清灵摇荡。②

"文笔之辨"是六朝大论，争议蜂起，迄今也无定论，这些暂不详议。其中，萧绎的看法，一般认为，走在了文学自觉时代的最前沿，也已经逼近于今之"纯文学"论。这里，笔者要强调的是，"笔退则非谓成篇，进则不云取义"一句值得玩味。杨东林说："'成篇'可能指的是'文'。"杨东林可谓敏锐。"成篇"的"篇"谓"单篇"，"成篇"为"完成的单篇"。这里，"成篇"实指萧绎所理解的"文"。当然，"成篇"只是"文"的特征之一，亦不是本质特征，但是这个特征非常显明，故萧绎如此讲。

比之萧绎，萧纲的说法更到位。萧纲《与湘东王书》写道：

> 又时有效谢康乐、裴鸿胪文者，亦颇有惑焉，何者？谢客吐言天拔，出于自然；时有不拘，是其糟粕。裴氏乃是良史之才，了无篇什之美。是为学谢则不屈其精华，但得其冗长；师裴则蔑

---

① 吴承学：《中国古代文体学研究》，人民出版社2011年版，第288页。
② （梁）萧绎：《金楼子》（卷四"立言"），郁沅、张明高编选《魏晋南北朝文论选》，人民文学出版社1996年版，第368页。

绝其所长,惟得其所短。谢故巧不可阶,裴亦质不宜慕。①

这里,萧纲直接用"篇什之美"一词指代"文学之美"。这意味着:"篇什"≈单篇≈文学。

还有,刘勰《文心雕龙》也多用"篇章"一词。"篇章"犹"篇什",是偏义复词,意义偏于"篇","章"或"什"表示相对独立、完整的单位。②《文心雕龙》"篇章"一语七出,除《杂文》"或览略篇章"之"篇章"是指具体的文体名外,其他六处皆"文学"或"文章"之意。六处分别是:《奏启》"秦……政无膏润,形于篇章矣",《隐秀》"凡文集胜篇,不盈十一;篇章秀句,裁可百二",《指瑕》"晋末篇章,依稀其旨",《才略》"傅玄篇章,义多规镜",《时序》"于是史迁寿王之徒,严终枚皋之属,应对固无方,篇章亦不匮,遗风余采,莫与比盛","至明帝纂戎,制诗度曲,征篇章之士,置崇文之观"。这些"篇章",实际指的也都是"单篇的诗或文"。可见,刘勰事实上也把"单篇性"当作文学的判定标准之一。当然,刘勰的文学观比萧统要更泛杂些,但是在潜意识里和实际操作中,刘勰是更偏重于纯文学文体的,比如诗赋乐府等。所以,他说的"篇章",主要谓单篇的文学文本。

魏晋六朝文人作诗尤其作仿拟性的乐府诗(也可称为"文人乐府诗")时,多有以"篇"名题者,这一点也颇足讨论。此现象今所见乃始于曹植,其后,张华、傅玄等也有以篇名诗题者。葛晓音说:以"篇"为题的乐府不少是从"行"诗变的;"篇"诗重铺排,繁会复沓是其主要特征。③王立增说,"魏晋六朝文人乐府诗,多以'××行'、'××篇'乃至'××行·××篇'相连并题为标识……'篇'诗的

---

① (梁)萧纲:《与湘东王书》,郁沅、张明高编选《魏晋南北朝文论选》,人民文学出版社1996年版,第352页。
② 按:(唐)成伯玙《毛诗指说·解说第二》:"篇言编也。古者无纸籍,书于简,亦谓之编。简策重大则分之,雅颂章数,亦谓之什,大略盖以十章为一别耳。诗是歌辞,皆有曲音,故章字音下加十,亦是其义。军法,十人为什。"(成伯玙:《毛诗指说》,文渊阁四库全书本)
③ 葛晓音:《初唐七言歌行的发展——兼论歌行的形成及其与七古的分野》,《文学遗产》1997年第5期。

出现，是古代文人诗从'歌'的时代走向'诗'的时代的里程碑"，"以语文意义的'篇'系以乐府诗题，只有一个解释：乐府诗创作中'文学意识'的强化，以'××篇'冠名乃是乐府诗歌之文学与音乐剥离的微妙标志。所以，以'篇'缀于诗题，皆出文人之手，以'篇'系题最深层的意味，在于其是文人以'文学意识'为主导而体认乐府'诗'的表现"，"乐府诗题标示'篇'，表面看只是一个极细微的迹象，但却反映了古代诗歌演进史上的一个重要环节，因为其透露了一个重要的历史消息：魏晋时期，文人的'拟乐府'开始以'文学意识'为主导"。[1] 由此可见，以篇名题是诗歌之文体自觉的一个外显性标志。学界的基本共识是：魏晋是文学的自觉期。而文人乐府诗以篇名者，也始于魏晋。这绝非偶然，而是有着内在必然联系的、互文因果的两个文学现象。这也说明，单篇性与文学自觉及文学性密切相关。说白了，单篇性是文学自觉的外在标志。

综上，随着文学的独立和自觉，单篇意识日益成熟，以之区判文学与非文学成为魏晋六朝人的共识、共行。

（三）单篇意识的文学、文论意义

单篇，是（或曾经是）文献史、文学史、文体史等领域中的一个重要现象；单篇意识，在文论史上具有（或曾经具有）重要意义。

第一，文体学的起点就是对单篇文的文体特征的省察。因此"篇体"是魏晋六朝人习用的文体学术语之一。"篇体"者，一篇诗或文，从原始意义曰缀简为篇，"篇"后来又演化为意义单位，故从文体学的意义上说，篇皆有体、一篇一体、篇完体成，所以，单篇文实又寓有"单体文"之意。关于篇、体关系，吴承学、李冠兰也曾论述道："'篇'是文体最基本的文意单位，有篇章，始有文体，文体意识始于篇章意识。篇章的出现是文体学与文章学产生的基础，而篇章意识之出现则可以视为文体学与文章学观念之萌芽。从这个角度来看，中国古代文体观念的发生主要建立在篇章之上。"[2] 当然，若把这段引言中

---

[1] 王立增：《乐府诗题"行"、"篇"的音乐含义与诗体特征》，《文学遗产》2007年第3期。
[2] 吴承学、李冠兰：《命篇与命体——兼论中国古代文体观念的发生》，《中国社会科学》2015年第1期。

的"篇章意识"换为"单篇意识",则意思更明确。

第二,促进了文学的自觉和文学的独立。文学自觉源于文体自觉,而文体自觉离不开单篇意识。当然,单篇意识的发生发展又必须基于单篇诗文的大量存在为前提。"故独立成篇之'篇籍'、'篇翰',乃是中国文体学与文章学成熟的关键词。"[①] 就诗与文而言,因为诗的篇幅较短,著之竹帛,易于成篇,所以诗体自觉早于"文"体自觉。魏晋文学自觉说实际指的就是诗体自觉。也有学者认为,我国是"文"体早于诗体成熟或自觉,证据是《尚书》早于《诗经》。但是《尚书》的性质是应用文汇编。如果这个"文"谓应用文,此说不差。但若指文学性文章,其自觉期恐怕要后推到魏晋六朝(谓骈文)或中唐(谓古文)了。

第三,从文献学角度说,"单篇意识"是文集出现的前提。一方面,单篇意味着文学;另一方面,这些单篇体制短小(一般不越千字),易于散佚,汇为一集显然更有利于其阅览和保存。于是就有了总集、别集。吴承学说:"魏晋以来文集的编纂、文体学的发展,都与这种意识的不断强化密切相关。"[②] "这种意识"谓"篇翰意识",实即"单篇意识"。如果说篇是缀简为篇,那么,集就是连篇为集。郭英德说,《后汉书》等史书在列举传主的著述时,往往统计篇数,这个体例体现了六朝人的文集编纂观念,也为文集编纂做好了准备。[③]

四 隋唐以后"单篇意识"的衰变情况

六朝以后,文学自觉思想走了回头路,文学观又重回秦汉,重回混沌。随着科举制度的日益完善和成熟,科举文体乘势崛起。唐代的科举文体是诗赋,宋代是策论,明清考八股制义。单篇意识或纯文学意识逐渐趋衰微,没有目光,也没有言说。尤其元明以后,民间文学文体——说唱文学、戏剧及小说等崛起,大众文艺渐渐成了全民性文学消费的"主菜"。而这些通俗文体多以白话为主,篇幅一般也都比

[①] 吴承学:《建设具有现代意义的中国文体学》,《文学评论》2015年第2期。
[②] 吴承学:《中国古代文体学研究》,人民出版社2011年版,第288页。
[③] 详参郭英德《中国古代文体学论稿》,北京大学出版社2005年版,第88页。

较长；于是，"中、长篇文学时代"悄然来临。这样，基于短制小体的"单篇意识"失去了必要的文学根基，开始衰落。总的看，隋唐以后的单篇意识值得一议的有如下几点。

第一，"篇"仍然是诗、文的共同的基本计量单位。隋唐以后，文体学上渐渐形成新的二分法：即诗与文。这里的文一般指古文。古文是一种很驳杂的文种，里面含有现今所说的文学性散文，但不占主流，古文的主流是非文学性文章。但无论诗文，无论多么驳或纯，都有一个沿自六朝以来的共性，即：这些诗或文都以"篇"论。也就是说，基本上都是单篇生产、单篇阅读、单篇流传的。如唐文宗《吊白居易》云"童子解吟长恨歌，胡儿能歌琵琶篇"，这是以篇称诗。白居易《编集拙诗成一十五卷，因题卷末，戏赠元九、李二十》云："一篇长恨有风情，十首秦吟近正声。"这里"篇""首"通用，彼此互文。元稹《乐府古体序》评杜甫："凡所歌行，率皆即事名篇，无复依傍"。这个"篇"字，也让我们想到了自魏晋曹植、张华以来的文人乐府诗的以篇名题之现象。

明清文体学发达，人们对"篇"的解释也带有了文体学色彩。如明代吴讷《文章辨体序说·歌行》和徐师曾《文体明辨序说·乐府》都说"本其命篇之义曰篇"，清代姚华《论文后编》云："煌然而成篇谓之篇。"这说明，轻视中、长篇通俗文艺的正统文论家仍然把"单篇性"看作文学性的标志。

第二，随着相当于中篇小说规模的说唱文学及剧本和长篇小说的出现，标志着文学自觉或纯文学思想的"单篇意识"已经渐渐过时。"单篇"，实际也意味着"短篇"。短篇多以"篇"论，而新的中篇和长篇的计量单位则是"本""部""章回"及"折""场""出"等。面对这些大块头，单篇意识基本失效。虽然在正统的文论或文体论著述里，戏剧、说唱文学和小说一般仍是被忽略的，但是，时代潮流，大势所趋，无法阻挡，它们代表着未来。

当然，中国古代的小说是"花开两朵"——文言与白话并行发展的。文言小说，尤其源远流长的"笔记体"文言小说，一直以短篇为主。笔记体的特点就是短而精。"它的外观便是短小精悍，数十字、数百字，最多就是数千字；千字以内的占绝大多数，数千字的并不多见。"①"千字以内"可谓"短篇"的"标准身段"。如果长篇章回小说称"部章体""章回体"，那么，短篇小说则可称"部条体""则条体"。因为它是分条单缕地陈列的。此外，白话小说中也不乏短篇的，如明代之三言、两拍等，清代的《十二楼》《豆棚闲话》等，都是白话短篇小说集。晚清始出现的报刊，如《月月小说》《小说林》《小说时报》《新新小说》等也经常刊登白话短篇小说。故知终晚清之世，单篇意识都未完全过时。

顺便再议一下：经史子篇幅虽巨，似乎事异"长篇"——因为其内部构成实际也是分篇分章的，篇章之间往往相对独立，有的篇章可析出单行，故经史子等应非严格意义上的自足自完之整体。打个比方，经史子是"封建制"的周，甚至是五霸七雄闹哄哄的周——那些独立析出的优异篇章恰似五霸七雄；而元、明、清新出现的通俗文体篇幅虽长，却是一个有机统一的个体，是"郡县制"。郡县制是中央集权，犹如一篇诗文，无论长短，都是浑然一体的。

其实，单篇意识也应包含"内部有机统一"之意。单篇意识是相对于经史子而言的。经史子与单篇文学的不同有两方面：一是外形；二是内部构成。外形即篇幅，一长一短；内部构成是指是否有机浑一。后者当然更根本。可惜古人连单篇意识也未曾做出明确的界说，更不要说分析单篇意识的根本内涵或非根本内涵了。如果说，单篇意识的本质内涵是指内容构成的有机浑一性，那么，从这个意义上说，面对中、长篇文艺，单篇意识亦仍然有效。因为长篇也是一篇，也是单篇。只是限于印刷技术，雕印时代的古人是很难理解动辄几十万甚至几百万字的庞然大物也只是一篇。此外，单篇单体、一篇一体在长篇文学里也更难体现，因为这些大部头著作往往是重度的混（浑）体文。

第三，近代以来，西洋文学思想涌入，系统、科学、清晰的文学观代替了零散、感性、质朴的传统文学观。尤其20世纪以后，西方有关"文学性"的热烈探讨促使国人更科学、更具体地认识何为文学、

---

① 林岗：《口述与案头》，北京大学出版社2011年版，第187页。

何为非文学。尤其是伴随文明的进步，文学创作超越"短篇时代"，进入中篇时代、长篇时代，产生于和作用于"短篇"文艺的"单篇意识"已经完成了其历史使命，"基本"退出文论场域。

这里，笔者之所以用了"基本"二字，不是出于持论谨慎，而是因为单篇意识本来也不可能完全地销声匿迹。例如，唐宋传奇常常也是单篇独行的。今人余恕诚、吴怀东等即仍然把"单篇独行"视为其文学性的风标之一，"唐传奇单篇独行的形态……构成其获得文学性质的重要标志之一"①。这足以说明"单篇性即文学性"这一文学性观的确含有相当的真理性。此外，当今世界虽然早已进入"数媒时代"，信息量井喷，动以 GB（千兆）、TB（百万兆）计，但短篇文学仍在不断生产中。文体的"身躯"一面膨大化，一面微缩化。巨大化满足着现代文化饕餮，微缩化便于忙中垫补零食。长期热销的宋词三百首类，各种文摘类、报刊类，各种千字文、百字文等文学选集类，以及小小说选刊、微型小说、金麻雀文选等，都是这样的文化快餐。南开大学刘俐俐在谈到小小说（又称微型小说）时说："小小说短小精悍的特质，降低了阅读门槛，拉近了与读者的距离；而碎片化阅读方式的兴起，又能方便而快捷地释放读者的审美激情，让他们感到有趣味、舒缓心理和解除疲劳。"② 笔者认为，小小说的蓬勃兴旺其实正是文体微缩化发展方向的一个典型代表。这些现象为单篇意识的仍然顽存提供了物质基础。

至此，让我们为"单篇意识"下一个定义：相对于经、史、子等篇幅较长的卷帙性存在，魏晋六朝人把篇幅相对较短的诗、赋、骈文等的单篇存在性看作其文学性的标志（之一），此之谓"单篇意识"。扼要说"单篇（性）即文学（性）"。

五 余论："文学自觉"，抑或"文学性自觉"？

文学自觉的讨论极其火热，所以，很需要冷思考。其实，"文学

---

① 余恕诚、吴怀东：《唐诗与其他文体之关系》，中华书局2012年版，第206页。
② 新华网：《小小说蓬勃发展引起学界普遍关注》（2019年5月23日），新华网：https：//baijiahao.baidu.com/s？id＝1634284482077313382&wfr＝spider&for＝pc。

自觉"的意思不是"文学自觉"。文学是非生命之物，怎么会自觉或具有自觉意识呢？休说非生命物体没有，就是微生物、植物、动物也没有。自觉或自我意识是人与动植物的本质区别之一。所以，"文学自觉"的意思显然是指人对文学的自觉。准确地说，是文艺工作者对文学的自觉。再精准地说，就是文艺工作者意识到"什么是文学"。于是，问题来了，什么是文学？所有关于文学自觉问题的争论都源乎此点。没有意识到这一点，是问题；意识到这一点以后，另一个新问题立即蹦出来：什么是文学？这是一个迄今没有"标准"答案的难题；说它是全球文艺界的亘古的哥德巴赫猜想也仍然是低估了它。因为哥德巴赫猜想或许有解，而"什么是文学"几乎无解。只消回忆一下中国或外国的文学观念的回环纠结的变迁史就明白了。

幸运的是，俄罗斯形式主义文论家提出了"文学性"一词。为文学性为"什么是文学"这一千古难题的化解带来一线可能。俄罗斯形式主义者所说的"文学性"主要是指文学作品语言形式的特点，即打破语言的正常节奏、韵律、修辞和结构，通过强化、重叠、颠倒、浓缩、扭曲、延缓与人们熟悉的语言形式相疏离相错位，产生"陌生化"之效。他们这样讲，初心是对抗俄罗斯的文学历史文化学派。此派倾向于把文学研究从属于社会学。形式主义者认为，他们顶多属于对文学的"外在的"研究；只有寻找文学之为文学的"文学性"，才是文学研究本身，才是文学研究独立于其他知识、学问的特质和价值所在，即研究文学的"内部规律"。再后，解构主义者继续高举"文学性"大旗，并试图用"文学性"之概念泯灭文学与非文学的界域，倡导文学向非文学领域延伸、扩张。受此启发，国内很多学者也开始讨论文学性问题。但是，却很少有人意识到"文学性"问题于"文学自觉"问题的意义。

那么，文学性又有哪些要素呢？笔者认为，至少可以列出以下5点：虚构性、形象性、情感性、审美性、语言形式性。这是文学的几个本质属性。美国学者韦勒克、沃伦《文学理论》第二章"文学的本质"提出"虚构性（fictionality）""创造性（invention）""想象性（imagination）"三条为"文学的突出特征"；又用很多篇幅讨论文学语言问题、西方文学理论向重语言,此可谓之"语言艺术性";合起来是"四性"。由此说来,则文学自觉就是对这几大属性的自觉。这样,若讨论文学自觉问题,则理应从这几方面入手。两汉也好,魏晋也好,梁陈也好,如果有文学自觉,那么,自觉了几个方面,每个方面深度如何,这样讨论,方为直接根源。可惜,讨论文学自觉者鲜有如此这般的。

拿通行的文学史著作及教材来说,一般讲如何判断文学自觉,不外是文学独立、文学自身的价值被发现和被重视、文论著作繁荣、文学的审美形式受到重视并获得突破性进展等,其实这些因素都是文学自觉的结果。这样讲"文学自觉",就好像汉乐府里描写秦罗敷的美貌,只是大肆渲染行者如何忘行、耕者如何忘耕等而未直接描写秦罗敷本人的黑白丑俊一样,属于"侧面描写"法。文艺塑造美女可以如此,学术研究仅止乎此,而不直面问题本身,就像挠痒痒只挠外围一样,是很不"过瘾"的。

第四节 论杜甫文体写作的"集成性"

本节内容提要:中国文化重视合和与集成。在文体学上,合和与集成主要表现为文体浑和。文体浑和的最高型态是"大成文体"。大成文体是随机浑和、集成所有文体的结果。大成方"全粹"。杜甫向号"集大成"者;这主要体现在文体写作方面;于不同的文体,杜甫写作的"集成性"的程度亦参差。杜诗可谓"集大成";杜赋可谓"集中成";杜文可谓"集小成"。杜甫文体写作的"集成"的大方向是对的,但"小成""中成"都尚有待于提升至大成境界。

杜甫以意为文,勇于创新。文体创新其尤著者。台湾学者王冠懿说:"'文体'是一个有效辨识杜甫创新、变化的角度。"[①] 历来杜诗学亦重此,"文体杜诗学"几呼之欲出。兹仅从文体浑和与集成角度以论焉。

---

① 王冠懿:《文体批评视野下的明清杜诗学》,博士学位论文,国立政治大学,2015 年,第 29 页。

一　和合与集成

中国传统文化一向重视"合和"与"集成"。合和与集成的关系是：合和是途径，集成是结果。合和必然导致集成。中国文化尚合和，也势必会尚集成及集大成。所谓集大成，就是兼收并蓄并融会贯通事物的各种因素、特性，最终达到空前完备的程度。兼收并蓄且融会贯通就是"合和"。

须补充的是，虽然"合和"与"积累"近义，但不同。从数的角度说，合和与积累都表现为数量的增加；但是，从时序上说，积累只是合和的起点；从性质上说，合和是"浑和"成新事物，而积累只是旧事物的"堆砌"。合和是化学反应，积累是物理变化。合和是有机浑和，是集腋成裘，是产生新体、活体；积累是简单叠加，是滚雪球，是出现巨体及定体。合和是有机结构，像"现代超市"；积累是码放堆积，像传统杂货铺。

"大成"思想渊源甚久。"大成"一语首见《周易·井·上六》象辞："'元吉'在上，大成也。"大意是：井卦上六爻"元吉"，井养之道至此大成。《周易》至迟成书于西周末。这里的"大成"已是熟语。又，《老子》四十五章："大成若缺。"意思是：道德大成者，反若有所亏缺。《孟子·万章下》礼赞孔子曰"集大成"。《庄子·逍遥游》也有"大成之人"说。"大成"的反面是"小成"。"小成"首见《周易·系辞》："四营而成易，十有八变而成卦，八卦而小成。引而伸之，触类而长之，天下之能事毕矣。"又《庄子·齐物论》："道隐于小成。"有"小成""大成"，也应有"中成"[①]。从价值次序上说，小成不如中成，中成不如大成。"全粹"方美，大成最好；但是，大成极难。一般的人或事，很难臻于"大成"。大成往往需要几代、十几代人的努力，方可实现或接近实现。所以孟子只礼赞孔子曰"集大成"。"中成"含"半成""半不成"之意，是"大成"的阶段性型态，当然也是臻于大成的必由之路。人们大多重视大成，而低评"中

[①] 宋代朱元升《三易备遗》（《四库全书总目》卷三）曰：东晋干宝《周礼》注称伏羲《易》为小成、神农《易》中成、黄帝《易》大成。由此，干宝可能是最早使用"中成"一语者。

成"及"小成",这是不妥的。因为没有小成与中成,就没有大成!

二 "集成文体"与"大成文体"

"集成文体"就是文体写作时,通过有机和随机地浑和所有已有文体及文体之特性,因宜吸纳,为我所用,以完成新的文体写作。这样精心结撰的文体,就是"集成(性)文体"。"集成性文体"的最高境界就是"大成文体"。但不是所有的"集成性文体"(包括"集大成性"文体)都是"大成文体"。"集(大)成性文体"只是复合文体中的佼佼者而已。

那么,文体集成或集成文体一般是集成了哪些因素呢?这就牵涉文体的内涵或定义。也就是说,文体的内涵的触角延伸到哪里,文体集成的地盘也就会拓展到哪里。文体集成是集成构成文体内涵的所有因素,或至少有如此之意向性。

历史地看,文体的内涵几乎一直呈膨胀之势,于是,文体集成的足迹亦随之延展。统观当今文体学界,扼要地说,关于"文体"的内涵,有一元论、二元论和多元论等说法。一元论一般谓体裁体类,这是"文体"概念的最基本的内涵;二元论一般谓体裁体类和体性风格,这是"文体"最重要的两个内涵;多元论则有体类、体性、体制、语体、篇体、表达方式等因素,限于篇幅,不再铺论。笔者认为,就目前学界之所论,就中国古代而言,文体的内涵义约有七项,即:体裁文类、语言特征、体性风格、表达方式、口吻人称、功用宗旨及篇幅长短等七大要素。每一种文体,在这七个方面都会互有不同。文体集成就是集成这些文体内涵的所有的要素。也就是说,如果某一种文体"移用"了其他文体的七大要素之任一项或任几项,即构成文体融渗;如果某一种文体全部"移用"或无限"移用"其他文体之七个要素,且移用效果良好,这就构成了"集大成性文体"。当然,"移用"不是抛弃自我、全盘异化,而是在保持自我的前提下,通过开放性地兼容并包,做大做强自我。也就是说,在文体七大要素方面,既坚持原有属性,又来者不拒地广泛借鉴和吸纳,这就是文体集成。

那么,文体写作为什么要"集成"呢?因为文体集成,意义至大。

对作家而言,可以综合地、随机地调用各种表达手法,达到"车马炮"综合"将军"(谓记事、写人、描景、抒情等)的最佳效果;对世界而言,可以最广角、最深微、最灵活地烛照自然社会及百态人生;对作品而言,文体集成是文学创新最经常和最重要的途径,也是行之有效的最佳途径;对读者而言,消费集成文体犹如享受文艺大餐,可以最大限度地满足受众之审美欣赏之"饕餮"大胃。

当然,所有的文体都是"本同而末异"(曹丕)的。"本同"主合,故文体之间一般是可以融渗的;"末异"主分,故文体又各有其特性,或准确地说,文体各有各的质的规定性,不得任意跨界。所以,并不是所有的文体集成都是良性的。有的文体集成或文体融合以失败告终,有的则取得成功。有的部分集成而成功,有的全部集成或全部开放式集成而成功——前者就是"集中成文体",后者就是"集大成文体"。总之,文体内部七大因素之间又排斥、又互渗的矛盾运动,是文体演进的内在推动力,也是文体发展演变的全部奥秘所在;其结果就是文体的分合聚散,兼并重组,升级换代。

文体集成的必然结果是出现"大成文体"。"大成文体是几乎所有已有文体随机浑和而成的新文体,是文体演变的最高形态。"① 当然,这不是说任一种大成文体都是无所不包的;而是说,至少在理论上,它是可以无所不包的。

说到杜甫的文体写作,其一大特色就是文体集成。杜甫文体写作的集成性的大方向是没有问题的。不过,就集成性而言,不同的文体,杜甫的表现和得分也有所不同。大体来说,杜诗做到了"集大成",杜赋做到了"集中成",杜文则尚处于"集小成"状态。

三 杜诗之"集大成"性

杜甫研究长期盛炽。通观目前学术界,就文体学方面,关于杜甫的研究主要限于两个方面:一是对杜甫某种文体写作情况的观照;二是对杜甫文体思想的研究。前者如曹辛华《论杜诗"遣兴体"及其诗

---

① 王章才:《大成文体说论要》,《光明日报》2018年2月6日"理论版·国家社科基金"专版。

史意义》①，后者如任竞泽《杜甫的文体学思想》② 等，但就杜甫文体写作之集成性方面的集中论述，则迄今未见。笔者通过"中国知网"之"高级搜索"搜索相关论文，"题名"输入"杜甫"，"关键词"输入"集大成"，仅得一篇论文《论杜甫"集大成"的情感本体》（《福州大学学报》2012年第4期，作者林继中）；再把关键词改为"集成"，没搜索到论文。可见，迄今学界对杜甫文学创作之"集大成性"或"集成性"仍缺乏专门而集中的探讨。

任竞泽在上述论文中说："'集文体之大成'应是杜诗'集大成'最核心的内容，这从元稹开始便已明确指出，其中包括集'文体风格'和集'文体体裁'之大成两个方面。"此言中的。可惜未予展开。其文之主旨是探讨杜甫的文体学思想（也应是首篇集中探讨杜甫文体学思想的专论），所以，也不可能就杜诗的文体集成问题展开论述。

笔者认为，"集大成性"是杜诗的一大特色。首唱此论者是中唐元稹《唐故工部员外郎杜君墓系铭序》。此后，杜诗"集大成"渐成定论。但是，今人在论及这一点时，大多都是泛泛而言；只有任竞泽分析为"风格"与"体裁"两个方面。现在，我们有了文体内涵义七要素说（如上所述），就可以对杜诗在文体方面的"集成性"分别从七个方面作更具体的考察了。

（一）体裁文类方面

这主要是"以文为诗"。这方面的论述已经较多，为篇幅计，兹不再细论。这里只补充一点，这一点也往往为一般论者所忽略，即：以文为诗不限于以议论为诗，其他如以写景状物为诗、以叙述为诗、以塑造人物形象为诗、以说明记录为诗等也都应属于以文为诗。至于以赋为诗（诗赋互用）、以应用文为诗、以史为诗及以史传文为诗、以传奇为诗等亦然。

（二）体性风格方面

唐代元稹《唐故工部员外郎杜君墓系铭序》早就提出："至于子美，盖所谓上薄风骚，下该沈宋，古傍苏李，气夺曹刘，掩颜谢之孤

---

① 曹辛华：《唐宋诗词的文体观照》，中华书局2011年版，第3—34页。
② 任竞泽：《杜甫的文体学思想》，《广东社会科学》2015年第2期。

高，杂徐庾之流丽，尽得古今之体势，而兼人人之所独专矣。"① 元稹所谓之"体势"，主要指风格。当然，杜诗既集大成，又不失自我，也就是能融会贯通，随机吸纳，而非机械模仿，堆砌饾饤，故曰"集大成"。这方面的论述很多，也很充分，故也不再细述。

一般地，人们提到杜诗集大成，默认就是以上两点。但在笔者看来，这两点固然是主要的，但远非"集大成"的全部。以上两点只是"文体"的诸多复杂内涵的一部分。"集大成"的"大"，一是八方辐辏、融会贯通，二是博而能一、不失自我，三是全"体"集成，来者不拒。

（三）语言特征方面

文体与语体关系密切，两者几乎是一一对应的；在国外，文体学几乎与语体学同义，甚至"有人（例如，巴利 [C. Bally]）试图把文体学仅仅看作语言学的一个分支"②，故文体与语体密不可分。相应地，"文体集成"也必然包含语体的浑融兼陈。杜诗语言虽曰精警蕴藉，但从语体浑兼的角度审视，其创为发明似较为有限，与韩孟元白等辈相比，杜诗语言属于中规中矩的。杜诗于语言的杰出贡献主要在于锻炼硬作，力透纸背，晚年则喜拗律拗体，这方面他既承前又启后，可谓标杆性人物。

（四）表现方法方面

一般说，诗歌长于描景抒情，故诗贵比兴；文章则长于叙事，写人，论议，说明，故切于实用。杜则"以文为诗"，诗歌表现手法的选用方面非常开放，不拘常格，挥洒自由。事实上，杜诗亦以"故事化""议论化""写实化""细节化"等著称。此属共识，亦毋庸赘言。

（五）口吻人称方面

一般来说，诗歌多取第一人称，而文章多取第三人称。杜甫诗歌写作，既然长于以文为诗，则易一为三，或一三混处者，遂多焉。杜

---

① 郭绍虞、王文生主编：《中国历代文论选》第二册，上海古籍出版社 2001 年版，第 66 页。
② [美] 韦勒克、沃伦：《文学理论》（新修订版），刘象愚等译，浙江人民出版社 2017 年版，第 167 页。另，引言中的括号文字为原文所有。

甫之乐府诗,关注社会,关怀"他人",固多第三人称;就是抒情诗,也往往(兼)采第三人称。如《自京赴奉先县咏怀五百字》一诗,忽而写我,忽而写行旅,忽而又写帝妃"浴"乐,口吻变幻灵活自如;又如此诗末尾又写道"吾宁舍一哀,里巷亦呜咽",这仿佛站在第三者立场写"我"家似的,人称很活泛,口吻立场变动不居。

(六) 功用宗旨方面

首先值得关注的是杜甫对诗歌"实用性"的开拓。老杜在这方面有较大突破。据仇兆鳌《杜诗详注》一书,杜诗总计 1439 首;再据吴汝煜主编《唐五代人交往诗索引》,则杜甫之交往诗多达 747 首,约占 52%。也就是说,杜诗约有一半多是用于交际(含公务)的。这些诗颇有"以应用文为诗"的意味。高振博说:"杜甫的交往诗具有三个方面的应用文体特征,即制题的功能性、干谒诗内容的程序化及'以文为诗'。杜甫交往诗对应用文体的借鉴与创新,使其充分实现了诗歌的交际功能,同时也有效地扩展了诗歌的日常交际和社会应用领域。"高振博还发现:"杜甫诗中以诗歌形式来写作书信的比例是很高的。如果按照我们对于杜甫交往诗诗题特征字的统计来看的话,'呈'、'寄'、'简'这三类表示寄信的诗题,关键字有 108 个之多。换句话说,杜诗中以诗代书的诗歌大约有 108 首,占杜诗总数的 7%。"[①]这可以说是"以书为诗"了。

历史性或叙事性也是杜甫在诗歌的功用宗旨方面的一大开拓。"诗史"不是杜诗首创,但杜诗的确一向以"诗史"而著称。从思想内容上说,"诗史"虽非历史,但优于历史。从艺术性角度说,杜甫的"诗史"往往善于叙事,也善于写人;细节生动,也能典型化。学界一般更关注杜甫"诗史"的思想性价值,而于其叙事学意义的研究则尚有待加强。

其次是哲理性。杜诗好议论、善议论、多警句,这一点也毋庸多言;尤其在这方面杜诗于宋诗的颠覆性的深巨影响,更是尽人皆知的事实。

---

① 高振博:《论杜甫交往诗的应用文体特征》,《长江大学学报》2013 年第 10 期。

(七) 篇幅长短方面

杜诗篇幅灵活，伸缩自如，既有短篇，也富鸿制。两者俱有佳作。体大篇巨者尤著。如其《自京赴奉先县咏怀五百字》《北征》等，皆鸿篇巨制，洵傲视千古。篇幅之扩增，自与以文为诗之写法有密切的关系。此外，杜甫又多"组诗"之制，且多系"同题"；同题多诗，共"侍"一事，既独立又关联。这似乎与文章因容量较大故须分层设章之结构之影响有关。霍松林称之"有布置的'联章诗'（现在所谓'组诗'）"①。

综上可见，杜诗于文体集成方面，主要体现在体裁文类和体性风格两个方面；在表达方式、功用宗旨、篇幅长短等方面也有突出表现；至于其他方面，则表现平平。总的说，杜诗做到了"集大成"，具有很高的艺术成就。清代薛雪说："杜少陵诗，止可读，不可解。何也？公诗如溟渤，无流不纳；如日月，无幽不烛；如大圆镜，无物不现。如何可解？"② 因为"集大成"，故杜诗无不有；一解即落有，故不可解。话说得玄奥，但是很到位。

四、杜赋之"集中成性"

杜赋的研究热度仅次于杜诗。杜赋现存者共六篇，即《天狗赋》《雕赋》《朝献太清宫赋》《朝享太庙赋》《有事于南郊赋》《封西岳赋》。此六赋皆为献给皇帝之作，也皆思深力大、富于个性之作。六赋代表了杜赋的最高水平。就艺术性方面来看，从文体集成角度说，杜赋具有以下特色。

（1）以诗为赋

这是杜赋的最大特色。杜赋往往如其诗，尤其如其《自京赴奉先县咏怀五百字》《北征》一类的长诗，往往融叙述、描写、议论、抒情及想象为一体，体大思深，厚重大气。

---

① （清）沈德潜著，霍松林校注：《说诗晬语》，《原诗 一瓢诗话 说诗晬语》，人民文学出版社1998年版，第270页。圆括号里的话是引文原有。

② （清）薛雪著，杜维沫校注：《一瓢诗话》，《原诗 一瓢诗话 说诗晬语》，人民文学出版社1998年版，第156页。

在风格方面,杜赋亦如杜诗,沉郁顿挫,笔势多变,辗转腾挪,极富变化,而又逻辑严密。事实上,这种风格,正是杜甫作赋时的明确的审美偏择。他曾自评其赋"沉郁顿挫"(《进雕赋表》),说明他欣赏"沉郁顿挫"之风,有意而为。不过,这却违犯了赋体之忌,使之失却了铺张扬厉之势、喋喋不休之气、酣畅淋漓之美,所以杜赋令人感觉多少有点赋不赋、诗不诗、文不文。这是混体而不很成熟的表现。

另,杜赋虽曰散体大赋,然其篇幅常较中庸。这是以诗为赋在篇幅体制方面的结果。

(2) 大赋与小赋融合

小赋也称"抒情小赋"。小赋的出现,当然也可视为大赋的诗歌化。所以,大赋而吸纳小赋的因素,其实也与"以诗为赋"相似。故为免与上条重复,对此就不再细述。兹仅补充一点。即在小赋中,作者是躬自出场、直诉衷肠的;而上述杜甫之六赋,虽曰大赋,然赋末又往往兼采小赋之笔法,作者"忍不住"亲自上阵,抒情、议论一番。如《有事于南郊赋》的末尾写道:"臣闻燧人氏已往,法度难知,质文未变……"大赋一般采第三人称,"客观"铺写,而小赋则用第一人称,直抒胸臆。杜赋虽"大",然常活脱于一、三人称之间,有跨界混成之趣。

大赋与小赋融合的另一个显著结果是,相较于传统大赋,杜甫大赋在篇幅上有减无增。

(3) 以史为赋

杜赋写诗,好以史为诗,故有"诗史"之誉;他作赋,也多富历史性因素。如《朝献太清宫赋》综述自建安以来的动乱分合云:"昔苍生缠孟德之祸,为仲达所愚","历纪大破,疮痍未苏。尚攫挐于吴蜀,又颠踬于羯胡。纵群雄之发愤,谁一统于亨衢?在拓拔与宇文,岂风尘之不殊?比聪廆及坚特,浑貔豹而齐驱。愁阴鬼啸,落日枭呼。各拥兵甲,俱称国都。且耕且战,何有何无?惟累圣之徽典,恭淑慎以允缉;兹火土之相生,非符谶之备及。炀帝终暴,叔宝初袭。编简尚新,义旗爰入。既清国难,方觌家给",最后又写到大唐一统环宇,功业空前:"足以朝登五帝,夕宿三皇。信周武之多幸,存汉祖之自强。"这简直是一篇浓缩的"中国朝代更替史"了。

(4) 公文化

现存六首杜赋均献于皇帝之作,这本是传统大赋之固有属性,但汉大赋一般属于"无用"之文,假捏人物,虚设问对,铺张扬厉,无非是说着好玩,辩丽可喜,以讨君上之欢心,犹如后世"小说"然,无非曲终奏雅,收劝百讽一之效。而杜赋则目的明确:通过颂圣,以赋"干谒"。故读其赋,时有似读策表奏议之感。公文之为体,比大赋更"有用",也更现实,而杜赋的讽谏成分、讽谏意味、严肃性等也确实超过了传统大赋。如《朝享太庙赋》直接规劝唐玄宗力戒淫祀云:"且如周宣之教亲不暇,汉武之淫祀相仍。诸侯敢于迫胁,方士奋其威棱。一则以微言劝内,一则以轻举虚冯。又非陛下恢廓绪业,其琐细亦曷足称。"

跳出文体学来说,杜夫子爱国急仕,也是其大赋公文化的内因。事实上,他自从写了《自京赴奉先县咏怀五百字》后,基本上已经离开了官场,所以也就不曾再作大赋了。

从文体演进史角度而论,大赋经杜甫的改造升级,取得了一定的成功,读之也有令人耳目一新之效。但是,杜甫并没有在大赋创作方面取得与诗歌一样的骄人成就,不要说与汉之司马、杨雄辈之于赋之贡献无法相比,就是在唐代,比如与晚唐之杜牧等辈相比,杜赋的成就也是有限的。我们只能说,杜甫在赋体集成方面,取得了"集中成"的成就。刘文刚说:"历史是公正的,也是睿智的。他(当作'它'——引者注)给了杜甫伟大诗人的地位,而只给杜甫优秀的有独创性的赋作家的地位。"[1]

另,唐进士考试虽诗赋并行,但更偏重诗。杜赋不如杜诗,或与此有关。

不过话又说回来,杜甫致力于赋体的集成性创新,"太有创造性"[2],也取得了一定的效果,虽未臻于完美融合之地步,但其文体整合的努力仍然是有积极意义的,他努力的方向也是对的,因为文体本

---

[1] 刘文刚:《论杜甫的赋——兼及杜甫赋与诗的比较》,《杜甫研究学刊》2000年第4期。
[2] 刘文刚:《论杜甫的赋——兼及杜甫赋与诗的比较》,《杜甫研究学刊》2000年第4期。

贵融合；且赋体本就是一种包容性极强的文体——纵观辞赋演进史，其演进也主要是以文体融合为主要内驱力的。当然，杜赋写作的教益也是明显的，即：赋体的集成，不能急于求成——既不能遇难辄止，也不能锐意而行——须慢慢磨合，做好弥缝对接工作，然后方有可能迎来赋体新变的"宁馨儿"。元代方回《七言十绝》（其三）说："诗备众体更须熟，文成一家仍不陈。"备众体而浑熟，自成家而不袭任何一家，方是极致。

五 杜文之"集小成性"

韩愈说："李杜文章在，光芒万丈长。"但这里的"文章"，实际不指文章，而指诗歌。杜甫自己在《旅夜抒怀》中也说："名岂文章著，官因老病休。"他在当时出名，不是因为"文章"。这里的文章，主要也指诗歌；但歪打正着，我们倒是可以有意"误读"为"文章"。杜甫的"文"名确实平平。其文章艺术，一向评价不高，迄今研究热度也仍然有限。据笔者通过"中国知网"穷力搜索，仅得论文2篇；其中，专门论杜文的一篇，与李白文对比论述的一篇。这两文分别是王继甫《杜文研究的四个问题》（《常州大学学报》2012年第2期）及闵泽平《李白、杜甫的散文创作与艺术精神》（《周口师范学院学报》2006年第3期）。

仇兆鳌《杜诗详注》保存杜文两卷，共录文28篇。但这28篇尚含辞赋。李白文章则有63篇。李杜对比，杜文较少。东汉班固《两都赋序》曰："赋者，古诗之流也。"辞赋押韵。故辞赋一般不视为文章。去除6篇赋，余文22篇；另有"诗序"7篇[①]；杜文合计29篇。从内容看，这些文章可分为三类：杂文，谏文，诗序、赋序或赋表。其中后两类，皆应用之文。第一类"杂文"共有11篇；其中严格说来，与今之"散文"庶几相当者，仅4篇，即《画马赞》《唐兴县客馆记》《杂述》《秋述》。数量极少。

秦观说："杜子美长于歌诗，而无韵者几不可读。"陈师道《后山

[①] 有关考证详参王继甫《杜文研究的四个问题》，《常州大学学报》2012年第2期。

诗话》引黄庭坚语亦云："杜之诗法，韩之文法也。诗文各有体，韩以文为诗，杜以诗为文，故不工耳。"① 此说几成定论。故至清，仇兆鳌仍说："古人诗文兼胜者，唐惟韩、柳，宋惟欧公、大苏耳。且以司马子长之才，有文无诗，知兼美之不易矣。少陵诗名独擅，而文笔未见采于宋人，则无韵之文，或非其所长。集中所载墓志，尚带六朝余风，惟《祭房相国文》，清真恺恻，卓然名篇。其代为表状，皆晓畅时务，而切中机宜。"②

杜文的最显著特点是"以诗为文"，可惜不太成功。杜文用语奥涩，骈丽古板，章法鹘突，雕琢凝练，艺术造诣一般。其文形式上"以诗为文"，内容上却多属"经国应用"（仇兆鳌语），两者本身也很难协调。不过，换个角度看，杜文的价值不在于其艺术水准本身，而在于"以诗为文"的文体融合与革新之尝试，以及"以诗为文"在语体、体性、篇章结构、表现手法等方面给文章之体带来的新变胚芽及潜能。

一般认为，杜文的缺陷在于古奥艰涩、迂腐难读。笔者认为，这不仅是以诗为文，更是以赋为文的结果。杜赋本来写得也很古奥艰涩的，且，杜赋亦应用文化（尤其是章表化）。他既以诗赋为文，难免就出现了上述弊端。这说明，一向强调"转益多师"的杜甫在文章写作方面也在走"集成化"道路，只是不太成功而已。宋末刘辰翁提出："文人兼诗，诗不兼文也。杜虽诗翁，散语可见。惟韩、苏倾竭变化，如雷振河汉，可惊可怪，必无复可憾者，盖以其文人之诗也。"③ 他以杜文与韩诗、苏诗为论据，得出"以文为诗"有利于诗、而"以诗为文"则会妨碍文的结论，这个结论有失武断。其实，杜文之失，不在"以诗为文"——这个大方向是没有问题的，问题只在于杜文尚处于"集小成"阶段，尚未发育完善。陈善云："韩以文为诗，杜以诗为文，世传以为戏。然文中要自有诗，诗中要自有文，亦相生

---

① 以上两段引文出自丁福保辑《历代诗话续编》，中华书局1983年版，第198、199页。
② （清）仇兆鳌：《杜诗详注》（凡例），中华书局1979年版，第10页。
③ （宋）刘辰翁：《赵仲仁诗序》，文渊阁文渊阁四库全书本《须溪集》卷六。

法也。文中有诗,则语句精确;诗中有文,则词调流畅。"① 此即"诗文相生论"。

当然,杜文评价不高,还有两个对比性"劣势"因素在起着作用。一是纵比,即杜文不如杜赋,更不如杜诗。杜诗缘情绮丽,但其赋与文则多偏实用。故不若。二是横比,杜文与韩柳古文异趣,而韩柳古文已有定评,其特征渐被型塑为评价标准及阅读惯性,导致对杜文的评价相对走低。清代浦起龙说:"世既崇尚韩、柳八家,于三唐人古调、别调之文,不弹久矣。杜赋直追汉魏,其杂文拙趣横生,最古最别。"所以,换个角度看,杜文不是质次品低,而是样貌古拙,不合常俗。从其数量很少这点看(尤其文学性散文极少),杜甫也不着意于文。

总之,杜甫文体写作的"集成化"道路之大方向是没有问题的。之所以有的成功,有的未然,有的负面,恰恰是集成化不彻底、诸体之间磨合不完善、从而未臻"集大成"之境所致,而不是集成化道路本身有问题。鉴于此,从接受和评价上说,对杜甫的文体努力和艺术尝试,我们应秉持宽容和鼓励的态度。而且,不仅对杜甫,对其他任何锐意创新的作者的文体集成化努力及其初期阶段在所难免出现的瑕疵、纰缪、反常、不伦不类甚至文体写作水平的暂时性的倒退,我们都应当秉持鼓励的态度、保持乐观的期望,决不要一出现问题就立即叫停,甚至喊打,从而造成人为的文体写作悲剧。

第五节 论中国古代的"跨文体写作"

本节内容提要:当今文坛,世纪之交,"跨文体"写作运动一度如火如荼。如今虽已告一段落,但是,跨文体写作并未停滞,也不会停滞。值得借鉴的是,跨文体写作在我国古代早已有之,且长期繁荣。诸如《山海经》《楚辞》、汉赋等都是跨体写作的成功范例。历时性地看,我国古代之跨体写作可分为三个阶段:先秦以前,属于"混沌性跨体"阶段;汉魏至中唐,"不自觉性(或偶发性)跨文体"阶段;

---

① (宋)陈善:《扪虱新话》,上海书店1990年版《扪虱新话》上集卷一。

中唐、宋元以后,"自觉性跨文体"阶段。跨文体写作的实质是文体创新。文体不只是形式,故文体创新的意义也不限于形式方面。跨文体写作可恢宏文气,振奋思想,升级表达,点燃文学创新的潜能。人们对跨体写作的认识需要一个过程。一开始懵懂不识,中古时期基本拒斥,近现代以来则渐渐接受,并自觉倡导。

跨文体或跨文体写作,既是一个习焉不察的文学现象,又是一个历久弥新的理论话题。国外是这样,国内也是如此。我国世纪之交前后发生的跨文体写作"运动"一度如火如荼,虽然很快无果而终,但跨文体写作并没有停滞,也不会停滞。不管人们是褒是贬,也不论跨体是否成功,它都会一直存在、一直生长,而且它不是静悄悄地待在旮旯里,而是风谲云诡、暗潮涌动、活力无穷,随时都有可能再次膨胀为下一个文坛热词与理论焦点。

一 我国世纪之交的"跨文体"写作现象

在我国当代文坛,1999年是一个非常特殊的年份:这年,"跨文体"(写作)成了一个热词。很多作家搞起了"跨文体"写作;一些文学期刊亦相继推出了"跨文体""凸凹文体"乃至"无文体"一类的写作专栏;理论界也闻风而动,纷纷撰文襄助。是年因而被称为"跨文体写作年"。然而,短短两年以后,这场如火如荼的"以文体革命方式展开的文学革命"[①] 运动就草草收场了。

跨体写作"运动"虽然偃息了,但是"跨体写作"并未"稍息",而且也不会停止。它只是不再以运动的形式存在而已。当代作家于坚的成就就可以证明这一点。2016年,于坚获得"年度杰出作家"称号。此前,他已经多次获得种种奖项。他的作品向以思辨性、深邃性、人文性著称。他是学者型作家,赅览文史哲,兼通中与西,所以,他的作品的"跨体"也是宽领域和大尺度的。他常以赋为诗、以文为诗、以诗为文、以小说为文,作品既富诗意,也讲逻辑,浑和了诗、赋、文、小说、戏剧、文学与非文学,打通了文、史、哲、政、经地

[①] 王一川语,详参其《倾听跨体文学潮》,《山花》1999年第1期。

等的界域。① 在表达方式上，他偏爱口语和方言，融化了口语和书面语、方言和普通话。他曾明确表示"最好的散文是小说式的"，"最好的诗歌是散文化的"，"最好的小说是散文式的"，"有人问我为什么不写小说，我的散文就是我理解的小说"；他爱"散文"，更爱"散"文。也可以说，他的"散"文实际上是"聚"文——聚积性之文。当然，这个聚集，不是捆绑式的扎堆，而是浑然的融通。他说："所谓和谐，就是散。"② 或可名曰"散和"。散主分，和主合，散与和貌似相对，实则唯有"散和"才是真正的和（谐）。于坚的跨体写作是高度自觉的。顺便说一句："融合"或"浑合"是"跨体"或"兼体"的别名；这两对词语都好比一枚硬币的两面。当然两者在"味道"上小有不同："跨体"或"兼体"强调"跨""兼"的动作，给人感觉比较生硬，"融和"强调"跨"的效果，听起来自然些。可以说，成功的跨体、兼体就是融和或浑和。踏雪无痕方是最高境界。于坚作品，往往有此。他多次获奖，既显示人们对跨体写作的暗许，同时也是跨体写作一直"在场"并且活力四射的明证。

　　不少人认为，"跨文体"写作是现今文坛才有的，且源于西方，尤其是西方"后现代主义"的文化语境。后来，这种新颖而高效的写作手法"传入"中国；于是在世纪之交，中国文坛就上演了一幕"跨文体"的写作大戏。一时之间，很多大作家、著名刊物及大学问家都卷入其中，文艺市场产、销、评三旺，早已多年遇冷的文学期刊也仿佛泵满了鸡血，"生意"突然兴隆起来。不过，其兴也勃焉，其衰也忽焉。这场喧闹仿佛适足为中西差异和不适宜生搬硬套再次提供了第"n+1"个例证耳。随着这场运动的半道崩殂，一些"精明的"理论家又使出了屡试不爽的"事后诸葛亮"的伎俩，开始为之人泼冷水，甚至倒脏水；真的是窗破偏招砸、墙倒众人推；适与当初之凑腿搓绳、见火扇风的情势形成反讽。

---

　　① 详参薛世昌《于坚：以赋为诗》（《当代文坛》2012 年第 1 期）、叶向东《于坚散文：小说文本实验》（《当代文坛》2000 年第 1 期）、苏褒荣《"诗意地栖居"与逻各斯向往——试论于坚诗歌的审美追求与精神内涵》（《凯里学院学报》2009 年第 5 期）、黄玲《于坚散文的诗性精神》（《中国青年政治学院学报》2006 年第 4 期）等。

　　② 于坚：《于坚谈散文及朗读》，《云南师范大学学报》2006 年第 3 期。

不过，很多人可能想不到的是，"跨文体"写作却并非"舶来品"，相反，它是货真价实的"古已有之"的"国货"。"西奔是徒劳，奔回东方吧。"（余光中《夸父》）如果我们不把眼光仅仅盯着西方，盯着现当代，而是转向中国，转向古代，或许，我们会对"跨文体"写作产生另一番观感。那么，从中国古代文体学的角度来审视，"跨文体"写作又将应如何被定性、定论和预测呢？

二 "跨文体"写作的本质

何为"跨文体"写作？先看今人的说法。今人的说法中，以最早发起"跨文体"写作的《大家》杂志主编李巍的话最具有代表性。《大家》搞的"凸凹文体"写作其实也就是"跨文体"写作。对此，李巍曾评论道：《大家》推出的"凸凹文体"其实是一个"文体怪物"，之所以要这样搞，"就是要在文体上'坏'它一次，'隔塞'它一次，为难它一次，让人写小说时也能吸取散文的随意结构，诗歌的诗性语言，评论的理性思辨；同样让人写散文时也不回避吸纳小说的结构方式。我们希望，在文体的表述方式上能以一种文体为主体，旁及其他文体的优长，陌生一切，破坏一切，混沌一切"，"凸凹文本就是想要在文学如此艰难的生态环境里，不循常规牌理出牌，无赖一些，混账一些，混沌一些"。①

李巍的话有几个要点：第一，跨文体写作的文化背景是书面文学及文学报刊备受多媒体文化冲击，生存艰难，现实骨感；第二，跨文体写作的学理逻辑是文学形式的创新，这个创新的具体途径是"跨文体"写作；第三，"跨文体"写作实际就是以一种文体为主、兼容并摄其他多种文体的表现技法，以提高表现力（对作家而言），陌生文学体貌（对文本和报刊而言），增进阅读魅力（对读者而言），刺激文学消费（对文学环境——市场经济时代而言）。

应当说，李巍的这些想法都是合理的。因为"跨文体"写作，至少从理论上来讲，是没有问题的。本来，文贵创新，创新是文学的生

---

① 李巍：《凸凹：文学的怪物》，《文学自由谈》1999 年第 2 期。

命;而文学创新最常用、最便捷的手段不是思想内容的幡然改辄,而是形式上的翻新出奇。"跨文体"写作即主要属于形式翻新。

思想内容方面如能有所创新,那当然是最理想的文学发展的康衢。但是,最理想的,落到实际时往往是最差的。无事不然。就文艺说,内容与思想的翻新极难。因为从相对意义上来说,太阳底下无新事。人与人之间、集团与集团之间,爱情、欺骗、背叛、联盟、合纵连横等,恒常发生;于特定对象而言似乎新鲜,其实历史往往惊人的相似。读史使人明智。对饱读史书的人来说,世界上罕有"新闻"。所以,内容方面(如人物形象、故事情节、情感情绪等)的翻新,谈何容易!至于思想方面的翻新,那就更难了;甚至共时性地看,其可能性几乎为零。因为每个国家、民族、集团都有一些不可逾越的意识形态红线和文化禁忌,有限度的翻新或偶尔打打擦边球或许可以——事实上一些杰作或经典也大都曾这么干过——但无底线的、肆意的冲撞则是绝对不可能被容许的。思想的翻新只有在人类文明史上为数不多的几次文化大转型时才有可能大尺度地发生。

于是,文学创新常常就表现为形式的翻新出奇;而文体之间的融会贯通乃是形式翻新的恒道。事实上,一部文学史几乎也可以视为文体形式的轮替史。"人事有代谢,往来成古今。"(孟浩然《与诸子登岘山》)文体的"代谢"也一直呈"现在进行时"状,你来我往的,大家都是"过客",形形色色的"过客"构成了文学的历史。文学史就是文体史。文体史就是文体代谢史。苟无代谢,则无文体"史",也无文学史。拿我国文学史来说,四言的《诗经》体老旧了,于是就有了楚辞体;楚辞体不新鲜了,于是就有了五、七言体;而后词曲,而后小说,而后影视,而后网络文学……总之,新陈代谢是文学界的第一铁律;而且,文艺界的新陈代谢律更无情,更彻底,也更民主。"李杜文章万口传,至今已觉不新鲜。"(赵翼《论诗》)一种体式风行既久,就难免僵化、老化,甚至退化,这样,旧的"文体就像牢笼一样局限和阻碍着写作的自由",旧"文体的繁复和腐朽伤害和围闲着写作的激情和灵性"[1],为满

---

[1] 张宇:《理性的康乃馨——"(莽原)周末"散记之一》,《莽原》1999年第1期。按:张宇时任《莽原》主编。

足极其挑剔的和永无止境的文学消费的饕餮大口，老旧的文体就不得不让位于新兴的更有活力的文体。然而，无古不成今。新的文体也绝不能一无依傍、另起炉灶，而只能是对旧文体的吸收、改造、转化和提高。再者说，"新兴"文体也不等于"新优"文体。新兴文体不断涌现，所涌现往往也不止一种，而新优文体一般有一足矣。新优文体就是对老旧文体继承得好同时又创新得好的诸多新兴文体中的一个。只有这样，它才能"脱颖而出"，才能被历史幸运地选中而登上"文体王"（时代文体）的宝座。"跨文体"也好，"凸凹文体"也好，"无文体"也好，其实潜意图都是想"再造文体""刷新文体"，都属于形式翻新一路。

看来，虽然我国当代文坛世纪之交的那场"文体革命"最终没有修成正果，但是，败者未必就是寇。真理也常遇挫折，常入冷宫。新生事物都要经历风吹雨打。失败是成功之母嘛。"跨"的技术不成熟，"跨得"不好，不等于"跨"本身不好。人要前行，就要跨步；要跨步，就有可能跌倒。跌倒不等于不应跨步，而应匍匐或雀跃。

正相反，跨文体写作是文坛正能量，是极富活力的写作现象。道理很简单："跨文体"可以集思广益，师夷长技，借力打牛，合力攻坚——这有什么不好呢？作家张宇说："跨文体写作就像在自己的身上插上别人的翅膀一样，再也不是为了形式和形象，而是为了表现的实用，为了更自由的飞翔。"[1]"跨文体"也可称文体整合。当代作家刘恪说："文体是前人规定好了的传统审美规范，更多的仰仗操作层面的东西去完成，文体自身的各种规则都是一种限制，一种对言说的限制。对个体写作无疑便是一种影响的焦虑，或形式作为形式的牢笼。往往创新是要求人们提供新的范型。你一开始便在旧文体的控制下创新无疑是带着枷锁镣铐跳舞，使得创新一开始便钻进死胡同。……文体整合便是要取消文体森严壁垒的界限，把各类语体特色综合、冲融，极大限度拓展语言自身的魅力，真正回归到一种个人言说的自由。"[2]跨文体也是文体越界。郑家建说："所谓的'文体越界'，如果我们借

---

[1] 张宇：《理性的康乃馨——"（莽原）周末"散记之一》，《莽原》1999年第1期。
[2] 刘恪：《关于超文本诗学》，《青年文学》1999年第7期。

用巴特的后结构主义理论,那么,它指的是,在一个创作文本中包容了另一种或多种的文体形态或文体片断。更重要的是,这种包容不单是一种对文体形式的转用或模拟,而且是带进了新的思想因素、文化因素和美感因素,它能给读者以一种更具有创造性、想象性的思维空间。"①

还有,跨文体写作虽然主要属于形式方面的翻新,但形式并不应被轻视,它其实与内容同等重要。形式翻新应与思想内容的翻新均质均价、同工同酬。一个美女在街上走,自然回头率不凡;但一个长相平凡的女孩如果打扮得比较艳异,会更吸引眼球;而"美女+艳异",更可使效果翻番。而且,形式也是内容。形式即内容,内容即形式。俄国形式主义学派甚至认为文学没有内容,只有形式,内容只是形式创造的附生物。当代作家张炜则说:"传统小说发展了几百年上千年,一些方法已经被反复运用过,于是作者就打不起精神,创造力被压抑了。的确,新的方法对创造力是一种激发和解放,所以从这方面讲,形式创新就有了意义。"② 这是经验之谈,是内行之见。从作者的角度说,形式创新可以激发创造力,提升表现力;从读者角度说,形式新异可以增进阅读趣味。人惟求故,文尚新异。包子好吃,也在"褶子";如果这个褶子的花样有所翻新——就算仅仅是褶皱花样的翻新——那也是好事,决非坏事。所以,对上述世纪之交的跨体运动,广大的作家、读者、编辑和理论者还是不要轻率地、过早地做出消极而悲哀的结论为佳。"它会引发质疑,招来抵触,但终将势不可遏!"③ 笔者相信:此事一定还会有"下文";而且,最终结果早晚会"大逆袭"!

观今宜知古。这一点,从中国古代的"跨文体"写作的兴盛与成功即不难见出。

---

① 郑家建:《"文体越界"与"反文体"写作——〈故事新编〉的文体特征》,《鲁迅研究月刊》2001年第1期。
② 张炜:《文学坊八讲》,生活·读书·新知三联书店2011年版,第61页。
③ 王一川:《倾听跨文体文学潮》,《山花》1999年第1期。

三 中国古代"跨文体"写作的兴盛与成功

以史为鉴,可以知得失。在中国古代文学发展史上,也常会有一些"长相"怪异的文体赫然出场,立时惊翻众人。面对这样的文体,古人多不识就里,只好径呼曰"奇书异文"。所谓"奇文郁起""奇文共欣赏,疑义相与析""不见异人,当得异书""人间异书"[①] 等讲法,说的就是这样的情形。那么,中国文学史、文化史上有哪些奇书异文呢?

中国自古不乏"奇书异文"。这个奇异,不仅表现在思想内容,也表现在样貌古怪。上古神话就是最早的奇文。上古神话也称原始神话。它产于史前。彼时无文字,当然也谈不上文体,更谈不上写作,"跨文体"写作更是"神话"。但是,无文无体。无形体的文与无形体的人一样是不可想象的。故曰:神话也有体。那么,神话属何体?从文体学的角度看,上古神话是"跨文体"的,或者说,它是"混沌型跨文体"的——前艺术的、不自觉的跨文体。上古神话是文学,是歌舞,是审美,是艺术,是"科学",是人类学,是历史学,是民族学,是意识形态,是法律,是政治,是宗教,是迷信,是禁忌,是巫术,是邪术,是医学,是原始人类对世界的最初认知和解释,是他们的百科全书式的知识体系,也是他们的愿望的表达,更是其时最高的文化形态。如此说来,它不是跨文体是什么?!神话是个筐,什么都能往里装!可谓"全息性"的文化形态。

中国最古老的经籍之一——《山海经》,就是最早的奇书。此书是地理书?是神话书?是巫术书?是小说?……仿佛都不是,又仿佛都是。《山海经》就是这么一部怪异的书。其实,从文体学尤其是文体浑和论的角度来看,它说奇不奇,因为它无非是一个古老的"混血儿"而已,也就是说,它是一部"混体"(或"浑体")的杰作。另

[①] 四句引言分别出自刘勰《文心雕龙·辨骚》,陶渊明《移居》诗,唐代李贤《后汉书·王充传》注引晋袁山松《后汉书》,唐代封寅《封氏见闻记·典籍》。另,清代人合称明代四大小说《三国演义》《西游记》《水浒传》《金瓶梅》为"四大奇书"。另,奇书异文既谓内容,也含文体。

外，《山海经》的原初版本很可能既有文字，也有配图——故陶渊明有诗句曰"泛览山海图"，这说明，《山海经》不仅跨"文"体，也跨艺体、跨符号类别。

《诗经》中也有"混沌型跨文体"的杰作。如《豳风·七月》。一般认为，此诗是民歌，同时又经过文士修润。文士的修润的结果往往很复杂。一定程度上，也会导致文体（更加）混杂。但是，文体混杂既可导致斑驳，也可走向辉煌。精英有精英的理念，民众有民众的视点，"国风"既经"二传手"乃至多次"传手"，已非原貌。那么，从文体学角度审视《七月》，首先发现，它是"国风"中最长的一篇。这很不寻常："风"诗多了，一般不会那么长。其次，民歌一般主抒情，而此诗主敷叙，甚至被誉为最早的叙事诗之典范，当然它还兼具历史、哲学及社会风俗等多种价值内核。再次，民歌一般长于比兴，而此诗通篇赋法。最后，风诗一般用第一人称，而此诗第一、第三人称混搭。笔者推测，这一定是周政府非常重视它、长期频繁搬演的结果；因为受重视和频繁被搬演，所以在这个过程中，太师、乐工及演员都不断地对它进行增删、改造、优化，同时也不排除随时参考和吸纳其他优秀民歌或民歌片段，吸纳多方营养，输入新鲜血液，以保持其始终处于最佳和最新之状态。就这样，经过反复打磨，《七月》的数量（篇幅）和质量均大大提升，最终被打造成了国风中的极品"巨制"；与此同时，《七月》亦原貌不再，为体舛驳，成了早期的"浑体文"。清代姚际恒说：《七月》"鸟语虫鸣，草荣木实，似《月令》；妇子入室，茅绹升屋，似《风俗书》；流火寒风，似《五行志》；养老慈幼，跻堂称觥，似庠序礼；田官染职，狩猎藏冰，祭献执宫，似国家典制书。其中又有似采桑图、田家乐图、食谱、谷谱、酒经。一诗之中，无不具备，洵大下之至文也！"[①] 又，清代方玉润也说："今玩其辞，有朴拙处，有疏落处，有风华处，有典核处，有萧散处，有精致处，有凄婉处，有山野处，有真诚处，有华贵处，有悠扬处，有庄重处。无体不备，有美必臻。晋、唐后，陶、谢、王、孟、韦、柳田家诸诗，从未见臻此境

[①]（清）姚际恒著，顾颉刚标点：《诗经通论》（卷八），中华书局1958年版，第164页。

界。"① 又，吴闿生《诗义会通》评曰："此诗天时、人事、百物、政令、教养之道，无所不赅，而用意之处尤为神行无迹。神妙奇伟，殆有非语言形容所能曲尽者。洵六籍中之至文矣！"② 这三段话异口同声，均赞《七月》为至文，且都认为其成功主要与其在文体、风格及内容上的混跨和兼备有关。

又，元代吴澄说："《商颂》，商时诗也。《七月》，夏时诗也。皆异代之辞，故处颂诗、风诗之末。"③《七月》是《豳风》的第一篇，而《豳风》位于《诗经》15国风之末。故吴澄之推论或有道理。若然，则《七月》或可断为"混沌跨"了。不管夏代有无文字，都不妨碍有"人心自然之乐"④，有歌舞。《七月》可能是《诗经》中的特例。此诗因浑体而臻于极境，或许只是歪打正着，不是自觉的作为。"诗本无体，《三百篇》皆天籁自鸣。"⑤ 正因"无体"，故往往浑然不觉。《七月》可能尤其如此。

屈原《离骚》也曾被刘勰叹赏为"奇文郁起""惊采绝艳"（《文心雕龙·辨骚》）。的确，《离骚》一出，文坛震动。屈原名曰正则，为文则放，也是"放则"（放的楷模）。那么，滤除其地域性文化文学所显示出的特异性质素以外，从文体学的角度观察，《离骚》究竟有何奇异处呢？《史记·屈原贾谊列传》说："国风好色而不淫，小雅怨诽而不乱，若《离骚》者，可谓兼之。"司马迁主要从内容和风格方面立论，同时也应含有文体兼容之意。笔者认为，从文体学角度说，《离骚》之最奇特处其实就在于它是诗与文的浑体。《离骚》以抒幽愤之情为主，当然属于诗歌。但相其外形，此前有过这样的诗歌吗？从来没有。一是句式长短不一，比后之词体、曲体更其松散和错落。但词体、曲体都是千百年以后才出现的文体，楚辞时代则连诗歌之体也尚未自觉，人们尚且习惯于土风民谣一类体式的"歌诗"，在此情形下，《离骚》蓦地出现，怎不惊人！二是有故事、情节、人物、环境，

---

① （清）方玉润：《诗经原始》，中华书局1986年版，第307页。
② 吴闿生：《诗义会通》，中华书局1959年版，第117页。
③ （元）吴澄：《四经叙录》，文渊阁文渊阁四库全书本《吴文正集》卷一。
④ （元）吴澄：《四经叙录》，文渊阁文渊阁四库全书本《吴文正集》卷一。
⑤ （宋）姜夔：《白石道人诗集·自序》，文渊阁四库全书本《白石道人诗集》卷首。

戏剧化、小说化、细节化、真实化。这在叙事文学尚不发达的时代，自然也是诗文中的异类。王世贞《艺苑卮言》尝视《离骚》为"文"，并使与六经、子著及《史记》《汉书》等并列。① 三是篇幅陡增，《离骚》全文约 2800 多字（不计标点约 2490 字）。一般的诗歌没有这么长的。其实，说奇也不奇，它无非是"文章化"或以文为诗的结果。台湾学者傅锡壬说："《楚辞》兼具散文与韵文两种形式的优点，可视为诗的散文化，散文的诗化，并使两种文体发展到了极致，又相互融合形成新的形式。"②《离骚》确实是诗歌其内、文章其外的浑体。打个比方说，《离骚》是丫头，但装扮却像后生——打扮靓丽、穿戴考究的俊逸后生。

屈原还有一首一向以"奇异"著称的诗篇——《天问》。清代学者刘献庭在《离骚经讲录》中叹为"千古万古至奇之作"。《天问》奇在何处？"奇"在它多体多面，三头六臂。有人说它是抒情诗，有人说它是巫史文献，有人说它是"科学"，有人说它蕴含生态文明意识，有人说它是屈原任三闾大夫时的授课提纲或留给弟子们的思考题，有人说它是"诘问体"诗，有人说它是"题画体"诗……其实，它就是一篇高度跨界和混体的韵文而已。

不消多讲，《楚辞》的"优秀儿女"——汉赋，也是跨体的典范。

再如西汉王褒《僮约》，南朝宗懔《荆楚岁时记》，北魏杨衒之《洛阳伽蓝记》③，皆跨体之佳作。其中，王褒《僮约》尤足一议。王褒是汉代辞赋名家，其私生活似不严肃。他常光临一个姓杨的寡妇家，遂亦与杨氏的一位名曰"便了"的男仆相熟。一天，他又到杨氏家做客，并支派便了外出买酒。哪想便了不干，还跑到杨氏故夫的坟上哭诉，声言主人当初买他时并无要求他为"他人男子"（指王褒）买酒

---

① 按：王世贞《艺苑卮言》说："李献吉劝人勿读唐以后文，吾始甚狭之，今乃信其然耳。……日取六经、《周礼》《孟子》《老》《庄》《列》《荀》《国语》《左传》《战国策》《韩非子》《离骚》《吕氏春秋》《淮南子》《史记》、班氏《汉书》，西京以迄六朝及韩柳，便须诠择佳者熟读涵泳之，令其渐渍汪洋。"（丁福宝：《历代诗话续编》，中华书局1984年版，第964页）

② 魏子云主编，台湾十八院校百位教授合著：《中国文学讲话》（1 概说之部），贵州教育出版社2013年版，第334页。

③ 此记集历史、地理、佛经、文学于一身，《四库全书》列地理类，后世称"合本子注"体，即经与注合体；六朝佛书大都采用此体。《洛阳伽蓝记》有正文、子注，而注语占大半。

一事。王褒于是就向杨氏提出要买便了为僮（汉代允许奴婢买卖），以便日后收拾他。遂作《僮约》。大意讲：我要把你买下；我买了你，你就得听我使唤；活很多，都得干好；干活时态度还要恭谨，脑子须聪明（"自教精惠，不得痴愚"）等。便了读了，"目泪下落"，"鼻涕长一尺"，表示悔过：愿意"为王大人酤酒，真不敢作恶"。此文不仅内容诙谐，体式也颇奇特：既题曰"约"，则似应属于"契约"类应用文（相当于今之协议书）；但文中却大量使用铺陈手法，详述一年四季、晴天雨天、屋里屋外便了应该干的各种各样的活计，显然移用了辞赋铺陈之法；风格上既有契约文的谨严概括，又有辞赋文的夸饰铺排；形式上韵散相间；语气亦庄亦谐，妙趣横生。这样，在文体初备的西汉，在模拟成风的辞赋创作领域，王褒《僮约》的新异样貌就显得非常扎眼。郗文倩说：《僮约》是"一个文体创新的典范"，"对后世相关文体的创作也极有启发"。①笔者认为，《僮约》的成功实可归功于"跨体"二字。早在西汉中期，王褒就如此"前卫"地搞了一回"文体革命"，而且成功，是了不起的。正因《僮约》跨体，故明代贺复征《文章辨体汇选》一书收录此文时"一文而重见两体"，"一见'约'，再见'杂文'"②，虽遭四库馆臣批评，但贺复征的做法却不为无因：《僮约》跨体，难免四不像。

唐代韩愈《毛颖传》也是一篇融史传、寓言、辞赋、杂文、小品等为一体的"奇文"。还有《莺莺传》《水浒传》《西游记》等作品，单看其题名，就知其主要是历史与文学交混的产物。上文讲到《山海经》是跨艺种、跨符号的；其实跨艺种、跨符号最厉害的当属戏剧及说唱文学等体式了。此外，我国历代还有回文诗、宝塔诗、图形诗、藏头诗、诗配画、插图本、绣像本等文体或书体，这些自然也都是精心混搭的体例。

我国古代长盛不衰、佳作迭涌的"笔记体"更是一种典型的"跨

---

① 郗文倩：《中国古代文体功能研究——以汉代文体为中心》，上海三联书店 2010 年版，第 290 页。另，郗文倩还指出：后世有不少模仿《僮约》之作，如：东汉戴良《失父零丁》，西晋石崇《奴券》，宋代黄庭坚《䀅奚移文》，清代邹祗谟《六州歌头·戏作简〈僮约〉效稼轩体》，等。笔者认为，这既是模仿内容、风格，也是模仿"跨体"。

② （清）永瑢等撰：《四库全书总目》，中华书局 1965 年版，第 1723 页。

文体"文类，其长盛不衰，足证跨体之法之生命力。

上述这些跨文体之作之成功、之成为经典，足见跨体之优。

总的说，我国古代文学的跨文体写作历程可以划分为如下三个阶段。

第一，先秦以前（含先秦），"无文体"时代的"混沌性跨文体"写作阶段。如上所述，上古神话就是显例。到了三代，虽有文字，且文明突飞猛进、文化也很发达，但文、史、哲、政、经、法、理、化、生等融而未分仍是常态。此时的写作或文体写作，大都是"不跨而跨"，属"混沌跨"阶段。上引李巍"混沌一些"的话约即此意。

除了先秦以前，后世有没有"混沌跨"写作呢？也有。一般说来，杰作应出于专业文士之手。但文坛从来就是奇迹多发之地：文学素人也常能鼓捣出杰作！那些粗通文墨的门外汉，有的连起码的文体或文学常识都不懂，但也能搞出杰作！他们可谓文坛原始人，仅靠直觉，无知无畏。他们的跨体自然也属于"混沌跨"。如屈原《九歌》。钱钟书曾说：《九歌》颇具巫剧表演性和民间说唱文学性，巫觋既扮人，又演神，"一身两任，双簧独演"，"叙述搬演，杂用并施，其法当类后之'说话'、'说书'"。① 屈原无意于文，《九歌》之跨体当属无意之跨、不跨而跨。再如汉乐府民歌《枯鱼过河泣》，此诗不仅内容奇特，为体亦怪。小干鱼不仅会哭，还会写信，这个构思很新奇；诗虽仅四句、二十字，但为体甚杂，融童话、寓言、笑话与叙事诗等为一炉，铸成佳作一篇。再如汉乐府《陌上桑》一诗，也是为体混杂的名篇；民间写手不自觉地搞了一次戏剧与诗歌融合的"实验"，结果成为经典！明清通俗小说领域也常有此。如"三言""两拍"《老残游记》等，在讲故事之前，"作者"往往会笨拙地发一通议论，这些议论迂腐、直露、絮叨，其用意无非是晓喻受众，并引出一段故事。他们不懂小说与议论文的区别，也不忌讳"理念先行"。按常理，这是难以成功的。但事实却相反。因为除了专业研究者，一般读者似乎不太在乎这些说教——他们被故事、人物吸引，忘了说教。

---

① 钱钟书：《管锥编》第二册，中华书局1979年版，第599、600页。

第二，汉魏至中唐，文体完备和文体自觉时代的"不自觉性（或偶发性）跨文体"写作阶段。此期，文体虽已完备，且自魏晋始文体已开始步入自觉，但文体自觉的主要和直接结果是"辨体"和"分体"，而不是"合体"与"混体"。这也很好理解：文体的自觉恰如民族意识的觉醒，其直接结果当然是独立和建国，而不是联合与结盟。如《文心雕龙》虽主论文体，但同时又很强调严文体之界，反对文体僭越；曹丕、陆机、挚虞等人的文学思想基本上亦然。如挚虞《文章流别论》在论及"颂体"时就批评了一些作品的"跑体"现象："颂之所美者，圣王之德也。……扬雄《赵充国颂》，颂而似雅；傅毅《显宗颂》文与《周颂》相似，而杂以风雅之意；若马融《广成》、《上林》之属，纯为今赋之体，而谓之颂，失之远矣。"① 在文体批评、文体接受方面，情形也庶几。故刘孝绰《昭明太子集序》说："属文之体，鲜能周备……孟坚之颂，尚有似赞之讥；士衡之碑，犹闻类赋之贬。深乎文者，兼而善之……独擅众美，斯文在斯。"② 班固、陆机都是六朝正统舆论所公认的文艺大家，也一向以文笔谨严著称，不过他们写作时也仍有跨体现象并因此遭到讥嘲，其他人固可知矣；刘孝绰虽提出"深乎文者，兼而善之""独擅众美"，但此似非其主见；其主见乃是"属文之体，鲜能周备"，也就是曹丕《典论·论文》所说的"文非一体，鲜能备善""能之者偏也"等，这都是主流文体思想。

再如魏晋玄言诗，本系诗歌与道家哲学的一次跨域融合尝试，且称盛一百多年，但究其发生及盛行原因，竟不是出于文体混浑（甚至根本就不是出于文学创新方面的考虑），而是时代风气使然，其文体跨界行为纯属误打误撞无意而为。试想，如果时人能意识到这是跨体写作，进而认真地研究跨体写作的优缺点，以扬长避短、指导写作，那么，魏晋诗史恐怕就要改写了。

可见，斯时之"跨文体"写作尚处不自觉状态，只是偶然为之（也包括偶然大为），总的来说还难成气候。

---

① 转引自（清）严可均辑《全晋文》卷七十七，商务印书馆1999年版，第819页。
② （明）张溥编：《梁刘孝绰集》，文渊阁四库全书本《汉魏六朝百三家集》卷九十六。

第三，中唐宋元以后，"自觉性跨文体"写作阶段。自中唐始，人心思变，文艺图新。文学观念重归混沌。文界有韩孟，诗场有元白。韩孟以文为诗，元白以乐府为奏章，都有理论、创作、队伍，所以形成"运动"，虽非纯粹的文学运动，但也包含之，"跨文体"写作遂入自觉之境。至宋，文化繁荣，文学亦昌，跨文体写作遂成风气，以文为诗、以文为赋、以诗为文、以诗为词、以赋为词、以文为词，遍地开花，处处结果。元明清时期，说唱文学、戏剧、白话小说大兴，这些文体本来就是高度混浑的文体，跨文体写作已常态化。有文有跨，无跨无文。就拿戏剧文体说，它本属综合性艺术，所以一部大戏，生旦净末丑，唱念做打白，不仅穷尽社会百态，也把文体跨越发挥到了极致。清代孔尚任《桃花扇小引》说："传奇虽小道，凡诗赋、词曲、四六、小说，无体不备。至于摹写须眉，点染景物，乃兼画苑矣。其旨趣实本于《三百篇》，而义则《春秋》，用笔行文，又《左》、《国》、太史公也。于以警世易俗，赞圣道而辅王化，最近且切。今之乐，犹古之乐，岂不信哉！"戏剧如此，小说亦然。二者同属叙事性文学。学者于雪棠说："叙事文体具有整合其他各种文体形态的能力及特征。"[①]戏剧和小说的整合能力都是空前的。当然，相对而言，无论是"跨"的广度还是深度，戏剧都比不了小说。毕竟，戏剧是代言体，是限知叙事；且受限于舞台搬演，很多内容是无法"展示"出来的；而小说家言，更自由。故小说是"位极众体"[②]之体，可谓文体中的帝国主义。

跳出通俗文艺。在正统诗文领域，"文以载道"日益突出。自中唐始，文、道关系先在古文领域跃升为第一命题；从北宋始，"诗以明道"在道学文学家那里也"对立统一"了。文道关系只是一个内容与形式的关系问题吗？不。从跨体写作的角度看，这不正是文学与哲学的跨界联姻吗？文、哲高调联姻。但是，"史"亦从未被排出文界。如明初文化巨子宋濂《叶夷仲文集序》讲到文章做法时说："昔者先师黄文献公（溍）尝有言曰：'作文之法，以群经为根本，迁、固二

---

① 于雪棠：《先秦两汉文体研究》，北京师范大学出版社2012年版，第60页。
② 语出吴承学《中国古代文体学研究》，人民出版社2011年版，第15页。

史为波澜。本根不蕃，则无以造道之源；波澜不广，则无以尽事之变。舍此二者而为文，则槁木死灰而已。'予窃识之，不敢忘。"① 如此为文，可谓文史哲炖一锅、经史文章理学融一炉了。故中国古代重史者常说六经皆史、一切文献皆史；好文者爱讲文源五经、"道沿圣以垂文"、五经是"文章奥府""群言之祖""事迹贵文""言而无文，行之未远"；尚理者老说"道之文""圣因文以明道"、文以载道、诗言理。于是，逐渐地，（潜意识）共识达成了：文史哲三位一体，理事情互根互梢。其结果是产生了大量情辞俱佳的载道文、性理诗、理趣诗等。当是时也，跨体写作，量大质优，硕果累累。

综上，中国古代早就有了辉煌的跨体写作方面的经验（和教训）。那么，接下来，一个顺理成章的问题是：世纪之交的那场跨文体写作运动与此无涉吗？当然不。事实上，它借鉴和吸收的传统资源的成分似乎超过了西风的影响，只不过其借鉴和吸收的方式是相当隐晦的和不自觉的而已。事实上，在这场运动中，不管参与者有没有意识到，反正中国古代的"大文学观""杂文学传统"等理念亦都被触发和激活，这些"暗能量"悄然入场，大显身手。于是，自觉或不自觉地，西式的"裂土而封"的文体分类模式重被整合，中国的神话传统、史传传统、抒情传统、话本传统等被重被激活，并得到创造性转化，从而"不隔"地嵌入现当代的文化语境之中，为跨体写作提供了动力、经验、灵感和理论等方面的强劲支持。

作家张承志、韩少功等人的创作即然。这两人均为世纪之交那场文体革命中的猛将。张承志曾提出"原始的'书'"的理念，其实就是指笔者上面所说的"混沌跨"阶段的著作，如《山海经》《热什哈尔》② 之类。受《热什哈尔》影响，张承志的《心灵史》既是像历史的小说，也是像小说的历史，也是宗教布道书。③ 另，网络写手"唐

---

① （明）宋濂著，黄灵庚编辑校点：《宋濂全集》，人民文学出版社2014年版，第1028页。
② 《热什哈尔》是中国穆斯林史著作，约成书于20世纪50年代，作者关里爷。此书原文前半为阿拉伯文，后半为波斯文。现已翻译整理，张承志校读、作序，生活·读书·新知三联书店1993年出版。文体介于历史、文学、宗教之间。
③ 有意思的是，《心灵史》也被称为"奇文"。参见张志忠《读奇文，话奇人——张承志〈心灵史〉赘言》，《当代作家评论》1992年第4期。

七公子"的《三生三世十里桃花》也从《山海经》里获得灵感并融入了很多元素。其实，正如上文所言，犹如民族与国家，文体的分合也经历了混沌合→大分裂→大融合这么三个大的阶段。

四 中国古代文体论中的"前跨文体理论"

既然"跨文体"写作我国早已有之，那么，理论方面的观照自然也不会一直缺位，只是古人有古人的说法而已。古人的跨文体写作意识和理论言说大都较朦胧。古代习说之"以X为Y""破体""混体""浑体""文备众体""集大成"等，实即"跨体"，兹姑称曰"前跨文体理论"。

一般说来，中国文化尚和合。融会贯通或兼容并包或集大成在中国一直是高位理念。这似乎意味着，中国古代关于跨文体的正面性评论应该占上风。但实际情形却较复杂。这主要是因为文学与文论常脱节。一方面，那些富于才情的作家大胆破体、混体、融体；但另一方面，理论家们却习以为常地高呼正体、尊体、守体。理论常常落后于实践。这就造成了关于跨体的理论言说很少，且多灰色。正所谓理论是灰色的，而实践之树常青。此文或可使理论之树转"青"。下面按时间顺序，列举古代一些著名的前跨文体理论以观。

西汉司马迁说："《春秋》文成数万[①]，其指数千。万物之聚散，皆在《春秋》。"（《史记·太史公自序》）《春秋》有说理，有叙事，也有言情，什么都有。一册在手，万事俱备。又，明代宋濂也说："《春秋》谨严，诸经之体又无所不兼。"[②]《春秋》无所不包。《史记》亦然。《史记》是仿《春秋》的。清代李景星《〈史记〉评议》"序"曰："由《史记》以上，为经、为传、为诸子百家，流传虽多，要皆于《史记》括之；由《史记》以下，无论官私记载，其体例之常变，文法之正奇，千变万化，难以悉述，要皆于《史记》启之。"此话既点明了《史记》在中国文化史上的地位及集大成性，也显示了其在文

[①] 司马迁读的是《公羊春秋》。《公羊春秋》合经传凡四万四千多字。《春秋》经文共约一万八千多字。

[②] （明）宋濂：《〈白云稿〉序》，文渊阁四库全书本《文宪集》卷七。

体学、跨文体写作等方面的重要价值。

魏晋六朝，文论大盛，文体自觉。但这些理论大多偏于分析，力主辨体。辨体则倾向于分体，而不是跨体或合体。

唐宋时期，文学发达，文体浑混现象渐多，如以诗记史、诗文词兼容、古律互渗等；对这些，文论领域也有反映，并发生尊、破体之争。李、杜、韩、白诸公主攻创作，且其创作也不乏混体、跨体现象，但其理论言说有限；且其跨体或混体一般也仅限于两种文体之间（如杜甫以赋为诗、韩愈以文为诗、白居易以奏折为诗等）。不过，唐传奇则属于典型的跨体文。宋代赵彦卫评"唐传奇"曰："文备众体，可以见史才、诗笔、议论。"① 唐传奇之佳处，正在于其"文备众体"。文备众体源于文跨众体，而且是成功地、完美地"跨"了众体，"和合"了众体。

宋词极盛。韦勒克、沃伦说："只有文体学的方法才能界定一件文学作品的特质。"② 笔者认为，也只有文体学的方法才能界定词体的文学特质；而从文体学上看，词之为体，也是成功地混合了民歌、文章、诗歌与戏剧等体的结果。其成功几乎是难以复制的，也是隐秘、低调和不自觉的。对此，人们长期不觉。其实，词号"长短句"，这本身就已经透露了一个重要的文体学信息：词体是整齐的诗歌之体与长短错落的文章之体的混一；词本歌词——李清照称曰"小歌词"——歌者歌舞也，词者歌词也，这就意味着词体与戏剧体天然近缘；考察词体的演进历程，我们也会不难发现，"混浑"乃是词体演进历程中的关键词和重要推动力。比如唐宋词的演进，一般说来，可以划分为三个阶段：伶人词，文人词，匠人词。如果说伶人词是以歌为诗的话，那么，文人词就是以诗为词、以文为词，而南宋出现的匠人词（格律词派）不就是"格律诗 + 文人词 + 伶人词"吗？元明清又有以曲为词、以应用文为词者。总之，从文体学的角度看，词一开始就是混血儿，且词体之美，正源混血；词体之

---

① （宋）赵彦卫撰，傅根清点校：《云麓漫钞》卷八，中华书局1996年版，第135页。
② ［美］韦勒克、沃伦：《文学理论》，刘象愚等译，浙江人民出版社2017年版，第169页。

发展，亦仰赖混血。但是，古今学人对此一直失察。这真是词学界一大疏漏。

明清文学思想偏于保守，论家多排斥混浑，但也有力主跨体或混体者。如明代的唐宋派打通古文、时文；清代的赵翼、叶燮、章学诚等也力主混合；而盛行于明清的八股制艺当然也属诗歌、辞赋、骈文、散文、策论等的混体文；至于明清通俗文学创作领域，则尤多破体者。如明清戏曲家多"以诗作曲"，小说家多以史、骈文、辞赋等为小说等；晚清及清末的章学诚、刘熙载等在论及"尊体破体"问题时持论也都较为开放，① 可划归为跨体写作的促进派。

另，"集成""集大成"或"大成"一类的说法亦自古不鲜。先秦诸子已经熟练使用这些词语了。如《孟子·万章下》曾称孔子为"集大成者"，《庄子·逍遥游》有"大成之人"等语。先秦一般不是指文艺，而是指人格修养。此后，各行各业都引进此说。如大成乐、大成拳、大成殿、大成学、大成美育等。文艺领域首次使用应属元稹《杜君墓系铭》评杜甫诗曰"集大成"。后来苏轼也有类似的评议，陈师道《后山诗话》称："苏子瞻云：'子美之诗，退之之文，鲁公之书，皆集大成者也。"细究元稹、苏轼等人的议论，虽然主要是讲文学和艺术的风格与技法的，但也包含"文体集大成"之意。清代刘熙载也说："韩文公起八代之衰，实集八代之成。盖惟善用古者能变古，以无所不包，故能无所不扫也。"② "无所不包"就是集大成。可见，从文体学上说，"集大成"就是"文备众体"。

五　今人看"跨文体"写作

五四以后，中国文论渐渐步入现代化。从写作到理论，跨文体、文体混浑等都已自觉。梁启超、胡适、鲁迅、闻一多、郭沫若、林语堂等皆属赞成派。

梁启超 1903 年发表的亦论亦史亦小说的《新中国未来记》开创"杂糅文体"。当今学界一般认为他是我国文学跨体之祖。其实，如

---

① 参见章学诚《文史通义·诗教》及刘熙载《艺概》。
② （清）刘熙载：《艺概》，上海古籍出版社 1978 年版，第 20 页。

上文所论，跨体文学在我国源远流长。梁启超至多是现当代文学的"跨体之祖"。五四以后，中国新文化运动的先驱人物胡适提出"诗国革命何自始？要须作诗如作文"。受此鼓舞，当时诗坛的许多诗人都打破了诗体的禁锢，甚至冲破了一切形式的束缚。闻一多则不太欣赏这种"绝端"自由说，他提倡"新格律诗"。但他讲的格律又异乎旧体旧式的格律，他讲的格律是灵动的、自由的、随遇而适的。其用意是既要镣铐，也要舞蹈，他偏爱"带着镣铐跳舞"。这实际上是要促成律体与自由体、文言体与白话体、民族体与欧体的跨和兼。鲁迅提出"别求新声于异邦"，这也是一种中西结合、古今结合的思路。其实，中外结合，古已有之。词体就是中西"混血"的早期样板。词生于隋唐新起的宴乐系统，而宴乐系统是中亚、南亚、西域、北胡等外域声乐进入华夏后与华夏声乐交融的产物。林语堂提倡"性灵""情趣"，排斥一切戒律，主张"文章无法"。他说："其实文章体裁，是内的，非外的，有此种文思，便有此种体裁，意到一段，便成一段文字。凡人不在思想性灵上下功夫，要来学起、承、转、伏，做文人，必是徒劳无补。"[①] 他反对过于拘泥文体，作茧自缚，认为思想性灵才是根本。这番话颇有"无文体"写作之意味；也很容易让人联想到2000年《中华文学选刊》杂志创设的"无文体写作"栏目一事。

当今学者中，有不少人受传统文论思想之偏于辨体、正体、守体等思想的影响，未能正面评价和积极研究文体跨越现象。不过，也另有一些学者独能欣赏之，高评之，力倡之。尤其20世纪80年代以来，文体学兴盛，文体混浑屡被论及，且大都能秉持较为开放的姿态。钱钟书就是其中的一个典型代表。《管锥编》："历代学问大家，皆因不落巢穴、方才有所突破。贾谊论文像赋，辛弃疾作词似论。《醉翁亭记》不为赋乎？《货殖传》不类志乎？'故能废前法者乃为雄'。名作往往破体，死守则自缚。"[②] 其他学者（作家），如钱理群、袁行霈、

[①] 林语堂：《文章无法》，《林语堂名著全集》第14卷，东北师范大学出版社1995年版，第184页。

[②] 钱钟书：《管锥编》第三册，中华书局1979年版，第891页。

陶东风、李建中、曾枣庄、余恕诚、南帆、王光明、张新科、于坚、张承志、张炜、于可训、陈岸峰及笔者等都曾有著述讨论（或践行）文体跨越与和合，也都可视为跨体写作的赞成派和促进派。本文主论古代，对这些内容就暂且存而不论了。

第五章　中国古代文体学新思考

第一节　中国古代知类文化与文体学

本节内容提要：除了重德，中国文化也有重知的传统。中国古代的"知类"文化不注重概念的内涵的辨析和界定，而是注重辨类与分类，在辨类与分类的同时，实现对概念的潜在性掌握，此即"知类"。知类实际上就是"以类知物"。中国古代有丰富的"知类"文化。中国古代具有丰富的知类文化。在文艺学上，知类文化或以类知物体现在三个方面：一是作家论；二是文体论；三是书籍分类论。

一　中国古代知类文化概说

何为知类文化？先从"知""类"二字说起。

据《说文解字》，"知"是会意字，"从口从矢"；清代段玉裁注曰："识敏，故出于口者疾如矢也。"① 意思是，对事物熟知了就可以轻快如射箭般地讲出来。

"知"字既可做动词用，也可做名词用。动词的"知"意为求知、探索；名词的"知"谓"知"的结果，即知识、理论。另，在古代，"知""智"两字常通用。两字义近，但又有不同：有知识、有理论的人可谓知者（学者）；知者（学者）如能运用其知识及理论为社会、为国家或为人类谋利益，就是"智者"。两者的关系是：有知未必有智，有智必先有知。两者大约是体用关系。

---

① （汉）许慎撰，（清）段玉裁注：《说文解字注》，中州古籍出版社2006年版，第227页。

再看"类"。"类"繁体作"類",从犬,頪(lèi)声,本义指一种动物的名字。《山海经·南山经》:"亶爰之山,有兽焉,其状如狸而有髦,其名曰'类'。"又《列子·天瑞》:"亶爰之兽,自孕而生,曰'类'。"按《说文解字》:"类"是形声字,"种类相似,惟犬最甚。从犬,頪声"①。可见,"类"本谓犬科动物。在哺乳动物中,犬的种类最多,最能杂交,也最相似,故从犬。据此,"类"的初义与"族"很近。故《左传·僖公十年》说"神不歆非类,民不祀非族",《左传·成公四年》讲"非我族类,其心必异"等。但是,"类"与"族"也有不同。"类"一般谓物类(尤指动物,植物之类曰种),"族"谓人类。"族"的本义,从方,从人,从矢,指旌旗下面的箭头,借代谓旗帜。这个意思其实就是"镞"的本字。古代同一个氏族或宗族的人,不但有血缘关系,还要在同一族旗下协力活动。故演义为种族的族,其本意后改作"镞"(本意是"箭头")。《周易·同人》:"君子以类族辨物。"清代刁包注曰:"君子观同人之象而以类族辨物。类族辨物……盖统人物而言也。以人之类言之,士有士类,农有农类;以物之类言之,牛有牛类,马有马类,此之谓类辨。以人之族言之,张为张族,王为王族;以物之族言之,毛为毛族,羽为羽族,此之谓族辨。各以其族类辨物之异同也。"② 在现代汉语里,"类"与"族"于义已渐趋同。但古代类指物,族指人。

笔者认为,中国传统文化既重德,也重知。重德不论,兹论重知。知的对象是什么呢?当然是知物。然天高地阔,物类纷纭,且千变万化——吾知也无涯,而人生也有涯,如何识遍万物、知周宇宙呢?这就须要"以类知物"。即:欲知遍万物,须先知其类。所谓"知类",其实就是"以类知物"。简言曰"知类"。物虽繁,类叫穷。"精于物者以物物,精于道者兼物物。"(《荀子·解蔽》)物的个体无法一一尽知,但物类是可以穷尽的。此之谓"以道观尽"(《荀子·王制》)。《周易·同人》:"君子以类族辨物。""辨",辨别,区分;"辨物",就是辨别、区分事物,就是知物;"以类族辨物"就是以类知物。以

---

① (汉) 许慎撰, (宋) 徐铉校订:《说文解字》, 中华书局 1963 年版, 第 205 页。
② (清) 刁包:《易酌》卷三, 文渊阁四库全书本。

类知物，始可提纲挈领，以少总多，以简驭繁，也可以以所已知推测所未知。

二 知物与以类知物

人不仅贵有德，也贵有"知"。"知"谓文化、知识。《荀子·王制》："水火有气而无生，草木有生而无知，禽兽有知而无义，人有气、有生、有知，亦且有义，故最为天下贵也。"其实，动物也有知；但动物之知，远不如人。因为动物的知，仅限于感知；而人的知，既有感知，更有理知和理性。就理性说，按现代的说法，人有两种理性：即道德理性和科学理性。荀子所讲的"义"，主要谓道德理性。道德理性是知，科学理性也是知。中华传统文化偏于道德理性。无论如何，人贵有知。知是人和动物的区别。

有知还不够，古人还讲究"全知"。中国古人重知的特点是顾大体、崇尚全知全能、大彻大悟。刘勰《文心雕龙·诸子》："丈夫处世，怀宝挺秀。辨雕万物，智周宇宙。"所谓"辨雕万物，智周宇宙"，以及宋明儒所说的"一物不知，儒者之耻"，皆是此意。

全知仍不够，古人还追求"高"知、"深"知或"至"知。在中国古代哲人看来，知的最高境界是知"道"。知道方为"至知"。但是，要知"道"，须先知物，尽可能多地知物。欲知物，须先格物，即"格物致知"。凡物皆参透了，才有可能知"道"。万物皆通，又能"知道"，这样的人就是知识圣人。所以古代夸美君主常称"有道之君"，一般君主也被尊称为"圣上"。

但是，一般人的经历和精力毕竟是有限的，而外物是无限的，且是不断发展变化的，所以说"吾生也有涯，而知也无涯"。那么，人如何才能全知全识呢？要靠"知类"。知类，实际上就是"以类知物"。知类是一个提纲挈领、以少总多的好方法。同时，知类也是知"道"的前提。无类的知识是零碎的、杂堆的，知得再多也免不了"不伦不类"，很难上升为规律，更难以触及"总规律"（即道）。"精于物者以物物，精于道者兼物物。"（《荀子·解蔽》）物的个体无法一一尽知，但物类基本上是可以穷尽的。古代"类书"之兴即缘此理。

宋代四大类书之一的《太平御览》初名曰"太平总类";单观书名,即可明此意:物多难详,据类可总。全书以"天、地、人、事、物"为类序,"备天地万物之理,政教法度之原,理乱废兴之由,道德性命之奥"(《太平御览·序》)。这大约就是《荀子·王制》所说的"以道观尽"吧。万物万类皆通达了,就是"知道",就是知的最高境界。所以古人很重视"知类"。

"类"也有"本质""规律"等义。具有相同相近本质、规律的事物为同类,反之为异类。最早在"本质"意义上使用"类"这一概念的,是春秋末年的墨子。他自觉地把"类"概念作为论辩的武器,常驳斥论敌"不知类""不察类"等逻辑错误。后期墨家进一步完善了"类"思想。他们明确了"类"和"不类"的意义,提出类同是"有以同",不类是"不有同";他们运用具体事例说明分类不是随便根据事物的某一属性,而是根据事物的本质属性;他们还提出,类是确立和进行名、辞、说(即概念、判断、推理)的依据和前提。除了墨子和墨家,先秦时期的其他诸子如鬼谷子、荀子、吕不韦、孟子等也较重视类和知类,从而丰富了知类思想。如《鬼谷子》讲"知类在穷",《礼记·学记》云"知类通达",《荀子·王制》提出"以类度类""类不悖,虽久同理",《吕氏春秋》提出"类固不必可推知"等。

中国古代的"知类"文化,不只是讨论分类问题,它实质上也是强调逻辑思维。它涉及概念的确立、外延的辨析、规律与个案、演绎与归纳及推理、判断、预测等一些问题。诸如以少总多、举一反三、以简驭繁、纲举目张、遗形取神、触类旁通、以此类推、不伦不类、有教无类等说法,都是知类文化的显现。对整体上偏于感性、重视情感的中华民族来说,这些理性之光自然显得弥足珍贵。

当然,与西方的科学话语系统相比,中国的知性文化言说也常让人有一种"隔"的感觉。这是因为其中既有理性成分,也有非理性成分。但大体上可以说,或至少在知性文化领域里,理性是大于感性、逻辑是压倒文艺的。当然,这个话题,学界尚有争议。本文不以此为的论,故不深究。

另外,中国古人的类型论还常常与等级说交叠,尤其在儒家话语体系里为然。如《论语》中的"子曰"动辄就是君子如何好、小人如何差。这是在"类"人,也是在褒贬人。儒家本来就喜言等级贵贱,所以他们讲的"类型论"大多兼有"等级论"之意。这是须要注意的。

三 欲知类,须先分类

欲知类,须先分类。《周易·系辞上》:"方以类聚,物以群分。"《庄子·渔父》说:"同类相从,同声相应,固天之理也。"物本有类,这是"天理",是自然的、客观的。所谓"知类"就是要先研究和揭示出这个客观的类目来。可见,知类文化既是主观的,也是客观的;正确的分类或知类应当是这两者的高度契合或统一。

中国自古以来在知识领域里就非常重视分类。不过,分类的关键是确立客观的、科学的标准。这就须要尽可能地对事物的本质特征做出客观、准确、全面的分析,然后据此订立正确的标准;有了正确的标准方有可能做出科学而又实用的分类。反过来说,人们不能根据事物的非本质特征甚至任意特征来对事物做分类,那样的分类"不伦不类",没有什么意义。

王国维说:"抑我国人的特质,实际的也,通俗的也。西洋人之特质,思辨的也,科学的也,长于抽象而精于分类,对世界一切有形无形之事物,无往而不用综括(Generalization)及分析(Specification)之二法,故言语之多,自然之理也。吾国人之所长,宁在于实践之方面;而于理论之方面,则以具体的知识为满足,至于分类之事,则除迫于实际之需要外,殆不欲穷究之也。"[①] 他认为中国人不善理论,也不善分类。此说固有理,但也只是相对而言。不过王国维的话,正显示了"分类"的重要性。事实上,分类学是一切科学研究的前提和基础。恩格斯曾在《反杜林论》中强调说自然科学的分类"是最近400年来在认识自然界方面获得巨大进展的基本条件"[②]。文学亦不例外。

[①] 王国维:《静安文集》,辽宁教育出版社1997年版,第116页。
[②] 中央编译局编著:《马克思恩格斯选集》第3卷,人民出版社1956年版,第60页。

四 是欲分类，须先搞清楚内涵，还是先分类，然后任内涵自显？

欲明道理，须先明概念。欲明概念，须先搞清楚事物的本质和内涵。于是就会牵涉下定义的问题。质言之，欲分类，须先搞清内涵。至少，你在为"何物"分类？这是首先应该弄清楚的。但是，中国古人不长于对概念论或内涵论或本质论的抽象推演，他们往往是先分类，在做完分类的同时实现对概念的内涵的隐性把握。在古人那里，分类如网，概念似鱼。鱼不好捉，但我有网，只要网够大、够密，就可以把所有鱼类一网打尽。鱼都在这儿了，"什么是鱼"还是问题吗？钱钟书尝言："穷物之几，不如观物之全。"①"穷物之几"须冥思苦想，难能而易偏（偏于主观）；"观物之全"只要脚踏实地、坚持不懈，就能做到，且结论客观。我国古人往往避难就易，以实出虚，以网知鱼，以类知物。

可见，中国古代的知类论既是分类论，也兼为内涵论。一开始，分类粗糙，问题多多。随着时间的推移与认识的加深，分类中存在的问题和谬误慢慢被发现，被解决，于是旧的分类得以调整和改进；与此过程相伴的是：概念的内涵也与时俱进地被揭示出来，一步步接近本真。但内涵论本身可以一直不"现身"，也不需要"现身"。

例如"文体"一词。从屈原到曹霑，何尝有人思考或写一篇"论文体"或"什么是文体"？但是，《尚书》《诗经》就已经开始文体分类活动了。再往后，随着文集编纂的需要，文体分类每每进行。每次分类，文体概念都会有一定的进展。再如对"乐府"，从魏晋至明清，再到近现代的罗根泽、刘大杰，人们一直着意于其分类，内涵论阴寓其中，如影随形。

五 中国古代知类文化的内涵和特点

第一，中国知类文化源远流长。从先秦诸子百家始，一直到宋明理学，中国传统文化都很强调"知"，同时也很强调"以类知物"（或

---

① 钱钟书：《谈艺录》，商务印书馆2016年版，第102页。

"知类")。

　　基于以类知物，中国的先哲们把所有的学问或文化也概括为三大类：即天文、地理、人文。"全知"就是要"上知天文、下知地理、中知人和"。"三知"以外，世无学问。可见，古人的以类知物很厉害！还有，被誉为中华元典、群经之首的《易经》，其本意就是要预知事物未来的发展和演变情况的。而《易经》之八卦说、六十四卦说、六爻说、正卦变卦说等也都是极具概括意义的"以类知物"的典范案例。事实上，《易经》的卦类观、爻位观等也早已超越预测学，向着其他诸多文化领域衍射，成为很多学说建言立说时分类的主要思维源和基本方法论。如刘勰《文心雕龙·体性》论及文学风格时，提出"数穷八体"，即把所有的风格概括为两两相近或两两相对的八种，适与八卦相吻合。这不是巧合，而是易学对刘勰文论思想的影响所致。再如，中国文化很讲谋略。讲谋略当然也是重知的体现之一。所谓谋略，实际就是试图通过主观的努力，来预知并进而最大限度地影响或改变事物未来的发展方向或结果。而谋略学往往也是以类呈现的。如果不能以类呈现，那还谈什么谋略学呢？"三十六计"也不都在同一档次上，有所谓"上策""中策"及"下策"之别。总之，这些谋略也是被分类的，此可谓"以类知谋"。

　　在先秦诸子百家里，最擅长逻辑的墨家；墨家于知类文化的贡献也最大。《墨子》一书有很多这方面的宝贵论述。限于篇幅，兹不展开。其他诸子当然也有所言说。如纵横家喜欢权谋，提出了"用计第一"的口号，在知类文化的应用性和实战性开发方面有着独特的贡献。儒家也不排斥"智"，儒家"五常"曰仁、义、礼、智、信，"智"居其一。西汉大儒扬雄《法言·君子》中有一句名言："圣人之于天下，耻一物之不知。"此意后来被宋明理学打造成一句"口头禅"式的格言：一物不知，儒者之耻。

　　知类文化如此丰富，可是文艺界对之却一向关注寥寥，更未曾意识到这些思想对文艺学尤其是文类学的影响、意义和价值，这是很遗憾的事。

　　第二，重视知穷万物，并进而知"道"。知有一知半解之知，有全知全能之知。中国知类文化自先秦诸子百家始，都是既重视知，也重视知的数量和质量。知得少，无意义。全知全能，方为知的理想境界，而知的最高境界是知"道"。但"知道"须基于知全，而知全要仰赖知类，即以类知物。总之，以类知物，方可穷尽宇宙万有之妙。

第三，中国式分类往往有两个极端，要么极简，要么极繁。欲知类，须分类。事愈多，类愈繁。但过繁之分类，也就失去了提纲挈领之义，反而不利于知物。繁之至，不顾理性，甚至有悖学理，动辄几十，甚至上百、几百。

过犹不及。过简亦然。简之至，就是二分法，在很多领域，一分为二总行得通，总有市场。但其学术价值往往要打折扣。

第四，阴阳学说与易经卦爻辞等既有迷信占卜成分，也是较抽象的事物分类，对后来的各种知类和分类起着标本和启示的作用，二者在中国知类文化中占有举足轻重的地位。

第五，与西方比，中国知类文化比较偏于感性，总是含有一些非理性的成分。其中最严重的问题是随意化、个性化和实用主义化。中国文化总体上属于感性文化。王国维说，中国人偏重经验，偏重归纳，偏重实用；不重逻辑，不重演绎，不重理论。郭英德也说："不是为分类而分类，而是为实用而分类，这是中国古代分类意识的突出特点。"① 一般不讲排他性、同一性和穷尽性。只有少数真正的理论巨子，如墨子、荀子、王充、刘勰、叶燮等辈，始能做到以理囿情，以整统散，实现学理自洽。

无论如何，中国传统知类文化在中国文化中具有重要意义，值得重视。

六　知类文化与文体学

知类文化影响大。在文体学上，知类文化体现在三个方面：一是作家（类型）论；二是书籍分类论；三是文体论。

（一）作家（类型）论

中国古人认为，人生活于天地之间，天、地、人构成"三才"。

---

① 郭英德：《中国古代文体学论稿》，北京大学出版社2005年版，第207页。

天地万物构成"物"的层面，人构成"我"的层面。人要知物，也要知人。《老子》第33章说："知人者智，自知者明。"《论语·学而》："子曰：'不患人之不己知，患不知人也。'"如何知人？仍然是以类知。儒家讲，君君臣臣、父父子子，这是定性人的社会属性。在《西游记》中，唐僧常训孙猴的一句话是：人有几等人，物有几等物，如何不分个贵贱。这话实际体现了儒家以等级类人的思想。《论语·雍也》孔子说："中人以上，可以语上也；中人以下，不可以语上也。"又，《论语·阳货》孔子说："唯上智与下愚不移也。"可见，在整个《论语》里，从知的角度，孔子实际上把人分为三等：生而知之者；学而知之者；下愚。这个分类当然不无偏见。

魏晋时，曹丕、陈群等基于孔子"三等人"论，推衍出"九品论人"说。汉唐人化繁为简，揭出"性三品"①说，宋明儒则再简化为"两重人性说"②。

文化是水，无缝不入；思想如风，无孔不钻。人类的思想文化本就是互通互促的。其中，有的影响是显性的，有的影响则是潜意识的。后者的情况可能更多。上面这些"人等论"或"人类说"影响文艺，就形成了作家（类型）论。如梁代钟嵘《诗品》虽名"诗"品，实际上是"人"品，即给诗人定级。而且，钟嵘的诗人三品论的大构架与孔子三等人论、曹丕九品官人说之间有着直接的映射关系。而且，自钟嵘《诗品》出，中国古人的诗品、诗话、词话类文论著作如雨后蝉蛹，竞相涌现，代有其作，成为中国文论领域里一道独特的风景。这些诗品、诗话、词话类著作正是中国古代作家论的主要载体，这类著作的持久繁荣则说明了中国文论之作家论的偏盛。虽然，后来的诗话类著作一般较为低调，不愿或不明确地采用钟嵘《诗品》的品级论架构，但春秋笔法，抑扬难掩，善读者自可窥出端倪。文论著述的一大价值，就是辨良莠、见优劣。

---

① 韩愈《原性》："性之品有上中下三。上焉者，善焉而已矣；中焉者，可导而上下也；下焉者，恶焉而已矣。"

② 张载云"心统性情"，把人性分为二端：一曰天地之性；二曰气质之性。前者曰性，后者曰情。"性即理"（程颐），"性者，人生所禀之天理也"（朱熹《孟子集注》），故性善；情即人欲，未必善。

《诗品》是典型个案。而在钟嵘之前，曹丕《典论·论文》的作家论部分，其实也是把作家分为三等的，即：通才、文艺型偏才和理论型人才。曹丕自居"通才"，而把王粲、刘桢等视为文艺偏才，徐干则被定性为理论型人才。曹丕三等文士论简直就是孔子三等人论的"复制粘贴"。

再往前，汉代的刘向、扬雄、班固、王充等也曾发表了很好的文人类型论。刘向、刘歆的《别录》和《七略》分书籍为六类，这实际上也是把文士分为六类了。[①] 扬雄提出"诗人之赋""辞人之赋"的说法，他这样说本是在划分赋的类型，但是请注意，他是通过划分作家的类型来为赋分类的。班固的"赋类观"基本继承了扬雄的说法，体现了汉人共同的重讽喻的旨趣。班固《汉书·艺文志》又承刘向说，把书籍分为六类，实际上也是分文士为六类。王充是中国古人中极具理性的一位，他早就赢得了"士君子之先觉者"[②]的雅号，所以他的文人分类更精审，《论衡·超奇》把文士分为四等："能说一经者为儒生，博览古今者为通人，采掇传书以上书奏记者为文人，能精思著文、联结篇章者为鸿儒。故儒生过俗人，通人胜儒生，文人逾通人，鸿儒超文人。故夫鸿儒，所谓超而又超者也。"这四类中，王充最推崇"鸿儒"；鸿儒即指作家，包括辞赋家和子书作者。也正由此，学者们发现了汉魏间人的以类论文人（以及以类论文）时所体现出来的文学自觉意识。魏晋或汉魏时期，中国文学始渐自觉。这是学界常识，兹不详论。这里要点出的是：很多学人正是从彼时的作家类型论中"嗅探"出彼时的文学自觉的"气味"的。

上述这些，都充分说明了作家论、作家等级论在中国文论中的发达。

知类文化对作家论的影响可概括为以下三点。

第一，重视作家论。中国文论重视作家，作家论发达。文学自觉后，作家论更盛。中国文学何时自觉？对此学界尚有争议。或先秦，或汉代，或魏晋。一般认为是后者。堪称文学自觉宣言书的《典论·

---

① 刘向、刘歆的分类，班固基本接受，体现于其所著《汉书·艺文志》中。
② 宋代杨文昌《论衡》"序"语。

论文》，首先纵论七子，褒贬作家，并完成了作家类型的初步划分。钟嵘《诗品》及以后的诗话类诸作等则代表中国作家论、作家类型论的主要成果。

第二，重视作家类型论。作家类型论既有形而下的研究，也有形而上的探讨。如《典论·论文》论建安七子时较偏于形而下，而《文心雕龙》则偏于理论概括。《文心雕龙·知音》有下面一段话："知多偏好，人莫圆该。慷慨者逆声而击节，酝藉者见密而高蹈，浮慧者观绮而跃心，爱奇者闻诡而惊听。"这是论人的"知"的，既可看作是论读者，同时也可以看作是论作者，两者不绝缘。当然，作家论和作家类型论的主要载体是为数更多的诗话、词话、曲话类文论著作。

第三，作家类型论指涉个人风格论，所以中国文论中的文学风格论也很发达，且文风论大都比照人格论。孟子说，他的雄辩源于他的"浩然之气"。曹丕《典论·论文》最早把"人气"（作家之气）和"文气"（作品风格）联系起来。刘勰《文心雕龙·体性》则从作家气质类型的角度把风格分为"八体"："一曰典雅，二曰远奥，三曰精约，四曰显附，五曰繁缛，六曰壮丽，七曰新奇，八曰轻靡。""八体"是指八种风格。"八体说"是我国最早、最系统的风格类型学。八体说的提出，显然与作家类型论有一一对应关系。唐僧皎然《诗式》"辨体有一十九字"则提出19种风格，哪19种姑且不论，笔者关注的是，这19种风格也大都是从作家性情气质特点的角度立论和命名的。很显然，不有作家类型论，焉有如此精细之风格类型说！另，与皎然同时的书法家窦蒙在《语例字格》中甚至提出有90种"字格"——这似乎也太苛细了；晚唐司空图《诗品》有24诗品说；唐末徐寅、释齐己则有"十体"论，宋代严羽《沧浪诗话》提出"九品"说等，这些说法也大都源于作家性气类型学。至清代，桐城派文论的集大成者姚鼐则把诸种风格浓缩为两种：阴柔，阳刚。[①] 这也源于人学。

[①] 详参姚鼐《复鲁絜非书》。（清）姚鼐著，刘季高标校《惜抱轩论文集》，上海古籍出版社1992年版，第93页。另，《周易》有八卦，有天地阴阳男女，这些哲思很可能是刘勰、姚鼐等人的风格类型论的理论原点。

(二) 书籍分类论（目录学）

班固《汉书·艺文志》："书以广听，知之术也。"这里的"书"，特指《尚书》，也可理解为一般的书。任何实践都是有限的，个人经验更是如此，故个人求知的主要途径是间接经验，间接经验的主渠道则是书。为满足大众之此项文化需求，我国历朝历代，只要政有余力，一般都会组织人马，编书出书，而且部头和规模越弄越大。

书籍多了，自然也要分类，以便"以类知书"。"以类知书"是治学的关键。南宋郑樵说"学之不专者为书之不明也，书之不明者为类例之不分也"，"欲明书者，在于明类例"，"类例既分，学术自明"。[①]在我国，书籍分类早已成专门之学，此即"目录学"。我国古代目录学有一个一以贯之的编写历史和编写传统。先是西汉刘向、刘歆编成《别录》和《七略》；东汉班固《汉书·艺文志》因之；至西晋荀勖编《中经簿》时，弃"七略"而创"四部"：即经、史、子和"丁部"；梁代目录学家阮孝绪编撰《七录》时，已有"文集录"，下启了《隋志》之设"集部"，并确立了四分法；至有清，四部、四库类举群书遂成定格。

书籍分类有利于分类知书。比如说，欲知道理，看经子；欲知故事，看史部；欲知详情，看集部。

当然，古代目录学虽全，但仍有一大疏忽，即以小说和戏剧为代表的白话通俗文学常遭无视。

下面说说类书。书籍既繁，为便观览，古人尽力把当下所有书中的内容，按主题进行分类，然后摘文或摘要重新编排辑录成书，以便需要时能快捷查阅使用，因为主要是依类编纂，所以叫"类书"。其中，也有少数类书是按韵目或按笔画分次编排的，如《永乐大典》《佩文韵府》等；但古代类书主要是根据内容以类、按序编排的。中国古代类书大要可分为两种：一是综合，二是专科。综合者，各科资料皆备；专科者专于一科。类书具有很强的资料性和工具性。

[①] （宋）郑樵：《通志》，文渊阁四库全书本《通志》卷七十一。

我国古代类书很多。最早的类书应属魏文帝曹子桓敕撰的《皇览》(已佚)。清代《古今图书集成》是现存规模最大的类书。

(三) 文体论

中国古代文体论重视文体分类。

第一,中国古人重视文类。赵宪章、包兆会说:"重视文体形式研究当是中国古代文论的重要学术传统之一。"[1]

重知文类或文体的观念落实到操作层面,即体现于文论和文集中的文体分类论的发达。提出中国文论的"开山的纲领"的《尚书·尧典》就已从分类的角度区别了诗与歌:"诗言志,歌永言。"又《周礼·春官·大祝》有"六辞"说,谓六种文体:辞、命、诰、会、祷、诔。又,作为我国第一部诗歌总集,《诗经》把诗歌分为"风""雅""颂"三种,《诗经》就是依此编纂的。汉代文体大备,因而有关文体的论述也较多。如刘歆《七略》、班固《汉书·艺文志》、王充《论衡》、蔡邕《独断》、刘熙《释名》、桓范《世要论》等。其中刘歆《七略》可谓我国文类学的发端。毛传《诗·鄘风·定之方中》也提到卜、命、铭、誓、说等几种文体。我国第一篇文论专论,曹丕的《典论·论文》提出了"四科八体"。西晋挚虞的《文章流别志论》[2]是"我国文体论的开山之作"[3];东晋李充《翰林论》也是较早的论述文体的专著。另外,陆机《文赋》、刘勰《文心雕龙》、萧统《文选》、任昉《文章缘起》等都有各自的文体划分或文体分类观。其中《文心雕龙》不仅重视文体论,还为文体论开创了一个周详的体例,即在 20 篇文体论中,都遵循"原始以表末,释名以章义,选文以定篇,敷理

---

[1] 赵宪章、包兆会:《文学变体与形式》,南京大学出版社 2010 年版,第 6 页。

[2] 按:"文章流别志论"是误名、混称,挚虞文论著作初当有二种,即《文章志》《文章流别集》。其中,《文章志》实际上是"文章家志",即为作者立传,性近史类;而《文章流别集》是带有序论的文章选集,属于集部。梁代,《文章流别集》中的"序论"部分析出单行,称"文章流别集论"或"文章流别论";至迟在隋代,为便于观览,《文章志》与《文章流别论》又被合刊。于是,自"隋志"始,二书常混。大陆及港台学者如方孝岳、罗根泽、张仁青、侯敏泽、褚斌杰等在其相关著述中皆混称曰"文章流别志论"或"流别志论"或"志论"。详参邓国光《文章体统——中国文体学的正变与流别》("第二部分 文体学成立 挚虞"),上海古籍出版社 2013 年版。

[3] 褚斌杰:《中国古代文体概论》(增订本),北京大学出版社 1998 年版,第 19 页。

以举统"的四步骤的纲领进行,这就搞出了一个较为系统的文体论方法论。唐宋时出现了很多种诗文集,这些集书在编纂时大都按一定标准先划分文类,划分标准一般是"每体自为一类"(语出明·吴讷《文章辨体·凡例》);然后编文时"以类相从"(语出唐·姚铉《唐文粹·序》);每类之中,再"以时代相次"(语出梁·萧统《文选序》)。以后的文集编纂也皆大率如此。明代更出现了多部著名的偏重于文体辨析的著述,如吴讷《文章辨体》、徐师曾《文体明辨》、贺复徵《文章辨体汇选》①、杨慎《绝句辨体》、许学夷《诗源辨体》、符观《唐宋元明诗正体》等;明代还有一些著述虽不冠以"辨体"之名,而实也以辨体为主要内容,如《唐诗品汇》《艺苑卮言》《诗薮》《唐音奎签》等。上述这些著述的分类都难免烦琐,也各有其不合理处。所以从清代开始,文体论著述大都很注重文体的归纳并类问题。其一般做法是先分"门",再划"类",类下设"体",这样层层推延,就可以化解类列臃肿繁杂的弊病,收纲举目张之效。此之谓"分门别类"也。其中做得较好的是姚鼐《古文辞类纂》和曾国藩《经史百家杂钞》。

第二,重视"辨体"。中国文类繁杂,文类之间的混融或互文也很普遍,所以非常需要辨体,对写作者而言先明体制尤为重要,以免画虎不成反类犬。如上所述,辨体工作秦汉以前就已经开始了。秦汉以后,辨体日甚:"盖自秦汉而下,文愈盛;文愈盛,故类愈增;类愈增,故体愈众;体愈众,故辨当愈严。"② 宋代,辨体意识更加高涨。"辨体批评,成了这个时期文学批评的重要内容……许多作家和批评家坚持文各有体的传统,主张辨明和严守各种文体体制。"③ 辨体精微莫过于明代。上引明代多部辨体论著可证。朱迎平说,"传统文体论以辨体为核心,而且重点在个别文体的辨析","由于中国古代文

---

① 据吴承学、何诗海《贺复徵与〈文章辨体汇选〉》(载吴承学、何诗海编《中国文体学与文体史研究》,凤凰出版社2011年版)考证,此书"是选文以辨体,而非立体以选文","具有极高的文体史料学价值"。
② 徐师曾:《文体明辨序说》,人民文学出版社1962年版,第78页。
③ 吴承学:《宋代文章总集的文体学意义》,吴承学、何诗海编《中国文体学与文体史研究》,凤凰出版社2011年版,第228页。

体研讨的根本目的是指导写作，因而'辨体'成为其核心"。①

所谓辨体，就是辨析相近文体或同一文体的不同亚体之间的细微差异和各自特点，以免混淆。辨析相近而不同的文体的情形最多，如文笔之辨、诗文之辨、文史之辨、文子之辨、文经之辨、经史之辨、文言之辨，以及古今之辨、正奇之辨、雅俗之辨、骈散之辨等。辨析相近文体或同类文体的亚体的细微差别的，如雅与颂、赋与颂、辞与赋、诗与赋、诗与词、词与曲等。上述明代的多部辨体著作，就既有辨不同文体的，也有辨同一文体的亚体（或变体、子体）的；这些辨析工作往往表现为分类后的再分类（子类），甚或再再分类。如贺复征《文章辨体汇选》分文章为132类，"论"类属其一，然后在卷390"论"类下又分为8个子类：即理论、政论、经论、史论、文论、讽论、寓论、设论等。

另外，围绕《诗经》风、雅、颂三体的辨析工作也一直在进行着，此事自汉代开始，一直到唐宋，浸淫及明清近代，延续很久，若总结下来，可自成一小部"三体辨别史"。其中辨得较好的如唐人孔颖达（其《毛诗正义》主要从内容上为三体辨体）、宋代朱熹（从音乐上分辨）等。

第三，重知每种文体的特征和属性，亦即知"势"或"体势"，简称"势论"或"体势论"。

如果说，文体辨析重在标明不同文体间的差异；那么，"势"或"体势"论就是旨在发觉某一文体自身的内在属性。前者是告诉作者不要怎么做，以免混体；后者是告诉作者要怎么做，以保纯粹。两者殊途同归，都是为了保持文体自身的质的规定性，通过唯一性和独特性来确保文体的存在价值。

"势"或"体势"是《文心雕龙·定势》篇提出的："夫情致异区，文变殊术，莫不因情立体，即体成势也。势者，乘利而为制也。"学界对刘勰的"势"或"体势"仍有争议。一般认为，他讲的"势"是指"作品的风格倾向"；"势"与"体"（文体）是连言的，"体"

---

① 朱迎平：《集成与开新——清末民初文体论著述评》，吴承学、何诗海编《中国文体学与文体史研究》，凤凰出版社2011年版，第368、370页。

决定着"势",作者应顺体而为,遵循其规律性;"势虽无定而有定,所以叫做'定势'"①。《定势》还写道:"章表奏议,则准的乎典雅;赋颂歌诗,则羽仪乎清丽;符檄书移,则楷式于明断;史论序注,则师范于核要;箴铭碑诔,则体制于弘深;连珠七辞,则从事于巧艳:此循体而成势,随变而立功者也。虽复契会相参,节文互杂,譬五色之锦,各以本采为地矣。"《定势》还批评了那些"率好诡巧""穿凿取新"一类的做法,认为若能"以意新得巧"尚可,但若"失体成怪"就不好了。当然,在刘勰之前,蔡邕、曹丕、陆机等在各自的论述中都已经述及体势问题了;在刘勰后,论述此问题的也很多,尤其在文体辨析类论著中;但以刘勰的论述最集中。限于篇幅,兹不再一一复述。

第二节 文学自觉与文体自觉

本节内容提要:自20世纪末起迄今,中国古代文学的自觉问题又被屡屡提起,而且发生了诸多争议。其实,应以"文体"自觉论代替"文学"自觉论。第一,这符合中国文学及文体发展的实情;第二,也符合中国文艺思想的实情;第三,理论上也是完全可行的。反之,如果只讲"文学"自觉,而不讲"文体"自觉,不仅扞格难通,还会产生种种弊端。

文体自觉应该有一个标准。借鉴文学自觉标准论,参之以艾布拉姆斯文学四要素说,笔者提出,分析文体自觉的标准有四:第一,文体上独立,创作上繁荣,技艺上纯熟,一般会出现优作、名作、经典之作或出现流派等现象;第二,出现专门或较专门的文人型作家,作家创作时的预想读者一般应指向社会大众,而不仅仅是特定的个人或少数人(阶层);第三,接受者或读者较普遍,在公众文化生活中占有相当大的比重;第四,该体作品反映的社会生活面广泛、深入,题材丰富,人物多元,烛照立体。

---

① 詹锳:《文心雕龙义证》,上海古籍出版社1999年版,第1113页。

有了标准，就可以评判文体自觉的具体情形了。文体自觉主要包括诗歌自觉、文章（古文）自觉、戏剧自觉和小说自觉等。我国诗歌的自觉期是建安时期；文章的自觉期是中唐；小说的自觉期也在中唐；戏剧自觉于元代。当然，文体自觉绝不仅仅局限于诗、文、戏、小四体。四体是基本，是主流，但不是全部。还有一些文体或亚文体，在我国古代文体之林中也很凸出，如赋、骈文、律诗、词、白话小说等，其发展演变情况，尤其是其自觉情况，也值得讨论。

文学自觉，关注者多，争议也多；文体自觉，关注者少，论者也少。其实，文学自觉说亦不必舍弃，加以改造后，仍可继续使用；改造的办法就是代之以"文体自觉"说。"文体自觉"，谓人们对某一文体的体制特征有了明晰而准确的认识，并在文体写作实践中自觉遵循。这里，"文体"一词一般指文学文体。

一　文学自觉问题近期又重被热议

1920 年，日本学者铃木虎雄提出"魏的时代是中国文学的自觉时代"[①]。国内首倡此论者是鲁迅。他 1927 年夏天在厦门大学的一次演讲中提出"曹丕的一个时代可以说是'文学的自觉时代'"[②]。这就是建安或魏初或魏晋文学自觉说。其依据主要是曹丕《典论·论文》中关于文章的价值和地位的表述。中华人民共和国成立以后，由于鲁迅特殊的地位，再加上 20 世纪 80 年代又被李泽厚等人大力弘宣[③]，此说逐渐流行开来。如今，国内一些教材及论著大都采纳了此论。如王运熙、杨明主编的《魏晋南北朝文学批评史》（1989 年）、章培恒主编的《中国文学史》（1996 年）和袁行霈主编的《中国文学史》（1999 年）等皆然。

---

① ［日］铃木虎雄：《中国诗论史》，许总译，广西人民出版社 1989 年版，第 37 页。按：1920 年，铃木虎雄在日本《艺文》杂志发表《魏晋南北朝时代的文学论》一文，提出此说。此文后收入其《中国诗论史》（初版于 1925 年）一书。

② 鲁迅：《魏晋风度及文章与药及酒之关系》，《鲁迅全集》第 3 卷《而已集》，人民文学出版社 1956 年版，第 382 页。按：鲁迅《魏晋风度及文章与药及酒之关系》，此文原是鲁迅于 1927 年 7 月在厦门大学的一次演讲，记录稿 1927 年 8 月发表于《民国日报》副刊《现代青年》，改定稿刊于 1927 年 11 月 16 日《北新半月刊》第二卷第二号，后收入《而已集》。

③ 详参李泽厚《美的历程》，文物出版社 1981 年版，第 85、95—96 页。

质疑或反对的声音偶尔也有。在 20 世纪 30 年代，郭绍虞在《中国文学批评史》中就曾对曹丕有关说法的意义度提出质疑，这其实也是间接质疑鲁迅的说法①；到 20 世纪 80 年代，龚克昌又接连发表了两篇文章，明确、集中地反对魏晋文学自觉说，并针对性地提出汉代文学自觉说②；但这些在当时都没有引起太大的反响。

到 20 世纪末，突然发生了争论。先是 1990 年齐天举、静鸟在《文学评论》《文学遗产》相继刊文质疑魏晋说，③ 引发了争论；继而 1996 年，张少康、孙明君又分别在《北京大学学报》刊文再次批驳魏晋说，④ 升温了论题。再接着，李文初连续发文捍卫魏晋文学自觉说，⑤ 刘晟、金良美也发文襄助魏晋说，⑥ 詹福瑞先生则支持汉代文学自觉说，⑦ 李炳海也赞成⑧。

不过，这期间出版的两部相关的专著对此则表现得比较冷静：一是罗宗强的《魏晋南北朝文学思想史》（1996 年），一是徐公持的《魏晋文学史》（1999 年）。两著都是学界名著，影响很大；但两著对文学自觉问题均未置辞。⑨ 至 1999 年，袁行霈、罗宗强主编的《中国文学史》（第二卷）出版，此书提出了"整个魏晋南北朝"文学自觉说："文学的自觉是一个相当漫长的过程，它贯穿于整个魏晋南北朝，

---

① 郭绍虞说：曹丕的"这种论调，虽则肯定了文章的价值，但是依旧不脱离儒家的见地"。《中国文学批评史》（此书初版于 1934 年），上海古籍出版社 1979 年版，第 43 页。但郭不反对魏晋文学自觉说。

② 龚克昌：《论汉赋》，《文史哲》1981 年第 1 期；《汉赋——文学自觉时代的起点》，《文史哲》1988 年第 5 期。

③ 齐天举：《文学的自觉时代》，《文学评论》1990 年第 1 期；静鸟：《文学的自觉时代并非始于曹魏》，《文学遗产》1990 年第 2 期。

④ 张少康：《论文学的独立和自觉非自魏晋始》，《北京大学学报》1996 年第 2 期，孙明君：《建安时代"文学自觉说"再审视》，《北京大学学报》1996 年第 6 期。

⑤ 李文初：《从人的觉醒到"文学的自觉"——论"文学的自觉"始于魏晋》，《文艺理论研究》1997 年第 2 期；《再论"文学的自觉时代"——"宋齐说"质疑》，《学术研究》1997 年第 11 期；《三论我国"文学的自觉时代"》，《文艺理论研究》1996 年第 6 期。

⑥ 刘晟、金良美：《"魏初文学自觉说"质疑》，《山东师范大学学报》1997 年增刊。

⑦ 詹福瑞：《文士、经生的文士化与文学的自觉》，《河北学刊》1998 年第 4 期；《从汉代人对屈原的批评看汉代文学的自觉》，《文艺理论研究》2000 年第 5 期。

⑧ 详参李炳海《黄钟大吕之音——古代辞赋的文本阐释》，吉林人民出版社 2001 年版。

⑨ 罗著虽未明言文学自觉问题，但从其有关论述看是支持建安自觉说的；徐著则既未直言，也未间接述及。

是经过大约三百年才实现的。"① "整个魏晋南北朝",如果从建安元年（公元196年）算起,到隋朝统一全国（公元581年）为止,总共386年。袁行霈、罗宗强的说法弥合了文学自觉期诸论及其论争,仿佛意在绾结这场跨世纪的大争论,但实际上也没有"一锤定音"。2001年岁末,好像是对袁、罗二人的呼应,范卫平发文评述论争并再次给出了总结性的"定论":整个魏晋南北朝是中国文学的自觉期。② 至此,争论似乎应该告一段落了。实则不,因为此后,闵虹、王澍、陈松青、赵敏俐等很多学人复分别在相关论著中,畅言文学自觉的话题,③ 而且新见迭出,再一次吸引了很多关注。其中,赵敏俐甚至提出,在中国古代文学研究中不适宜使用"文学自觉"这一概念。这样说似乎是否定了所有的讨论及论争,其实,他也是讨论及论争之一也。④ 到了2015年11月26日,《光明日报》又刊发了由詹福瑞先生主持的、由李炳海教授和程水金教授参与并为正反方的关于"'文学的自觉'是不是伪命题"的大讨论文章。这次高端访谈精彩纷呈,备受关注,但最终并无输赢,也无定论。看来,这场论争还远远落不了幕。当然,这个问题很有意思,也很有价值,值得继续深入讨论。

总览上述争议,可概括为以下两点。

第一,论争的焦点或重点是一点:即文学自觉的时期。迄今为止,大体上,关于中国古代文学自觉的时期的说法大致有四种:先秦说,⑤汉代说,中古说（含建安说、魏初说、魏晋说、宋齐说、齐梁说、整

---

① 袁行霈、罗宗强主编：《中国文学史》第二卷,高等教育出版社1999年版,第4页。

② 范卫平：《"文学自觉"问题争论述评——兼与张少康、李文初先生商榷》,《甘肃社会科学》2001年第5期。

③ 闵虹：《文学的自觉时代——魏晋文学创作与文学观念的自觉》,《内蒙古大学学报》2001年第6期；王澍：《论"操诗属汉音、丕植诗属魏响"——兼及"文学自觉说"》,《河北大学学报》2003年第1期；陈松青提出先秦文学自觉说,"春秋战国时期,文学创作已有自觉意识。《诗经》、《楚辞》就是审美自觉的产物",《先秦两汉儒学与文学》,湖南师范大学出版社2004年版,第50页；赵敏俐：《魏晋文学自觉说反思》,《中国社会科学》2005年第2期。

④ 赵文后半部分也赞成汉代文学自觉说,并做了一些补充论述。

⑤ 除陈松青外,陈叶、李永祥、涂光社等也力主先秦文学自觉说。李永祥有《"春秋文学自觉"论——兼与赵敏俐先生〈"汉代文学自觉说"反思〉商榷》,《汕头大学学报》2010年第2期；陈叶有《论〈诗经〉的文学自觉意识》,《西安文理学院学报》2013年第4期；而涂光社《"文学自觉时代"泛议》(《古代文学理论》第23辑,华东师范大学出版社2005年版) 赞同陈叶之论。

个魏晋南北朝说等），多次多阶段多时段说①。

第二，论争的内容实际上已经延展为三条：一是自觉的时期，二是自觉的标准，三是文学自觉说本身的合理性或曰存废之争。

关于文学自觉的时期，几乎是所有争议的主题，相信也是将要发生的争议的主题。学人已经提出的所有观点，上文及页下注已阐明。欲知详细情形，读者可自行搜索、下载和参看相关著述；虑及篇幅，这里就不再一一展开了。

关于文学自觉说本身的合理性、适合性或曰存废之争，笔者的态度是：不赞成，不舍弃，可利用，改造后仍很有用。改造的办法就是用文体自觉论代替文学自觉说。

关于文学自觉的标准，这一条是最根本的。文学自觉的内涵，文学自觉时期的认定，很大程度上取决于自觉的标准。标准不同，结论自然也异。但是，标准意识晚出；标准意识的强弱，也异人异样：有强有弱，也有基本没有意识到者。于是，有的论者明示标准，有的论者含糊不清。迄今为止，文学自觉的"标准论"以袁行霈、罗宗强的说法为最全面、最合理："所谓文学的自觉有三个标志：第一，文学从广义的学术中分化出来，成为独立的一个门类"，"第二，对文学的各种体裁有了比较细致的区分，更重要的是对各种体裁的体制和风格特点有了比较明确的认识"，"第三，对文学的审美特性有了自觉的追求"。② 这三个标志概括全面，科学性高，接受者众，但其表述仍较笼统，理解上也难免歧异，显非终裁，也没有止讼。

---

① 孙敏强提出中国文学自觉"三阶段说"："中国古代文学的自觉明显经历了三个阶段：一是先秦以庄、屈创制为标志的发轫阶段，二是魏晋以后以文论上的突破为内涵的深化阶段，三是明清以小说戏曲及相关理论试图从经史的深厚影响中挣脱出来，实现独立和复归的意向为代表的趋向全面完成的阶段。"（孙敏强：《律动与辉光——中国古代文学结构生成背景与个案研究》，浙江大学出版社2008年版，第233页）。又，崔文恒《"文学的自觉时代"论理》（《阴山学刊》2003年第6期）提出四次文学自觉时段说，四次时段分别为：先秦"摆脱巫文化束缚的时代"；中唐至宋金"摆脱文人垄断的时代"；明清之际"注入市民意识和市民精神的时代"；五四运动开启的"新文学时代"。

② 袁行霈、罗宗强主编：《中国文学史》第2卷，高等教育出版社1999年版，第3、4页。

二 应以"文体自觉"代替"文学自觉"

笔者建议，用"文体自觉"代替"文学自觉"的提法，理由如下。

第一，符合中国文学发展的实际。

中国文学诸文体的发生、发展和成熟本来就互不同步，甚至相距遥远，怎能笼统地讲中国文学自觉于何时呢？比如，如果说魏晋南北朝时文学已经自觉，那么，戏剧、小说也是文学，难道说戏剧、小说也于彼时自觉了吗？还有散文，难道也是魏晋南北朝时就已经自觉了吗？倘若这三大文类都还没有自觉，那么魏晋南北朝文学自觉说还能成立吗？上引袁行霈、罗宗强所概括的文学自觉三条标准之二曰，"对文学的各种体裁有了比较细致的区分，更重要的是对各种体裁的体制和风格特点有了比较明确的认识"，魏晋南北朝文论确实有丰富的文体论内容，但问题是：通观魏晋南北朝文论，有论小说、戏剧的吗？而且他们所论的文章或"笔"与我们现在所讲的文章或散文或古文也不是一回事。如《文心雕龙》在"叙笔"时，打头的是《史传》《诸子》，若再加上枢纽论部分的《宗经》，刘勰是以经史子之类为"笔"的。曹丕亦然。其《典论·论文》肯定文章是"不朽之盛事"，但其"四科八体"里诗赋垫底，且只居四科之一，其他三科六体都是应用文，《论文》的文末又讲徐干著《中论》，"此子为不朽矣"，而《中论》属子书。由此可见曹丕的文章观究竟如何了。这些能说是"文学"的自觉吗？

对这个问题，浙江大学孙敏强与笔者有着基本一致的观察。他说："鲁迅对汉末魏初文学时代的变化及其重要性的强调，并不等于说，……诗赋方面自觉了，其他所有的文学种类就都自觉了。"[①]

事实上，从文体自觉的角度来看，受者云众的"魏（晋）文学自觉说"可能只是"诗歌文体自觉说"。中国诗体自觉与中国文学自觉当然有关联，但两者并非一事。且中国诗歌（韵文）体类也很多、杂，所以，论述其自觉时，争议自然也就来了。不过，若依笔者的逻

[①] 孙敏强：《律动与辉光——中国古代文学结构生成背景与个案研究》，浙江大学出版社2008年版，第232页。

辑,先秦文学自觉说实际是楚辞体(以屈原作品为参照)或诗经体诗歌文学自觉说;汉代文学自觉说实际是"赋体"文学自觉说;而魏晋(南北朝)文学自觉说,实际是五言古体诗自觉说等。都是"文体"自觉,哪来的"文学"自觉?

当然,话又说回来,魏晋(南北朝)文学自觉说之所以影响最大,乃是因为"五言"诗确实是中国诗歌诸体中最基本的诗体。五言诗的可再塑性很强。如果说五言是"真身"的话,那么四言可以看作它的"前身"或"原身",七言以及律诗等则可以看作它的"后身"或"化身"。中国古代文学最有代表性的文体是诗歌,诗歌的最基本形态是五言。这或许是魏晋文学自觉说的合理逻辑内核所在吧。

但是话再说回来,五言只是诗歌之一体,更只是文学之一体,所以,五言的自觉不等于"中国文学的自觉",我吃饱全家就不饿?这不是以偏概全嘛。认同此论者众,那就是"群体性"以偏概全;要纠正之,就必须接着诗歌自觉说往下说,继续探讨散文自觉、小说自觉和戏剧自觉等,这就是笔者所说的"文体自觉说"。

第二,也符合中国文学理论的实情。

"文学"概念很宽泛;中国古人对此也很隔膜。中国古人之文学观念一向模糊;但是,文体一直备受关注。赵宪章、包兆会说:"重视文体形式研究当是中国古代文论的重要学术传统之一。"[①] 我国传统文体学发育早、发展得也很成熟。例如,《尚书》《诗经》等都已经有文体分类了。以后的文论家也往往以文体论为关注和研讨的核心。如《文心雕龙》共有50篇,其中有20篇是讨论文体问题的;而且这20篇文体论位置居前,说明刘勰重视它。有的学者甚至提出,《文心雕龙》的性质就是中国古代之"文体论"专著。[②] 其他如《文选》《古文辞类纂》等总集类著作也都很注重辨体和文体分类。专

---

① 赵宪章、包兆会:《文学变体与形式》,南京大学出版社2010年版,第6页。
② 首倡者应是中国台湾学者徐复观,然后,大陆也有学者附议。徐复观的观点见其《文心雕龙的文体论》一文。此文原刊于《东海学报》1959年第1卷第1期,后收入其《中国文学论集》一书,台湾学生书局1976年版。后,此书更名《中国文学精神》(上海书店出版社2006年版),也在大陆出版发行。

门的文体辨析、诗体辨析的著述也很多，如明代徐师曾《文体明辨》、许学夷《诗源辩体》等。总之，中国古人辨体意识很强，有关论著很多。

"知类"是中国文化的要义之一。① "知类论"体现于文论，就是重视文体论。中国古代文体划分一般遵循"每体自为一类"的原则，所以，文体与文类基本上是一致的。中国古人虽不关心文学与非文学，但中国古人很注重文体辨析；而且，中国古代文体辨析的重心又往往在辨明文学文体与非文学文体的界域，这实际上是在通过文体论来厘定文学与非文学的界限。如六朝时期的文笔之辩，实际上就是要辨明何为文，何为笔（非文）。所以王蒙说："文体使文学与非文学得以区分。"② 现代文体学是这样，传统文体学犹然。

所以，我们要讨论中国文学的自觉，不如舍彼文学自觉就此文体自觉。实际上，只要文体自觉问题解决了，文学自觉问题也就随之而有解了。这说明，文体自觉论不仅有利于文学自觉论，而且完全可以代替文学自觉论。

第三，理论上也完全可行。

文体问题是文学问题的牛鼻子。古今中外皆然。17世纪的法国学者菲·伯品纳吉埃尔曾说：文学史其实就是文学"种类的进化史"③。吴承学也说："中国古代文学史也是一部艺术形式的演变史。"④ 所以，文体论是文艺学的核心。这也正是文体论持续"高烧"不退的原因。赵宪章、包兆会说，"文体就是文学的艺术形式，就是文学本身"，"'文体学'当是整个文学研究之显学"。⑤ 吴承学说："文体学不仅是文学体裁

---

① 先秦，墨子、鬼谷子、荀子等都很强调知类。中国文化之"知类"，也绝不仅仅是讨论分类问题，实际上是强调概念辨析、规律与个例、演绎与归纳、推理判断预测等，实际上是强调逻辑思维。诸如以少总多、举一反三、以简驭繁、纲举目张、遗形取神、触类旁通、以此类推、不伦不类等说法，实际均已关涉抽象思维、理论概括等问题。

② 王蒙：《文体学丛书》，云南人民出版社1994年版，序言。

③ 转引自［意］贝尼季托·克罗齐《作为表现的科学和一般语言学的美学的历史》，王天清译，中国社会科学出版社1984年版，第285页。

④ 吴承学：《中国古代文体形态研究》，北京大学出版社2013年版，第1页。

⑤ 赵宪章、包兆会：《文学变体与形式》，南京大学出版社2010年版，第1、3页。

的问题，也是古代文学的核心问题，是本体性问题。"①

所以，讨论文学自觉，可以、必须而且应当主要通过文体自觉来实现。文学自觉与文体自觉不可能不同步发生；但文学自觉，如春临大地，可感知而不好把握，若不通过春花春鸟，又从何处抓挠呢——文体就是文学自觉的"报春鸟"；文学自觉正是以文体自觉为表征的。故台湾学者徐复观说："文学的自觉，同时必表现而为文体的自觉。"②袁济喜更具体地说："六朝时代文学的自觉，很大一部分表现在对文体问题的讨论上面，很多文学观念的解放，是通过议论文体而提出来的，如曹丕的'诗赋欲丽'、陆机的'诗缘情而绮靡'、挚虞的'兴者，有感之辞也'等等具有划时代意义的命题和思想，首先是在论文体问题时提出的，从而开启了魏晋文学的自觉的大门。"③

可见，用文体自觉代替文学自觉，这个思路是合乎逻辑的；也就是说，理论上是可行的。

此前，人们只言文学自觉而不言文体自觉，不仅会扞格难通，还极易产生弊端。

弊端一，只言文学自觉，而"文学"之概念捉摸不定，迄今无准，这就极易引起无谓的争执。如《诗经》《楚辞》、汉大赋、骚体赋、五言诗、骈文④等都是文学，都曾被拿来说事，如此仅以或主要以一体而立论，⑤于是就有了先秦、汉代、魏晋、南朝等自觉期之争。

弊端二，西方文学自觉的标准不适合于中国古代文学研究，如果

---

① 吴承学：《中国古代文体学研究》（绪论），人民出版社2011年版，第2页。
② 徐复观：《中国文学精神》，上海书店出版社2006年版，第147页。
③ 袁济喜：《古代文论的人文追寻》，中华书局2002年版，第23页。另，魏晋文学观念的解放，固然是通过辨析文体而进行、实现的，但是，这里所谓的"辨析文体"四字，不是泛泛的文体论，而是特别强调诗或赋的文学性，其用意是把诗和赋与别的文体（主要是非文学文体）区别开来。这也说明，魏晋六朝的文学自觉实际只是诗赋的自觉。
④ 莫山洪：《六朝骈文的兴盛与文学的自觉》（《柳州师专学报》2004年第2期）即以骈文为标杆论文学自觉问题。
⑤ 谭淑娟：《骚体赋：汉代的一种抒情文体——兼议以诗歌为抒情文学和自觉文学的局限性》（《贵州教育学院学报》2005年第3期）一文的文末说："单单以某种体裁比如诗歌作为自觉文学抒情文学的标准……这种标准的狭隘性是不言而喻的。"此言似已意识到问题的症结所在，惜未申论。并惜此文也未免于单单以一体（骚体赋）为准立论。

硬套则势必削足适履，妨害求是。文学自觉说的理据源于西方文论中的超功利说和纯文学说，而中国古代文学、文论基本不讲这一点，只有魏晋六朝时有些稍有例外（但与西论仍有较大差异）。故文学自觉论不宜直接移用；但其论有理，我们也不必拒斥，改造后仍可使用。如何改造？用文体自觉代替文学自觉，就行。

弊端三，文学自觉完全遮盖了文体自觉，使后者长期处于"零关注"和失语状态。现在，是文体自觉论"开光"露脸的时候了。笔者呼吁，自此文始，学者们应"自觉"地由文学自觉论转向"文体"自觉论。

三　文体自觉标准论

凡事须有标准。《墨子·非命上》："子墨子曰：言必立仪。言而毋仪，譬犹运钧之上而立朝夕者也，是非利害之辨不可得而明知也。"我们论文体自觉，也要先拿出标准来。此之谓"文体自觉标准论"。

标准论是自觉论的关键。标准不同或有所不同，自觉论也不同。另外，人们的标准意识有参差，或明确，或含糊，或淡漠。学界就文学自觉问题之所以争议蜂起、纷乱如麻，标准及标准意识的差异乃是"症结"所在。

欲研讨文体自觉的标准，不妨参考一下"文学"自觉的标准。中国文学自觉是个巨问题，凡是古代文学从业者、爱好者，都绕不过。事实上，参与讨论此问题的学人很多，相关的论文、专著约有一百多篇（部），而且新成果还在生产中。争议颇多，可谓"一个自觉，各自表述"。中国文学自觉问题的首要问题也是标准问题。争议纷纷的关键即在标准论。首先是各人的标准意识互异，或强或弱，当然总趋势是逐渐都以标准论为首务；其次，彼此"明标"或通过行文流露出来的"潜标"也互有出入，且至今也仍没有一个全面、科学而实用的标准。

如果说文学自觉论可以搁置，那么，这些文学自觉标准论的探讨却是有启发性的。所以，下面我们就回顾一下文学自觉标准论的讨论情况，以备鉴戒。总的说，文学自觉标准论的讨论和制订有三个阶段、三种标准。

第一，初始标准论。这指的是鲁迅先生所立的标准。"文学自觉"说，国内首提的是鲁迅。他于1927年7月曾作题为《魏晋风度及文章与药及酒之关系》的演讲。文章说："他（曹丕）说诗赋不必寓教训，反对当时那些寓训勉于诗赋的见解，用近代的文学眼光看来，曹丕的一个时代可说是'文学的自觉时代'，或如近代所说是为艺术而艺术（Art for Art's Sake）的一派。"童庆炳先生认为："鲁迅说的'文学的自觉'，指的是文学观念的自觉，以往的广义的文学观（即文化的文学观）历史性地转变为狭义的文学观（即审美的文学观），文学被赋予相对于文化而言特殊的审美性、艺术性，文学从置身其中的文化大家庭中分离出来，获得了独立发展的地位。"[①] 由此可见，鲁迅文学自觉说的潜在标准其实就是西方文论所讲的"纯文学"论或"纯审美"论。西方此说的理论基础是康德的审美不关利害说。若用此标准来评判"曹丕时代"的文学，还很难说当时的文学已经独立或自觉。只能说，曹丕时代的文学有较多独立和自觉的苗头。这个苗头当然很有价值，值得注意。

在鲁迅所论的基础上，80年代，李泽厚先生又把"人的觉醒"说并入"文学自觉"论。李泽厚《美的历程》云："人的主题是封建前期的文艺新内容，那么，文的自觉则是它的新形式，两者的密切适应和结合，形成了这一历史时期各种艺术形式的准则。以曹丕为最早标志，它们确乎是魏晋新风"，"文的自觉（形式）和人的主题（内容）同是魏晋产物"。[②] 从此，很多论者又把人的觉醒与文的觉醒汇合一起，即把前者当作后者的文化前提。这样做，显然是想通过结合中国封建社会的实情"中国化"文学自觉说。用意虽不错，但"人的觉醒"或"个体的自觉"说本身也是一个极易引发争议的问题。所以，笔者不太赞成这个汇合——文学自觉说本已争议多多，何必再引进一个似亦多余且又同样飘忽不定的论题呢？再说，人，本来就是具有自我意识的高智能生命体；自私自利就是这种意识的最集中表现。虽然

[①] 童庆炳主编：《文学概论》，北京大学出版社2007年版，第473页。
[②] 李泽厚：《美的历程》，文物出版社1981年版，第96、97页。

老庄宣扬"忘我",但是,人——不管是原始人还是现代人,何尝忘了自我!"个体意识"何时休眠过?既没有休眠,又哪来的觉醒呢?"个体的觉醒"似乎是一个伪命题。原始社会藐视个体,封建社会催抑自我,所以导致人们习惯于避言私利、伪装无我,但这不等于自我的真正丧失。别忘了,人会作假,"唯虫能天"(南宋·赵文《来清堂诗序》)。外力要求"无我",人即作假。要求"无我"也是违反人性的。"我"也不都坏,至少"我"的本性是善良的。

第二,中期标准论。以陈良运先生之论为代表。他说,"中国文学发展到魏晋南北朝,终于进入到了'文学自觉的时代'。……首先,魏晋南北朝的文学作品中,比较明显地体现了作家对人的个性的尊重,赋予表现的对象以较强的自我意识";"其次,情在文学领域的地盘不断扩大","此情,当然是个体之情感,有独特、鲜明个性之情感,决不再是那些被规范了的,属于某政治意识范畴的'明得失之迹,伤人伦之废,哀刑政之苛'的所谓'动天地,感鬼神'之情"。[①] 这里,陈良运先生实际提出了两个标准:一是文学有个性,二是文学抒发个体之情。这两条当然是不错的;但是如果作为衡量文学自觉的标准,就很不够了。其说的优胜处在于不绕圈子,直接回归文本,从作品本身找依据。

第三,终期综合标准论。迄今为止,"标准论"以袁行霈、罗宗强说为最全面、最合理,"所谓文学的自觉有三个标志:第一,文学从广义的学术中分化出来,成为独立的一个门类","第二,对文学的各种体裁有了比较细致的区分,更重要的是对各种体裁的体制和风格特点有了比较明确的认识","第三,对文学的审美特性有了自觉的追求"。[②] 这三个标志概括全面,科学性高,接受者众,也最流行;但其表述仍较笼统,理解也难免歧异,显非终裁,事实上也没有息讼。

借鉴以上关于文学自觉的标准的讨论,下面就讨论如何判定文体自觉。

在制定文体自觉标准之前,先讨论文体自觉的特点。特点有五。

[①] 陈良运:《魏晋南北朝文学中的"个性"和"情"》,《复旦大学学报》1988 年第 5 期。
[②] 袁行霈、罗宗强主编:《中国文学史》第二卷,高等教育出版社 1999 年版,第 3、4 页。

第一，文士性，或精英性。文体自觉（也包括文学自觉）是就文人文学而言的。民间作手往往谈不上自觉与否，如有佳作，可遇不可求。

第二，多数性，或群发性。文体自觉应该是就绝大多数文士而言的，是一种群体行为。少数或个别文士的自觉，即使有，也不构成文体自觉。如小说，汉代已有虞初《周说》，被誉为中国小说的鼻祖，其书当为根据史书《周书》写成的历史演义型小说。原书有943篇，已佚。《史记·孝武本纪》："丁夫人、雒阳虞初等以方祠诅匈奴、大宛焉。"可见，虞初是西汉武帝时的官员，也是文士。因其书早佚，其小说创作的详情已无法考知。但从其数量看，应属一定程度的自觉。且，汉代小说家也可能不止一个虞初。汉代小说也可能不止于历史题材。但是个别人或个别题材的小说的自觉并不构成汉代小说文体的总体的自觉。

第三，合力性，或混因性。文体自觉不仅是文体自身不断演化的结果，也需要一定的外因。内、外因机缘巧合，内外交攻，始发生自觉。外因包括社会政治、文化思潮、物质技术等方面。如元杂剧之兴盛，一个重要外因是元蒙贵族偏爱戏剧艺术。

第四，单体性。文体自觉往往是单个进行的，是"零售"的，很少是"批量"的。当然，理论上，并不排除两种或两种以上相近或非常相近的文体的同步自觉的可能性。如唐代古文运动促进了古文的自觉，而古文自觉的同时，也有利于传奇的自觉。毕竟，传奇无非就是用散文讲故事而已。且，古文本来就有叙事性的。两者高度近缘。所以，古文与文言小说，大约都自觉于中唐。但是，从绝对意义上说，两者毕竟是有先前有后，毕竟是不同时机、不同程度、不同速度的。

第五，单篇性。单篇性往往是文体自觉的显性标志，对判定文体自觉较为实用，也较为适用。因为单篇往往意味着独立自主。在活字印刷术普行之前，在长篇小说文体出现之前，这一条一般是有效的。萧统《文选》选文时实际已经把单篇性当作一个重要的参照点了。当然，单篇性只是文体自觉的辅助性、暂时性和外显性的特点，并不是文体自觉的本质性特点。它有助于我们判定文体自觉与否；它是外显的、易感知的，故也是一条较易把握的标准。但其效用性是有限的，仅限于短篇和中短篇文学时代。很难想象,长篇文学时代还可以通行无阻地据此判定文体自觉与否。

综上,再参照艾布拉姆斯的文学四要素说,从作品、作家、读者和世界四方面考察,笔者于兹提出文体自觉的判定标准,计有四条:

> 第一,文体上独立,创作上繁荣,技艺上纯熟,一般会出现优作、名作、经典之作或出现流派等现象。第二,出现专门或较专门的文人型作家。作家创作时的预想读者一般应指向社会大众,而不仅仅是特定的个人或少数人(阶层)。第三,接受者或读者较普遍,在民众文化生活中占有一定比重。第四,该体作品反映的社会生活面广泛、深入。题材丰富,人物多元,烛照立体。

这四条,既具有理论概括性,也具有可操作性;依此判定文体自觉与否应该是稳妥的。当然,四条所言也只是大概,具体评测时可灵活掌握,不必像郑人买履一样拘泥于"度"。

下面,结合一些文体实例,说明具体如何运用这四条标准来评定文体自觉。

第一,文体上独立,创作上繁荣,技艺上纯熟,一般会出现优作、名作、经典之作或出现流派等现象。这一条是从作品出发订立的标准。既然文体已经自觉,则理应质优量多。质优就是出现优秀之作。优秀或意味着经典。比如,我们说元代戏剧已经自觉。那么,这就意味着,元朝应该有一些戏剧名作。一方面,这些名作技艺纯熟,广受欢迎;另一方面,这些名作在戏曲史上的地位和影响也不一般。事实亦然。元戏不仅数量多,而且质量也高,还出现了很多经典名剧。此外,元剧还出现了流派,如本色派、文采派、典雅派等。出现流派是创作繁荣的结果与标志。由此,我们可以认定,元代是中国戏剧的自觉期。

有一点须要说明:文体自觉并不是出现名作的唯一条件。文艺创作贵在审美直觉,对于优作而言,自觉并非必要条件;验之事实,文坛经常出现"有心栽花花不发,无心插柳柳成荫"的情况。但不容否认的是,文体自觉有利于文体艺术水平的提升,有利于优作的出现。

第二，出现专门或较专门的文人型作家，作家创作时的预想读者一般应指向社会大众，而不仅仅是特定的个人或少数人（阶层）。这一条是从作者的角度而言的。这里的"专门"，就是以某种文体的创作为主，出现较专门的文士。他们很重视某种文体，创作态度严肃认真，也肯花较多的时间和精力于此种文体的创作上。且，这些作者都是文人型，而不是民间作手或无名氏。这是因为在默认状态下，文体自觉（也包括文学自觉）主要是就文人型作家、作品而言的。例如晚唐以前的词，就谈不上自觉。因为其作者多限于民间艺人，文人还极少试手。民间艺人虽偶或也有佳作，但仍不能算自觉。因为这种佳作，属于可遇不可求，属于妙手偶得之，所以不算。瞎猫也能撞上死耗子，但不能说瞎猫也能捉耗子。还有一个例子是以"古诗十九首"为代表的汉末文人古诗。为什么不能说汉末文人五言诗已经自觉呢？就是因为，其作者虽系文人，甚至是文化修养较高的文人，其作品的艺术水平也很高，但是，这些文人在创作这些诗歌的时候，甚至连名字也不署，可见他们属于偶尔为之、无心出之，没有严肃认真地对待其艺术活动，实际上也相当于民间歌手，所以也不能算自觉。还有，作家创作时的预想读者一般应指向社会大众，社会大众也期望着能读到新的作品，产销两旺，有一定的市场化的因素，生产是为了大众消费、为了满足公众的视听欲、体验欲，这才是文体自觉。否则，就算是创作旺盛，技艺纯熟，也不能算自觉。如两汉大赋，虽然作者云众，但其预想读者往往只是帝王将相等个别人（阶层），所以不能认定为自觉。类似的例子还有早期的话本，它早期一般仅供师徒间传阅，只是说唱前使用的底本，不是为民众的阅读而写作的，所以这种话本，也谈不上是（白话）小说的自觉。

第三，接受者或读者较多，在公众文化生活中占有一定比重。例如，汉大赋，上文已述，它的预设读者往往是个别人、一小撮人，大众文化生活消费品"菜单"中一般没有它，说白了，它仅是宫廷文学而已。所以不能算自觉。反之，宋词作者多，读者也夥。"凡有井水处，皆能歌柳词。"词本起于民间，所以天然具有民众基础。所以，文人一接手，就可以说已经自觉了。另，判断该条往往还有一个明显的标志，就是有关该体的理论与批评论著的兴起或比较繁荣，或开始出现该文体的总集、别集等类型的书籍。单体总集或别集的出现是颇具文体学意义的。① 因为既然是大众的，则必然是有市场的。有市场自会有结集与出版。这些都属于易于发现、易于操作的，故不消赘言。

第四，该体作品反映的社会生活面广泛、深入，题材丰富，人物众多，烛照立体。还拿汉大赋说，它反映的生活面就谈不上广泛深入，它属于宫廷文学，只反映上层社会的生活、思想和情感；至于中层和广大基层民众的生活，汉大赋虽曰铺排，然也很少写到。这也说明它尚未自觉。当然，我们可以这样说，作为宫廷文学的汉大赋，是自觉的。或者说，把汉代的骚赋、大赋和抒情小赋合观，统称曰"汉赋"，然后试用上述四条标准来逐一验判，也可以发现它是自觉的。

以上对四条标准逐一做了说明。还有一点需要强调：一般说，判定某一文体是否自觉，应同时一并考察这四条，缺一不可，缺一则须谨慎结论。

最后，还有一个问题须要辨明：文体自觉与古人常言的"一代有一代之文学"之间是何关系？一代有一代之文学，实谓"一代有一代之文体"，这个"文体"也可称"时代文体"或"时代主流文体"。每个时代都会有一种文体最流行、最艺术、最吸睛。我认为，时代文体与文体自觉的关系是"和而不同"的。两者有交叉，但又不同。时代文学一定是已经自觉的，已经自觉的文体也往往能成为某一时代的主流文体，两者往往是高度合流的；但是，两者也不同——两说的视角和理论度不同："时代文学说"关注的是文学发展史，尤其文学与时代的关系问题，而"文体自觉论"关注的是文体自身的演进情况、与时代或世界的关系只是四个考虑标准之一；时代文学说粗糙、笼统、感性，是印象式批评，属传统文论；文体自觉说科学、精致、理性，是逻辑判断，属现代文论；前者属于文学"外部规律"研究，后者属于文学"内部规律"研究。两者既不同，所以时或不一致。如汉大赋是汉代的时代文体、主流文体，但如上所论，汉大赋还谈不上文体自

---

① 详参朱迎平《单体总集编纂的文体学意义》，《中山大学学报》2013年第5期。

觉。反之的情况也有。例如建安时期是五言诗的自觉期,《文心雕龙·明诗》所谓"五言腾涌"即此意,但魏晋六朝的时代文体是骈文。五言诗从未被认定为某时代之主流文体。唐代主流文体虽被认定是诗歌,但未详何体。在宋明文论里,"选体"常与"唐诗"并论,"选体"谓古体诗,"唐诗"谓律诗,也包括绝句。

总之,四个标准既具有概括性,也具有可操作性,可据以分析文体自觉问题。只是具体评测时要适度微调,不必像郑人买履一样拘泥于"度",毕竟四条所言也都只能是大概情况。

四 各文体自觉期刍论

文体自觉期恰似人类的"成年期",意味着文体的尊贵和文体功能上的完备,是研讨单个文体之发展演变时的很关键的一环。文体自觉有了标准,就可以"具体文体具体分析",就可以具体探讨任一文体的自觉之情形了。下面,笔者就结合上述四条标准,对常见文学各体的自觉期做初步的考察和认定。

中国古代文体自觉主要是诗歌自觉、文章(古文)自觉、戏剧自觉和小说自觉等。一般来说,这四大文体的自觉期分别在魏初、中唐、元代和中唐。

(一) 诗歌的自觉期——建安时期

建安时期,诗歌已经自觉。刘勰《文心雕龙·明诗》所谓"暨建安之初,五言腾涌"即是此意。鲁迅所谓"曹丕的一个时代",实际也是指建安时期。不过,这里所谓的诗歌,乃是指五言古诗;这里所谓的"建安",并非仅指汉献帝在位时(189—220)的建安年号(196—220)的15年,而是文学史范畴的建安时期,即从196—232年(232年曹植卒)[①]。

学界关于建安或魏(晋)文学自觉说的论述已经相当饱和,限于篇幅,这里就不再详细论述了。

诗歌,在文学诸体中,也不论哪个民族,应该都是历史最悠久的

---

① 此从徐公持先生说。详参见其著《魏晋文学史》,人民文学出版社1999年版,第3页。

"古老"文体了,当然它也是最具文学性的文体,可谓文学诸文体中的"总祖母级"文体。海德格尔说:"一切艺术本质上都是诗。"① 从一定程度上说,"诗意"就是"文学性"的"代名词";或者说,中国古代的"诗意"就是现代文论中"文学性"概念的"前身"。诗歌是亘古以存的文体,诗意是无处不在的审美精灵。在中国,五言诗的时空至久至大,地位至高;中国古代文学也长期以诗歌(尤其五言诗)为主体。所以,五言诗几乎可以代指"中国文学"。从这个意义上,庶几可曰:建安时期是中国文学的自觉期。当然,精准的说法应该是,建安时期是五言诗的自觉期。②

这里,有必要附论一下汉代文学自觉说。一般说,这主要是就"赋"体(汉散体大赋)而言的。"赋"是一种颇具"中国特色"的文体:它非诗非文,亦诗亦文,甚至有的像小说,有的像民间说唱文学。与诗相类,赋也是一种衍生性、可塑性极强的"祖母级"文体。如果说原始歌谣是后世文学的"总祖母",那么,辞赋庶几可谓后世文学的"姨总祖母"。辞赋是特殊的韵文,③ 是诗的"加强版"或"综合版",同时也是古文、骈文、小说甚至是戏剧的母体之一。所以,从这个意义上说,汉代文学自觉说也有其道理。当然,精准的说法应该是,汉代是赋文体的自觉期。

(二)文章(古文)的自觉期——中唐

先秦、秦汉时期,文章还远未自觉。明朝"前后七子"讲,"文必秦汉"。实际上,先秦与汉代的诸子文和历史文都不是真正的文学文体。彼时也出现了一些单篇之文,如《尚书》所选诸文、宋玉《对

---

① [德]海德格尔:《林中路》,孙兴周译,上海译文出版社2004年版,第59页。
② 美国学者蔡宗齐发现:"建安年间,五言诗地位提升,成为宫廷认可的文类。曹操、曹丕、曹植和建安七子都对这种文体有着非同寻常的偏好,他们不仅仅让古诗和乐府中的传统题材进入五言诗,而且也将征战、宫宴、御游和其他原本属于四言的题材写入五言诗。建安之后,对诗人而言,五言诗是他们可借以出名的主要诗体。"(详参[美]蔡宗齐《汉魏晋五言诗的演变——四种诗歌模式与自我呈现》,陈婧译,北京大学出版社2015年版,第14页)
③ 辞赋虽并称,但不同。楚辞应自觉于战国时期,以楚国屈原诸作为标志。楚辞非屈原创体,但由他整合而成。王国维《人间词话》:"楚辞之体,非屈子所创也;'沧浪'、'凤兮'之歌已与三百篇异,然至屈子而最工。"(详参王国维著,赵明校注《人间词话校注》,浙江工商大学出版社2018年版,第110页)屈原的楚辞写作是"先秦文学自觉说"的主要依据。

楚王问》、李斯《谏逐客书》、晁错《论贵粟疏》、陈蕃《理李膺等疏》之类，但这些也都不是严格意义上的文学文体，而是应用文（公文）。实际上，先秦时的多数文士的首选并非著书作文，而是治世从政；先秦的士的书或文大多是后学追记、晚年退作或某些隐士、倒霉士所为，且其所作大多"以立意为宗""不以能文为本"（肖统《文选序》），"辨理论事质而不芜"（方苞《古文约选·序例》）。总之，先秦时期的士人大都无意为文。两汉的情况与先秦庶几。汉赋虽出于精心结撰，但其创作时的预想读者往往仅限帝王或诸侯王，而非普罗大众。这狭隘了其内容（主要反映上流社会），也妨碍了其传播，使其沦为宫廷文学之一式，故不足以构成文章自觉。再者说赋是韵文，体近乎诗。

魏晋之文，后世颇有推尊者。如曹操被鲁迅誉为"改造文章的祖师"，但其实曹操也无意于文，所作也多为应用文；且他终生未尝作赋，根本谈不上专门或较专门的文章家。魏晋玄论很发达。但或近名法，或宗儒道，或取纵横，① 故其文虽形为独篇，实乃经义之文或子文。其内容偏于玄远，何足以深广地反映彼时之社会生活！所以，魏晋文章，也难言自觉。顶多只能说其时论理文已有所自觉而已。

魏晋诗歌之自觉，似乎理应促进或带动文章的自觉。实则未。这可能是因为时人满足于"文"（诗）的自觉，于文章反倒不在意。② 进入南朝，很可能是诗的自觉浸染至文界，但一下子自觉过了头，又仿佛"笔"在极力"文"化，故一味藻丽骈对，又走向了古文的反面。

六朝时期，骈文发达；③ 而散文的发展、演变基本处于停滞甚至倒退状态，何谈自觉呢！这一点也可从当时很流行的"文笔之辨"看出。文笔之辨表面是辨何为文、何为笔，实质是辨何为文学、何为非文学。六朝人所讲的"文"，主要指韵文——这点也正好说明了彼时的文学自觉实际只是诗歌的自觉；所讲的"笔"，主要指散文。他们排斥"笔"，正说明彼时文章尚未自觉。为何要排斥"笔"（散文）于

---

① 详参刘师培《中国中古文学史·论文杂记》、章太炎《国故论衡·论式》等论著。
② 所谓"清俊""通脱"（刘师培语），所谓"师心""使气"（刘勰语），即此意也。
③ 当然，由此我们可以说，骈文自觉或开始自觉于此期。

"文"之外呢？原来，时人所面对的"笔"，不是一般的散文，主要是经史子和应用文之类——那时候，哪有成熟的、单篇的散文（古文）呢①？——经史子一类的文章及应用文当然不能算作文学。

《文选》选文时，很注重"单篇性"。单篇性看似肤浅，其实，这是散文自觉和成熟的一条重要而又明显的标志。因为单篇往往意味着独立。从这个意义上说，中国散文是自觉于中唐、以韩柳古文运动和古文之作为标志的。因为自古文运动以后，单篇的"散文"文体始渐以"古文"之名而产生和发展壮大起来，也始渐成为一种独立自在的单篇文体。或许也是在这个意义上，秦观《韩愈论》盛称韩愈之文是"成体之文"（其主意乃谓集大成之文）。虽然韩愈也有《原道》一类的很像诸子文的文章，但其实韩文与子文是不同的：因为韩文是单篇的，按陈平原的说法，韩文是"以集之文，发子之理"，是"子书与文集的分离"，② 这更昭示了其文章观的自觉。

还有，在戏曲、小说的时代之前，也就是在唐宋以前，中国文学体裁的大致分类法都是两分法。在六朝，两分法曰"文笔""诗笔"；在唐宋以后，曰"诗文"。谷曙光说：诗、文对举始于中唐，形成于北宋。③ 这样，诗文对举渐渐代替了文笔之分。这也意味着中唐时期"文"已经自觉和独立。

不过，我国古代文与史、哲及应用文不分一直是"基本文情"，上论当然只是相对而言。陈剑晖认为："回顾中国古代散文文体演变的历程，我们可以看到这样一个值得注意的文学现象，中国古代散文从发端于记言记事，从实用文到美文，从'殷盘周诰'的'佶屈聱牙'到后来的'情动而言形，理发而文见'，中国散文从一开始便有

---

① 可以说，古文运动前无古文。这不仅是说概念上此前没有"古文"之名，而且是说此前的古文作品实际也几乎没有。刘师培《论文杂记》在分析《汉书·艺文志》于文学为何只立诗赋而未立文章或古文之类时说："诚以古人不立文名，偶有撰著，皆出入六经、诸子之中，非六经、诸子而外，别有古文一体也……故古人不立文名，亦不立集名。"按：依此说，则古人（此谓战国秦汉人）不只是不立文名，且也无古文之实。既然其"偶有撰著，皆出入六经、诸子（其实还应再加上'史'）之中"，当然不是古文，也不属文学了。

② 陈平原：《中国散文小说史》，上海人民出版社2014年版，第98页。

③ 详参谷曙光《斟酌于辨异细化与宏观综括之间——宋代文体分类论略》，《中国文化研究》2015年秋之卷。

着比较自觉的文体意识。及至到了魏晋南北朝时期,我国的散文更是进入到文体的'自觉时代'。"① 笔者不同意其论。理由如上。愚以为,陈剑晖可能未严格区分"文艺散文"与"实用散文"之别,故有此论。现代文论语境中的"散文",尤其强调"文艺性"。当然,笔者不同意不等于以其为非;就此问题,笔者愿意持开放的态度;且陈剑晖直接以"文体自觉"立论,笔者是很赞成的。

(三) 小说自觉于中唐

小说在我国属于大器晚成。其体渊源甚久,可以上溯到原始神话、先秦寓言。浦安迪:"先秦寓言故事严格讲,不能称为小说,汉代小说又多伪托,而六朝则为小说真正风行的时代。"② 其成熟乃在唐之传奇一体。

一般认为,隋唐之交已有成熟的传奇之作,但是唐传奇的创作盛期在中唐和晚唐。

明代胡应麟《少室山房笔丛》云:"变异之谈,盛于六朝,然多是传录舛讹,未必尽设幻语;至唐人乃作意好奇,假小说以寄笔端"③;鲁迅也说,"小说亦如诗,至唐代而一变,虽尚不离于搜奇记逸,然叙述婉转,文辞华艳,与六朝之粗陈梗概者较,演进之迹甚明,而尤显者乃在是时始有意为小说","然作者蔚起,则在开元、天宝以后"。④ "作意""有意"云者,就是此处所谓之"自觉"也。

唐人虽"作意"好奇、"有意为小说",但其有关的理论批评之作却很滞后,即使是传奇盛炽的中、晚唐,也罕有"传奇论"。直接原因当然是时人仍然很漠视小说,"论者每訾其卑下,贬之曰'传奇',以别于韩柳辈之高文"⑤。但是,传奇的理论批评实际上也不匮乏。这是因为,第一,传奇文实乃古文一脉或一体,所以韩柳所高唱之古文运动理论,几乎都可以移用于传奇方面。实际上,传奇之自觉于中唐也是颇受了韩柳古文运动的刺激和沾溉的,也可谓是古文运动的一大

---

① 陈剑晖:《中国文体研究的演变、特征与方法论问题》,《福建论坛》2012 年第 10 期。
② [美] 浦安迪:《中国叙事学》,北京大学出版社 1996 年版,第 11 页。
③ (明) 胡应麟:《少室山房笔丛》卷 32,上海书店出版社 2001 年版,第 371 页。
④ 鲁迅:《中国小说史略》,齐鲁书社 1997 年版,第 59、61 页。
⑤ 鲁迅:《中国小说史略》,齐鲁书社 1997 年版,第 59 页。

副产品。当然，传奇也"反哺"古文，两者属互促互动的关系。第二，自《汉书》以来，历代史书中有很多关于小说或相当于小说论的评论。我国"在近二千年的漫长岁月里，著录及论述小说的，主要是史家而不是批评家"①。这些理论够用，足以支撑传奇的"生产"和"消费"。第三，在写作技术方面，小说和历史融合渗透，你中有我，我中有你，历史文早就掺用了小说的技法，小说也往往历史化或直接托身于历史文本——唐传奇之绝大多数就是以"传"或"记"等历史文本的样式而存在的。两者在写法上往往是互通的。所以，唐创奇的理论储备早已完成，而且还算得上充分，基本上用不着重新"发明"。当然，小说不是历史。"相对来说，小说作为文类的真正独立，更以摆脱'史家之文'为主要标志。"② 而唐传奇也基本厘清了两者的界限。魏晋南朝时期的小说大多犹可当史著来读用，比如《世说新语》即经常被当作史料引用，但是，哪有把唐传奇当史实引用的？还有，唐代已经出现了传奇集。如中唐牛僧孺有《玄怪录》，晚唐裴铏有《传奇》等。事实上，"传奇"之名号，就起于裴铏之《传奇》集。综上，小说自觉于中唐。③

（四）戏剧的自觉期是元代

王国维说："戏曲者，谓以歌舞演故事也。"④ 戏剧最早兴于民间。宋金时期很可能就已经在民间成熟了。⑤

当然，我们讨论文学自觉或文体自觉时，主要是就文人创作而言的。元代不仅戏剧繁荣，而且，"随着杂剧、戏文的勃兴，涌现出许多关于戏曲批评的论文和专著……比之前代，已有很大的进展"⑥。戏

---

① 陈平原：《中国散文小说史》，上海人民出版社2014年版，第219页。
② 陈平原：《中国散文小说史》，上海人民出版社2014年版，第221页。
③ 此谓文言小说，白话小说须另论。白话与文言虽只是表面的不同，但在我国，二者渊源各异，分途发展。另，董乃斌著有《中国古典小说的文体独立》（中国社会科学出版社1994年版）一书，可参看。
④ 王国维：《戏曲考原》，《王国维戏曲论文集》，中国戏剧出版社1984年版，第163页。
⑤ 此从陈多说。详参其《剧史新说》（上海古籍出版社2014年版）之"宋无'南戏'说发微""宋杂剧略考"等章节。
⑥ 王运熙、顾易生主编：《中国文学批评史》（中册），上海古籍出版社1991年版，第193页。

剧的勃兴和戏剧评论的兴起这些事实，足以说明元代戏剧已经自觉。

当然，戏剧文体与诗歌、文章和小说等有很大不同。戏剧较特殊。因此，愚以为，戏剧文体的自觉标准，也应灵活些。这主要是因为戏剧属于通俗文艺，其受众主体乃是无学无文的茫茫大众。这些茫茫大众是不会写剧论或曲话的。但是，金杯银杯，不如群众的口碑。他们的评价虽然大都是非文本状态，属典型的非典型性文论，但是，这些无声的评论却极其重要，民间或专业的戏剧家们都会特别地看重群众的"口碑"。毫无疑问，它是戏剧的生命线和全部价值所基。从这个意义上说，即使没有戏剧评论，也无碍于戏剧的自觉。实际上，只要演出繁荣，爱看者众，就可以断言戏剧已经自觉了。所以说元代是戏剧的自觉期。因为只有元代戏剧才称得上"繁荣"二字。所以王国维才说，中国的"真戏剧"始于有元。或许，成熟的戏剧并非起于元代——中国戏剧的形成期或成熟期尚有争议。从某种意义上说，我们可以说，王氏所说的"真"实际是"好"或"优秀"的意思，所以，王国维实际是说元代戏剧达到最佳，而并非说中国戏剧形成于元代，但是，某种文体的自觉，应当与其优秀之作或最佳之作的出现为标志之一，所以，我们把元代定为戏剧的自觉期。

还有一点，也支持元代戏剧自觉说，即剧本的出现和成熟。有没有剧本是不是戏剧形成或成熟的标准（之一）呢？于此，学界尚有一些争议。但是，当我们讨论戏剧的自觉问题时，这一条是必须考虑的。很难想象，已经步入自觉的戏剧文体却可以没有或经常没有剧本。从某种意义上说，戏剧的自觉，就是"剧本"的自觉。所谓剧本的自觉，也就是剧本已经区分于一般的叙事文学的文本，也区别于一般的说唱文学的文本，与它体划清了界域，有了自己的范型或曰体制特色。这个区别，也就是王国维所说的由"叙述体"转变为"代言体"。而且，这种代言体的剧本必须是独立的、定型的、成熟的。而元剧剧本无论结构、唱腔、角色等都已经高度规范、定型和成熟。另，"自觉的剧本"也意味着不仅搬演效果好，同时也往往是可以"悦"读的。史实亦然。元代的戏剧不仅舞台效果好（一些优秀剧目至今仍盛演不衰），而且其剧本本身也往往颇具可读性。后一点元剧本也完全做到了。比如我们读元人纪君祥的《赵氏孤儿》等剧本，书写简利生动，故事惊心动魄，达到了王国伟所说的"不隔"的境界，犹如读现代惊险小说一样刺激，读者能获得极大的审美满足。元剧佳作叠现，当时热闹，后世影响亦广大深远。另外，元剧还有流派，有豪放派、轻俊派、锻炼派、本色派、文采派、典雅派等。这些都足以证明：中国戏剧之体元代已经自觉了。

以上笔者粗浅论述了诗歌、散文、小说、戏剧四大文体的自觉期。这些说法当然不是定论，诚愿抛砖引玉，并期待识者指正。中国古代文体种类极繁，远非上述之四体。这也是中国文学的特色。所以，中国文体自觉的话题，到这里只能说刚开了一个"小头"。

（五）关于赋、骈文、律诗、词、白话小说等文体的自觉期

中国文体分类问题确实是个大问题、难问题，传统的划分自然并不都科学或都很科学，那么，传统文体是否须要再作划分？再作划分的话，应该怎么划分？依什么标准为最佳呢？这些也都存在再议的空间，从科学性、清晰性角度来说，这些再议也非常有必要。再议、再定以后，再分体、分批、分层次地对诸体之自觉期、独立期逐一予以研讨和确认，这样研究当然是最理想的学术状态了。但是，中国古代"文体"确实成"问题"，学界有争议总是在所难免，短期内也不可能统一认识或达成共识。所以，下面，笔者就暂时按照传统的文体分类成说，把以上四大主要文体之外的一些"次主要"文体的自觉与独立情况做初步的考察。这些次主要文体主要有：赋、骈文、律诗、词、白话小说等。

1. 赋体的自觉期是西汉

本书已经多次论及辞赋。兹仅作概括性阐述。

辞赋从《诗经》的一种表现手法，再吸收种种文体，发展为一种文体。笼统地说，辞赋并称；其实辞赋同中有异：辞是形质均近乎诗的韵文，赋是更近乎文的韵文。但本书所论，主谓散体赋。

散体赋形成于西汉初，以枚乘《七发》为标志。其独立期、成熟期与自觉期都应该是西汉中期，以司马相如的赋作及赋论为标志。他的赋论不多，结合其赋体写作实践看，他的散赋异乎楚辞，且已经独

立和自觉。他对赋文体的规范是清晰的、确定的和完全掌握的。

2. 骈文的自觉期是南朝

骈文的自觉期问题比较麻烦。"骈文"之名出来得很晚。唐代柳宗元《乞巧文》有"骈四俪六，锦心绣口"之语，这是最早用"骈"字来概括其文体特征的。但是，"骈文"作为一个专有文体的名称，是到清代才出现的。这是不是意味着，清代才是骈文的自觉期呢？

答案是否定的。科学研究，不能从名号出发，而应以事实为准。名实不符的情况多矣。有有名无实者，也有有实无名者。碰巧，骈文的发生、发展情况即属此。郭建勋说："从文学史的事实看，骈文的成熟期是在西晋时期。只有到了此时，当审美意识前所未有地普及到全社会的时候，当作家群体在创作中表现出对语言形式美的刻意追求的时候，骈文才真正得到了它适宜的文化沃壤，迅速地成长并成熟起来。"[①] 王瑶、钟涛等则认为南朝梁陈时期的徐陵、庾信的骈文是"骈文成熟的标志"[②]。杨东林也说："事实上，到齐梁之时，单从骈句的角度，骈文已臻于成熟，再从声律、用典、辞采来看，骈文确实是发展到了极致。"当然，成熟≠自觉。文体成熟，未必自觉；文体自觉，也未必成熟。不自觉的成熟与成熟而不自觉都是存在的（当然这两种情况不多）。这是因为自觉表现为意识和理论，成熟主要看写作实践，而理论与实践不总一致。

综合诸说，笔者认为，南朝时期，再具体说，齐梁时期，是骈文的自觉期；刘勰之用骈文写作《文心雕龙》，且《文心雕龙》有《丽辞》一篇，即可视为骈文文体自觉的标志。虽然《文心雕龙》未提出"骈文"之概念，《丽辞》也不是专对骈文的"丽辞"而发的，但《丽辞》一篇毕竟是在魏晋南朝以"丽辞"为主要特征的骈文大盛的背景下写成的；这就意味着，它实际上是启发于甚至针对骈文之"丽辞"而讲的。王运熙、周锋说：《丽辞》"本篇十分强调丽辞产生、运用的必然性。认为作文必用丽辞，犹如动物肢体成双作对，把人工的修辞

―――――――
[①] 郭建勋：《辞赋文体研究》，中华书局2007年版，第218页。
[②] 详参王瑶《中古文学史论》（"徐庾与骈体"）（商务印书馆2011年版）及钟涛《六朝骈文形式及其文化意蕴》（"第二章六朝骈文形式的定型过程"）（东方出版社1997年版）。

技巧和自然生成的形体等量齐观,可谓比拟不伦。又批评用事孤立如
夔之一足。这些都是过分强调丽辞的必要,为骈体文学张目"①。《丽
辞》强调"丽辞"过分,似乎有违刘勰折中主义的思维方法。如果
《丽辞》不缘骈文而作,那么其存在就很难解释,甚至可以说没必要
作此篇。笔者认为,南朝之没有"骈文"之名,有两个原因,一是古
人逻辑思维欠发达,"骈文"是一个抽象的概念,没有一篇具体的文
章叫"骈文",虽然南朝的绝大多数文章——尤其是章表奏议、绪论
书启之类的应用性文章等——都是骈文。二是南朝盛行"文笔之辨"
或"言笔文之辨",在此语境中,"言"谓散文,"笔"默认即为骈文,
文谓韵文。文类与文体,头绪已经厘清,名号已经齐全。无缘由另立
名目。要立也只能叫"骈笔"——这叫法很蛇足。只有到了中唐,发
生古文运动以后,骈散分拆、独立,才有必要另立"骈文"之名。这
方面,我们不必苛求古人。②顺便说一句,南朝文士文笔之辨,往往
不无褒贬,即重文轻笔(也轻言),但刘勰持论折中。他等视文言笔,
不分轩轾。胪骈文于笔,并无轻视之意。再说,刘勰也不可能轻视骈
文。因为一者,齐梁骈文大盛,大环境如此,任何个人都不能隔绝于
时代氛围;二者,彼时骈文之短虽已有所暴露,但尚未引起学界注意,
也没到引起注意的时候。

3. 律诗的自觉期是南朝,定型期与成熟期是初唐

南朝齐代"永明体",代表以讲究声韵为主要特征的格律诗的自
觉。但自觉未必就是成熟。初唐沈佺期、宋之问等始代表律诗的定型
和成熟。事已定论,不赘。

4. 词的自觉期是晚唐五代

词是伴随隋唐时期出现的燕乐而兴起的新诗体。唐圭璋《温韦词
之比较》提出:"离诗而有意为词、冠冕后代者,要当首数飞卿也。"③
王兆鹏明确提出,"晚唐五代"是词体独立、自觉的时期,"经过一二

---

① 王运熙、周锋:《文心雕龙译注》,上海古籍出版社 2012 年版,第 234 页。
② 按:至今,仍有学者昧于"骈文"之概念。例如,一些学者把辞赋也归为骈文,刘麟生《中国骈文史》、金鉅香《骈文概论》、姜书阁《骈文史论》、张仁青《骈文学》等即然,这是不妥的。
③ 唐圭璋:《词学论丛》,上海古籍出版社 1986 年版,第 896 页。

百年的孕育发展,到了晚唐五代,词体进入到一个崭新的时代。这以温庭筠的词作为标志。温词的出现,标志着词体从传统的五七言诗歌中分离独立出来,宣告词体的定型与成熟","除合乐可歌、与音乐有着密切的依存关系之外,词体的特质日益凸现,这主要表现在"六个方面,"其一,体制句式的长短化","其二,语言风格的香艳化","其三,审美趣味的女性化","其四,境界的精美化与小巧化","其五,表现功能的抒情化与单一化","其六,抒情方式的模拟化"。①

5. 白话小说的自觉期

在我国,文言与白话小说一开始是分途发展的。短篇白话小说的自觉期是明代。白话小说源于话本。最初,文人尝试作拟话本。到明代中期,拟话本渐渐独立,成长为独立的书面性白话小说。时间是明代中后期,以冯梦龙"三言"、凌濛初"两拍"的出现为标志,象征着我国短篇白话小说的自觉、独立和成熟。

那么,长篇白话小说自觉于何时?章回小说是我国古代长篇小说的唯一形式。一般认为,明清是我国长篇白话小说创作的高潮期,也是其自觉期。

三 文体自觉、文体独立与文体定型、文体成熟及文体经典之关系

文体的自觉、独立、定型、成熟是不同的概念。时期上,有时一致,有时错开;错开的方式较复杂,有正错、逆错等。下面对这几个词语稍作辨析。

第一,文体自觉与文体独立不是一回事,两者有因果关系、递进关系。也就是说,文体自觉必然意味着文体独立;反过来,文体独立是文体自觉的前提。也就是说,文体自觉包含了文体独立。但也有文体的自觉与独立是同时发生的,如汉代中期散体赋即然。

第二,文体定型与文体成熟也不同。文体定型是文体自觉的必然结果,文体自觉就意味着文体基本成形、定型,而文体成熟是写作技巧纯熟的结果。也就是说,文体成熟一般在文体定型之后。不能反过

---

① 王兆鹏:《从诗词的离合看唐宋词的演进》,载吴承学、何诗海主编《中国文体学与文体史研究》,凤凰出版社2011年版,第196—210页。

来说，文体先成熟，然后就定型了；也不能说，凡是自觉的文体，就必然意味着已经定型。这不合逻辑。文体成熟意味着文体经典的出现已可预期；事实上，很多文体成熟是以文体经典的出现为标志的。但是，文体定型未必就会导致文体经典出现的已可预期。如格律诗，南齐永明时代已经自觉，初唐已经定型，但都未臻于成熟，更没有、也不可能涌现经典之作。

第三，文体自觉或文体独立≠文体成熟或文体定型。文体自觉、文体独立与文体定型、文体成熟不是一回事。前两者与后两者之间也是因果关系、递进关系。文体定型、文体成熟与实用、实践关联，文体自觉、文体独立与审美、理论关联。一般说，文体自觉、独立是文体定型、成熟的先决条件。特殊情况下，文体的自觉、独立与文体的定型、成熟也可同时、同期发生。但这不等于说，这两对概念可以混为一谈。上引王兆鹏在论述词体的独立自觉时，就把文体的自觉、独立与其定型、成熟混为一谈。这是不妥的。

第四，文体自觉、独立＋文体定型、成熟→文体经典，即：从时间次序上说，这些概念的关系一般是：文体独立→文体自觉→文体定型→文体成熟→文体经典。在这个次序中，相邻、相近的概念可以合并（也就是可以同时发生），但次序不可乱。

第三节　论篇幅之于文体

本节内容提要：篇幅就是指单位文本的文字、段落的多少。决定篇幅大小的主要是文体，与韵、散等文体因素直接关系。文体学不应忽略篇幅问题。因为它是文体的内涵之一。古人不轻篇幅问题，但古人的"篇幅观"不都对。现当代学术界对此问题关注较少，应该加强。

在我国古代文学、文论语境中，"文体"究竟有多少种含义呢？

这个问题很复杂。本书第一章、第一节"什么是文体"已经充分讨论了这个问题。这里再概括地回顾一下。陆机《文赋》："体有万殊。""文体"除了"体类""体裁"这一基本含意外，还有更加丰富的内涵。就现当代学术界迄今为止的"文体内涵论"而言，大体上有两大类说法：一是简分，最简洁的是韵散二分法；二是详分，即两个以上的多义项说。详分可以涵盖简分，故笔者倾向于详分。详分最全面的是"六义项"说：（1）体裁或文体类别；（2）具体的语言特征和语言系统；（3）章法结构与表现形式；（4）体要或大体；（5）体性、体貌；（6）文章或文学之本体。这是吴承学的归纳。① 笔者提增一条，即："体制"，"篇幅"。这样，如要细究，则"文体"的内涵至少应有七个义项。"篇幅"应列为"文体"的内涵之一。

一 何为篇幅

所谓"篇幅"，就是单位文本、语本或者说一篇（部）作品的文字的多寡、篇制的长短，是文体外形方面直观的、对比性的特征。它决定于文体，尤其受韵、散等文体因素影响。

篇幅属于"外部形体"因素，很直观，一望而知；同时，"长短相形"（《老子》第二章），字数多少或篇幅长短主要存在对比中。对比，既包括横向对比，也包括纵向对比，以及中外对比。横向对比，就是在同一个相对稳定的时间段里，文体演变缓慢进行，没有出现很大变化，诸文体也基本稳定，在这样的情况下形成的对比性观感或习惯性篇幅认知，即为横向对比。如汉魏时期，赋体一般比诗体长，这就属于横比。纵向对比，就是在连续而又相对稳定的一个时段里，文体已经发生了较大的变化，篇幅也出现较大不同，在这样的情况下形成的对比性观感，就是纵向对比。比如词体的演进，唐五代及宋初以小令为主；至北宋中期以后，慢词、长调出现，小令词慢慢变少了。这属于对篇幅的纵向性观察。汉代赋体的发展也随着骚体赋、散体赋、抒情小赋的依时递变而在篇幅上出现了从"较长→长→短"的变化。此外，学术研究有时还需要中外对比，研究中国古代文体篇幅问题有时也需要中外对比，如中外"史诗"之争的关键就在篇幅问题。

《文心雕龙·神思》："文之制体，大小殊功。"这里的"制体"或"体"，即指篇幅。陆机《文赋》："体有万殊，物无一量。"篇幅之不

---

① 详参吴承学《中国古代文体学研究》"第一章 中国古代文体学论纲"，人民出版社2011年版，第16—22页。

同也应属于"万殊"之一。比如：一般说来，文要比诗长。当然，不能把陆机所说的"万殊"都视为文体的内涵义，否则这方面的研究就会陷入琐碎无聊的泥淖。

文体的基本义是"体裁"。"体裁"的"裁"，本意指裁制衣物；裁制衣物的关键有二：一是样式，二是尺寸。样式不论，论尺寸。尺寸，实质上就是一个数量问题。合二者以观，结论就是：体裁既指样式，也指（规范着）篇幅。

二 "篇幅"问题不可小觑

笔者曾把一篇讨论"篇幅"问题的论文投给某期刊，编辑回复道：篇幅问题很重要吗？对其反应，余不意外。它代表了一种算是比较普遍的篇幅观吧。

篇幅之于文体，意义不大，不足讨论，然否？

答曰：不然。篇幅、篇幅，篇连着幅。忽视篇幅问题，固为当今文体学界之较普遍的现象。但若云其不重要，这就不是"忽视"，而是轻视了。忽视尚可理解，轻视则不应该。

第一，轻视篇幅，于理不通。它至少违背了三个公理：一是质量互变规律，二是辩证法，三是数理文化。

先说质量互变规律。这是辩证唯物主义哲学的基本原理之一。万事皆然，没有例外。篇幅问题，说白了就是数量问题。说篇幅不重要，就等于说数量不重要。说数量不重要，就等于说质变可徒得，无待量变，这是说不通的。《荀子·劝学》曰："积土成山，风雨兴焉；积水成渊，蛟龙生焉；积善成德，而神明自得，圣心备焉。"《荀子·儒效》："故圣人也者，人之所积也。"圣人都是"积"来的，人多动善念、多做好事，积得多了，量变产生质变，就成圣人了。不积或积得不够多，焉能成圣人？圣人的存在价值之一就在于为凡俗提供模范。所以大家都在"积"，都想做圣贤。但是世上凡人多，圣贤少。差哪儿呢？两个字：数量！

轻视篇幅也违背辩证法。或曰：篇幅无非是把文字、段落多多益善地堆积而已，兹事简单，不足以入文体学之论域。实则非也。围棋简单,实则复杂。天地简易,孰云没啥!按照辩证法,我们理应这样看问题:简单者复杂。拿篇幅说,多堆砌文字就是长篇吗?没那么简单。一曰长,二曰好。何以见得"好"?经久不衰才是好。长城不只长,不只壮观,关键在于耐久。万里长城永不倒!粗制滥造,恶意堆垛,攒鸡毛凑掸子,那不是"好"。可见篇幅问题并不简单。

古今中外都有数理文化。轻视篇幅就是违背世界数理文化。中国古人重视"数"。在文言文里,"数"常常就有"规律"之意。《庄子·天道》:"轮扁曰:'臣也以臣之事观之。斫轮,徐则甘而不固,疾则苦而不入,不徐不疾,得之于手而应于心,口不能言,有数存焉于其间。'"这个"数"就是规律。"规律"一般是以数字为基本内容的。《周易》有"天数""地数""大衍之数"等说法。《周易》占卜的实质就是特殊的代数运算。董仲舒《春秋繁露·官制象天》由天论人,以数统政:"天之数,人之形,官之制,相参相得。"这样,"不识数"不仅是"科盲",更意味着不通情理(人文盲)。中国数理文化也表现为一些熟语,如一分为二、三阳开泰、不三不四、不着四六、九九归一、十全十美、数九寒天、大千世界、黄金分割、和为贵等。当然,数理文化也杂有一些迷信成分,但那不是主流。在西方,古希腊思想家毕达哥拉斯提出"万物皆数""数是万物的本质"、数是"众神之母"等说法。文艺复兴时期,人们已经普遍认识到"数学"是"通用的科学语言"。物皆有数。文体岂能无"数"!"篇幅"就是文体之"数"的重要方面。

在大数据时代,人们不仅要有情商、智商、钱商,还要有"数商"。

第二,我国古圣先贤们不轻视数量问题。《周易·序卦》讲:"物大然后可观,故受之以《观》。"段玉裁《说文解字注》:"物多而后可观。故曰:观,多也。"[1] "观"有"多"意。当然,严格说来,大与多也不一样。单体多谓之大,群体大谓之多。"大"是单数,"多"是复数。"篇幅"之大小问题属于前者。又,《说文解字》:"美,甘也,从羊,从大。"此即"羊大为美"说。单体数量达到何种程度为最佳?

---

[1] (汉)许慎撰,(清)段玉裁注,许惟贤整理:《说文解字注》,凤凰出版社 2007 年版,第 741 页。

荀子认为"全粹"方为最佳。《荀子·劝学》："百发失一，不足谓善射；千里跬步不至，不足谓善御；伦类不通，仁义不一，不足谓善学。学也者，固学一之也。一出焉，一入焉，涂巷之人也；其善者少，不善者多，桀纣盗跖也；全之尽之，然后学者也……不全不粹之不足以为美也……君子贵其全也。"荀子讲的是作人；作人当然无止境。不过，作文与作人稍异。作文，就数量上说，当然不能无止境，因为物太大则不美。如果一部书，一千年都看不完，那就没意思了。世无千岁人，也不能光看书，尤其不能只看一本书。文体的篇幅不能无止境，因为吾生有涯。不轻数量问题会指向数量适当地大，并非越大越好。

"全粹"的同义词是"圆满"。圆形最美。因为圆形是360度全覆盖。故曰"圆满"。中国文化贵"圆满"。这个不消多说。而"圆满"，从数的角度上说，其实就是"数量足"。唐僧取经，必须经历八十一难，缺一即不圆满。理想的人生是什么样的？很简单，圆满。圆满，可以做不到，但不能不努力去做。

第三，于事实不符。验诸事实，篇幅长短，洵非小事。一般来说，巧妇难为无米之炊。米少也难为炊。试想，《红楼梦》若只有数千字或几万字，它还凭什么伟大？反之，《诗经·大雅》之《生民》《公刘》《绵》《皇矣》《大明》五篇书写周部族发展历程的诗歌，若有十几万、几十万字或更长，汉族有无"史诗"之争恐怕亦无由起也。"史诗"文体的规定性之一就它必须是长篇。

当然，也不是说长篇就好，短篇就不好。而是说，篇幅非小事。

第四，道理、事实之外，还有很多格言套语，也说明数量不可小觑。如云：十年树木，百年树人。若非百年，何以见树人之重要？又《论语·述而》："三人行，必有我师焉。"三者多也。不多焉师？倘曰"一人行，必有我师焉"，可乎？

在生物界，体量或规模往往意味着异质。《尔雅·释畜》："鸡三尺为鶤。"鶤即凤凰。麻雀与苍鹰有何区别？麻雀虽小，五脏俱全。鹰无非大。故两者除了大小不同外，其他方面无差别。《尔雅·释畜》又云："狗四尺为獒。"又《周礼·夏官》："马八尺以上为龙。"獒狗龙马,义同鹰雀。

我国古籍常单靠"体量"来作为判定异物的标准。如《山海经》有大人国、小人国等,又有长臂、长胫、长股、三身、一目、无肠、洞胸等殊方异人,又有九头的鸟虫兽、千里之蟹、火浣鼠、高大扶桑木等异物。《庄子》也动言大小长短及种种耸人听闻的人或物,如用巨钩粗绳及十五头肥牛为饵以钓的任公子(《外物》)——钓鱼场面既然这么宏伟,那任公子定非普通人也。《庄子》又有"登高不栗,入水不濡,入火不热"的"至德者"(《大宗师》),还有自由幻化、海陆空三栖的鲲鹏等。《列子·汤问》通过殷汤与夏革的问答,讲了很多"巨细""修短"异常的物事。宋玉有《大言赋》《小言赋》[1]。萧统也有《大言诗》《细言诗》等。魏晋小说《博物志》《神异经》等书载述这方面的内容也不少。这说明,依据"体量"来判定事物的性质,也是靠谱的。

三 古人较重篇幅问题

在简牍时代,文章的重要性常常通过简牍形制的大小来体现。重要的文本要使用较长的简牍书写,平常的文本则用较短的简牍。长简载字量较多,篇幅较长;短简字少篇小。秦汉时,简牍的标准长度是一尺(秦汉时的一尺,约合今天 23 厘米)。这是便于日常使用的尺寸。皇帝尊贵,其使用的简牍长一尺一寸(约合 25 厘米;现在通用的 B5 复印纸的长宽是 25.0 厘米 × 17.6 厘米)。汉代尊儒。故汉代儒家典籍的简牍长度是二尺四寸(约合 55 厘米);比帝王用简还长,长一倍多。1959 年甘肃武威磨嘴子 6 号墓出土了 500 多片简牍,其中包括《仪礼》,简长 55 厘米。这证实了汉简于经籍确实采用了二尺四寸的长简。[2] 可见,形制或篇幅的大小,在简牍时代也曾被赋予特定的意义。

---

[1] 其中,《小言赋》写楚襄王论大小之理曰:"卑高相配,而天地位;三光并照,则大小备。能大而不小,能高而不下,非兼通也;能粗而不细,能剥而不复,非妙工也。"

[2] 详参[日]富谷至《木简竹简述说的古代中国——书写材料的文化史》,刘恒武译,黄留珠校,人民出版社 2007 年版,第 43 页。

西晋陆机思深文繁，偏爱长篇，故其《文赋》讲："或托言于短韵，对穷迹而孤兴。俯寂寞而无友，仰寥廓而莫承。譬偏弦之独张，含清唱而靡应。"这是说，作诗作文都不宜太短。如果太短，就容易写得捉襟见肘，缺乏辗转腾挪的空间。

东晋葛洪《抱朴子·自序》云："洪年二十余，乃计作细碎小文，妨弃功日，未若立一家之言，乃草创子书。""细碎小文"谓诗词歌赋类的短篇之作，而子书以及经书、史书等一般是大部头的。葛洪也不喜欢"细碎小文"，他喜欢大部头，故选择了子著。

刘勰《文心雕龙》也多次论及"篇幅"。《章句》："夫裁文匠笔，篇有小大。"刘勰于《文心雕龙》是句斟字锻，不轻易下字的。他这里的"小大"二字，正与上半句之"文""笔"对应——文谓韵文，笔指骈文、散文，"文"的体量一般小于"笔"，故曰"小大"。这说明理性精细的刘勰于文体之篇幅问题是自觉的、明晰的。又，《诠赋》："若夫京殿苑猎，述行序志……斯并鸿裁之寰域，雅文之枢辖也。至于草区禽旅，庶品杂类……斯又小制之区畛，奇巧之机要也。"刘勰这里依据篇幅大小把赋分为两个类型：一曰"鸿裁"，一曰"小制"。"鸿裁"谓长篇大作也。引文中的省略部分则还分别对这两种赋的题材内容及体制特点等作了概括。至今人们仍有大赋、小赋之目。又，《杂文》在论及"连珠"体时写道："扬雄覃思文阁，业深综述，碎文琐语，肇为《连珠》，其辞虽小而明润矣……夫文小易周，思闲可赡。"认为文小者相对易于操作，但写好也不易："足使义明而词净，事圆而音泽，磊磊自转，可称珠耳。"又，《神思》："张衡研《京》以十年，左思练《都》以一纪。虽有巨文，亦思之缓也。"这话里实际暗含"巨文"更费功夫的意思。《辨骚》："才高者菀其鸿裁，中巧者猎其艳辞，吟讽者衔其山川，童蒙者拾其香草。"这是说，"鸿裁"须"才高"。

隋代刘善经《定位》曰："凡制于文，先布其位，犹夫行阵之有次，阶梯之有依也。先看将作之文，体有大小；又看所为之事，理或多少。体大而理多者，定制宜弘；体小而理少者，置辞必局。须以此意，用意准之，随所作文，量为定限。既已定限，次乃分位，位之所据，义别为科。众义相因，厥功乃就。"① "先看将作之文，体有大小。"是想搞大制作，还是想写得短小精粹，一开始，构思时，就得预先考虑好这个问题。我们现在申报各种课题，也要填报预期课题大约多少字数，是何形式（专著、调查报告之类）等。中小学生作文，一般也有字数要求；字数符不符合要求是打分的依据之一。

唐代司空图《与李生论诗书》："文之难，而诗之难尤难。"诗一般短于文。诗难在短。

南宋姜夔《白石道人诗说》说："小诗精深，短章蕴藉，大篇有开阖，乃妙。"② 尹尚胜男由此认定姜夔是中国文论中"第一个将篇幅问题独立品议且影响极为深远的"人，"姜氏将诗歌篇幅分为三类：小诗、短章、大篇"。③

宋末严粲（严羽族弟）论《诗经》大小雅之别时说："今考小雅，正经存者十六篇，大抵寂寥短简，其首篇多寄兴之辞，次章以下则申复咏之，以寓不尽之意，盖兼有风之体。大雅正经十八篇，皆舂容大篇，其辞旨正大，气象开阔，不唯与国风夐然不同，而比之小雅，亦自不侔矣。"南宋及元代诗论，多有以"寂寥短简（章）"与"舂容④大篇"对言者，显示彼时诗歌观已较注意于篇幅问题。如南宋赵孟坚《孙雪窗诗序》说："雪窗其感而寓兴以有韵之文，舂容大篇，《北征》、《庐山高》其行辈乎？精密短简，《秋圃》其流丽乎？"⑤ 元代赵孟頫："或舂容乎大篇，或收敛于短韵。"⑥ 又元代程端礼说："后生学文，先能展开滂沛，后欲收敛简古甚易。若一下便学简古，后欲展开

---

① （隋）刘善经：《定位》，转引自周祖譔编选《隋唐五代文论选》，人民文学出版社1999年版，第5页。
② （宋）姜夔著，郑文校点：《白石诗说》，《六一诗话　白石诗说　滹南诗话》，人民文学出版社1962年版，第29页。
③ ［日］尹尚胜男：《从历代文论看中国诗体篇幅长短之辩》（第一章），硕士学位论文，北京大学，2013年。
④ 按："舂容"语出《礼记·学记》："善待问者如撞钟，叩之以小者则小鸣，叩之以大者则大鸣，待其从容，然后尽其声。"郑玄注："'从'，读如'富父舂戈'之'舂'。舂容，谓重撞击也。"
⑤ （宋）赵孟坚：《孙雪窗诗序》，文渊阁四库全书本《彝斋文编》卷三。
⑥ （元）赵孟頫：《〈南山樵吟〉序》，文渊阁四库全书本《松雪斋集》卷六。

作大篇,难矣。"① 复据上引日人尹尚胜男之说,则似可小结曰:此论始于或较完善于姜夔。

宋末元初刘埙说:"诗至律难矣,至绝句尤难矣,至五言绝句又大难矣。辞弥寡,意弥深,味弥远。岂比夫大篇长歌,可以浩荡纵横,衍之而多者?"②

元代郝经说:"事有至大、物有至多者,万言之文不足以尽其理。诗四句,何以毕之?所谓至简而至精粹也。……五言难于七言,四句难于八句,何者?言愈简而义愈精也。"③ 诗短于文,故必须精粹化。绝句尤短,故须"义愈精"。

元代方回评韩愈《春雪间早梅》说:"束大才于小诗之间,惟五言律为最难。昌黎此诗赋至十韵,较元微之'春雪映早梅'多四韵,题既甚难,非少放春容不可也。"④ "大才"作"小诗",牛刀宰小鸡,故"非少放春容不可",讲得很有意思。

明代李东阳说:"长篇中须有节奏,有操有纵,有正有变,若平铺稳布,虽多无益。"⑤ 这是讲作长诗需要注意的事项。

明代王世懋:"小诗欲作王、韦,长篇欲作老杜,便应全用其体。第不可羊质虎皮,虎头蛇尾。"⑥ 写短诗就学王维、韦应物,短小精悍;写长诗可学杜甫,气吞山河。两美不可兼,写法不可混。

明代胡应麟:"或长于叙事而短于持论,或工于古选而拙于声诗,或富于大篇而艰于小绝。"⑦ 三句两两相对,前者长,后者短。

明代梁辰鱼《二郎神·拟汉宫春怨》之"题序"在论及汉唐宫词不同时也注意到了"篇幅"上的不同:"唐人调短,急促难歌;汉氏篇长,蔓延无节。何以被之弦管,协之宫商?"又其《拟汉宫春怨》

---

① (元)程端礼:《学作文》,文渊阁四库全书本《读书分年日程》卷二。
② (元)刘埙:《〈新编绝句〉序》,文渊阁四库全书本《水云村稿》卷五。
③ (元)郝经:《〈唐宋近体诗选〉序》,文渊阁四库全书本《陵川集》卷三十。
④ (元)方回:《瀛奎律髓》卷二十,文渊阁四库全书本。
⑤ (明)李东阳著,李庆立校释:《怀麓堂诗话校释》,人民文学出版社2009年版,第60页。
⑥ (明)王世懋:《艺圃撷余》,(清)何文焕辑《历代诗话》,中华书局1981年版。
⑦ (明)胡应麟:《策一首》,文渊阁四库全书本《少室山房集》卷一百。

"自序"云:"宫词之作……汉氏篇长,唐人调短。蔓延急促,未协宫商。"他讨论的是"宫词"诗;议论的落脚点是"宫商",但实际是篇幅问题。他对汉唐的宫词体都不满,因为或太长(汉代),或太短(唐代)。太长太短,都不适宜演唱。他的宫词篇幅观是适中。

明末费经虞论诗赋之异时,明视篇幅为一个方面:"古诗六义,其一为赋……自罹战国,继以暴秦,风雅沦亡,意旨湮没,殆楚人屈平作《骚》,长言大篇,极情尽致,而赋遂变,与《诗》相殊,别为一格。"① 诗赋之异,篇幅不同是最明显的。

清代薛雪《一瓢诗话》:"排律止可六韵至十二韵足矣;多至几十韵以及百韵,即是长诗也,不可为训。"又说:"古歌辞语短意长,有一句、两句者,含义何止十韵、百韵?后世作者,愈长愈浅。"② 他认为,文体制约着篇幅,故律诗不能过长,排律虽可长点,但也应有限度。历史地看,诗歌篇幅是古短今长,短则佳、长则恶,这是倒退论;倒退论未必是,但古短今长、由短趋长确实是文学演变的规律之一。

清代王士禛:"小诗欲作王、韦,长篇欲作老杜,便应全用其体,不可虎头蛇尾。"这与明代王世懋所说相近。又说:"唐人省试应制排律率六韵,载诸'英华'者可考。至杜子美、元、白诸人,始增益至数十韵,或百韵。近日词林近诗,动至百韵,夸多斗靡,失古意矣。"王士禛爱神韵,长篇易酣畅,故不之喜。又:"(张)萧亭云:七言长篇宜富丽,宜峭绝,而言不悉;波澜要宏阔,陡起陡止,一层不了,又起一层;卷舒要如意警拔,而无铺叙之迹;又要徘徊回顾,不失题面:此其大略也。如《柏梁诗》人各言一事,全不相属,读之而气实贯穿,此自然之妙,得此可以为法。若短篇,词短而气欲长,声急而意欲有余,斯为得之。长篇如王摩诘《老将行》,短篇如王子安《滕王阁》,最有法度。"③

---

① (明)费经虞:《雅伦》(卷四),上海古籍出版社 1995 年影印本。
② (清)薛雪著,杜维沫校注:《一瓢诗话》,《原诗 一瓢诗话 说诗晬语》,人民文学出版社 1998 年版,第 140 页。
③ (清)王士禛著,张宗柟纂集,戴鸿森校点:《带经堂诗话》,人民文学出版社 1998 年版,第 30、32、830 页。

清代沈德潜《说诗晬语》："咏物，小小体也。"① 咏物诗贵精切，也不可能写长。

清代刘熙载也多次讲到篇幅问题。《艺概·文概》："作短篇之法，不外婉而成章；作长篇之法，不外尽而不污。"又《诗概》："长篇以叙事，短篇以写意，七言以浩歌，五言以穆诵。"又曰："问短篇所尚，曰'咫尺应须论万里'。问长篇所尚，曰'万斛之舟行若风'。"又《词曲概》："齐梁小赋，唐末小诗，五代小词，虽小却好，虽好却小。""好而小"，不如"又好又大"。这里，"小""大"主要谓篇幅，也指题材内容的分量等。

古代还有小品、大品之目。佛经称详本曰大品，简本曰小品。后移用于文域。如小品文、小品剧等。明代陈继儒《〈苏长公小品〉叙》说："如欲选长公之集，宜拈其短而隽异者置前。""短而隽异"正是小品文的特色。其实，诗歌也有小品、大品之别。南朝乐府、近体绝句、小令词等即可谓小品诗，《离骚》《琵琶行》及长篇"史诗"等自可谓之大品诗。

古代总集编撰常常"由篇定体"。篇幅之于文体的重要意义正在于"以篇定体"。这里的篇，当然是指文本的整体，不单指篇幅，但也含"篇幅"之义。如《文选》选文，多选篇幅适中者，过长、过短都不选。《文选》不选经、史、子，应当也有篇幅方面的考虑。

另外，中国古代屡有"短篇难作"的说法，这个问题主要涉及写作学和鉴赏学两个方面，但与文体学也多少有关。故略论于此。短篇难的说法，如司空图《与李生论诗书》一开口就说："文之难，而诗之难尤难。"大意是：文长，固亦难写；但篇幅短于文的诗歌更难写。严羽《沧浪诗话·诗法》称绝难于律、律难于古："律诗难于古诗，绝句难于八句；七言律难于五言律；五言绝句难于七言绝句。"元代郝经也说诗比文难写，因为诗短（详上文）。明末贺贻孙《诗筏》："长篇难矣，短篇尤难。长篇易冗，短篇易尽，此其所以尤难也。"②

---

① （清）沈德潜著，霍松林校注：《说诗晬语》，《原诗 一瓢诗话 说诗晬语》，人民文学出版社1998年版，第245页。

② （明）贺贻孙：《诗筏》，上海古籍出版社1983年《清诗话续编》本。

笔者按：短难长易，似非笃论。应当说，无论长短，创新都难，写好都难。这是从写作的角度讲。从接受的角度讲，读者不觉其长，就是不长。西晋嵇含说："每读二陆之文，未尝不废卷而叹，恐其卷尽也。"①唯恐读尽者，何长之有？

再另，篇幅问题还牵涉另一个重要的文学现象。这就是文学的自觉及成熟问题。文学或文体的自觉与成熟，常常表现为篇幅的加长。"先秦文学自觉说"的主要论据就是屈原《离骚》的伟大存在。而《离骚》之伟与其篇幅之大有一定关系。小说亦然。魏晋志人志怪小说之所以尚谈不上自觉，其中的一个标杆就是篇幅短小，止于粗陈梗概。这方面，只有律诗、绝句仿佛是例外。虽然律诗、绝句的自觉或成熟不会增加单篇的长度，甚至篇幅还会萎缩（所谓"约句准篇"，即谓不能太短，也不能太长），但是共时性地看，创作的繁荣（作者及篇数的增加）也仍是考察其自觉与成熟（及其程度）的重要尺度。

四　现当代"篇幅"论举偶

"篇幅"在现当代的学术"现实"中，情形又如何？现当代文体学离了篇幅论行不行？

篇幅既然也是"文体"的内涵义之一，且既然古人也比较重视，那么，它在文体学研究的"实战"中就应当占有一定的地位，拥有一定的"出镜率"。事实亦然。下面列举几例，以见端的。

（1）鲁迅。其《汉文学史纲要·屈原与宋玉》评楚辞："较之于《诗》，则其言甚长，其思甚幻，其文甚丽……"楚辞之"厉害"，鲁迅首先讲到的是其篇幅"甚长"。这里，"言"有两解，一谓每句的字数，二谓篇幅。但笔者认为鲁迅的意思主要应为后者。两者也有关涉：单句字数多的，篇幅一般也较长。《离骚》是空前的长诗。《离骚》之伟大，此占一条。顺便说一句，鲁迅精炼，但终无长篇，也是一憾。②

---

① （唐）马总：《意林》卷四，文渊阁四库全书本。
② 鲁迅为何无长篇？李长之说：一因"鲁迅不是思想家"，"大的思想得有体系，系统的论文，是为他所难能的，方便的是杂感"；二因"他缺少一种组织的能力"，"长篇小说得有结构"。其论鲁迅，不乏主观；其论长篇，则不无意义（参见李长之《鲁迅评判》，生活·读书·新知三联书店2014年版，第181—182页。该书初版于1935年）。

（2）刘大杰。他在论及明清短剧时说："短剧是一种文人即兴之作，不像那些长至四五十出的传奇，编排故事，填制曲文，都需要大量的精力与时间。因为形式很短，其取材都是摘取故事中悲壮、哀怨或是风雅的一片段，加以表现，故在文字上容易见长。至于它的来历，较为古远。元人王生的《围棋闯局》，可视为短剧之祖。此剧只一折。"①

（3）吴承学。他在论述体裁形式与风格内容的关系时，提到了"篇幅"的意义："形式是由内容决定的，但一定形式又反过来在某种程度上制约着内容。艺术、文学各种体裁形式上的特点必然影响文体表现手法的运用和审美特征的形成。比如各种文体的篇幅长度不同，以诗歌而论，有长诗，有短诗。一般来说，长诗因篇幅长、容量大，能包含更丰富广阔的内容，在表现上也有放纵和回旋的余地，因此长诗崇尚才气魄力，以纵横开阖、淋漓酣畅为妙。短诗则篇幅短，容量小，不可能直接表现太多的内容，不容大笔濡染，用墨如泼，相反，要求含蓄蕴藉，以少少许胜多多许，言有尽而意无穷。"② 长诗与短诗的不同，就是长篇与短篇的不同。吴承学不轻"篇幅"，他把"篇幅"视为"体裁形式上的特点"之一。

（4）杜桂萍。她认为明清短剧之盛，其中一个原因是短剧"短小灵便的文本体制带来了创作主体抒情写心的自在与随性"，故成为明清"文人呈才写心、率意表达的重要载体"，并认为这是"杂剧文体的'小品'化"。③

（5）郭建勋。他在讲到辞赋与骈文的体制的不同时，注意到了"篇幅"的意义："赋与骈文在形制方面存在许多差异。从篇幅上看，赋的规模因创作目的、描写对象的不同而呈现出纷繁多样的面貌，既有如张衡《二京赋》、左思《三都赋》、庾信《哀江南赋》那样的鸿篇巨制，也有如张衡《归田赋》、曹植《芙蓉赋》、谢灵运《怨晓月赋》那样的短章小品，篇幅的长短自由随意，不拘一格；骈文则从其诞生

---

① 刘大杰：《中国文学发展史》（下册），上海古籍出版社1997年版，第1094页。
② 吴承学：《中国古典文体风格学》，北京大学出版社2011年版，第102页。
③ 杜桂萍：《抒情原则之确立与明清杂剧的文体嬗变》，吴承学、何诗海编《古代文学的文体选择与记忆》，凤凰出版社2015年版，第277、282页。

之初开始，就受到精致化和即时性之内在规定性的导引，而没有辞赋那种'苞括天地，总揽宇宙'之宏大境界的传统审美追求，因此缺乏'巨丽'的长篇，大多表现为'精美'的短制。"① 在辨析赋与骈文体制的区别时，郭建勋先讲"从篇幅上看"，说明"篇幅"也值得重视——它也属于文体的内涵之一，而且篇幅问题，一看便知，"望闻问切"，"望"打头，先看大体。此例也有方法论意义："辨体"怎么"辨"？先从大小多少上"辨"。

（6）张伯伟说："佛经文体有长行（又名'散花'，指散文）与偈颂（又名'贯珠'，指韵文）之别。"② 这也是以篇幅别文体的显例。佛典中的"长行"与偈颂的内容基本无别，也"都具有一定的音乐性要求"③，偈颂亦不都押韵，两者并不像中国文化中的散文、韵文那样文体规范泾渭分明，其区别主要在于篇幅的长短与语式的整散。

（7）台湾学者吕正惠提出，篇幅大小，不只是一个形式的问题；它也关联着内容和写法。比如绝句，在中国文学文体里应该是最短的了。它只有四句，五绝总共只有二十字。吕正惠说："在这么短小的篇幅之中所能表现的人生经验，可以想象得到，很容易是那种一刹那之间所感受到的经验，很不可能是那种事件繁多，过程复杂的'大'经验。"④ 所以，绝句历来被公认为最难写。因为它太短了，很容易发生陆机《文赋》所说的"或托言于短韵，对穷迹而孤兴"的情况。所以，绝句必须含蓄蕴藉，四两拨千斤，以小见大，以少胜多。如果满足于小、少、浅，小题小作，小打小闹，那就完了。

（8）钱志富在其论文《也谈"诗言体"》中写道：

    古今中外有各种各样的诗体。有的诗体是宏伟的，如史诗、

---

 ① 郭建勋：《辞赋文体研究》，中华书局2007年版，第217页。
 ② 张伯伟：《"文化圈"视野下的文体学研究——以"三五七言体"为例》，《中国社会科学》2015年第7期。
 ③ 李小荣：《汉译佛典文体及其影响研究》，上海古籍出版社2010年版，第81页。
 ④ 吕正惠：《抒情传统与政治现实》，大安出版社1989年版；转引自陈国球、王德威主编《抒情之现代性——"抒情传统"论述与中国文学研究》，生活·读书·新知三联书店2014年版，第417页。

政治抒情诗、长篇叙事诗。史诗动则上万行,有的甚至数十万行,我国藏族史诗《格萨尔王传》有120多卷、100多万诗行、2000多万字,相当于20部《红楼梦》的规模;政治抒情诗动则数百行,甚至上千行。有的诗体则比较精、短,多则几十行,上百行,少则几行,甚至一两行。十四行诗只有十四行。中国古代的律诗八行,绝句只有四行。20世纪90年代以来,一些人提倡写微型诗。都是三行以内的作品。①

可见,钱志富是视"篇幅"为"诗体"的基本要素之一的。窃以为,"诗体"然,其他文体亦然。

(9) 吴组缃有《短篇和长篇小说创作漫谈》(《文艺研究》1980年第7期)一文,对"长篇不如短篇受欢迎和赞赏"的问题做了剖析。因其文主意似不在讨论篇幅问题,故不细述。

(10) 在现代文论里,篇幅长短是诗歌、散文及小说的文体区别之一。散文韵文,孰短孰长?在我国现代文学观念发展历程中,关于两者的短长问题,曾发生过争论。尤其现当代文学界,总有人喜欢长诗;更有人拿长诗说事,认为诗歌与散文的主要区别不在篇幅长短。但是一般常识是:散文长于韵文。郭沫若反对"长诗"论:"诗如严格地限于抒情,则事理上是不能过长;中国除《离骚》以外没有更长的诗,也就是这个事实底证明。要做长诗,势必叙事或者纪行,但要满足这些目的不是有更自由、更合理的散文在吗?"② 照此说,诗歌是长不了。外国也有人反对"长诗",如美国诗人爱伦坡说:"我认为'长诗'并不存在。我认为长诗这个概念只是一个自相矛盾的名词……以后将不再会有长诗的流行。"③ 19世纪意大利诗人列奥巴尔迪也"力非长

---

① 钱志富:《也谈"诗言体"》,《宁波城市职业技术学院学报》2017年第4期。按:当代诗歌理论家吕进提出"诗言体"。当代诗人于坚也提倡"诗言体"。这当然不是否定"诗言志",而是强调"诗体"的重要性;因为正如钱志富上述文章所说:"只有'体'才能给'志'发放放准生证。"
② 郭沫若:《今天创作底道路》,《笔阵》(成都)1942年6月1日第3期。
③ 转引自张松建《抒情主义与中国现代诗学》,北京大学出版社2012年版,第140页。

诗，认为真诗必短"①。这些话固然绝对，但也自有一定的道理在。当然，中西文论语境中的"长诗""短诗"概念并不完全相同。"在西方古典文学的体系中，所谓'长诗'笼统地讲指的是诗歌长度本身构成意义的形式。具体说来，就是那些著名的英雄、部落史诗；而'短诗'则可等同于抒情诗。"②"长诗"意味着叙事，"短诗"意味着"抒情"；这一点，其实中西差别并不大，只不过西人思维明晰，认识上较为自觉而已。无论如何，诗歌贵精粹，这是中西均无差别的；从这点说，诗歌总体上一般是短于文的。像《离骚》那样动辄两、三千言的长篇的抒情诗，只能以特例而论处了。

那么，接下来，一个颇有意思的问题涌上心头：有没有短于诗词或短如诗词的文章呢？当然是有的。而且，熟悉文史的人都知道，文章也有以短而见好者。如唐宋古文及明清小品文均有又短又好者。像中唐柳宗元的山水小品即长期大放光明于文坛。北宋王安石更一向以"简贵"（刘熙载《艺概·文概》评语）著称。其《读〈孟尝君传〉》全文仅90字，可谓最短而又最好的读后感了。苏东坡亦极善"短打"，精于杂文。明清小品，亦不乏短而佳者。如归有光《项脊轩志》、姚鼐《登泰山记》等。看来，人们于文，亦常"护短"焉。顾之京、谢景林编有《历代百字美文萃珍》（天津古籍出版社2004年版），徐潜、绍生编有《明清小品名篇赏析》（吉林文史出版社2011年版），这类书籍之热编、热卖，也是明证之一。《文选》昭明，多止千言；《古文观止》，岂有万语！

短文有人爱。长文就未必了。散文也不宜写得太长。太长不便观览，反而不美。但小说——尤其是长篇小说——是有些例外的。南帆说："小说原来可以这么写！于是，种种既定的长篇小说规范就在这种惊叹之中逐渐遭到废弃。圈住这个庞然大物的囚牢开始四分五裂。还有哪些长篇小说所不可逾越的叙事原则呢？除了相当的篇幅。篇幅是历史叙事的最后遗迹。从荷马到司马迁，史诗或者史传文学很大程

---

① 转引自钱钟书《谈艺录》，商务印书馆2016年版，第500页。
② ［日］尹尚胜男：《从历代诗话看中国诗体篇幅长短之辩》（第一章），硕士学位论文，北京大学，2013年。

度地充当了长篇小说的前身。连绵不断的历史事件讲述决定了长篇小说的庞大篇幅。"① 南帆的意思是，长篇小说变化多，但"除了相当的篇幅"。不管怎么变，长篇小说都得"长"一些——这一条最好不要改变。可见，篇幅是文体内涵里比较稳定的元素，它是文体比较稳定的基石。

（11）在现代通行的文体观念里，还有所谓长篇、中篇、短篇之别。"中篇"是国人的发明。这是单以篇幅大小就可以区判文体的又一力证。这也足以说明篇幅之于文体的意义。我国古代虽从未明确出现长、中、短篇的概念，但这并不等于中国古人就麻木于篇幅问题。事实上，中国古代一向有关于"长篇""短篇"的议论，只是于"中篇"失语而已。当然，中国古代的"长篇""短篇"大多只是一种印象式的说法，大都不是严格的"术语"。中国古人也有忌讳篇幅短小的言论，如上述陆机、葛洪等都喜欢"长"的。他们的时代属于"短篇文学"时代，尚未出现中长篇文学及文体，所以他们想长也长不了或长得有限，故多少有点"生不逢时"。到了元、明、清，随着文体的发展演变，同时也靠了活字印刷术的推广与普及，中长篇的戏剧、小说出现了。那些"夸目者尚奢"的文士就可以跳出经史子，而有纯文学文体的选择了。

还有，在词学里，有所谓小令、中调、长调之分。篇幅之异是其一方面。明刻《类编草堂诗余》提出：58字以下者为小令；59—90字者为中调，91字以上者为长调。此说不严谨，有异议，但也非无价值，面对具体词作时不要硬套就是。依篇幅类词，兴起于明代。宋人一般分为令、引、近、慢等。明人称令为小令，引、近为中调，慢词为长调。两相比较，自以宋人之分类观为优。但就篇幅意识论，则明优于宋。这说明，"篇幅意识"有一个发育过程。

又，汉民族有无"史诗"？对此问题，中外学界尚有争议。胡适断言没有，林岗《口述与案头》一书力证为何没有；也有论者称有，如一些书籍认定《诗经·大雅》的《生民》等5篇就是周部族史诗，

---

① 南帆：《文体的震撼》，《当代作家评论》2001年第3期。

叶舒宪认为后羿神话等就是汉族史诗,刘守华认为20世纪80年代在湖北神农架地区发现的民间长诗《黑暗传》就是汉族神话史诗①。外国,黑格尔也认为"中国人是没有民族史诗的"②。可见,汉族有无史诗的问题,实际也是一个篇幅问题。"史诗"意味着长篇,从这点说,汉族没有史诗。那么,是不是有,而没有流传下来呢?又为何没有流传下来?"症结"还在"长篇"二字。朱光潜认为,我国自古长篇诗歌不发达,所以没有形成史诗。③ 史国良也提出,周代"采诗"制度"在较大的程度上影响了最初的史诗雏形的产生,从而导致汉民族文学史上最终没有出现大型的长篇英雄史诗"④。

也有人反对过于关注"篇幅",其实,这也可视为"篇幅论"。如当代作家柳建伟说:文类"分得太细不好。缺乏历史的传承性和跨越国界的共识性的分法,会导致混乱。譬如:西方的小说只分长的和短的两类,我们又加个中篇和小小说,我们的就乱些,西方的好把握。我还认同文学只分大型体裁和小型体裁。其实,历史只会留下好的作品。"⑤ 篇幅与质量是两码事。不必过于纠结于篇幅。佳作都短,劣作都长。这也是从接受的角度说的。当然,从专业批评的角度说,文体学不能无视或轻视篇幅问题。

(12) 文体融合也包括"篇幅互文"。文体包含"篇幅"。这意味着,不同的文体,篇幅也不同。论篇幅大小,一般来说是:小说＞散文＞骈文＞韵文。但是这个次序不是绝对的,而是可以改变的。虽然不是所有的"改变"或"突变"都是文体融合造成的;但是文体融合也会导致篇幅的变化——这也是事实。比如,以文为诗、以小说为散

---

① 刘守华:《〈黑暗传〉:汉民族神话史诗》,《广西民族大学学报》2003年第3期。按:《黑暗传》,1983年发现于湖北神农架地区,多于民间丧事时以问答形式击鼓演唱,版本不一,篇幅不定,1984年当地学者胡崇峻整理出来的有3万多行,约20多万字,被称为汉民族的"创世史诗""神话史诗""活态史诗"。但它算不算史诗,尚待定论。

② [德] 黑格尔:《美学》第三卷下册,商务印书馆1979年版,第170页。

③ 详参朱光潜《长篇诗在中国古代何以不发达》,《申报月刊》1934年第3期。

④ 史国良:《有关周代"采诗"对我国史诗篇幅影响的几点看法》,《青海师专学报》(教育科学版) 2004年第1期。

⑤ 柳建伟:《文学边界——拓展文学的疆域》,《人民日报》(海外版) 2017年8月30日第7版。

文的结果会导致后者的篇幅增加。如当代作家于坚"以小说为散文",其文常常达数万字/篇。反之,以诗为文、为赋、为小说、为戏曲的结果之一是后者的篇幅减缩。如:"一折之短剧在清代最为发达。"① 为什么?"之所以最为发达,与抒情之旨趣关系密切。"② "抒情化"就是诗歌化。它使戏剧变短,甚至短到只有一折,成为"小品剧"。又如,散文与辞赋互动,出现文赋,其篇幅有所加长;而诗体与小说互动,出现诗体小说,其篇幅就会变短等。

再如,在"以史为诗"中,有一种可以叫作"以纪传文为诗"。也就是说,本来可以写成纪传文的,现在写成诗歌。史传文的篇幅一般远长于诗体。故以史为诗的诗歌篇幅也会变长。如杜甫的一些"诗史"诗,"三吏""三别"之属,即属此类。另外,杜甫"诗史"诗有一些采用或事实构成组诗形式者,当也与历史文的影响有关。

总的来看,就篇幅方面说,文体融合不外两个结果:变长,变短。这与文体体制演变的大趋势是一致的。文体体制演变的大趋势也是双轨并行的,即:一方面巨大化,另一方面微缩化。两相比较,巨大化是主流。

---

① 曾永义:《明杂剧概论》,学海出版社1979年版,第88页。
② 杜桂萍:《抒情原则之确立与明清杂剧的文体嬗变》,吴承学、何诗海编《古代文学的文体选择与记忆》,凤凰出版社2015年版,第282页。

主要参考文献

一 著作
（一）中国文论

蔡邕：《独断》，《四部丛刊三编》，景明弘治本。

蔡正孙：《诗林广记》，中华书局1982年版。

陈国球、王德威编：《抒情之现代性——"抒情传统"与中国文学研究》，生活·读书·新知三联书店2014年版。

丁福保辑：《历代诗话续编》，中华书局1983年版。

丁锡根编：《中国历代小说序跋集》，人民文学出版社1996年版。

方孝岳：《中国文学批评》，生活·读书·新知三联书店1986年版。

郭绍虞编选，富寿荪校点：《清诗话续编》，上海古籍出版社1983年版。

郭绍虞辑：《宋诗话辑佚》，中华书局1980年版。

何文焕辑：《历代诗话》，中华书局1981年版。

蒋寅：《古典诗学的现代诠释》，中华书局2003年版。

刘熙著，毕沅疏证，王先谦补，祝敏彻、孙玉文点校：《释名疏证补》，中华书局2008年版。

刘勰著，詹锳义证：《文心雕龙义证》，上海古籍出版社1989年版。

钱钟书：《管锥编》，生活·读书·新知三联书店2007年版。

史游著，颜师古注，王应麟补注：《急就篇》，商务印书馆1936年版。

孙立：《日本诗话中的中国古代诗学研究》，北京大学出版社2012年版。

唐圭璋编：《词话丛编》，中华书局1986年版。

王夫之等编：《清诗话》，上海古籍出版社1963年版。

王冠辑：《赋话广聚》，北京图书馆出版社2006年版。

王国维：《人间词话》，人民文学出版社1960年版。

王水照主编：《历代文话》，复旦大学出版社2007年版。

王运熙、顾易生主编：《中国文学批评通史》，上海古籍出版社1996年版。

詹福瑞：《中古文学理论范畴》，中华书局2005年版。

张伯伟：《全唐五代诗格汇考》，凤凰出版社2002年版。

张晶、杜寒风主编：《文艺学的走向与阐释》，北京广播学院出版社2003年版。

中国戏曲研究院编著：《中国古典戏曲论著集成》，中国戏剧出版社1959年版。

周维德集校：《全明诗话》，齐鲁书社2005年版。

（二）中国文体论

曹辛华：《唐宋诗词的文体观照》，中华书局2011年版。

查洪德：《元代诗学通论》，北京大学出版社2013年版。

陈军：《文类基本问题研究》，北京大学出版社2013年版。

陈文新：《中国小说的谱系与文体形态》，中国社会科学出版社2012年版。

崔际银：《诗与唐人小说》，天津古籍出版社2004年版。

邓必强、史修水：《桐城派文体学研究》，安徽大学出版社2012年版。

邓国光：《文章体统——中国文体学的正变与流别》，上海古籍出版社2013年版。

邓新跃：《明代前中期诗学辨体理论研究》，上海古籍出版社2007年版。

董希平：《唐五代北宋前期词之研究：以诗词互动为中心》，昆仑出版社2006年版。

方师铎：《传统文学与类书之关系》，天津古籍出版社1986年版。

伏俊琏：《俗赋研究》，中华书局2008年版。

傅承洲主编：《中国古代叙事文学国际学术研讨会论文集》，中央民族大学出版社2011年版。

谷曙光：《贯通与驾驭：宋代文体学述论》，人民文学出版社2016年版。

顾祖钊：《华夏原始文化与三元文学观念》，北京大学出版社2005年版。

郭英德：《明清传奇戏曲文体研究》，商务印书馆2004年版。
郭英德：《中国古代文体学论稿》，北京大学出版社2005年版。
过常宝：《先秦散文研究——早期文体及话语方式的生成》，人民出版社2009年版。
过常宝：《制礼作乐与西周文献的生成》，中国社会科学出版社2015年版。
韩高年：《诗赋文体源流新探》，巴蜀书社2004年版。
何诗海：《汉魏六朝文体与文化研究》，北京大学出版社2011年版。
胡怀琛：《中国小说研究》，中国书籍出版社2006年版。
胡吉星：《文体学视野下的美颂传统研究》，中国社会科学出版社2013年版。
胡继琼：《中国古代小说文体流变刍论》，贵州大学出版社2006年版。
胡元德：《古代公文文体流变》，广陵书社2012年版。
纪德君：《中国古代小说文体生成及其他》，商务印书馆2012年版。
贾奋然：《文体观念与文化意蕴——中国古代文体学美学论集》，中国社会科学出版社2016年版。
蒋伯潜、蒋祖怡：《体裁与风格》，首都经贸大学出版社2015年版（或世界书局1941年版）。
蒋原伦、潘凯雄：《历史描述与逻辑演绎：文学批评文体学》，云南人民出版社1984年版。
蒋伯潜编著：《文体论纂要》，正中书局1946年版。
李道英：《唐宋古文研究》，北京师范大学出版社2005年版。
李南晖等：《中国古代文体学论著集目（1900—2014）》，北京大学出版社2016年版。
李士彪：《魏晋南北朝文体学》，上海古籍出版社2004年版。
李小兰：《中国古代批评文体研究》，黑龙江人民出版社2010年版。
李小荣：《汉译佛典文体及其影响研究》，上海古籍出版社2010年版。
李遇春：《中国文学传统的复兴》，商务印书馆2016年版。
梁章钜：《制义丛话》，上海书店2001年版。
林岗：《口述与案头》，北京大学出版社2011年版。

林岗:《明清小说评点》,北京大学出版社 2012 年版。

刘京臣:《盛唐中唐诗对宋词影响研究》,中国社会科学出版社 2014 年版。

刘渼:《刘勰〈文心雕龙〉文体论研究》,博士学位论文,台湾师范大学国文研究所,1998 年。

刘师培:《中国中古文学史 论文杂记》,人民文学出版社 1959 年版。

刘湘兰:《中国叙事文学研究》,北京大学出版社 2011 年版。

刘晓军:《章回小说文体研究》,华东师范大学出版社 2011 年版。

刘壮:《中国应用文源流研究》,北京图书馆出版社 2007 年版。

马建智:《中国古代文体分类研究》,中国社会科学出版社 2008 年版。

欧明俊:《古代文体学思辨录》,人民出版社 2015 年版。

彭玉平:《诗文评的体性》,北京大学出版社 2012 年版。

钱仓水:《文体分类学》,江苏教育出版社 1992 年版。

邱江宁:《明清江南消费文化与文体演变研究》,生活·读书·新知三联书店 2009 年版。

邱渊:《"言""语""论""说"与先秦论说文体》,云南人民出版社 2009 年版。

任竞泽:《宋代文体学研究论稿》,商务印书馆 2011 年版。

施畸:《中国文体论》,北平立达书局 1933 年版。

石昌渝:《中国小说源流论》,生活·读书·新知三联书店 1993 年版。

孙敏强:《律动与辉光——中国古代文学结构生成背景与个案研究》,浙江大学出版社 2008 年版。

陶东风:《文体演变及其文化意味》,云南人民出版社 1994 年版。

童庆炳:《文体与文体的创造》,云南人民出版社 1994 年版。

万奇:《刘勰〈文心雕龙〉文体论研究新探》,中央民族大学出版社 2012 年版。

汪小洋、孔庆茂:《科举文体研究》,天津古籍出版社 2005 年版。

王凌:《形式与细读:古代白话小说文体研究》,人民出版社 2010 年版。

王庆华:《〈红楼梦〉与中国文学传统》,中国书籍出版社 2013 年版。

王庆华:《话本小说文体研究》,华东师范大学出版社 2006 年版。

王伟勇：《宋词与唐诗之对应研究》，文史哲出版社 2004 年版。

吴承学：《中国古代文体形态研究》（修订本），中山大学出版社 2002 年版。

吴承学、何诗海：《古代文学的文体选择与记忆》，凤凰出版社 2015 年版。

吴承学、何诗海：《中国文体学与文体史研究》，凤凰出版社 2011 年版。

吴晟：《中国古代诗歌与戏剧互为体用研究》，北京大学出版社 2014 年版。

吴作奎：《古代文学批评文体研究》，武汉大学出版社 2014 年版。

郗文倩：《古代礼俗中的文体与文学》，人民出版社 2015 年版。

郗文倩：《中国古代文体功能研究——以汉代文体为中心》，上海三联书店 2010 年版。

夏晓虹：《文学语言与文章体式——从晚清到"五四"》，安徽教育出版社 2006 年版。

徐召勋：《文体分类浅谈》，江苏教育出版社 1986 年版。

许芳红：《南宋前期诗词之文体互渗研究》，中国社会科学出版社 2012 年版。

薛凤昌：《文体论》，商务印书馆 1934 年版。

薛海燕：《红楼梦：一个诗性的文本》，中国社会科学出版社 2003 年版。

姚爱斌：《中国古代文体论思辨》，北京大学出版社 2012 年版。

于景祥：《历史变革时期的文体演进——先秦两汉魏晋南北朝文体流变》，文化艺术出版社 2013 年版。

于雪棠：《先秦两汉文体研究》，北京师范大学出版社 2012 年版。

余恕诚、吴怀东：《唐诗与其他文体之关系》，中华书局 2012 年版。

曾枣庄：《文化、文学与文体》，上海人民出版社 2011 年版。

曾枣庄：《中国古代文体学》（全七册），上海人民出版社 2012 年版。

张国风：《中国古代小说史话》，商务印书馆 1996 年版。

张澜：《中国类书的文学观念》，九州出版社 2013 年版。

张毅：《文学文体概说》，中国人民大学出版社 1991 年版。

章必功：《文体史话》，同济大学出版社 2006 年版。

赵宪章：《文体与形式》，人民文学出版社2004年版。

周利荣：《传媒发展与文学文体演变》，陕西师范大学出版社2015年版。

（三）外国文论、文体论

Adele Austin, *Chinese Approaches to Literature from Confucius to Liang Ch'i-ch'ao*, Princeton Univ. Press, 1978; etc. Princeton Univ. Press, 1978.

Dore Levy, *Chinese Narrative Poetry: the Late Han through Tang Dynasties*, Durham, North Carolina: Duke University Press, 1988.

[美]艾布拉姆斯：《镜与灯》，郦稚牛等译，北京大学出版社1992年版。

[美]蔡宗齐：《汉魏晋五言诗的演变——四种诗歌模式与自我呈现》，陈婧译，北京大学出版社2015年版。

[法]蒂费纳·萨默瓦约：《互文性研究》，邵炜译，天津人民出版社2003年版。

[美]刘若愚：《中国的文学理论》，田守真、饶曙光译，四川人民出版社1987年版。

[美]韦勒克、沃伦：《文学理论》，刘象愚等译，浙江人民出版社2017年版。

二　论文

（一）大陆

陈剑晖：《文体的内涵、层次与现代转型》，《福建论坛》2010年第10期。

陈军：《文类与文学经典论》，《南京大学学报》2013年第1期。

郭绍虞：《试从文体的演变说明中国文学之演变趋势》，中州大学《文艺》1926年第1卷第2号。

莫道才：《骈文文体诗化特征论》，《广西师范大学学报》1997年第2期。

郭英德：《论中国古代文体分类的生成方式》，《学术研究》2005年第1期。

何光顺：《魏晋文学的自觉与反自觉》，《江汉论坛》2006年第6期。

何诗海：《"文体备于战国"说评议》，《文学评论》2010年第6期。
胡大雷：《论语体及文体的前文体状态》，《文学遗产》2012年第1期。
胡立新：《〈文心雕龙〉"体"、"文体"范畴简析——兼评姚爱斌对文体的定义》，《长江学术》2012年第3期。
胡妍：《论语体与文体的关系》，《广州大学学报》2004年第4期。
蒋寅：《中国古代文体互参中"以高行卑"的体位定势》，《中国社会科学》2008年第5期。
李建中：《文体学研究的路径与前景》，《江海学刊》2011年第1期。
李建中：《尊体·破体·原体——重开古代文论现代转换的理路和诗径》，《文艺研究》2009年第1期。
刘怀荣：《论顾况诗歌"以小说为诗"的艺术创新》，《中南民族大学学报》2016年第5期。
刘跃进：《〈独断〉与秦汉文体研究》，《文学遗产》2002年第5期。
莫道才：《骈文文体诗化特征论》，《广西师范大学学报》1997年第2期。
牟玉亭：《谈谈古代文体的分类》，《文史杂志》1996年第5期。
彭玉平：《论词体与其他文体之关系——以况周颐为中心》，《文学遗产》2019年第2期。
钱志熙：《论中国古代的文体学传统——兼论古代文学文体研究的对象与方法》，《北京大学学报》2004年第5期。
钱志熙：《再论古代文学文体学的内涵与方法》，《中山大学学报》2005年第3期。
任竞泽：《近40年中国古代辨体理论研究的回顾与反思（1978—2018）》，《云南师范大学学报》2019年第2期。
任竞泽：《中国古代辨体理论批评论纲》，《内蒙古农业大学学报》（社会科学版）2016年第2期。
史哲文：《以诗存史：清诗总集编纂理念》，《中国社会科学报》2017年1月18日。
童庆炳：《〈文心雕龙〉"循体成势"说》，《河北学刊》2008年第3期。
吴承学：《〈文体通释〉的文体学思想》，《古典文学知识》2007年第

5 期。

吴承学：《建设具有现代意义的中国文体学》，《文学评论》2015 年第 2 期。

吴承学：《中国早期文字与文体观念》，《文学评论》2016 年第 6 期。

吴承学、李冠兰：《命篇与命题——兼论中国文体观念的发生》，《中国社会科学》2015 年第 1 期。

吴承学、沙红兵：《中国古代文体学学科论纲》，《文学遗产》2005 年第 1 期。

杨东林：《开放的文体观——刘勰文体观念探微》，《文史哲》2008 年第 4 期。

姚爱斌：《论徐复观〈文心雕龙〉文体论研究的学理缺失》，《文化与诗学》2008 年第 2 期。

余恕诚：《中国古代文体的异体交融与维护本色》，《文艺理论研究》2009 年第 5 期。

曾枣庄：《中国古典文学的尊体与破体》，《清华大学学报》2009 年第 1 期。

詹福瑞：《古代文论中的体类与体派》，《文艺研究》2004 年第 5 期。

詹福瑞、李炳海、程水金：《"文学的自觉"是不是伪命题》，《光明日报》2015 年 11 月 26 日。

张伯伟：《"文化圈"视野下的文体学研究——以"三五七言体"为例》，《中国社会科学》2015 年第 7 期。

张慕华：《20 世纪 80 年代以来的中国古代文体学研究》，《文史哲》2013 年第 4 期。

张仲谋：《论文体互动及其文学史意义》，《文艺理论研究》2014 年第 3 期。

赵辉：《中国文学发生发展的内在机制研究》，《文学评论》2013 年第 6 期。

赵敏俐：《"魏晋文学自觉说"反思》，《中国社会科学》2005 年第 2 期。

朱迎平：《单体总集编纂的文体学意义》，《中山大学学报》2013 年第 5 期。

(二) 港台地区

傅怡祯：《台湾〈文心雕龙〉"文体论"论战研究》，《国际通识学刊》2010年第3卷。

龚鹏程：《文心雕龙的文体论》，原载《中央副刊》1987年12月11—13日，后收入《文学批评的视野》（第二章，华中师范大学出版社2011年版）。

徐复观：《文心雕龙的文体论》，原载《东海学报》第一卷第一期，后收入《中国文学论集》（学生书局1976年版）。

颜昆阳：《论"文体"与"文类"的涵义及其关系》，《清华中文学报》2007年第1期，后收入其《六朝文学观念丛论》（正中书局1993年版）。

颜昆阳：《论文心雕龙"辩证性的文体观念架构"——兼评徐复观、龚鹏程"〈文心雕龙〉的文体论"》，《六朝文学观念丛论》（正中书局1993年版）。

游志诚：《中国古典文论中文类批评的方法》，《中外文学》1991年第20卷第7期。

郑柏彦：《〈艺苑卮言〉"辨体"方法论》，《文与哲》2014年第24卷。

后　记

　　本书是国家社科基金项目"中国古代文体浑和与文体演进之关系研究"的最终成果。

　　20世纪80年代以来，中国文体学研究日炽。至今大约经历了三个阶段：一是全体概论期，二是分体精研期，三是专题深入研讨期。本书内容属于第三期。《文心雕龙·通变》："设文之体有常，变文之数无方"。现学术界文体之常研究多，无方之变研究少——文体发展演变研究相对薄弱。"无方"也意味着"多方"。概言之，不外乎外部因素、内部因素两种。其中，前者研究成果多，后者少。本书属于后者。就后者言，又约有两途：一曰历史性，二曰逻辑性。前者重实际，研究者众；后者偏理论，研究者寡。本书从总体上对中国古代文体的发展演变作专题性研讨，基于史实，阐明规律，以助益文体学、文艺学，这是本书的初衷。想法不差，做起来难。效果如何？恭盼读者诸君批评指正！

　　此项目获批于2016年。当时，我任教于贵州师范大学文学院。翌年，我调入河南财经政法大学文化传播学院当老师。庚子末，项目结题。事历两校，岁更五载。期间，两校的领导、同事及学子们多有支持和帮助，在此一并表示衷心的感谢！课题组成员何胜仁做了很多工作，非常感谢他！项目阶段性成果论文曾在《光明日报》（理论版）、《学术界》《中南民族大学学报》等报刊发表，非常感谢诸位编辑的指教！中国社会科学出版社郭晓鸿老师学养深厚，多有指正，非常感谢她！

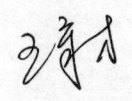

2021.3.30